合肥市哲學社會科學規劃項目
安徽大學『雙一流』建設項目　資助
安徽省古籍整理出版辦公室

安徽古籍叢書

黄山書社

合肥三怪集之二

王尚辰集

上

〔清〕王尚辰／撰　郝紅暖／校點

圖書在版編目(CIP)數據

王尚辰集/(清)王尚辰撰;郝紅暖校點
—合肥:黄山書社,2023.12
(安徽古籍叢書第二十九輯/安徽古籍叢書編審委員會編纂)
ISBN 978-7-5737-0370-5
Ⅰ.①王… Ⅱ.①王… ②郝… Ⅲ.①古典詩歌—詩集—中國—清後期 Ⅳ.①I222.752

中國國家版本館 CIP 數據核字(2023)第 234100 號

合肥市哲學社會科學規劃項目(HFSKJC202302)
安徽大學“雙一流”建設項目
安徽省古籍整理出版辦公室資助

王　尚　辰　集

WANGSHANGCHENJI　　(清)王尚辰　撰

出 品 人　葛永波
選題策劃　胡中生
責任編輯　束　莉
裝幀設計　李　軍
責任印制　李　磊
出版發行　黄山書社
地　　址　安徽省合肥市蜀山區翡翠路 1118 號出版傳媒廣場 7 層　郵編:230071
印　　刷　合肥華苑印刷包裝有限公司
版　　次　2024 年 5 月第 1 版
印　　次　2024 年 5 月第 1 次印刷
開　　本　880mm×1230mm　1/32
字　　數　445 千字
印　　張　25
書　　號　ISBN 978-7-5737-0370-5
定　　價　180.00 圓

服務熱綫　0551-63533706
銷售熱綫　0551-63533761
官方直營書店(https://hsss.tmall.com)

安徽古籍叢書編印緣起

我國歷史悠久，典籍豐富。我省地處南北之交，學術尤擅其盛。數千年來，哲學、史學、文學、藝術、語言、科技，作者輩出，著述如林，或自名一家，或蔚然成派，多爲中華民族文化之菁華，有裨於社會主義文化之建設。允宜及時整理，以廣流傳。

粤自明清，以至近世，南北郡邑已有涇川叢書、龍眠叢書、貴池先哲遺書、南陵先哲遺書諸刻。一九三一年，復有安徽叢書之編刊，所收皆皖人著作，分期影印。出至第六期，以抗戰軍興而中止。盛業未竟，論者惜之。

今者，中央倡導整理古籍，我省領導對此尤爲關心。省古籍整理出版規劃委員會幾經商討，決定編纂安徽古籍叢書。編纂宗旨是在歷史唯物主義指導下，批判繼承，古爲今用，弘揚民族優秀傳統文化，爲建設中國特色社會主義服務。最其體例，約有數端：

一、所收皆爲歷代皖人著作，時間一般以辛亥革命之前爲限，内容以文、史、哲爲主，分類成輯。尤其注意稿本、稀見本之搜輯與傳布。

二、整理方式包括輯、校、標點和注釋、今譯。校勘，力求採用善本爲底本，校以他書，或加補輯、編次。標點，採用新式標點。注釋，務求精確，但不作煩瑣考證。整理中，儘量吸收國内外研究的新成果。

三、先秦、兩漢著作及語言、文字之類，皆用繁體字，其餘則酌用簡體字。版皆竪排，以期一律。

四、凡熱心於本叢書編印及捐貲助刊者，得於書内題名。

安徽古籍叢書編審委員會

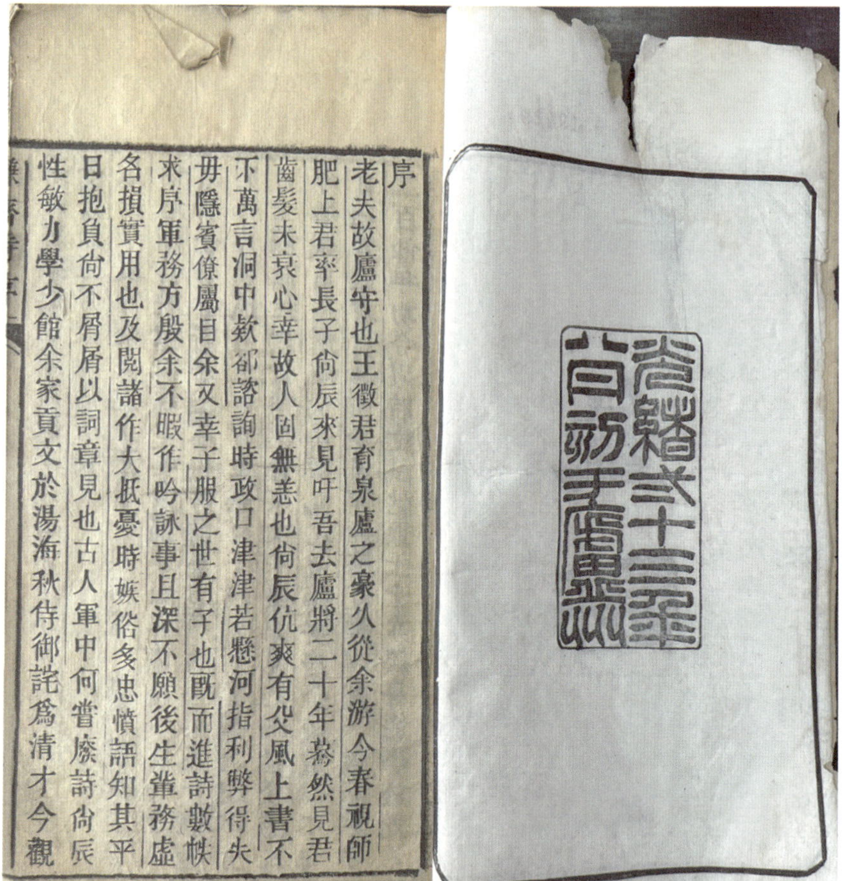
序
老夫故廬守也王徵君育泉盧之豪久從余游今春視師肥上君率長子倘辰來見吁吾去廬將二十年蔚然見君齒髮未衰心幸故人固無恙也倘辰伉爽有父風上書不下萬言洞中款郤諮詢時政口津津若懸河指利弊得失毋隱賓僚屬目余又幸子服之世有子也既而進詩數帙求序軍務方殷余不暇作吟詠事且深不願後生輩務虛名損實用也及閱諸作大抵憂時嫉俗多忠憤語知其平日抱負尚不屑屑以詞章見也古人軍中何嘗廢詩倘辰性敏力學少館余家貢文於湯海秋侍御詫爲清才今觀

《謙齋初集》光緒二十三年刻本書影

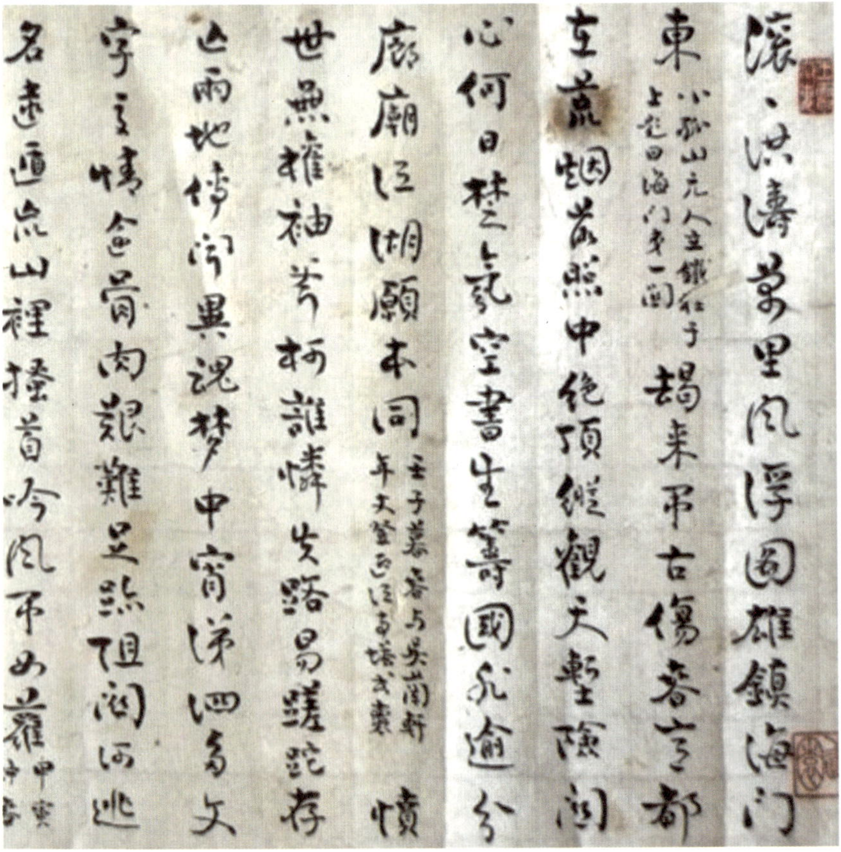

王尚辰手書《嘉平朔日赴廬江送吳小軒葬》詩軸（局部）

王尚辰集目次

茗華小草

謙齋二集

循陔集

負米吟

謙齋三集

五峯雜詠

蜻游草

謙齋續集

壺中吟

遺園詩餘

蝨隱庵雜作

整理説明

一

王尚辰（一八二六—一九〇二），字伯垣、北垣，號謙齋、五峯居士、木鷄老人、遺園老人、蝨隱庵主等，清代安徽合肥人。道光諸生，同治貢生。咸豐年間，王尚辰跟隨其父王世溥組織的王氏團練，先後在鳳陽、懷遠等地參加抗捻活動，以招降苗沛霖有功，授官翰林院典簿，晉五品虚銜。合肥詩話稱王尚辰少時倜儻負奇氣，雄辯論，喜滑稽，有東方曼倩風，行次居五，人呼之爲『五瘋翰簿』，因而自稱『五瘋居士』（或作午峯、五峯）。晚年在逍遥津畔其家小輞川别墅舊基上建瓦屋三間，名遺園，故自號遺園老人。

王尚辰父世溥（一七九六—一八五九），字育泉，貢生，咸豐元年（一八五一）舉孝廉方正。生平磊落，留意經世之學，關注鄉情，多行善舉，如修城垣、書院、包孝肅祠等。咸豐年間，組織王氏團練，在淮北地區參加抗捻活動，並積極招撫淮上團練中的叛軍，三圍鳳陽，再攻懷遠，以軍功晉知州，賞花翎。咸豐九年（一八五九）卒於軍中，贈知府銜，賜祭葬，蔭子尚馨入國子監，以州判用。王世溥好學厲行，通經致用，著有周易論語同異辨、青箱餘論、小輞川詩鈔等。

王尚辰所歸屬的合肥王氏，於明洪武年間旺生公始入籍合肥，其『墓在巢湖南（當爲『北』）萬年埠』

（王尚辰謁遠祖旺生公墓）。王尚辰在先黃州府君家傳中還提到，王鎔爲其所在的『大河沿一派』始祖，葬於下派河魏家疃，明嘉靖、隆慶年間，有王鑣者始遷入合肥城内。清順治年間，四世祖黃州公王絲及其弟王綍、王綱，在科舉中嶄露頭角，方濬頤也在王育泉先生家傳中記曰：合肥王氏『世有隱德，至四世祖絲與兩弟綍、綱，以文章、吏治顯於時』。

王尚辰是晚清合肥文壇的代表性人物之一，與徐子苓、朱景昭齊名，因『翰簿（指王尚辰）放誕，毅甫（徐子苓號）孤僻，默存（朱景昭字）傲慢』（李家孚合肥詩話卷上），時人稱之爲『三怪』。方濬頤稱其爲『肥上詩豪』（遺園詩餘序）。晚清詩詞名家譚獻（原名譚廷獻）選王尚辰與徐子苓、戴家麟詩，編成合肥三家詩録兩卷，故又有『合肥三家』之稱。

合肥王氏夙有詩學。在謙齋詩集自敘中，王尚辰自豪地追述道：『余家自黃州公以來代有專集，暨余已八葉矣。』他曾將先代所存詩稿，整理編輯成王氏詩徵，因未付梓，故世無傳。據方濬師王氏詩徵序，王氏詩徵包括『年草三卷，晲鶴亭集二卷，夢遊録一卷，巴吟一卷，鹿柴詩録一卷，冰翠堂集一卷，守澤居遺墨一卷，編籍圃漫吟一卷，碎稿拾存一卷，馥馥軒小草一卷，藝圃偶存一卷，愛吾廬草一卷，小輞川詩抄一卷』。譚獻以王氏詩徵爲基礎，細緻點評王氏詩學的特點：王尚辰祖父王運咸愛吾廬剩草，『氣韻沉雄』，且『爲謙齋詩學開先』；王運咸子世溥小輞川詩鈔，『氣盛言宜，具體浣花，身丁兵革，慷慨戎馬間，詠歌奇傑，成一家言』。（復堂日記卷六）正如徐子苓在謙齋詩集序言中提到：『自君家先黃州公與通政公後先繫籍於朝，簪紱之盛，升平文物之富，涵濡積累，垂二百餘年』。王尚辰的詩學成就，應歸結爲累世家學帶來的碩果。

二

王尚辰一生吟誦不輟，前後詩作達萬首。同治末年至光緒初年，他曾在方濬頤等友人的幫助下，將早年的詩作編訂合集，交給曾任安徽巡撫的英翰審定，英翰不久病逝於新疆，原稿遺失不存。光緒二十三年廬州府木活字本謙齋詩集，則由王尚辰回憶整理而成，得其原作十之七八，收詩千餘首。此外，王尚辰的詞作編輯爲遺園詩餘，雜文數篇收入蝨隱庵雜作，均收入光緒二十三年合肥王氏家集。另有光緒二十八年刻本謙齋續集，是王尚辰晚年的詩作。

本次整理，即以光緒二十三年合肥王氏家集本所收王尚辰著作爲基礎，補入光緒二十八年本謙齋續集二卷，共匯輯謙齋詩集九卷、遺園詩餘一卷、蝨隱庵雜作一卷，計十一卷。佚文輯存收録了王尚辰所撰兩篇序文，即巢湖志敘和枚蓀遺草序。附録部分有方希孟撰王五峯先生生傳、民國安徽通志稿王尚辰傳、方濬頤撰王育泉先生家傳，作爲其生平之補充。爲便於讀者瞭解王尚辰詩作的特點，我們還將分散於各卷的諸家評語和題詞也統一置於附録。此次整理本基本囊括了王尚辰的傳世諸作，故將其合稱爲王尚辰集。以下按照順序，對本書所收各詩文集的基本情況作簡要説明。

謙齋詩集九卷，依次爲初集二卷、二集二卷、三集二卷、續集一卷，異本續集二卷，收録王尚辰自道光二十二年（一八四二）至光緒二十八年（一九〇二）春的詩作一千五百餘首。每卷又各有子目，初集曰逍遥夢影録、茗華小草，二集曰循陔集、負米吟，三集曰五峯雜詠、蜻遊草，續集曰壺中吟。

初集二卷。卷首有咸豐三年（一八五三）周天爵、吴廷香、徐子苓，咸豐九年（一八五九）毛鳳枝，同治二年（一八六三）唐景皋，馮志沂（時間不詳），光緒六年（一八八〇）方濬頤、方濬師，管樂（時間不詳），光緒十一年（一八八五）方昌翰，光緒十八年（一八九二）朱銘盤等人所作序言，以及光緒二十年（一八九四）王尚辰自序。附有黄雲跋文，姚瑩、李本仁、梅曾亮、張維屏、湯貽汾、徐子苓、鄒漢勳、戴鈞衡、袁保恒、董瀓鏡、孫衣言、翁同書、王庭蘭、蔡邦甸、周元輔、江有蘭、何紹基、鄭襄、管樂、裕庚、方士貞、薛時雨、方濬師、方希孟、邊保樫、何維樸、徐衡、楊洛鑑、黄長森、譚獻等人的評語。卷上逍遥夢影録收録道光二十二年（一八四二）至咸豐三年（一八五三）的詩作，共計二百一十九首。卷下茗華小草收録自咸豐四年（一八五四）至咸豐九年（一八五九）八月的詩作，共計二百三十九首，並附王尚辰夫人孫氏詩作六首。

二集二卷。卷首有同治二年（一八六三）王尚辰自序。卷上循陔集收録咸豐十一年（一八六一）八月至同治八年（一八六九）的詩作，共計二百二十五首。卷下負米吟收録同治九年（一八七〇）至光緒二年（一八七六）七月間的詩作，共計二百二十一首。

三集二卷。卷首有光緒二十一年（一八九五）王尚辰自序，稱其『五十以後所作，漸趨平易，惜欠精實，不獨力單，終嫌味薄，緣多酬應之篇，兼有愛好之病。舠學無根柢，醖釀未深，年逾古稀，徒增愧嘆』（第三百六十三頁）。卷上五峯雜詠收録光緒四年（一八七八）至光緒十二年（一八八六）的詩作，共計二百〇五首。卷下蜻遊草收録光緒十三年（一八八七）至光緒二十一年（一八九五）的詩作，共計二百二十三首。

續集又稱壺中吟，有光緒二十三年和二十八年兩個版本。光緒二十三年版一卷，收入自光緒二十二年（一八九六）元旦至次年中秋前後的詩作，共計五十二首。光緒二十八年版二卷，實爲前本謙齋續集的續集。上卷收入光緒二十三年（一八九七）至二十五年（一八九九）的詩作，共八十三首，其中光緒二十三年的前十八首與前本重複，流民歎寄孫燮臣冢宰以下六十五首爲前本所無。下卷收入光緒二十六年（一九〇〇）至二十七年（一九〇一）的詩作，共一百首，並補入道光二十九年（一八四九）詩一首，光緒五年（一八七九）詩一首，光緒十八年詩一首，光緒十九年詩一首，並附有張謇詩一首。卷後附續集補，收入光緒二十八年（一九〇二）上半年詩作十九首，王尚辰即於該年去世。合而計之，後出的謙齋續集實際增加詩作一百九十三首。其卷首附有方希孟所撰王五峯先生生傳，光緒二十五年李恩綬撰序，方昌翰、楊昌炎、張謇、方希孟、陳文騄、吴保初等題詞，另有張丙炎、陳文騄、龔心釗等友朋評語。本次整理對兩個版本的内容進行了合併，統稱爲謙齋續集，序文置於該部分之首，方希孟撰王五峯先生生傳暨評語、題詞則移至附録部分。

遺園詩餘一卷，收入王尚辰詞作六十四首，並附譚獻詞二首，王德名詞一首。卷首有方濬頤序（時間不詳）、光緒十六年（一八九〇）李恩綬敘、光緒二十年（一八九四）王尚辰自序，並有譚獻、方濬益的評語，許惠、邊保樞的跋等。王尚辰一生專注於詩，晚年在方濬頤兄弟和譚獻等人的影響下纔開始填詞，

『以高適學詩之年，按元獻吹簫之譜』（遺園詩餘自序）。從其自序可見，該卷是在王尚辰光緒八年（一八八二）至光緒二十年（一八九四）間所作百餘首詞基礎上，經譚獻審訂後編輯而成。

蝨隱庵雜作一卷，署名『肥上一民』，包括雜文九篇，又抄録時人筆記有關王尚辰的佚事八則。苗沛霖始末、李世忠始末記捻軍事迹；上左侯相論合肥鹽務書爲王尚辰晚年的上書；上海甘露記、滬上留桂軒中秋殤月敘是酬應之作，記録了其在上海的活動；歷代詩人祠堂圖記、祠規十則記述其對歷代詩人祠堂的規劃與祠規設計；先黄州府君家傳、遺園壁帖則是敘述其家族歷史和家規、家訓的内容。佚事摘自林昌彝海上琴思録、方濬頤夢園叢説、譚獻復堂日記等友朋撰述，目前亦納入附録。

三

王尚辰的詩兼具平易、沉鬱和豪放的特點，故譚獻謙齋詩集評語言：『詩與毅甫皆學杜。徐詩鷙悍，不參異己，謙齋則王、孟、蘇、陸時掇其勝。近歲且慕高澹，漸近自然。毅甫没，無抗顔行者矣。』關於其平易，安徽通志稿評價王尚辰詩：『詩學中晚，近白居易，得其閒適，論詩謂宜特立，勿拘前賢家數，致蹈窠臼。亦能如其所言也』（安徽通志稿藝文考，集部二十八，别集二十七，一九三四年鉛印本，第十七頁）。方昌翰認爲，王尚辰是晚清以來廬陽地區講究文章氣節的代表，評價他『爲人慷慨負高誼，不爲世俗俯仰』，並稱『謙齋之詩所爲超然獨遠也』。王尚辰在論詩示諸生詩中討論詩文創作，强調作詩目的應爲：『温柔敦厚詩之教，立言勸懲歸忠孝。』不要過於强調辭藻華麗等雕蟲小技，而應該追求白居易的通俗、淺顯，『雕蟲小技無足觀，壯士不爲樵夫笑』。

關於其沉鬱、豪放，唐景皋在謙齋詩集序中，稱其『沈鬱近杜，豪肆近蘇』，認爲其素以『風名』，當是其『豪放不羈』的反映。曾任安徽巡撫周天爵稱王尚辰父親王世溥爲『廬之豪』；方濬頤稱王尚辰繼其父之豪，並在遺園詩餘序中亦稱其爲『肥上詩豪』，認爲『謙齋之詩以七律爲最，騰踔慓悍，力追少陵；五律得右丞家法；古體及截句亦皆風骨遒上，異乎凡響』。

實際上，隨著時間的變化，王尚辰的詩歌也展現出不同的風格和特點，不僅是其生活環境和心態的動態反映，更是『詩以言志』的表現。毛鳳枝在謙齋初集序言中，曾提及此一徵象：『蓋謙齋幼即權奇，長遭喪亂。少年諷詠，無非弄月吟風；壯歲謳歌，半屬憂時感事』，並進而强調『詞章之變化，實隨境遇爲轉移也』。方濬師也在該集序言中，將王尚辰的詩分爲三個階段：『蓋壬子以前，東皋遺興，輞川閒居，實淵源於家學。』道光二十二年至咸豐二年（一八四二——一八五二）的詩作，源於家學，吟風弄月、輞川集會等行迹，展現的是年輕士子的意氣風發。『嗣則流離家室，出入荆榛，或感弔忠良，或刺譏貪懦，長歌當哭，瘋憂以癢，方駕杜陵，無忝詩史。』咸豐二年至同治三年（一八五二——一八六四），王尚辰主要隨父籌辦團練，出入幕府和戰場，招撫苗沛霖等，這是其一生中最意氣風發的十年，他撰寫了大量描寫太平天國戰爭、興辦團練、人在旅途、與捻軍征戰和悼念亡者的詩作。『迨中興甲子以還，居田園，課子姪。香墩、笛浦，極耕煙釣月之歡；魏、晉名流，真覺去人不遠。』同治三年（一八六四）以後，王尚辰重回家鄉隱居，在大潛山、遺園等地均留下大量的田園詩篇，同時與合肥當地的文人、官吏交往不斷，故『五十以後所作……緣多酬應之篇』（謙齋三集自敘）。

王尚辰的詞與其詩一樣，不講究門户之見，不受固定的格律所限，故方濬頤遺園詩餘序稱：『謙齋之詞無異乎謙齋之詩，正不必以蘇、辛、秦、柳分門别户。』譚獻爲該集題詞云：『謙老之詞如黄山之松，輪囷離奇，即數寸盆盎中，仍作三十六峯頂上觀也。』桐城許惠贊其詞：『無一字不斟酌，無一音不諧和，可見才大學粹者無難事也。』邊保樞稱其詞：『蒼莽沈鬱，氣格殊勝，其縣邈處亦雅近南宋諸賢。』方濬益稱其：『以奇宕之筆，攄緜邈之思，言近指遠，意隱詞新，當於幼安、叔夏兩家外别踞高座。』李恩綬在序言中，則提到其『詩有史，詞亦有史』，强調王尚辰以詩詞記史事的特點，但從遺園詩餘所收詞的内容看，仍主要圍繞文人間的交往、唱和和題畫等活動。

王尚辰晚年與譚獻交往頻繁，詞作成熟也深得其影響：『甲申夏，交譚仲修，暢聆緒論，得所皈依。遂搜討各家，幾廢寢食，沈思渺慮，頓悟詞旨。始知貞淫美刺與六義合，批風弄月、妃青儷白之儔不足以言詞也。』（遺園詩餘自序）遺園詩餘中不乏與譚獻交往的内容，如光緒十一年（一八八五）填詞無悶，附復堂作；得漢尚方十二辰銅鏡，填詞滿江紅，亦附復堂作，展現二人金石之交。光緒十四年（一八八八），譚獻來書，自言科名、仕宦、學術、文章皆廢半途，因號『半厓』，王尚辰填賀新涼以慰之，其中有言：『萬事如轉燭。嘆茫茫、塵海勞形，幾人知足？不慣折腰抛手板，自笑未能免俗。把一卷、殘書遮目。閲世半生都坐懶，看鷄蟲得失何榮辱。閒啖蔗，勝增禄。』勸慰友人看淡功名利禄，追求平凡、安逸的生活。

四

王尚辰集内容豐富，有詩、有詞、有文，其稱『目睹鄉邦之治亂，世運之消長，人事之盛衰，倚伏旁及，一名一物，偶有所觸，無不寓之於詩』，是研究晚清時期社會變遷和中國傳統知識分子社會生活的重要參考資料。

首先，王尚辰集具有記録歷史的重要價值。該集記録了晚清時期安徽特别是合肥地區的一些重要史實。如太平軍佔領安慶後，有人建議將安徽省會遷徙至合肥，謙齋詩集吴廷香序、東阿周公奉命撫皖奏廬州爲行省李少荃鴻章編修孫引恬員外隨吕鶴田賢基侍郎回籍團練先後莅肥喜賦詩，均提到此事。哀辭四章之贈總督銜安徽巡撫新寧江忠烈公中有『廬州建都會，形勝控淮右』的句子，苗沛霖始末文中也記録了周天爵改奏廬州爲行省。此外，咸豐三年（一八五三），合肥發生地震（地震）；劉銘傳的族人劉文弼爲首的地方暴亂等事（淝西嘆），在其集中均有記載。

該集是記録淮軍興起的重要史料。咸豐年間，王尚辰跟隨其父王育泉興辦王氏團練，先後在鳳陽、懷遠等地參加清軍對捻軍的戰鬥，咸豐九年（一八五九）以招降苗沛霖獲時譽。作爲親歷者，他撰苗沛霖始末、李世忠始末等文，成爲研究淮軍和捻軍的重要史料。正如王尚辰在光緒八年（一八八二）冬記録撰寫兩文目的時明確指出，它們是針對當時有關捻軍之記録多失實的情況，根據親身經歷撰寫，即『霍邱張介夫大令著有苗、李暨各捻記，語多失實，世忠降後事迹未敘。癸酉春，過廬就質於余。余身廁戎行，目覩情狀，據實直書，不爲曲筆。張作有可取者，則采之。後之覽者庶幾有徵』。

謙齋詩集中也有大量與淮軍有關的内容。如合肥團練之始，可見於東阿周公奉命撫皖奏廬州爲行省李少荃鴻章編修孫引恬員外隨吕鶴田賢基侍郎回籍團練先後莅肥喜賦；王世溥辦理淮北團練，則見六安再陷壽州戒嚴家君命往淮北起團練、十月朔日都統勝保公太僕袁公奏監淮北團練剿賊蒙亳途中口號、三月朔奉檄監淮北團練赴肥助剿途中感賦。述先德詩小註也提及：咸豐八年（一八五八），『長白勝保公、袁端敏公奏辦淮北團練，晉知州，賞孔雀翎。己未秋，撫軍翁文勤公檄辦淝西各團。時果敏公英翰令合淝，六紳李采臣方伯帶鄉軍，兩不相下，先大夫周旋其間，淮軍諸將帥均服事之』。至晚年，王尚辰仍在回憶這段歷史，如光緒二十七年（一九〇一）所作孤鳳引寄懷江潤生通州在小注中即提及咸豐八九年間，英翰令肥，力行團練，肥西諸團有異志，王氏父子前往安撫之事。

王尚辰親歷咸豐、同治年間太平天國在安徽的戰局，均有詩以記。如咸豐三年（一八五三）太平軍攻小關，舒城淪陷，見夜過小關；合肥淪陷，見十一月十二日粵賊圍城撫軍江公甫抵廬率士民固守夜賦、廬城陷；咸豐九年（一八五九）三河之戰、淮北諸戰，見悲三河、悲長城、元戎剿賊鳳陽歸次森泉寺看牡丹、定遠失守聞董嘯庵遇難等。大量的弔唁詩，反映了戰爭初期清軍和團練的失利，如東阿周公挽詞、哭朱臥雲刑部、哭工部侍郎吕公鶴田、挽張玉田廉訪、城中晤桐城光進垣星階茂才道及馬丈沅伯瑞辰郎中全家遇難命之出亡慘賦、哀辭四章、西郊哭鄒叔績漢勳司馬並弔陳岱雲源兗太守、從叔輔之游戎江寧殉難挽歌、弔族叔祝君訓導、定遠大令周君佩濂殉難挽詩。記其招撫苗沛霖事，有鳳臺秀才苗沛霖聚衆築砦横行淮甸余奉檄往招之夜過平阿。同治元年（一八六二），太平天國在安徽的戰争已進入尾聲，淮軍和官軍逐漸扭轉戰局，相繼收復失地。如正月二十五日荆州將軍多隆阿公進兵廬州途中展謁喜賦、四月十有四日官兵克廬州傚放翁體兩詩，均記廬州收復事。而江淮紀事詩，則記録了『李公鴻章統淮軍，赴上海借西洋礮火以助軍』。

其次，王尚辰集是研究合肥地方文化的重要參考。集中有許多關於合肥地方景觀的描寫，如重九仲修大令招集教弩臺、月夜登松風閣懷復堂、雪霽楊將軍廟晚眺歸過趙氏怡園、瓦埠晚渡、雨後游逍遥津、小輞川棹歌、秋日游蜀山諸詩，涉及逍遥津、教弩臺、香花墩、箏笛浦、小輞川、松風閣、大蜀山等景觀，對於弘揚合肥地方文化均有重要意義。據不完全統計，集中有關松風閣的記録有十六次之多，教弩臺有十五次，大蜀山有十二次；以逍遥津題名的詩作就有十三首，香花墩題名的詩作有九首。如游香花墩詩言：『閒沽白墮買山肴，來訪祠堂近水坳。』和子箴過大蜀山韻描寫大蜀山：『岡巒翔伏從西來，一峯突兀衆山祖。俯視東南疊嶂開，風雲變態驅龍虎。』

王尚辰集還記録了晚清合肥重要的習俗，如祈雨、禱晴、迎儺等。尤其是二月二日，合肥鄉人迎儺的儀式非常盛大，故其二月三日作詩中有『昨夜風檐驚綺夢，滿城絃管泛春聲』的描寫。

再次，王尚辰集是研究其個人生平及其家族史的重要資料。王尚辰的著述以詩作爲主，且基本按照時間順序排列。在謙齋詩集自敘中，王尚辰也强調了該集的年譜價值，『爰就友朋所選，編爲三集，聊當年譜。後之覽者，足以覘其生平已』。

謙齋詩多關注時事，周天爵評價其詩『大抵憂時嫉俗，多忠憤語』（謙齋初集序）。其年輕時期的詩作，不乏關注普通百姓生活疾苦的内容，如催租行、聞哭、大風、悲饑年、相思曲、城上烏、刺貪、苦雨嘆等。晚年王尚辰仍關注百姓疾苦，有德政碑詩，諷刺官僚階層斯文掃地，只圖錢財：『寒畯吞聲才鬼冤，錢神大笑宣尼哭』；『五經掃地斯文喪，清議難容德政碑』。晚年上左侯相論合肥鹽務書，也是王尚辰關心時政和地方疾苦的表現。

作爲普通士人，王尚辰也時刻關注時事的變化，故晚清一些重要歷史事件，在其詩文中多有反映。如太平天國運動興起，戰火波及湖南、湖北、江西、安徽等省。謙齋詩集中即有楚皖新謡、吉堂六嶽蘭初過談至夜始散等詩，提及當時『同文恐賈清流禍』的政治情形，評議康有爲等人的公車上書。庚子年（一九〇〇）的詩作中，則有反映義和團運動的拳民謡。中秋嘆月詩的注文，提及八國聯軍攻佔北京，光緒皇帝移駐西安，『時夷人犯闕，大駕西幸』，義和拳民燒毀教堂等，『五月中，拳民火教堂、夷館，前門被毀』（謙齋續集卷下）。光緒二十八年（一九〇二）上元日陳仲英觀察招飲謝之兼録別、聞省垣設籌議局奉呈聶仲芳撫軍等詩，則反映了晚清新政，安徽省城設大學堂、籌議局等重要事件。

王尚辰交遊廣泛，與政壇學林名流周天爵、湯鵬、曾國藩、李鴻章、劉銘傳、吴長慶、張樹聲、張謇、譚獻、李恩綬、方昌翰、馬其昶、方濬頤、蒯光典、陳詩等皆相熟，這在其詩文中也有確證，僅題詞品評其詩集的就達三十餘人，其詩文集也因此成爲研究晚清士大夫社會交往的重要資料。如病中聞李侯相薨一詩，在小注中詳細記録了王尚辰和李鴻章的交往，並自述其晚年歸隱是性情所致：『仕隱生來異性情，當年言志有狂名。』（謙齋續集卷下）

此外，王尚辰所在家族的族譜資料流傳有限，王尚辰集便成爲研究合肥王氏家族的重要參考資料。其中各傳記、自序，從叔輔之游戎江寧殉難挽歌、謁遠祖旺生公墓、述先德詩、先黄州府君家傳、遺園壁帖等詩文，均是瞭解合肥王氏家族歷史及其家風、家訓的重要資料。在遺園壁帖中，王尚辰稱，其與人交往有三不：『一不議時政，二不談訟事，三不道人之短』，且追述了先祖所提倡的『與其使人畏，不若使人愧也』，『理從是處讓三分』等家訓，將辦理惜字社、積穀等善舉作爲培養子孫的要務。

當然，在晚清社會動蕩的背景下，傳統知識分子雖接受了報紙等新事物，但是對西學傳播仍持觀望態度。如在光緒八年（一八八二）作的學校嘆詩中，王尚辰仍將西學的傳播和洋學堂的設立稱爲『異端邪説更蜂騰』，表現了其作爲傳統士人的保守一面。

五

王尚辰的詩文刊刻流傳有限，本次整理以光緒二十三年合肥王氏家集本（收入二〇一五年國家圖書館出版社影印清代家集叢刊）爲底本，補充了光緒二十八年本謙齋續集。譚獻曾選王尚辰與徐子苓、戴家麟詩爲合肥三家詩録，收入王尚辰詩一百〇四首；一九二九年，徐世昌輯録晚晴簃詩匯，收入王尚辰詩三首；李家孚輯合肥詩話也收其詩數首：整理過程中均有所參考和對校。原本部分不清晰之處，也核對了安徽省圖書館藏光緒二十三年刻本謙齋詩集和遺園詩餘、蝨隱庵雜作。

王尚辰集爲合肥三怪集之一，其最初的整理動意和底本選定、體例安排等均由安徽省社會科學院施立業、張秀玉研究員確定。文本校訂、整理説明由郝紅暖負責。本書出版得到合肥市社科規劃項目（HFSKJC202302）資助；安徽省古籍整理出版辦公室胡中生主任、彭君華編審，責任編輯束莉女士對本書的編校工作給予了持續的支持：僅此並致謝忱。限於學識、經驗，整理本在體例規劃、斷句標點等方面一定還存在諸多不盡如人意之處，歡迎讀者諸君不吝賜教。

郝紅暖

二〇二三年十月

王尚辰集之一

謙齋初集

序

老夫故廬守也，王徵君育泉廬之豪，久從余游。今春視師肥上，君率長子尚辰來見。上書不下萬言，洞中款郤，咨詢時政，口津津若懸河，指利弊得失毋隱，賓僚屬目。余又幸子服之世有子也。既而，進詩數帙求序。軍務方殷，余不暇作吟詠事，且深不願後生輩務虛名、損實用也。及閱諸作，大抵憂時嫉俗，多忠憤語，知其平日抱負，尚不屑屑以詞章見也。古人軍中何嘗廢詩？尚辰性敏力學，少館余家。貢文於湯海秋侍御，詫爲清才。今觀其詩，想其志趣，殆非終下人者。余老，不及見，行矣，勉之！

咸豐癸丑三月，東阿周天爵。

歲壬子夏仲，余與肥上王君育泉同應制科試，其長君伯垣隨侍皖城。伯垣豐姿俊邁，才氣横溢，喜交天下士，人以奇士目之。所著奉石山房詩集〔一〕，包孕古今，不名一體，擬贈一序，逡巡者久之。育泉家有小輞川别墅，據逍遥津上，名士觴詠無虛日，余與育泉父子恨相見之晚也。倏忽經年，粤賊由岳州破武昌，陷九江，直搗安慶，金陵重鎮不旬日已爲賊有。自是而滁、鳳，而潁、亳，江淮驛騷。國家承平二百餘年，功令以時文試帖取士，士亦終身從事於此，不復知有經濟學，其他則背郎已耳。文恬武嬉，習常蹈故，一經板蕩，萬事瓦裂。即平居自命爲豪士，鴻文鉅製，著作等身，亦且惴惴焉無以爲主，帖耳而交受其病。列聖深仁，天子憂勤倍於曩昔，凡有血氣，胥知感奮。吾廬據八皖形勝，節使周公奏改省會。予時來廬，得與育泉父子續相見，且悲且喜。長夏無事，育泉招故舊泛舟逍遥津，唱采蓮歌一闋，洗盞柳陰下，縱談時事，怒目切齒。日暮倦歸，用工部韻，得詩十首，屬伯垣和之。嗟乎！余既嘆伯垣之才，又奇其志。鳳凰上擊九千里，絶雲霓，負蒼天，足亂浮雲，斥鷃從而擬其後。世有知伯垣者，又豈不足以建勳名、削禍亂哉？僅以詩鳴，隘矣！雖然，伯垣之詩，伯垣之才，所見端固余所疇昔期許而不能已者。伯垣有志，勉之而已。

咸豐癸丑六月，廬江吴廷香。

詞章之爲技至小，顧其壽也恒獨永。古之工於是者，大都過琛其所得，往往扃匿幽阻，出於人迹意想之外，冥然若無所願於世者，乃無端掇於火，穴於山，綱於水，掘於溷中，壞壁破冢以布之，大書深刻以誦之。自周、秦以來，著於録者蓋班班然。

吾友王君伯垣，少喜爲詩。往，余家城中，見其所爲稿旁行塗乙，多可愛者。今年，余辟兵湖干，君作日益多，因編次前後所爲，總録成册，將匣而瘞之，而徵文於余。

君於廬州爲著姓。方明之季，盜蜂起，廬州地四衝，兵火彌歲，蕩爲邱墟。自君家先黄州公與通政公後先槃籍於朝，簪紱之盛，升平文物之富，涵濡積累，垂二百餘年。至君之尊人育泉徵君，保世益大，園廛池館，鼎彝圖史，一切瓌麗可好之物，嘗甲於郡中。今江淮屢搆兵，安慶一再失守，郡中人焦然捆載以遷者十去其七。君少年，獨躑躅空城中，朝夕把一編，酸吟凄咨，不忍去手。蓋君之自珍所得，將録而藏之與！余愛君之詩，流連太息，揮涕泣而敘之者，皆世所謂迂狂謬悠可笑人也。是則重可悲也夫！

咸豐三年初冬，同里徐子苓敘。

蓋聞子美抱匡時之略，寓於詩歌；樂天多諷事之詞，播諸樂府。本風人之遺旨，作變徵之新聲，詩兼史才，詞必己出，盛於當時，傳於後世，其以此歟？雖然，詠草堂之什，慨當以慷；誦秦中之吟，婉而多諷：未必見之實用，要皆託諸空言。至於身作詩人，才長用世，騷壇韻事，看織錦於天孫；戎馬書生，效請纓於終子。其才華也如彼，其英俊也如此，則嘗於王君謙齋見之矣。

謙齋琅玡望族，南豫名家，少負雋才，世稱宿學。鯉庭垂訓，奉堂上爲名師；鴻案聯吟，結閨中之韻友。房標卷石，學衍青箱；津啓逍遥，園依緑水。方且謂茂林修禊，追盛迹於永和；别墅題詩，繼高蹤於摩詰。既而湖湘告急，桐皖戒嚴，鶴唳警於江濱，狼烽燭於淮水。盧郡毗連吴楚，襟帶江湖。塢築濡須，舊是必争之地；關開峽石，素稱扼要之區。謙齋懷抱杞憂，情殷梓里。入深源幕，時陳逸少之書；登武昌樓，常有仲宣之感。無如知音難遇，古調獨彈。濁酒素箏，自寫牢騷旅況；狂歌拔劍，誰知磊落奇才。遣逸興於湖山，寄情懷於風月。春風楊柳，時寫相思；秋水芙蓉，争傳麗句。歌題畫扇，憶南部之煙花；句摘香奩，仿西崑之酬唱。又未嘗不放浪不羈而風流自賞也。然而，具絲桐之質，必遇中郎；負騏驥之能，終逢伯樂。筵前顧曲，得公瑾爲賞音；筆底生花，遇文通爲知己。以一時之名士，親當代之偉人，志切酬恩，力圖報國。黄巾宵遁，殲强寇於冶溪；赤幟朝懸，募鄉兵於肥曲。謙齋曾隨周文忠勦匪、江忠烈守城。乃磨盾墨，用作鐃歌。狹巷短兵，共賞沈郎雄快；天山三箭，爲銘唐將勳勞。孰意波寒潁水，夜隕將星；峯冷蜀山，霜枯戰骨。謙齋悲深故吏，哀比門人，懷耆老於襄陽，篇名感舊；弔孤忠於楚澤，詩賦招魂。夫固有易水悲歌，難方激烈；子山哀豔，衹益酸辛者矣。加以田園荒廢，骨肉流離，豺狼嘯聚於道塗，鸞鳳饑棲於枳棘，莫不長歌當哭，窮愁著書。

然而，英雄立志，有屈必伸；杰士懷才，經危益顯。既脱身於虎穴，旋獻策於龍驤。義在乞師，爰灑包胥之淚；謀工内間，如登子反之牀。縱其事未成，而其心頗壯，謙齋受和軍門，密諭招降，僞帥内應，官兵失期，僅有派河之捷。何況出奇制勝，足振軍威；斬將搴旗，已寒賊膽哉！蓋謙齋幼即權奇，長遭喪亂。少年諷詠，無非弄月吟風；壯歲謳歌，半屬憂時感事。於洵乎詞章之變化，實隨境遇爲轉移也。斯時皖省軍興已逾數載，每傷民瘼，屢廑宸衷。於是，起郭令於閒曹，兵權再掌；召魏公於邊鄙，將印重頒。謂都統勝保公、太僕袁公再用。取道豫南，長驅以進；收功皖北，轉戰而前。剿撫兼施，恩威並濟。素聞淮甸舊舉義旗，樓堞天成，築壘據仇池之險；囷倉雲積，屯糧同魯肅之謀。謙齋誼屬知交，才長游説。相如詞賦，可諭三巴；陸賈文章，能通百粤。處囊自薦，昔來細柳之營；杖策相招，親下連珠之砦。謙齋奉二帥命往招沛霖，以衆來歸。韓公兩使冀北，庭湊輸誠；馬援再往河西，竇融請吏。儒生而兼武略，文士而著奇勳。宜乎幕府酬庸，薦章疊上，西蜀安而獻策之方平晉秩，蔡州定而行軍之司馬遷官。從此大展謀猷，力追雅正。登高作賦，陋他五字參軍；被褐而談，勝於十部從事。永靖青絲白馬，全憑嚇楚之書；重看匹帛叢花，用上平淮之頌。

咸豐九年季春，甘泉毛鳳枝子林敘。

古以合肥爲壽春枝境，而非也：龍舒以北，輔弼行龍二百餘里，壽春其腹，明陵其臍，此其胸膈處也。故氣體雄健磅礴，而所産代有偉人。歲壬戌夏仲，予奉調守廬，亟求有以進予於道者，適葉次元、魏翼堂、郭松喬、趙梧岡、徐又香、王謙齋諸君子先後見。葉、魏、趙諸君俱應對惟謹，謙齋論古今事無少顧忌，心壯之，揖之。退知素以風名，意以爲夫夫也其豪放不羈者也。居數月，閱前後所著詩集若干卷，天下士之不敢輕相也顧如是耶！江忠烈公殉節廬城也，陳岱雲太守、鄒叔績司馬與焉。忠烈與岱雲俱予同譜友，叔績亦兄事者。予自守廬來，時夢中依依如疇昔。讀謙齋挽忠烈及岱雲、叔績諸詩，真令我痛絕也。且夫拔湮鬱，起瘡痍，捍災患，守土者之事也。予尸位十有一月矣，無寸澤及民。去冬，賊竄居巢，僅千數，勢甚憊，竟聽其由犬而虎，幾至城下，而不能爲我民出之死地，又不能與我民同死。

謙齋數奇窮，不能出所作以問世，予亦窮且拙，不能使天下欲讀謙齋詩者而一置案頭，此則其所大憾者也。客問謙齋之詩究何如？嗟乎！沈鬱近杜，豪肆近蘇，尚何言哉！且天籟之生也，粗細畢具；風水之相薄也，清濁同歸。玉不以瑕而掩瑜，衣不因垢而棄錦。讀謙齋詩者，可無事他求矣。況由是而進焉，液物爲金，液金爲氣，化形而返神，醉不以鼻飲，夢不以趾捉，或者風而進於道，且有以進予於道乎？書此以告謙齋及魏、趙諸君，並以告產斯土者，合肥非壽春枝境也。

同治二年仲春，楚南唐景皋拜譔。

漢人有言：『安其所習，毁所不見。』余謂非獨治經然也。今世之士，方童穉時，已視富貴利達如饑渴之於飲食，而其所挾以求當於世，則惟聲調對偶之詩與排比帖括之文，而國之休戚、民之死生，漠不以措意。一旦獲所冀，出與春秋，試之文衡，則將以是進退天下。士即退居一鄉，亦必執此意以别擇其交游，而繩削其子若弟。設有以李、杜、韓、歐之業進者，彼徒見與所習者之不類，而於憂時感事之作則愈病其有妨於進取，反詆以爲狂怪不祥，固其宜也。

合肥王君謙齋，好學而能詩，尤留意當世事，顧屢試不得志於有司，數佐軍幕，有所計畫輒擯不見用，其鄉人皆目爲風漢。謙齋顧益自喜，稠人廣坐中，遇事可否及官吏賢不肖，言侃侃無所回撓，聞者或掩耳走，謙齋愈益疾言之。嗟乎！以謙齋之才，少斂其芒角，而從事於世俗之爲，何遽居衆人後？然猶幸而不遇，不爲世忌嫉，第迂笑之而已。王生與蓋次公書云：『方今用事之人皆明習法令，言足以飾君之辭，文足以成君之過。』設謙齋得志於世，世所以待之者，豈僅空言相詆笑已哉！然則謙齋惟益治其詩，而勿復與世上下其議論，即詩果至乎？ 古人且不爲世所輕重，不惟免於嫉且忌，並向之詆笑者亦久而相忘焉。吾將與謙齋相視而笑，而各享其千金之敝帚焉，其可也。

代州馮志沂。

嗟乎！ 余壹不知夫造物之弄人也！ 雄其才，顧厄其遇，而不使大展其用也。用世之才，有真有僞；傳世之才，有真無僞： 遇又何能爲才厄哉！ 有人焉，負昂藏磊落之姿，懷憤世嫉俗之志，遭鄉國亂離之日，值九死一生之時，在常人處此，鮮不顛且僕者，而乃履險如夷，破涕爲笑，狎虎狼猶豚犬，玩戈矛等草芥，全身以出，機變過人，侍親從戎，爲民捍患，僅受薄賞，旋復高蹈，傲睨公卿，獨行其是，鄉之人遂呼曰『風漢』，且目爲『三怪』之一。而其勃勃不可遏之氣，懍懍不敢犯之色，侃侃不能盡之言，則悉於歌詠中發之。若我謙齋遇彌厄而才彌雄，天固末如之何也。

昔周文忠公稱尊甫育泉丈爲廬之豪，謙齋繼丈而豪。 三十年前，予初至卷石山房，豪其詩，與訂金石交。 既而廬陷於賊，豪如故。 賊平，復應秋試，試輒報罷，豪如故。 予在揚州八年，時來訪予，飲酒賦詩，淮軍諸帥率延之上座，豪仍如故。 今者予罷官僑寓揚州，謙齋冒風雪拏舟而至，夜將半，不問它事，索蜀吟草大聲讀之，讀竟便去。 嗚呼！ 謙齋之豪，洵一時無兩也。而其心則不自滿假，每成一詩，稿必數易；友朋辯難，擇善以從。長白果敏公曩撫吾皖，取其詩卷弆諸篋笥，將爲付梓，亡何，果敏薨於西陲，詩卷存否不可知。而謙齋坐蝨隱庵，背記手録，十得七八，編次成集，就質於予。繙帒諷誦，妄以己意爲之甲乙，曰謙齋傳已。謙齋之詩以七律爲最，騰踔慓悍，力追少陵；五律得右丞家法，古體及截句亦皆風骨遒上，異乎凡響。謙齋之才雖不得用，而謙齋之詩則自有其不朽者在也。矧年未六十，由此進而益上，凝神渺慮，直造乎清微澹遠之境，予又烏能測所歸宿耶！

光緒庚辰中春，定遠方濬頤。

盧子國有三怪人，其一王君謙齋也。自予弱冠即交謙齋，迄於今餘三十年。其容貌予見之熟，語言予聆之深，文章、品詣又予所折服，而時時稱道不置，取譬古賢淮陰國士、北海奇男子也。曷爲竟以『怪』名？間嘗訊諸客，客曰：『吾以子爲異之問，獨奈何一怪是問哉？予固悉夫謙齋之容貌、語言、文章、品詣者也。請先以謙齋之容貌言之：眉横秀峯而不爲利鋒；目凝紺瞳而不作細蜂；鼻呼吸雌雄而不束䶊齆；口臧否異同而不能取通。且夫一語一言澈始澈終，三旨宅揆模稜得公；獻諛不嫌其多，貢直有時而窮。今謙齋見事必辯，遇惡則攻；計是非而不計利害，求遠效而不求近功；抵掌公卿間，奮身戈鋋中；鄙蘇秦以説客，羞張湯之詐忠；人方論其時務之不達，而君乃賞其文章之更工。子亦知夫當世文章乎？前茅、唐、胡，後勁劉、熊；則效房行，講習童蒙。玉堂天上，稱嘆於歐陽六一；翰林畫匠，輕侮於姚淶、楊維驄。而謙齋放情山水，寄傲屐笻；視科名若土苴，夷帖括爲蒿蓬。軒裳珪組，不足動其念；詩騷詞賦，則寢饋於厥胸。爲之於舉世不爲之日，而尚曰沐姬、孔之餘澤，追鄭、賈之遺風。吾方幸三怪之已死其二，不意子之見怪不怪，而反以謙齋爲可法可宗。』

方子憮然拈須而笑，昂頭而噫，長揖而謝曰：『毋多言，予愈有以知謙齋矣。』客逡巡退，亟取謙齋詩讀之。如太華三峯聳勢争奇；如黄河水從空來，汪洋恣肆，末由揣測；如疾雷怒電，驚憚蛟蛇蜩螗而無所逃避；如張樂洞庭之野，白虎蒼龍，鼓瑟吹篪，度曲未終，雲飄飄而雪霏霏，令人目奪神駭。蓋壬子以前，東皋遣興，輞川閒居，實淵源於家學。嗣則流離家室，出入荆榛，或感弔忠良，或刺譏貪懦，長歌當哭，癙憂以癢，方駕杜陵，無忝詩史。迨中興甲子以還，居田園，課子姪。香墩、笛浦，極耕煙釣月之歡；魏、晉名流，真覺去人不遠。謙齋原不廑以詩傳，讀其詩而謙齋之可傳益信焉。

光緒己卯秋，予陳情乞養，兵燹無家，僑寓寶應。謙齋聞予還，欣然買舟來訪，促膝暢談，情逾曩昔，而吾兩人亦皆白首矣。瀕行，屬余釐訂所作，並委以序，因記向與客所道者，書而歸之。嗚呼！三十年來一彈指頃耳，作詩者其有憂患歟？

庚辰中春，定遠方濬師序於退一步齋。

士有自邁孤往，少異世軌，負崴魁之質，抗清峻之標，則嘲誚騰於密邇，譏誹錯於塗路，辟之非族，睨若軫戾矣。況乃中富機軸，氣暢文藻，鄒衍奇士，多談天之言；東方異人，有玩世之態，若我王先生也。

先生童齔好學，岐嶷有志，縱筆直遂，以文是嬉。灊霍之區，實曰雄俊，倜乎王巳。既而狼豕滿地，荆榛矗天，堅城瀕危，老弱走避，先生登高一呼，豪杰四起。尺書非徼，足當十萬之師；醜虜吾掌，遂成七禽之捷。其功勒乎金石，其才張乎風雲，頌其歌詩，可謂雄哉！煙塵既靖，山水猶昔，建業佳麗之地，廣陵綺羅之鄉，同安險阻之域，吴越繁豔之會，轍迹所歷，花鳥改色。峯岫延賞，命巾車以敖；冠佩弗飾，惟諸侯是主。於是玩物言志，觸時述情。或縋險以鑿邃，或競妍以殊媚，或綜悲喜之慮，或騁暇適之懷。興致既曠，氣宇益振，目之大成，寧曰過情！然而李廣數奇，未膺封侯之賞；韓侯功高，乃與屠沽爲伍。磅礴之氣結爲輪囷，盤錯之感嬰乎胸次，匪嗜慢罵，聊此滑稽。走則謂阮生非狂，厥由憂世；屈子工怨，終能愛君。謂予不信，請誦公詩，霰霰之喙，亦可以少箝哉！

武進晚學管樂跋。

昔昌翰游京師，嘗與同邑董嘯庵、戴蓉舟論皖中人士，必首舉王君謙齋、徐君毅甫，皆合肥詩人也。嗣昌翰客中州，於皖人士不相聞者近三十年。洎解組歸皖，訪耆舊，則徐君已早逝，而王君年逾六十，與之習者，謂其詩益富而豪邁猶昔。適仁和譚仲修大令權合肥，遂寓書問訊。仲修來參開府，則挾謙齋詩集以至，且謂謙齋固亦知我三十年前也。夫以壯少相傾慕之人，投老未與之面，一旦讀其詩，如見其人，不啻寒得衣而饑得食，有詠歌舞蹈於不自禁者，斯文氣類之感固如是哉！

君爲人慷慨，負高詣，不爲世俗俯仰，而學足以輔其才，辭足以達其志。身經離亂、歷艱阻，以其激昂不平之慨，發爲憂時感事之篇。無待雕飾摹擬以爲工，而亦非規規於一人一境者所能測其藴蓄，斯謙齋之詩所爲超然獨遠也。廬陽據江淮形勝，哲人代興。咸、同以來，豪傑乘運而蔚起，崇勳鴻烈，銘勒旗常，金石人才莫盛於此矣。然獨至稽古績學之儒，瑰異畸行之士，以文章氣節自樹立者，乃千百中未易一二觀焉。僅存一奇特擅才望如謙齋者，不謂舉俗猶詫爲狂怪而『風漢』目之也。自古以怪狂稱者，孰有如東方曼倩、揚子雲其人哉？落拓長安中，當時貴人莫之與，而讀其客難、解嘲諸製，千載下但想見其賢，惡觀所謂狂怪也？今長安貴人抑多矣，令名晚節持清議者不敢預爲臧否，而惟謙齋之豐於才、阨於遇，固可即其詩論次其人。雖未知於東方曼倩、揚子雲有合與不，要其文藻品誼固得江山之助，而擅風雅之歸者也，彼詫而目之者奚爲哉？昌翰雖艾老，猶冀爲江淮之游，倘得叩關而坐君遺園，與之上下議論，庶幾有以覘謙齋狂怪果何如，抑藉慰三十年饑渴歟！

光緒乙酉嘉平月，桐城方昌翰拜識。

今天下有詩乎哉？富貴利禄之人挾其聲病、排比之術以干有司；幸而得志，即又慮不足與通人鉅儒上下其名稱，乃稍稍學爲詠歌。而其所言則又大都嘲弄風月之詞，與夫古之人通諷諭、盡忠孝者無與也。巖壑之間有少知讀書之士，又往往高其術以驕貴人。而所謂貴人者怒而詆之，以爲是固不足與論天下事。則不至盡滅天下大能讀書之士，而毀棄賢聖之道不止。嗟乎！豈特吾道之患，蓋亦天下之憂也。世之古也，瞽爲詩，工誦箴諫，庶人謗，商旅於市，百工獻藝。今皆不能。冠帶者既相率爲委蛇之行，獨此一二豪俊撫覽時事，宛轉自鳴，存天下之公。孔子而生，吾猶必其在弟子之列也，而营蒯棄乎哉！韓宣子之聘於鄭也，未嘗知有鬷蔑在其國也，以一言之善，而遂使見重於其主，所謂大臣之心也。

向使宣子漠然而聽之，而無所動於心，則亦尋常貴人而已，蔑雖賢，惡得與聞國政哉？

國家中興以來，才畯滿天下，而合肥王先生，賢者也，讀書負異，論時事利害若觀火，數發憤感涕，尤善歌詩，先後見知於東阿、新寧二公。從兵間有勞，當得大官，益棄去，放意山谷。或聳之出，曰：『以子材，附風雲而驤，公卿不足得也。』先生曰：『嗟乎！吾窮分耳，吾能踧踧從大夫後哉？且吾見知諸公，諸公死，吾不失爲民，坐覽時務，作歌告哀，冀無盭乎諸公之心，所以報也。』昔者，廉將軍既下相如，相如感激，卒爲死交。酇侯薦曹參之材，參奉曩規，實成相業。然必有金石之誓，車馬章韍之貴，乃可無貳。獨先生以詞章之微，感激知己，至欲以空文承往賢之心，是愈可多也。然則相如未足以爲重，曹參未足以爲美與？抑自審非富貴利禄之才，又不屑高其術以驕貴人，而乃以空文自表見與？何其遠也！詩集若干卷，諸老先生方謀布之，余因述詩教之不可以弗重，而諸公之知先生爲難能，與先生所以自處之當如此，亦欲使天下心先生之心者，皆知所以處其身也。

光緒壬辰冬月，泰興門人朱銘盤頓首謹譔。

自敘

余家自黄州公以來代有專集，暨余已八葉矣。束髮趨庭，即嗜吟詠，壯而獲交海内賢士夫，少解作詩之旨，然深惡夫修詞不誠、借此爲梯徑者，於是偃蹇抑塞，以迄於今。目睹鄉邦之治亂，世運之消長，人事之盛衰，倚伏旁及，一名一物，偶有所觸，無不寓之於詩。而髭莖撚斷，心盄耗殘，學殖就荒，疑義誰晰？舊時儔侣，或長歸地下，或遠在天涯，獨立蒼茫，仰承墜緒，其亦可慨也夫！爰就友朋所選，編爲三集，聊當年譜。後之覽者，足以覘其生平已。

光緒甲午十一月望，遺園老人王尚辰自敘。

校記

〔一〕拳石　據諸序及王尚辰諸作，又作『卷石』。

逍遥夢影録 自壬寅至癸丑

詠　葵

秋風從西來，百卉少顔色。灼灼園中葵，孤根勁且特。氣色配中央，大雅去雕飾。鑑兹傾日心，不減古忠直。

題周保緒 濟 丈逍遥津聯句卷後

春水園荒蝶夢孤，記從嵇阮醉黄壚。平生喜見奇男子，入世羞稱賤丈夫。不分冷官抛苜蓿，那堪清影落江湖。消殘泥雪空留迹，腸斷當年主客圖。

鍾離道中

迢迢大道暗黄塵，匹馬衝風曉問津。客裏渾忘寒食節，山城如夢不知春。

臨淮早發

臨濠山色盡，一棹向天涯。毳服當關吏，蘆簾市餅家。雨村低近水，風樹遠含沙。已過春分日，長堤未見花。

游夢緣庵

廟峙白雲邊，霞棲嶺外天。老松盤石磴，清磬落風泉。客借安禪榻，僧耕供佛田。軟塵何處入，明月下蒼煙。

雨飲鷲山草堂

農忙正旁午，不欲惱田家。展席溪雲起，穿林酒旆斜。春愁連暮雨，孤客伴殘花。富貴浮漚耳，閒居亦種瓜。謂周制軍敬修卜居山下。

送周星垣丈光斗回東阿

送君天際去，雲樹隔煙巒。南望平湖水，東風三月寒。柳棉飛野店，花雨撲征鞍。且盡尊前樂，清歌到夜闌。

催租行

眼前麥熟休浪喜，腰鐮纔釋催科起。晨負麥去夕負還，家家不乏誰下錢？欲乞稍寬須速備，一鷄半豚先媚吏。行當鬻婦頭上簪，累公受杖心自慚。三日爲期公莫恚，若免鞭笞即公賜。答言官亦慕陽城，今日安能行古治？送吏出門興嘆嗟，悔不當年求捕蛇。

旺莊遺興 在閔子集西，爲前明武氏故宅。

趁墟争負戴，市小壓頹牆。飲馬方塘濁，炊煙野竈香。昔賢餘舊壟，故邸盡荒莊。誰向騫山側，青松護草堂。

村行經閔賢祠

黄牛慣倒騎，遠近隨牛步。後嶺作前山，前林成後樹。越溝偶一騰，嚙草時小住。倦枕牛背眠，塊然忘朝暮。不知去幾里，歷歷過村聚。青峯何冥冥，中有孝友墓。欲尋舊茆茨，蓬蒿莽無數。丁寧老觳觫，坦險慎行路。

旺莊晚眺

暮景動寒意，登高趁晚間。淡煙明遠浦，斜日下空山。岸火歸鴻避，林沙獵騎還。西鄰新釀熟，帶月叩柴關。

游武氏西園

草長行蹤少，尋秋獨自來。煮茶收落葉，曬藥掃莓苔。果熟猿争獻，雲歸鶴未回。山居多樂事，欲去漫徘徊。

周敬修天爵制軍座中呈益陽湯海秋鵬先生

年少粗能記典墳，敢誇鼫鼠辯終軍。湘江浪闊澄孤月，秦岱峯高仰片雲。吏治漢廷尊汲黯，文章唐室重劉蕡。東山久繫蒼生望，雷雨經綸共策勳。

潘少白諮先生贈武林董文恭相國畫

玉堂揮翰寫霜翎，遠寄江南老客星。怪底巾箱勤護惜，山陽怨笛不堪聽。

黄扉使相閒情在，席帽山人逸品高。一代文章鸚鵡賦，可應分得鳳凰毛？

月夜聽蔡山人環乙鼓琴

三尺緑綺琴，護之紫錦囊。偶然一撫弄，秋聲流清商。一弦一寸心，弦短心何長！寒泉繞左右，獨鶴自飛翔。收琴不復彈，恐爲知音傷。

聞哭

清夜哭，清夜何人哭？哭聲淒切繞檐竹。月轉廊迴聽不真，懸知鄰婢遭鞭撲。朝朝暮暮供驅使，底事主人猶不喜？父兮母兮痛何知，悔不生時即投水。主人亦自愛嬌兒，終日香閨學畫眉。不怨主人仍怨己，怨己貧賤命如此。

禱雨歌爲沈和齋祥煦大令作

雌風憹溷日號怒，樹梢搶地飛塵埃。四月暄熱過五月，紅輪當午争燔煨。昨朝有鬼持扇去，獨禁大暑徒噫款。數舉故事禁屠宰，禱者結愲人方咍。城隍廟中搥大鼓，羽士誦經巫起舞。巫傳神語官應知，神所欲行官莫違。名垂循吏亦人耳，誰言古治今難爲？愁看旱魃虐如此，甘霖隨車即至矣。盡爲蒼生洗鬱冤，桑田稅駕歡聲起。

浮槎山道林寺題壁

我輩多塵累，愛山難住山。安能千日醉，不共片雲還。

晚過趣園懷蔡丈静遠邦寧徵君

林荒鳥語寂，石繡土花緑。誰識古城坳，尚有幽人屋。

秋熱

白藏節已半，赤曦宛三庚。秋暄補夏暑，酷吏尤縱横。癡蠅逐鼻擾，饑蚊繞榻鳴。浴罷汗沾背，露袒心稍清。蓐收方用事，祝融乃力争。神猶戀權勢，人何足譏評？炎涼變須臾，颯颯盲飆生。朝來越葛重，晚來吴棉輕。萬動慘不驕，霜威凛峥嵘。誰知舉體熱，是夢今始醒。

雨望

龜紋辛苦把鋤犂，一雨欣看豆葉齊。人著緑蓑緣徑去，馬銜青草過林嘶。秋將賽社憐歸燕，陰不知時信午鷄。已卜瀟瀟擁衾聽，濕雲如絮羃山低。

壽春道中

野水香殘荷，榆柳映蓬户。舍鞭倚轆轤，樹下面場圃。禾黍已西成，蕎麥初覆土。暗蟲時有聲，敗葉堆環堵。田公望煙歸，披襟憩亭午。緬懷沮溺徒，耦耕風味古。

雪霽楊將軍廟晚眺歸過趙氏怡園

跛驢狹路叩西闗，萬瓦鱗鱗繞市闤。凍雪壓城封樹頂，怒髯如戟黟神顔。一行野鷺閒隨艇，數點征鴻遠過山。日暮鐘聲催客起，名園醉折早梅還。

除夕留當塗謝小筠寶樹茂才守歲

雨雪連旬歲已闌，圖成九九記消寒。園官争報唐花放，客子空憐馮鋏彈。字剪宜春新送喜，書臨乞米久知難。一聲爆竹林鴉起，滿飲屠蘇且盡歡。

丙午春日東郊觀稼

春風動原野，草木皆自私。嘉種生平疇，雨露愛及時。后稷没已久，農人何孜孜。拮据供賦税，樂歲終在兹。寄語潛修子，樹德其務滋。

寄周遠齋元輔茂才兼索小輞川圖

落絮飛花撲綺檐，相思春暮别愁添。學仙可許求黄獨，謝客無如枕黑甜。蟬解嘶風甘守潔，鷄雛覓食未傷廉。輞川煙水難摹畫，何日重游拂素縑。

白繡毬詞

楊花飛雪落枝頭，繡出東風一段愁。錦帳流蘇香霧濕，月明如水夢揚州。

大風

狂飆怒號天地動，星河破碎鬼神鬨。大聲遠呼將倒山，盛氣猛舒如出甕。千里訇哮拔樹輕，一陣橫斜撲簾重。荒祠牆畔瓦鴦飛，貧家屋上茅龍控。老農無言扶杖立，呼兒索綯忙繕葺。噫吁嘻！傷屋尚可勿傷麥，租稅今年催更迫。

呈方丈蓮舫 士淦 太守

治水雲霞報早春，淮山猿鶴結幽鄰。平生高義傾三黨，父執深交有幾人？話到宦情消杜牧，公曾守湖州。傳來尺牘重陳遵。感懷漫記冰山事，觴詠天留自在身。

爲内子題扇上芭蕉

年來種紙向疏欞，深院芭蕉帶雨聽。十幅烏闌詩百絕，珍珠小字寫黄庭。

夜坐遲孫少臣 瀚 茂才不至

雨後晚涼歸，期君未掩扉。花明知月上，樹暗漏星稀。驚鳥棲巢定，流螢隔院飛。料應難觸熱，腹捧瓠壺肥。

郊外

林外沙頭落日餘，緑煙紅雨暗村墟。匆匆上冢人歸晚，野水齊腰漫渡驢。

餞別何地山廷謙太史之皖江

草色鋪茵花滿城，逍遥津上送君行。醉殘紅燭猶今夕，數到青山第幾程。爪迹偶留盧子國，鞭絲遥指皖公城。兩家文字兼交誼，别後應思太瘦生。

題趙丈響泉席珍廣文春江夢影録後

醉倒梨花酒一甖，春江夢影記分明。樓臺煙雨都陳迹，曠達猶留身後名。

送程鶴衫紹裘之龍舒

風曳亂花飛，芳郊賸落暉。送君今日去，來歲共春歸。

夏日途中

風曳蟬聲噪晚煙，停車緩步小橋邊。斜陽紅暈波心水，遠岫青浮雨脚天。鄰婦叩門驚犬吠，牧兒當道枕牛眠。勞勞客路頻來往，好借槐陰暫息肩。

觀涪翁墨迹

洗眼放觀山谷迹，一時奇癢快搔爬。筆乃骨堅肥亦瘦，字如拳大整還斜。臨池波磔兼三折，落紙煙雲自一家。畫舫中宵騰寶氣，防他神物暗攫拏。

丁未春日懷人 四首

懷寧方小東 朔 茂才

黄沙撲面凍雲乾，匹馬蕭蕭易水寒。遥憶故人風雪裏，鷫裘换酒醉邯鄲。小東赴都。

甘泉李少白 文鐸 少尉

廿四橋邊醉管絃，多情參得美人禪。畫眉聲裏花如雨，淡染春山一抹煙。少白室人工花卉。

同里趙丈野航對徵**學博**

冀北春歸沙似雪，江南夢醒草如煙。平生祇有襄陽癖，未了人間翰墨緣。

同里吴引之獻**山人**

誰識平梁老畫師，半生潦倒鬢成絲。思君家住巢湖側，流水桃花下網時。

病起

罏香茗碗迹全非，病起情懷與俗違。塵鏡乍開驚我瘦，瓦瓶斜插喜花肥。魚知春意跳波上，鳥弄晴聲繞樹飛。相約故人今日至，呼僮掃徑啓柴扉。

嘆蝗

聞道淮西旱，飛蝗更蔽天。微蟲今憒憒，不識魯公賢。

秋日訪彭大伯韞椿蓀

我懷彭處士，秋晚出西城。野鷺沖煙起，疲驢冒暑行。水香知稻熟，樹老抱蟬鳴。村際夕陽下，柴門望處明。

晨過孕石居伯韞留食新糜

破曉重來訪，秋曦未下牆。蝸涎粘畫壁，蝠糞散書牀。瘦竹滴清露，疏花孕冷香。昨宵春白粲，鹽豉快新嘗。

宿山家

修竹影蒼蒼，泉聲石罅藏。林深飛鳥倦，山静吐雲忙。茆舍泥爲榻，居人芋作糧。村醪留客醉，下馬解輕裝。

戊申春日游逍遥津

芳草滿汀洲，繁花散遠疇。野橋支曲徑，急雨亂春流。樹暗聞啼鳥，波平看浴鷗。柴門臨水近，罷釣繫漁舟。

舅氏李拙齋芝生先生將赴皖小飲花下

檢點珊瑚舊筆牀，春風一騎促行裝。璞藏未易千人識，蟻磨翻憐鎮日忙。世味酸辛嘗不盡，兒時情景話彌長。碧桃庭畔開將落，笑倚欄干快舉觴。舅氏工書，宗粱閬山大令。

送宋雲屏錦之江寧

春程最有情，草襯馬蹄輕。綠樹雲亭驛，青山浦子城。解鞍江月上，吹笛海潮生。隔岸傷心處，君應畫不成。雲屏工畫。

游沁芳園呈戴疊峯鴻恩先生

浮沈宦海鬢毛班，小構園林且達觀。移竹月來分綠淺，種花春老惜紅殘。事皆適意千句少，文欲垂名一字難。世路崎嶇何足問，匡牀夢穩酒腸寬。

感懷表兄張瑶初爾琪大令

一夢西湖便不醒，落花濺淚語流鶯。瀧岡寄恨埋阡表，宦海無人記姓名。老屋數椽愁易主，遺孤千里滯行程。年年江上秋風起，猶說思歸張步兵。

壽春旅次感懷表兄孫沛農 家澤 祠部

曉鶯聲裏雨濛濛，淮水無情又向東。遠客愁逢寒食節，春風魂斷杏花中。何堪日下聞歸櫬，曾共湖邊把釣筒。淡墨遺書猶挂壁，近來兄事少興公。

秋日游蜀山

巖風吹送午鐘聲，杳杳松陰夾道行。亂石嵯峨偏礙路，野花開落不知名。山空草長龍湫涸，寺破雲荒佛面生。老衲煮泉閒話久，一鞭歸趁夕陽明。

重九柬吴丈菊坡 克俊 索畫

病起神猶健，顔衰髮更新。殘年花作伴，老屋佛爲鄰。耳塞呼聲叟，頭銜署酒民。興酣閒潑墨，妙筆任天真。

晚秋過環翠墩元葛景先徵君故居

秋深湖汊淺，馬渡碧流中。小市魚蝦聚，貧家樹木叢。人間編虎落，霜降祝牛宫。環翠墩邊過，猶存古處風。

送裘小華德俊選貢返河間

迢迢征路遠，瘦馬別荒城。落盡淮西葉，長爲冀北行。河聲流客恨，山色送君情。隴上梅花發，歸途計幾程。

送表兄孫引恬家秦比部北上

一夜朔風寒，千林木葉乾。送君今日去，小住片時難。此別何年晤，相思各淚彈。南來逢驛使，爲我報平安。

昔我到淮城，逢君又遠征。幾年疏問訊，一夕話離情。堂構仔肩重，親朋感慨生。此行須努力，慎勿負清平。

北莊即事柬伯韞索觀文待詔山水

已過重陽節，催租又下鄉。三家臨水店，獨木架魚梁。破帽遮秋日，疲驢犯早霜。洗杯頻讀畫，先到故人莊。

瓦埠晚渡

水氣浴斜曛，榜人喚渡殷。鴉聲喧落葉，雁陣亂寒雲。市遠炊煙出，林深暮色分。晚過君子里，斷碣訪遺墳。宓子墓。

除夕接趙雲持彥倫書代柬

殘雪平階積，孤樽餞歲歸。舊家門巷冷，急難友朋稀。古鉢燒松響，寒燈放焰微。平津當晚遇，轉嘆少年非。

己酉花朝口占

記得尋芳二月時，辛夷開盡柳垂絲。而今事事居人後，花木逢春也覺遲。

懷江丈龍門開大令

一官落魄寄三秦，渭上風塵老此身。盼斷青青新柳色，天涯猶有宦游人。

游香花墩

閒沽白墮買山肴，來訪祠堂近水坳。一角遠峯遮落日，數椽老屋傍荒郊。飛花零碎初辭樹，歸鳥參差各認巢。爲愛沿堤新柳色，春光如許未能抛。

喜周遠齋來自六安招吴鞠坡丈趙雲持謝小筠李少白夜飲席閒索題青溪話舊圖即送歸壽州並懷表叔孫小雲長和廣文虞臣愷元茂才表兄稼生家穀選貢

人生能得一知己，側身天地無憾矣。與君長嘯東城頭，三載相思從此始。下無鯉魚上無鴻，浮槎道上乏詩筒。措大失策家屢空，飽食常愧多牛翁。匝地雪花大如手，忽見貧交開笑口。燒殘銀燭夜光寒，斗室圍爐聯素友。酒懷正渴鷄聲起，明朝又復各分徙。筵前顧曲數周郎，夢墮青溪煙水裏。青溪小閣西風涼，囊琴匣劍增游裝。槐花忙踏長干里，白眼看人號酒狂。浮名枉被青袍誤，幡然跨鶴揚州去。平山堂下幾清明，斜日半帆飛柳絮。歸來逸興寄鷗鳧，月落雲停意境孤。秋窗擁被憑誰話，韻事須添感舊圖。經營慘淡愁先注，江上青山尚如故。春水園荒宿草深，一抔黄土才人墓。周保緒丈。安吴筆勢追中峯，包慎伯丈。

將軍畫法兼南宗。湯雨生丈。馮唐論將今已老，馮晉魚丈。汪倫送客情何窮。汪筠之丈。過江名士多憔悴，繞樹烏啼愁不寐。隻身跳走古皋城，猖狂灑盡窮途淚。雪泥到處留鴻爪，棖觸前游成畫稿。半生潦倒困風塵，彈指光陰驚草草。名山回首夢魂飛，結客江湖往事非。只有青溪無恙水，年年花落送人歸。我亦誅茆箏笛浦，蒹葭瑟瑟鳴柔櫓。擬作輞川別墅圖，尺幅煙嵐請君補。送君歸去白雲中，歌傳招隱山嵸巃。淮南賓客皆仙侶，漫話青溪舊日蹤。

病中獨坐

下簾躭獨坐，息慮萬緣空。秋草餘寒翠，疏花墜冷紅。心閒書有益，病久藥無功。涼意誰參得？披襟怯晚風。

訪伯韞不值晚宿田家

幽人不我見，悵悵至田家。野步隨歸犢，穿林數暮鴉。日華消柳色，霜信到葵花。把盞邀鄰叟，新醾量更加。

夜發全椒

夜發滁河口，輕裝泛短篷。亂山荒吐月，禿柳怒呼風。水響驚眠鳥，鐙昏聽過鴻。明朝沽美酒，飛渡大江東。

聞錢東平江布衣談林少穆宫保舊事

憤來倚劍唱烏烏，伏櫪誰憐壯志孤？兩戒河山歸指掌，一民心事負頭顱。君自伊犁回，號「放歸一民」。盈庭自把長城壞，失著全教此局輸。舊是衛公老賓客，酒酣談往獨嘻吁。

臺城懷古

鐵騎横江一葦過，門開朱雀戰塵多。君王醉倚沈香閣，士女魂銷皂筴歌。草長高臺灰畫字，煙沈辱井水無波。東南王氣連朝盡，妖鳥聲聲唤奈何。

登雨花岡謁方正學祠晚憩高座寺

一角危亭聳翠巒，鱗鱗萬瓦接長干。幾經劫火空花雨，終古寒光湧雪湍。瓜蔓恨埋秋草緑，楓林冷愛夕陽丹。鍾魚粥鼓維摩室，來訪支公聽止觀。

游博山四松庵

虎踞雄關拱翠巖，屈盤磴道石巉巉。城頭樹色藏孤塔，江面波光點亂帆。風捲松濤疏雨過，日移幢影片雲銜。當年辟暑徵遺事，小憇繙經脱布衫。南唐暑風亭遺址。

湯雨生貽汾都督出示太夫人斷釵吟屬題

散盡黄金兩鬢皤，皋魚血淚老還多。羣欣家誥標彤管，應使門人廢蓼莪。列鼎枉教悲仲路，據鞍誰復惜廉頗？何須更説封侯骨，畫筆詩名總不磨。

舟行雜詠

白下看山興未闌，蘆花如雪泊前灘。舟人夜語驚殘夢，萬派江聲到枕寒。

龍江待風

纔别青谿第一程，扁舟泊處晚潮生。烏啼老木霜無迹，雁渡寒江月有聲。悵觸鄉愁傾薄酒，商量畫稿剪孤檠。朝來順水揚舲去，兩岸青山遞送迎。

晚泊三山

江村傍晚繫孤舲，旅興蕭然散遠汀。出水一鈎新月白，斜陽萬疊暮山青。年荒結網漁爭利，廟破無僧佛不靈。醉起倚篷回首望，蒼茫煙樹翠微亭。

晚過巢湖

放棹中流興更狂，孤帆隱隱净湖光。粘天遠樹沈殘霧，近水寒山淡夕陽。大地人民歸浩劫，頻年湖溢，居民多被水患。當年城郭總荒唐。煙波萬頃投何處？且逐鍾聲到上方。

湖干阻雨

扁舟一葉泊湖干，擁被殘宵夢未安。雪壓蘆花驚雁起，風掀浪雨打篷寒。家園已近歸心急，客況頻嗟行路難。明日好同春信至，次日冬至。洗杯定許話團圞。

歸舟遣興

夢墮菰蒲野水邊，殘宵雙槳撥寒煙。幾回狂笑呼明月，我與梅花共一船。

晚　行

寒鴉聚處幾家存，老屋蕭條有漏痕。風散炊煙溪尾出，林銜落日渡頭昏。囊空路遠愁行客，歲暮村稀早閉門。野色蒼茫聞犬吠，短衣匹馬過荒原。

悲饑年

窮居逢儉歲，衣食知艱辛。開門見流冗，千百紛成羣。縱使粟如土，立盡太倉陳。一朝大雪降，道路愁行人。嗷嗷思待哺，誰憐餓殍身？老叟前致詞，欲哭已聲吞。馬齒七十年，未有如今貧。持女易百錢，敢望君子仁。爲婢真大幸，免充鷄與豚。我聞益惆悵，俯首淚沾巾。麥熟亦易待，努力掘草根。上有堯舜君，下有稷契臣。

庚戌上巳日偕六弟桂山七弟翰臣游逍遥津

柳色摇空水漫灘，臨流小憩慣憑欄。孤村傍晚雲陰合，久雨將晴花氣寒。野酌漁樵争泥飲，閒營邱壑勝求官。況逢勝日重修禊，戴月歸來興未闌。

小輞川題壁

竹籬茅舍傍城居，一水迴環處士廬。好友愛逢蕭散客，行文懶作應酬書。蘆碕拍浪驚眠鴨，柳岸移陰看釣魚。鄰叟閒來談往事，醉傾濁酒剪春蔬。

相思曲 謂鴉片也。

炎荒瘴毒金蠶蠱，皂鴉嘬人肌骨腐。磨脂滴血搗春花，摶就相思一塊土。相思土碎飛青煙，拼教内地輸金錢。閭閻元氣日澆薄，絪緼化作相思天。相思兮相思，相思朝暮無已時。但願不識相思味，待到相思悔已遲。吁嗟乎！世間多少奇男子，一生甘爲相思死。

春日奉懷

畫筏書筌共討論，銀絲小篆紀新恩。湯雨生先生。九重傳語褒忠孝，李石梧制軍入覲，上詢及，公賦詩紀恩。天子知臣寄白門。包老工書通古法，筆埋成冢墨成池。包慎伯先生。紛紛俗學多虛造，耳食空談北魏碑。墨痕重認餘霞閣，惜抱書。康衛歸來雪滿簪。客秋先生避水四松庵，黄公樹齋、梅丈伯言、潘丈少白不期而遇，辰偕戴存莊侍側。赤手難償饑溺願，憂時諸老伴清談。姚石甫先生。翦張酒趙快誅鋤，吉網羅鉗漫詆誣。南望桂林烽火急，白頭擐甲痛慈烏。東阿周公。

三月望日招方子箴濬頤太史唐星齋增炳明經吴丈蔗翁趙雲持泛月逍遥津聯句

勝地良辰會佳客，辰。賓主陶然忘形迹。禊事纔過三月三，俊。朋簪小聚羅含宅。雉堞東偏鬥鴨池，炳。柳陰踠地緑絲絲。新蒲出水蘆芽短，頤。細麥飛花筍籜遲。濠流屈曲環如帶，辰。茆屋清幽隔埃壒。濕雲低曳鳳樓邊，頤。暝煙遠抱漁莊外。繞籬野菜蝶來稀，俊。去年燕子今年歸。香生紅豆詞人夢，炳。酒漬金庭逸客衣。風流曠代追羲獻，頤。玉堂彩筆凌雲健。夜闌剪燭競飛觴，辰。相思他日詩留券。當筵列坐多古懷，俊。招得狂吟范陸儕。翰墨因緣邀月證，頤。英雄事業半塵埋。危橋咫尺傳飛騎，倫。將臺久改招提寺。一杵鐘聲警睡魔，辰。千秋粉怨沈香骴。已覺尊前感慨多，俊。那堪萍梗逐風波。偶臨春水尋鷗鷺，倫。還擬秋衣製芰荷。唐衢逃酒飄然去，頤。又索倚樓補題句，霧散平蕪不辨青。辰。月明大地都流素。漸聞鷄唱起前村，俊。野景蒼茫夜色昏。橘釀瓶中傾賸滴，倫。鴻泥壁上認新痕。天教占盡清閒福，頤。山水怡情勝絲竹。爲語今宵共醉人，如此佳游須再續。辰。

次日子箴復成二律屬和

春漲平谿晚，波光漾渺冥。鷗閒眠野水，魚戲亂疏星。戰壘銷無迹，香魂喚不醒。惟餘舊時月，伴我宿茆亭。

笛聲留客住，載酒更超然。樹暗煙村合，天空水鏡圓。放船疏柳外，小語淺蘆邊。共道今宵樂，清游未肯眠。

晚晴往田家

晚晴出郭駕輕車，野蔓荒榛繞徑斜。風掣亂雲堆作嶂，雨燒殘日釀成霞。秋原放犢閒吹笛，斷港觀魚響落叉。早稻登場農事急，相邀野老醉田家。

野眺

傍晚鷄聲屋角啼，尋秋信步過前溪。棠梨結實連枝綴，香稻飀花出穗齊。一鷺拖煙穿樹去，羣鴉背日障天低。欲行且止心無定，遠望山莊隔水西。

苦雨

門設常關迹已陳，空階幾點緑苔新。事無適意閒眈睡，客少知心懶詣人。苦雨乍晴偷放日，感秋易病勝傷春。逍遥津畔波痕長，自理棼絲結釣綸。

中秋夜晴獨酌憶崑山徐竹香鳳岡茂才

不遺中秋去，清輝放夜分。淡煙能養月，疏雨欲留雲。夢覺香無隱，涼生酒易醺。君家富文藻，閨閣亦清芬。

白海棠和内子韻

更覺秋光冷，花時蝶過稀。柔情扶月起，寒夢化煙飛。竟體清無影，微香淡襲衣。與卿同寂寞，相對也依依。

静極

静極機緣息，身閒歲月賒。片雲陰庇樹，小雨力催花。砌濕忙遷蟻，牆低細篆蝸。草堂人不到，終日絶喧譁。

蛩聲

微蟲不解事，秋至動情懷。使我心如訴，閒吟月到階。宵深啼露冷，花落怨香埋。遥憶清閨裏，挑鐙墜玉釵。

秋夜憶伯韞用工部韻

別久翻無夢，醒時獨汝思。一從春水約，三復谷風詩。村遠秋歸早，天寒雁到遲。重陽知漸近，莫負菊花期。

題裘小華郎中海天長嘯圖

黑風怒驅海雲走，祖龍鞭石老蛟吼。仙人扶杖三山來，手摘酒星大如斗。排雲忽見金銀臺，洞天窈窕開蓬萊。俯視齊州煙九點，笑指東溟水一杯。蒼茫獨立發長嘯，引入天風鳴萬竅。千載桐江待拂衣，一竿滄海堪垂釣。河間公子人中豪，筆端迅捷翻秋濤。胸中阮籍餘塊壘，眼前李白猶蓬蒿。飄然逸興凌雲起，乾坤何處稱觀止。積氣全浮貝島高，洪波倒立麟洲峙。百川會合争朝宗，才人到此開心胸。石鯨夜飛沃焦暗，陽烏下浴扶桑紅。蘇門嘯旨流傳少，難得奇情出塵表。響落寥空白浪飛，興酣滄海青天老。君身仙骨君自知，逼人富貴將何辭。準擬前程青瑣闥，漫言舊夢白雲司。披圖一見渾如故，瀟灑風前臨玉樹。野鶴蕭然寄性情，祥麟本自饒豐度。海内經師老鄭玄，化南師。屢求琪樹試丹淵。但看入綱庸非寶，略解吹簫未是仙。眉山門下李方叔，夙仰斜川才百斛。十年蠡測定何知，飲海從今期滿腹。

過龔芝麓尚書故第

巷口荒祠落照明，定山堂下少人行。芳池久涸蛙爭鬭，枯樹無靈草寄生。一代詞章追孝穆，千秋出處擬元成。風流不愧騷壇長，江左於今尚有名。

過李文定相國故址

聖祖龍飛三十載，貞松寵賚相公家。偃兵四海欣無事，守法羣工慎不譁。孝行格天消旱魃，文章繼志擅春華。丹壑太史。百年喬木凋零盡，惆悵荒園落野花。

冬夜同人集小輞川即餞戴蓉洲鈞衡孝廉歸桐城

朔風捲地烏夜號，同雲四散霜天高。怪樹攫人鬼猙立，蒼茫凍月寒生毛。蝸廬斗大儘容膝，詩兵酒將招吾曹。剡溪小戴萬人敵，英姿颯爽尤雄豪。興酣離席蹶然起，目如巖電光騰霄。一聲長嘯迸金石，滿空風雨何蕭騷。揮戈挽住魯陽日，控弦射走錢江濤。將才徐庶毅甫。輒避舍，老謀趙括雲持。先奔逃。我逞偏師數挑戰，詞壇小隊精兵鏖。一擊不中銳氣沮，旗靡轍亂塵氛囂。賓主雜沓各鬨笑，氈爐洗盞傾葡萄。累舉十觴亦不醉，屠門大嚼嗤老饕。感君俠骨自千古，當筵解贈王郎刀。書生上馬快殺賊，燕然勒石銘勳勞。著書閉門等閒事，莫教齎志埋蓬蒿。不然南山射猛虎，抑或滄海求靈鰲。高談雄辯猶未已，杯盤狼藉聲喧嘈。寒鷄亂叫燭光短，送君此去心忉忉。林荒月黑絶人迹，嚴城古刹撞蒲牢。

辛亥四日徐毅甫子苓孝廉過墨春軒索蘭花隔日酬以詩又乞盆梅卻答兼招飲

蘭以比君子，相交臭味親。名園添石友，余意結梅鄰。野趣能醫俗，孤芳自賞春。恰逢人日至，好作詠花人。

晚遂草堂移石感懷蔗翁

故人今化去，三徑亦全荒。遺贈仇池石，長辭晚遂堂。園花愁易主，畫筆禿盈囊。廡下頻淒絶，誰憐老孟光？

施小癡森柏過訪感懷尊甫墨癡庭桂世丈

一别又三載，孤蹤不可尋。藝猶工畫象，身是倦飛禽。鄭重鳴陰感，艱難負米心。輞川重過訪，話舊淚沾襟。

月夜懷裘小華京師

明月不常得，清光飛上天。與君千里共，遲我一宵眠。顧影憐知己，揮杯醉隔年。人生有聚散，莫怨別時圓。

雨後游逍遥津

入夏三宵雨，池痕隱釣牀。白鷗隨鷟浴，青草絆人長。水氣明虚幌，山光逗女牆。漁歌驚午夢，相與味滄浪。

夜過蜀山

疏雨前山過，山行始覺秋。松梢下凉月，竹徑響清流。衆籟曠然寂，空青遠若浮。野香何處是？早稻穗初抽。

含山南郊拜曾祖墓 在花山上。

邱壟今無恙，松楸護墓門。泉聲飛樹杪，嵐氣鬱雲根。慚愧孫曾志，艱難涕淚痕。遺編聯棣萼，珍重典型存。

江都符南樵葆森招同小東存莊游莫愁湖

昔我曾游此，與君今又來。六朝香夢冷，一水野荷開。小艇迎斜照，秋風動古哀。漁歌聞唱晚，湖上漫徘徊。

大雨登采石磯晚晴飲太白樓觀蕭尺木畫壁

神湫浩蕩下岷嶓，風雨蒼茫醉放歌。明月初更飛海嶠，危樓一角拗江波。橫空畫壁真無敵，異代狂名共不磨。咫尺青山思小謝，笛聲吹起古愁多。

九日約雲持登城西樓

又是重陽落帽辰，小園秋氣暗傷神。名花淡似忘形友，倦鳥情同失意人。閒裏養心能卻病，愁來無術可醫貧。登高且赴城西約，紫蟹初肥酒味醇。

看菊晚歸喜雲屏至

城南閒看菊，歸去已黄昏。入户喜君至，開懷倒酒樽。小窗放明月，老樹掃秋痕。畫意當前悟，挑鐙共細論。

聽雲屏撫琴因憶遠齋

妙趣静中得，琴音隔座聽。篆痕散窗白，花影戀燈青。此際寂無語，開門月滿庭。所思今不見，寒夢落煙汀。

雪夜招少白游小輞川並索佳釀用東坡韻

愁腸百結酒腸渴，枯坐挑鐙膏欲竭。窗外風敲碎玉聲，起視寒林初著雪。剡溪放棹亦偶爾，煙水輞川差髣髴。埋香昔日儘風流，弔古情深悲孟德。今夕冷趣君未知，雪影波光幻明月。倘能載酒從吾游，小艇衝寒更清絶。黨家風味非不佳，豪門怪底因人熱。

枯木歌

穀甫晨炊市薪，拾枯木，古逸怪秀，殆類老蘇所記木假山也。余欲奪去，穀甫難之，遂以舊藏青田石相易，即用梅宛陵韻題於側。

懸疣附贅形蝸牛，螺髻蟻穴環瀛洲。苔蘚剥蝕幾春秋，沙痕梳剔波紋流。蘇家三峯費鐫鏤，刻詩曾似先公酉。長公有木山詩。今我見此稱奇絶，移人大抵物之尤。李句。難奪所好易以石，有如换酒鸘鸘裘。嘆汝不生岐山上，得友梅梓並杻檍。大木漸受匠人斲，曷不匿迹歸林邱？

城上烏

城上烏，朝朝暮暮聲自呼。三冬無雪土膏竭，覓食空田搜宿麥。飛鳴欲傍富兒倉，恐惡此聲爲不祥。乾鵲迎門争報喜，慈烏吞聲饑欲死。誰憐返哺時，啞啞情難已。吁嗟乎！高岡不聞鳳凰鳴，平原不聞鸛鴿聲。且隨鷄鶩毋相争，一飲一啄安其生。

李藹如 本仁 方伯以自題長江籌遠圖詩屬和

坤輿兩戒蟠山川，神湫旁薄趁蜿蜒。皖江設險一衣帶，綰轂都會司中權。國家重熙恢至德，化日濃膏被蠻貊。寰海承平二百年，鯨波不動江光鮮。天塹之險古如此，形勝分明堪屈指。勢控荊襄居上游，孤山雙柱砥中流。大龍回顧争吞吐，天門中斷分吴楚。秦淮王氣騰龍虎，紫髯將軍初拓土。自從五馬渡江來，一龍掉尾風雲開。王家麈尾謝公屐，俱是風流濟世才。鳥磯牛渚兩寂寞，潮打三山一輪月。寒濤嗚咽黄天蕩，大江東去歌聲壯。白浪空摩燕子磯，金焦兩點餘屏障。江流浩淼連外洋，勝明倭寇殊披猖。桓桓戚南塘，練兵殺賊嚴江防。戰守雖然憑地利，治亂由來視人事。何物墟中魂，乃盗潢池兵。時粤西跳梁。維皇嗣宇轉大鈞，灘江桂嶺皆吾民。昨聞軍符日馳逐，大農紓籌嗟不足。九重屢盼捷書至，諸將但持道旁議。我公一面當皖城，壯志欲請終軍纓。袖中舊有陰符經，自恨不斬吞舟鯨。登樓遥喟烽火明，酒懷戎算兼詩情。寫作長江圖，冠以七字詩。揮灑醉墨何淋漓，快筆直與江争奇。側聞抽練布嘉告，公奏抽練精兵，奉旨通飭各省。更慮剽椎警頑俗。獻納常防失律憂，旬宣冀沛全淮福。賤子伏蒿萊，豹略間探討。平生卻笑馬服君，飽讀父書多不曉。但期巨手奠坤鼇，數著能教濟時了。岷山高峨峨，大澄盂拔薤有至計，止沸揚湯儘滋擾。

江自瀰瀰，公才萬斛如江水。飛鴞啄桑音盡革，枹鼓不鳴春風起。寄言父老莫浪憂，君不見，我公何如元道州！

懷栗春坪烜師時奉諱家居

瓠子歌成述舊勳，謂恭勤公。懸魚堂畔繼清芬。手栽桃李成陰久，歸傍恒山臥白雲。

地震

稽考康熙年，地動經頻頻。豈惟驚畿甸，直達晉與秦。屋廬數千里，傾圮無一存。死者如亂麻，存者鼠狼奔。聖人避殿憂，下詔沛殊恩。大開瓊林庫，築室招流民。迄今二百載，四海安耕耘。怪事忽又發，夏四月初旬。黑霧從西來，白氣相吐吞。兀坐疑人推，摇蕩臥且蹲。訇然街市鬨，竊恐乾坤翻。盧仝救月蝕，我亦蟣蝨臣。天門詄蕩蕩，異事誰瀆陳？所賴賢牧伯，上體堯舜仁。催科願少衰，傴瘻容一伸。茆檐慶既宅，秫秸敢辭勤。金柱永堅靜，壽康樂窮村。

訪小吏港

彈指滄桑幾變更，城東一水自盈盈。長篇樂府空今古，豔説廬江小吏名。

讀阮詩

文人慧業數偏奇，我獨傷心魏晉時。解道猖狂爲至慎，詠懷深愛步兵詩。

讀陶詩

挂印羞爲彭澤令，歸來老作葛天民。自題五柳先生傳，誰識千秋血性人？

讀劍南詩

南渡詩人首放翁，豪情壯志付秋風。拼將家國無窮恨，都寓田園雜感中。

書小倉山房詩後

誰從風雅溯根源，嘉道而還僞體尊。不識隨園真佛力，紛紛衣鉢墮禪門。

小輞川棹歌

逍遥津，孫曹鏖兵處，在城東隅。中有邱，四圍多槐柳。道光庚寅，家大人拓地數畝，種花竹，結茆津上，爲大父宴息所。越數載，圮於水。己酉春，復修葺之，顔曰『小輞川』。命辰偕諸弟讀書其中，暇則泛舟垂釣，或繞徑行吟，與園叟、漁丁笑呼爲樂。咸豐初元，自白下歸，約宋山人雲屏作圖，因成棹歌四十首，以補圖中景物之缺。

鬥鴨池邊小輞川，年年三月水如煙。桃花紅漲春波暖，細雨斜風泛釣船。

幾日波痕没野谿，逍遥故址浪平堤。依稀緑到藏舟浦，草長春深鶯亂啼。

平疇雨過緑初勻，麥浪層層接水濱。更喜菜花風旋起，黄金滿地莫憂貧。

一樹棠梨冷暮雲，紙錢風緊雨絲棼。可憐城畔高低冢，更有何人來上墳？

破壁苔紋近水坳，空梁塵網挂蟰蛸。晚風入户簾痕動，燕子銜泥認舊巢。

垞南垞北界煙渚，堤短堤長隔柳條。行到水雲最深處，百花影裏小紅橋。

栽得桑麻蔭四鄰，那知憂旱更艱辛。一犁夜雨園蔬長，新買豚肩賽社神。

雉堞迴環儼畫屏，鷗波浩渺接空亭。施淝舊迹今難辨，考古還思注水經。

解下�放釣筒，櫻桃樹底立當風。女郎掩口殷勤笑，爲指枝頭色更紅。

喧喧蛙鼓鬧深宵，蟹舍漁莊慰寂寥。隔岸桔槔聲不歇，引來新水養魚苗。

笑語喧争聚岸旁，銀刀上水繫垂楊。兒童拍手羣驚起，老鸛銜魚過女牆。

閘口高平飛騎橋，春來江信始生潮。孫曹戰迹無人問，賸得城東路一條。飛騎橋在津上。

波影清連小吏港，濤頭直到子胥臺。英雄兒女空陳迹，惟有沙鷗自去來。津水通小吏港，繞子胥臺。

凍雷昨夜雨霏霏，驚笋抽芽出土肥。盼到貓頭君莫咒，幽篁散影抱琴歸。

瓜皮艇子響咿啞，有客初來處士家。卻笑盤飧無別味，自提絲網去撈蝦。

早起鋤瓜四月天，緑槐高處望炊煙。漁兄漁弟争呼伴，釣得魚來换酒錢。

編就蘆簾自在眼，北窗一枕小游僊。醒看稚子閒無事，戲搦蛛絲暗捕蟬。

折得紅藻向碧潯，花開花謝最關心。凌波欲步盈盈水，試比儂情深復深。

碧水空明蕩槳過，蜻蜓也解點輕波。怪他打鴨偏多事，驚醒鴛鴦唤奈何。

迎秋雨足稻初肥，花落紅蓮香四圍。數點星光忽明滅，夜來時有水螢飛。

菰蒲動影破潭煙，收拾笭箵水上眠。箏笛不聞漁唱晚，埋香何處弔嬋娟？箏笛浦即此地。

亂葦叢中水一涯，城陰迴抱有人家。幾條破網當門曬，分得斜陽上蓼花。

墩换香花舊宅荒，鳳凰巷口迹茫茫。包家久與齊民伍，踏藕叉魚一例忙。包公故宅在城内小鳳皇橋巷，有墩曰『香花』，瀕淝公讀書處。今存尚節樓，祀公子婦崔氏。城南一邱本梵宇，明時改爲包公書院，後爲家廟，香花之名遂移。

返照譙樓乍放晴，豆花棚下晚涼生。三杯軟飽風前臥，閒聽秋場打稻聲。

偷窺荷鏡蹙修蛾，懊惱吴娃恨轉多。絡緯有聲天欲暮，月明齊唱采菱歌。

獨跨疲驢盡日游，溪邊野趣愛勾留。斜抄小徑穿林過，霜柿如拳悮打頭。

階前隙地拓三弓，閒向西風種晚菘。老圃秋深籬落冷，飛飛寒蝶野煙中。

枯蔓盤窗木葉飛，秋蟲寂寂掩柴扉。偷閒摇櫓前頭去，滿載黄花共蟹歸。

烏桕丹楓閒幾重，樓臺深處碧雲封。尋秋信步渾忘遠，古寺天寒響暮鐘。教弩臺、羅漢寺、地藏寺，皆唐宋古刹。

衰柳蕭疏野水寒，一行雁影落荒灘。蘆埼風捲花如雪，小艇藏人偷下竿。

脱卻蓑衣堆樹根，相邀鄰叟話前村。秋林缺處城西望，一點山光緑到門。

方塘飲馬日歸遲，水面雲低欲雪時。忽聽亂鴉聲起處，乞兒吹火傍荒祠。

寒柝沈沈夜未明，板橋路滑少人行。不知水響緣何事，小犬迎門有吠聲。

築土爲牆草蓋廬，野人家計禦冬初。即看溪嘴寒梅放，曾記衝寒手自鋤。

黄昏飽飯繫孤篷，歸去圍爐草閣中。袖出新翻漁釣曲，吟殘芋火夜深紅。

聚星堂裏鬥吟箋，禁體争誇得句先。不獨詞壇添韻事，花飛六出兆豐年。

松篁隱隱結茆庵，鐙火青熒伴客談。憶否莫愁湖上過，經營畫稿放江南。

小隱城東遠市囂，潛夫蹤迹近漁樵。菜根滋味閑中嚼，清白家風歷四朝。余家自北宋時居淝。

維摩十笏水中央，隔斷紅塵鷗鷺鄉。管領四時好風景，看花怎及著書忙？

天將雲水寄閒身，拋卻浮名愛隱淪。課雨占晴無一事，此生合是灌園人。

壬子春夜宿南村與赤芳宗老雨話

春旱日如血，塵飛熱風吹。短麥未三寸，種黍將失時。布穀枉自喚，黄雀浪相隨。五更被涼冷，檐溜傾茆茨。懸知原野外，波濤捲塘陂。終年公私急，精力耗鋤犁。輸官有餘粟，不救室中饑。得雨喜復悲，淚下如連絲。未學絶粒法，煙火惱沈脾。空中良泌笑，亦安用食爲？

七里河待渡

趁墟小聚岸沙邊，渡口無人待放船。附郭魚鮮争入市，傍山水足早耕田。嵐光破日沈花塢，露氣侵晨養麥天。欲向七門尋廟記，囊中尚有拓碑錢。劉貢父有七門廟記。

梅心驛訪觀音洞

懸巖空鑿洞，老樹臥生春。即此天然境，常留自在身。好山堪入畫，仙尉喜爲鄰。擾擾紅塵裏，應嗟行路人。

山行望二姑山晚飲村舍作

挽葛拾磴道，悄然窮險危。青霞向空盡，仰見雙蛾眉。香澤蘭芷異，仙迹猿鳥知。午迷謝靈運，晚縋韓退之。欲投華陰宿，竊慮永嘉疑。下山訪茍媪，明月生茆茨。

桐城道上

酒旗風捲落花飛，野鳥穿林語翠微。香散麯塵攙細雨，暖催柳絮撲征衣。山荒田少耕牛瘠，草長春深驛馬肥。共道守官多善政，此郡民氣異淮淝。

楊柳曲

桐城道中種楊柳，往來攀折行人手。長堤三月麯塵香，春老飛花滿店傍，隨風飄蕩沾衣裳。君不見，陌上桑，自亭亭；澗中蒲，何青青。草木生來有本性，莫學楊花無定形。

宿集賢關

幾點燈光出晚村，數椽茅舍枕山根。槽兒迎馬争當路，壚女招人慣倚門。雲氣漸收清似水，月華初吐大於盆。輕裝未把征塵拂，先解奚囊倒酒尊。

大觀亭謁唐兀余忠宣公墓

我亦青陽住，來尋皖口祠。濤聲崩岸險，山勢劃江奇。窈窕孤亭晚，蒼茫百戰悲。巍然一抔土，愧煞老臣危。

與吴蘭軒廷香年丈登迎江寺塔書懷

滚滚洪濤萬里風，與君高唱大江東。不徒弔古傷春意，都付荒煙落照中。地接淮徐民力敝，烽傳楚粤戍樓空。書生籌國非逾分，後樂先憂願本同。

雨霽涵春樓晚眺

濕雲埋斷岫，驟雨響晴空。江氣吞天白，霞光飲水紅。帆檣飛鳥外，吴楚暮煙中。極目思千里，高歌倒酒筒。

飛鉢庵遣興

肥水皖山相接壤，離家争奈百愁侵。禪房小住日無幾，物候忽驚春已深。客邸鶯花紛過眼，故園松竹最關心。漫言三月鯽魚美，彈鋏羞爲游子吟。

天然居小飲遇雨晚晴遠眺隔江諸峯

白雨斜飛猛氣吞，黑風倒捲怒濤奔。此時放眼空塵海，無數名山到酒樽。日落長天江影淡，雲歸深樹鳥聲喧。我來小閣褰簾坐，指點孤帆過遠村。

望投子寺

孤雲何處飛，野鶴獨來歸。日午無人影，鍾聲冷翠微。

午憩松下

日薄雲無影，山空翠濕衣。深林疏雨過，時有妙香飛。

曉過峽石關懷唐秋谷 晉語 少尉

未足還鄉夢，勞勞送馬蹄。曉煙籠樹合，殘月挂峯低。人語響空谷，鍾聲渡野溪。晨門懷吏隱，怕聽守關鷄。

歸家三日又有彭城之役

酴醿花過始歸家，草草勞人悞歲華。鄉夢未濃春已去，又隨飛絮到天涯。

早行

繩牀難穩睡，襆被事長征。客去還扃户，驢鳴自識程。曙光分月色，鳥語雜鷄聲。夾道多楊柳，行行已近城。

鳳陽晤李蓮坡士棻屯守

短李亭邊路，驚看太瘦生。恰當風雨夜，各訴别離情。對酒須同醉，明朝又遠行。淝津雖有夢，流不到淮城。

游第一山龍興寺

第一山頭選佛場，當年託迹禮空王。即今殿角生春草，依舊鐘聲冷夕陽。天起真人成大業，地無王氣繞淮鄉。袈裟度牒殊多事，傳世何堪有讓皇？

重至臨淮旅舍題壁

一曲驪歌踏軟塵，故園小別已兼旬。宵來欲作還鄉夢，淮水無情又送人。

宿州道中

撲面塵埃黯不分，羈懷抑塞共誰論？空囊遠道愁難盡，獨客傷春酒易醺。新水一畦鋪碧毯，夕陽萬頃刈黄雲。勞勞翻羨田家樂，牧笛農歌到處聞。

山行謁閔子祠呈郭梅卿世亨司馬

路入淮徐境，塵沙百戰場。天寒春寂寞，山古色蒼涼。善俗居民儉，清時邑宰良。停車問遺墓，一水繞祠堂。

周制府公座上晤臧丈牧庵紆青孝廉

投筆當年憤請纓，誰知報國有書生？文章腹拄五千卷，經濟胸藏數萬兵。燕市驊騮悲沮喪，楚天瓦礫任飛鳴。煙塵未靖英雄老，借箸空談細柳營。

自白沙嶺雨行至集賢關訪完白山人鶴冢

行到龍眠破笑顔，那知身在畫圖間。雨絲垂地青纅水，雲氣粘天白蓋山。一杵鍾聲投子寺，四圍松翠集賢關。摩挲妙墨尋遺冢，鶴放寥空去不還。

伏日偕方藴山昭文年丈避暑程蘅山荃篆隱園

難覓阿蘭若，閒過市隱居。登堂絺葛解，沃水垢氛疏。檻外聞言鳥，池中見畫魚。冷淘當午設，清簟近風舒。壁挂倪黃墨，家藏斯邈書。琴聲養疾後，花氣破禪初。對客談名嶽，知君憶舊廬。白雲三十六，鄉夢比何如！

登射蛟臺

大龍山勢拓江開，落日寒潮萬馬來。回憶當年射蛟處，離離秋草没荒臺。

舟過池州

蘆中人語夢初醒，一霎風帆過遠汀。柔櫓數聲殘月墮，九華山色隔江青。

曉泊荻港弔黃靖南

櫓聲摇夢斷，問境到繁昌。江市人煙聚，山祠草木荒。時危乘闇主，事去殉殘疆。咫尺巢湖近，英魂認故鄉。

無爲即事

聞道居民苦，頻年遘水荒。倉空誰糴粟，詔下免輸糧。魚兆占今歲，鴻飛返故鄉。稻孫樓在望，尚憶米襄陽。

晚過巢湖風雨暴作夜半放晴泊中廟

紅日墜地天垂斗，買舟徑出龜山口。玻璃萬頃盪星光，擊楫高歌釃濁酒。怪雲一片從東來，雷聲突起南山隈。蛟龍哮吼驚出殁，波濤怒立船頭埋。是時四顧黑如墨，舟人對面俱失色。棹轉中流蟻磨旋，風曳孤帆收不得。須臾雨過風浪平，月華照影孤山明。夜半推篷何處宿，懸巖古刹飛鍾聲。

湯雨生都督招同周遠齋看荷雨不果往卻寄

我別小輞川，菡萏正紛敷。芳香役魂夢，十日還踟躕。將軍囊解組，選勝來南都。買山傍謝墩，高風追鏡湖。蓮花過人頭，凌波千名姝。銅斗飲江酒，醉倒樵青扶。想像獅窟邊，一曲成畫圖。折柬忽見招，同作高陽徒。準擬憑水檻，窈窕開清臚。飲酌信前定，風雲變須臾。遥知座上客，拍手相胡盧。本無散仙福，雲錦謝平鋪。

梅伯言曾亮先生招飲即席賦呈

冶城寄圃極瀟灑，先生更避悠悠者。卻喜著書尊白鹿，不慣居官策羸馬。筆精詩力兩無敵，投贈紈箋動盈把。揚雄詞賦似相如，君房言語妙天下。憶昔傳薪惜抱軒，座中郢曲知音寡。劉孟涂先生。管異之先生。還應讓出頭，方植之先生。姚石甫先生。合許稱同社。當代文名重斗山，四方講學培梧檟。將軍雨生都督。説士甘於肉，何幸頑金得爐冶。片詞隻字賴推敲，長歌短篇愛傳寫。縱談勝食齋房芝，濡墨頻乾銅雀瓦。每陳鮭菜醉深宵，健僕觸屏銀燭灺。譬彼蹶驉勿輕捨，昌黎門下逐東野。

同吴幹臣其楨國學劉珮卿瑢上舍張瑾山瑜選貢泛舟秦淮

柔櫓聲中笑語新，盈盈十五不勝春。多情留取驚鴻影，長伴煙江載酒人。

過欣園懷馮丈晉魚啓蓁太守

重訪欣園有淚痕，緺雲峯下記開樽。西風掃徑秋聲急，醉卧斜陽老樹根。

同長沙李雨生恩霖甘泉程劍庵廉上元陳岳樓學王蔗香金洛高郵薛雲侯國慶小雲成榮寶山蔣劍人敦復盱眙汪稚松根蘭含山巖仿石恪桐城許叔平奉恩游獅子窟聽仿石鼓琴呈雨生都督

同游獅子窟，來訪故將軍。曲徑入幽邃，閒身寄水雲。花間欣讀畫，都督出觀雙湖夫人畫梅樓圖。座上細論文。更有移情處，琴音隔牖聞。

重九日登卧牛山

巢湖萬頃捲波濤，獨立峯頭興更豪。漫道良辰偏作客，偶來勝地且登高。霜飛木葉千山瘦，風急雲霄一雁號。遥憶家園兄弟輩，菊花影裏醉持螯。

聞警

擊楫空傳壯士歌，誰能隻手挽銀河？忽聞萬櫓紛螻蟻，太息千羣化鸛鵝。五夜風聲軍膽落，九重露布捷音訛。岳陽樓上悲笳急，湘水連天湧怒波。

悲秋

不爲悲秋百感深，關山入望氣蕭森。天高風散千林籜，寒重霜凝大地陰。過眼雲煙驚夢幻，趁心歲月任浮沈。吾生敢道匡居樂，抱膝終慚梁父吟。

壽春道上

朔風吹積雪，獨客事長征。野曠無行迹，林荒有凍聲。寒煙凝水黑，霽色射山明。觸起鄉心遠，寥天雁唳清。

題懷遠楊丈蘭坡 廷甲 戴笠圖

久被儒冠誤，勞生白髮多。文章增感喟，心智惜蹉跎。娱老得佳法，偷閒且嘯歌。欲呼玄真子，結伴向煙波。

嘉平朔自壽春至冶溪子箴止宿半園邀同楊小坡 組榮 令弟子應 濬孚 子嚴 濬師 雪夜小酌即席感事一百韻

朔雪滯行客，解后輒相遇。冶溪結凍澌，淮山凝宿霧。歲晚動游興，壽春往來屢。大將正出師，祖餞盤飧具。恩總戎出防九江，同人祖餞於琅玡山。琅玡拓酒陣，荆湘走露布。妖氛警風鶴，烽煙亂江鶩。州郡急徵調，壯勇偏招募。老兵泣岸旁，荷殳不肯渡。自言歷戎行，辛勤事征戍。袍濡戰血殷，戟淬農器鑄。旌旗雜荼墨，藁砧搗練素。束髮隸卒伍，光陰倏殘暮。頻年驕龍蛇，浮家渺鷗鷺。丁男悉供役，衰朽復誰顧？黯淡小孤峯，愴惻忠宣墓。皖江據要隘，紛紛議防駐。十室九已空，脂膏竭財賦。朝廷宵旰切，草野倉卒赴。生還分無期，淚灑河干樹。牽衣告同澤，行行復卻步。側聞老兵語，頓令狂生怖。愁城攻不破，醉鄉忽驚寤。長揖謝八公，把臂欣再晤。問客至何晏，懷抱各傾吐。菊所引鄉思，子嚴眷屬尚在東流。

桃根溯前度。槳破青溪月，屐碎銀塘露。香國日逡巡，詞壇樂依附。魂消秋士詠，才豔冬郎句。品藻希大雅，蘊藉得真趣。遥憶浮槎麓，方岳尚羈寓。子箴七月來淝，余赴白下。不登教弩臺，不訊香花路。逍遥竟虚願，勾留屬何故？風氣漸澆薄，交游動觸忤。登場優孟尊，識字錢虜妒。衣錦笑沐猴，營窟嘆狡兔。錙銖巧翻覆，然諾自牴牾。但求飽囊橐，一任誚紈袴。轉餉費鈎稽，安省籌辦軍需。尸居奚恐懼？久矣故人疏，遑畏宰官怒？游泳釜底魚，剥蝕木中蠹。未醒蚍蜉夢，枉學螳螂捕。朱門競烜赫，勢侔積薪厝。舉世多肉食，覥然半羶慕。祇緣拙似鳩，遂致渴如鮒。白下幸遄旋，佳賓亦小住。周權遠齋。文字契，宋迪雲屏。煙霞痼。相將挈壺榼，泥飲攙市酤。攤絹下雙管，撫弦繚一炷。畫理與琴韻，玩索兩無斁。宿草感延陵，黄花瘦老圃。言訪倚樓趙，雲持。載向輞川泝。銀鱠配蘇芼，玉螯點薑醋。蝸篆壁間題，庚戌三月，諸同人聯吟。禽飛村外咮。幽棲發遐思，曠懷屏世務。視彼憒憒徒，焉足繫好惡？即景且怡悦，毋爲歲月誤。荏苒届冬孟，澄潭曉霜涸。林絢丹楓纈，徑冷白雲屨。策蹇早歸來，虎兒畢婚娶。哲嗣行冠禮。弱冠握鉛槧，博議好箋註。和鳴叶鸞凰，騰驤軼騏羿。開樽緬孔融，下榻款徐孺。半園恣眺覽，先型敬延愫。子箴伯曾祖觀察公讀書處。觀察曩解組，堂構式垂裕。累葉誦清芬，高躅滌塵汙。傳家守青箱，豎幟慚武庫。崔盧重親情，嵇阮雅存注。茶沸蟹眼活，竹戛鳳尾互。暗香散蛟脊，圓吭脆鳥嗉。老輩此觴詠，仙音播韶護。乙巳春，尊甫蓮舫太守邀居巢楊體之大令聯句半園。摩挲墨迹在，珍重碧紗護。深愧伍樗櫟，淪棄等匏瓠。顔色遜嬙施，塗抹外脩嫮。涇渭混清濁，糟糲强啜餔。名場幾顛躓，欲叩真宰訴。金鼎丹九轉，水犀甲七屬。終須攝桂魄，争羨聯蕚跗。毛錐論功細，長劍奮先驅。鯨鯢晝嘖欿，貔虎夜叫謼。岳陽戰鬼雄，洞庭曀陰沍。粵匪陷岳州。人定天可勝，胡爲諉氣數！抗念范老子，周敬脩制軍。永悲羊太傅。林少穆制軍。軍糧諸葛菜，相業鄴侯芋。投筆謬請纓，求賢孰吐哺？大令善折腰，將軍甘辱胯。蟲沙墮浩劫，鋒鏑死亡苦。維皇振乾綱，八荒服舉錯。星芒歛弧矢，天膏霈霖霔。宥密九重運，陽和萬物煦。跳梁易殄滅，凱旋享福胙。銘勳書太常，告廟賜大酺。化宇普熙皥，文囿快騁騖。止戈兵革息，釋褐俊賢籲。底事鳴不平？賡歌罷諷諭。寒宵斗室坐，白戰壁壘固。姜被詎暇温？楮穎速抽悟。癡絶捧硯奴，寂無解詩嫗。擊鉢鴉漫塗，聞鐘雉俄呴。聚散本靡定，慷慨天所付。臨歧更惆悵，遥空雪仍雨。

癸丑人日卷石山房題壁

春酒頻斟獻歲卮，草堂醉起日遲遲。且偕弟妹同歡笑，怕説干戈易别離。大地雲山驚慘淡，累朝民物託雍熙。書生愧少匡時略，聊續元和諷諭辭。

登壇吉日賦車攻，寵錫彤弓望愈隆。黄閣訏謨多睡語，黑衣祈禱冀神功。轟天烽燧連江上，匝地蟲沙化粤中。三載智囊無一計，斷籐戰績羡韓公。

白晝陰霾戰氣昏，荆湘亂後幾家存？凍蘇碧血埋僵胔，雨泣青燐嘯餒魂。春燕巢林仍覓主，老烏啄屋漫投村。監門繪出流民狀，卻恨無由叩帝閽。

設險謀攻古法亡，承平久自缺軍防。衆多烏合如兒戲，陣失魚麗弔國殤。幾見同仇羅雀鼠，翻虞借寇畜豺狼。紛紛惡少新招募，大府兵符速啓行。

皖公半壁倚長城，設局新標保衛名。未按輿圖誰聚米？坐揮麈尾浪談兵。上游已失藩籬固，下策徒勞鐵鎖横。整頓乾坤須巨手，道旁築室總無成。

大農仰屋費持籌，轉餉誰紓軍國憂？猶記先朝蠲賦税，其如諸道急徵求？臺端竟少鷹鸇逐，窟室尤深狐兔愁。載詠春陵書憤語，幾回掩卷淚横流。

萬姓魚頭涕泗多，乖龍跋浪走渾河。去歲河決豐縣。蠶桑莫禦桃花水，隤竹空留瓠子歌。忍把金錢填壑谷，誰沈圭璧靖風波？斷鼇偉烈今難再，敢道蒼天易薦瘥？

吴魏雄争舊戰場，巍峨重鎮首廬陽。星分牛斗光芒聚，勢控江淮襟帶長。疇昔民風原質直，於今鄰境更疆梁。救時自有新條教，保甲焉能泥古方？

哀矜無告痛呼天，折獄難將片語宣。不幸一夫行草竊，可憐十室坐株連。蛙浮涔水喧呼伴，鼠據官倉暗弄權。百里巢湖憑作獺，渠伊又索捋鬚錢。

布政端如綱在綱，補衰要著是官常。椿樗本自殊優劣，蒼赤從來固保障。欲使窮檐聯臂指，但須蔀屋足倉箱。黑山中夜傳風鶴，臨渴匆匆掘井忙。

白屋朱樓變幾番，吾家尚有典型存。濫居學校名爲士，記取君親要報恩。一飯不忘歌帝力，半氈常在守清門。風流文采希前哲，本是烏衣舊子孫。

局勢紛更等奕棋，河山舉目不勝悲。浮生久已夢蝴蝶，世事何如食蛤蜊。十笏清閒摩詰地，一編涕淚少陵詩。愁中似覺春光早，新柳垂垂緑幾絲。

正月十六日送轂甫移居湖干

久作浮家計，行行放櫂遲。貧同王録事，難潤草堂貲。

楚皖新謡

洞庭飛渡岳州陷，趙幟漢幟溷真贗，羽書盼斷衡陽雁。督師帶甲滿湖湘，徒誇十萬橫磨劍。徐爵帥廣縉擁兵駐衡州。

毒煙夜漲漢水明，鸛鵝萬隊亂軍聲，擁兵坐困武昌城。誤學火攻真下策，腹燈莫謾怨蒼生。常撫軍大淳火民居，人心洶洶，武昌遂陷。

鐵鎖燒紅斷江水，風鶴蒼黄驚欲死，一夕扁舟歸去矣。將軍免胄逐波臣，肉食者誰真可鄙！陸制軍建瀛自九江退，總戎恩長投水死。

黑風狂哮陰雲凍，小孤山前蛇豕鬨，槐國衣冠猶寱夢。封章朝奏九重天，游魂夜向泉臺慟。十七日，蔣撫軍文慶奏陳防守，是日城陷，典史平源死之。

得文斗垣漢光年丈消息

浮渡山中薇蕨肥，樅陽江上羽書飛。伯休賣藥君平卜，溷迹人間胡不歸？

小園桃樹作花

小桃有紅意，欲試可憐春。開徑初經眼，無言暗愴神。回思絃管日，長憶亂離人。擬泛仙源棹，何從去問津？

三月三日訪毅甫湖干

一篙何處訪仙蹤，迷路桃花春意濃。夜雨驟添平岸水，曉煙新染隔湖峯。閒觀世事紛塵馬，賸有豪情學醉龍。莫話青溪翻懊惱，舊時樓閣化爲烽。

東阿周公奉命撫皖奏廬州爲行省李少荃鴻章編修孫引恬員外隨呂鶴田賢基侍郎回籍團練先後莅肥喜賦

棋局紛如此，誰爲戡亂才？煙塵天地暗，元老鬢毛摧。賴有中流柱，深虞大劫灰。諸君重桑梓，新捧詔書回。

送引恬之潁州

遠別驚烽火，喜君天際來。浮生休問命，君精數學。亂世亟需才。我亦憂桑梓，權難屬草萊。羽書又催去，愁勸掌中杯。

偶經笑園松已伐去惟石尚存

笑園十畝敷清陰，團焦趺坐彈素琴。阿誰徙向東嶺去，五月松風何處尋？無端老公受大斧，惟餘玉女抛泥土。韓山一片亦可憂，大姓墳前要羊虎。君不見，定山堂裏子姓稀，孤松偃蹇枯無枝。又不見，文定門前雙石猊，欲掘置廨根難移。華屋山邱同寄慨，長願窪樽穩如岱。醉聞酒氣聽酒聲，忘卻笙竽兼沆瀣。

畫蘭行 有序

畫蘭女子陳佩琴，字友香，爲吴少香養女。少香負俠氣，善相人，非名流弗交。佩琴亦敏捷知書，工度曲。年十六，從少香居簾影樓。樓故香君遺址，院小而潔，疊瘦石，旁藝花竹。性狷冷，不好鉛飾，日與筆墨爲緣，尤喜畫蘭，顏所居曰

『香隱』，座右懸湘蘭小幀，落筆頗得其意趣，顧常自珍惜，不輕持贈。咸豐壬子秋仲，偶過從，遂心許焉。戲投以詩，時時吟諷不去口，若深眷余者。既余試畢將歸，設餞樓頭，朋飲訂歡。酒酣，屬妹子佩霞吹洞簫，歌長生殿一闋，音節淒婉。曲終，離席而起曰：『阿等飄零亦何足惜，如君輩磊落才，久困風塵間，爲可喟耳！』座中人相與賦詩，欷戲罷去。夜既闌，剪燈調色，取舊帕寫蘭數枝，曰聊以爲報。少香爲誌年月，同署款畫尾，綴以小印。約他日重來，好持作證也。歸而秘諸篋，時一展玩，悵惘久之。今年春，江寧失守，金粉畫圖都成灰燼，秦淮一片有情水更不知如何嗚咽矣。偶檢是幅，感而成句，名曰畫蘭行。

涉江芳草繫閒愁，九曲青溪碧水流。畫舫蘭橈催客起，夕陽來訪媚香樓。綠窗風定清於水，眠琴低拂烏皮几。口脂細吮色頻調，薄笑沈吟止未止。畫筆傳家獨擅奇，湘蘭妙墨是吾師。芳名並寫簪花格，吟緒私填織素詞。蘭芽受露娟娟好，悵觸離懷秋色老。庭除不放合歡花，牆陰枉種忘憂草。同游女伴有西施，施蓉仙亦工畫蘭。愛學橫波也入時。昨夜玉臺新破夢，紅情綠意耐尋思。蛾眉見妒風塵目，鯫生別署藏嬌屋。歡樂場中翰墨緣，綺羅隊裏清閒福。蒲帆西去淚如麻，木落亭皋感歲華。準擬秋風忙折桂，那知江月照吹笳。雨花臺畔鳴宵柝，淡粉輕煙二樓名。頓蕭索。子夜歌殘玉樹萎，隔江人唱楊花落。粵西逆首李世德滅後，楊秀清諸逆繼起。十萬軍無横草功，可憐一炬畫圖空。梧桐井冷燕支紫，翡翠牀寒粦火紅。澧蘭沅芷悲前事，騷人暗灑靈均淚。於今時勢慣枝梧，一任紅花開滿地。民謡有「滿地開紅花」，指僞太平王洪秀全。盼到歸期已及瓜，長征戰士未還家。飄零痛惜將軍樹，謂祥將軍。狼藉空嗟姊妹花。賊擄女子，分妹姊館。六朝金粉俱灰燼，寸縑尺素餘蘭訊。蠅點疑汙舊涕痕，螺紋尚認殘紅印。回憶良辰快舉觴，一枝穠豔冠羣芳。吹簫幺鳳釵頭顫，度曲雛鶯葉底藏。人亦如蘭宜服媚，花如解語應含睇。露根寫照我猶憐，當户揮鋤君切記。薰香摘豔鬥吟箋，剔盡蘭膏倍惘然。採藥劉晨珮卿。殊繾綣，詠花張籍瑾山。故纏緜。榮枯瞥眼原難定，色色空空兩無證。欲采芙蓉有所思，漫持芍藥將誰贈？斷梗飄蓬怨别離，此生孤負月圓期。倘教渡口迎桃葉，重向樽前唱柘枝。帽檐插處人依舊，香魂縹緲牽羅袖。並蒂終須化白蓮，相思偏易生紅豆。古錦裝潢豔影留，輞川詩卷共藏收。禪房合供黄磁斗，玩器常盛碧玉甌。燭天烽火何時了，香國花盟種煩惱。蘭摧蕙折最堪傷，果否黄絁真入道？悟徹蘭因更渺茫，懺除綺語笑王郎。好將一幅紅心草，便當桃花血淚香。

遣家僮除園中蕪穢

梅雨園中荒，人迹隔絶久。螻蚓上階吟，蝸牛循牆走。蠨蛸挂庭除，莓苔生座右。花畦浸水蕪，竹欄委地朽。早起命僮僕，扱箕袂拘帚。拂塵布几席，捲簾啓户牖。罘網惡羅織，籐蔓苦紛糾。爲我盡芟夷，毋畏刺傷手。野蒿雜佳卉，邪正詎相耦？偶爾事區别，便覺判妍醜。眼界豁然新，崇朝蕩汙垢。好風吹煩襟，開徑盼良友。

接雲持書詩以答之

别君已匝月，喜得數行書。垂老兼多病，攜雛暫寄居。囊空瓶乏酒，歌罷食無魚。謾學昌黎叟，門懸結柳車。

秋夜懷人

相思不見已三年，猶記河梁話别筵。妻子饑寒愁欲絶，關山阻隔信難傳。由來人世輕儒素，況復疏狂少俗緣。此日鬢毛應變雪，苦吟淒惻太湖邊。崑山徐竹香茂才。

紛紛絲竹動離筵，紅燭青樽記隔年。好友如雲偏易散，良宵見月又重圓。柝聲屢斷還鄉夢，酒債應分賣畫錢。扇底秋花留别恨，憐君持贈意纏緜。長沙李雨生孝廉。

怕説揚州月二分，故人蹤迹等浮雲。料應泛宅尋鷗侶，何處緘愁寄雁羣？翰墨前因成夢幻，烽煙今日異傳聞。鍾聲夜打迎江寺，皖水歸舟記送君。江都符南樵孝廉。

去秋訪我秦淮上，對酒酣歌醉月明。意氣縱横談往事，管絃拉雜變離聲。河山小别滄桑感，生死難忘故舊情。更有師門助惆悵，謂潘少伯先生。夢魂飛過石頭城。上元王蕪香茂才。

客冬風雪共登樓，回首他鄉感舊游。已分窮愁難作客，况逢離亂易悲秋。張衡漫賦無家别，王粲常懷卒歲憂。遠望環滁好山色，征鴻消息久沈浮。滁州張瑾山明經。

病起

久病愁陰雨，曉晴秋氣凉。蓼花紅上屋，蕉葉緑過牆。結網蛛偏巧，勞生蟻更忙。漏痕懸四壁，重理曬書牀。

農夫嘆

一牛臥樹陰，一蟬鳴樹巔。柴門日傍午，䆉稏來中田。農夫共我語，此邦幸有年。江淮屢搆兵，室家無完全。阡陌生荆棘，墟里斷人煙。饑烏號惡木，潛鱗枯重淵。老弱甘餓死，造物豈有偏？榮落難自料，滄桑易變遷。今朝得醉飽，聊以娱目前。杲杲天中日，仰視增煩煎。

逍遥津泛舟

斜日挂榆柳，放舟破暝煙。小垞轉紆曲，碧净波光妍。紅衣影倒亂，扣舷歌采蓮。溪荒境尤僻，秋氣何淒然。斷葦風蕭蕭，歸鴉相後先。甕中有美酒，雪藕烹新鮮。舉杯忽見月，狂嘯呼酒顛。側聞東城頭，桴鼓聲淵淵。

得周遠齋書

偪仄對窮秋，孤吟惡懷抱。隱几據槁梧，偃仰思顛倒。紫鴿曬斜陽，黄蝶掠秋草。東南障煙霧，私心怒如擣。達士先見幾，歸向山林早。昨日得茯苓，緘書述幽討。招隱有深情，一枝巢更好。人世半沈溺，毋爲利名老。便跨秃尾驢，同訪丹邱道。

過吴菊坡丈故居

羅雀山房久無主，隔巷鄰鷄猶報午。輞川無復裴迪來，斛斯不訪城南杜。昔年共取北窗涼，箕踞胡牀話今古。老翁化鶴竟不歸，至今蛛網懸門户。長蕉瘦柳尚依然，暮蟬聲聲淚如雨。

逍遥津夜坐感懷伯韞

蕭蕭風起荻蘆汀，水閣無人夢易醒。月洗露光千樹白，香温簾影一燈青。寒生疏竹摇清韻，秋瘦幽花養净瓶。研墨緘愁何處寄？夜深絡緯不堪聽。

中秋

銀蒜低懸獨倚樓，木樨影裏又中秋。三年三醉金陵月，並作今宵一枕愁。

同人觴李少荃於教弩臺余因醉晚歸

時事艱難枉告哀，與君一見笑顔開。九秋風物陶清興，百戰河山産霸才。出岫閒雲將作雨，登臺落日共銜杯。禪關寂寂松陰冷，歸去城頭鼓角催。

秋感

彤庭日盼捷書馳，虎節巡江議出師。薄海軍儲勞供億，行營甲仗自委蛇。螯弧晝閃星芒動，鼙鼓宵沈秋氣悲。多少蒼生齊引領，猶言天下繫安危。

聞道長沙未獻俘，貔貅又復擾洪都。魂銷秋夜瀟湘月，夢醒春風蛺蝶圖。離亂小民輕骨肉，峥嵘大吏重頭顱。請纓投筆英雄事，市井功名賤狗屠。

皖江門户已全空，枉築東關塞巨艟。狡兔善藏先得計，驕鷹飽去反論功。李膺位望推仙侣，張湛聲名負聖童。屈指漢庭諸將相，絳侯年老尚稱雄。

詔書哀痛求民瘼，宵旰關心廟算長。久已熊羆殷夢卜，無何鵰鶚任飛揚。大江波浪吞天白，中土風沙捲地黄。將士幾時臨戰壘，指揮慎勿誤戎行。時賊據江寧，分竄河南。

横　海

截江門户狂瀾險，横海樓船殺氣高。一自中朝通玉帛，漸教西法變泉刀。誰知引虎終貽患，獨恨亡羊未補牢。回紇縱然思助順，功成何以答勳勞？

草堂

草堂地僻少人迹，閉户下簾清晝長。寂寂鳥聲初醒夢，蒼蒼竹影暗移牆。淡懷自覺世情遠，默坐不知秋氣涼。倦起抛書閒散步，樹林笑看白雲忙。

緑夢軒睡起

幽夢尋無迹，斜陽冷上階。蛩音如有恨，似訴落花埋。

詠柳

手種牆西柳，依依已六年。秋來半摇落，不盡爲情牽。

金陵雜憶

波濤滚滚夕陽紅，蘆荻蕭蕭戰壘空。記否閲江樓上望，千秋能有幾英雄？

煙嵐萬狀隨時變，樓閣玲瓏聳碧雲。記否棲霞好圖畫，陋他著色李將軍？

御溝水涸沸官蛙，輦道煙沈落草花。記否禁城尋勝迹，斷殘鴛瓦野人家？
中山勳業並蕭曹，勝國簪纓甲第高。記否大功坊底路，更無石馬卧蓬蒿？
布金創就梵王宫，畫棟飛甍氣象雄。記否長干千仞塔，木魚聲裏佛鐙紅？
參天松栝翠交加，木末亭孤一徑斜。記否雨花頻策蹇，汲泉養石更煎茶？
泠泠野水雜菰蒲，粉墜蓮芳泣露珠。記否莫愁湖蕩槳，黛雲眉月恨模糊？
濕雲一片下臺城，玄武湖邊眺晚晴。記否鷄鳴聽説法，荒唐塵夢醒鍾聲？
輕煙淡粉遭塵劫，香夢迷離舊板橋。記否秦淮秋夜月，碧天如水按紅簫？
當年風雅希前哲，此日林亭付子孫。記否隨園恣游覽，買山須傍謝公墩？

郭樂山 懷仁 自江寧歸出示近作

驚看君自賊中來，塵髮愁顔語更哀。草盡兔狐悲竄匿，秋高鷹隼費疑猜。隔江空憶羅含宅，得句先登鮑照臺。辛苦一編難卒讀，縱横清淚滴殘杯。

浙江樂清協副將世襲雲騎尉武進湯貞愍公江寧殉難挽詞

堂堂忠孝裔，一死繼前勳。公祖、父均殉林爽文難。夢斷將軍樹，愁深隱士雲。虎兕藏舊印，獅窟訪遺文。公有絶命詞。家國兩無憾，聲名天下聞。

不知埋骨地，雲樹望蒼茫。野酹何人祭，清琴遺恨長。回思賭棋墅，空説聚仙堂。江上招魂遠，臨風泣數行。

上元王京洛茂才挽詞

王郎負豪氣，貌似幽并兒。廣眉更方顙，磊落英雄姿。發矢洞伏虎，横稍驚臥羆。奈逢好文日，顧盼空自奇。放蕩吴越間，旅食慚光輝。蹭蹬返故里，悲歌掩山扉。寂寞肆荒宴，遑念妻孥饑？妖氛熾江水，慷慨登城陴。振臂奮一呼，頭斷心不移。朝廷養士恩，此身將何爲？叱咤懾千人，視死乃如歸。鍾山勢嵯峨，再樹蔣侯碑。

醉歌行

昨日落花今日塵，攜糧負薪徒苦辛。黃河難清馬難角，富貴不來吾有身。若待金盆始濯足，垢汙應同陰子春。聽音飲酒須錢神，賣褥不顧妻孥嗔。夏侯簾底女奴出，公孫門内糟封新。深杯急盞示真率，傳牖播纛何紛綸。曼聲大遍涼州徹，雄竹半夜蒼龍震。纖兒寢櫃偏厭聞，魁櫑挽歌愁殺人。

東阿周公挽詞

衮衮三軍淚，長淮隕大星。身猶關治亂，死已報朝廷。抗疏情尤迫，横戈目未瞑。此邦空屬望，烽火逼郊坰。公奉旨援盧，九月十五日薨於王市集。

肥水傳心學，公講學宗陽明。符離問字園。嚴君趨馬帳，小子仰龍門。記向春風别，難乾老淚痕。騎箕天上去，珍重尺書存。

十月十日奉檄赴東關夜泊巢湖

獨倚蓬窗首重搔，霜林風葉雜蕭騷。照殘清夢湖邊月，振起雄心夜半濤。磊塊儘澆千日酒，功名難問萬人刀。王師未報江南捷，士卒宵征莫憚勞。

湖干阻風

黑霧全湖暗，朱風盡夜號。荒鷄催落月，斷雁下平皐。艙小身如縛，衾寒夢不牢。因悲諸戍卒，猶未寄征袍。

居巢懷古

蘆荻蕭蕭野水平，渡頭薄暮客愁生。幾株衰柳迎官舫，終古寒山繞縣城。竊笑鴻門空碎斗，願隨緱嶺學吹笙。英雄事業神仙夢，都付江潮日夜聲。

濡須口號柬李少荃

偃月城邊故壘空，當年春水走艨艟。山川形勝猶如此，醉倚篷窗話戰功。

東關軍次張雨樵印塘廉訪招飲以述懷句見示

當筵空借箸，辟地欲垂綸。試問匡時策，於今有幾人？

夜泊居巢

老樹昏鴉啼破宇，寒煙冷月暗荒城。浮橋不鎖巢湖水，臥聽孤篷蕩槳聲。

柘皋晤少荃留飲

狐貍嗥白晝，燐火散荒祠。亂後傷寥落，生存嘆孑遺。瘡痍何日復，撫恤有誰知？握手談時事，悲歌倒酒巵。

夜過小關

癸丑十月二十四日，募勇五百人赴北峽關。越二日，次舒城東郊，接朱臥雲麟祺刑部函，單騎往商戰守計。黎明，賊犯白沙嶺，千總梅長青接戰，比部督師合擊，總兵恒興先遁，軍遂潰，比部陣亡。日晡，予勇至梅心驛，將前進，前廉訪使張公熙宇止之，列陣山谷以待。恒興忽策馬北去，揚言賊過小關，軍益摇亂，退屯七里河。夜雨如注，士卒饑寒，有去志。舒城教諭金效川上珍以白麇犒師，余激以大義，衆驫定。二十九日昧爽，入舒城謁吕侍郎。公偕徐鏡溪司馬徘徊庭中，曰：『寇深矣，無兵無餉，吾意早決，汝自爲之。』余力請回軍桃城，撤浮橋，號召鄉兵，調援六安。公不應，淚下如雨，給余令箭一枝。余復之河干，賊已紛紛薄岸。俄而城陷，火四起，人聲沸騰。轟傳吕侍郎投水死，有一友一僕同遇難。嗟呼！死於兵、死於水，英靈毅魄，蕩爲罡風。彼擁兵而逸，獨何心哉！爰作詩以紀之。

角聲吹月墮空山，馬踏寒雲夜度關。舊是魏吴争戰地，據鞍高唱大刀環。

雲峯山店酬金效川教諭饋酒

煙火雲峯晚，楓林落日低。巡山暗虎過，啄屋怪禽啼。府帖勞官馬，軍租哭寡妻。故人情義重，瓢榼遠提攜。

七里河帳中作

馬蹄蹴踏輕冰裂，石碎沙崩河水齧。天低陣角壞雲沈，凍雨濕衣身裹鐵。宵寒鵝鸛寂無聲，隔岸青烽倏明滅。腰間閃閃電光掣，寶刀忍饑愁飲血。

哭朱臥雲刑部 朱六合人，丁未進士，刑部主事，隨吕公幫辦團練。

白晝妖氛慘，青林戰氣昏。捐軀完使節，遺恨痛親門。封翁尚存。馬革拋黄土，鵑聲化碧痕。荒山風雨夜，有客暗招魂。

哭工部侍郎吕公鶴田

坐困危城寇已深，從容談笑正衣襟。全身尚可謀時事，臨難先存授命心。詎效匹夫矜小節，更邀死友結知音。六安徐丈啓山通判同赴水。寒宵夢斷璇源館，冷浸忠魂葬碧潯。

挽張玉田廉訪 張名熙宇，峨眉人。小孤失守，革職。後棄集賢關，被逮，畏罪自盡。

攬鏡常悲白髮新，餘生戎馬困煙塵。曲端底事寃忠獻，王導何心負伯仁！粵嶠曾編平虜策，皖江幾見死綏人。九原空灑秋風淚，青史難明報國身。

無錫汪芾亭棠攜詩卷月夜過訪小輞川

四壁烽煙警，浮生空嘯歌。夜眠梅樹下，君向草堂過。投我詩盈卷，閒吟淚更多。洗杯頻問月，不醉更如何。

詠　梅

席帽緇衣涴戰塵，歲寒孤負小園春。梅花依舊垂垂發，索笑渾如久別人。

十一月十二日粵賊圍城撫軍江公甫抵廬率士民固守夜賦

倉卒登陴日，軍中有一韓。片言先示義，萬姓樂傳餐。居民争送粥飯給軍。礮火轟雲熱，霜鼙鬥月寒。書生輕殺賊，倚劍仰天看。

城上望月

四圍刁斗犯嚴更，涼月高懸夜氣清。歲暮郊原烽火逼，時艱骨肉別離輕。唱籌幸有三年粟，草檄忙催五路兵。軫念羣黎紆廟算，江淮寇盗正縱横。

逍遥津夜坐 時眷屬辟之派河。

鼠瞯殘燈暗，烏啼夜色昏。悲笳驚斷夢，冷月憶荒村。家室飄萍梗，饑寒隱淚痕。圍城音信絶，何日話衡門？

城南捷 十一月二十八日毁賊營二。

陰陽薄，旄頭落。兵仗惡，熊羆作。毒焰燒空火箭著，朔風捲地摧枯蘀。鋋不苟躍，髑髏快斫。鴉鵲無聲，兔狐失穴。城南大戰妖氛卻，爲語爾民休蹙額。軍中下令無私掠，明日登陴看殺賊。

涼州部 陝督舒興阿擁兵駐岡子集。

斗門夜鑿藏舟浦，陰風慘淡沈桴鼓。十丈雲梯縱火弩，木鳶飛調涼州部。將軍死綏殊莽鹵，總戎玉山戰亡北郭。京兆生存猶媚嫵。張臬司印塘敗至店埠。百二秦關舊鎮撫，營門終日閒司簿。背嵬軍成焦土，川勇被劫。子弟兵争築堵，總戎音德布帶楚勇營西鄉。鄉團四散怯如鼠，破產亡家遭猰貐。城内軍書空旁午，旌旗在眼人歡舞。休歡舞，而今那有合肥虎！

廬城陷 十二月十七日昧爽。

月光滅，鼓鼙絶。霹靂半空，天崩地裂。斗城西北，車徒結轖。孽火飛騰，鬼風陰黑。刀聲哭聲争虢砉，人人對面無顔色。耶孃妻子尋不得，肝腸塗地尸僵踣。癸丑年，乙丑月。

亡慘賦

城中晤桐城光進垣星階茂才道及馬丈沅伯瑞辰郎中全家遇難命之出

短髮髯鬔漬戰塵，干戈影裏涕痕新。逢君莫話當年事，我亦烏衣巷口人。

記得南山同射虎，那知東海忽揚塵。草閒偷灑英雄淚，珍重他年許國身。

雪夜

歲月浮沈速，滄桑感慨新。壯懷銷涕淚，往事雜酸辛。患難仍餘我，流離更有親。遥憐風雪夜，應憶未歸人。

登城

城郭蕭條暮色侵，不堪歲晚獨登臨。南冠忍下羈囚淚，東海終存烈士心。生挾魚腸寒白日，死沽駿骨賤黃金。亦知親在身難捨，被髮悲歌百感深。

夜讀楚騷有感岷樵中丞

冷雨窮簷滴，悲風入夜聞。殘燈寒弔影，斷雁慘離羣。身辱泥中絮，心孤嶺上雲。含愁讀瑶草，無夢遇湘君。

小除夕得家中書用唐人韻

不解羈情苦，寒宵影自親。欲眠疑見鬼，苟活幸爲人。烽燧連諸郡，艱難試一身。家書偷展讀，愁裏又逢春。

除夕至南村

豺狼窟裏生還日，爆竹聲中夜到家。繞室鄉鄰争問訊，未言涕淚已交加。老親握手神魂定，稚女牽衣笑語譁。瓦竈茆簷風雪冷，杯盤團聚剪燈花。

苕華小草 自甲寅至己未八月

甲寅人日往方山

北風氣凜冽，走雪荒山道。雄狐逐人行，雌雉呼羣鷺。日落戒心生，野曠羈魂小。踰嶺見村莊，炊煙出樹杪。茆屋四五間，溪澗當門繞。問客何方來，登堂吐懷抱。同盡主賓歡，豈徒供醉飽。即此是桃源，壺中日月好。塵世苦紛争，棋局幾時了。我亦辟地人，入山悔不早。

坫步行營謁雨亭 和春 軍門

短褐來從間道中，軍門長揖氣如虹。連營早綴常山勢，百戰争聞上將風。大雪鸛鵝擒巨憝，元宵燈火出奇功。願公努力匡時事，借箸多慚策未工。

上元日尋仲弟北鄉

圍城消息兩茫茫，隔歲相逢淚滿裳。亂後家園更寥落，數來親舊半流亡。破巢無定紅襟燕，涸轍難容赤尾魴。况值良宵傷往事，照人明月自清光。

二十三日宿遯泉草堂縠甫述夢中誦余詩猶記疏雨一聯續成志異

躑躅窮途賦七哀，感君入夢費疑猜。照來落月離愁重，詠到親詩笑口開。疏雨鐘鳴皇覺寺，斷霞人倚妙高臺。三生幻影憑誰證，坐斷深宵畫冷灰。

去冬辟兵派河厄於火舊佩漢印一枚内子從火中攜出爲製緗囊珍藏之

補屋牽蘿欲斷魂，那堪憔悴劫灰存。摩挲小印新紅沫，收入香囊隱涕痕。

花樣新裁雪色綾，撥殘爐火夜霜凝。卻憐茆屋荒寒裹，十指薑牙自剪燈。

寄生

一枝棲息費經營，甕牖繩樞暫寄生。談往自編清夜録，不才誰贈短歌行？蟲緣食蓼偏忘苦，豹欲留皮强爲名。但得田園能屏迹，願攜藜藿餉春耕。

夢趙雲持

故人別來久，塵世驚滄桑。宵遇野田間，執手何彷徨。爲問舊年事，欲言先自傷。昊天未厭亂，歲暮降百殃。昔者游讌地，今成戎馬場。城廂十萬户，户户俱流亡。我時被羈縶，逃歸匿窮鄉。弟妹各分散，老親色淒涼。忍寒嗟無衣，忍饑嗟無糧。憐君髮漸禿，覓食之何方？孤兒在繈褓，誰撫誰扶將？聞言尚未答，淚下沾衣裳。同罹憂患中，心短話彌長。喔喔村鷄鳴，冷月生寒芒。

喜　晴

曉日穿檐宿雨晴，拋書散步繞堤行。瘖痂早共林花發，愁緒偏隨春水生。覓食家鷄同作伴，忘機野鷺共誰争？壯心耗盡無他願，惟聽鐃歌奏凱聲。

春日憶逍遥津

堤邊柳色繫吟魂，默數逍遥韻事存。歲歲春風會桃李，家家社日宴鷄豚。酒徒夢醒藏鶯館，劍氣宵騰説虎軒。未審舊時梁上燕，尋巢仍否認柴門？

清　明

麥飯家家已薦新，荒邱咫尺隔煙塵。梨花柳絮無顔色，不信今年尚有春。

見　燕

春來依舊草堂坳，小語喃喃似解嘲。笑我不如雙燕子，逼天烽火自營巢。

附　内子和韻

辛苦銜泥傍水坳，門前來去任人嘲。春風吹醒烏衣夢，聊向農家借補巢。

春暮移家方山病瘡與郭小園紹涪妹夫野酌

四姓親情愛往來，擇居相近剪蒿萊。逃名誰作方山傳，困境偏生處土災。好鳥鳴春三月暮，野蔬話舊一樽開。風塵澒洞愁懷積，花底逢君笑幾回。

舅氏李宗翰桐生國學從舅北野宗沆州同去冬城陷同遇難西城頭

目斷西州路，臨風每涕零。今宵魂入夢，彷彿舊時形。

病中憶卷石山房

舊燕仍尋主，流鶯自比鄰。遥憐一株柳，憔悴不成春。

懷李少白池州

風花飛萬點，我獨苦傷春。況復爲羈客，何堪憶遠人。昔時同笑語，今日隔煙塵。一様飄零感，家貧有老親。

題小輞川圖後

獨聽西窗雨，殘宵焰吐紅。爪痕留粉本，夢影憶春風。屏迹荒山冷，孤吟吾道窮。逍遥津畔水，嗚咽繞城東。

義民歌

鄉民費士聽業農，有機警。去冬城圍援絶，家大人召鄉兵，士聽冒死出入，撫軍江公書『義民』矜之。

烽火照重城，貔貅臥月明。帳中呼義士，抵死乞援兵。

西郊哭鄒叔績 漢勳 司馬並弔陳岱雲 源兖 太守

烏號大野鬼啾啾，衰草荒煙動舊愁。此地故人曾殉難，隔年遺骨更誰收。壯懷抑塞風雲慘，戰績銷沈涕泗流。應共池陽賢太守，忠魂飛過岳陽樓。

春興

春到蘼蕪緑滿山，登樓王粲憶鄉關。乘時難際鯤鵬運，作伴聊同猿鶴閒。眼底煙塵驕戰氣，憂來花鳥減歡顏。我生不獨流離苦，萬感蒼茫涕淚潸。

病中愁緒亂春風，咄咄無言問碧翁。香夢迷離花蕊散，晨星寥落酒樽空。逍遥津上開吟社，孝肅祠邊把釣筒。回首歲時游讌地，杜鵑啼血戰塵紅。五更箕尾光芒濟陽威望靖妖氛，曾記論兵到夜分。玉帳韜鈐嫺虎豹，戟門旗鼓壯風雲。五更箕尾光芒闇，半壁江淮局勢紛。惆悵禁煙寒食節，手攜麥飯弔忠墳。忠烈柩尚厝北郊。

十旬斬馘竟如何，甲士桓桓尚枕戈。淮水悲風摧草木，巢湖惡浪蹴黿鼉。策勳久待嫖姚幕，破陳空傳敕勒歌。大纛高牙堅壁壘，忍看陌上泣銅駝。賊自江寧分竄豫省。

南朝金粉舊樓臺，毒霧連江黯不開。百戰消殘龍虎氣，千年吟斷鳳凰才。模糊碧血埋春草，多少朱門冷劫灰。廑有書生知赴義，奇功未就枉銜哀。謂江寧秀才張繼庚等內應事。

平臺召對懍皇威，貌瘦原期天下肥。不信殿中荷作柱，那禁漢上柳成圍。葫蘆依樣援資格，桃李無言少是非。終賴聖明能獨斷，休教薄俗墮脂韋。

聞鷄何處著先鞭？跌宕奇懷祇自憐。臢有短歌輸白日，更無長劍倚青天。羽毛争飾麒麟楦，垢膩還遭蟣蝨緣。解道滑稽工玩世，人生不合直如弦。

勵志拼將鐵硯磨，鷄年人世命蹉跎。蓬茆俯仰乾坤大，家國艱難感慨多。願挽明河長洗甲，問誰落日競揮戈？轟天烽燧連春暗，獨向荒山弔薜蘿。

送春同束鐵侯 大鏞 殷華封 錫恩 郭小園游方山

三春僵臥肘生柳，破被蒙頭日汙垢。户外春風撲甕香，酒徒蹩躠荒山走。匝地楊花糝絮輕，潑天草色鋪茵厚。目盡千山送落暉，韶華易逝空迴首。人生行樂須及時，安能局促謀升斗？把盞權消萬斛愁，浮雲變幻成蒼狗。劉伶化去太白仙，天上酒星寂無偶。但願一醉三千年，死葬青山同不朽。

夢檢書

舊書如舊友，别久恨茫茫。夢裏含愁見，燈前引興長。無言微解索，開卷覺淒涼。回憶兒時事，醒來淚幾行。

題殷華封詩卷

久作無家别，同爲失意人。青山容嘯傲，黑髮漬風塵。痛飲還尋樂，悲歌更愴神。一燈淒夜雨，掩卷淚沾巾。

懷戴蓉洲孝廉 蓉洲擬往曾侍郎幕。

草野持清議，思君益惘然。逃名甘辟世，溷迹學耕田。枉負縱横志，無如尺寸權。南豐聞愛士，幕府急需賢。

病起戲柬郭聽泉 紹猷 表兄

小病兼旬擁絮眠，枯腸搜索口流涎。聞君酷嗜東坡肉，煮笋同參玉版禪。
風曳春衫喜欲狂，奇方新愈眼前瘡。櫻桃酒熟初開甕，行過山家撲鼻香。

雨後游龍泉寺

懶向名場逐熱忙，行吟閒訪白雲鄉。山畦過雨秧分色，石徑迴風笋竄香。隱隱蝸痕疑畫壁，荒荒鼠迹亂經牀。十年夢醒南朝寺，清磬疏林幾夕陽？

看雨

雨脚未垂地，風威忽到門。山低雲驟合，湖闊氣全吞。颯沓雷霆走，蒼茫煙樹昏。天河應洗甲，從此净乾坤。

寄吴蘭軒年丈

憤世無權袖斧柯，誰憐失路易蹉跎。存亡兩地傳聞異，魂夢中宵涕泗多。文字交情逾骨肉，艱難足迹阻關河。逃名遠遁荒山裏，搔首臨風弔女蘿。

昂家山訪表兄徐荔庵漢蒼徵君

村醪初熟蕨芽肥，手把長鑱話落暉。夜静吟魂雲共散，天清好夢月同飛。人生哀樂中年異，風景江河舉目非。翻笑令威空化鶴，滄桑變後尚來歸。

從叔輔之游戎江寧殉難挽歌

叔諱世良，字輔之。偉軀修幹，弱冠能挽强，遂習武。道光乙未，中武闈式，陶文毅公器之，留麾下。壬寅，嘆夷犯順，後督某派堵狼山，率死士五百人酣戰一晝夜。和議成，績遂寢。嗣補松江右營千總，再調督標左右營千總，以捕匪功晉守備，署泰興營都閫。癸丑春，粵匪圍江寧，守西門，城陷，賊脅之降，不屈，賊怒斷舌剖心，死之。弟世椿督標左營外委同死。事聞，贈游擊銜，照例議恤。子尚義，己酉年歿，媳方氏碎首殉節，奉旨建坊。辰感悼時事，追陳先德，以志不忘云。

吾家江左遷平梁，北宋以來姓氏彰。太師魏國公之道與弟之義、之深同登宣和甲辰榜，建炎寇亂，率衆保無爲軍狐避山，著相山集。子户部侍郎遘，著北山黷議；樞密使獻肅公藺，宋史有傳，祀鄉賢，著軒山集。均詳陳振孫書録解題。元季肥遁廣陽鄉，自行漢臘安耕桑。有明隸籍族乃昌，彯纓綴組聯膠庠。再傳弢公，登淳祐丁未榜，元季隱巢湖南萬年埠。明洪武初，旺生公始入版籍。永樂辛丑，憲公登第，仕至左僉都御史，傳載名臣。蓮花一脉延書香，清芬獨數琅琊王。九世祖拱北公，明萬曆己亥入縣庠食餼，闢蓮花社，偕從子寖大講學。寖大公登崇禎丁丑榜，官河南道御史，左遷南吏部稽勳司主事，明亡隱鵲渚，謚孝穆，詳廣輿記四庫全書提要。國朝定鼎撫萬方，同時麟鳳誇翱翔。黄州政績稱循良，八世祖絲，順治戊子鄉魁，黄州推官，祀名宦。銀臺封事凝清霜。八世從祖綱，順治壬辰會魁，通政司參議，祀鄉賢。東光强項鞭中璫，八世從祖綍，順治丁酉舉人，東光知縣，祀名宦。巴江遺愛思甘棠。八世從祖舟，順治辛丑進士，太平知縣，官至清軍督糧道，祀名宦。降生世德迪前光，淝水名高冰翠堂。太高祖裛，康熙辛未進士，商河知縣，傳載文苑。傳家吏治兼文章，畫像更溯王鐵鎗。鳶肩火色殊尋常，陶公校士開圍場。風馳電發超騰驤，翻身走馬工穿楊。觀者爲之忽低昂，雲霄先後聯雁行。曾祖會蘢偕弟會燕，鉅鹿大令，乾隆乙酉同科，傳載文苑。伯祖運啓、運陞，乾隆壬子、乙卯文武獲雋。道光辛卯，從叔世璠；乙未恩科，族叔福永偕叔文武同捷。揆文奮武家聲長，英夷内犯連帆檣。身先隊伍年方剛，揮戈突戰陣雲黄。勝氣直欲吞艅艎，幡然回紇知尊唐。偏裨勇略何所將，松江分閫勤贊襄。承平日久戎政荒，講求古法修城隍。大府召典左右廂，嗣皇御宇恢乾綱。妖氛煽熾驕天狼，蹂躪百粤鈔三湘。武昌東下趨潯陽，皖城要隘誰堤防？長江飛度摧建康，高牙大旆謀不臧。風聲鶴唳甘遁藏，吾叔憤起勢莫當。徒步殺賊空拳張，智窮力竭身被創。裸體辱罵神洋洋，頭顱可斷心難降。拉齒抉目塗肝腸，血流五步尸未僵，季也殉難依兄傍。將軍鏖戰天混茫，江寧將軍祥厚。精魂上附歸穹蒼。冢嗣無禄先夭亡，柏舟矢志憐共姜。他年合建忠節坊，仰承祖德垂青箱。

弔族叔祝君訓導

叔諱福永，字祝君，性敦篤素，以教讀爲業。道光乙未，舉於鄉，官潁上縣訓導。甲寅正月二十七日，粤匪陷潁上，坐明倫堂罵賊，死之。殉難前一日，自署曰：

『違親不孝，棄官不忠。不孝不忠，何顔天地！』孺人孫氏同殉，二子廷琛、廷琮並不屈死。事聞，贈國子監學正，建專祠。

潁水囂囂競避兵，全家一死徇孤城。結纓自分全吾志，捧檄空悲養母情。學校幾人扶正氣？封疆守土愧儒生。故園久作豺狼窟，杯酒招魂何處傾！

端午過城東行營漢軍裕仲方 堃 大令留飲

帳中痛飲菖蒲酒，郊外喧聞鼓吹聲。抵掌共傷天下事，論交深重故人情。風嘷貔虎煙塵沸，日麗龍蛇組練明。引領諸公成偉績，書生無分敢言兵。

夏夜接方子箴林書原 之洛 大令書

角聲破夢漏將殘，愁裏尋歡酒興闌。月散樹陰簾幕静，雨餘夜氣簟衾寒。干戈飄泊知心少，姻婭流離會面難。一紙音書縈别緒，挑燈展誦淚汍瀾。

題佩琴畫帕

白下鶯花慘舊盟，隔年烽火燭江明。春風蘭蕙拋塵影，秋月琵琶迸淚聲。解識浮生原是夢，悔教我輩太鍾情。素紈零落相思字，竊負人間薄倖名。

題畫蟹

坦然公子笑無腸，小蓼叢蘆水一方。誰信腹中有兵甲，横行不獨在文章。

内子製硯囊成綴以一絶和韻

小技雕蟲愧大家，奚囊筆硯共生涯。好持清議標忠孝，别有風情愛詠花。

附　内子原作

剪取吴綾學畫家，中藏片石净無瑕。勸君珍重先人澤，留助毫端五色花。

新秋即事

耗盡名心卻妄緣，初秋景物喜澄鮮。汲泉自煮長腰米，沽酒新烹縮項鯿。跌蕩溪山權作主，平章風月不論錢。無才已分甘淪落，錯被人呼一散仙。

送方季芳茂才歸桐城即訊存莊並悼馬命之 三俊 年丈 命之起鄉兵，攻舒城，六月二十陣亡。

桐舒錯壤連肥濱，國初諸老煙霞鄰。盦山集有與先節推公、納言公之作。文采風流二百載，雲沈雨絕交情真。前年我放大江櫂，與君一面心傾倒。別來忽忽歲再周，鄉關烽火羈人愁。歷數朋儕都落寞，个中誰抱匡時策？溷迹漁樵寄託深，此身羞被浮名縛。勸君酒，送君行。秋風動林木，微服戒心生。荒崖白日斷人迹，倚閭悵望愁歸程。悲鳴同作桓山鳥，憑君寄語戴安道，瑶琴拍碎知音少。更傷死別暗聲吞，衰草寒燐化碧痕。

贈蓬萊宫子猷 國勳 大令

春風媚空谷，幽蘭汎清光。秋霜薙百卉，叢菊斂寒香。君本素心人，孤懷抱芬芳。置身軒冕中，嫵媚羞時妝。靦面若平生，俾我中心藏。宦海苦風波，妻孥抛他鄉。崎嶇虎豹叢，爲之增感傷。

妖氛煽州郡，閭閻慘流亡。大尹親民官，瘡痍何忍忘。生機日漸蹙，賦税責輸將。君能恤民隱，頌聲起循良。道旁多荆榛，舉足動相妨。不見天外鴻，冥然自迴翔。百鳥争啁啾，恐爲弋者傷。

贈桐城徐椒岑 宗亮 騎尉 君爲子逢觀察之子，觀察殉難田家鎮，君尋骸歸葬。

浩氣丹忱鑑帝閽，孤兒九死爲招魂。驚心烽火攖家難，觸目河山墮淚痕。風雨手抔三尺土，杯棬色養百年恩。太夫人存。歧途未忍驅車去，夢繞龍眠舊日村。

秋興四章

『秋興』，憫南鄉之火也。七月二十一日，湖民憒與賊鬨，持三晝夜，官兵不援，賊乘閒火民居。余收集團丁，逼湖而壘，又爲讒阻，故作是詩。

今年秋氣更悲哉，坐使湖干一炬來。草樹灰飛平野禿，鼓鼙聲激怒濤開。問誰痛哭陳時事，枉自登臨惜霸才。盼到征鴻何處宿，寃魂夜語莫驚猜。

涉世空擔萬古愁，更無借箸與前籌。沈疴猶冀參苓效，大廈深爲燕雀憂。不見倒戈揮落日，何難逆水挽行舟？匣中舊有吴鈎在，風雨淒涼壯士羞。

升沈有定詎由人？皮相從來半失真。浪説碔砆能溷玉，公然桂樹便爲薪。宦途久已輕鷄狗，聖世方知重鳳麟。判别妍媸堪自信，倚門慚學捧心顰。

躑躅歧途苦問津，滔滔舉世任沈淪。未能嫵媚難偕俗，自取歔瘉敢怨人？豪興竟拚元亮酒，閒情匪爲季鷹蒓。遂初一賦平生志，歸去龍泉把釣緡。

中秋

誰知今夜月，猶得倚樓看。慣照離情苦，回思舊夢歡。浮蹤甘落莫，清影羨團圞。鼓角悲秋急，銜杯强自寬。

送徐椒岑之臨淮軍

歧路逢君又遠行，淮南木落雁飛鳴。新詞秀奪春山色，别緒愁攙夜雨聲。樽酒論心輸幹局，文章憤世薄浮名。棘門霸上如兒戲，珍重前途去請纓。

朱雲舫 敏中 大令索題射鹿圖

誰識淮南舊獵徒，憤來彈鋏唱烏烏。短衣射虎平生志，曾過夷門問狗屠。歸隱雲山一徑斜，空城落日愴吹笳。重尋舊夢成蕉鹿，破帽騎驢入酒家。

七弟書來招歸山

瞑雨作寒色，冷晴風葉飛。書來驚歲晚，親老盼家歸。擾攘厭時事，棲遲守故扉。長鑱猶賴汝，同掘北山薇。

穀甫經山中留詩

霜花凋衆卉，寒蝶繞林飛。野徑無行迹，攜筐自采薇。人煙荒故里，貧病減腰圍。忍讀傷心句，愴然對落暉。

病中聞雲持凶耗哭之

蹤迹久疏隔，憂思直到今。孤雛誰可託？老病日相尋。每嘆饑寒迫，尤虞寇盗侵。有書無處寄，不盡別離心。

病裏聞君死，椎胸痛失聲。未償文字願，已矣弟兄情。醉觸黄壚感，愁增朔雁鳴。殘釭淒欲絶，入夢漫相驚。

晚游笏山雲集庵松下見殘菊

山中猶有菊，秋老惜凋殘。佳節曾誰賞，孤松伴歲寒。愁生他日淚，醉把落英餐。坐待荒庵月，明年何處看？

憶夢

丙午春，内子初學詩，偶得『柳影東風二月天』七字。今寄身荒谷，繞屋多柳，因話舊句，爲續成之。

瘦盡斜陽畫野煙，秋來摇落不勝憐。記抛金線尋殘夢，柳影東風二月天。

穀甫移家方山卻贈

湖濱一炬鬼夜哭，遁泉之水清難掬。長樂寺中聊假宿，僦居晚傍方山麓。頹垣碎石攲徑曲，黄土汙牆草蓋屋。短劍隨身書數簏，瓦盆行竈新結束。逼窄大類焦先廬，經營殊費屈原卜。囊中靈草堪製酒，麯生風味真良友。山間日永供著書，隻硯攜來烽火餘。自笑窮途成傀儡，登場擬借紅氍毹。乾坤兵燹日草草，將雛我亦焚巢鳥。圖史飄摇酒盞空，當門愁對龍泉好。風塵底事牛馬走，故園寥落空回首。少年亦自讀陰符，昔之豹略今芻狗。君不見，杜陵頽唐困同谷，長鑱忍饑劚黄獨。黄獨無苗不可劚，荒崖白石煮難熟，何若相從飯牛犢？

老　坑

谿坳徑紆曲，粼粼泉溜碎。石磴互瀠洄，潭清魚逐隊。挂壁三兩松，冷光静相對。即境恣臥游，藉草暫曝背。俯仰得至適，好景戀難再。樵風散夕陰，飛影輕雲曖。返照胭脂紅，明朝愁陰晦。

雪夜夢梅

寒衾瑟縮陰風嗚，燈昏黠鼠跳梁行。枯腸易饑醒偏早，檐雪窗明天幻曉，依稀夢繞家園好。翠羽嘈嘈月將落，寥空唳影孤飛鶴，紙帳爐温香破萼。即今索笑更誰親，我亦山中臥雪人。

龍泉山

山深境自僻，雪霽氣彌朗。峭峯凝暮寒，棲雲凍榛莽。日落蕭寺扃，歸鳥銜煙上。杳杳修竹林，迴風戛清響。月影散平疇，虚白波光養。倚樹契泉流，冥心息塵想。

暮　望

日色忽西斂，登高思悄然。山屏晴畫雪，村樹晚團煙。驅犢飲深澗，聽鴻没遠天。此身竟何寄？目斷蜀峯邊。

龍池飲月

近水酌寒月，杯中隱瓊輪。宕摇若金波，微風生酒鱗。側聞廣寒窟，中有斫桂人。桂樹揚奇葩，垂香庇千春。不解天老意，底事摧作薪。孤吟問明蟾，兀坐清澗濱。昏然吾喪我，汝身亦非真。生爲麴部官，死作糟邱塵。

哀辭四章

寇盜充斥，人才淪喪，流離荒谷，無可告語，追念曩哲，哀何能忘！

兵部尚書前兩湖總督東阿周文忠公

禍亂愚人心，洶洶海水沸。窟室嘯羣盜，揭竿紛如蝟。白晝肆剽掠，州縣莫敢制。可憐江淮間，民生盡憔悴。今上念老臣，獨斷違廷議。謂知民疾苦，召論軍國計。首發佞臣奸，繼陳朋黨弊。居官思盡職，不欺乃臣事。在昔佐先皇，温旨逾獎勵。皤皤一个臣，忠直天所畀。癸丑月仲春，風鶴時驚悸。生擒黑山賊，陸遐齡奉僞示擾亂江淮，公平之。暗奪紅巾氣。痛恨粵西行，帷幄鮮調劑。吾謀適不用，坐使妖氛熾。徐方夙慓悍，練兵控形勢。王事馳鞅掌，賢勞心力瘁。悲風動潁尾，慘澹大星墜。遺疏藏袖中，死國公何愧。天心深悼惜，賜謚忠魂慰。維時阻烽火，未得親斂襚。仰企歐陽門，交情延三世。泰岱鬱蒼茫，臨風遥灑淚。

贈總督銜安徽巡撫新寧江忠烈公

湘江育氤氳，衡山鍾靈秀。惟楚實多材，公也詩書胄。幼習孫吴篇，樞奥潛研究。浙西初服官，循良播衆口。居喪伏草莽，厄運陽九遘。團練傾家財，步伐親指授。巖疆樹功勳，公守長沙、南昌。大名彌宇宙。廬州建都會，形勝控淮右。先事諸撫臣，庸儒識見陋。未儲戰守具，甘心輸讎寇。公方秉節鉞，賊騎忽馳驟。間道來六安，慘慘憂心疚。高秋唳病鶴，神爽筋骨瘦。公扶病至廬。殺氣壓城闉，部署一朝就。風雨枕戈矛，歡呼騰老幼。其卒最趫捷，其將尤健鬥。副將戴文瀾、都司馬良勳、知州鄒漢勳同殉難。穴地擣賊壘，鏖戰忘昏晝。堅持四十日，枉乞賀蘭救。餉缺師内潰，軍言先暗漏。月黑刀鎗鳴，火欻貔虎吼。目眥髮上指，精魂歸列宿。危城與存亡，孤忠具章奏。公奏章有『與城存亡』等語。願以身代民，泣血祈神祐。公有祭城隍文。公去大廈傾，公在蒼生壽。咫尺青陽山，忠宣同不朽。

六品頂戴孝廉方正世襲雲騎尉桐城馬君三俊

今上御極初，賢良策多士。制科作領袖，磊落奇男子。嚴君同被徵，賤子隨杖履。大會涵春樓，引年隆序齒。回溯白門秋，矮屋訂交始。申之以通家，揚觶敦古禮。酒酣發長喟，西望煙塵起。江流一衣帶，設險焉足恃！揖别未經年，狼烽照皖水。桐懷地接壤，選丁衛桑梓。特簡重儒臣，呂文節公。旌旄新莅止。團練頒規條，自謂聯臂指。主將漢中總鎮恒興。棄關逃，兵勇早披靡。攘寇賴何人，君獨全家死。潛匿龍眠山，茫茫憂未已。椎胸仰天呼，中宵泣神鬼。糾合萬餘人，慷慨書一紙。君有討賊文。志決不顧身，白刃吾知己。灰飛净梵寺，君殉難所。血漬煙痕紫。至性貫金石，何惜形骨毀！科目重千秋，忠孝能繼美。余也舊酒徒，遥想風儀偉。他日拜祠堂，奉旨建祠。招魂薦芳醴。

贈三品銜舉人宿遷臧公紆青

英雄伏草萊，意氣多激昂。長嘯風雲合，顧盼神非常。臧公富韜略，憂時毛髮蒼。昔日事戎軒，借箸籌海疆。妙算棄不收，拂衣歸故鄉。巨鯨吸淮水，倚劍天蒼茫。創立忠義寨，警鼓懸村莊。將軍有揖客，周文忠公。入幕勤贊襄。姓名答主知，褒語何煌煌。士元匪百里，所能盡厥長。淮北壯軍容，虎旅超勝驤。俯視肥上軍，築室眠道旁。側聞武漢師，東下連帆檣。皖城據上游，賊衆沿江防。公時提一旅，乘虚扼其吭。潛行襲桐城，揚言攻廬陽。募兵出英霍，刻期會蘄黄。腹背不能顧，逆勢殊倉皇。轉戰十晝夜，急欲殲豺狼。雷雨挾威聲，日月凝寒光。奇功惜未就，蹈地塗肝腸。儒生身報國，不獨重文章。干戈尚草草，斯人今又亡。放眼徐泗空，我心增悲傷。

十七夜對月 去年今日城陷。

豈知去年月，仍照去年人。山遠猶藏雪，杯空思飲醇。寒鐘清野寺，饑犬吠荒鄰。淒絶憑誰語，頹然笑此身。

柳山人上林草堂過飲

緣谿新搆屋，甕牖納荒山。視聽自怡適，漁樵共往還。鼓鼙殘夢斷，塵海幾身閒。坐對渾忘俗，開樽更破顔。妙得壺公術，何須另買山。一生殊落落，十畝自閒閒。水鳥團沙宿，巖雲抱樹還。興酣誦招隱，爲我滌塵顔。

聞楚師克復武昌漢陽

飛到軍聲動九秋，楚天一夕黯旄頭。瘡痍幸了紅羊劫，鐃吹喧聞黄鶴樓。間道北行争地利，整兵東下斷江流。漫言報國無名將，偉略豐功取次收。

望　城

我生一夢幸無吪，舉足何堪盡網羅。補到乾坤猶有憾，流殘涕淚欲成河。百年華屋棲狐鼠，五夜軍聲誤鸛鵝。城郭蒼茫空在望，問誰酣戰魯陽戈？

謝史振齋 積新 司馬饋豚蹄

腸枯日飫菜根香，蹴損時妨夢裏羊。自笑豪情消髀肉，猪肝翻累使君忙。

内子喜收藏友朋投余詩札寒宵檢閲感賦

故交蹤迹渺難尋，斷墨殘縑抵萬金。海内幾多懷舊句，閨中亦有愛才心。藏來巾篋防油汙，撥盡爐灰話夜深。記否一燈勤伴讀，熏籠斜倚漏沈沈？

三十初度

三十明朝過，年華委逝波。憂天頻灑淚，斫地且高歌。鏡裏朱顔改，堂前白髮多。飛騰應有數，壯志敢蹉跎？

乙卯四日吴小軒 長慶 自廬江來述蘭軒年丈死事狀 去年八月晦日，吴丈募勇克廬江，官兵失援，賊復至，死之。

麻鞋布帽走倉皇，入户牽衣淚滿匡。爲説孤兒難徇父，更憐九死忍離鄉。憤填虎口拳空握，瘦聳鳶肩骨尚强。家國茫茫無限恨，期君努力事戎行。

游荆山卞和洞

山凹徑愈窄，峽束谺成洞。渦淮自瀠洄，荆塗争控縱。怪石亂枝撑，人語應入甕。抱璞未遇時，舉世翻嘲弄。燕石炫塵寰，臨風增感慟。

懷遠留别林書原菘圃之材 分州方楚三克猷妹夫。

干戈草草愴離懷，捲地風沙白晝霾。記否十年前過此，一鈎殘月映清淮？
兩岸鷄聲逐曉風，片帆西去悵匆匆。即看浩蕩長淮水，並入羈人淚眼中。
鄉夢勞勞斷鼓鼙，浮生到處可棲遲。自憐已作無家客，客裏何堪又别離。

花朝日孫理堂恩詒 招同漪生家洪 笑谷家載 燮臣家鼐 小集静園

昔我東牀閒坦腹，君方總角游家塾。詩酒交歡遞唱酬，名園日報平安竹。十載光陰驚過鳥，烽煙兩地縈懷抱。應念南冠被繫人，妻孥凍餒親年老。脱身訪舊重來此，臥榻呻吟君未起。病中示我再生吟，苦語酸心愁欲死。即今時事多傾覆，短蜮含沙射人目。謂引恬事。枳棘叢生瓦釜鳴，英雄無用甘雌伏。繁華夢醒河山異，故鄉空作思歸計。飄零琴劍問誰親，愁裏尋春華濺淚。吁嗟乎！琅玡山，表伯春墅明經别業。小嶰谷，姑夫陶圃通守别業。怪禽白晝啼枯木。昔日賓朋登鬼録，春風墓草年年緑。二丈俱歸道山。那堪門祚各蕭條，買醉青山同一哭。

與笑谷飲菊山堂觀小嶰谷圖題後

往歲來游小嶰谷，千竿瘦玉摇寒緑。今年宴我菊山堂，百花醞釀春風香。花枝依舊當筵好，曲榭長廊半傾倒。看花迴憶種花人，一幅雲煙迹如掃。觴詠風流頓衰歇，黄金散盡交游絶。披圖痛飲忽高歌，别來世事何堪説。君不見，碧波春草輞川圖，杜宇啼殘戰場月。

接七弟書

捨爾出門去，憂思夢未安。故園尚烽火，生計更艱難。親老同爲客，愁深强作歡。歸途多阻滯，書到暗心酸。

游東禪寺贈蓮谷西華和尚

風送檐鈴度幾層，荒涼古塔未曾登。醉拼白酒澆才鬼，壁間有趙亘中先生遺墨。閒對青山話隱僧。人海藏身圖作佛，英雄退步悟傳燈。此生若許參禪悦，肯落南宗第二乘？

將返肥上笑谷出棣花圖囑題圖爲陶圃姑丈、巢雲表伯合作。

夜雨戀殘樽，空齋寂如掃。惜別兩忘眠，剪燈味畫稿。憶作此圖成，我方在襁褓。歲時至余家，探懷啖梨棗。弱冠來壽春，同醉園林好。老成迭徂謝，爾我非少小。君家諸弟昆，謂沛農、振之、和民、實君、燮臣諸兄弟。箕裘均克紹。窮達固在天，修名當自保。披圖心暗酸，作歌爲君道。天晴又別君，烽煙何日了！

穀雨後三日理堂招同仁和高鏡仁鑑曾茂才上元胡子卿嘉槐大令江寧楊伯雲輝鵬茂才暨笑谷燮臣幼農傳棟方小泉希孟設餞靜園

舊雨聯今雨，名園各賦詩。客星聚淮水，樽酒話行期。花落鶯啼早，簾深燕到遲。摶沙偏易散，一卷紀相思。

隔日孫秀升家舉招同子卿伯雲鏡仁笑谷燮臣幼農小泉設餞宜園

銀燈挂壁月挂樹，燈影摇紅花影妒。玲瓏十幅水晶簾，薄暈月華霏冷霧。主人愛客兼愛花，花時留客停吟車。開樽小聚芳庭晚，裊裊香風颺碧紗。苔痕緑膩花陰静，閒賭棋枰漏聲永。偶來花下共投壺，散髻斜簪自修整。座中刻燭催詩成，一詩一印一題名。别開吟社添佳話，同向花神證素盟。酒闌燈灺花將寢，玉山頹倒維摩品。姗姗夜月醉歸來，夢醒花香猶在枕。

大雨飲子卿處放歌

雷霆聲摩空，黑雲西北起。雨點挾風粗，蒼龍噀海水。檐溜疾箭飛，中庭波瀰瀰。呼酒助雄談，方寸五岳峙。人生快意事，雨勢驟可比。拍掌大笑間，繁聲忽然止。特地放光明，月華清似洗。仰視蔚藍天，雲煙繪一紙。變化在須臾，動静參妙理。相對寂無言，挑燈閒隱几。

答孫星五家夔妹夫疊前韻

曾放消遥棹，同吟消夏詩。芰荷頻入夢，觴詠竟無期。烽火三年别，音書兩地遲。春風重聚首，又復動離思。

見燕

幾日春將盡，春歸人未歸。偶來雙燕子，故蹴落花飛。

送鏡仁歸浙西

曉鶯啼處落花肥，春盡西湖鄉夢飛。穩挂布帆天際去，青山如笑送君歸。

懷小楚盱眙

香國花盟慘劫灰，别來三載未銜杯。誰知春事匆匆過，君未歸家我又回。

感懷

驚説烽煙淚似麻，誰憐浪迹滯天涯。亂離兄弟難爲别，貧賤妻孥更憶家。客思三春縈落絮，鄉心萬點散飛花。窮途戀戀親闈老，翻羡營巢返哺鴉。

投金濂石光篩太守用戴存莊韻

穩向淮流鼓棹行，使君何獨播循聲？緑林夜雨生擒盜，紅杏春風早勸耕。如此山川誇地利，自來盂水驗民情。小儒别有春陵感，未敢隨人頌治平。

送春日懷殷華峯

青衫潦倒抗風塵，客裏光陰又送春。匝地煙花驚噩夢，逼天烽燧憶愁人。孤城淪陷經三載，八口逃亡繫一身。君全家陷賊中。爲想解憂誰共語？依依形影自相親。

過城東行營

彈鋏歸來氣鬱陶，短衣策蹇過東皋。空城久已窮狐兔，諸將巍然擁節旄。繞郭田疇叢灌莽，連營絃管侑香醪。捷書屢負蒼生望，猶報君門汗馬勞。

哭書篇

吾家在昔書連屋，區分甲乙標牙軸。勝國收從劫火餘，名流快向琅嬛讀。墨春先黃州公軒名。高古擅文名，冰翠先商河公堂名。清超景芳躅。百城面擁傲王侯，十業心傳延嗣續。束髮趨庭解授經，喜偕羣季開家塾。拳石山房愛秘藏，輞川別墅增修築。深恐縹緗暗蠹殘，丹鉛點勘娛心目。流水光陰廿載過，隔江烽燧連番促。笑我移家到派河，地名。五車滿載驚塵俗。珍重先人手澤存，遺書較勝遺金玉。願結茆廬日誦吟，開函默契精神屬。千言垂訓子孫謀，一炬飛灰神鬼哭。琅玡舊業盡凋零，差幸陳編寄行簏。歷代著作尚存。妙境空參文字禪，兒時孤負清閒福。幻形脉望鍊仙心，緣字冥搜香滿腹。上尋蒼頡叩奇冤，夢醒青氈淚盈掬。

廬營闐二章用昌黎韻 五月二日撫提兵闐。

火光萬道營門開，礮聲夜觸轟天雷。挾輈拔戟互爭逐，頃刻市肆成飛灰。窮寇臥榻任鼾睡，鸛鵝私鬥增悲哀。

峨峨冠蓋者爲誰？雅歌投壺真可兒。樂府新賡洗兵馬，斗大孤城猶未下。皇天兀自喜干戈，側目民生奈爾何！

五月十一日攜眷往壽州留别桂山翰臣兩弟

忍淚登車去，行行暗自嗟。依人原失策，辟地更無家。白水知心少，青山落日斜。聯牀空有約，魂夢到天涯。

附　内子和韻

掩淚頻回首，長途落照斜。田園荒戰壘，骨肉散天涯。結伴憐巢燕，攜雛笑乳鴉。爲言諸弟妹，何日始還家？

晚泊洛澗用少陵韻

萬荻摇風雨，孤舟戒晚行。人聲村樹黑，窑火夜山明。迷路呼漁父，驅愁仗麯生。篷窗不能寐，有弟最關情。

舟中晚酌

遠岸低銜日，虛舟怒觸波。興隨飛鳥盡，愁擁亂山多。到處憂鋒鏑，浮生羨釣蓑。醉來篷底臥，搔首望明河。

自下蔡夜抵壽州

南風五日吹不止，火傘高張煩欲死。雲燒萬疊八公山，波煮長淮一勺水。坐臥篷窗暑濕蒸，青蠅結隊蚊成市。焚楮鳴鉦妄禱風，誰信黑雲東北起。旗脚飄颻颿半懸，嗷嘈衆櫓人聲喜。回頭已失州來城，迷濛遠樹蒼煙裏。仰視巉巖斧鑿痕，淮肥合迸雙峯峙。濁浪排空日影沈，船頭忽轉青山嘴。女牆隱隱白石塔，更闌獨向沙邊艤。東禪古寺夜鐘鳴，一輪皓月眠檣底。

夏夜柬孫虞臣表叔小谷 家濬 表兄

閒揲靈蓍手倦抛，簾紋隱隱月痕交。空庭雨濕蚊争市，高樹風涼鳥定巢。論世無權惟頌橘，卜居何地可誅茆？壺中自有容身法，讀易欣占蠱上爻。

立秋後一日大雨小谷招飲翠峯軒賞蘭虞臣表叔後至

短榻偃臥汗沾臂，觸熱癡蠅紛擾鼻。黑風捲樹萬牛鳴，鞭雷掣電蛟龍戲。興來飛上五峯巓，打頭雨急噴流泉。幽蘭十瓣忽開放，皎如仙子翔雲煙。雨聲颯沓吟聲急，狂奴大笑排門入。呼童折取碧筒杯，酒引花香隨意吸。冰簾斜挂月玲瓏，疏螢遥逗燈光紅。雲收雨歇香初定，枕簟生涼夢味濃。

曉行

短衾戀殘夢，上馬抱鞍眠。暑濕山銜雨，村荒月墮煙。亂蟲喧大野，一鷺起遥天。安得桃源境，閒營二頃田？

淮雨怨

夏來兩月旱，望歲無富貧。一雨隨秋至，皇靈憫烝民。大聲浩呼洶，淮水侵城闉。流惡溝洫盡，氣象時一新。前年慘兵火，村落生荊榛。今年幸有秋，禾黍遍郊畛。問民胡不樂，口噤蓋有因。處人股掌間，危苦難具陳。將恐田中稻，去爲鼎下薪。朝廷出韋澳，父老思寇恂。昔人一何幸，涕泗沾衣巾。

壽陽歌爲鄒保齋 常泰 孝廉常惺庵 念典 茂才作

君不見，騏驥伏櫪長悲嘶，駑駘戀棧甘驅馳。又不見，鸞鶴翔空無定止，燕雀處堂心竊喜。斗大空城殊寂寥，眼中幾見真男子？我重鄒孝廉，兼重常茂才，議論恢擴心胸開。大木不受匠人斲，八公珍惜輪囷材。壽陽自古稱要地，三年築室淆羣議。撫字誰爲當道謀？趦趄傴僂同兒戲。安豐鋪，保齋居處。嫺耕桑。保義集，惺庵住處。鋤强梁。韜光匿迹羞自炫，暗行保甲安吾鄉。膏粱文繡尊芻狗，時到艱難都束手。憂患空存草野心，飛騰待覓英雄偶。酌君酒，爲君陳，淮濱蓄水多潛鱗。風雲際會尋常事，努力同期報國身。

臨淮行爲袁午橋 甲三 都憲作

春日驅車臨淮道，軍容整肅塵氛掃。大將當關據上津，柳陰夾路旌旗繞。士卒猶知訓練方，平原盤馬嘶青草。斥堠嚴明商賈通，萬民驩説官聲好。秋風策蹇重經此，鼓鼙淒咽寒煙裹。暮氣浮空幕有烏，營門兒戲紛螻蟻。竹頭木屑幾經營，胡爲忍棄泥沙底？一例消閒愛詠歌，忘憂大廈權棲止。連宵羽檄飛蒙城，荆塗遷徙人心驚。時毫匪張樂行攻蒙城。況復淝濱更險惡，波濤暗蹴鼉鼉鳴。眷言時勢愁未已，俯仰今昔心怦怦。明珠薏苡方騰謗，都憲訟尚未解。誰重防秋淮上兵？

中元節觀施食

勝會盂蘭啓道場，荒街夜静月如霜。茫茫烽火經年劫，不獨青燐泣故鄉。

望月憶子卿

雨洗天光淡，淮流水鏡平。游雲微有影，涼露浩無聲。今夕秋先覺，他鄉月更明。思君譜長笛，不盡别離情。

與引恬晚步

痛飲不成醉，憂來誰與言？濠梁訪遺迹，莊子觀魚處。散步過荒原。秋水多迷路，斜陽遠隔村。場空農事畢，暮色掩柴門。

飲酒

曉看淮上山，夜坐淮上月。山月娱我愁，一樽自傲兀。樽空水長流，對山一散髮。

寄贈虞臣表叔兼題詩卷

憶昔安樂園中來看花，三月三日春光賒。一門儒雅兼好客，摶沙小聚留吟車。秋風同泛白門棹，裙屐風流日歌嘯。我輩生來豔福深，金錢慣買花枝笑。更有詞人兩白頭，多情合譜相思調。君與徐竹香、趙雲持、李少白、張瑾山，令侄小楚暨辰聯青溪吟社。訴相思，悵别離，星馳雲散天之涯。徐陵老去無人知，趙嘏物化長傷悲。李端張籍勞猜疑，君家小阮音書遲，道君作客游京師。雲山北望增懊惱，隔歲烽煙猶擾擾。我亦浮沈鮮定蹤，風塵局促吟魂小。今春到壽陽，逢君出意表。爲説歸家已半年，索居鎮日憂心擣。重啓園扉掃落紅，袖中示我新詩稿。激昂慨慷多悲聲，銅琶鐵板驚人鳴。挾來冀北沈雄氣，無復江南旖旎情。一編三復狂懷發，竹林舊雨營詩窟。長夏方賡招隱篇，初秋又向臨淮别。此别日無多，相思心轉切。待得名園金粟香，聯吟歡醉中秋月。

接子卿書將自六安移居清江奉答

望到江南路，烽煙尚未平。浮家來渭水，計日到淮城。親老娱甘旨，身閒負聖明。聞鷄催壯志，徒有濟時情。

謹步家大人七月望日偕長白芝山廷瑞大令胡子卿鄒保齋常惺庵宴集蓮谷方丈原韻

烽火燭長天，離樽月自圓。秋來淮水曲，夢繞輞川前。造物閒娱老，英雄退學仙。客途聯韻事，花雨共參禪。

秋夜

挑燈掩户自徘徊，百結柔腸鬱不開。已見詩書成劫燼，那堪田舍半蕪萊。昔年好境隨雲散，今夜離情伴月來。欲覓醉鄉尋夢味，荒鷄底事苦相催？

臨淮城樓夜眺同引恬作

燒殘蠟炬夜將闌，北斗高横倚户看。話到歡場難自遣，時將熱淚背人彈。村鷄入耳聲猶惡，匣劍防身影更寒。欲挽長淮東去水，誓將抛卻腐儒冠。

烈婦哀

癸丑十二月十七夜，城陷。從嫂包氏、姪媳吴氏攜幼女投水，侄媳張氏、潘氏投繯，一門死節，未及上聞。今秋客淮上，謹成短章以志之。

地雷發兮城夜缺，骨肉散兮哭聲咽。欲殺賊兮難持寸鐵，攜孤雛兮肝腸迸裂。呼蒼天兮訴明月，心匪石兮志早決。三尺繩，愁思結；一渠水，葬身穴。嗚呼！生嫁名門兮死全婦節。

聞砧

秋曉客心迴，涼風自啓扉。砧音聽不得，何處寄寒衣？

城樓夜眺

長淮東下白茫茫，獨立城頭夜未央。幾處招魂聲不斷，紙灰風冷月無光。

懷徐穀甫用常建韻

澤國秋偏早，寒衾夢轉清。窮愁嗟獨客，風雨暗荒城。別久音書斷，心懸鼓角鳴。家園一回首，惓惓故人情。

十六夜對月

風捲殘雲静，宵深霽月明。長淮澄匹練，萬樹變秋聲。清夢三生覺，游蹤一葉輕。鄉心何處著？新雁過西城。

濠上夜眺憶逍遥津

浮雲自舒卷，使我寸心平。何處竹林寺，飛來鐘磬聲。雁羣呼水宿，漁火雜星明。彷佛逍遥境，悠然别後情。

聞蟲

雨後寒蟲咽，秋來訴不平。那堪風月夜，更助別離聲。腸轉愁交沸，眼驚天誤明。烽煙知未靖，偏作望鄉情。

雜感五首

羽檄封疆促，軍儲貨幣兼。庶幾紓貢賦，安忍病閭閻？薄海財源壅，司農法令嚴。宮庭崇節儉，利豈重紈縑？廷議將内庫緞疋發各省糧臺變價，以濟軍需，未行庫焚。

百丈黄流決，千羣赤子哀。憂勤頻下詔，支絀更需財。冀挽狂瀾手，誰稱砥柱才？相臣心力瘁，往事漫疑猜。謂杜文正公。

章貢交流急，樓船戰氣高。書生堪大任，王事獨賢勞。間道清餘孽，防秋截怒濤。雲臺終屬望，巨手奠坤鼇。謂曾侍郎。

莽蒼風雲狀，飄蕭鬢髮鬖。三年稽剪馘，半壁障東南。見説旄頭減，還期虎穴探。關西留將種，韜略舊曾諳。謂向帥。

東眺長淮水，南悲故里秋。饑魂游破釜，毒焰煽枯髏。荆棘紆途梗，塵沙逼眼愁。遺黎難免劫，大帥復何尤！謂撫軍福濟。

秋燕篇

翩翩作客梁間燕，自去自來數相見。憶昔曾爲大廈棲，雙飛常繞宜春院。繡羽斜牽楊柳絲，紅襟低拂梨花片。歲月消磨好夢醒，眼前景物都更變。風雨漂摇無定止，三春辛苦聊營壘。伏處原甘寄草茆，頡頏那願親桃李。底事東風太有情，無端吹到長干里。野草閒花愁更深，朱門繡户羞相倚。淒涼怕作寒鴉色，檐端喜鵲工修飾。羽毛匆炫錦鷄文，暗中驚隼防猜擊。結伴敢忘豢養恩？銜環難報高深德。一飲一啄累他人，何如歸向烏衣國？君不見，祥雲已散鳳凰樓。又不聞，才名久没鸚鵡洲。大鵬運海亦休息，區區爾燕胡爲呢喃對語翔清秋？

重游龍興寺

西風落日自徘徊，彈指華嚴冷劫灰。春夢重尋僧舍改，青山無恙客愁來。龍蟠石碣藏狐兔，蟻穴金身臥草萊。五百年前思往事，長淮東下怒濤催。

九月初三日懷遠楊小坡招同戴存莊飲荆山半間樓李亦韓汝琦監州亦至

塗山雲樹排檐出，淮水風帆拂檻來。偶約戴逵開入座，何期李益快傳杯。客中共抱無家恨，眼底誰爲濟世才？四顧蒼茫天欲暮，畫圖惜別意遲徊。小坡作荆塗話別圖。

雙烈操

戴存莊孝廉助臧公牧庵攻桐城，兵敗，臧公死，存莊奉親走山中。妻李氏、妾劉氏並幼女俱爲賊獲。李氏袖剪刀自絶，女出，劉氏遂駡賊，賊斷首懸諸城上，甲寅十一月事。

將星落，妖氛惡。夫尋親，離虎穴。大婦小婦同時羈紲，陰風滚滚珠淚竭。剪刀刺喉電光掣，嬰兒失母傷永訣，死者銜哀生悽惻。女身脱，妾志決，呼天誓日愁雲結。戈矛林立冰霜裂，血濺頭顱氣不奪。噫吁嚱！皖山巋巇，皖水嗚咽。前有雙忠徐子逢觀察、馬沅伯郎中。後雙節，馬命之徵君、張小菘茂才。孝廉妻妾堪争烈。

附　内子題

荒山冷雨泣寒燐，碧血經年凍不春。多少鬚眉談氣節，輸他巾幗兩完人。

重九日引恬約同趙丈岵存昀觀察游第一山即贈雪堂和尚

新雁傳聲水國間，白雲紅樹訪禪關。異鄉又值重陽日，賫客來登第一山。掃徑種花秋色冷，閉門補衲老僧閒。蒲桃悟出牟尼影，雪堂工畫蒲萄。何用金丹强駐顔！

夢與命之蘭軒存莊雲持穀甫會飲

亦知死别無消息，縱有生存久索離。文字獨深知己感，夢魂小聚放杯遲。蒼茫烽火千行淚，潦倒風塵雨鬢絲。不是荒鷄頻唤醒，良宵也可慰相思。

詠菊示引恬

靈均去後淵明死，世少知音祇自憐。羞共春花鬥標格，釀成秋色獨鮮妍。品題孤負時人賞，疏野偏隨處士緣。莫笑籬邊甘冷落，託根尚在嶺梅先。

柬山陽魯丈通甫 一同 孝廉並乞畫梅

南州高士曾懸榻，剡水名流記放舟。謂毅甫、存莊。獨我與君慳半面，寸心相契在千秋。淒涼文采悲饑鳳，浩蕩江湖泛野鷗。聞道北來多驛使，梅花一紙慰離愁。

贈桐城董嘯庵 澂鏡 學博即題秋林射獵圖

豺狼竄鄉國，走馬到荆塗。冷宦身如寄，儒生膽更粗。功名輸將帥，歲月誤頭顱。不盡蒼茫感，雄心裂畫圖。

淮上即事

征帆底事去還留，五日荆塗紀勝游。最愛夕陽新雨霽，白雲紅樹變成秋。

風雨瀟瀟過洛河，刀光如雪扣舷歌。行囊除卻殘書卷，別有窮愁萬斛多。
曾記維舟月色闌，又隨旅雁宿荒灘。離人不暖秋衾夢，翻怨西風夜更寒。
負販屠沽共短航，醉眠篷下倚輕裝。閒情自愛秋容瘦，一路看山到壽陽。

十月二日廬州反正喜賦

廬城收復，内應力也。沈吉堂廣元武舉、家子固南金茂才密謀月餘。是日，伺賊衆他往，夜率難民總六百人，皆白布纏頭，裂衣爲旗，排牆由水關登城縱火，餘賊悉潰，遂奪東門出，奔告大營。諸帥不應，幾變，黎明始遣兵弁數十人入城。事平，餙詞冒功，起義之民僅邀薄典，刑賞失實，可慨也夫！

軍儲百萬竭脂膏，烽火經年戰壘高。猶幸空城餘瓦礫，不妨諸將策勳勞。殘氓暗向窮檐舞，遺孽明知漏網逃。咫尺巢湖仍盜藪，揚帆東下靖波濤。
窮途作客恨茫茫，骨肉流離寄壽陽。驚見捷書疑夢醒，回思舊事轉心傷。隨身檢點無他物，結伴倉皇認故鄉。傳説敝廬留劫燼，從今有地話耕桑。

雨夜接孫星五書

夜雨愁無夢，瀟瀟竹有聲。閉門尋冷趣，撫枕數殘更。誰識羈人苦，難忘故里情。書來添別緒，清影伴孤檠。

小谷留飲瓶梅下

膽瓶汲清水，斜插一枝梅。逸趣少人會，幽香時自來。捲簾邀瘦月，留客戀殘杯。對此動鄉思，勞生笑幾回。

哭戴存莊

問病重過荆樹堂，牀頭別淚不成行。偶聞好語心先喜，翻恨平生意太長。窮到才人多客死，獨無後嗣爲君傷。倚閭猶切衰親望，亂裏羈魂認故鄉。

融齋殉難蘭軒死，懿士孤墳宿草荒。感舊黄壚頻痛哭，斯人黑髮又淪亡。誰從行篋收遺稿，我尚浮蹤滯異方。十載變遷如反掌，空將恨事問穹蒼。

枕上

故里蕭條動舊思，無端骨肉忽分離。淒涼鴻鵠輸同調，局促鷦鷯借一枝。閲世敢訾公論少，憎人轉愛賞音奇。年來好友多零落，强把閒情助酒巵。

酒醒

半掩羅幃自剪燈，情絲鬱結恨難勝。酒醒孤館將殘夜，人隔岑樓第幾層。衣桁留香春化蝶，被池潑水凍如蠅。窗前涼月還相照，影動梅花畫未能。

月當頭

依依形影兩相歡，角枕繙書强自寬。風咽鈴聲淒夜語，房空鬼氣逼燈寒。荒鷄催曉啼尤急，倦鳥離羣宿未安。睡起開門延月色，異鄉見汝幾團圞。

書悶

無復豪情斫地歌，拚將心血暗銷磨。百身難了千秋事，萬感交攖十丈魔。若使酒漿盛北斗，不教富貴醒南柯。莊周齊物何多慮，人海茫茫起濁波。

慈烏曲

甲寅春，理堂從親潁上，遇寇，傷幾死，難中得詩曰再生吟。

南山有孝烏，飛上人家屋。未雨急綢繆，一枝聊託宿。林木撼悲風，饑鴞作鬼哭。衆烏藐無依，漂摇駭心目。瑣尾慘流離，鎩羽音斷續。老烏繞樹飛，恩勤深鞠育。哀哀烏夜啼，返哺情彌篤。憎彼大嘴烏，賦性何忍毒。嗟我旅焚巢，難聚烏衣族。

附　内子題

家室倉皇寄潁濱，叨叨敘舊淚痕新。劇憐弱弟瘡痍痛，九死艱難爲老親。
烽煙擾擾隔重城，冷月荒村夢不成。盼到夫君音信喜，也從虎口話餘生。
攜雛返哺倍艱辛，風雨營巢暫託身。覓得一枝棲未穩，哀鳴我亦再生人。

武鏡汀分轉招同費仙洲大令蔡禹卿參戎晚讌

晚向淮流放棹行，華筵泥客酒同傾。劇憐嗚咽琵琶語，攙入西風畫角聲。

喜高鏡仁自武林至

西風獵獵片帆收，彈指光陰春復秋。羈客淚消淮水曲，故人夢繞浙江流。一天落葉偏愁雨，五夜聞砧獨倚樓。我尚未歸君又至，飄零蹤迹等浮鷗。

送鄒保齋入都兼寄何地山中允方子箴侍御

塵海勞勞懶著鞭，春風新送孝廉船。每思聽雨連牀話，常共挑燈忘夜眠。鄉國幾時紓患難，廟堂何策靖烽煙。故人天際如相問，爲説豪情勝昔年。

除夕偕内子兒女輩侍家君集瑶軒外舅贈祖靜園

烽火仍州郡，萍蹤屢播遷。陽光迴大地，豪氣耿長天。歲月磨愁境，文章誤少年。檐梅争索笑，春到寄廬先。

强剪宜春帖，驚聞爆竹聲。故園人事改，異地歲華更。看到團圞樂，翻增離别情。高堂猶矍鑠，白髮幾莖生。

丙辰花朝日餞江達川忠濬太守廬城克復，回里省親。

小隊貔貅亦將才，捷書報罷賦歸來。春風幾日人將別，濁酒一杯歌莫哀。反哺信難忘子舍，招魂應許慰泉臺。謂忠烈公。黄柑香熟家園路，把劍談兵笑口開。

潁上劉烈婦詞

烈婦字勉，謝育行妻，知書明大義。甲寅秋，盜起，譌傳育行死，欲殉之，姑泣勸，乃止。戚華某夜引賊掠去，劉嚙舌噀血罵賊，賊怒斫傷跗，潁川大俠鄭發貴負義奪出，賴免汙。劉見育行，引王凝妻斷臂事以明志，遂自經。

荒村冷月夜啼鴉，噩耗傳來誤妾家。已分蘭芝同赴水，那堪鬼蜮暗含沙。守經不負王司户，仗義僉稱古押衙。他日此身應化石，忍抛紅淚濺飛花。

題蒙城張少山虎文運同詩卷

我亦當年捫蝨人，天涯同作苦吟身。空陳利病揮談麈，且向江湖理釣綸。門户已成牛黨禍，少山曩爲袁都憲所重。功名漸與狗屠鄰。流殘多少憂時淚，一度高歌一愴神。

與懷寧家子淳希杰學博醉話

車笠何嘗勢分殊，憑他牛馬漫相呼。一錢不值非癡物，舉世難容亦丈夫。淇側有狐工狡獪，播間無鬼自揶揄。與君甘被儒冠誤，青紫於今屬販屠。

感事柬方丈調臣士鼐教授

本是驪龍頷下珠，一朝墮落在泥塗。敢希漂母真相識，願學曾參任被誣。作繭蠶絲身自縛，當車螳臂計何愚。眼前俗物君休唾，買醉重尋舊酒徒。

饑烏

苦雨曉曉入夜呼，故山林木已全枯。淒涼愁聽烏棲曲，忍淚何心爲哺雛。

病燕

夢醒烏衣事事非，誰憐鎩羽向人飛。營巢暫假雕梁宿，不待秋風自解歸。

宮保錢

中丞福濟毁銅佛鑄錢，薄如紙，有大小糊塗之名，民間曰『宮保錢』。

銅龍孽焰噴錢局，蓮花丈六枯天竺。蒲牢不吼木魚飛，波羅密化阿堵物。爐火緑，金身縮。錢神笑，如來哭。千錢手一掬，萬錢米一斛，糊塗大小標名目。摩挲字鏝不知年，争道廬營宮保錢。

捻子麯

捻匪張樂行自稱盟主，擄民間婦女，以鈴繫乳，跳舞取樂。

腥風嘬血纈人面，紅蘸冤霜散爲霰。匝地飛來五色旗，官兵不見鄉兵變。奘旗遍渦淮，打糧趨潁汴。馬首衝鋒牛車後，殿呼盟主無貴賤。瓊筵開，紅粧炫。刀光黯奪花枝顫，淚波熱暈珍珠濺。君不聞，響鈴聲，捻子麯。

和長白智友多慧侍衛正陽行營感懷韻

鐃歌一曲唱西涼，幕府休教壯士傷。萬户鷄聲催夢起，中宵劍氣矗天長。龍驤曾記觀軍使，羊石重開閲武堂。守約魚飡助兵食，詔書應許賜加粱。

題太湖劉再蘆國標游戎表忠崇義册

道光壬寅夏，嘆夷犯淞江，提督陳忠愍公殉難。君以守戎隸部下，忍傷匿蘆中，負尸出，爲之殮葬。士林徵詩美之。

樓船滚滚戰雲昏，壯士蘆中氣暗吞。夜半枕戈呼殺賊，隻身抵死負忠魂。

送别何達庭朝爵茂才歸香山兼題詩卷

浪迹天涯印爪鴻，鶺原灑淚向西風。令弟明生游戎，殉難廬州，君送骸歸里。嶺南山水才人窟，歸去黄金鑄悔翁。

四月二十四日侍家大人同李雲龍霖大令劉再蘆游戎會淮北土團於下蔡

誰使長淮作戰場，八公草木久全荒。猶餘老弱迎官長，争盼旌旗助酒漿。赤日燒空榴火豔，黄雲捲地麥風涼。書生漫詡匡時策，借箸無權泣數行。

五月十九日家大人起鄉兵敗亳匪於顧家橋擒斬僞帥葛滄龍命辰報捷正陽舟過峽石作

片帆上溯長淮去，峽石天留斧鑿痕。斷岸北撑雙澗合，孤城南扼兩峯尊。旌旗把淺添新戍，鷄犬無聲失舊村。聞道八公風鶴警，昨宵淝水戰塵昏。

賊退侍家大人赴蒙城途中即事

雨漲平疇掩麥苗，沿途草長雉媒驕。依然緑樹連村暗，儘有黄泥半堵焦。結伴流民隨馬首，短轅行李壓牛腰。看人亂後還鄉樂，野酌風前酒一瓢。

題　畫

蒼茫獨立意何雄，秃尾休嫌羽未豐。縱有一枝難寄宿，好偕鷹隼擊秋風。

古鐘篇

余僑寓壽州鐘落巷，門對廢臺，上有古鐘，士人云明初從潁州漂來，好事者摹其銘，乃後唐長興年鑄也，歌以寓慨。

深巷落古鍾，其形大如甕。高瞰舊臺址，草長路無縫。萬鈞約重輕，八卦圍錯綜。身伏怒虎蹲，腹孕靈蟾空。掣風吼鼻鈕，吸露滴乳湩。洶涌出波濤，問年值龍鳳。明太祖初用韓林兒龍鳳年號。想其鼓鑄時，洪爐窄難用。漫將駱駝載，誠恐魑魅縱。山河有崩裂，異物乃足重。一叩不肯鳴，明堂誰與貢？

落木

長年殊樂境，木落更增愁。漫説浮蹤苦，翻悲故里秋。奇荒乘厄運，新鬼泣枯髏。吾鄉大旱，死亡塞路。大府憂民瘼，胡爲淚暗流。

静園夜步懷遠齋

霜天弄寒月，散步小山岑。飛影幻虚水，迴風鳴凍林。輞川尋舊侶，石磴記眠琴。獨向池邊立，清光鑑我心。

賣書詞示孫燮臣

八公山翠冷廚煙，閒檢淮王內外篇。食字蠹魚乾欲死，舐丹何處覓神仙？

昔日藏書今賣書，一文不值轉躊躇。甑中無米瓶無酒，卻恐梅花冷笑余。

自北肥河放舟晚過八公山

十幅蒲帆挂晚煙，八公山色落樽前。高談霸略羞捫蝨，閒覓丹砂擬學仙。鷄犬有緣能不死，英雄失勢更誰憐？停舟峽石尋殘碣，行篋猶攜考古編。

殘臘偕遠齋之正陽訪澄一和尚留飲

滿天風雪泊淮關，買舶戈船繞市闤。且與故人拚痛飲，那堪時事尚多艱。草根凍掘饑民飽，羽檄星飛上將閒。說劍談兵成一笑，會當采藥入深山。

秋風曾記叩禪關，客裏浮蹤自往還。野水孤帆飛鳥外，遠山微雪夕陽間。梅花看到鄉心亂，芋火煨殘老衲閒。矮屋小窗得清趣，興來談笑暫開顏。

小除夕自正陽歸

飢驅當歲暮，自愧百無能。客久行囊澀，年荒物價騰。常虞甘旨缺，深恐友朋憎。辟穀真良法，神仙喚不應。

丈夫未得志，役役馬牛間。違道無良策，謀生强厚顔。年華消緑鬢，世味冷青山。不寫宜春帖，權將俗例删。

丁巳人日得高鏡仁書 時由廬州至鳳陽，將返杭州。

報道巢湖列戰艫，荒城歲暮走悤悤。春歸江柳迎新燕，雪盡淮山滯斷鴻。攬鏡漫驚塵鬢白，舉杯强伴酒顔紅。從今一棹杭州去，煙雨蘇堤把釣筒。

正陽官廨夜憶引恬昆季

一枝梅影伴孤檠，兀坐高樓數漏聲。離亂翻增家室累，艱難深見弟兄情。酒徒入幕心常斂，雪夜觀書眼更明。聞道南天烽燧警，舒、廬、無、巢復陷。淮濱羣盜又縱横。

淮濱晚步

淮濱風景記分明，客路重游快放晴。破臘寒林消凍色，感時啼鳥變春聲。酒香拂面愁顏解，書味填胸躁氣平。惟願四郊烽火息，閒看野老餉田耕。

答方子箴侍御

天際新傳一紙來，舊交蹤迹屢疑猜。折腰志短從人懶，刻骨愁深借地埋。怪我佯狂工白眼，聞君名姓列烏臺。退朝細讀陽城傳，花月平章不礙才。

六安再陷壽州戒嚴家君命往淮北起團練

北府兵虛費運籌，土團訓練即貔貅。義旗誰建王都統，警鼓空懸李兖州。但說捐金能募士，漫憑食肉竟封侯。椎埋狙擊多豪俠，察罕原來起沈邱。

正陽行

淮河北望屯長烽，正陽關上排艨艟。驚濤拍岸人語鬨，燭龍夜半噴天紅。詰朝官吏忙趨集，桓桓大將碉樓立。伐鼓摐金聽指揮，新招隊伍倉皇入。頃刻游民身帶刀，街前結黨誇雄豪。白日旌旗自摇動，分錢坐地沽香醪。吁嗟乎！司農財匱民膏竭，羽檄頻煩虚報捷。淮北經年作戰場，惜無猛士清妖孽。安得猛士清妖孽，更盼賢良佐君側。

餘杭褚曉寅書記來自中州以詩見投和答

桐柏山頭水，奔騰日夜流。夢隨孤艇去，情爲故人留。杯酒他鄉樂，烽煙隔岸愁。壯懷空起舞，熱淚濺吴鈎。

題田畹香茂才都梁攬勝圖即録别

淮海秋風曾作客，篷窗飽看荆塗色。爲訪詩人戴叔倫，連牀夜話田真宅。君家兄弟親風雅，延攬名流結壇社。小搆園林傍市廛，寄情松竹偏瀟灑。都梁縱覽誇雄勝，夢繞湖天波似鏡。一夕持圖促我題，片帆催去輸吟興。今年橐筆來羊石，大雪蒙頭突相值。讀畫淒吟舊雨詩，謂存莊題句。巨魚出聽波濤湱。忽傳烽燧騰淮北，怨民萬衆填溝壑。捻匪逼正陽。誰撤藩籬縱虎狼，募兵僅有防淮策。壯君昔歲乘艖舶，指揮健兒呼殺賊。乙卯春，畹香退賊三河尖。髀肉重生毛髮摧，感時涕淚沾胸臆。功名無分煙霞誤，欲往桃源難覓路。我亦思歸小輞川，披君畫稿增洄溯。黄塵滚滚吹烏帽，故園回首舒長嘯。市井荒涼爨火虚，側聞風鶴心驚悼。驅愁痛飲餘杭酒，傾談新得忘形友。謂褚小寅。野曠天低暮景昏，雪花如席堆船厚。吁嗟乎！萍蹤易散歡場少，何堪眼底煙塵擾。雪晴風穩挂帆行，笑指淮山青未了。

晨起過曉寅舟中留飲

宵眠苦未足，擁被餘惺忪。殘夢驚鳥聲，初旭烘窗紅。新晴適人意，郊游嬉和風。此邦日戒嚴，列岸屯艨艟。小艇涉春水，歡聚忘行蹤。同是天涯人，交淡情則濃。不因辟烽火，客路焉相逢？雪泮麥苗秀，土潤陽光融。但願干戈收，及時興農功。緬想躬耕徒，治平代天工。劍戟鑄耒耜，禮樂消兵戎。儒生當經世，詎獨善其躬？長鯨蹴江波，淮流尚洶洶。尸骸慘鋒鏑，况復乘歲凶。廟堂抱深憂，卻運將何窮？當餐發浩嘆，熱淚傾杯中。杜康爾有知，難以寬吾胸。

送春日偕内子過静園看牡丹 時瑶軒外舅避地袁浦。

烽火危城白晝寒，一樽同倚舊闌干。園花開落春無主，笑語斜陽别更難。

初夏過尺五莊聽孫筱伊家穆表弟彈琴

林壑忽深秀，天然一草亭。樹光交雨白，山色借煙青。稍喜狼烽遠，翻疑蝶夢醒。此間堪小住，琴韻隔窗聽。

櫻笋廚初薦，山林地許分。泉根漱修竹，花氣鬱春雲。勝境輸孫楚，清才繼左芬。花農表妹工詩。一門萃風雅，昕夕共論文。

徑曲無人迹，庭幽遠市囂。野香風過樹，新緑漲平橋。剔蠹攤書帙，聞鶯載酒瓢。行行天色晚，谷口有歸樵。

閏端陽日哭金濂石觀察觀察殉難沫河口。

佳節偏多感，吾生未有涯。饑腸溲麥飯，冷眼炫榴花。重灑靈均淚，誰吹越石笳。閉門惟痛飲，世亂尚如麻。

題友人柑酒聽鶯圖

記訪逍遥舊草堂，別來彈指變滄桑。何當補種千章柳，臥聽黄鸝隱醉鄉。

祝蝗詞

草樹蒙茸一例芟，笑他利口甚長鑱。莫教食盡淇園竹，留解清貧太守饞。

回首鄉園嘆孑遺，室如懸罄命如絲。横蟲翻念黎民苦，飛入巢湖盡化鰣。

七弟翰臣自壽州回里路過懷遠

激溜響空山，驚風駭枯木。游子動秋懷，浪迹荆塗麓。八口寄壽陽，咫尺狼烽燭。予季從西來，未言愁已觸。親老不能養，久客思鄉曲。道途梗榛莽，狐兔竄華屋。季也且旋歸，數椽聊卜築。善爲仲弟言，無才愧家督。田舍畢區分，定省尤須速。毋貽老親憂，倚閭望穿目。片語數叮嚀，暫別情紆鬱。夜坐剪孤檠，雨窗秋影緑。

同成都尹彤臣善廷都督鳳陽田正卿端書大令雨飲抱璞巖

襆被憩荆山，山靈宵入夢。晨訪卞和巖，嵐翠飛林洞。石磴旋盤渦，半角戗樓控。塗山一掌平，雲衣白無縫。煙沈萬竈空，雨曳孤帆送。側聞伐木聲，中流排戰艓。長淮雪浪粗，眼底蛟螭鬨。兩岸久伏莽，乘機易煽動。峽石據上游，毋使艅艎縱。回顧八公山，風鶴增疑恐。將軍髀肉生，壯士才難用。俯仰各欷歔，指揮誰伯仲。瓦釜競飛鳴，入世焉知重？翻恨抱璞人，胡爲輕自貢？攜手下荒崖，酒酣同一慟。

中秋無月

不遣浮雲去，翻疑月未生。客中羞獨照，天上有同情。孤負長淮景，何妨此夕明？倚樓猶悵望，玉笛自飛聲。

十六夜對月用少陵韻

一樣團圝影，今宵幾處看。舉頭同憶遠，倩汝照平安。淚隱清光減，衣凝露氣寒。荆塗山色好，聊共酒杯乾。

偕小坡訪笑雪和尚同飲乳泉

曲磴粼粼水一窩，乳泉墨妙味東坡。『乳泉』二字東坡墨刻。臨流自濯天然石，持比荆人淚更多。

荒庵同訪峨眉老，笑雪蜀人。苦鍊蒲團慣忍饑。窣口機鋒翻水偈，始知無地並無錐。

尋秋詞

鞠秀蘭芳寄所思，秋江渺渺意遲遲。別憐野水叢蘆外，冷落疏紅倩一枝。

葉底飛來一片雲，朦朧半晌逗斜曛。游絲細顫花魂小，殢雨凝香瘦幾分。

題方子聽濬益牡丹畫册時往都門

夜月名園共倚欄，燕臺別去路漫漫。畫堂金屋都灰燼，留取花魂託素紈。

贈賈樂居日者

七月十三日，苗沛霖犯懷遠，聲言就地均糧，鄒季裳筍大令率都人士浼余往説之。賈君卜之吉，遂單騎造其壘，陳説利害，詰朝退。樂居前客余家，有『賈神仙』之稱。

溷迹風塵隱姓名，歧途握手喜尤驚。幾經患難悲前事，不信詩歌悞此生。入市下簾商出處，登車攬轡擬澄清。十年彈指滄桑感，濁酒難澆塊壘平。

鳳臺秀才苗沛霖聚衆築砦横行淮甸余奉檄往招之夜過平阿

莫赤匪狐莫黑烏，短衣仗策過荊塗。兵荒百歲人逢少，灰燼千村鬼亦無。大澤雲屯朝牧馬，平林月落夜彎弧。書生報國惟忠義，片語猶能敵萬夫。

十月朔日都統勝保公太僕袁公奏監淮北團練剿賊蒙亳途中口號

萬隊貔貅擁節旄，長淮北望陣雲高。雷霆甲仗兵符急，冠劍丁年意氣豪。班馬風霾嘶瘦日，遺黎露宿掩寒蒿。椎埋狙擊何時定？敢負樽前解佩刀。二帥公贈寶刀一枚。

蒙城即事示俞可亭 澍 大令

不見蒙莊舊釣臺，古懷抑塞向誰開？破巢攫卵鴟鴞樂，覓食呼羣鴻雁哀。安得奇方醫疾病，忍教沃土種蒿萊。圖成横灑監門淚，朝論於今重霸才。

晚至西陽

老驥遲遲趁夕暉，寒林衰草亂鴉飛。捕魚小艇人争渡，無主荒村犬尚歸。此地久傷民力困，來春猶盼麥苗肥。酒酣化蝶尋莊叟，應嘆當年夢境非。

蒙城署中卧病接袁帥書

身似僵蠶困未醒，抛來藥物竟無靈。殘宵短夢摇虚幌，隔院迴風語斷鈴。黠鼠横行燈焰黑，蟄龍暗嘯劍光青。羽書訊斬萑苻盜，强起荒鷄側耳聽。

接内子詩卻答

卧病軍中信久疏，忽來一紙意躊躇。異鄉轉徙難言養，亂世艱貞勸著書。肥水待摹新畫稿，蜀山重理舊田廬。狂奴那有封侯骨，浪迹風塵卻笑余。

附　内子作

烽火危城記脱身，勞勞鞍馬逐征塵。立言肯負平生願，養志難逢百歲親。草木枯榮原有定，鷄蟲得失不須瞋。勸君細讀梁鴻傳，偕隱同爲廡下人。

十一月十一日進攻酆圩早發高爐

磨盾中宵墨未乾，拂衣橫槊上征鞍。凍林劍簇冰花碎，怒馬風嘶月暈寒。野闊鷹鸇飛更疾，草枯狐兔竄應難。干戈滿地閭閻擾，將帥猶勞敢宴安？時節帥來自潁州。

雪後自趙旗屯至黄姑店

北風吹短袖，疲馬促歸鞭。凍雪懸高樹，寒雲沍遠天。郊原喧暮雀，村舍斷炊煙。翻羨無家樂，休歌碩鼠篇。

軍中曲

野曠大旗懸，頽雲壓陣前。一聲吹觱篥，萬竈寂無煙。

大澤走貔貅，重圍戰未休。提戈揮落日，馬項繫人頭。

捲地朔風號，天低斗柄高。帳中呼起起，冷月夜磨刀。

蒙城有三士爲丁芝生椿茂 廣文張少山蘇淬鋒錕 茂才作

蒙城有三士，小隱近市廛。與物無苟合，惟我敦古歡。儒林老解組，韋布冠鶡冠。巋然魯靈光，儀型具瞻觀。京兆料鄉兵，五載勞征鞍。毁家未紓難，抑鬱摧心肝。武功名家子，竹石生毫端。淬鋒爲虛谷孫，工畫竹石。虛堂風雨聲，夢落秋江寒。覿面感别離，撫時增悲酸。畫棟巢鴟鴞，野田饑鳳鸞。鋤禾不鋤莠，刈草偏刈蘭。天心未厭亂，逃名以爲安。我胡事軍旅？言論多艱難。杞憂問誰知？拊髀空長嘆。燕石甘自炫，太璞悔不完。行行渦水間，爲之賦考槃。

蒙城晚泊

長路客心迴，孤帆落日懸。林陰飛積雪，水曲養虛煙。市小人聲沸，城迴塔影圓。西郊烽火急，寒柝起遥天。

過少山草堂見梅

亂後重逢兩鬢新，青鞋布襪趁閒身。開樽且向梅花笑，耐得冰霜始見春。

南望家園隔暮天，荒城歲晚少人煙。輞川野水茆亭月，清夢拋殘已四年。

諸帥五首

石頭依舊峙崇墉，毒霧横江戰壘封。棄甲自求林下馬，銜刀争唱水中龍。長干塔畔新增竈，九洑洲邊數舉烽。詄蕩天門闕象緯，蒼雲涷月暈重重。

三載湘兵訓練成，樓船萬櫓向東征。不教箕尾悲良將，謂塔軍門、羅方伯諸公。早見欃槍落冶城。霖雨迅從天下望，齏鹽久負大儒名。倚廬再上陳情表，嗚咽江濤淚血聲。曾帥屢請守制。

龍舒山勢鬱岧嶢，匝地妖氛慘未銷。春色又隨温詔至，甘泉屢盼捷書遥。園林結夏閒觀奕，士卒巡秋晚射鵰。差幸總戎能禦敵，空城雨雪馬蕭蕭。山東兵關，藩司畢公被辱，撫軍福濟洞垣走梁縣，總戎鄭公留守廬城。

坐鎮長淮壁壘新，南來薏苡謗無因。草茅何用持清議，殿陛原知重直臣。慷慨千言籌大局，艱難一飯念斯民。流離多少良家子，盼到公歸笑語春。袁帥誣去，逆匪遂熾，公再莅淮甸，人心大悅。

艅艎十丈撼驚濤，都護防秋戰氣高。雷雨中宵飛霹靂，鐃歌一曲醉葡萄。南樓月滿同揮麈，北斗星寒自帶刀。斛律今猶娴將略，紛紛謡諑笑徒勞。粤與捻合，沿淮糜爛，勝帥攻克正陽關，軍威一振。

舟雪夜行

同雲壓地天無縫，層林獵獵寒光動。萬族收藏不敢驕，玉龍呼吸風威縱。夜黑孤舟逆水行，短篙撑折河冰凍。聞道軍聲亂鸛鵝，引杯高詠淮西頌。

十二月二十六日鄧圍報捷柬小午侍講

鷄犬人民百里空，敢將劫運怨蒼穹。臨風暗灑憂時淚，羽檄何心紀戰功？

五羊嘆

丁巳冬十月十四日，粤城亂，爵相葉名琛總督兩廣，爲英夷所擄。

黑雲排山海倒流，火龍吐焰吞廣州。橫海樓船罷高晏，人哭鬼嘯聲啾啾。國朝四夷盡率貢，島嶼萬里通遐陬。番舶闌入久弛禁，鴉片流毒無時休。老成經國有遠慮，道光己亥春，廣督林公責令英國領事義律呈繳煙土二萬二百八十三箱，並嚴禁夾帶罪名。敢以私釁開邊讎。大哉先皇貴柔遠，樂天字小寬虔劉。今上嗣統宣武猷，江氛嶺瘴驕不收。回紇助唐羯叛晉，是非順逆昭千秋。臥榻豈容他人睡，長纓請繫天狼頭。謂僧王天津之戰。南隅傾側咎誰責？富華編就身爲囚。漢陽威望動天下，昔頒茅土今蒙羞。鋭頭隆鼻最狡獪，金繒奚止供貪求？我朝財賦出江浙，海運要策尤須籌。況聞西北互煽誘，杞人嫠婦空煩憂，爲語爾夷慎勿留。汝不見，漢皇一怒收兩甌。

除夕軍中聞徐雲溪曉峯太守談近事

日下清嚴望五雲，燕吴回首隔塵氛。征南世薄張華議，入洛人愁賈誼文。金馬未歸炎海貢，明駝常護朔方軍。側聞宵旰憂勤甚，肥瘠須知視相君。

戊午三月六日隨節帥袁公自三河尖進攻六安師次馬頭

兩岸垂楊拂隼旗，風沙莽莽獨愁余。撑天白骨迷新鬼，匝地青蕪剗廢墟。雞犬舊知生聚樂，山川憑弔劫灰餘。固陵已喜重圍解，更盼臯城走捷書。

十六日奉檄之懷遠舟泊塗山 時張龍陷固鎮，撲五河。

報道軍符急，拏舟柁鼓撾。中流飛雪浪，兩岸捲風沙。兵氣纏殘日，羈愁擾落花。一年春又去，戎馬尚無家。

登壽州北城放歌柬賈運生臻觀察

臯城窮寇魚游釜，連營諸將陳枹鼓。一夕翻教漏網逃，長淮惡浪催檣櫓。正陽關上鐵鎖横，硤石山頭排萬弩。恨少奇兵截下游，八公草木今何補？君不見，旌旗隱隱壽陽城，四門晝閉填黄土。

端午日張雲槎瀛刺史招飲東禪寺

一樹榴花照眼迷，故人有約過招提。午鐘漫醒團蒲夢，又逐征塵促馬蹄。

出師頌

六月八日，節帥勝保公降嶽之辰，駐兵洛河，僚弁均稱觴致頌。余謂：『兵荒交迫，天子猶減膳徹樂，況强寇在前，正憂勤惕厲之不暇，君子愛人以德，何可言壽？顧公統兵淮甸，繫一方安危，願早成大功，以副民望。』謹製四言，命曰出師頌。

於鑠皇清，篤生申甫。穆穆宮師，允文允武。先皇講學，典重臨雍。司成是擢，爰貳秩宗。
今上御極，詔求直言。長孺一疏，聲振綸垣。熙朝垂統，上帝降康。殷憂啓聖，受命無疆。
黄巾突起，煽亂粤方。踰湖度岳，飲馬長江。皇帝曰咨，假公節鉞。勳始廣陵，暨於河北。
禄兒寇趙，盆子窺秦。太行截擊，西面肅清。揚威畿輔，寵錫彤弓。謗書一篋，勳業未終。
自古淮徐，俗稱驕悍。有鶴唳風，無鴞飛泮。汾陽復起，總統諸軍。眇鴉聲息，飛豹壘傾。
公征自亳，寇來自桐。青袍白馬，二賊縱橫。潁川聞警，席捲東征。三捷露布，八公皆兵。

載復正陽，載援固始。進攻六安，驅逐蛇豕。晝接上聞，天顔有喜。優詔命夔，美官酬李。蠢兹小醜，竄竊荆塗。鼎魚幕燕，聚而殲諸。公再奉命，於今三年。暑不張蓋，勞不乘軒。棲棲六月，秣馬厲兵。吉日穀旦，上應嵩生。後庚三日，天子萬年。卿雲璧月，先麗堯天。昔裴晉國，功業巍巍。淮西底定，千古一碑。公門多士，如虎如羆。鐃歌代頌，願學昌黎。

七月七日歸自荆塗營次夜坐懷遠齋

涼月下庭除，夜氣生簾幕。移榻坐花陰，一尊還獨酌。觸熱送征鞍，歸棹秋風約。入門君已遥，良會傷離索。去歲天降凶，全家填溝壑。君年漸衰朽，一孫猶穉弱。懶作送窮文，世情惡淺薄。惡木競棲鴞，短松難藏鶴。君亦有心人，逃名甘寂寞。娱老一枝籐，浪迹雙芒屩。

七月十五日廬州再陷口號志哀

福濟撫皖五載，用事多僉人自將，總戎鄭魁士奏撤，寇深民怨。李方伯孟羣頓兵英霍，促之至，遂委印去。方伯住岵步，聞警潰。撫軍翁公同書時抵梁園，郡守馬新貽兼權臬篆，棄城逃，署令王君映奎遇難。壽春總鎮蕭公開甲、總鎮余公應彪營西門外，被圍三日，戰死。賊恨廬民前歲内應，悉屠之。

羽騎南來急，驚疑信未真。擁兵甘内潰，釀寇咎何人？重灑遺黎淚，翻添故鬼鄰。長淮波浪惡，咫尺接煙塵。

郭小園至壽州

南望鄉關起戰塵，歧途握手淚沾巾。問天何故逢今日？閲世方知有古人。萬劫難逃惟俟命，一廛願受且藏身。愁來共讀桃源記，欲訪漁郎去問津。

彗星謡

七月下旬，彗星出丈餘，形類蚩尤旗，由西北移至西南，逾月始滅。

欃槍燭天勢如燬，寒芒慘澹驚神鬼。衆星不敢與争光，横行直射天垣裹。嗚呼彗兮爾胡知，酹爾杯酒爾應喜。君王求治天降康，爾今一出甲兵洗。

族兄子固自廬州來招作重陽

洗杯相待話重陽，未到登高已斷腸。自分此生成永訣，誰憐九死迫他鄉。關心親舊添新鬼，迴首家園作戰場。擾擾烽煙諸弟隔，明朝强醉佩萸囊。

重陽前一日

一天苦雨作重陽，晝卧荒園夢亦涼。入户寒蛩啼瘦緑，經霜病果脱秋黄。聲華未免憎多口，憂患原爲進道方。睡起空亭舒望眼，羡他鴻雁獨南翔。

重陽書懷

愁中今又過重陽，淮水迢迢寄一方。百里荒山通戰氣，時馬頭營潰，壽州戒嚴。滿城落葉起寒光。請纓戎幕輸經濟，久客窮途戀稻粱。欲采黄花難自遣，醉鄉何處覓柴桑？

晚過東禪寺與蓮谷長老話

偶過東禪寺，紛紛散道場。簾痕收暝色，松影漏星光。老衲耽吟趣，浮生笑客忙。團蒲難入定，人海學行藏。

索孫少齋 法祖 表叔畫菊

九秋不雨菊開遲，乞取冰綃畫折枝。短几揮毫情繾綣，故園回首淚參差。臨風我欲簪雙鬢，對月君還共一巵。待向輞川尋舊圃，落英滿徑自編籬。

顧丈蓮仙邀同人賞菊疊前韻

年年作客耐秋遲，也向西風剪菊枝。瘦影低迷金屈戌，閒情暗破玉參差。追歡且喜來今雨，吸飲翻疑灌漏巵。多少芳菲驚過眼，輸他晚節傲東籬。

過秦山人草堂看菊並觀八大山人畫障

尋秋有約到城西，讀畫蕭齋日漸低。茗碗爐香人意懶，遲遲歸去晚鷄啼。

晚過紫金山

蟲沙世界任紛紜，大野風高日易曛。百犬隨聲争吠影，一龍掉尾自拏雲。水枯蛙跳淮王井，土堁牛耕趙將墳。此地從來稱險要，荒山草木散兵氛。

淮上晚眺

目斷長淮水，經年慘不流。荒山酣白日，落木動高秋。讒口能消患，狂歌自解愁。鷄蟲閒得失，一笑付沙鷗。

感事

八月十日，都統勝保頒給欽差大臣關防，督皖軍，撫捻酋李世忠於滁，前廣督徐公廣縉以四品卿起用，接辦三省剿匪事，駐軍馬頭城。二十七日，懷遠賊出，營潰，賊乘虛撲定遠，家大人召鄉兵邀擊於劉府，追至上洪，大破之。九月十九日，賊復出，營退下蔡。賊遂擾冶溪，逼壽州。徐帥旋因病乞歸，爰作短章以紀實。

荆塗秋氣高，淮濱波浪惡。大纛動長風，曠野摧寒蘀。賊騎蔽山來，土團自聯絡。草檄召鄉兵，鏖戰妖氛卻。不見馬頭城，旌旗無顔色。檣櫓慘飛灰，三軍氣已奪。元戎方東征，帷幕勤遠略。飛鴞懷好音，奔駒馭朽索。詔書起深源，鬢髮皓如雪。一蹶不復振，借箸愁失著。豺虎日咆哮，道路人蹤絶。棄甲賦歸來，深山慚猿鶴。

十月十九日夜劉府營潰軍退陰陵

夜氣千山合，風聲大澤呼。天高霜月瘦，水涸凍雲孤。墜葉時驚馬，荒村暗嘯狐。英雄曾失路，荆棘尚迷途。

次日起鄉兵追賊冶溪偕七弟夜行鏁[illegible]

五道兵符急，旌旗夜色分。矛頭寒暈月，馬首凍飛雲。野燒千山烈，[illegible]萬木紛。寇氛猶未遠，努力報將軍。

賊中[illegible]埸聞仲弟季弟辟至商城

喜汝各無恙，心魂悸始安。好偕小兒女，願早話團圞。親老烽煙警，家貧菽水難。故鄉歸未得，攬轡暗辛酸。

己未春自定遠旋壽州訪王春綬 庭蘭 京卿留飲

幾日輕陰養嫩寒，祇園解后且追歡。文章臺閣知名早，烽火鄉關謝病難。公已乞歸。花信暗催春意動，宦情頓減酒腸寬。衰年不少黄壚感，愁向東風一倚欄。公敘予詩，有懷梅伯言、湯貞愍諸公。

仲弟書來買屋大灊山將奉親南歸留別引恬昆季

五度春風淚眼斜，蜀山南望已無家。歸心慣逐營巢燕，覓食深慚返哺鴉。早盼故園消鼓角，閒從野老話桑麻。卜居聊傍灊峯下，敢向人前説浣花。

六安又陷歸計不果

淮水波濤猶未靖，皋城劫火更無餘。此生難了浮家累，欲向中條學跨驢。

郊游即目

少小壽陽常作客，自從亂後便浮家。每欣渌水流觴曲，閒對青山岸幘斜。修竹萬竿尋嶰谷，寒梅千樹夢琅玡。亭臺過眼繁華歇，春到平蕪起暮鴉。

懷遠齋兼訊方言五士貞茂才新居

野鶴山人寄興孤，殘年墨妙世間無。東臺湖畔應相憶，誰補春風萬柳圖？

過小嶰谷

一炬名園盡，臨風淚眼斜。寒梅惱人意，猶著戰場花。

題完白山人印章

鐘鼎紛摹笑贋形，一枝妙筆自通靈。春風回首龍山路，猶見當年寄鶴亭。

清明日桃花下作

花落東風點翠苔，迴廊薄暮自徘徊。年年肥水城西路，細雨清明上冢來。

三月朔奉檄監淮北團練赴肥助剿途中感賦

煙塵慘天地，弭兵竟何時？丈夫志四方，心與忠義期。安居誰非願，所恐終蒿藜。豈云朝野殊，兵農理亦齊。江河日趨下，叢脞民風移。姑息致悍戾，迫脅成乖離。此邦多健兒，剽忽四境知。操縱權在手，良足供驅馳。攬轡望故鄉，顛危思扶持。孰無國士遇？慷慨爲涕洟。駿馬忌危阪，良禽恥惡枝。幕府盛人才，令名以爲基。

悲三河

李迪庵續賓方伯，戊午十月十日攻三河，墮賊圍，軍覆，死之。

將軍百戰來南楚，旌旗如龍士如虎。揮戈突過北峽關，投鞭忽陷鵲尾渚。鼓鼙聲死木鳶沈，毒焰燒空橫赤杵。兵頭老鐵化寒燐，幕上有烏作人語。

悲長城

李鶴人方伯，戊午秋權撫篆，廬陷，退壽州，旋營長城。今春二月望日，賊圍營，餉缺師潰，被獲後死之。

兵符夜走長城道，萬竈煙寒野無草。河魚腹疾喚奈何，告身一通謀一飽。鴉軍善戰舊有名，方伯在鄂省頗有戰功。武昌柳色今枯槁。肥津嗚咽猿鶴悲，同此致身惜不早。

元戎剿賊鳳陽歸次森泉寺看牡丹

飛到軍聲賊膽寒，蜺旌小隊憩征鞍。名山他日留佳話，驛騎春風看牡丹。

游森泉寺晤蔡環乙兼贈化南和尚 化南曾住江寧鷄鳴寺。

幕府軍容暇，尋芳到翠微。柳隨珠旆轉，花繞玉驄飛。緑樹雲千匝，青山郭四圍。此間有農事，一雨麥苗肥。

鳥語風潭静，雲門石磴高。名山聊駐馬，流水試磨刀。老友笑相識，憂時首重搔。滄桑驚小刼，問字憶兒曹。

十載鷄鳴寺，曾尋方外蹤。落花三月雨，春夢六朝鍾。汲水閒烹茗，棲雲待種松。談深歸騎晚，杳杳下前峯。

天長軍次汪稚松刺史招飲

馬上相逢各黯然，征塵未撲喜開筵。皖公山色秦淮月，痛飲狂歌憶昔年。

晚登會景亭眺洪澤湖

四圍山翠斂晴光，萬頃湖波送夕陽。何處都梁舊宫殿，殘碑猶賸米元章。

汪氏别墅同李稚和 羲鈞 太守毛子林 鳳枝 大令雨中曉飲

軍書草罷共登樓，山木陰森濕翠流。昨夜南風吹雨急，電光閃處掣吴鈎。

病中别凌小南 焕 舍人

南風一夕化蟲沙，臥病荒城急暮笳。淮水迢迢君又去，盱山東望日西斜。
亂離蹤迹似摶沙，泗上重逢淚眼斜。此後相思在何處，翻愁别去更無家。

定遠失守聞董嘯庵遇難

戰血蟲沙慘，腥風虎豹驅。危城三面絶，暮氣一軍孤。鞍馬勞生倦，親朋問信無。更增知己痛，熱淚灑黄壚。

定遠大令周君佩濂殉難挽詩

定遠爲江淮要衝，城小而庳，民悍猾，夙稱難治。八年七月，廬州再陷，撫軍翁公建大營於東關外，元戎勝保督皖師，軍務驛騷，君以一書生處彈丸之區，兵民帖然。今年夏五，盱眙失守，勝保公軍蔣壩。二十六日，捻匪乘虛撲定遠，黃觀察元吉營黃泥埠，聞警潰，賊遂薄城。翁公走池河，官兵紛而東，天雨如注，君率民登陴。三日，捻匪南去，翁公自池河返。六月八日，粵捻合圍，衆數萬，翁公退壽州，官兵又紛而西。君與父老攖城固守，殲賊數百，賊少卻。越七日，廬總鎮又能統川兵夜遁，營爲賊踞，攻益急，餉缺，民洶洶欲潰，君嚙指瀝血飛書求救，並宣示於衆曰：『吾身與城共存亡，請以指徇。』士民皆泣下，守愈堅。十八日卯時，賊穴地轟東門，城陷十餘丈，君督民禦之，賊趁亂從西南梯城入。君知事不可爲，揮淚謂兄曰：『母老矣，兄不當死，且無守土責。』促之行，轉戰至西街，尸骸塞路，乃仰天大呼曰：『吾爲定遠長官，義當死，勿傷百姓。』坐地受刃死，幕僚同死者十二人。君字怡芳，貴築人，由壬子孝廉揀發皖省，前官南陵，以憂罷。賊初解嚴，余由盱眙過定遠，遇城下，言未竟，氣喘喘，咯血數口。別後十日，晤其兄娛陔孝廉，詢死事狀，作哀詞以紀實云。

濠上旌旗偃，豺狼頓合圍。風雲齊衆志，雷雨挾神威。慷慨同生死，倉皇聽指揮。千軍方待命，三日捷書飛。

五夜重圍急，前軍又綴營。奮身當大敵，囓指徇孤城。傳檄多虛耗，荒郊少戰聲。冶溪穿望眼，賊騎任橫行。

餉缺援兵絶，艱危氣益振。全生輸將帥，效死報君民。兄在成吾志，魂歸戀老親。幕僚均赴義，磊落十餘人。

我亦驚烽火，危城共酒卮。羽書欣退敵，戎馬促歸期。化血悲新鬼，招魂念故知。精靈應不散，催戰助王師。

秋夜懷瑞安孫琴西衣言太守時乞假還里

微雨空庭過，披襟坐晚涼。桐陰淡斜月，竹露洗清光。此夕秋初至，伊人道阻長。眷懷歸隱處，閒看嶺雲忙。白雲嶺，陶弘景隱處。

題冒辟疆董小宛便面

影梅憶語才人恨，曠代風流水繪園。珍重瓊閨殘粉墨，一回展玩一消魂。

壽州雜感

桂樹連蜷没一叢，空尋馬迹亂山中。淮王賓客多陰秘，假託神仙笑八公。

貔貅一夕遁淝濱，謀國方知社稷臣。莫怪當年捫蝨意，乾坤眼底久無人。

箕帚櫌耰兩不堪，眼前孝友共誰談？一門鷄狗稱祥瑞，卻羨安豐董召南。

淮淝溟漲撼孤城，草木争秋起戰聲。多少蛟龍歸大壑，可憐一蟹尚横行。

閒中偶閲登科記，千載文山獨有名。寄語看花龍首客，莫教温飽誤平生。孫燮臣殿撰。

白社常尋方外蹤，懶將一指悟天龍。塵緣未了黄粱熟，愁聽東禪夢裏鐘。谷蓮和尚。

將去壽州留别同人 己未八月。

渺渺淮山繫客愁，勞人無計此勾留。旋歸未忍歌黄鳥，浩蕩相從泛白鷗。但得薄田供菽水，何須長揖傲王侯？匡時恨乏縱横略，策蹇西風返故邱。

跋

合肥王謙齋柱史秉軼俗之才，負匡時之略，老而不遇，抱膝孤吟，深究四始六義之旨垂四十年，既裒然成集矣。嗟乎！謙齋豈第以詩傳哉！

余昔棄觚從戎，馳驅江淮間，羣盜蜂起，兵單餉乏，謙齋以書生爲諸帥座上客，掉三寸舌從容策畫，動能扼賊之吭。咸豐十一年，苗焰方張，壽圍益急，盧與壽接壤，城久陷賊，肥西争築寨自衛，隱窺六、霍，爲營窟計，若無人倡援壽之議，恐亂又生矣。謙齋出入刀劍之中，南來約練，由三角寺進援壽州。會楚師東下，捷音踵至，江淮局勢爲之一變，而淮軍繼起，遂成中興之功。粤、捻蕩平，都人士文經武緯，震耀一時。謙齋潔身養親，嘯歌自適，時而恣山水之游，興盡則反，不夷不惠，亦莊亦諧，其胸襟浩蕩，豈尋常詩人所能測哉！

余承乏斯土十有餘年，今奉簡命備兵皋蘭，將去盧，與謙齋話别，索觀所著詩集，丐方子箴山長選訂，分俸助梓，以公諸世。夫徵文考獻，守土者之責也。余不敏，愧無德澤及民，獨拳拳於一老，俾爲此邦矜式，並綴數語，竊附大雅之末，幸矣！

光緒丙戌孟春，清泉黄雲拜跋于樂園。

王尚辰集之二

謙齋二集

自敘

咸豐己未之仲秋，先君棄養於屯次，辰槖筆幕府，奉諱南歸。馬鬣將封，狼煙告警，旋侍老母重至壽春。明遠有妹，雷岸遺書；公瑾呼兄，道南讓宅。明年春，漕帥袁公督師淮上，羽書敦促，墨經周旋，分月俸之錢，領太倉之粟，情同禄養，身爲饑驅。然居喪致毁，殊愧伯安；誓墓有文，深慚逸少已。又明年正月，淮北釁起，寓廬灰燼，余也拾薪負米，畫粥斷齏，淚濺春花，愁縈秋月，時行吟於澤畔，聊偷活於草間。無如棋局紛紜，危城孤注，單騎返里，間道乞援。九月十六日，糾合土團，營軍肥曲。方冀符偷晉鄙，計出田單；詎知師漏豎貂，旗顛考叔。壽餘攝士會之足，華元登子反之牀，懦帥無權，而奸民内陷矣。

是時，鵝鴨無聲，豺狼當道；鷄鳴夜度，虎口生還。宫之奇挈族偕行，張仲節望門投止。履穿東郭，村卜西枝；舊友相逢，新巢快掃。摩詰居十笏之地，坡仙詠中隱之堂。剪紙招魂，長鑱託命。萊衣姜被，寢食無違；鴻案尼車，呻吟方定。偶倚松而讀畫，亦閉户而尋詩，或紓懷舊緒，或遣興目前，自寫性情，不加雕琢。生當天寶，類少陵徒步之悲；循彼南陔，寓廣微補亡之義。

同治癸亥春暮，伯垣王尚辰自敘大灊山𧉯隱庵。

循陔集 自辛酉九月至己巳（一）

辛酉八月二十三日先大夫忌日歲已再周自淮上間道南歸省墓

夢破淮關鼓角殘，秋風吹冷棘人冠。三年烽火家園路，賸有青山淚眼看。

重九同潘晴軒 鼎新 大令飲大灊山房

鄉心屢逐白雲還，紅葉聲中自叩關。下馬洗杯作重九，小窗閒話大灊山。

書懷答袁小午侍講

壽州被圍，自春徂秋，義民王濟川 舟 乞援于余。九月初三日，單騎抵大灊山，飛書舒、六各土團，不旬日而應者五千人。遂偕劉省三 銘傳、張振軒 樹聲 海柯 樹珊、周海舲 盛波 薪如 盛傳、董梧軒 鳳高、唐藎臣 殿魁 俊侯 定魁 等，分隸其衆，十五日會于三角寺。十八日，進軍壽南柏家寨。夜半接小午函，知臨淮援師抵懷遠，喜賦。

狼烽四壁斷飛鳶，匹馬南來快著鞭。越境寓軍爭攘臂，危城連帥憤無拳。芸田志在鋤非種，飲水心知辨盜泉。夜半鷄聲呼起起，火光如炬戟鋒懸。

感事

九月二十七日，壽州奸民獻城，肥團夜退，王舟嘔血死，沛霖索余甚急，余詭道南歸，貽詩規之。

手裂襴衫涴戰塵，土團千里踞淮濱。腥風慘淡天無色，凍血模糊草不春。嚴武還朝方去蜀，杜弢搆釁自稱臣。君親大義終難滅，休負書生報國身。

誰使勤王志未伸，翻教淮上起煙塵。雲開馬路千盤疾，風曳旌竿五色新。看到軍容思敵愾，傳來鑾輅尚巡春。重熙累洽承先業，戡亂中朝大有人。

雨望

草樹蒼茫易變秋，瀟瀟風雨更添愁。自憐久客同巢燕，誰信忘機狎海鷗。親串凋零多鬼録，壽城之變，孫氏一門罹禍尤慘。吾生困頓作詩囚。干戈滿地身安往？南望雲山憶故邱。

十月五日偕七弟奉母挈家自芍陂歸六弟大灊山寓宅喜贈趙梧岡鳳舉孝廉

千林木落雁飛初，問道南歸問草廬。我昔愧爲塵網悮，君今喜與世情疏。庭儲甘旨常娱母，門閉寒山自著書。擾擾烽煙愁觸目，相期溷迹託樵漁。

六安途中遇秦雁臣承壎主政

荻花楓葉落紛紛，客路悲秋又別君。南望龍舒好山色，行人猶説故將軍。雁臣爲恭武提督之孫，提督没於舒城大營。

聞蔣之純凝學觀察道都中近事

省方曾記翠華巡，隔歲鑾輿靖塞塵。夜月鼎湖龍去遠，秋風汾水雁來新。蒿宫隱慟頒遺命，玉斧揚威倚大臣。聞道燕貽昭聖母，萬邦額首祝宣仁。

聞方存之宗誠茂才辟地魯拱山

豺虎叢中道尚存，百年儒素守清門。幼安木榻梁鴻廡，始信山林姓字尊。

除夕讀杜詩書後

余亦遭戎馬，酸吟獨此編。君親增涕淚，魂夢擾烽煙。老作諸侯客，難爲時世賢。一官雖落拓，猶見中興年。

壬戌元旦

萬里春風掃積氛，一天曉日散繽紛。龍飛歲紀中興月，鳳噦祥瞻五色雲。文德覃敷南國化，武功迅報朔方軍。宣光繼序恢前烈，引領康衢頌聖君。

正月二十五日荆州將軍多隆阿公進兵廬州途中展謁喜賦

盼斷鄉關路，旄頭暗斗分。天威申霹靂，是夕大雷電。兵氣盪風雲。黑稍原酣戰，黄龍久策勳。千言揮露布，持以獻將軍。

山中逢徐毅甫即送之曾宫保幕兼訊桐城姚慕庭 濬昌 大令

八載忽相見，浮蹤各黯然。與君成老大，此別尚烽煙。幕府聯朋輩，吟懷寄酒邊。雙峯賦招隱，多辦賣文錢。

過馬埠寺懷李采臣 元華 都轉

駐馬尋殘壘，谿凹路慣經。晴光回水緑，野燒變山青。寺廢狐升座，牆頹鼠挈瓶。昔年談劍地，竹樹暗冥冥。

雨晴

昨宵聽雨喜無眠，曉啓軒窗翠接天。鳥語嬌迎千樹日，柳眉淡畫一溪煙。下秧已足清明水，望歲應占大有年。更卜洗兵期不遠，買春何惜杖頭錢。

四月十有四日官兵克廬州傚放翁體

連營鼓角下南中，天上將軍氣象雄。百戰威聲寒賊膽，捷音五夜告吾翁。

談兵幕府氣如虹，淮海歸來志未終。今日故園殘劫盡，手持馬箠告吾翁。

野花開徧戰場紅，春去郊原四望空。淚灑瀧岡幸無恙，待垂阡表告吾翁。

逍遥一水繞城東，不獨園林寄興工。畫聖詩禪懷舊澤，重徵文獻告吾翁。

夢魂跨鶴禦長風，城郭人民迥不同。稍喜敝廬留劫燼，好承堂構告吾翁。

初夏漫興

幕府逃名寡應求，茆檐屏迹問田疇。山中節氣交槐夏，亂後災黎盼麥秋。賦性懶原同叔夜，浮家累更重文休。故鄉殘劫今消盡，雲水閒身學野鷗。

江淮紀事

桓桓貔虎事東征，皖國高懸上將旌。羊祜遺謀關大局，龍驤累捷壯先聲。戈船新輯萑苻盜，貨幣兼輸回紇兵。競道軍威如破竹，降旛應豎石頭城。時延建邵道李公鴻章統淮軍，赴上海借西洋礮火以助軍。

鐃歌鼓吹捷書飛，萬馬雲屯破陣歸。脅從推恩寬斧鉞，遺黎遮道擁旌旗。急思劉馥來廬郡，更遣張遼守合淝。仗節專征忽西去，秦關百二震軍威。多隆阿公移節陝西，石鎮軍清吉留守廬州。

淮上飢軍氣不揚，青袍白馬任披猖。令公獨斷充招討，太尉兼程捷順昌。百戰賊奴欣授首，一時悍將早來王。論兵幕府思前事，醉後揮鞭喚葛疆。苗沛霖復就撫，誘僞英王陳玉成入壽州，擒送勝公。

中秋同葉次元士選 大令郭松喬茂林 中翰待月

已遂還鄉願，翻添感舊情。城陰藏月魄，兵氣散秋聲。池館殊今昔，衣冠懶送迎。十年重聚首，把盞話深更。

憶舊

亂久歸鄉里，鴻泥印幾行。江樓殘夢斷，淮舫別情長。天上酒星杳，人間墓草荒。良朋兼勝迹，回首恨茫茫。

哭弟翰臣

汝年方廿七，我年已卌八。仲也相頡頏，羣季賴提挈。棣萼喜連枝，何期忽中折？室内無孤雛，堂前有白髮。呼汝汝不應，倚門泣寒月。

生小即聰慧，大父常置膝。束髮誦詩書，父兮尤愛暱。賦性不好弄，體羸更多疾。方看漸成人，纔喜已授室。期遂顯揚心，青燈勤努力。怡怡共一堂，兒時猶記憶。

弱冠罹喪亂，隻身履虎尾。道路越間關，奉親來淮水。幕府聘賢良，嚴君資佐理。仗劍料鄉兵，汝獨隨鞭弭。策勳膺上賞，頭銜繼博士。表授國子監典簿。于役滯袁江，東望狼煙紫。

慈父痛生天，陟岵傷游子。汝去父尚存，汝歸父不起。永爲失怙民，麻衣淚如洗。

五載客壽春，聊向壻鄉住。樽俎起兵戎，性命蘇涸鮒。間道奉母還，家園與仲晤。有妹久相依，良人嗟早故。妹夫郭小園病没臨淮。骨肉幸完全，菽水娱朝暮。寒宵姜被温，汝夢猶驚怖。時憂生計拙，顔悴少歡趣。黽勉課家塾，殷勤叩農務。方圖共苦辛，遽爾攖疾痼。風摧斷雁鳴，花落紫荆樹。爲汝謀似續，送汝歸先墓。望雲招汝魂，泉臺渺何處。因果種人天，來生定相遇。

唐義渠撫軍訓方過廬招入幕卻之

年來抗迹走風塵，百鍊天留自在身。君相有權難造命，功名無分恥因人。敢言野性同猿鶴，快覩卿雲舞鳳麟。翹首臣鄰賡帝德，康衢吾願署詩民。

山　中

山中愛著野人衣，敢道疏狂與俗違。葛藟尚能敷遠蔭，草心終是戀春暉。一行雁序沖雲斷，三匝烏啼繞樹飛。豈不懷歸入城府？昔時文物已全非。

晚過岫雲居懷亡友趙梧岡

道旁讓宅暫勾留，酒盞棋枰憶舊游。木落空山天欲暝，夢迴孤館夜來秋。

淮西健兒歌

君不見，腐儒窮年誦周孔。又不見，農夫終日勤丘壟。商賈勞勞道路間，輪蹄五夜黃塵動。

贏得銅山萬仞高，兵荒瞥眼成流冗。淮西有健兒，貨幣千家奉。翻笑耕讀癡，自命英雄種。漏網權逃斧鉞誅，建牙轉賴萑苻重。鐘鼎勳名意尚輕，梓桑官吏名虚擁。吁嗟呼！泰山頹，黄河壅。彩鳳隨鴉飛，駱駝疑馬腫。鬼神簸弄世莫知，乾坤晦塞吾尤恐。但願五龍睡老希夷峽，不然二豪醉侍劉伶鍤。

秋晚四懷

信陵賓客散如雲，偃蹇荒山苦憶君。曩日監兵下淮蔡，論功親見鸛鵝軍。項城袁小午庶子。

記得論文過從頻，夜闌軟語一燈親。永嘉山水營詩窟，喜向危城早乞身。瑞安孫琴西太守。

幾年嶺嶠斷書還，蜒雨蠻煙道路艱。聞説詩篇盈萬首，鷄林争購白香山。定遠方子箴觀察。

摛筆金鼇背上行，别來三載夢春明。謝庭羣從輸君少，應笑王郎少宦情。壽州孫燮臣修撰。

感懷孫引恬潤之家德　昆仲

淮水音書絶，淮山舊結鄰。那堪風雪夜，夢斷陸家親。

過故友趙雲持徵君墓

一抔淺土記模糊，短碣誰題故酒徒？情至焉能拘宿草，荒原落日愴啼烏。

雪霽憶宋雲屏

凍林戞玉皺冰痕，澗水鳴琴漱石根。欲訪倪迂添畫稿，斷山殘雪隱孤村。

雪後行馬鞍口望龍眠諸山小飲農家晚歸

荒崖碎石路迴環，緩緩肩輿飽看山。萬疊遥峯摹雪幛，一壺濁酒暖寒顔。松林日落陰風起，燈火檐虚暮靄間。咫尺歸途昏莫辨，犬聲如豹叩柴關。

山　行

山頭落日挂金盆，瘦馬蕭蕭欲斷魂。小市煙寒鴟啄屋，荒墟風急虎闚垣。亂餘已覺人民少，歲暮猶聞鼓角喧。回憶昇平羊酒樂，歌豳賽社鬧鄉村。

次遠齋寄懷韻

蘭蕙枯，枳棘多。沐猴座上冠峨峨，愁來如過拼命坡，思君不見兮奈老何！恨補天，淚成河。人變爲虎飯化螺，醉鄉送老無風波，招君同飲兮奈愁何！

口占

犬吠孤村晚，林荒凍日斜。勞勞車馬客，猶自未歸家。

歲杪雜詠

玉龍百萬偃蟲沙，白戰玄冥慘不譁。誰料彼蒼幡一怒，寒宵忙走阿香車。雪中大雷雹。

白屋荒寒掘草根，但教果腹荷皇恩。近聞官吏求民瘼，忍使催租夜打門。時檄催兵米。

田家酒熟賽迎神，臘鼓聲中報早春。笑我飢軀仍道左，倚閭應念未歸人。

年年殘臘盼家歸，此日寒林繞落暉。行過高岡誰企望，天邊愁見脊令飛。

牽船岸上慣浮居，歸夢遥知戀舊廬。曉起巡檐聞雀噪，鍾離新得一封書。新得方氏妹書。

書畫塵封酒盞空，蕭條四壁起悲風。故人去作芙蓉主，手種梅花凍不紅。謂梧岡居停。

一頃南山自放歌，田園蕪穢悵如何。尚思養樹培佳種，豐樂鄉中訪槖駝。

除夕

百事輸人懶不前，一生放達且隨緣。裁詩自寫宜春帖，潤筆羣分壓歲錢。兒女漸成悲去日，烽煙未靖隔江天。山妻錯解癡呆意，吉語喃喃到鏡邊。

癸亥暮春大灊山書塾新成題曰蝨隱庵

傍山新闢草堂成，斜抱清溪一掌平。淡淡楝花風送暖，陰陰槲葉雨初晴。緑肥么鳥爲巢穩，紅褪春駒結隊行。十載談兵筋力竭，此間何幸得歸耕。

古意二首

仗劍出門去，風塵白日昏。男兒四方志，努力報君恩。

隱遁非初願，飛騰惜此身。功名多詭獲，不敢徇時人。

李希庵續宜撫軍駐節六安遺書下問答之

十載依戎幕，封侯志未償。虚銜追供奉，玩世學東方。親老難酬國，時艱忍去鄉。君看泛駕馬，歧路敢騰驤？

久雨新晴趙西園金閣太學過蝨隱庵

洞壑放新霽，谿雲留午陰。紅稀蜂意懶，緑重鳥聲沈。養晦觀時變，忘機見道心。兒童有天趣，攜手上遥岑。

江待園有蘭廣文攜詩過飲題贈

春光如醉春雲活，物態陰晴無定姿。近水好山多入畫，開樽小閣細論詩。一空色相舒新意，更觸情懷感舊知。集中多悼友之作。十載烽煙猶未歇，苦吟君已鬢成絲。

喜晴

心碎幽窗雨，天公肯放晴。雲開星半露，夜静月斜明。宿麥滂宜曬，新秧寒未生。淫霖休再續，東望苦鏖兵。

草堂遣興柬諸同人

二分野竹三分水，門掩藤蘿映白沙。螺黛淡勻千樹葉，猩紅渲染一枝花。曉風簾幕初迎燕，夜月池塘自聽蛙。珍重春光須共賞，僧寮待煮白雲茶。

新晴

風雨連朝闆掩扉，宵來新喜放晴暉。花飛小閣人初散，月上疏簾燕早歸。儘有琴書消寂寞，不教衣馬戀輕肥。髯奴檢點游山具，明日攜尊訪翠微。

送春日同西園松喬攜兒輩游山小憩白雲寺午後冒雨登大灊山張道士置酒晚眺舒桐諸峯夜歸蝨隱庵

曉日穿櫺鳩對語，雜樹飛花散紅雨。呼朋攜榼傍山行，風曳春衫輕欲舞。草薰蛺蝶裊游絲，水戲鵁鶄喧淺渚。深林伐木但聞聲，知有人家隔煙隖。松風謖謖吹雨來，飛身顛上凌千崖。兒童繞殿撞鐘鼓，道人置酒歡尊罍。推窗看雨雨忽止，提壺喚醒山容開。長虹挂天懸落日，遠峯隱霧虺殘雷。憶昔東山辟豺虎，別後龍泉誰作主？曠觀雲樹盡蒼茫，回首風塵轉淒楚。已知四境廢耕耘，猶聽空城急鼙鼓。十年奔走竟還鄉，翻幸此邦成樂土。君不見，大灊山，白雲寺，幽棲肯負平生志？踏歌明月醉歸來，草堂夢作游仙記。

春杪餞待園之滬上

烽煙阻十載，消息詢江樓。春風又催去，霜雪飛盈頭。棲皇席未暖，溷迹難淹留。故鄉無田宅，橐筆何方游？詩書久廢棄，儒術慚自謀。屠販雜廝養，談笑羅珍饈。往時綠林輩，旌旄侔王侯。放懷閱世變，胡爲旅食憂？草堂醉尊酒，山鳥鳴鉤輈。風花散高下，落日殷離愁。貧交別更苦，雨淚揮不收。後會渺無期，遠送心悠悠。君行自愛惜，富貴安可求？

但得賣文貲，娱老歸林邱。

過南鄰陳山人世傑莊

山光明晦晴兼雨，竹樹連雲水繞廬。菜圃花畦通巷陌，牛欄鷄栅傍庭除。自因客久情相契，轉覺來多禮不疏。回首塵寰苦烽火，桃源風味樂何如？

書感

歧路之中又有歧，迴車痛哭爾何癡！彈丸暗落能言鳥，泥竇深藏曳尾龜。人世枯榮難逆料，天心剥復可前知。五千道德金壺墨，悟徹雄雌是我師。

睡起

一枕松風掩竹關，溪雲擁樹鳥飛還。呼兒盡把蘆簾捲，臥看斜陽雨後山。

牙鳌局

百萬軍儲空杼軸，新章争設牙鳌局。救時賴有富强謀，得寶歌聲動黄屋。三司條例杜侵漁，各鎮算緡分水陸。大農減放水衡錢，月俸免支太倉粟。湘軍勇黠天下聞，利盡錐刀無謗讟。但虞積久敝叢生，中飽難填谿壑欲。連年蝗旱徧江淮，下詔蠲租民不足。噫吁嘻！天人三策董江都，利國不如桑大夫。

悼亡

少小爭誇詠絮才，鹿車同挽記初來。此生枉作英雄壻，卻愧當年玉鏡臺。

慈父經年疾未平，蓮臺減算祝長生。清齋自禮空王懺，休博人間孝婦名。辛亥春杪，先大夫病。君持齋，誦大士經，乞減齡延壽。

故園淪陷薄田荒，八口無家寄壽陽。戎馬蒼黄離別半，爲營甘旨奉高堂。

回首長淮戰血紅，八公草木起悲風。知君永抱龐娥痛，弱質空思作鬼雄。外舅死苗難，君常言：「死當作鬼，以報父仇。」

爲君曾賦脊令詩，目斷荒原急難時。不料去秋同一戹，盲風吹折紫荊枝。君伯仲均遭苗難，去秋予季亦病歿。

藥裹茶鎗强自持，老親問病淚如絲。更遺弱女癡男恨，不見他年婚嫁時。

紙灰宵冷奠茅柴，風雨崇朝借地埋。死去肯添夫壻累，買棺仍典舊鸞釵。

隔年分詠木犀花，記向山房落畫叉。露冷月明人定後，香風涼透碧窗紗。寓宅桂樹極多。

村居烽火劇艱辛，瓦竈煙寒廢食頻。夢醒東風獨惆悵，更無柳影畫中人。君有『倚欄待月黄昏後，柳影東風二月天』句。甲寅辟兵龍泉山，屬雲屏畫柳影圖。

平生吟癖少人憐，空説鷗波好並肩。青鳥西飛頻寄語，四婆裙結後身緣。

過城中故宅

松偃巢焚鶴苦飢，鶴歸猶自戀松枝。愁看瘦日淒涼色，回憶清樽笑語時。萬井炊煙埋朽骨，一卷怪石臥荒池。斧柯爛盡黄粱熟，未了山中半著棋。

有　感

磊落千言感帝王，縱横百戰捍封疆。熊姿未畫淩煙閣，貝錦偏工卻月堂。久矣歌謡疑斛律，公然贓罪議遼陽。長淮未靖流遺恨，被髮騎鯨叫大荒。西望秦關戰氣昏，酒酣投幘復何論。斯人尚爲中朝惜，他日應教公議存。死化黄熊空抱恨，歌殘朱鳥獨招魂。短衣曾走淮徐道，回首風沙墮淚痕。

淮北紀事

憶昔遭烽火，浮家來壽陽。自顧磊落姿，愛束鞍馬裝。大將正奪關，鏖戰焚艅艎。旄頭忽東指，殺氣纏寒芒。鴞音起泮林，凡鳥不敢翔。裂衿收餘燼，結砦儲芻糧。淮甸振臂呼，時至誇身强。略地任横行，側目天蒼茫。余時客幕府，仗劍親戎行。單騎壓其壘，談笑卧榻旁。揮杯陳利害，借箸消强梁。五載隨王師，功名豈尋常？庚申月建酉，翠華獮朔方。回紇背恩私，中外兵符忙。井蛙遂尊大，遼豕殊矜張。債帥乏駕馭，師律失否臧。出柙誰縱虎，入室翻引狼。羣小競内鬩，舉國如風狂。好惡作威福，顛倒無紀綱。盟歃等兒戲，意計多難量。百年歌舞地，喋血冤城廂。乞援嘆徒勞，間道歸故鄉。側聞中興主，命將能用長。常侍突入蔡，師道先來王。獨斷衆口塞，三捷兵氣揚。長纓詎賊奴，厥罪功或償。親賢特授鉞，弭盜安耕桑。狐鼠本疑猜，城社工掩藏。萬馬蹴寒空，一陣塗肝腸。吁嗟白頭賊，反覆罹天殃。今我臥林邱，失喜傾壺觴。風塵溯奔走，魂夢猶彷徨。淮山望岧嶢，淝水流湯湯。

晚抵林柯

日落半天赤，風迴萬壑陰。石泉流凍月，窑火映疏林。徑僻初歸馬，村喧未息禽。鄰家新釀熟，買醉滌塵襟。

晚歸有感

陰風斂日光，山迴天易夕。田家閉户早，驅犢樹鷄柵。匹馬踰層岡，返照半村赤。凍雪明樹杪，炊煙沍籬壁。饑烏解護巢，舊犬知迎客。去歲入門時，暖湯熨顔色。咫尺唤不應，魂歸村巷黑。内子殁已五月，尚厝村外。

睡起

天寒檐易暝，睡起日西斜。病葉風辭樹，輕冰浪結花。剪蔬尋廢圃，乞酒向誰家。醉倚柴門望，閒情數暮鴉。

詠雪

霜花著樹疑懸綵，冰柱當門似畫叉。彈指茆檐成玉宇，天公游戲到山家。

柬黄丈韞之先瑜祠部

詞壇寥落疏時輩，故里知音尚有君。放論古今頻痛飲，相思風雨悵離羣。平生不逐腥羶味，一卷常攜冰雪文。應念草堂春色早，梅花萬點落紛紛。

除夕同孫持中理堂作

浮家同此嘆流離，回憶昇平少壯時。衢巷歡聲喧爆竹，衣冠清晏鬥春卮。豐年共荷君恩渥，饋歲休將故舊遺。坐斷荒山今夜雪，一鐙話舊漏遲遲。

甲子春社日過楊蘊生穎茂才草堂留宿

春來花鳥待潛夫，地隔囂塵儼畫圖。水色山光環小閣，釣蓑農具伴殘書。論文場屋交原早，款客柴荊日已晡。掃榻呼兒洗杯杓，今宵難得此歡娛。

清　明

又逐飛花過小橋，一抔淺土草蕭蕭。春光如醉呼難醒，獨樹斜陽挂酒瓢。

贈馮魯川志沂郡守

故交幕府傳詩句，汪芾庭大令寄君詩集。名姓俄驚肖古人。今日郡齋森畫戟，瞻依何幸隸州民。訊來時事愁無語，老去文章妙入神。獨向宣城溯衣鉢，君受詩梅門。江關南望一沾巾。

謝湘鄉相國賜楹帖

空山抱璞獨沈吟，奇遇誰憐入爨音？仰止龍門邀一顧，飛來翰墨重千金。訏謨早定中興業，吐握尤勞下士心。自揣姓名同魏野，草茅無以答高深。

答宜興潘彝卿宅仁茂才

毗陵自昔稱才藪，蓮幕逢君愛苦吟。君爲魯川郡守記室。我亦雕蟲甘小技，年來捫蝨負初心。防身短劍愁烽火，剪燭殘樽話古今。屢伴高軒閒過訪，牙琴今日有知音。

陪魯川詣香花墩謁包孝肅公像

烽火廬陽屢變遷，城南一水自清漣。故家首重龍圖傳，子姓躬耕蜆殼田。公墓在螺螄岡。稗史譌傳多讕語，香花遺址溯當年。香花墩舊在城内淝河小鳳皇橋。歐蘇尚有西湖記，莫使風流讓昔賢。

將歸山乞魯川題蝨隱庵圖並索怡卿句兼訂後約

昨宵夢向西巖宿，新笋抽梢雨熟梅。時鳥變聲催客去，草堂作記待君來。簿書自了公家事，賓從都爲大雅才。更願年豐歌五袴，秋風還醉菊花杯。

許餉魯川竹木果代柬

野人僦居箕簹谷，苦咬菜根瘦無肉。廬江太守樂清貧，懸魚翻恨饞無竹。文同千畝早羅胸，杜甫數竿思寓目。引領瀼峯咒籜龍，祝融旱魃交流毒。將無愚叟帶山移，惜少長房連地縮。覆蕉偶爾竟成空，緣木豈真難遂欲？此君何可一日無？著書擬構三間屋。秋來風雨送清音，剪燈醉話西窗緑。

夏日飲田家有問新太守者代答

緑樹陰濃卓午筵，揮杯爲述使君賢。居官無忝二千石，傳世還期五百年。但使閭閻敦舊俗，不教囊篋有餘錢。紛紛説尹偏忘倦，村外人歸叫暮蟬。

八月二日魯川郡守招游包公祠即席有感

我非遠城市，恐人憎面目。郡中有敝廬，歲時來假宿。賢守愛留賓，南池小休沐。青山揖馬首，緣溪徑紆曲。晚稻初登場，殘荷香可掬。儲王田家詩，入畫風味樸。野趣赴佳辰，曠懷動遐矚。兵荒逾十載，生聚期漸復。去年詔賜租，恩膏靳蔀屋。催科署上考，報最亦何速。公昔知郡事，吏治秋霜肅。竭澤彼何人，遺詩不忍讀。桂令力請開徵，頃以憂去。直道自愛民，清心先寡欲。俯仰願執鞭，不愧爲民牧。烽煙喜蕩净，品彙歸陶育。曩時觴詠地，重享昇平福。幸逢著作才，定使風雅續。循良古所同，文獻予私淑。

隔日重集香花墩次魯川韻

清言溯家風，吾卒當樂死。絲竹解陶情，中年誰遣此。城南續舊游，煙雲收眼底。雨霽殘暑退，秋光清可喜。赤壁記坡仙，滄浪追子美。老守今詩伯，賓僚多佳士。大成集磁宮，小樣圖輞水。雅稱晉唐裝，一洗瓶罍恥。公餘讌正酣，烽煙驚尺咫。霍山竄賊有反正之說。劫運應告終，樂歲自今始。道傍遺田父，説尹頌聲起。醉侍山公歸，接羅倒著矣。

飲酒柬怡卿疊前韻

不愛學仙佛，敢云知生死？孔聖與盜跖，問誰能遣此？日出華山巔，石爛滄海底。萬事不稱意，一樽聊自喜。旨哉酒德頌，千秋難繼美。古來遺世人，半屬憂時士。我今戒妄念，立誓如江水。寧遭醉尉嗔，毋令酒徒恥。枉尋而直尺，得失何論咫。平生幾兩屐，山水從茲始。壺中日月長，麯生睡不起。入夢呼劉伶，笑曰君來矣。

喜雨懷毅甫二疊前韻

旱魃酷肆虐，禾苗半枯死。人事自召殃，天心忍至此。牛力嘆徒勞，龜拆乾見底。連朝膏澤降，四境農民喜。政和而年豐，堂成書有美。側聞東征歸，零雨勞將士。搗穴殲渠魁，烽煙净江水。通侯汗馬勞，快雪河山恥。時江寧攻克。詔書下五雲，天顏喜尺咫。洗兵劍戟銷，課吏耕桑始。草野樂清平，廟堂賡喜起。寄語牧牛人，可以出仕矣。君自署『龍泉老牧』。

憶月三疊前韻

誰信破鏡圓，痛惜明月死。天公如有情，人生寧到此！驚濤屋上翻，漏滴繩牀底。蟲語一何悲，燈花一何喜！攲枕睡未成，起傾家釀美。僕也本恨人，況味侶秋士。胸有萬古愁，不盡長江水。昔夢游廣寒，生恐姮娥恥。更傷牛女懷，相望不盈咫。歡娱往事空，離緒今宵始。誰家玉笛飛，西風歸興起。空山木犀香，中秋又近矣。

雨後再集包公祠

西山新雨霽，重訪芰荷鄉。野鷺閒秋水，疏花淡夕陽。篆碑多剥落，畫像獨珍藏。明酒將吾敬，流風未敢忘。

題怡卿集

毗陵文物邦，恨不古人見。風雅久衰歇，予生一何晏！在昔康熙年，儲子東南彦。論文逮我祖，同赴鹿鳴醼。先商河公與儲同人先生同中庚午經元。先民如可作，後進慚推薦。君亦名家孫，談往清淚濺。共抱身世憂，不徒文體變。老成留典刑，得君稱後殿。

秋夜獨酌柬謝卓雲承恩參軍

一庭蟲語掩柴扉，紅燭青尊舊夢非。微雨微雲時見月，驟寒驟暖屢更衣。名流好客争投轄，佳節思親定倚闈。薄醉沈吟難自遣，欲圖小住又懷歸。

山桂作花寄魯川

竹暗空庭晚，雲深倦鳥還。涼宵望秋月，飛夢過西山。

桂樹歌招隱，薌林遠憶人。分來金粟影，一笑悟前身。

晚飲田家

三杯白酒醉田家，閒眺荒原繞徑斜。遠岫疑雲疑化水，夕陽釀雨釀成霞。寒凝野色飛蘆絮，香散巖風落桂花。官税早輸農事畢，村村賽社鼓聲撾。

魯川書來問山中風景招作重陽

幽棲真不到紅塵，門掩西風落葉新。日午睡鄉尋好夢，秋晴天氣勝初春。吟懷正爾思饞守，魯川有『清貧饞守』小印。酒失還期恕醉人。待得重陽來就菊，登高肯負百年身？

魯川惠酒一鴟訊菊花開未

重陽無雨菊開遲，手摘寒香三兩枝。宦況應同花事晚，秋懷聊共酒人知。孤芳生性難諧俗，落葉閒庭愛賦詩。數畝山田荒種秫，翻勞瓢榼到東籬。

蝨隱庵賞菊

木葉蕭蕭下草堂，傲霜籬菊未全荒。呼兒掃徑新延月，與客餐英快舉觴。大塊文章歸老境，百花香色讓秋光。此中真意知誰識，飛鳥前山暮靄蒼。

送魯川觀察之壽州

一天落葉暗荒城，小別難忘況遠行。氣候中人宜冷暖，煙雲變態忽陰晴。自憐仕隱皆無分，不幸疏狂浪得名。賴有韓公能愛士，獨將知己感平生。

答方小泉

三年怪我尺素無，窮愁路鬼争揶揄。長淮流血恨嗚咽，八公回首雲模糊。飛鴻罹羅狡兔脱，醉蟹入甕池魚菹。低眉老佛呼不應，時寄身東禪寺。灊山招爾同攜鋤。

唐鶴九郡守重來招飲

贏得循聲播草萊，兒童重迓使君來。掀髯一笑湖山好，握手頻詢水旱災。郡國正當求治日，民生尤仗濟時才。相逢官閣梅開早，話舊殷殷倒酒杯。

冬杪得西林廉訪書

寒宵愁對月，望月獨思君。肥水多年別，烽煙一紙聞。神威驅虎豹，時招降粤賊於霍山。奇氣挾風雲。笑我甘匏棄，空山臥白雲。

與遠齋話舊

此身同是劫灰餘，何況西風感索居。往日琴樽歌嘯處，數椽猶賸愛吾廬。『愛吾廬』舊額，溧陽狄向濤太史爲先商河公題。

雨過荷亭下網初，老饕饞興落江湖。逍遥津畔多圓鯽，不減吳淞一尺鱸。

索遠齋補畫小輞川圖

野趣蒼茫景逼真，當年絹素化灰塵。重摹野水菰蘆境，添箇漁竿許結鄰。

遠齋自江寧歸爲作山水

百里巢湖浪拍天，歲闌風雪送歸船。遠游客帶煙霞氣，灑向籐箋化墨煙。

乙丑新正訪毅甫方山

巖阿深處喜重經，短樹叢篁覆草亭。村舍已非人事改，山光仍似舊時青。

十載龍泉話結鄰，飛鴻踏雪渺無因。翻身塵海經千劫，一笑猶留面目真。

清明攜兒輩上孫宜人冢用少陵韻

鳥聲催暖散輕寒，乍著春衣易小冠。亂後室家今漸聚，山中花柳舊頻看。淚傾絮酒澆乾土，愁聽松風湧怒湍。半世艱難惟汝共，夢魂無語慰同安。用坡公同安郡君事。

重過方虎山

馬蹄過處颺輕塵，山路重經草色新。桃李摇風鷄犬放，荒村野水晝無人。

瓶花小飲

手拗花枝喜欲顛，膽瓶紅亞小窗前。山妻新製酴醾酒，一枕酣眠錦洞天。

夢亡弟翰臣

痛恨泉臺隔，相思路萬千。魂來無一語，死去忽三年。慈母身還健，孤兒髮已鬈。汝歸侍老父，猶似在生前。

春晚野酌

鄉居屏交游，散步尋芳春。窈窕谿山間，著此骯髒身。繁花麗晴昊，鳥鳴清且新。野酌坐晚風，浩歌翻悲辛。韶光不我待，此日難再晨。

壽州東禪寺訪方筱泉兼懷蓮谷長老

城中是我舊游處，山色蒼蒼壓女牆。亂後訪君重過此，松陰杳杳暗禪房。蛙爭蟻鬥消殘劫，塔影鈴聲送夕陽。醉卧蒲團塵夢醒，白頭翻笑老僧忙。蓮谷時客清江。

題句容宮少侯茂才懷歸圖

春風娟娟動寒篠，黃鳥歌殘花事早。有客沈吟繫舊愁，青衫憔悴鬢眉老。猶記來游小輞川，眠花縱酒開懷抱。別後浮家罕定蹤，八公風鶴時驚擾。歧路重聯舊雨歡，披圖翻惜韶光好。華陽山色隔江青，洞天不乏靈芝草。何當歸隱鍊丹砂，養生同訪茅仙道。

有問魯川治廬政事解之

京洛風流舊省郎，一麾出守綰銀章。陶情雅愛鷄蘇佛，退食閒凝燕寢香。臥治時方尊汲黯，幽居吾亦學任棠。使君歌飲非無意，塵世誰知吏隱狂。

題喬鶴儕松年中丞含飴授讀圖用魯川韻

禮樂關政治，采風觀民詩。教化起宮闈，女婦嫺文詞。草蟲及苯苢，和平無怨辭。歌謡淑性情，祥和育蒸黎。我公今牧伯，坐鎮古封圻。鼙鼓靖三軍，觴詠盛一時。賤子本部民，高軒先過之。説士馮代州，公讌歡追隨。酒酣捧圖畫，述德翻含悲。失恃幼無依，仰賴王母慈。繞膝勤誦讀，探懷取棗梨。鸞誥下九天，顯揚難酬私。聞言肅然起，展卷欽坤儀。以兹勒金石，壽世夫何疑。上繼風雅篇，下爲巾幗師。錫類宣皇猷，八皖民謳思。

聞僧王戰歿

名王隻手奮天戈，封券河山鐵不磨。百戰先聲推察罕，中興佐命屬沙陀。雲霄甲馬乘箕尾，玉匣珠襦載駱駝。青犢赤眉紆廟算，酒酣愁唱大風歌。

李次實榮觀察邀同漢軍裕朗西庚司馬晚飲東園

名園重聚首，絲管動華筵。冠蓋增新識，歡娛異少年。夢回花作帳，愁湧酒如泉。不忍淮南別，催歸叫杜鵑。

晚抵孫蓮溪草堂陳處士湘艇圖南過飲竟夕

與君五載隔，鬢髮更蒼然。杯酒歡今夕，烽煙話昔年。荒村聞犬吠，好月向人圓。後會知何日，挑燈未肯眠。

贈虞輔臣良佐布衣

石墨磨殘一禿翁，身無媚骨本家風。數間破屋偕妻子，半畝荒園種韭菘。治富昔曾誇阮北，卜鄰今願結由東。亂餘尚有還鄉樂，春滿青囊術最工。君工書，醫精。

重九攜郭甥文翹兒子德澍德名登鎮淮樓廢臺

無復飛甍跨彩虹，荒臺四望倚晴空。河山莽蕩銷兵氣，市井蕭條起暮風。十載還鄉人事改，重陽行樂古今同。舊傳父老登臨地，樓成於康熙丁未，先黄州公有詩。笑摘黄花醉酒筒。

送穀甫之壽州寄懷魯川觀察

不緣同遲客，咫尺即天涯。市閉荒城早，檐寒落日遲。酒尊思北海，花事詠東籬。旌節南來未，憑君問後期。

懷胡子卿大令

干戈十載不相見，無限悲傷離别情。客歲緘書來遠道，寒宵入夢滯荒城。風塵喜共佳兒語，鷄黍思尋舊社盟。我異少年君漸老，一樽何日剪燈檠。

仲弟桂山邀沈石坪（用熙）明經度地湖干宿戴子瑞（家麟）廣文家用韻寄懷

空城羣動寂，夜氣散荒園。遥憶舟中侣，言尋湖上村。雪光通月色，風力裂冰痕。更放山陰棹，攜尊徑造門。

表兄李左園（蔭芳）理問移家

出岫雲還鳥倦飛，賦成杞菊掩柴扉。喜君巷北居相近，怪我牆東迹屢違。歷數親朋多化去，獨承堂構尚言歸。菜根飽飯平生願，宦海勞勞悟昨非。

題子瑞青鐙夜課圖步孫琴西觀察韻

小室釀天趣，檐冰碎玉琤。短檠塵夢醒，愛聽讀書聲。月下閒搜句，風過竹韻琤。呼兒忙啓户，早識故人聲。

月當頭夕懷西叔潁州並索園記

圓靈空色相，看月自開樽。斗室天爲蓋，方山雪挂門。扁舟浮潁水，清夢繞湖村。欲跨南飛鶴，尋君話小園。

丙寅夏五遺園落成

身騎黄鵠喜來歸，夢醒烏衣詠式微。短劍論心懷舊好，窪尊玩世覺今非。十年淮海風塵倦，三徑蓬蒿過從稀。名教優游多樂境，達觀端不羨輕肥。

得魯川廉訪書

童稚數交游，亂後存亡半。氣節遜酒徒，科第靳風漢。詎獨升沈感，益深離索嘆。偶得一紙書，重之錦繡段。面友而不心，信誓徒旦旦。涇渭溷清濁，衣冠坐塗炭。落月憶良朋，化蝶驚閒幔。别意尚未申，苦被雄鷄唤。曩辱高軒過，操觚屢染翰。文字結古歡，羞與時人看。

友人自中州歸勸余從軍

昔年仗劍客軍門，虛席渾忘上將尊。萬隊貔貅仍帶甲，一官蟣蝨未酬恩。菰蘆自笑追殷禮，邱壑誰云過謝鯤。識面呈身今已晚，好留清影伴乾坤。

中秋後一夕月食既方芷春振沅茂才歸自京都過飲遺園談庚申事

天香深處問吴剛，銀漢無聲夜未央。驚見蟾蜍相薄蝕，恥教魑魅共争光。霓裳易冷長生殿，月户難修七寶裝。醉倒荒園翻一哭，瓊樓玉宇恨茫茫。

西林中丞遣人下問奉答

挾纊歡聲動地來，狂奴襟抱爲君開。淮山草木纏兵氣，武庫韜鈐鍊將才。南國郵筒頻寄語，西湖畫舫謾傳杯。中丞督兵潁州。功成早獻中興頌，戎馬相思日幾回。

丁卯二月八日爲先大夫誕日夜夢侍觴

入門含笑問孫枝，繞座紅雲進一卮。堂構經營心力瘁，兒年未老白生髭。

清明過西山桂花莊悼十二弟鼎臣 弟没已三年，厝村南。

患難戕生性，髫年病忽亡。記偕猶子輩，重理舊書牀。隔歲鑽新火，荒村冷夕陽。烏啼驚夢醒，花落引愁長。母老神常泣，吾憂視漸茫。魂歸語阿嫂，卜吉附西岡。內子厝趙村，相去五里。

答宗少雲 金枝 參軍

搔首春風兩鬢華，西山寇盜尚如麻。乘時勳業歸屠狗，憤世文章説捕蛇。十笏竟無容膝地，一囊僅有折轅車。江南淮北頻來往，好似飛鴻爪印沙。

同人約游香花墩用前韻

麥苗出土菜生花，卻喜連宵雨似麻。春暖波平閒放鴨，城陰路伏細逾蛇。同擕酒榼賓兼主，人各一肴，同者罰。緩曳衣衫步當車。勝地良辰拼一醉，吾儕聚散笑摶沙。

送少雲罷官歸如皋用余鐵香允圻別駕韻

倒持手板雪盈頭，蠻府參軍四座咻。亂後文章多感事，醉中風月且消愁。苦飢不受胡奴米，浪迹旋移海岳舟。衮衮諸公膺上考，問君何獨乞歸休？

黄又安少尉儁過飲遺園

閒卧荒園枕石根，客來新掃舊苔痕。惜花春好惟三月，薄宦情長共一樽。兩漢循良多郡掾，六朝裙屐重清門。抱關擊柝君休賤，要識衰時吏隱尊。

劉烈婦歌

烈婦方姓，歸於劉副戎朝煦。劉戰殁天門，櫬歸，婦絶粒以殉。

狼烽夜漲荆山紫，裹革沙場悲壯士。少婦春閨噩夢驚，結褵矢志同生死。君櫬已還鄉，妾身況無子？血淚濺飛花，冰心古井水。老鴞攫肉鳳凰饑，家鷄争食鴛鴦恥。烈婦生時，其嫂屢詬誶之。雙飛孔雀向東南，千載蘭芝堪繼美。君不見，兵荒到處生荆杞，堯舜垂簾憂未已。腰金蟒玉等尸居，日耗萬錢供食指。吁嗟乎！肉食者流生可鄙，劉家烈婦餓死猶生矣。

晤張子遠慶澄茂才追懷令祖娱存丙三丈

鯉庭問字憶兒時，每向城東載酒卮。夢醒紅鵝尋舊館，香消緑蠹譜新詞。娱存丈工詞。風塵俊骨偏憐汝，矩矱先民自得師。帶草遺經勤護惜，下帷捧硯淚如絲。

陶硯農邦穀少尉屬題尊公琢之參軍廬州死事狀

扁舟一棹浮清潁，剪燭欣逢夜雨時。爲述遺骸尋戰地，翻教熱淚墮行卮。壞雲夢壓藏舟浦，落月魂歸短簿祠。參軍蘇人。我亦濟陽舊賓客，鄉關往事不勝悲。

題張驄史盛典中翰白湖垂釣圖

冠蓋紛趨走，囂囂獨有君。深心無淺語，老眼賞奇文。早動蒓鱸念，難偕燕雀羣。故鄉好圖畫，歸釣白湖雲。

詠缸中文魚

非魚我亦知魚樂，一笑權同濠上觀。唼食迴旋工作態，銜花三五戲交歡。飛騰那有風雷異，浩蕩偏忘渤澥寬。園圃洋洋均得所，呼童汲水莫教乾。

舟過和州投游子代智開刺史

定夫爲郡舊留名，千載君來起頌聲。民氣漸蘇知政美，訟庭如洗見官清。不須桴鼓誇京兆，儼有絃歌近武城。此日治平推第一，臨風遥爲祝神明。宋游定夫知和州，有祠，君重新之。

晚泊梁山喜遇江待園徐椒岑共飲

峨眉亭下泊歸舟，祠宇高寒憶昔游。夢醒荒山殘月吐，角聲吹動一天秋。

蘆花淺水忽相逢，把酒涼宵萬籟空。笑指天門誰鑿斷，狂吟飛過大江東。

牛渚夜眺

江光山色變成秋，萬籟無聲獨倚樓。雲湧礮車趨海舶，星懸堠火接瓜州。一竿采石空垂釣，隔岸楊林久斷流。我欲燃犀驅百怪，醉中長嘯拭吴鈎。

晚泊蕪湖哭馮魯川廉訪

黯淡鳩兹樹，青山繫客愁。獨將知己淚，來哭大江秋。清宦卅年久，遺文一卷留。魂歸關塞遠，骸骨問誰收。魯川抱伯通之痛。

接椒岑詩和答

龍眠巖壑境幽奇，選勝逢君未有期。萍梗雲山抛短夢，園林花月異清時。壬子春，過馬命之家。

我生不盡升沈感，文字尤深故舊思。料得讀書秋樹下，夕葵籬落自横巵。

秋夜懷待園

酒醒夢何處，蟲吟落葉深。碧梧疏雨夜，涼月净苔陰。好景憑誰語，懷君獨此心。樅陽賦歸隱，煙水渺難尋。

西林中丞書來促之潁川

看到黄花倦眼新，勞勞書劍厭風塵。脚根猶帶江南土，夢境重尋潁水濱。幕府浮沈慚食客，名場得失詫時人。秋闈報罷。倚閭歲晚嗟行役，檢點游裝暗愴神。

題蔡篆卿丈邦甸晚香亭集

老去文章百感生，江山亂後倦游情。傷心不獨羅昭諫，當日無人識姓名。

靳健伯布衣理純月夜過訪即贈用少陵韻補書遺園額。

短松壓牆枝偃仄，老屋數椽居巷北。猶記書聲帶月聽，造門讀畫歡顏色。莽莽煙塵忽分別，脚根眼底生荆棘。破帽蒙頭只自悲，途窮一飯都難得。快絶毛錐子不負，稽古力解衣磅礴。睨王公草聖，散僧邀賞識。袁端敏公招君書表忠祠碑。余也憤世呼風顛，江淮浪迹名虚傳。黄公壚畔酒徒散，孤懷抑塞飛花天。城廂萬井埋白骨，爾我尚在殊堪憐。荒園怪石瘦如卷，涼宵過訪心淒然。鬖鬖鬢髮各老大，兒時風景追當年。殘菊臥地霜月白，苔階軟語偏忘眠。勸君歸來營舊宅，何須千萬買鄰錢？

與蓮長老同舟赴潁

客路趨清潁，欣逢上座僧。戈船劃夜月，繂卒踏晨冰。寇退沙堤壅，自周家口至正陽，沿河築堤禦賊。年荒穀價增。恒河無量劫，爲我説傳鐙。

小除日使院梅花下作

早起巡檐笑，寒梅已見花。天涯殘臘盡，有客未還家。

戊辰人日懷遠田子駿良觀察新自蜀歸招飲西湖即送之大梁

岷峨萬里乍歸來，人日相逢笑口開。北道飛書催轉粟，西湖話別暫銜杯。春風綠換繁臺柳，細雨紅霏驛路梅。此去前途須努力，龍亢自古産英才。

題山陽魯通甫畫梅

荆樹園中倒酒瓶，别求蹤迹等飄萍。倚筵怕聽山陽笛，不見江天處士星。

玉軸牙籤慘劫塵，巾箱猶賸一枝春。都梁山色袁江雨，長向天涯憶故人。是幅作於盱眙家芾南處，通甫、芾南均下世。

送西林撫軍勤王

風沙匝地渡渾河，莽莽貔貅尚枕戈。五夜禁中思將帥，十年淮上起謳歌。白雲夢繞松楸冷，墨經功成涕淚多。他日旌旄詢故舊，浣花小徑待重過。

送埭蓀從軍

軍符五道急如梭，走馬揮戈夜渡河。曾以密謀梟峻約，還將餘事學陰何。一門裙屐風流勝，小劫滄桑感慨多。北望烽煙期早靖，故人歸去臥雲蘿。

寒食日舟過潁上

村舍無煙過客稀，東風吹散雨如絲。悤悤潁水歸舟日，黯黯清明上冢時。隔岸棠梨沽酒店，斜陽粥鼓賽神祠。渡淮漸喜鄉園近，更盼新晴送馬蹄。

春暮歸遺園題壁

東西瓦屋兩三間，聽雨聯牀喜乍還。篋有殘書隨意讀，庭無熱客自心閒。息陰補種階前樹，疊石新摹畫裏山。未許紅塵飛到此，門雖近市愛常關。

池邊瘦竹抽新笋，欄外疏桐發舊枝。客久方知家食好，春歸翻笑我來遲。每思詞賦陳先德，不廢温恭誡子詩。更有羊求數晨夕，花茵石磴共擕卮。

接省三軍門書戲答

風漢傳呼四座譁，十年拓落走天涯。難將職事麼温造，敢道神情肖孟嘉？項枕不妨專一榻，裸衣或恐擊三撾。山妻解唱公無渡，彈鋏歸來尚有家。

大暑口占

誰使炎官久擅場，天街火傘日高張。只須一服清涼散，多少癡蠅逐熱忙。

秋夜接洗雲樵斌觀察書

瑶箋作答意綢繆，枕簟涼生擁薄裯。燈影疏簾桐葉雨，蟲鳴小院豆花秋。倦游迹已同飛鳥，起舞心還笑沐猴。願築糟邱呼酒伴，醉鄉安穩覓封侯。

自題種竹圖

衫袖郎當著小冠，飄然宜向畫圖看。謀身自恨腰難折，入世人嫌面欠團。馬齒漸加仍伏櫪，羊頭已爛尚求官。剖符建節輸朋輩，別有閒閒竹數竿。

月夜讀子箴嶺南寄懷諸作

昔年同玩月，今夕動遐心。展卷多清況，懷歸愴舊林。海天雲鶴夢，花露草蟲吟。一別十餘載，迢迢隔遠岑。

秋夜懷西林撫軍臨清軍次

去歲今宵月，琴樽幕府留。井梧尋舊夢，庭樹起高秋。海岱音塵遠，龍蛇戰血流。羽書新獻捷，乘興讌南樓。

師屯三輔地，名冠五諸侯。墨絰成先志，丹心剪國讎。築堤趨衛水，轉粟泝黄流。百戰清餘孽，鐃歌動早秋。

有勸余易逍遥津别墅卻答

菜圃花畦鬥鴨欄，結茆臨水竹千竿。履初肯鬻先人墅？能耐饑寒不愛官。

晚過芍陂謁孫叔敖祠

長堤崛起勢迴蟠，手拂殘碑下馬看。經國有才爰作相，救時無術敢居官？煙澄浦溆天光净，日落郊原野色寬。祠宇高寒仰遺像，翻憐優孟肖衣冠。

壽州道中

去年今日過鳩江，白湖秋水連天長。今年今日趨潁昌，淮山落照煙蒼茫。風塵南北屢奔走，坐席未暖家園荒。無情斥堠遞迎送，飢來草草驅行裝。故鄉兄弟作重九，登高想泛茱萸觴。峯頭石丈應笑我，客中孤負黄花黄。人生萬事都命定，浮雲富貴身何忙。慈親漸老兒廢學，出門一步心彷徨。倚閭遥望雖有方，不如朝夕依親傍。

早行

夜長眠不著，旅席更悤悤。近舍鴉辭樹，低空雁噪風。宿煙籠水白，曉日瀁雲紅。澤國農功早，居民話歲豐。

初五日抵羊石家子敷治覃觀察已赴江寧次晚渡淮阻風潁尾寄懷吴漢槎錫璋布衣

喚渡淮干落照紅，扁舟泝潁去悤悤。平分瓠子黄河水，六月，河決滎澤，灌入清潁。尚欠周郎赤壁風。羊市無緣聯舊雨，馬當何幸借神功。明朝已是重陽日，采菊思君倒酒筒。

晚過潁上

青黄楊柳葉初飛，潑剌魚鮮出網肥。潮退人家棲敗葦，城低樓堞隱斜暉。濛濛細雨連飄過，杳杳長天獨鳥歸。淮甸於今烽燧息，民風應悔昔年非。

潁川雜詠

隱隱坡陀隔水濱，荒荒墟市少人行。十年夢醒沙河口，曾著弓衣拂戰塵。丁巳秋，從軍八里垛大營。

水泊曉聞征雁起，岸移又見暮鴉還。阻風三日船頭轉，笑把前山作後山。沫河口。

遁世非無濟世才，挂瓢蹤迹費疑猜。既今潁水清如許，欲挽頽風不可回。許由廟。

雨覆雲翻交道衰，分金臺畔重徘徊。除將鮑叔稱知己，當日誰人識霸才？分金臺。

濁世雌雄苦戰争，揣摩捭闔竟成名。借車五乘誇奇計，年少居然作上卿。甘羅墓。

八公山色望蒼涼，富貴神仙夢一場。不信丹成還墮落，紛紛鷄犬戀淮王。八公山。

蜾蠃螟蛉誚彼昏，此身何異蝨居褌。參軍自有全生樂，醉死安能聽婦言？劉伶口。

中興一戰洗羶腥，妙算全憑社稷靈。幸有順昌旗幟在，莫教和議誤朝廷。劉太尉祠。

過客當年有大蘇，畫屏紅燭讌西湖。偶從衰柳長堤望，一幅斜陽話別圖。西湖。

七頌堂邊白獬泉，竭來泥水悟前緣。考功去後風流歇，文字交情二百年。劉吏部公戢與先通政公石交。

野菊荒榛繞墓門，待垂華表紀君恩。廿年阮巷同來往，南望江雲更斷魂。族叔祝君殉難潁上，墓在城外，從叔輔之殉難江寧。二公乙未文武同捷。

身騎鐵象撼危城，意氣縱横謗易生。恩怨漸消公論在，問誰功過訟分明？克齋宫保解潁州圍。

草荒戰壘暮雲平，亂後重經百感生。試問談兵窮措大，白頭作賊爾何名？苗沛霖沿淮築寨，分爲十營。

探丸胠篋彼何人，夜半喧呼聽未真。宦海飄零頭似雪，可憐太守本清貧。某太守遇盜中流。

巫醫尚有楚南風，問病驅邪術最工。未解事人焉事鬼？月明小市請端公。潁俗，病則召巫，名『請端公』。

黄河泛濫走龍蛇，多少哀鴻集水涯。潮退淤肥勤種麥，秋收能活萬千家。六月，河決滎澤，潁州被水。

磨盾飛書四座傾，征西幕府舊知名。因君追憶馮光禄，詩酒銷愁減宦情。裕朗西觀察由魯川訂交。

旌旆飛揚羯鼓撾，元戎九日定尋花。遲來孤負龍山會，落帽人誰嗣孟嘉？西林撫軍平捻初歸。

潁州軍次答張久庭汝諧教授書兼祝八十

風急長天雁影斜，聚星堂畔一停車。雅歌近侍山公讌，冷署遥分魏野花。傳語阿奴勤抱甕，落英游子定還家。畫屏紅燭饒清趣，好祝先生泛紫霞。

題秋海棠畫

妒煞花無語，空憐月有痕。玉階羅襪冷，對此更消魂。

省三自軍中歸招集大灊山房

雪晴寒斂送春回，鳥語先將淑氣催。西第樂成新解甲，南塘訪舊共傳杯。山深客住忘憂館，歲暮人疑辟債臺。料得荒園花事少，歸裝喜贈數株梅。

除夕書懷

流光欲挽去滔滔，世味嘗來學餔糟。壯志漸消晞黑髮，虛名莫笑假緋袍。白香山詩『假著緋袍君莫笑』。鼎鐘勳業歸龍額，臺閣文章炫鳳毛。我尚未能況豚犬，癡呆賣盡亦徒勞。

蹉跎書劍兩無成，運際中興負聖明。使酒當年頻罵座，灌園今日竟埋名。嘯歌何幸宜邱壑，患難相依有弟兄。更喜萱堂猶健飯，椒盤守歲話深更。

己巳人日聞方子箴都轉將至先寄懷

草堂人日問梅花，吉語傳來使者車。一路福星移嶺嶠，廿年舊雨臥煙霞。林亭游詠思前事，親故交歡賸幾家。預遣兒童頻掃徑，荒園明月待君華。

十七日同周曉榭 懋森 廣文談廬城軼事疊前韻

手栽梅樹已交花，恰喜新來送酒車。省三送酒。往日笙歌酣夜月，滿城燈火燦雲霞。魚龍曼衍尚書第，龔端毅宗伯。犀果頻頒宰相家。李文定相國。僅有烏衣老孫子，龔、李與余家世有連。洗杯爲客説繁華。

送曉榭之涇縣

娟娟人日花，皎皎上元月。靄靄春始來，依依君又别。憶我識君時，旅館積殘雪。呼兒具梨棗，剪燈共杯杓。君亦喜就我，咫尺一牆隔。性淡交則長，去來忘主客。頭腦笑冬烘，名場逐秋熱。同棹秦淮舟，旋入潁川幕。聞君屢移居，冷宦苦離索。遠游盼我歸，握手兩歡悦。伐木聽鳥鳴，觀濠知魚樂。世衰交道微，古人或可作。與君爲久要，思君豫後約。勸君好加餐，送君出東郭。雨潤草色新，風暖波紋活。臨歧莫惆悵，恐使愁腸結。書遞北征鴻，夢繞南飛鶴。他日過淝津，爲我話白嶽。

小軒招赴軍中卻答

手拂弓衣舊戰塵，酒酣起舞劍光新。南轅一步非吾意，竊恐文昌冷笑人。

曉　起

水仙梅蕊已將殘，桃柳催晴著意看。一夜雲陰如釀雪，東風吹暖變春寒。

懷遠宫農山 爾鐸 觀察自南昌歸雨夜過訪即送之陝西軍兼訊袁小午學士

潁川一别忽三年，朔雪炎風路幾千。連榻喜逢今夜雨，挑燈重續舊塵緣。南浮彭蠡纔歸棹，西上秦關又著鞭。戎馬故人憑寄語，狂吟不減拾遺顛。

和子箴過大蜀山韻

岡巒翔伏從西來，一峯突兀衆山祖。俯視東南疊嶂開，風雲變態驅龍虎。施浬曲蟠勢旁礴，斗梁横跨精靈聚。落花啼鳥芳春天，兒時攜酒山之巔。坡陀小景疲應接，四圍竹樹何芊芊。星軺過此訪遺勝，調水可試山中泉。投我新詞奪山緑，頗怪看山興未足。遠游嶺嶠話奇觀，近約買鄰結茆屋。萬松鱗老待君歸，入山共樂清閒福。

送子箴之揚州以于生本源託之生父小秋廣文亦子箴舊交也

待巡東閣梅花襜帷欲别暫盤桓，燭燼杯殘笑語歡。雅量君原輕厚禄，素交自可潔晨餐。好，轉念西華葛帔寒。鹽筴從來關國計，不徒風雅重騷壇。

新晴與程少枚嘉櫄茂才登遺園小亭看山

隱几神游虚室夢醒檐鈴雀噪風，晴窗烘暖上簾櫳。雨酥柳色春偏早，雲滯花陰日未中。白，銜杯寒禁醉顔紅。笑呼石丈吾知己，遠眺耆闍翠掃空。

有感

六枳關成鍵内得失分明鑑塞翁，逃名我欲辟牆東。清風皓月閒來往，斷簡殘編辨異同。外，四松頂起肖兒童。一邱一壑平生志，鷄肋羊頭願已空。

山北小亭落成

向平婚嫁願難還，五嶽游歸鬢已班。何若荒園一卷石，放懷便可作名山？

項城袁篤臣寶慶觀察過飲

談兵説劍舊忘形，盾墨磨乾鬢減青。塵夢驚回清穎月，賓僚散似曉天星。緑陰門巷傾芝蓋，清簟瓶笙話草亭。剪燭更期聯夜雨，莫教車騎去郊坰。

接郭小匑兆奎直牧書並惠茯苓時自遼州乞歸卜居寶應用少陵韻

淮海新歸客，緘書餉茯苓。笑余抱吟癖，遺世獨湛冥。絶似楓香味，將成虎魄形。養生無別術，長醉不須醒。

小亭晚眺

積雨初晴水漫塘，石欄層折補新篁。鳥聲未歇蛙聲起，閒倚空亭看夕陽。

答西林宮保

長淮兩岸飛霜楓，舳艫銜尾呼天風。峽石嵯峨一揮手，燕臺遠隔雲千重。光陰草草苦離索，皖山盼斷南飛鶴。野性偏偕麋鹿游，故交多畫麒麟閣。中興間氣鍾將相，我公開府年逾壯。共道羅胸兵甲精，更兼久旱雲霓望。憶昔紫蓬山下駐，金戈鐵馬沈煙霧。劫運翻成一局新，歧途竊恐羣雄誤。是時大地如沸鼎，側身四顧狼烽警。伺人鬼蜮暗含沙，伏莽兔狐爭項領。公方按部平淮北，衝冠一怒層雲裂。單騎縱橫劍膽麤，萬民羅拜鴞音革。走也忝作諸侯客，幅巾長揖羞捫蝨。勒石親看汗馬勳，陳情代痛麻衣雪。丙舍經營奉温旨，帝曰長城倚萬里。南服應紓聖主憂，北堂迎養慈顔喜。江淮先後三持節，活國籌邊尤要著。兵革漸消吏治清，强宗歛迹窮檐樂。老我樗材嗟濩落，冥鴻閒鷺同飄泊。歲歉常虞菽水艱，數奇自信功名薄。莽莽風塵厭奔走，權門噂沓憎多口。誰知顔向重心期，一紙殷勤詢素守。沈吟醉把籬邊菊，往事低回亂心曲。知公夢繞野人居，昨夜秋風捲茆屋。

苦雨嘆

春雨僅殺塵，熱風復虓虎。洿池耗將竭，節令居夏五。二麥已無秋，四境猶待雨。濃膏忽滂沛，瘡痏頓起舞。亢龍毒焰消，潛蛟壯氣鼓。江湖勢慼蹙，波濤日號怒。横截天門山，泛濫鵲尾渚。圩田成澤國，捧土漏奚補？室廬作蜃居，性命託魚罟。人事自召殃，天意難逆覩。朔風先秋來，淫霖汨殘暑。諺云『秋前北風秋後雨』。雲陰韜白日，水潦汙後土。晚禾慮蟊賊，望歲不我與。山農喜變愁，詎獨圩民苦？所賴長官清，元陽堪繼武。救災簡賢能，寬租議賑撫。揮涕慰農氓，綢繆急桑杜。何必去捕蛇？使君能活汝。

黄韻秋女士蒓鱸秋思圖爲南海洗雲樵觀察題 韻秋爲觀察繼室，已故。

菰蘆瑟瑟秋聲起，阿誰剪取吴淞水？簪花小字細沈吟，萬疊鄉愁堆滿紙。烏目山人久不作，蕭疏何況雲林閣。自從院本巧摹勒，紛紛屏幛無真色。公也珥筆蘭臺客，輶軒望重文章伯。閉閣今傳臥治名，凝香愛仿風流格。玉茗堂中閒潑墨，擘窠大字尤奇特。能挽强弓穿七札，觀察工書善射。瓊閨墨妙稱三絶。狂奴嗜畫入骨髓，不工畫事通畫理，縑素摩挲心竊喜。鷗波賸迹我猶憐，展卷知公魂斷矣。

中秋有感

疏雨空庭過，高梧霽色新。爲看今夜月，翻憶舊時人。離亂抛前事，狂歌老此身。乾坤莽寥廓，愁絶與誰鄰？

雜　詠

山鷄愛哺兒，斷尾憚其犧。誰使鶴乘軒，自顧羞羽儀。男兒墮世間，鼎鐘本素願。所慮志未伸，富貴等貧賤。得失患鄙夫，詭隨亂鄉愿。似龍而非龍，吾寧師狂狷。畏俗甚畏虎，虎猶感蓑衣。悠悠市道交，方寸蘊殺機。

喜晴

荒園秋更好，爛漫草花多。久雨山容潤，新晴鳥語和。一枝棲息地，三瓦樂全歌。庭樹看交陰，青青施女蘿。

四願詩

鼎彝雅置雲林閣，書畫名高海嶽船。我願蒐羅徵故實，此生誰信竟無錢？
四時草木狀平泉，一卷丹青繪輞川。我願林亭事游讌，此生誰信竟無錢？
白裘未易區長短，杜廈何難搆萬千。我願孤寒齊得所，此生誰信竟無錢？
繆彤兄弟能同産，卜式貲財解助邊。我願忘私濟家國，此生誰信竟無錢？

招同人作重九

教弩崇臺没野蒿，登臨何處可題餻？親朋寥落歡場少，風日蕭森秋氣高。木葉飛時初過雁，菊花香裏未持螯。一年難得惟重九，且向荒園醉濁醪。

偶成

皎皎天心惟月朗，營營世路便塵昏。投時自信圓機少，進步方知白業尊。試看藩籬喧鷃雀，休教布袋笑胡猻。君知一串摩尼影，能照崑崙積水渾。

晚泊巢湖

束裝逾十日，出門卻復走。未行定歸期，好語慰慈母。兒童笑相送，登舟屢回首。曉霜犯輕寒，節届古重九。亭午發城闉，斜陽泊施口。江漲苦爲災，潮痕浸高柳。田廬已漂蕩，棲遲爾何守？團團繫一盆，妻孥共鷄狗。我亦被饑驅，點金術無有。愁對湖上月，强酌杯中酒。

舟過天門觀彭雪琴侍郎破粤寇處

石壁巉巉蹀血乾，天門斷處怒猊蟠。塹排戰格横雲險，山頭戰壘尚在。陣壓江濤背水寒。夜火帶星山市遠，戍樓吹月角聲殘。十年兵劫今銷盡，留得青山醉眼看。

金陵紀事三十韻

抗論中興將，誰爲曠代功？聖謨嚴獨斷，天討戒羣工。虎踞龍蟠勝，狼奔豕突凶。樓臺飛粦血，草木漲妖霧。絳帔傳神語，黄巾奉地公。狐方蹲座上，蛇已鬥門中。僞王楊秀清等内鬨。王濬乘兵勢，張華達帝聰。巡環聯臂指，條教撫疲癃。幸扼鴻溝險，潛防鼠穴通。日光明組練，雨黑駛艨艟。幟擁千夫援，車轒六月攻。陣雲騰野墨，礮火烙城紅。鼙鼓聲都死，螯弧氣倍雄。新亭争殪兕，舊夢叶占熊。憶昔災初降，吁嗟劫未終。黔黎甘猰貐，猛士慘沙蟲。眼盼重圍合，心灰百戰空。窮魚翻跋浪，鷙鳥更呼風。亂亟人思治，時來道愈隆。算緡權利國，借箸且和戎。亳社旋消甲，苗、捻繼平。金陵早橐弓。星芒收彗孛，露布捷花驄。偉業恢先緒，徽音晉兩宫。獻俘文德舞，告廟武成同。軍訝湘淮埒，名兼岱岳崇。策勳尊郭令，遺恨話臧洪。義士張繼庚等内應。賤子曾投筆，孤蹤類轉蓬。壯懷鳴匣劍，醉態傲霜楓。

入世慚真逸，當年笑阿蒙。青山尚無恙，高唱大江東。

宿燕子磯

霞散半天赤，山連兩岸青。大江寒陷日，疊浪遠浮星。水驛行將晚，秋聲惱莫聽。菰蘆聊繫纜，旅雁起沙汀。

晚游焦山

雙峯突向江心起，客路探奇破暝煙。净土不隨塵劫換，江南北惟此山無恙。逃名翻遜古人賢。樓臺縹渺疑無地，嵐翠氤氳別有天。且向瓜牛廬畔宿，欲憑清夢問焦仙。

枕江閣夜坐示芥航和尚

乍離塵垢説無生，愛聽中宵梵放聲。隱隱松篁殘月墮，蕭蕭蘆荻暮潮平。雁更呼水團沙宿，漁火摇風隔岸明。夢醒空江倚虚閣，始知身世一漚輕。

登石帆樓

江捲銀濤去不還，風磨鐵塔繡成斑。霸才特創南朝局，倦眼重看北固山。事往臥龍留很石，時來病虎起禪關。旅懷别有伊川感，歲月空凋壯士顔。

自焦山放舟至金山

鐵甕城邊風勢顛，海天長嘯峭帆懸。偶經百劫殘灰地，聊試中泠一勺泉。隔岸樓臺疑蜃氣，當年桴鼓靖狼煙。酒徒醉眼輸形勝，韻事閒談玉局仙。山僧出觀坡公玉帶。

和子箴寄懷韻

飄然一棹向江潯，刻燭連宵共苦吟。怕聽柝聲催落月，欲温鄉夢擁寒衾。壯懷未已愁看劍，交誼如斯利斷金。此日見聞君莫問，須知來去總無心。馬穀山制軍留住十日，君屢書促之。

贈答金眉生 安清 都轉

才大身翻累，君胡怨數奇。雲龍神變化，鬼蜮易猜疑。杜牧言何罪，唐衢哭可師。畫眉自狼藉，深淺漫隨時。飽看魚龍戲，羞登傀儡場。繁聲趨下里，幻夢醒高唐。天上榆難種，人間菊未荒。江湖堪適性，憂樂久相忘。

紀游答馬素臣徵麟教諭索長江形勢圖用東坡韻

別耆闍，越巢湖，高秋游興無時無。煙花三月期屢易，故人書至頻招呼。子箴招赴揚州。遠行笑屏梁鴻孥，隨身琴劍堪自娱。南朝亂後訪遺迹，片帆風送焦巖紆。洞口尚賸蝸牛廬，鯨濤撼枕幽夢孤。松篁匝地塵不到，禪房小住供伊蒲。澄懷欲作棲山夫，舟人敦促日已晡。慨想金山陣桴鼓，俯視鐵甕誇雄圖。磨殘盾墨烽火餘，吾生年屆知非蘧。壯心思縛陽蒲逋，長江形勢輸君摹。

梅花嶺拜史忠正公墓晚過天寧寺訪謝傅別墅遺址用東坡韻

凍雲欲雪萬象槁，輦道豐碑泥壓倒。層岡曲水繞城闉，訪勝翻教游客惱。謝傅猶留別墅名，過江望重蒼生蚤。不料兒曹竟破敵，銷受東山棋局好。勝朝南渡時勢同，運去風催殘葉掃。督師嘔血苦調停，鈎黨何心罪圓老！撑天白骨聚成塔，寺有白骨塔。布地黄金都化草。衣冠冢畔暮煙霏，愁折梅花問蒼昊。

寄懷方子嚴觀察嶺南用東坡韻

狂奴近結松竹緣，百無所好耽安便。舊交數君性豪宕，旌幢裘帶相新鮮。退食委蛇事鉛槧，涓滴不肯嘗貪泉。珠江迢遞四千里，思君與月何時圓。荆塗舟次一揮手，丁巳别於懷遠。倥偬匹馬循渦川。憶昔青溪掉畫舫，管絃雜沓歡開筵。銀漢浮空轉虬箭，簾波窣地熏龍涎。藏彄射覆恣嬉謔，擘箋拈韻争磨研。彈指塵蹤半黄土，而我今亦非華年。十載談兵倚長劍，飛騰甘讓他人先。飢驅出走拙言語，治裝誰贈交游錢。朅來作客到邗上，隨身早辦青行纏。題襟館中剖尺素，挑鐙三復心煩煎。期君努力拓建樹，繡衣持節追前賢。慈雲藹藹蔭蘭桂，羅浮春共梅花妍。仰天浩歌慰離索，會當報我瓊瑶鐫。

寶米齋讌集答眉生並鎮江吴次垣台朗觀察介臣台壽侍御

十年蹤迹感蓬萍，一夕天涯聚客星。月色淡分窗影白，菊花香入酒痕青。横流久已淆清濁，放論何須問醉醒。不分著書難濟世，此生拼老子雲亭。

遼陽心事有誰知，謂克齋宫保。想見艱危百戰時。鈎黨竟教收景顧，飛書幸未識邱遲。掀髯談往增豪氣，痛飲忘形即我師。同是諸侯老賓客，風塵黯澹鬢如絲。

次江陰何廉昉栻太守觴眉生韻

漫將北勝較南强，花徑留賓鎮日忙。玳瑁雙棲鶯好夢，琵琶一曲怨浮梁。可人自信顔如玉，此老休嫌鬢有霜。記否旗亭争畫壁，曉風殘月豔詞場。

鞠部纏頭别調新，良宵吹散水雲鱗。二分月色今依舊，絶代風流幻亦真。待向西泠尋畫舫，願來東閣結詩鄰。多情同作揚州客，花信禁寒報小春。

眉生出仁和戴文節武進湯貞愍二公團扇山水屬題兼録别用東坡韻

君才大如豫章棟，放膽豪吞酒百甕。俊鶻干霄早脱鞲，怒馬僨轅翻斷鞚。嗜書愛畫苦乏錢，無術點金思鍊汞。都督閒情泛海鷗，侍郎文采鳴岡鳳。太息東南擾烽火，搔首彼蒼胡夢夢。榮枯過眼渺雲煙，一死名同泰山重。明月團圞尚入懷，碧峯縹緲將誰送。共談白下客愁多，回憶西泠鄉思動。題成紈素餞君行，鐵笛吟風不成弄。

送眉生歸浙西用東坡韻

十年一面雙鬢槁，百事蹉跎堪絶倒。兼旬歡聚縱雄談，欲别無言心懊惱。久交冬令遲作雪，暖日烘檐梅放蚤。遥想鴛湖香夢酣，浮蹤曷若還鄉好？畫舫衝寒載酒過，松雲滿徑呼童掃。笑我未償向平願，五嶽待游身漸老。客中送客難爲懷，明歲春歸寄芳草。朔風江上片帆飛，凍雪吹翻青玉昊。

和文登于漢清昌遂太守書懷韻

我有鮫人絲，天孫纅結縝。繫之珊瑚竿，釣鼇不釣鯀。巨手拭鵜膏，奇香餌瓊畹。徘徊東海頭，騎鯨去以遠。皤皤釣璜叟，解后亦何晚。入網泣陽鱎，竊脂笑河鼉。石爛海水枯，心力忘疲蹇。會當縛蛟螭，垂綸誓不返。仙媪念輖饑，貺以青飿飯。直鉤汝胡爲？久矣干天憲。

眉生廉昉子箴叔平用少陵韻枉贈賦答

怪哉爾胡，嬉笑怒駡而樂哀。造化小兒，顛倒一世之人才。太倉難供羣鼠欲，隆冬忽見天桃開。天門卻步甘遲徊，我欲彎弓射海水。萬國共球嚴視履，榮光夜溢龜負圖。阿閣春深鳳生子，縱老康衢亦快矣。

爲桐城房協唐 熙敬 廣文題鷺墅消閒圖

邗江歲暮忽逢君，臺省誰知鄭廣文？自笑忘機如野鷺，愛尋水竹二三分。

漫説閒棲寡世緣，飛飛亦可上青天。漢廷譜入鐃歌曲，也許鵷班會衆仙。

晚游平山堂歸遇雪航和尚

客中怕讀蕪城賦，閒訪平山載酒匏。曲柄短轅攲帽影，疏林斜日曳鞭梢。枯腸正渴瓶笙響，俗事休聞玉磬敲。歸遇闍黎聊共語，不通姓氏漫相嘲？

竹西晚步次前韻

石磴疏林猶隕葉，茆茨短架尚懸匏。偶尋寒日蘼蕪岸，空憶春風荳蔻梢。泥飲愛逢田父語，殘碑閒看牧童敲。當年歌吹今難繼，亂後來游亦自嘲。

題子箴二知軒集疊前韻

鴻文擲地鏗金石，笑我無聲咽土匏。健似神鷹縱羈靮，快於俊馬走蕭梢。有時脱口千言富，亦或撚髭一字敲。本是玉堂揮翰客，蚍蜉撼樹敢輕嘲？

贈方伯融燕昭茂才用少陵韻

汝也翩翩名家子，鳳毛麟角兼龍文。錦衣玉貌自瀟灑，春風著樹花繽紛。之無早識白履道，玄經夙通揚子雲。挽强命中好身手，登壇鏖戰飛將軍。疏狂漫學竹林七，少年心志須專一。擁書萬卷抵百城，下帷莫使光陰失。養成大器備棟樑，笑我甘爲樗朽質。汝之祖父盛才名，與我親情固膠漆。赫蹏招我竹西亭，拄笏閒話遥山青。白波不盡鷗泛泛，碧空無際鴻冥冥。客中鎮日倒酒瓶，醉眼肯爲常兒醒。明朝别汝揚帆去，睨隱江天雪尚零。

題婺源齊玉谿學裘文學還仙圖即送之滬上

君家舊鄰芙蓉山，奇松夭矯和雲攀。一從陽羡買田去，尊公梅麓司馬僦居無錫。卅年夢繞漸江灣。蹉跎頭白溷塵海，寄廬頹廢鄉園改。二分明月客中看，幾幅丹青今尚在。摩挲金石墾硯田，與我一見稱忘年。不嫌沽酒囊無錢，浪游富有詩千篇。興酣拄杖滄洲立，炯炯方瞳映日鮮。

晚自召伯湖放舟泊高郵

小市囂聲息，孤帆暮色分。天低星挂樹，風定月磨雲。甓社疑藏蚌，靈祠話露筋。詞人今已矣，秀語詠繽紛。

寶應舟次寄答西林宫保

記得龍眠夜話時，扁舟東去屢愆期。雲霄高誼勞存問，風雪長途遠别離。淮海征鴻驚歲晚，皖江雙鯉報書遲。大裘萬丈千間廈，多少孤寒繫夢思。

聽女伶彈琵琶

珍珠一串櫻桃破，鶯燕驚回春滿座。浪白浮青酒半醺，香風醖釀花枝嫷。自言度曲阿母旁，儂身未若琵琶長。今日纏頭事歌舞，琵琶低訴如儂語。掩袖翻憐變調新，此生飄泊怨風塵。明朝各向天涯去，我亦江湖落魄人。

即席題畫

記曾香國訂花盟，菊秀蘭芳負此生。今日天涯傷老大，不堪重聽斷腸聲。

嫣紅姹紫真無賴，冷蕊幽香劇可憐。斜倚名花拚一醉，當筵愁唱奈何天。

寶應詠古

一疏河渠論獨尊，拂衣歸隱亦君恩。百年文采酣歌地，野水空尋縱棹園。喬石林先生縱棹園，今爲畫川書院。

項墳石闕辨模糊，畫象誰知問禮圖？斜日疏林風瑟瑟，訪碑人去射陽湖。汪容甫先生得問禮圖於項墳。

郭丈笛樓道清明府餞别凝香居

冰花曉起纈疏林，酒冷衫痕感不禁。自古銷魂惟賦别，昨宵顧曲獨沈吟。雙顰意遠通芳訊，一握香温訂素心。又向茱萸灣裏去，娟娟江月照愁深。

邗江舟中遲小軒不至寄懷

雲山烽火淚縱横，十載郵筒枉寄聲。劫換星移耆舊盡，兩家生死重交情。

治父山前鬼哭時，破巢完卵浪猜疑。麻衣如雪孤兒慟，記向春風話路歧。

荒城落日長蓬蒿，曾訪祠堂薦濁醪。地下聞君頻奏凱，撚髭想亦笑揮豪。丁卯九月，過廬江，謁年丈專祠。

聞説旌旄抵石頭，客途歲暮爲君留。江潮驚醒寒宵夢，風雪孤吟擁敝裘。

讀楊小坡鸚鵡媒傳奇與子箴聯句題後

瘦月枯林風瑟瑟，辰。天釀瓊霙寒意勒。頤。挑燈夜坐共沈吟，頤。殘編太息才人墨。淮水滁山好因果，辰。紅絲默繫雙飛翼。天遣如來作蹇修，頤。優婆夷配優婆塞。記得當年製曲時，辰。兩行銀燭寫烏絲。奇情拍碎紅牙板，頤。豪興傾翻碧玉巵。換徵移宫都絶妙，辰。崔盧獨數君年少。自從烽火起南天，頤。嗚咽笳聲不成調。伯勞飛燕倏分離，辰。鎩羽嶕音增怛悼。浮沈炎嶠劇相思，頤。荒涼宿草今誰弔？小坡死已三年。脱帽狂奴欲問天，辰。可堪一讀一潸然。驂鸞已向蓉城去，頤。賸有新詞被管絃。辰。

途中詠古十首

功利今誰辨？天人溯道原。江都自廉直，希世薄公孫。

極目江湖漲，頻年遘水荒。謝公曾捍患，遺愛並甘棠。

抔土今何在？江流屢變遷。嗤他青烏術，不及誦游仙。

昔日埋香地，迷樓役萬夫。開奩還一笑，孤負好頭顱。

草澤英雄起，時衰地運新。江淮勤遠略，數早定魚鱗。

一樹冬青冷，荒祠聚暮鴉。可憐歌舞地，養女誤千家。

浩渺平湖水，空明夜放光。我來泝寒月，不見讀書堂。

此老顛難學，壺中石不頑。推篷江上去，獨訪米家山。

桴鼓金山壯，江淘戰血腥。紅顏知赴敵，羞作小朝廷。

修禊紅橋盛，流風繼宋賢。生逢戎馬世，慨想太平年。

瓜步夜泊 嘉平十五日。

螺翠千重隱，萍蹤一葉飄。海門寒吐月，瓜步晚生潮。客路殘年逼，鄉心旅雁遥。倚閭應悵望，屈指話深宵。

牛渚舟中懷凌小南觀察

野鶴無心戀稻粱，江天雲樹自迴翔。偏分一勺廉泉水，爲理扁舟退士裝。斷岸濤聲吟浩渺，殘冬山色鬱蒼涼。盛名自昔干時忌，把酒臨風弔議郎。

江行雜詠

初日破海雲，殘月沈江霧。舟子競解纜，人語喧瓜步。金焦辨微茫，欲別屢回顧。洪濤勢洶湧，片帆疾飛渡。纔指三茆峯，俄見棲霞樹。狂飆挾山飛，輕舟逆難上。石瘦骨益堅，潮落聲逾壯。巉巉燕子磯，浩浩黄天蕩。盧龍走蜿蜒，掉尾争相抗。古今幾戰場，銅琶歌跌宕。愁踏青溪月，醉買白門酒。園林淪廢墟，忠孝名不朽。湯貞愍公。往時恣游讌，話舊頻搔首。巋然翠微亭，獨上憑欄久。望古君莫哀，寄慨後人後。木脱山容枯，日淡江天小。敗葦隱荒村，孤雲送歸鳥。濤舂斷岸崩，港絶縴路繞。近市聚人聲，燈光出林表。不見謝家山，長吟酌清醥。

宿采石磯

片帆西去楚天長，行盡江南幾夕陽。亂後山容多變態，歲闌書卷助歸裝。嗷嗷四野飛鴻集，杳杳空林獨鶴翔。依舊峨眉半輪月，酒樓畫壁思茫茫。

舟行望山

白浪掀天去不還，片帆計日達鄉關。好偕兒女篷窗話，爲指江南幾處山。郭甥偕長女自寶應隨歸。

濡須口遇雪

曲折河流上水舠，朔風作勢散瓊瑤。洞天飽看金庭勝，一幅溪山是白描。

祀竈日湖干守風

雪花璀璨燭花紅，臘鼓家家送竈公。白髮倚門盼行役，湖神借我一帆風。

施口即目

澤國居人少，漁罾生計無。牆頹房露脊，水落柳生鬚。儉歲難爲政，監門早繪圖。近聞新詔下，失喜説寬租。

晚見蜀山

淮海游歸歲已闌，穩攜兒女共舟還。人煙聚處鄉音熟，喜見城西一角山。

校記

〔一〕九月　當作『八月』。

負米吟 自庚午至丙子七月

庚午春日接劉珮卿書代答

人世重輕肥，君今何所歸。窮途愁握别，雨雪記霏霏。回首白門道，舊院生春草。不見種桃人，看花人漸老。齊己本多才，謂芥航。焦巖鼓棹來。爲君説殘偈，鐵樹已花開。夢醒繁華杳，歡場迹如掃。留此現在身，達觀貧亦好。獨酌餞春光，音書遞水鄉。相思渺淮海，雲樹兩茫茫。

偶感

入世難逾蜀道難，侏儒高著進賢冠。真龍不假人間好，神駿都從畫裏觀。易水歌殘悲客去，廣陵散絶問誰彈。蒼蒼海上蓬萊島，欲訪容成跨碧鸞。

周丈小修光淮太守過訪出示文忠公奏疏

鳴鳩喚雨已春深，且脱征衫坐緑陰。石徑把杯閒話舊，風塵抱劍鮮知音。淒涼一卷懷先澤，戇直當年簡帝心。尚有南陽田可種，歸來何必問升沈？

感事

西望祁連勒石高，雄心競佩赫連刀。天低沙磧懸軍入，地限河湟轉粟勞。驛騎騰雲嘶苜蓿，穹廬卧月醉蒲桃。三邊空議屯田策，何日伊涼解戰袍？

天象無端亘白虹，大星一夕霣江東。盛名好似棉彈起，晚節愁看麥打終。夾道橐鞬藏魅蜮，滿城草木變秋風。巍巍重地模糊死，青史他年議不同。

懷柔自昔重邊防，誰使酣眠據榻旁？蕎地怪風吹海黑，旋天鬼氣冪雲黃。要盟難灑澶淵恥，鑿空新歸大夏裝。十萬横磨劍安在，冤氓矯首望平章。

喜聞租賦一時蠲，極目江淮水旱連。漫詡弘羊能富國，豈真卜式肯輸邊？呼天願減隨年杖，落地愁攤稅月錢。治亂從來關守令，吳中近刻牧民篇。

過白沙嶺感懷朱臥雲比部

一別龍眠已廿年，故交回首恨茫然。輕衫短劍尋殘壘，寒日疏林欲暮天。依舊雄關驅馬過，記曾冷雨枕戈眠。結纓埋骨知何處，野燒連山起白煙。

皖城寄仲弟馨季弟煊疊少陵韻

冬晴人意適，作客賦歸來。獨我驅車出，相期隔歲回。旨甘毋使缺，書卷要常開。梅小勤澆灌，瀕行手自栽。

幕府森嚴地，羣鷺揖客來。論交形脱略，把盞意低回。待獻南山頌，明歲上元，西林宫保太夫人壽。欣逢東閣開。盆花新破臘，好似爲余栽。

塔勢迎江起，峯巒入座來。當年文讌處，蕭寺首頻回。壬子初夏，先大夫偕諸年丈宴集迎江寺，辰亦侍坐。瓦雀窺檐下，船颿傍檻開。佛奴若相識，看竹記新栽。

極目江天迥，寒潮捲雪來。雷池書信至，邗水酒船回。門户汝須計，旅懷吾暫開。故家半寥落，蘭桂及時栽。

堂坳尋舊址，卻喜燕還來。面勢應先審，經營定幾回。廊宜紆竹遠，窗好對山開。隙地全收入，明春樹可栽。

自我出門去，遺園客少來。林陰微雪霽，花信早春回。將母樂無極，逢人口漫開。世情堪一笑，荆棘莫輕栽。

節署西樓同㲖甫晚話

樓外山光澹夕暉，藥爐經卷下簾幃。偶指塵鏡驚君老，轉念荒園遲我歸。歲序峥嶸生計拙，名場俯仰素心違。療飢自有長鑱柄，凍雪融時紫蕨肥。

偕椒岑登大觀亭

百戰孤亭在，登臨過客哀。江流隨地轉，山勢抱城回。市井屯兵氣，萑苻起將才。乾坤猶未净，倦眼向誰開？

臘盡閒爲客，危亭共眺時。雲開歸雁遠，樹隱暮飆遲。載酒思前事，尋碑訂後期。與君非少壯，乘興好探奇。

李節母歌爲雲山葆生明府作

海水可竭，烏頭可白。媧石可爛，母心如鐵。一解。
八公嵯峨挺松柏，萬卉凋零標勁節。二解。
夫命續，刲臂肉。輿尸還，尊公殉難定海。淚血乾。三解。
姑老兒髮纔覆額，半菽淒涼覓生活，圭竇檐低紡殘月。四解。
鬼車聲苦，姑墳負土。遠道霜寒，兒衣手補。五解。
兒名成，母心樂。鸞書賁，貞珉勒。重撿舊時箱，鍼線愁千結。願之子兮光昭令德，稱觴上壽兮早娱白髮。六解。

李季荃鶴章觀察索題小樓觀陣圖賊圍常熟，周夫人守之。

九天劍履曳星辰，百戰消兵日月新。麟閣一門圖將相，璽書更問洗夫人。

早識鷗波負雋才，揭來圖畫笑顔開。緑楊陰裏花如雨，一角紅樓選將臺。

讀山濤傳感賦

啓事論兵結主知，孤貧可憶少年時？醉呼阮籍堪爲友，痛絶嵇康僅有兒。舊第尚存十間屋，積年枉受百斤絲。此生縱到三公位，已累糟糠慣忍饑。

小除夕遣興

客中佳節少經過，斗室周旋冷趣多。偶檢舊書勤校勘，新懸小幀愛臨摹。香濃紙帳添梅影，石綻苔衣補竹窠。誰信冠裳趨走地，野人别自有行窩。

除夕節署守歲

華堂高讌集簪裾，野鶴蹁躚卻笑余。銀樹攢花翔蠟鳳，玉山中酒脱金魚。虚名恥爲公卿重，妄念潛隨歲月除。昨日萱幃傳吉語，春風送喜溢門閭。頃接家書。

辛未春日新謡

屠蘇夜半降神光，男婦趨風舉國狂。邪説於今非不禁，似聞用夏變西洋。時傳天主教，有阻之者。

煌煌條教例何嚴，敢道官商價不廉。水驛快傳飛雪將，民間休嘆食無鹽。吾鄉新設鹽局。

一莖瑶草燦金光，麥秀三歧貢帝鄉。家國同時均獻瑞，銀青不數侍芝郎。直隷麥秀三歧，吾淝某宦墓上生芝。

孝肅祠荒水一條，鎮淮華表仆雲霄。鎮淮樓燬於火。匈奴未滅男兒耻，甲第經營笑木妖。

午日泊慈湖與芷春小酌有懷子箴

石尤風急浪滔天，佳節篷窗且醉眠。蒲葉緑摇荒澗雨，榴花紅悵故山煙。戈船競渡魚龍戲，水市堆盤蚌蛤鮮。遥憶良朋頻遲客，廚開櫻笋鬥吟箋。

子箴招諸同人題襟館銷夏用劉芙初太史寄曾賓谷都轉韻次和

炎風作勢湧江流，載月揚帆夜未休。恰喜文星瞻北斗，謂何子貞。偶思舊雨話南州。謂毅甫。亭臺高爽清宜夏，花竹陰森氣似秋。十萬腰纏原不羨，還期跨鶴海天游。

簾影簫聲訝卷波，竹西亭畔記曾過。眼中名士今餘幾，郭外青山恨不多。萬古惟留二分月，浮生且放百年歌。使君儒雅風流甚，簪盍居然到澗阿。

答何丈子貞紹基疊前韻

入世慚居第二流，偶聆謦欬已心休。目光炯炯無餘子，胸次恢恢隘九州。畢竟神龍難見尾，從知老鶴不驚秋。養生飽噉青精飯，拄杖欣偕汗漫游。

閱偏繁華等逝波，紅橋劫後又重過。此邦自古才人聚，小集於今韻事多。喜見中興歸命世，閒來我輩發高歌。酒樽酣處癡蠅擾，驅逐還當仗太阿。

答許叔平再疊前韻

書記翩翩邁衆流，多君雅望繼文休。撑腸飽貯三千卷，槖筆奇探十二州。隔歲同稽邗水棹，訂交回憶秣陵秋。花天酒地俱陳迹，素髮飄蕭感舊游。

浮渡山光皖口波，黄華故里屢經過。傳來累葉才名重，修到三生慧業多。近仿癸辛工雜志，君撰里乘。遠宗丁卯賦詩歌。廿年我獨知君久，毁譽平情不敢阿。

蝯叟以種竹詩索和奉答

我有十笏地，亂後栽數竿。人生適意耳，隨遇皆可安。老凰唳江天，飲啄需琅玕。翛然結古歡，不使形影單。酒酣一潑墨，清氣嘘毫端。祝融忽肆威，夢境思驂鸞。詎獨俗可醫，對此欲忘餐。談笑睨浮雲，足傲信與桓。泠泠太古音，他日成笛欒。乘興即來過，莫作王猷看。

丐書歌呈蝯叟

張劉筆陣曠代雄，乾嘉而還推大宗。近世紛紛重館閣，就中崛起東洲翁。翁之腕力健屈鐵，巉嚴秀削芙蓉峯。俗書姿媚不入眼，我用我法羞趨風。憶昔登朝負氣節，讜論駭俗噴長虹。乘軺校士半天下，山川憑眺心融融。滄江高臥逾十載，屈伸隱見其猶龍。飽經憂患堅素秉，醞釀道味涵春容。祥麟威凰近罕覯，即論八法希追蹤。賤子蠖伏大江北，亦有奇氣蟠心胸。詩禪畫聖緬先澤，短綫自揣艱長縫。文章妙手本天授，粉黛塗抹嗤人功。蚓蛇蛙黽互嘲弄，琢句詎肯儔三紅？時賢好尚若冰炭，曷異所異同所同？邗江解后如舊好，狂歌一笑稠人中。偶窺潑墨暗叫絶，毫端紙背雲煙濃。赤帝歛威暫税駕，雨洗大月光横空。青氈坐爛尚未識字訣，惟覺翁書短長肥瘠皆神工。倘能爲吾書寸紙，歸鐫石骨撑蒼穹。

夢園喜竄余句用昌黎贈張籍韻謝之

入世乏俗緣，動輒遭白眼。明知嗜好殊，況復性疏簡。迹肆心弗馳，禮法有定限。少時善戲謔，思之常嘆赧。良友進箴規，凜然銘諸版。荏苒將半百，苦吟傾濁醆。據梧隱几間，撚髭偶一莞。軒冕讓朋輩，敝帚吾家産。由檗需斧斤，金沙待披揀。譬飫五侯鯖，遑羡屠門弗？如登太華峯，培塿笑蹉嵯。方瞳洞癥瘕，巨刃妙裁剗。攻雲矗班梯，退舍斷秦棧。偏師勢莫禦，望塵神慄僴。質嗤犬羊鞹，文訝龍虎譽。感君勤拂拭，舌橋目雙睆。輞水清且漣，探源循素滻。

醉歌行贈小軒

去秋東放大江棹，鐵板銅琶日歌嘯。鷄鳴山下少游蹤，閒踏蒼煙尋十廟。青天魑魅竟横行，謂馬端敏制軍事。官吏倉皇走相告。膽氣還當寄此人，九衢歡説將軍到。翩翩君本儒家流，敦詩説禮推同調。戎馬艱辛淚血枯，手把遺編話忠孝。嬰兒綳倒卻憐余，歸醉黄花忘旣秏。南飛白雁苦思君，冶水悲風傳噩耗。江淮此日尚需才，墨絰從戎奉温詔。君丁太夫人憂。邗溝幾度招我來，柳營戲馬林蟬噪。香阜禪房榻久懸，題襟館内徑先掃。旅懷暫釋夢魂清，贈答篇章逾紵縞。君方建節樹勳名，我顧椎輪殊嗜好。斬蛟射虎壯志灰，失勢南山慚霧豹。浪迹時吟陟屺篇，寸心眷戀春暉報。鳳鸞棲食選高枝，果腹翻虞學鳩笑。微君誰識阿龍超，蝨隱人間聊寄傲。

聞蝯叟言有感

同心能斷金，異趣曾割席。老顛風味故可人，踵門當日無殘客。輪蹄屢踣棧道危，曷若疲驢乘下澤？五嶽圖成臥游好，閉關閒蠟看雲屐。還須得酒數百船，醉枕奇書高一尺。草堂漁樵慣來往，不著衣裳緣地僻。有水可釣田可耕，奔走風塵吾亦惜。會當屏迹入深山，煮术餐芝壯精魄。

觀奕疊前韻

斧柯爛後洩仙著，國手紛紛争此席。駢羅列布善彌縫，各逞心兵分主客。丸泥劫斷函谷關，萬隊圍攻鉅鹿澤。縱横百戰只一枰，千秋齒冷東山屐。勝固欣然敗亦喜，得失何須較寸尺？疏簾清簟暑氣銷，冷眼旁觀意閒僻。西南風緊莫多言，此局全輸心暗惜。以黑爲白雌爲雄，默守元關抱營魄。

喜雨三疊前韻

火龍瞷瞷噴毒日，連夜肌膚汗沾席。青蠅白鳥更憎人，好雨盆傾驅熱客。故園小别盼家書，聞道三農猶待澤。蜀岡西去六百里，望雲屢踏登山屐。泗津兩歲苦無秋，高田苗髮低僅尺。倘教此際仍不雨，竊恐民生日多僻。買田君亦愛吾廬，夢園卜居泗上。目送飛雲同嘆惜。酒闌敧枕喜安眠，月照松窗清夜魄。

讀畫四疊前韻

一雨招涼卻絺綌，雲影花陰潤几席。炎官休沐火繖收，時有清風來速客。開簾示我石谷圖，隱隱煙巒環震澤。此身宜置邱壑中，一生能著幾兩屐？朅來晚過平山堂，江上青峯眺咫尺。古人繪事吾不知，眼前畫境殊幽僻。焦光廬接米家庵，買山無貲良足惜。還君此畫枕琴眠，夢醒江聲静蟾魄。

答蝯叟五疊前韻

我生行年將五十，騷壇未能分片席。近者欣逢老斫輪，題襟館内同爲客。望古徒存尚友心，遺編恪守先人澤。眼前富貴藐浮雲，收取山川入吟屐。性情醖釀胸次開，時覺心苗生上尺。興來得句愛傳寫，謾誚雲龍矜怪僻。久知名士等畫餅，閉户還須寸陰惜。課兒補讀少年書，買醉江湖羞落魄。

答夢園兼質蝯叟六疊前韻

詩人年多逾七十，風雅尚留吾輩席。東南壇坫又重開，更喜使君能好客。千鱗得水暢生意，萬木逢春涵潤澤。道州下榻本通家，我亦過江暫停屐。偶然游戲翰墨場，日課一詩卷盈尺。縱横筆陣興馳騁，運事休嗤獺祭僻。鯫生聲名苦未成，餘論齒牙當不惜。湘中皖上兩詩雄，壁壘森嚴懾心魄。

盆松用賓谷都轉韻同夢園漢卿分賦

突兀一株松，旁列一卷石。項拗腹膨亨，中藏太古色。輪囷鬱盤錯，飽經苔蘚蝕。雨風驟然至，仿髴怒濤激。鍊形在盆盎，敢厭塵囂逼？倘置雪山巔，寒光通月夕。鱗老化龍飛，雲雷補天隙。

喜漢卿至用吴山尊先生韻

兀寡殊時趣，疏狂轉自然。衆中曾一面，别去倏三年。養志貧甘隱，浮家地更偏。會當策疲蹇，同眺蜀岡巔。漢卿築養志園。

宦海驚風浪，鷗魚狎世情。酒懷緣病減，山色隔江横。背郭柴門遠，環村野水平。偶然入城府，一櫂晚煙輕。

同夢園食瓜

衙齋宜暑共嘗新，一片冰心映暍人。客裏回思鄉味好，年年偏餉草堂鄰。

園官走送滿筠籃，篚簌青絲浸釣潭。日午庭槐消暑氣，晶盤薦食笑分甘。

入口寒霜濺齒牙，傾筐翠色喜交加。羽書早奏西師捷，戰士應嘗哈蜜瓜。甘肅屢有捷音。

題曹雲西江亭晚眺圖

雲西胸中山水奇，笄冠草服耽吟詩。畫蛇自憐身世拙，呼猫愛學前人癡。白雁不來秋色老，遥天日落江光遲。素交尚隔茆峯外，謂句曲外史。徙倚空亭寫別離。

題唐子華秋林聽泉圖

火雲燒空樹欲燃，畏暑不去游甘泉。漢卿約游甘泉山，不果。披圖使我開心顔，此身恍置峯巒間。蒼涼滿紙雲氣流，小橋窄徑潛通幽。古木騰拏狀蛟虬，一人散轡來尋秋。一人並騎如偕隱，掉頭似訊山中景。蕭蕭紅葉亂泉聲，到此應教塵夢醒。平遠湖山數點青，何時歸乞草堂靈？懸知潑墨添鄉思，悟到仙心入杳冥。鷗波宗派倪黄亞，劫灰不共蟫魚化。名位當年廑一丞，自來畸士居人下。子華，吴興人，休甯縣丞。

題唐六如鍾馗捕蟾圖

老蟆上天磔不死，千年科斗繁生子。墨水瀾翻巧化身，引來種類拖青紫。努眼皤腹作鼓吹，終南山人聞之喜。已將蒲劍斷么麽，更借皮囊伸一指。五月五日桃花庵，爛醉榴觴呼不起。戲塗金色鍊汝形，撒手妨鑽蟾窟裏。

題錢叔寶終葵折梅圖

斗室光寒幻月魄，鬼趣蕭然生素壁。中貌一人岸短幘，戲兕花神驅鬼伯。銅瓶汲水勤拂拭，小語啾啾凍蛟脊。朔風吹衣花四匝，昂首掀髯頻笑索。終南山下萬木僵，踏雪歸來尋舊宅。灞橋經過莫揶揄，嚇倒苦吟驢背客。

題金冬心終葵擊磬圖

桃符換新鐃吹作，萬户千門競歡樂。移家小妹亦歸寧，吉語喜隨清磬落。徙倚木牀跣一脚，自哂此身無佳著。今年鬼國慶蕩平，好爲阿兄懸葦索。金鐘大鏞播韶頀，袍笏酬庸縻好爵，畫像終當媲麟閣。

題奚鐵生鍾馗醉酒圖

華清宫中玉貍醉，沈香亭畔猪龍媚。汝陽下殿左相辟，賜酺五日三郎憒。謫仙市上眠，飯顆甘憔悴。南山進士有心人，溷迹糟邱蒙面睡。拼教一夢老金天，圖向世間驅鬼魅。

晚泊露筋祠

靈旗風捲舞神鴉，幾處林蟬噪日斜。坐對空明一湖水，夜深清夢墮蓮花。

劉静巖元浩廣文招同珮卿小飲蓮花社即賦别

水禽沙鳥蓮花社，風定雲陰暑氣收。短棹煙波忘遠近，淡交茗碗愛勾留。青溪露冷抛紅粉，黄葉詞成易白頭。彈指廿年三惜别，茫茫淮海又歸舟。

同陳子勤克劬孝廉食瓜

嚼來齒頰盡生涼，領取田家趣味長。惜少黄金繪顔色，佳名難錫御蟬香。

題戴務旃山水册

漁釣黄山湖，看雲時拄笏。牽船岸上住，陸居本無屋。

迢迢谷口農，友風復子雨。所寶惟稼穡，望歲天應許。

碧落作精廬，雲氣日啓閉。隨身一藜杖，著眼在空際。

遁迹西巓巖，盟心惟白水。斧柯未爛盡，生涯賴有此。

槎客自横江，得魚即買醉。舉手招楓人，此日宜酣睡。

洞大有逋臣，冥心寄六合。抱雲枕石眠，夢破重陰廊。

雁阿伴孤琴，趺坐桐陰倦。我心如明月，古今常不變。
養拙守硯庵，松竹堪爲侶。保此歲寒心，世人難與語。
鑿室太華巔，蒼狗洞前獵。更欲飛上天，羽毛生兩脅。
石爛天亦荒，此是何世界？誓將滄海波，化作金莖瀣。

題冒辟疆姬人畫册 蔡女羅金、曉珠合作。

夢墮影梅庵，庭空獨倚欄。竹枝驚凍雀，似語妾衣單。疏篁寒雀

儂貌如花瘦，竛竮水露中。無心對脂粉，寂寞向西風。墨芙蓉

一洗霜華重，秋光寄短籬。此心常向日，孤露問誰知？墨秋葵

風約波紋活，蘋花暖散金。水香魚暈子，蓮葉有同心。蘋花游魚

秋容偏嫵媚，翠翠並朱朱。漫笑徐娘老，翻嫌王白鬚。老少年

露零天水碧，浴罷晚妝紅。倚石將誰待？三星户未中。牽牛海棠

醉起珠簾捲，紅情豔晚霞。榴裙羞解帶，妒煞女兒花。山茶

唱到迎神曲，兒家惱若何。黑雲飛一片，欲渡怯凌波。墨水仙

照影菱花鏡，飛飛傍浣紗。生來多豔福，今夜宿西家。秋水文鴛

水繪詞人老，瓊閨妙墨香。珊瑚堪結珮，好試壽陽妝。黄梅天竹

題金冬心畫册

嵇留山民慕晞髮，鼓腹徜徉脚不襪。荷香隔斷萬紅塵，睡覺尚嫌天地窄。

雷聲低殷雨聲止，擁樹濕雲滃不起。晚風吹散曲池萍，隱隱月痕涼浸水。

有客忘機狎鷗鷺，釣罷扁舟横野渡。柳陰何處鳴漁榔，回看斜陽低挂樹。

抱營魄兮息野馬，兀守屠蘇茆一把。秋空衆籟寂無聲，風葉隨人自上下。

道人感秋索吟侶，空谷足音渺何許。笑睨孤桐心自語，暝色下檐寒作雨。

青山缺處襯紅葉，雲錦霞裳鋪萬疊。蘆碕環抱有人家，尺幅煙嵐畫苕霅。

團蒲坐斷精業白，在家出家等過客。門前手種四松成，雲影濤聲定心魄。

題沈石田仿古畫册

翩然雙鶴下庭陰，怪石疏桐一散襟。笑問孤山林處士，乘軒深恐負初心。

一角茅亭隱翠微，遮檐短樹緑初肥。平生愛向無人處，野趣句留不肯歸。

花香四壁少人家，散步空廊傍水涯。洗盡紅塵超色相，最宜妙法説蓮華。

林外雙童遞酒卮，巖前野鹿自忘機。角巾卉服長松下，劫運消殘一局棋。

蕭疏樓閣畫玲瓏，冷挂斜陽三兩松。欲訪故人何處宿，秋山雲隔一重重。

題李嵩蕭照合作思陵瑞應圖

夢中跣足錢王來，赤光四照天門開。喝道一聲齊下階，青衣北去蒙塵哀。相州特置元帥府，緋袍脱賜偏安主。飛仙亭畔箭笴鳴，釜陽老婦紿寇兵。白兔躍，弓絃落。天驥刷，河冰裂。六宫無人鬼夜哭，猾虜驅民如驅畜，棋枰暗裹黄羅卜。悔把江山送與人，一鞭泥馬歸何速！甘作小朝廷，瑞應傳丹青。是時畫院供趨走，特敕二子虔圖形。噫吁嘻！湖上君臣樂閒暇，徵祥所，感天下，化禽魚，草木都增價。

寄懷金眉生

凍林風獵獵，曾記送歸舟。隔歲逢殘客，知君滯鄂州。晤白季生觀察，知君留武昌。深山堪隱豹，野水可浮鷗。卜宅西泠近，漁樵結伴游。

十年倦鞍馬，關隴尚風塵。勢去羞捫蝨，書來笑曝鱗。夏蟲難共語，秋魄喜生新。邗水聯朋輩，還應憶酒人。

夢園新得黄勤敏公竹筆筒索題次儀徵汪硯山鋆茂才韻

吾皖曩數黄尚書，九天咳唾成璣珠。螭坳珥筆邀睿賞，耄年名位儕歸愚。青門祖餞賦招隱，飄然笠屐還當塗。中朝朋輩富投贈，壹齋公詩集名。心賞珍瓊琚。平生妙技擅三絶，圖書鍾鼎兼收儲。筆筒刻畫極精巧，錦囊什襲光漫糊。寶米齋中得此物，一朝傳玩名流趨。豆人寸馬勢飛動，層巒疊嶂神追摹。定須蟬翼搨萬紙，惜無瓦硯形同模。公有太和瓦硯。文房位置匹四友，飽研墨汁傾金壺。緑沈漆管乏清趣，珊瑚作架嫌豪粗。人海歸航公歸隱後齋名。境已渺，鳩茲風景當時殊。淋漓椽筆推巨手，眼前大雅輪誰扶？想其胸懷恣旁魄，收取棧道天西隅。筒上刻棧道圖。吁嗟小物信可寶，琅玕温潤侔璠璵。知君嗜古抱奇癖，狂奴欲奪空嚾呼。摩挲長夏劇忘暑，簟紋掩映清光鋪。秋風忽催歸櫂去，赭山爲覓登高圖。公有自作赭山登高圖。

硯山以所拓竹筆筒棧道圖見惠次夢園韻

一夕相逢倒酒觥，論心坐對月華明。才人久向風塵老，君爲蛟門先生後。皮相空談技藝精。剡紙螺紋留搨本，劍門驢背隱秋聲。從君更乞新圖畫，好伴歸裝抵贈瓊。

題惠山竹爐圖

竹爐爲明初聽松庵性海和尚製，唐六如繪圖，屢經純廟題詠，敬賦。

昔年曾試中泠水，屢欲攜鐺過惠山。劇愛竹爐披畫本，依稀松影落禪關。淡交自識高僧趣，浮世難偷半日閒。多少名流競題詠，此君更喜近天顔。

途行雜詠

磊磊千章松，翛翛萬竿竹。閒閒十畝地，中搆數椽屋。角巾而深衣，貌古神淵穆。眠琴趣更永，把卷時還讀。回首睨楓人，陶情醉醽醁。

晨曦起荷鋤，約伴向塍畎。苗莖日以長，盡把莠稗剗。田水綠沄沄，秀色飽饑眼。報午聞啼鷄，饁耕肩飯筅。農家有古風，野酌禮數簡。

谿谷窈而深，嵯峨萬仞壁。樓觀嵌其間，雲霞烘紺碧。窄徑潛通幽，亭空露檐脊。何處犬吠聲，拄杖來吟客。紅葉秋滿林，憑眺千山夕。

枯木狀瘦人，奇崛神抖擻。沙嘴復高撐，隔岸俛培塿。略彴臥中央，奔騰水聲吼。野叟閒荷笠，痀瘻橋上走。芙蓉正著花，遮莫笑老醜。

江干秋氣早，衰柳淡落日。烏鴉各選樹，鷄鶩争繞室。柴門閴無人，萬竹徑邃密。菰蒲戰水聲，歸來舴艋一。暝色下短籬，候蟲鳴寂寂。

碧樹隱蟬聲，青山淡螺黛。平湖秋水香，畫出淩波態。鏡掩菱花愁，波皺菱葉碎。尖尖恐傷指，嬌婉色可愛。打槳晚歸來，驚醒鴛鴦睡。

感舊篇

我生誓闢清涼境，寥空放眼胸臆逞。褦襶憎他汗珠打，懶著衣冠羞謁請。廁身人海泛蓬梗，一飽歡然廛廬屏。憶昔輞川清趣永，睡鄉日月閒中領。杯吸碧筒酒力猛，蒲葵招涼手自秉。裙屐風流話坡潁，巖谷幽棲慕測炳。烽煙忽熾皖公嶺，闇水浮蛙競呼黽。四方蹙蹙靡所騁，鑄錯何人空聚礦？惟海孤窮悼形影，挈族倉皇如贅癭。夢醒牛車壺繫頸，虎口餘生脱俄頃。望梅止渴饑畫餅，浮蹤不定風牽荇。刁斗聲寒夜月静，笑縛蛟螭截長綆。王師飛翰已下郢，盤敦紛陳會北杏。丙舍耑歸勤祝鯁，逍遥津上駕舴艋。故園從此無寇警，觀稼秋原歌栗穎。敝廬數椽暫修整，愛檢殘書辟蟫蛃。漸喜流民返閭井，中興瑞應祥雲㚇。茗碗爐香客晝省，故人掃榻心何幸。僂指龍腰獨慚邴，余與毅甫、默存同客西林宫保幕。賓朋邗上重合並。又理歸裝辨笭箵，畫圖更仿江南景，舊有小輞川圖。蝨隱遺園秋思冷。

雨中夢園出觀鄭板橋竹石即贈詩以誌謝

風聲颯沓雷聲喝，掀翻雲幕蛟龍跋。竹光粉壁畫境如，故人晏坐緡圖書。試將一幅高堂挂，冰心宛在清涼界。興來對石便呼兄，我後板橋亦稱怪。此君勁節可爲師，低首拜詩兼拜畫。胸無宿物奇氣蟠，輕裝攜去歸林巒。思君望月停琴臥，夢破西窗竹萬个。

畜虎歌

熱風吹塵昏九衢，喧囂人海趨塞途。誰將柙厭雌於菟，窘迫不異羊與豬。吞牛壯氣胡爲乎？山君儼同鳳在笯。尋常貉子不敢過，今日野鼠銜其鬚。回思耽耽强負嵎，憑威摧折金僕姑。五陵年少盡辟易，何乃受尋於傖夫？毛如縮蝟狀如狗，牙豁爪禿睛模糊。低頭曳尾不復振，大勢一去倀鬼逋。南郡無雄檻難出，北門縛布丐少徐。見人翻怯太顛倒，更無顔向熊羆貙。上林園中景風扇，百獸率舞隨騶虞。西洋狻猊交趾象，飽食禄米閒嬉娱。

孤負粱鶱豢養力，咄爾空具般般軀。放棄山林猶莫保，蓑衣高義今已無。蓑衣高義今豈無，道逢人虎心躊躇。

贈凌仲桓兆熊孝廉四疊前韻

詞賦相如駭輩流，碧雞金馬侈徽休。身離烽火來邛水，夢繞山川憶劍州。星宿羅胸工織錦，風雲變態苦吟秋。才人自昔多孤憤，年少曾經萬里游。君隨宦蜀中，工駢文。十丈紅塵怒卷波，迢迢冀北幾經過。空羣解識飛黄少，怪事翻驚曳白多。家有賜書延舊德，身無長物愛高歌。知君最早非虛譽，拭目行看鳳集阿。

病中柬悔餘五疊前韻

久知水部異恒流，愛月憐山早退休。宦海逃名歸白社，醉鄉從事有青州。百花深處渾忘暑，一葉飛時已報秋。短刺到門通問訊，壺園惜未續前游。連朝患洩尾閭波，困臥籐牀客懶過。鬥蟻驚心緣小極，飛魚療恙恨無多。稱量藥水須深友，放浪形骸且漫歌。肘後千金應不吝，刀圭濟世抗樊阿。

答子箴六疊前韻

滔滔斯世尚横流，老至誰知署四休？笑我幽棲淝水曲，喜君重返海南州。爲邀素侶同銷夏，擬種蒼官待聽秋。子箴擬築蜀山草堂，栽松萬株。暢好衙齋閒下榻，狂奴不負此番游。

花氣侵衣月暈波，簾紋斜蹙晚風過。譚深頓覺羈懷釋，坐静方知樂趣多。天與一官容嘯傲，膏流萬竈起謳歌。海陵自昔鍾奇士，試詠菁莪在沚阿。王汝止、吴野人皆泰産。

將歸留别夢園並諸同人七疊前韻

溽暑消殘大火流，吟成一卷媲前休。欲從皖水歸肥水，難别真州並楚州。郭甥寄居寳應。遠道庭闈頻入夢，新涼枕簟早知秋。興來雪夜還相訪，未去先教訂後游。

夜静羅雲澹欲波，林光逗處一螢過。忽驚天末涼風至，頓觸人閒别緒多。話到月泉歡結社，情深潭水怕聞歌。江湖浩渺歸帆穩，料理家園薜荔阿。

夢園暨諸同人均有詩留行八疊前韻答之

樽前詎忍别詩流？買棹將行暫憩休。已約故人旋梓里，要乘新漲達瓜州。鳴蟬抱樹催殘暑，旅燕窺巢話早秋。客久忽驚時物變，轉篷無計耐清游。木葉初飛水始波，青山兩岸片帆過。閒身又逐孤雲去，好夢難忘落月多。安得千杯千日醉，那堪一别一回歌。他時讀畫應相憶，笑指伊人寄隱阿。

遣奴子先歸書家書後

已買扁舟泊水涯，金焦江上片帆斜。頻年觸熱長爲客，十日乘風便到家。卻恐癡兒閒廢學，懸知稚女解呼爺。手書先報平安信，今夜蘭釭喜結花。

七月既望偕仲桓芷春郭甥瀛槎冒雨登焦山晚晴宿自然庵六净和尚出如此江山圖索題即次洪稚存先生韻

月華洗净雨聲止，今夕之游繼蘇子。扁舟飛渡鐵甕城，選勝先從佛地始。如此江山我又來，披圖感舊心低回。圖爲湯貞愍公作。酒酣倚檻忽長嘯，狂飆怒捲銀山堆。君不見，石火泡光驚過客，得閒莫負新秋色。又不見，六朝如夢譙樓空，紛紛番舶時相通，海門寂寞寒雲重。我欲身騎瘦竹筇，乘風游戲鞭癡龍。

次日游别峯庵遇雨歸訪巨公崖疊前韻

探奇覽勝興不止，嵐翠沾衣落松子。一庵高踞别峯巔，退院老僧悟古始。漫天白雨忽飛來，山雲江霧相縈回。巨公崖下復小憩，殘碑拂拭苔花堆。鈎輈鳥語翻辟客，偃蹇虬枝含壽色。游人到此萬慮空，懸巖陡折幽徑通，俯視危磴驚千重。他年借得焦公筇，好尋佳處留茀龍。

六净出觀板橋夢樓墨迹再疊前韻寄吴定生善寶郎中暨諸吟侣

年來大雅嘆衰止，眼前碌碌無餘子。乾嘉之際擅風流，請向騷壇溯其始。山靈笑我從何來，豪情欲挽江濤回。小言詹詹類蛙黽，誰憐鑽破書千堆。風月嬉游閒作客，良宵飽看新晴色。冰壺四映塵氛空，江光上與銀河通，樓臺倒影凌重重。曷不放棹攜短筇，狂吟驚起山中龍。

曉發白鷺洲

桑櫓咿啞作人語，惺忪夢醒篷窗底。江天曉日無纖埃，那知身在畫圖裏。城頭遠樹淡涵煙，波上輕帆低貼水。片時轉過白鷺洲，兩岸山光青不止。

晚泊三山

二水三山客，扁舟獨夜情。半江殘月影，絶壁亂秋聲。漁火荒灘宿，蚊雷旅夢驚。忽聞風信轉，破曉挂帆行。

題謝伯醇寶仁載花圖

冷豔寒香載一車，披圖相對感年華。千紅萬紫都看偏，老樹春來自著花。客路萍蓬聚水涯，重來烏巷夕陽斜。芝蘭玉樹君家瑞，笑我閒爲野草花。

舟過居巢

沿堤補屋稻秸新，鵝鴨成羣散水濱。省識年豐人事樂，東鄰婚嫁到西鄰。
漁罾蟹簖挂門前，菜圃瓜畦野色鮮。落日柳陰閒繫艇，逢人愛説長官賢。

過巢湖望四頂諸山

一片閒雲載鶴還，樵風頃刻達鄉關。畫圖收盡金焦景，友人爲畫金焦圖。補繪巢湖數點山。

雪中過大龍山距浮渡十五里懷江待園

朔風吹雪曳征衫，看到峯巒眼更饞。矮屋團團藏暖氣，孤松磊磊背寒巖。谽岈凍碧牛争吻，山果嵌紅鳥自銜。聞構一枝賦招隱，與君端合老長鑱。

宿茅山頸

日暮征車急，途長歲事深。亂山環小市，殘雪畫疏林。覓食羣鴉噪，銜寒獨鶴心。柴扉支瓦竈，倚劍酒頻斟。

除夕自皖城歸

遠道遄歸歲又更，堂名中隱樂初成。抗懷自有千秋志，習静能收萬物聲。竹葉青回殘雪盡，梅花紅孕一陽生。樽前愛學萊衣舞，笑問兒曹識此情？

壬申元旦

篆影花香繞座除，椒盤爛醉憶生初。回車已識歧途誤，覆水難收去日疏。遠溯家聲慚虎豹，飽諳世味慎熊魚。君恩未報親年老，溷迹林泉勉著書。

遺園早起柬戴子瑞

茗煙藏小閣，鳥語破朝曛。緑净林容喜，紅肥花氣薰。荒園自閒適，浮俗任紛紜。柑酒懷吾友，春光已十分。

早飲牡丹下

絶無錦帳鬥芳華，別有疏籬曲徑遮。笑我清貧天亦妒，荒園開瘦牡丹花。

子箴書問遺園風景招赴揚州

烏衣巷口競棲鴉，僅有荒園辟市譁。擁被愛聽長夜雨，捧觴笑看四時花。才難世用身甘隱，歲不人饒鬢易華。常願門庭清且吉，勞勞底事走天涯？

雨夜懷彭五村澤柳訓導

竹影摇虚幌，蟲聲起畫欄。短檠殘吐焰，夜雨驟生寒。失勢炎官罷，時景學使被議。安貧冷宦難。菜根滋味好，老至强加餐。

詩成將寄五村忽聞化去哭之

夢醒空堂雨，吟成墨未乾。那知君去速，此別恨無端。才藝誇三絶，窮愁老一官。更添數行淚，付與九泉看。

晚過金庭山 山下兩俞公故第。

數株衰柳尚摇青，蟹舍漁莊近水腥。舊是通侯歌舞地，一帆斜日過金庭。

裕溪口晚泊

小市循沙尾，孤舟泊岸漘。驚濤寒齧夢，夜月喜親人。犬吠知村近，漁更隔水巡。濁醪沽滿甕，明日是佳晨。

重九登天門山

朝曦萬頃净秋光，紅樹青山暫艤航。浩浩天風凌絶頂，迢迢江路作重陽。插來野菊逢僧笑，持得霜螯喚客嘗。醉倚危欄一回首，亂帆東下雁南翔。

枕上口占

入夜東風緊，江濤去復還。身隨船上下，臥聽水潺潺。

晚過采石磯

一行飛雁落帆前，薄暮篷窗思悄然。楓葉江空疑濯錦，蘆花風急欲披棉。旅懷似水愁難斷，鄉月隨人影又圓。指點謝家山色近，捫碑讀畫憶當年。

曉發三山

萬櫓晨争發，嘈嘈鳥出林。早潮連夜長，初日半颿陰。敧枕山光動，横江雁影沈。關人休笑客，詩稅抵兼金。

燕子磯題壁

檣燕隨人認舊磯，秋來楊柳尚依依。孤亭倒影根疑動，怪石淩風勢欲飛。十廟鷄鳴埋蔓草，六朝烏巷冷斜暉。何時唤醒王孫夢，歸去營巢守故扉。

瓜步對月

岸風吹送桂花香，柔櫓摇波散月光。何處笛聲驚雁起，一江露氣白茫茫。

焦山題壁

梵唄鐘魚悟佛輪，名山三宿有前因。談天説鬼懷人地，捫蝨聞鷄化蝶身。百事無成羞鬢髮，半生不幸走風塵。此中邱壑堪充隱，未審焦仙許結鄰？

淮安過漂母祠

落日荒祠酾酒樽，區區一飯感王孫。平生漂母偏相左，漫向人前説報恩。

江　上

江上新聞得寶歌，眼看番舶疾逾梭。逢人慣學鮮卑語，使鬼甘穿吉莫靴。氣幻金銀通海市，運來兵甲洗天河。大臣經國思懷遠，葛亮當年亦貴和。諸葛集中有貴和篇。

晚過集賢關重訪鄧山人鶴冢

梯空盤石磴，市小枕荒山。茅屋燈光隱，霜林月色閒。偶邀田舍叟，重訪舊禪關。曲徑叢榛莽，寥天鶴不還。

宿大龍山下讀馮魯川光禄後集

坱漭黄塵撲面乾，龍山日暮憩征鞍。夢回草寺疏鍾殷，門掩松風半榻寒。知己惟君偏地下，挑燈展卷到更闌。詞人廉吏終何益，身後妻孥一飯難。

途中有感柬西林宫保

寒沍雲山逼歲陰，朔風難慰仲宣襟。桑榆色養思將母，車笠情深屢饋金。閒賦短檠聊寄志，獨珍敝帚果何心。冠軍竟得班蘭物，熱夢誰從社樹尋？

曉　行

寒鷄啼四野，游子犯霜行。正繫高堂夢，難爲歲暮情。馱鈴驚宿鳥，戍柝報殘更。轉過龍眠麓，晨曦漸放明。

癸酉早春獨酌

花氣熏窗春意酥，花間好鳥勸提壺。檢書屢叩蓬頭子，種樹閒攜赤脚奴。泉壤自存蚯蚓操，世途卻任馬牛呼。幾回命駕將安往，泥飲難尋舊酒壚。

胡履平玉坦觀察見過

慵臥荒園日欲晡，何來冠蓋競傳呼？緒風乍暖花容喜，春雪初融草意酥。茗飲且追今夕樂，官清那計一錢無。眼前衮衮多卿相，底事逢人問野夫？

殷華封廣文招飲雨阻

故人邀我試新芻，曉起偏聞喚雨鳩。寒解岸容微送暖，春遲花意淡於秋。中途泥滑難乘蹇，曲榭檐虛當繫舟。只好閉門閒蠟屐，放晴再作踏青游。

與子固飲

疏散多乖俗，周旋易失真。孤雲游亦懶，萬物喜皆春。鳥語催沽酒，花枝解向人。荒園重聚首，垂老倍相親。

春日讀莊子

杜門非辟俗，春至愛探幽。庭暖花争放，池淤水漫流。攖寧差自得，樂志復何求！漸覺南華僻，研朱細校讎。

占星

銀鬚斗覺數莖抽，珍惜韶華去不留。得意自甘雊雉舞，非時難並鳳麟游。虧盈屋已陳三瓦，息影庭還樹五楸。驚見地維光睒睒，呼兒酌酒强銷愁。自去冬至春，地維星出西南隅。

感懷

笑睨雲端鸞鳳翔，先憂後樂願難償。塵囂半隱思鍵户，毁譽全消慎括囊。嗜酒苦吟緣病減，灌花早起愛閒忙。奥牂鶉突非祥事，禦福翻教訝九方。剛柔齒舌驗存亡，飲水何須見一方？涉世任他爲緒使，韜光許我學珠藏。神全蠡有千年壽，時過花無百日香。氣運問誰能補救，暗將物理細思量。

李秋槎 炳濤 郡守借觀孝肅集

淮肥兵氣消，犖黎冀休息。四境鮮曠土，力穡先足食。吏治貴安静，文網苦逼側。魚涸喜得水，民窮易爲德。使君中州賢，一見如舊識。處約操守堅，推誠心地直。環顧斗筲徒，靨然面無色。萬口稱好官，寸衷毋自賊。孝肅吾鄉人，剛毅寓隱惻。試誦郡齋篇，高懷當省憶。孝肅有端州郡齋題壁句。

送龔引生 彦緒 刑部入都兼訊少荃爵相

握手驚看鬢已皤，酒杯未洗唱驪歌。一夕即行。二千里外音塵遠，五十年中變態多。黯黯此行難自遣，茫茫後會竟如何。長安卿相憑傳語，天許狂奴理釣蓑。

泥塗翹首望雲霄，密勿經綸弗憚勞。竭澤其如天不雨，譌言忽見地生毛。家鄉地忽生毛。臺高燕市聞求駿，道闢西戎卻貢獒。争説平章能活國，杞憂底用借吾曹？

秋槎郡守惠孫夏峯集並石刻謝之

石墨瑶編愛贈投，使君地望本清流。秋槎伯祖、崑山大令暨贈公均有集。力行實政蚩氓喜，博采虛聲處士羞。入世已拚三副淚，擁書足破一生愁。蘇門自古賢豪隱，我欲從之嘆末由。

望　雲

一片濃雲散午陰，偶然出岫詎無心？絳霄未醒癡龍睡，空作奇峯莫望霖。

讀史書感

玉霄金闕繪麒麟，姓氏高懸日月新。執戟從來多寵養，仕都誰肯不家臣？門開東閣空招士，塵起西風恐汙人。閲徧中興名相傳，傾心一事吐車茵。

安園坐雨與西林宫保夜話

枕簟清閒竹數竿，衙齋權當一枝安。中宵酒醒燈還暈，積雨江深夏亦寒。晚稻改園遲可插，飛蝗入境捕何難？近來大府憂民切，盼到家書好共看。

代州馮孝子歌爲子明焯少尉題

活百歲不爲老，凶短折不爲夭。文章忠孝寂無聞，修短窮通都草草。奇哉童子智且烈，天堂寇亂居民少。護母辟賊身陷賊，以藥餌賊身莫保。皖公臺下遇若翁，十載神交忽傾倒。爲談往事意悽愴，哀集哀詞新脱稿。行省奉詔修官書，現修省志。廣廈宏開漫蒐討。隨例空靡月俸錢，滑稽亦伴侏儒飽。紛紛臆造恐傳譌，徵信私將文獻考。君不聞：水吼嶺，木瓜沖，一抔土，瘞奇童。童名福基父笠尉，文章忠孝承家風。吁嗟乎，代州馮！

孫琴西廉訪留飲出觀遜學齋集

疇昔金鼇擁玉鑾，高名清操冠朝端。皖江三至黎民喜，賤子重逢禮數寬。經世文章長太息，忘形杯酒且追歡。賡歌上繼虞廷盛，自古祥刑重此官。

西林宫保送瓜並君山茶

高齋畫戟森檐牙，湘簾竹簟濃陰遮。衙參退食晝無事，斜簪散髻籠輕紗。蓮漏沈沈午睡永，香開十瓣紅蘭花。偶招勝侶共觴詠，瓜浮玉井煎新茶。願公品茶如品士，味淡香清無渣滓。顧公種瓜如種德，瘠壤疲氓有喜色。賤子平生慣作達，小構園林植松栝。鎮心雅愛蒲鴿青，調水閒烹雲影活。今年逭暑滯江城，廣廈留賓叨座末。夜闌渴疾頓全消，一笑披襟看明月。

武進管才叔樂茂才招飲

大江南北噪狂名，皖伯臺端抗手行。敝絮羞同蟣蝨語，高岡喜聽鳳凰鳴。曠觀塵海淆清濁，聊借枝巢拗性情。我欲迴車君返棹，今宵酣醉月華明。

酬鄭贊侯大令

辟暑安園憚送迎，忘形如對玉壺清。記過西澗尋吟侶，喜聽南譙有政聲。河嶽盪開奇俠氣，酒肴款洽故人情。離亭風笛君休唱，揚子江頭我又行。

安園夜坐

紅燭清樽沸管絃，歡場逐隊散華筵。堂空酒醒人無寐，雨過涼生暑退權。珠箔沈沈初夜月，銀河淡淡早秋天。流螢飛入羅裳冷，臥看雙星近一年。

將赴江寧楊詠春 沂孫 觀察寵之以詩依韻奉答

酒徒雲散感離羣，泥飲何妨對馬軍。偶觸秋風游白下，空思長劍奮烏員。論文不廢當時體，同學都成蓋代勳。放眼江山容嘯傲，一帆東去破朝曛。

濠梁誰解學支離，未讀南華我亦疑。世味嘗來甘淡泊，嗔心化去轉慈悲。官骸頤養涵春氣，波磔瀠洄悟碧漪。君工八法。最喜樽前作吳語，倚裝濡墨和新詞。

横江七夕

銀河倒影浸天光，愛看雙星臥短航。遮莫玉簫翻別調，回思珠箔隱雕梁。頻年慣作横江客，此夜應添伴月香。水面忽驚風露冷，菰蘆深處響漁榔。

采石磯遇高月川 錫基 廣文對月

峭壁排雲夜泊船，江濤倒湧一輪懸。試看圓處光無玷，誰識弦時體自全。玉樹錦袍當日夢，金風珠露早秋天。登樓高詠宜吾輩，捉月亭空話謫仙。

薛慰農 時雨 觀察以青溪感事詩索和

新詞麗製仿霓裳，老去風流興未央。豔説才名繼三鳳，君與藝農廣文、懷生侍御齊名。一時言語妙君房。

勝地重經長緑蕪，少年買醉倩花扶。斜陽烏巷尋殘夢，誰識酣歌舊酒徒？

簾影衣香話別時，墜歡雲散意還癡。盈盈一水歌桃葉，名士家風溯獻之。

湘江一老育人才，漸喜中興景運開。裝點六朝好金粉，自家無地起樓臺。

題　畫

一幅湘蘭揾淚痕，劫灰燒盡喜猶存。倚聲能寫難言事，讀畫還消舊日魂。夢醒國香思静女，愁尋芳草怨王孫。那堪金粉凋零日，又逐西風向白門。

旅懷

離家九十日，客程數百里。嬌兒縶我懷，我尚作游子。轉念倚閭情，差覺弄孫喜。笑看月屢圓，話歸應屈指。冒暑慣於役，棲棲非得已。登頓皖公山，憑陵大江水。故人敦素交，掃榻陳酒醴。直道古難行，貢諛吾亦恥。自審無寸長，詼嘲負知己。秋風捲羅雲，東下片颿駛。良會强追陪，歸裝辦書史。攜兒戲母旁，萊衣勝青紫。一室釀太和，慈闈介福祉。世變多倚伏，窮達慎所履。旅食違初心，人生貴知止。

飲大灊山人盤亭

大灊山色撲簾旌，話舊情長酒共傾。頓爾騎驢殊不解，怪哉畫虎竟無成。紅妝醉擁閒觀劇，黃葉秋深晚射生。指日雲中思將帥，好磨崖石勒勳名。

喜毅甫晚至

荒園掃殘雪，君忽扣柴關。凍雀棲林晚，涼蟾入户閒。年衰耽道味，語妙破愁顔。塵世知音幾，相期數往還。

夜坐書懷

鏡中雙鬢已星星，燈味吟殘一點青。聚鐵此生難鑄錯，鑿楹他日冀傳經。賞音未遇琴甘爨，循分無營珓不靈。舊種梅花新霽月，伴余清影坐茅亭。

除夕示諸弟

門巷桃符競換新，小時風俗記還醇。行年已届知非日，展卷羞稱識字人。萬事浮雲閒有味，一庭殘雪霽回春。兒童吉語慈顏喜，戲綵簪花酒數巡。

甲戌人日柬吴琴南慶增通守

咫尺衙齋曲巷通，隔牆柳色共春風。濡毫爲仿簪花格，乘興還邀倒酒筒。偃仰一官聊寄傲，馳驅十載記從戎。吟成卻喜逢人日，笑看檐梅又放紅。

與友人偶話

耗盡輪蹄鐵，歸來守故林。獲交君最晚，淺語味尤深。擾擾趨塵海，閒閒少俗心。舊時絃縵改，撫軫惜知音。

送程蘭汀村少尉歸九江

春風催客將南行，苦雨十日鳩呼晴。宦途落落罕稱意，歸裝草草難爲情。君來淝津已二載，風流未墜多循聲。令祖鶴街大令居官有政聲。好官不過得錢耳，一笑浮雲任品評。

春分雨雪疊前韻

踏青屢誤芳郊行，誰云久雨逢庚晴。春分節候猶釀雪，柳絲凍緑空含情。眼前麥寒亟宜曬，天宫閟澀玻璃聲。遣愁安得牛監簿，十擔香醪置市評。

雪中讀畫東琴南三疊前韻

泥滑滑兮路難行，昨宵新月時偷晴。勾芒用事玄冥妒，驅遣滕六何無情！睡鄉不知日早晚，隔牆報午聞鷄聲。試揩醉眼觀佳畫，有酒相邀再細評。

遣懷示龍泉老牧四疊前韻

我生懶向熱處行，伺人顏色分陰晴。經營泉石將習隱，蒐羅圖史堪娛情。興酣愛讀滑稽傳，苦吟强作和平聲。呼牛呼馬甘隨俗，濁世從來鮮定評。

寄懷贊侯五疊前韻

皖公山色招我行，雨脚未斷詐放晴。隔年好友不相見，春江草緑牽離情。市交泛語殊作惡，天寒過雁稀傳聲。閒中戲仿松陵體，展卷知君有異評。君勸予勿作和韻詩。

雨中遣興

一邱一壑少經過，同志何人共晤歌。午倦抛書愁目竭，晚饑强飯倩脾磨。敝裘不暖寒猶厲，老屋重新漏尚多。底事小池難蓄水，緑楊未許蘸輕波？

新晴即事

園官田畯競相從，久雨逢晴祀土公。穡事卜來今歲好，花枝簪去少年同。偶臨畫稿平肝氣，偏檢方書愈痔筒。鳥語歡呼人意愜，一竿曉日出林紅。

書馮魯川光禄詩後

十幅烏闌疊衍波，巾箱檢出淚痕多。共言此老爲詩累，誰信浮生被墨磨。連夜挑鐙尋舊夢，當年斫地愛高歌。狂奴破卻州民例，風雨衙齋日一過。

苦雨排悶

乍吐晴曦晚又陰，春寒酒力苦難禁。唐花爛漫香留室，檐鵲襹褷倦守林。羣動乘時争得氣，萬緣遇我總無心。且尋安樂窩中住，遣興聊爲四可吟。

蘭汀出示令祖鶴街大令詩集索題

歸帆宦海紀清游，宗派西江第一流。笠屐慣尋吾輩樂，山川翻代古人愁。即看治譜千家誦，難得詩名到處留。捧硯知君勤護惜，後時定有采風收。

招琴南看牡丹

隔巷遥聞早放衙，期君翻訝足音遐。曼聲愛譜清平調，冷眼閒看富貴花。幾樹落棉春欲盡，半窗嫩緑日將斜。野人遲客無他供，汲水新煎穀雨茶。

送春前三日莊子封元植司馬偕方言五廣文過訪用題襟館韻見贈答子封並招飲

風光難繫春九十，飛花滿地鋪茵席。胡牀化蝶興方酣，叩户何來不速客？書箋畫筏愛品評，顧我遺編思手澤。紅橋廿載數游蹤，好水好山曾駐屐。假龍偏悦世間人，我輩徒勞喙三尺。昔年縱飲皖公臺，姓氏不通殊怪僻。萍蓬聚散本無常，況值芳時須共惜。快攜小友餞殘春，酒泛玉缸濃虎魄。

答劉小裕錫霖鹺尹仍疊前韻

一年三百有六十，萬事勞形無暖席。春花秋月笑人癡，彈指光陰如過客。君胡浪迹滯淝濱，我本狂歌宜山澤。洗樽又報牡丹開，盼到劉叉定穿屐。今雨不來舊雨來，折柬空煩童五尺。小人近市何所求，養拙荒園趣尚僻。文章海内覓知音，此願難酬殊足惜。歡娱會少別離多，芳草歇時啼蜀魄。

把酒問天圖爲琴南題

古人一去不可作，古月一輪尚如昨。四顧蒼茫一酒徒，塵緣滌盡須醍醐。皎皎清光盪吟魄，牟尼内藴胸中白。幻境羞同魑魅爭，蝕時憤把蝦蟆磔。天公大笑爾何問，江山無月愁無韻。但教夜夜月常圓，休照人間離別恨。雲翻雨覆歡場少，一生難得團圞好。狂呼今月證前身，如此頭顱拚醉了。君不見，玉宇瓊樓都换劫，鼾眠生怕青天壓。梯雲君盍叩吴剛，我亦東皋訪醉鄉。

接漢槎壽州書卻答

淮上游蹤四十年，每詢親故轉淒然。樓臺夢醒清時月，草木愁驚劫後天。老至養生聞健飯，書來展讀竟忘眠。家園屏迹無他狀，茗碗爐香手一編。

感事寄少荃爵相

時有廣東奸民李光照具呈内務府，報效木植，重修瀫園，御史沈淮、游百川上書力争之。

熒聽誰知有蜮民，堯咨舜儆益憂辛。欃槍隱矗中垣座，彗見井鬼之分。猰貐交扇裔塞塵。倭、回構釁。三月華林思馬射，千秋金鑑表人倫。嵩生嶽降非無意，補衮端須社稷臣。

琴南過遺園訂看荷之約

面壁功難學坐禪，機心息去且隨緣。不才得志原非福，無病能閒即是仙。紅研花光浮院落，緑宣樹色滃窗前。茗談更起看荷興，薄俸偏儲買醉錢。

琴南招集香花墩

行廚雅製碧筩新，簪盍忘形孰主賓？徑僻鳥喧陰過樹，水香荷净霽無塵。虚堂謖謖瞻遺像，韻事寥寥話故人。謂馮魯川。欲撥菰蘆頻盪槳，夕陽時已下城闉。

琴南以孝肅祠即事詩屬和

末躬嬰世網，終年城府游。睚眥集怨恚，談笑含陽秋。生來蓬蒿人，强厠冠裳流。趨熱違本心，嘯侶同探幽。

積雨草没路，新晴秧分田。城闉隱初日，村墟暖輕煙。林僻鳥逾歡，荷烘水欲然。包家聚族居，力耕子姓賢。

飛觴竟忘醉，打槳翻嫌遲。觸景憶舊游，狂吟故交詩。君今來判符，風雅皆吾師。吁嗟安静吏，食福民不知。

島夷互争市，回紇煽邊塵。救時乏長策，讜論思前人。瓣香肅音容，稗説多失真。碌碌鄉里間，愧此頑懦身。

祁子和 世長 學使按廬下訪

衮衮諸公姓氏新，蕭然一老樂清貧。此邦風俗今殊昔，不謂君侯解問人。

送小裕之邗江寄子箴都轉

雲陰銜落日，鳥語破幽林。曲沼波痕長，空堂雨氣深。故人將判袂，舊夢觸題襟。莫漫愁焦尾，知音待斫琴。

小作淝濱客，重游揚子津。附聲鹽鐵使，應憶草萊人。别酒治無及，離懷老更親。片帆何日到，好爲寄音塵。

苦熱和琴南韻

蔽竹尋常畏友朋，何堪塵市觸炎蒸。黍民擾擾焉知足，麻客營營更可憎。夢穩桃笙宜北牖，人來瓜地話東陵。家風卻愧王思遠，喜對君心一片冰。

秋槎郡守以喜雨詩索和

莠盛禾苗日漸衰，眼看旱魃苦難支。神功稍慰三農望，國手思將百病醫。恕我佯狂頻入座，遭時忌諱罕言詩。無端秋興因君動，墨汁分香到硯池。

秋槎詩來適卷石山房新成和答

隙地新將曲榭支，四圍樹色暗垂罳。廊空得月池能養，山小於卷石可爲。香送檐花欣破靨，根移岸柳禿生髭。連宵好雨消殘暑，看到秋光未覺遲。

園林屏迹日窺樊，捫蝨當年悔放言。不分雷鳴驚瓦釜，何須垢汙濯金盆。庭闈笑語安眠食，堂構艱難示子孫。願學任棠常伏户，敢云養拙布衣尊。

七夕雨疊韻索同人和

瓜果堆盤花繞樊，良宵心事向誰言？金仙辭漢雲隨輦，玉女妝秋雨洗盆。牒溯真靈懷帝子，圖成富貴乞天孫。自憐下土臣原拙，再拜陳詞進一尊。

柬秋槎疊前韻

愛聽民歌樂不支，魚懸舊廨隱罘罳。盛名近日真難副，廉吏惟君尚可爲。氣斂冰霜春有脚，形勞案牘雪生髭。多慚賢守稱高潔，一榻塵封到每遲。

懷吴伯華 毓芬 廉訪

雨霽湖濱露遠峯，高秋遥憶故人蹤。請纓曾試屠鯨手，抱甕翻偕種菜傭。底事壯懷甘寂寞，側聞時論尚中庸。君家近傍朝霞寺，悟得參同道氣濃。寺爲魏伯陽煉丹處。

兩朝世德契先賢，爾我周旋四十年。誰信平生爲至慎，漫從衆口亦呼顛。身經虎穴攖多難，夢醒蝸廬笑獨全。舊友於今同調少，臨風三復角弓篇。

九日偕琴南贊侯登奎星閣雨望用少陵韻

雲樹粘天野色寬，江樓話雨且追歡。客途此日宜拼酒，濁世何人解挂冠。皖口千峯殘霧隱，城頭萬瓦暮煙寒。一聲過雁增秋思，歸去安園把菊看。西林宫保招看菊。

次日邀胡稚楓 志章 司馬黄襄男 長森 大令作展重陽未果復同琴南贊侯

登江樓茗飲

山城高聳瞰江流，有約重尋舊酒樓。二客衝泥難著屐，一甌煮茗謾吟秋。西來明月招黄鶴，東下滄波泛白鷗。貪看九華歸去晚，沿街燈火起更籌。

練潭題壁

消盡輪蹄夢未醒，拂衣又過短長亭。潭光依舊清如練，看到楊枝眼尚青。

早發練潭

唱罷鷄聲曙色分，郵亭霜氣散朝曛。柳煙遠浸平湖水，松翠濃收半嶺雲。晚稻登場農事亟，大官馳驛羽書紛。豚醪秋賽桐鄉長，猶有循聲後世聞。

桃溪阻雨

無分車前列八騶，五湖曷不櫂扁舟？鶴軒鴿舞衣冠笑，馬去牛來風雨愁。積潦徑連鵲尾渚，濕雲低冪蜀山頭。一壺村酒頹然醉，臥聽寒更報曉籌。

晚尋赤欄橋遺址

一天落葉雨瀟瀟，瘦盡西風柳萬條。閒把新詞歌白石，消魂晚過赤欄橋。

過張園看菊

種菊編籬界短垣，昔年同到范家園。一尊不盡滄桑感，三徑重歸爾我存。茆舍棲遲欣對宇，花時過從屢敲門。與君更訂明秋約，分取寒香護石根。

霍邱劉竹溪德瑛通守過飲

秋老林容瘦，天高月色新。共拼黄菊酒，難遇素心人。意氣傾流輩，行藏問此身。興酣據危石，抵掌話星辰。君精天文。

小亭漫興

劫灰鍊就苦吟身，喜怒焉能强徇人？久已石頭防路滑，西風起處怕揚塵。

世事隨緣莫妄求，小亭新構署三休。東山晴翠西山雨，醉把茆柴日日游。

誰信吾生未有涯，石欄種竹補栽花。素交遠隔秋雲外，閒眺荒城數暮鴉。

喜得張少山書

自憐豪氣漸消除，渦水迢迢久索居。社酒緑傾朋輩少，園花紅綻劫灰餘。思君雨後看明月，忽爾風前展素書。難得老懷多樂趣，兒孫重話舊門閭。

莊子封招同李秋槎郡守吴琴南通守姚鳳泉清祺大令方言五廣文沈子丹桂分轉潘萼樓世芳文學作消寒會仿少陵飲中八仙歌用原韻

莊叟設醴張瓊筵，燭花濺雪紅欲然，掀髯談笑輕凌煙。子封。方子卜宅東臺前，春風萬柳圖争傳。小山招隱思神仙，瞢騰鄉夢牽歸船。言五。潘生耽飲偏忘眠，目光炯炯繙殘編。萼樓。沈郎兼參玉版禪，食品羅列方丈前。子丹。延陵訂交十載前，一官蹭蹬如登天，醉鄉覓句幾忘年。琴南。清貧太守中州賢，治行力追黄潁川，饞來愛酒不愛錢。秋槎。姚侯美政繼通泉，醒時判決猶流涎。鳳泉。遺園自樂壺中天，寵辱不驚穩醉眠，得酒還須數百船。

姚鳳泉主消寒第五會以包公鯽餉客

使君治國似烹鮮，品味尤深名士緣。食指嘗來應一笑，居然魚夢叶豐年。

沈子丹作消寒第六會分詠醉蟹

漫道文章入夢奇，醉鄉風味幾人知。鰍生恐被蟛蜞誤，願續東坡戒殺詩。

除夕有感

忽遇朝正使，驚傳縞素新。星芒寒貫日，上一月朔，金星貫日。風色慘回春。先一日立春，是夜西北風暴起。暗灑編氓淚，思安社稷臣。皇圖聞繼統，中外頌宣仁。

餞歲口占

杯盤餞歲燭花圓，塵夢蹉跎五十年。煨芋爛羊同嚼蠟，閒中有味是青氈。

乙亥元日

元年春正月，寰海詔書馳。負扆陳王業，垂簾示母儀。安危需將相，恩信戢蠻夷。懿訓藏金匱，臣民喜共知。

人日和琴南韻

天許閒情付老公，占來花信幾番風。氣回凍雪澌新緑，手種疏梅孕舊紅。已踐上春寒料峭，又看初月影朣朧。此時不醉愁難遣，自畫爐灰倒酒筒。

早春懷西林制軍粵東

相思何處寄郵筒，巖谷傳聞有異同。夢醒嶺梅霏玉蝶，愁牽江柳唱黄鸝。酒中拓戟曾呼月，海外飛輪想禦風。自昔懷柔多遠算，好教南服靖兵戎。

子封以故友湯樂民禄名分轉舊作梅竹雙清圖索題醉中感賦樂民爲貞愍公季子。

男兒生不爲龍或爲狗，謂張狗、董龍。賺來金印大如斗。圖陳富貴炫人間，舐墨貢諛咻衆口。走也天生率爾人，詭時無術言難苟。名場落魄鮮知音，酒地逢君稱至友。去冬持畫促我題，幾番閣筆愁拈髭。琴隱園中塵夢醒，春風草緑長干堤。君仍旅食鬢漸白，披圖面目休猜疑。前身後身猶故我，今雨舊雨同相思。朋儕聚散鴻留爪，棋局紛紜看未了。鵂鳴於邑鳳在筊，蝨語鼠憂徒懊惱。還君此幅爲君歌，萬事浮雲一笑好。淡交愛結歲寒緣，他日子孫須永保。

秋感柬琴南

皖江客歲記同游，選勝時尋舊酒樓。北里笙歌驚短夢，西園風雨又深秋。摩空金翅翻罹網，戲水陽鱎誤食鈎。已届登高怕南望，海天無際暮雲流。聞西林宫保、朗西等被議。

静坐

冥坐學無生，忽得大自在。未來莫妄思，過去休追悔。衣冠苦桎梏，形骸笑傀儡。蝨隱宇宙間，彈指歲月改。我有真實相，湛然叩元宰。萬法本觀空，何物作對待。養此虚靈心，精進慎無怠。

閲指月録適琴南詩至答之

兀坐蕭齋塵慮息，一編破睡獨參寥。黄花寂寂秋將晚，白酒醺醺意也消。月影到窗清晝水，風聲過樹静含簫。此中禪味爲君語，何用機鋒别豎橈？

秋槎郡守招同人作吟秋會

秋風洗天天氣寥，木葉乍脱羣峯高。長空征雁遞霜信，吟秋老去心無聊。荒園日涉自成趣，閉門習静塵緣消。晚鷄破夢聽剥啄，忽來一紙相招邀。府主守廬近三載，官聲藉甚超凡曹。窮氓欣欣究安宅，健兒懔懔私藏刀。年豐人和政多暇，凝香掃榻延賓僚。摩挲碑碣別僞體，品評絹素忘深宵。是時重九節始過，温涼氣候侔花朝。冰蟾漾水白入户，蠟鳳吐焰紅騰霄。座中莊叟善發難，酒闌吴質偏先逃。怪民狂肆鄒衍口，衙官笑折陶潛腰。禮法豈爲我輩設，清貧饞守毋譏嘲。朋簪歡會興不淺，更須排日傾芳醪。離騷誤解漫詠菊，爾雅未熟愁持螯。采風問俗今有幾，小言獻替同芻蕘。文章自古關政治，堯天亦誦康衢謠。

子封招作吟秋第二會分詠落葉限漁洋秋柳韻

秋聲在樹攪吟魂，何況蕭蕭葉打門。慘緑年華羞顧影，題紅心事了無痕。三槐自昔陰連屋，萬柳於今水抱村。萬柳亭在箏笛浦，今圮。試向南柯尋好夢，閒來煮茗與誰論？

青黄相間染新霜，斷蓼枯萍滯一塘。幾處寒砧催暮景，長年遠戍檢行箱。道旁易感征西

將，宅畔空詢異姓王。萬紫千紅紛過眼，當時花萼自名坊。余家老宅曰『花萼坊』。綺懷棖觸哀蟬
十圍曾記粲林衣，盼到庭柯悟昨非。明月巢空烏亦老，西風巷冷燕還稀。
曲，瘦影翻疑倦蝶飛。最愛讀書秋樹下，孟家兄弟樂無違。
賦成枯樹劇堪憐，多少良材誤爨煙。老去楓人偏著錦，呼來蘆士共披緜。歲寒已分辭榮
日，暑暍常思託蔭年。仙李碧桃天上種，不愁搖落五雲邊。

招同人作吟秋第三會即餞子封歸震澤

小園數畝傍廛闤，結社吟秋藁屢删。拗几茗香閒就菊，穴亭林影笑遮山。偶因秦痔疏朋
酒，老戀吴音返故關。想道垂虹柑味好，早偕玉蝶帶春還。

卷石山房夜坐

夜静月光寂，庭空霜氣清。枯枝得禪趣，瘦竹作寒聲。羣動一時息，孤懷百感並。瓦爐燒
柏葉，兀自濁醪傾。

感事與子箴才叔同作

一自乘槎犯斗牛，當年鑿空便封侯。豸冠待入鮫人室，龍節高懸蜃氣樓。天上衆星皆北拱，地中弱水漫西流。條支身毒皆王土，省識堯封徧十洲。

滇池八百起狂瀾，猶幸軍中有范韓。萬里梯航工間諜，一時槃敦强交歡。漢家銅柱標新息，朔漠氈廬擁可汗。從古要盟天弗祐，昂藏倚劍髮衝冠。

珠海波翻颶母雄，鬣帆來往太悤悤。摴蒱誤作籌邊計，寮寀愁開告訐風。底事不除庭草緑，可憐未到榜花紅。長安棋局紛無定，失馬寧非福塞翁？

雀伺螳螂兀捕蟬，笑他傀儡一絲牽。鷸蟲得失尋常事，鷸蚌紛争不解緣。已分褫鞶仍對簿，那圖罹網更張眷？桃僵李代由來慣，塵海茫茫莫問天。

題何蝯叟詩草卷子箴才叔同作

偶檢鴻泥迹，樽前不忍看。龍蛇勢飛動，冰雪語清寒。真意紓肝膈，高文壓帨鞶。夢園徵故實，莫使蠹魚殘。

昔年清燕堂，種竹兩三行。一自伊人去，空令過客傷。薄寒今夜雨，鏖戰舊詞場。把卷情何極，壺園共斷腸。

詩孫好兄弟，聲譽滿京華。繩武應無忝，思君未有涯。酒闌燭花灺，歌罷斗杓斜。藁本人難識，縱橫儼篆蝸。

解后逾三月，追隨杖一枝。社從消夏闢，句以狀雲奇。回首都陳迹，流風繫我思。東洲渺何許，遺墨尚淋漓。

綺香吟窩小集

紅橋月色二分新，似此良宵劇惱人。小隔愛河頻顧影，才飛玉笛暗生春。戲拋鈿合花容笑，誤觸簾衣燕語瞋。欲載桃根共桃葉，肯教墮落在風塵？

雪夜放晴同人觴於才叔宅

玉屑霏殘月吐牙，珍珠一串滚琵琶。纖腰漫舞風前柳，老眼愁看霧裏花。省識鍾情原我輩，不妨攜酒醉君家。當筵棖觸壺園夢，新樣雲鬟未覆鴉。

留别唐俊侯軍門

閩海歸來戰績新，邗江解后意何親。旌旄壯擁三軍帥，雲鶴閒游一散人。劍膽輪囷狂起舞，酒懷澒洞氣先春。多君好客思投轄，歲暮高堂暗愴神。

子箴留余度歲詩以謝之兼别諸吟侣

小别鄉園歲已殘，一天雨雪滯江干。清香畫戟朝排燕，絳蠟消金夜忘寒。漫笑吟壇軍屢却，誰知游子夢難安。明年早放邗溝櫂，官閣題襟續舊歡。

十七夜同人復餞於綺香吟窩有贈

玉山頽處酒觥乾，嗚咽簫聲漏漸殘。蠟淚堆紅霜似雪，鬟雲香暖不知寒。

曉風殘月調翻新，雙燕低回意更親。玳瑁梁空烏巷冷，倦飛我亦擇巢人。
翻愛雛鶯學語遲，酸情生恐老鴉知。明年重畫旗亭壁，笑倚東風認舊枝。

晚泊瓜州

推襟送抱去還留，怕聽離歌醉放舟。柔櫓咿啞香夢覺，半帆斜日到瓜州。

過黄天蕩

飛礮沿江暗築臺，眼看番舶逆風來。昨宵醉演蘄王劇，欲向勾欄覓將才。

小軒訊余紅橋之樂歌以代述

艤舟欲别苦難行，邗水勾留太瘦生。拇戰詐輸愁縢酒，眉言誤會笑嘗羹。迷離花月簾前影，縹緲筝琶夢裏聲。莫謂司勳多繾綣，江湖落魄强娱情。
璧月新詞愧末工，香塵拂處勝紗籠。春來緑葉成陰易，老去青衫失意同。買醉儘消胸磊塊，卻寒漫倚肉屏風。雛鶯舞燕情難遣，等是嗷嗷待賑鴻。

舟中懷人

孤櫂隨飛鳥，炊煙起下關。夕陽殘雪影，閒畫六朝山。陳種之大令爲余作畫。

爲訪皇華使，論文老更親。獨將冰雪味，同證苦吟身。郭樂山學使別已廿年，論詩頗異時趣。

笳鼓喧前夕，紆回浦子城。黄封新賜酒，留待故人傾。吴小軒遺材官候於江干。

苦憶消寒會，吟情寄野鷗。江潮如有約，流夢到邗溝。方子箴留作銷寒會。

萬竈貔貅静，歡呼揖客來。荒寒風雪裏，懷抱暫時開。唐俊侯邀余下榻五臺山。

莽蕩黄河岸，貧交别更難。長途侍眠食，遥爲祝平安。西林宫保奉母回京，送至王家營。

偶過元龍里，圍爐喜接牀。縱談王霸略，不減舊時狂。張振軒制軍僦居寶應，主其家。

唤醒生花夢，揮毫錦瑟傍。秦淮數吟侣，赢得鬢毛蒼。叔平大令二十年前訂交白門。

老啖神仙字，窮耽金石緣。顛毛都落盡，忍餓校遺編。齊玉谿文學近刻尊公梅麓司馬遺詩。

曾攬平山勝，因尋養志園。階庭森玉樹，不羡鶴乘軒。于漢卿太守築養志園奉母。今秋，長君貳之登賢書。

夜放珠湖櫂，侵晨訪邵南。隱居娱菽水，壯歲即抽簪。董策三主政篤行力學，居甓社湖傍。

熟讀煙花記，紅橋老寓公。風情渾未減，低唱枕痕紅。汪龍溪贊府，雲壑先生孫，善花卉，尤工度曲。

倜儻名家子，無爲嘆路窮。才人多晚達，誰敢薄雕蟲？管才叔茂才爲韞山侍御曾孫，工筆札。

重讀蕪城賦，詞場興未衰。風塵揩倦眼，愛爾獨清才。朱曼君茂才甫弱冠，工駢文。

記送城南别，吟髭撚斷無？揭來衆香國，乞補豔禪圖。蓮溪和尚爲繪紅橋送别，復倩圖香國參禪。

料把金錢卜，江干滯遠人。倘教風信轉，喜見歲華春。祀司命後二日歸舟。

除夕大雪泊黄雒河

百里鄉關盼去鴻，歲闌有客寄蘆中。推篷雪影連江白，隱几花光暈酒紅。水市競隨孤艇渡，睡鄉渾訝一壺同。計程已近濡須口，穩送歸帆乞便風。

丙子人日過東關

亂山環塔影，曉市有人行。岸柳蘇春意，河冰裂凍聲。賽神村鼓急，獻歲酒旗迎。倚劍論兵地，西平舊列營。

閲揚州畫舫録有憶

桃源仙境費疑猜，飯熟胡麻客到纔。愛爾添香宜暖玉，小時詠絮解憐才。春風荳蔻相思早，野水菰蘆入夢來。記向紅橋尋畫舫，良宵邀月共徘徊。

書俊侯平臺記後

峨峨節鉞建澎臺，簡命新從天上來。試向義門徵祖訓，百年雍睦作人才。君家五世同居。

鐃吹新聲響裂雲，夷歌蠻舞拓奇聞。艱貞十載成兄志，淚灑戎衣述舊勳。令兄宫保忠壯公殉難德安。

裹頭昔日賦從征，解甲欣看大難平。花柳連村鷄犬静，春風黨序育羣英。君創義塾。

祖識頻將酒令申，竹西記醉甕頭春。祝君燕喜膺多福，張仲原爲孝友人。

巢湖舟中懷穀甫

遠岫沈寒日，長風起夕波。林陰猶帶雪，沙陷欲成河。近市帆檣集，巡更雁鶩多。故人隔煙水，愛誦姥山歌。

夜泊中廟

岸舫猶吹笛，湖燈乍放明。雲飛天倒捲，浪擁月橫行。買醉玉壺碧，迎神水調清。上元知漸近，環珮下瑶京。廟祀聖妃，姜白石有滿江紅曲。

挽琴南用少陵韻

戎馬艱辛地，論交君最深。遲回施水櫂，淒絶廣陵音。未遂抽簪願，空懷種字林。十年淪宦海，高誼渺分金。

沈疴欣小愈，暫別向君辭。不料分張日，翻爲永訣時。蟾圓頻入夢，蛛網舊題詩。一束生芻奠，魂歸鑑詠詞。

與子封論詩

星宿羅胸別僞真，興酣造語更驚人。半生憂樂緣家國，萬感蒼茫動鬼神。悟到羚羊空有迹，雜來蛙黽問何因。和聲欲奏鈞天樂，不數鐃歌頌白麟。

感事疊前韻

入世翻嫌意趣真，每援古事證今人。枌榆俎豆須從實，正直聰明始謂神。異代禮官忘舊典，吾鄉十公祠祭舉行者少。當場土梗昧前因。翩然競學山鷄舞，不幸非時尚有麟。

前詩有誤會者解之

杯影弓蛇楦飾麟，疑團釋處笑無因。公卿脱略多忘分，文字交情信有神。應許斯民行直道，從知取友必端人。平生不作攣拘語，瀝膽披肝自率真。

再疊前韻柬子封

休學陶公醉任真，而今緘口事金人。園題離垢羞充隱，文畔牢愁强耗神。少壯已嘗甘苦味，見聞頓悟去來因。呼牛呼馬隨時好，獨向仙洲訪鳳麟。

夢琴南過飲海棠花下

我欲鞭鸞更跨麟，上窮閶闔叩前因。淡交不信今爲鬼，狂態依然妙入神。幾日春江歸素旐，二分明月弔詞人。海棠花底頻呼飲，夢覺方知已反真。

過李文定相國墓有感

麥秀漸漸冢臥麟，高門蘿蔦舊相因。文定與余家有連。數傳子姓偏忘祖，有持文定告身干時貴者。過客低徊暗愴神。鄉國於今多變局，乾嘉而後幾完人？峥嶸史册難徵信，輿論雖輕或有真。

偶閱新聞紙書慨

斷爛朝章守絶麟，闇修早已慕劉因。民喦可畏甘爲鬼，天鑑難逃願質神。不貴西戎供異物，但祈中國獲仁人。康衢擊壤安耕鑿，溷迹塵寰自保真。

接曼君揚州書

似爾清才少，開函別恨深。鶯花催放櫂，鴻雪記聯吟。白酒銷塵慮，青山淡客心。緬懷廣陵散，人世幾知音？

題左幼宇 璹 大令定宇封君繞膝授讀圖祝九十壽

圖懸景慶敞瓊筵，雅曲宜賡積善篇。花縣欣逢天上客，君由庶常改官。板輿驚訝地行仙。古懷醞釀詩書味，和氣涵濡福禄緣。醉倚琴堂瞻壽相，傳家亦愛舊青氈。

章春泉 盛瀾 廣文過飲遺園

閒訪荒園笑啓扉，塵襟初拂接清暉。開樽喜見名花放，負米新從遠道歸。薄具盤飧慚夏屋，偶偕童冠試春衣。歡場儌逐聊隨俗，數到知音世竟稀。

眼詫諸公衮衮過，一官獨冷奈愁何。即今造士蘇湖少，從古論才學校多。溷迹誰甘謀苜蓿，潔身我欲蔽藤蘿。逍遥津畔呼魚隱，常伴鷗鳧看浴鵝。

質樸如君邁輩流，憐余逸興寄滄洲。一枝愧比三高宅，六葉空懷萬卷樓。先商河公築冰翠堂，藏書萬卷。竊負虚名侔畫餅，久欽試藝悟捶鈎。兒曹好侍皋比座，説法能教石點頭。余命猶子受業。

宿雨初晴衆緑生，晨光穿樹鳥呼名。長鬚咋索遵僮約，短尾詼諧狎世情。愛擁百城辭著作，欣開三徑擬元卿。年來小亟翻疏客，同志何妨屢叩荆？

醉中屬雲屏作猫趣圖

絹素經營善寫生，徐黄筆妙舊知名。一猫隱几微含笑，衆雀争枝似作聲。春去花飛愁過客，風吹水皺恨干卿。旁觀那識閒中趣，醉後披圖悟物情。

答袁石補紀柱通守兼呈子封

飛花闃寂春無言，庭陰散緑禽聲喧。壺中養拙有真趣，静觀萬事窮根源。米鹽鱗雜百不理，忽聞叩户抛書起。傳來新句頌端僚，慚負虚名稱浪士。濡須舊塢通江濤，當年轉漕屯糧艘。黄雒河通守兑糧處。王程定限日鞅掌，帆檣雲擁倉陵高。一從番舶趨遼海，閒煞題輿好風采。故交化鶴悵何之，斷楮零縑今尚在。謂吴琴南。君耽章草手筆調，評書自得殊囂囂。偶然落墨試棐几，黄紬睡覺愁無聊。荒城雨過喧蛙部，放罷晚衙亂更鼓。隔牆就我暫追歡，煮茗留賓同論古。寄言莊叟毋嗷騷，天公本意閒吾曹。狂泉舉世人争飲，願築糟邱作酒豪。

送春日與子封同眺小亭有懷言五

荒池雨過水潺湲，新蔭遮亭緑抱山。記得十年勤種樹，石欄坐處蘚成斑。

晚聽林鳩呼雨聲，懷人愁對遠山明。熨湖柳色濃於酒，野酌何須辨濁清？

將游焦山子封用少陵韻餞之奉答兼招賞酴醾

我愛焦巖極蕭爽，緑陰化水和雲長。會當息影結禪緣，塵事拘牽空鞅掌。往年客路屢停橈，佛徒招我同延賞。海門形勢控江天，鐵甕城高排甲仗。蜃市胡爲凌浩蕩，中流狂嘯敲魚榜。爪泥君亦證游蹤，夢境怦怦繫心上。人生行樂宜及時，花飛絮落增春悲。正須絲竹暗陶寫，朋簪歡聚吾何辭。山林鐘鼎都命定，彼蒼位置原無私。開尊醉罷荼蘼酒，去叩瓜牛覓舊詩。

子封石補邀往鄭立峯海鰲軍門南園看米囊芍藥

誰把繁英月下栽，南園幾度看花來。療飢真作長腰米，願祝春風徧地開。

賦到將離欲遠游，簪花且喜聚朋儔。一杯婪尾風前醉，傳語東君可暫留。軍門將赴天津。

喜接縠甫書

掃榻期君至，書來許見過。有時聞鵲噪，失喜眄庭柯。世競呼聱叟，禪應悟老婆。黄壚曾共飲，可憶舊吟窩？

答劉會庵 嘉亭 州倅

小園咫尺訝初來，買得新篘甕乍開。掃徑迎門忙倒屐，看雲據石愛登臺。監州亦可通民瘼，充隱原無濟世才。且喜今宵同聽雨，簾波花影醉徘徊。

午日憶子箴寄盧陽倡和集索敘

別離輒作數日惡，惜少絲竹爲陶寫。矧余與君抱吟癖，卅載素交情難捨。入夢有時聚一室，相思無那傾三雅。狂奴玩世罕俗緣，風塵骯髒知音寡。何劉沈謝暗摸索，倡酬卻喜聯同社。煙花遲我至揚州，偃臥遺園春去也。盧陽壇坫不寂寥，仰企題襟追作者。彩毫低詠海棠巢，樺燭高歌牡丹下。誇多鬥靡亦奚爲，力主性靈黜妖冶。一編繕進昌黎門，上下雲龍逐東野。黄梅雨過江漲鮮，定泛紅橋袂共把。重來消夏結良朋，揮箑鬮題汗珠灑。榴花艾葉又經年，醉疊紅箋愁思惹。

答焦山僧芥航即次寄懷韻

雙峯入夢清如水，萬木參天緑化煙。中有蝸廬竟何處，世傳鶴冢不知年。歸裝曾遺名山志，退院聞參浄土緣。斷爛葛藤漫饒舌，遨游我欲挾飛仙。

寄懷胡稚楓泗州即次舊贈原韻

我生掉鞅詞場卅餘年，終朝兀兀錯把心血和愁煎。小時放膽慣摹寫，抑或得意忘言筌。孑孑獨造若已獲，依然糟粕侔陳編。渺兹一卷石，渴比一勺泉。太息忘羊向歧路，如何釣鯉居山巔。元音未聞播韶濩，繁響一任嘲蛙蟬。自從壯歲間關戎馬閲世變，得與海内老宿奇士常周旋。酣歌金戟聊自適，苦吟飯顆知誰憐？皖伯臺端逢君霜髮已盈顛，稠人座上拍手大笑呼王宣。南華真經校訂頻示我，君校南華經。十年姓氏早重青瑶鐫。衝泥戴月數晨夕，興來命酒愁無權。愛邀黄九鄭十八，謂襄男、贊侯。曼歌斗室聲相連。瀕行贈我奇麗之長句，烏闌細字繕寫金花箋。君才不世出，餘技傾時賢，簸揚翻讓糠秕前。一行作吏登上考，片言折獄如轉圜。歷陽舊治臨江天，泗州古塔藏靈仙。君曾權和州。但教簿領日閒暇，朗吟風月壺觴邊。賤子判袂忽忽又三載，虚聲駭俗作賦同鳴蛇。遺園屏迹罕塵事，離索補和求友篇。秃千兔毫筋力茶，磨百螺墨手指胼。狂言代柬急付雙魚傳，榴花時節知君定有清歌妍。

和毅甫韻兼促裝 省三招游南嶽。

城鄉非遠隔，蹤迹太相疏。已過三春日，空來一紙書。精廬幸無恙，毅甫被火，書卷尚存。目力近何如？灊霍探靈勝，須乘薄笨車。

憂旱柬秋槎郡守用少陵韻

噫吁嚱！我心煩鬱作歌以告哀，貪風暴氣釀成旱象榮樗才。淝津久涸澤已竭，斗門長塞誰爲開？金斗門未開，故患旱。密雲不雨空低徊，譌言入境流若水。近傳翦髮之説，小兒皆畫符藏髮際。智者審機慎所履，四郊極目慘黄埃。一飯關心憂赤子，爲語我公民憊矣。

偶得上元寧櫟山先生殘詩即貽王水樵 廷基 少尉

水樵爲先生彌甥。先生冢孫景莊 惟德 茂才耄而好學，弟輩從之授經。孀媳孤孫，亂後無存，感賦。

清宵茗碗漏聲長，觸撥孤懷話老蒼。塵海愁消閒歲月，家園劫换小滄桑。乾嘉文采推先輩，蟫蠹叢殘寄一囊。爲語仲宣勤護惜，摩挲手澤憶中郎。

言五以詩寄懷依韻奉答

一雨潤几席，纔交黄梅時。午鷄忽破夢，卷幔來輕颸。行吟步迴廊，池水生漣漪。此地君舊游，壺觴共酣嬉。君今家淮壖，音書遠相遺。禽鳥屢變聲，喬木争敷蕤。潛玩養生篇，閒賦招隱詩。高門競朱履，所樂惟縞綦。予也飽憂患，廿載同襟期。昔爲席上珍，今爲林下緇。用舍本天定，言論殊時宜。努力崇踐修，庶免後世嗤。

紀異

莫剪毛，莫剪毛，翦毛婦孺多驚騷。以紙肖人人不見，尖風刺骨輕於刀。驀然髮毛落數寸，頭摇目眩身逾困。傳來奇字貼門前，符亦無靈空恚恨。兒童帕首額覆黄，網巾駭俗翻新妝。官民咄咄稱怪事，大江南北胥風狂。吁嗟妖人爾非中朝之赤子，胡爲愛錢不怕死？欲窮奸宄絶根株，民口難防如遏水。君不見，異端惑衆有明示，堪笑狙公忽三四。我勸爾曹毋匿邪，力行正道心靡他，妖術應憐百姓家。

書子封寄沈經笙協揆尺牘後

誰向山中覓養和，一枝隱背卻愁魔。大臣自有權衡在，處士無端感慨多。妄想補天徒鍊石，憤來斫地且悲歌。迢迢尺素關時事，莫使浮沈付逝波。

喜雨柬左幼宇大令

連朝祈禱隱愁容，忽見雲陰冪遠峯。旱魃潛隨妖氣滅，時有翦髮之事。田歌歡雜雨聲濃。但期案牘無留訟，更勸編氓盡力農。我爲使君先作記，底須虎骨起潭龍？

丹徒李生文瀾茂才爲録遺園倡和集將赴試江寧口占勖之

落拓名場愛雋才，風塵老眼爲君開。倡酬偶學松陵體，誰識人間一怪魁？

莫向風塵作散才，杏林好傍日邊栽。卅年前閲登科録，曾見君家有大魁。謂雨人殿撰。

合肥市哲學社會科學規劃項目
安徽大學『雙一流』建設項目　資助
安徽省古籍整理出版辦公室

安徽古籍叢書

黃山書社

合肥三怪集之二

王尚辰集

下

〔清〕王尚辰／撰　郝紅暖／校點

王尚辰集之三

謙齋三集

自敘

三集乃五十以後所作，漸趨平易，惜欠精實，不獨力單，終嫌味薄，緣多酬應之篇，兼有愛好之病。矧學無根柢，醞釀未深，年逾古稀，徒增愧嘆。昌黎云：『可憐無益費精神，有似黄金擲虚牝。』枉作詅癡之符，甘貽覆瓿之誚已耳。

光緒乙未秋九，遺園老人自志，時年七十有一。

五峯雜詠 自戊寅至丙戌

戊寅重陽前一夕夢偕仲弟侍先慈觴用右丞韻

風雨殘宵驚夢醒，一燈形影暗相親。明朝又是重陽節，看到黄花憶瘦人。丙子七月先慈棄養，今年四月仲弟又没。

書晉豫流民圖後

斗粟鈎金强濟貧，披圖鐵石也酸辛。我生何幸常温飽，愧對流亡晉豫人。

己卯春日感事

懸魚廨久廢，鳴琴堂非古。猘猘瘈狗噬，捷捷沐猴舞。漁利競錐刀，跬步絆網罟。雖云世議隘，惟願國計補。治道貴安静，表正誰取侮？自來循良吏，深念疲氓苦。噫吁嘻！荆榛刺眼手無斧，説蹠不行且諸虎。

宫農山觀察歸自秦中於荆山築環翠閣落成徵詩

芒鞋記踏舊莓苔，抱璞巖前識異才。上郡謳歌知政美，君守延安。名山結構待君來。林藏鳥語穿雲出，帆轉城陰傍檻開。遥想嘯歌圖畫裏，何時攬勝共銜杯？

聞子箴自成都至揚州

萬里橋邊木葉紛，計程此日更思君。豸冠未許持孤論，麈柄還期廣異聞。歸櫂醉尋邗水月，種松閒憶蜀山雲。君寄居處。卜居曾有當年約，溷迹漁樵辟世氛。

紀　事 十月六日城中被盜。

城禁森嚴慎閉鍵，負來户版競高懸。麗譙燈影霜如雪，寒柝更深月墮煙。暴客偶忘巡徼警，足民益信長官賢。更聞鹽鐵頒新令，爲語窮檐莫怨天。

雨霽招山長林遠村之望方伯王秀峯峻刺史章達夫如璋廣文暨里中諸子小集遺園

秋深三徑未全荒，練日迎賓萃一堂。紅葉聲中閒讀畫，黄花影裏笑飛觴。罔談胠篋干時忌，時院中被竊。甚欲踰垣學古狂。惆悵江天老饑鳳，夢回阿閣憶朝陽。

雨晴山翠瀲湖光，小閣凌空起夕蒼。萍水愛邀猿鶴侶，巾綦雅稱薜蘿裝。任將禮法鄙嵇阮，自有清言契老莊。雪際探梅須踐約，消寒臘酒已先藏。

秀峯索題鍊丹圖

獨坐空山老鶴羣，飛泉默向静中聞。舐丹不少閒鷄犬，笑看爐煙又化雲。

孤雁

孤征旅雁自隨陽，劃破鴻蒙闞大荒。對月偶偕雙鶴舞，呼風不逐亂鴉翔。飄飄一羽雲霄迴，落落三秋道路長。爪迹難尋矰繳遠，獨矜毛骨鍊冰霜。

答任畹香 蘭生 觀察

天子不得臣，諸侯不得友。古來辟世人，到今稱不朽。走也樗散材，邱園貞素守。多謝名公卿，章紱未敢受。循良兆麟鳳，斗筲粥鷄狗。同游化域中，氣類覘所偶。遴才大匠心，虚聲處士忸。願公學龔黄，吾甘師木柳。

與吴小軒別五年矣郭甥瀛槎自浦口歸小軒屬買舟邀余東下先寄懷

頑陰釀雪氣蕭森，天外賓鴻送遠音。彈指五年穿望眼，側身四海幾知心？皖山隱隱愁雲沍，謂果敏公。邗水迢迢落葉深。謂方子箴。尚有敵臺堪坐嘯，片帆計日到江潯。

將出游題遺園壁

百年瞬轉一風燈，誓墓予生愧未能。肝膽向誰彈短鋏，雲山有約裹行縢。檢來書卷愁無語，捧到杯棬唤不應。記否鮮民曾負米，江干重過淚沾膺。

臘酒香濃餞一卮，小園懶別故遲遲。隔谿凍萼含春意，曬日霜禽戀舊枝。行李隨身無長物，雛孫學語問歸期。看余腰脚今還健，笑指門闌好護持。

宿昭關 十一月二十五日。

歲序殘冬逼，輪蹄底未閒？凍雲棲遠浦，寒日墮荒山。失路英雄憤，勞生鬢髮斑。迢迢兒女夢，今夜宿昭關。

浦口軍中小軒招同張廉卿裕釗舍人晚飲

路轉峯迴浦子城，旌竿交錯尚連營。憂時無那肝腸熱，讀畫俄驚歲月更。觀小罔川圖〔一〕。日落龍江停估舶，風回駝嶺裂冰聲。時開朱家山河。新知更有張芸叟，相對無言酒細傾。

夜過揚州訪子箴出示近作

孤舟雨雪急宵征，握手拼教百感並。夢醒春婆驚過客，醉邀橘叟遣愁兵。倡酬曾記題襟館，拉雜翻成變徵聲。看到燭花紅似錦，氈爐閒話不勝情。

岷峨小別又經年，撚斷吟髭雪滿顛。簪筆昔爲天上客，種松今作地行仙。忘機花鳥皆真友，隨分鐘魚悟老禪。一笑東風吹馬耳，漫從人世辨媸妍。

除夕偕瀛槎抵寶應喜晤長女暨兩外孫用唐人韻

今夕知何夕，翻教笑語親。異鄉欣見汝，守歲慰離人。棖觸家園事，休嗟老大身。門闌新送喜，隨例剪宜春。

庚辰四日方子嚴招飲屬題端江餞別圖

小艇迎來江上春，廿年喜見素心人。酒酣爲我談時務，不合歸田老此身。

排日尋芳競舉觴，家家綵勝綴雕梁。射陽湖上春如海，萬朵銀花一葉航。寶應燈會極盛。

當場誰是奪標才，曼衍魚龍逐隊來。忽聽雲璈天上奏，一時傀儡盡登臺。是日觀劇。

客冬風雪夜相過，驚見難兄鬢已皤。淮海重游緣底事？騷壇知己近無多。

人日登泰山殿後樓晚飲鮑華潭中丞宅 源深

百尺樓懸霄漢閒，射陽湖上雁南還。旅懷浩蕩隨流水，春色蒼茫接故山。書劍無成毛髮短，金繒難濟廟堂艱。晚來且就君家飲，强共梅花索笑顔。

冠冕文章負重名，買田奚事竟歸耕？引年桑梓伸庸敬，浪迹萍蓬話舊情。杖履逍遥春社酒，齏鹽澹泊老儒生。九霄捧日心原切，曾在蓬萊頂上行。

子嚴屬題撫松詩册 蓮舫丈爲調臣丈書。

髫年記過撫松園，韻事争傳啖蔗軒。塵劫久銷綦履迹，摩挲手澤到今存。

玉躞金題好護持，墨花紅印尚淋漓。卅年坡潁都仙去，惆悵春風捧硯時。

留别子嚴

白田小住繫孤篷，君亦歸潛作寓公。話舊西窗頻把盞，春光喜訝醉顔紅。

鸜眼磨穿兔穎疲，心盃耗盡幾人知。多君直諒兼風雅，指畫眉詮爲晰疑。君爲余訂集。

寒梅已過杏交花，客裏春風感歲華。老去相逢今又別，拼教此夕醉君家。

詠　馬

崚嶒瘦骨困鹽車，異種原來産渥洼。看到錦障紛列仗，青芻可憶故人家？

伏櫪中宵慣作聲，龍堆萬里問誰行？白家老駱甘淪棄，留伴楊枝更有情。

黄子鴻錫禧司馬出白石道人象屬題

西風巷陌柳遮門，野水年年落漲痕。我亦赤欄橋畔住，清詞讀罷尚消魂。白石客淝最久。

一曲揚州慢最工，珠簾卷處唱玲瓏。詞人落魄風塵老，腸斷簫聲憶小紅。

爲子箴題仙蝶圖

正月二十五日夜，子箴招飲，忽有蝶飛入席閒，予訝其非時而見。子箴曰：『此太常老道也。』金章、黑質、方額、四足，與余有夙緣，以象箸蘸酒飲之，旋飛去。後數日，復見於李夢蘭翰華太守家，子箴屬硯山繪圖，徵詩。

幻境通靈紀太常，金章黑質近天光。春風吹醒蟲沙夢，游戲人閒作道裝。仙蝶爲金源時某忠魂所化，詳仙蝶考。

簾深夜静峭寒天，酒氣花香撲綺筵。是蝶是莊還一笑，狂奴似亦有前緣。

心泉和尚招同董策三對廷户部張午橋丙炎觀察及夢蘭子箴游平山堂

萬劫難消地上塵，百年易逝夢中身。偏增墮溷飄茵感，肯作拖泥帶水人？過眼瓊花終是幻，回頭愛海苦無津。浮屠桑下空三宿，一笑華嚴悟净因。

三月三日晏同甫端書撫軍唐俊侯軍門吴朝傑家榜總戎孫省齋觀方伯張午橋方子箴李夢蘭戴友梅肇辰太守姚仲海正鏞司馬黄子鴻汪硯山觴於棲雲山館

落蕊鋪茵絮化萍，良辰勝地喜重經。泥人新燕偏交舞，學語雛鶯信可聽。手倦欠伸支髻枕，步虚防蹙護花鈴。年來觸境情難遣，絲竹拼教寫性靈。

窈窕風鬟隱畫屏，昨宵中酒未曾醒。龍香代白弦如訴，鳳諾書紅墨尚零。款款情聯今舊雨，勞勞人去短長亭。碧波芳草連天遠，赢得離愁鬢減青。

十九日偕高郵王曙帆植忠司馬臨川李潤之德芳分轉攜雛青雲芝由天寧門至平山堂心泉上人留飲晚歸

樓閣玲瓏倚翠鬟，天然圖畫似荆關。人來淺渚斜陽外，春在飛花落絮閒。麈論快翻三峽水，心泉蜀人。蛾眉秀滕六朝山。谷林堂畔鐘聲隱，醉泛紅橋載月還。

送春前五日同人復觴於玲琅山館

水閣空明逗夕曛，殘春天氣正氤氲。愁看萬點飛紅雨，痛飲連番索紫雲。尤物生來偏薄命，歡場濃亟又離羣。憑欄別有無窮感，獨抱枯桐認爨紋。

難得天涯聚德星，詼諧主客兩忘形。藏鬮偶負争浮白，顧曲微顰屢送青。縱有綺懷非少壯，可堪浪迹等蓬萍。憐他鸞鳳同飄泊，五色徒張孔翠屏。

酒闌燭滅尚留髡，花影迷離月影昏。默數瓊筵多謬誤，瀕行軟語轉温存。遺簪墮珥翻成恨，送抱推襟枉斷魂。回首竹西亭畔路，年年芳草憶王孫。

平山堂醉歌

狂奴落魄天所放，自有溪山供跌宕。金丹倘可換愁顏，江水還思變佳釀。欲賦蕪城醉未醒，廣陵散絶問誰聽？偶過梅嶺香如海，重到雷塘草又青。春光淡蕩花枝彈，紅粉緇衣同入座。仰天一笑酒觥乾，翻恨古人不見我。

春杪去揚州

竹西歌吹强消愁，買醉春風日倚樓。長笛一聲花萬點，孤帆三月去揚州。

食刀魚有感示吴小軒

食指興戎訟老饕，登盤還仗酒兵鏖。漫言水國藏身善，想見屠門鼓興豪。鱗族居然森武庫，波臣無計斷驚濤。折衝樽俎調羹手，借箸空煩口舌勞。

敵臺晚讌送小軒入覲

層巒倒影暮雲開，萬柳飛花捲雪來。對此茫茫拚一醉，如君矯矯出羣才。俄議未定，詔舉人才，江督以君入告。客途漸老難爲别，時局多艱相與哀。倘有嘉猷須入告，事關軍國莫疑猜。

夜泊龍江關

客路春將晚，孤帆指石城。笛聲吹月上，好趁夜潮生。

同張季直（謇）范无錯（鑄）朱曼君三茂才論詩述懷

謫仙意氣藐王侯，一酌能消萬古愁。聊借文章紓宿憤，眼中那得有荆州？

殘杯冷炙話悲辛，杜老詼諧不諱貧。飯顆山頭甘覓句，何嘗驅逐馬蹄塵？

香山諷諭意尤深，老夫頭銜署醉吟。國有斯人偏不合，贊皇未審是何心。

衮衮侯門競曳裾，嘯歌吾自有田廬。固窮敢議昌黎叟，底事三投宰相書？

息園屬訂雜感諸作仿韓盧月食詩例兩存之

放眼乾坤窄，驚心鬢髮皤。敢云人盡醉？惟願寢無吪。時事傳聞異，歡場感慨多。唾壺拼擊碎，斫地聽吾歌。

痛灑龍髯淚，孤臣一死難。山陵悲漸遠，宗祏恐先寒。雷雨金縢祕，風霜鐵券完。微明尸諫意，遺草後人看。

兩宫日曾占蛇雀鬥，屢降火龍譌。國步艱屯極，天災震惕多。

流涕，重賴大臣和。
鼉坼連畿輔，鼃傾遍隴河。
洛倉輸轉便，無取限京通。

漸復河流北，兼趨海運東。淮黄殊不敵，漳衛豈能同？川瀆經天地，神明信禹功。

夫農天下本，不至擾鷄豚。
會計元和簿，營田戊子屯。幸能寬履畝，只合算牢盆。轉饋三邊竭，誅求四海昏。

一筆，百爾懔愆風。
澄清煩學士喧年榜，將軍醉誥通。高貲皆卜式，啓事少山公。沙汰官方濁，凌夷仕路窮。

豈解？儒術反貽羞。
變夷吾海氣行雷運，天精掣電流。磁山尋鑛脉，閩廠造輪舟。西法開南竇，中朝近效尤。

請劍，正氣倘重伸。
上方能獨斷歸明聖，中樞仗老臣。徒聞憂馬燧，未敢信王倫。流涕金繒議，朝廷詎乏人？

赴召嚴裝急，枚廷衆論諧。自關争玉幣，不比奉金牌。雜虜均黎面，勞臣漫乞骸。旌旗新壁壘，或即是臨淮。

萬古腥羶俗，何勞郡縣遷？羈縻空有地，渾沌本無天。漢網真疏闊，周疆已渺緜。但留飛將在，牧馬敢窺邊？

隔歲關西震，殷憂望雍梁。如聞生彌勒，突欲煽燒當。番馬秋多健，胡笳夜正長。武都秦蜀險，切莫犯氐羌。

滬瀆旌旄壯，津沽門户牢。馬渾皆僕隸，英衛況鈐韜。一疏風霜重，千秋節鉞高。辟賢如有路，只恐聖心勞。

渤澥屏遼海，榆關控薊燕。共憂根本地，勿恃中興年。白馬新刑市，黄龍舊拓邊。蒼茫開國日，萬騎出祁連。

銅柱三江表，珠崖萬嶺懸。虬髯起東海，狼鵦入西天。方面韓雍鼓，戈鋋馬援船。天威終字小，藩服慎無遷。

廈外樓船起，韓中互市開。浪傳關白死，誰縛鬼章來？鹿耳東連島，鯤身北繞臺。一隅全海重，仗鉞要雄材。

掌大西天土，千年象教衰。兵刑羅刹極，劫運拂林開。吉貝當時貢，芙蓉遍地栽。鐵門縱荒遠，親見角端來。

萬里天方俗，縱橫遍海西。舊封殘米石，新種雜康氏。竹杖秦人市，榴花漢使迷。羣胡聞插劍，迴首更東啼。

烏海三城險，金山一柱尊。窮西通奄蔡，直北走堅昆。突利原臣僕，呼韓本外孫。猶聞談截髮，驕虜目全吞。

一代麒麟將，乘時大有材。急封陳殿陛，優詔起蒿萊。塞上風沙慘，雲中鼓角催。熊羆易衰落，他日惜邊才。

在昔稱豪士，於今作幸民。難除胸塊磊，孤負膽輪囷。柯爛閒觀奕，途窮欲問津。憂天竟何益，枉自淚沾巾。

省三海舲招同薛慰農趙子方繼元觀察觴於璞園

浪擲金錢買笑顰，興酣肝膽鬱輪囷。老羆變色呼風漢，雛燕佯瞋眠酒人。小草漫言無遠志，名花聊伴不訾身。更思馬上琵琶語，奪得胭脂靖塞塵。

秦淮泛舟有感

憶昔弱冠游秦淮，大江南北吟壇開。花天酒地日戲謔，狂奴意氣傾朋儕。風塵彈指三十載，小劫滄桑鬚鬢改。玉樹歌殘綺夢醒，桃根水落香痕在。紅板橋邊一繫舟，傷春孤客偶勾留。歡蹤聊與兜鍪狎，韻事翻貽粉黛羞。蔣山如笑杯重把，夕陽忽墜城陰下。舊時明月又飛來，醉撲檀槽淚偷灑。

雛青以西法肖象見貽戲題

月扇雲衣意態殊，前身端合濯冰壺。翩翩幻出驚鴻影，真箇消魂是老奴。

晚泊三山

岸嘴蘆芽長，波心燕語喃。夕陽紅不盡，飛影過輕帆。

端午日歸里

遠道初歸已隔年，小園屏迹謝塵緣。插花正好交梅雨，脱竹還遲待伏天。笑引雛孫分異果，閒呼稚子整殘編。綵衣漫向堂前舞，飲到蒲觴獨黯然。辰失恃已五年。

子嚴用夢園韻寄懷疊韻奉答

流光驚隙駒，馳河誚商駏。不羨蜉蝣閲，恥學鴝鵒舞。萬事皆俟命，一枝自得所。杞憂抑何愚，直道多見阻。家傳舊青箱，稽古校帝虎。緬懷午橋郭，久謝張與吕。異趣若冰炭，同心臭蘭杜。聞君乞養歸，欣有東道主。椒盤日招飲，梅謻齋名。韻競賭。庭陰散香雪，燭燼殘漏鼓。回溯三十載，重繙四聲譜。鬢髪各老蒼，别去淚如雨。好音來天末，鵲喜噪檐户。訊我事治游，思君寄樂土。君倘踐夙約，涼秋放輕櫓。邁臻偕阿兄，謂子箴。共訪藏舟浦。

聞董策三凶耗

曾約春江泛短航，別來消息兩茫茫。秋風夢泠盂城路〔二〕，空灑貧交淚數行。

聞于漢卿歸自西安病殁

老去秦關賦壯游，恩恩臥病返林邱。羼提風雨招魂夜，扶杖何堪有白頭？

記同小阮謂少香。話離羣，快誦新詞響入雲。君赴西安，有留別詩。他日平山重結社，傳荷兼上故人墳。

答徐聖秋衡分轉

疏放難諧俗，林泉早拂衣。何期會心侶，幾度款柴扉。風雅獨相契，人情未覺非。君看松菊下，蜂蝶自來稀。

承聞小軒有幫辦山東防務之命

毳帳雲屯堠火連，璽書南下急防邊。驚聞白雀彈冰海，愁見蒼鵝起狄泉。鐵甲夢寒三島月，珠盤約換四夷年。風雷會洗鯨鯢穴，弓挂扶桑劍倚天。

十月八日省三過飲遺園遠村繼至省三奉旨入都，遠村赴皖垣。

秋日淒淒百卉腓，密雲不雨散風威。自七月至今未雨。燒殘紅葉天如醉，瘦損黃花地不肥。老驥著鞭催北去，冥鴻擇食向南飛。盍簪且罄杯中物，懶上危亭對夕暉。

冬日懷子嚴寶應

春風人日梅花香，囊詩冒雪登君堂。笑呼兒曹出見客，驚看鬢鬢皆成霜。塵襟契闊逾二紀，氈爐歌嘯酣重觴。兼旬小聚又判袂，清分片石資游裝。君本聚族居冶水，宦旋僑寄元龍里。文采先將世德陳，近作家傳。晨昏上博慈顏喜。目窮萬卷恣漁獵，氣備四時寓臧否。閉户覃思孰賞音？論文與我稱知己。淝津逭暑理釣矼，聞君消夏來邗江。盍簪七友妙入畫，繪嶺南七友圖。對牀五夜輝明釭。屈指商飆起天末，阿兄諏吉同歸艭。急須掃榻開竹館，準擬剪燭談蕉窗。刊有蕉窗隨録。荒園寂寂鳥語樂，閒中自撫青琴索。夢墮寒江隱碧空，吟殘老樹催黄落。海内心期尚幾人？交情不幸多衰薄。連朝望雪倍思君，默數征鴻倚高閣。

和子箴遣興韻 大雪後六日。

君歸卜宅近吾廬，爲問春婆夢醒與？世事原來同塞馬，人才不信似劉驢。碱砆入市交相譽，蘭蕙當門獨被鋤。悟徹雌雄甘守拙，登場一任巧如狙。

逍遥津畔聯吟侣，三十年來君獨豪。亂後鷗波空澹蕩，舊時雉堞尚周遭。記從欒瀨尋裴孟，偶過黄壚感籍濤。我欲披圖重結構，詩兵酒將日相鏖。

繞座清歌響遏雲，閒情無賴杜司勳。十年名姓留香國，幾輩兜牟張酒軍。遲我歸帆頻戀戀，與君別緒各紛紛。二分淒絶揚州月，鶯燕於今也失羣。

疏林墮葉暗聞聲，初旭烘窗漸放明。禪趣妙宜參静室，機心息處等空枰。檢書讀畫憐同志，移竹分花善遣情。利網名繮毋自縛，笑他三窟苦經營。

節氣頻更霰未飄，土膏久竭麥無苗。昧時桃李偏爭豔，伺隙蚊蝱卻又驕。石燕胡爲翔廣莫？玉龍或許戰重霄。元冥司令將奚補，詎獨私憂一老樵？

有客書來念故山，子嚴書至。雙肩瘦聳鬢毛斑。白田小別殊惆悵，烏巷惟君共往還。狂態每爲知己恕，老懷轉覺少年孱。皋夔不語巢由笑，合訪松喬遠世闤。

爲儀徵厲書城緗青茂才題獨快山房圖 山房爲茂才七世祖烈士孝廉讀書處。

我昔回車真州道，風獵寒林薘如掃。江城斗大衢巷空，野水荒畦自環繞。拂雲亭角走鼯鼬，資福寺門埋蔓草。高槐古柏偏歸然，惆悵山房景物好。揭來紅橋事酣宴，解后徐公謂聖秋。樂忘倦。不圖牽率到吾廬，君亦偕游突相見。君家方伯解組歸，東洲座中同一面。辛未夏，晤伯符方伯於何丈子貞寓室。羨君才調異輩流，爲我籖名誌詩卷。忽向參軍索一紙，卓雲參軍作圖。展讀沈吟我心喜。此身宛入高士圖，往歲偶經鄭公里。清芬十葉溯舊德，甲第連雲未足擬。珍重先人之敝廬，獨快徵君有孫子。噫吁嘻！獨快徵君有孫子。

月當頭夕書城招飲是夜月食既大雪達旦

黑眚倒孕蝦蟆鬥，老兔灪逃月户仆。常娥搗藥守璇宫，滕六特遣瓊霙覆。今年元冥令較遲，不寒而燠夫何爲！百蟲怙寵未斂迹，飛鳴食息都嬉嬉。蠛蠓小臣獨憂惱，澤竭難蘇萬象槁。大地俄瞬盡鋪銀，蚩氓同聲呼得寶。我誡爾蟆慎勿饕，玉龍夜駕飛車號。誓將攫爾噣麯糟，侑觴饞嚼聲豪嘈。瞢騰夢刺天河篙，霓裳仙子揮檀槽，醒來鱗甲猶酣鏖。

子箴欲訪小罔川先之以詩和答

逍遥一水遠塵壒，小罔川闢清涼界。洲嶼盤錯徑紆曲，盪槳空明更稱快。但願子孫賢能守，耐得饑寒誓不賣。每逢春夏淝漲交，垞北垞南勢澎湃。臨淵結網殊自適，抱甕灌畦戒毋懈。有時懷古登高臺，猛氣填胸供一噫。銅琵鐵板歌激昂，月夕花晨興豪邁。珍藏壁上舊雨詩，愛讀囊中無聲畫。喜君宅近飛騎橋，促我工鳩木蘭柴。共期結社療吟癖，那惜典衣付酒債！寄身雲水洵足樂，插脚塵途轉嫌隘。茫茫天地幾閒人？雅興休爲俗物敗。

初度

雪後園林似白描，回思舊事話今朝。弓衣策馬乘冰渡，盾墨飛豪仗酒調。丁巳冬，奏監淮北練兵。是日，軍雉河，諸團爲余具酒。猶有雄心期射虎，不甘冷趣學呼猫。圍爐兒女同歡笑，年届衰時鬢未彫。

腰痛自遣

曉起兒童歡，雪花大如片。園林更幽潔，尋梅過别院。泥滑偶一跲，强行脚弗健。耳疑蟬琴鳴，膚隱鷄粟顫。清興雖未減，衰象今已見。妻孥顧之笑，厥狀似挽牽。生平懶服官，腰折天胡譴？急宜進刀圭，寒疾瘳瞑眩。我性畏嘗藥，養神調氣嘯。君看不材木，全身臥巖澗。誓將絶妄念，精華勿外炫。得酒可散憂，哦詩即忘倦。人情驗冰炭，世事幻泡電。留此頑鈍軀，洪爐經百鍊。

聖秋索題翦淞閣圖

澹澹山光灩灩波，玲瓏小閣似曾過。簾紋乍蹙驚釵燕，雲影斜拖隱黛螺。秋水一方人宛在，春風二月恨尤多。夢中好景憑誰語，紙醉金迷喚奈何。
銀燭將殘夜漏譌，割歡難忘小紅歌。漫抽別緒絲成繭，欲斷離情水不波。户隱三星偏獨見，奩開片月訝新磨。披圖我更增惆悵，隊結團雲憶鳳窠。謂雛青。

子箴和余初度韻爲壽疊韻奉謝

入世難將面目描，冷吟聊爾誌生朝。愁無可説憑花語，腰不能伸欠藥調。寒菜一羹清鍊鶴，命宫五德趣同猫。余乙酉年生。炎涼俄瞬枯榮異，松菊輸君獨後彫。

柬子固三疊前韻

畫帳新懸著意描，烘窗暖日勝前朝。爐温室小香偏聚，瓶凍花蘇水漫調。老至情長歡舐犢，閒來懶似醉眠猫。遺園重結消寒會，藻筆紛披興不彫。

題卓雲白秋海棠卷四疊前韻

瘦影娉婷帶露描，鉛華洗盡異春朝。水晶簾隱人慵起，玉鏡臺封粉罷調。香夢酣來猶戲蝶，苔痕冷處獨憐猫。斷腸我亦吟秋士，相對朱顔未覺彫。

有感五疊前韻

桃梗居然侈畫描，狙公底事狃昏朝？棋紛黑白偏如戲，鼎沸鹽梅詎易調？驅惡未聞鸇逐雀，同眠轉訝鼠親猫。廿年熱夢今應醒，忍見參天社樹彫。

夢園以雛青設色小象見示六疊前韻

丫髻初盤黛重描，惺忪情事憶花朝。夢回柳髀春如醉，語帶梅酸性慣調。丁字簾前羞放燕，午時花下笑尋猫。試看阿堵傳神處，粉本翻愁緑易彫。

子嚴用十卦全韻寄懷兼論詩分作六章次韻答之

寥天唳飛鴻，澄淵戲游鮒。因念同志友，宵夢醒鐘唄。大星透疏林，殘更轉官廨。兀坐思小飲，奚必效著械？鷄鳴頓忘眠，薄寒膆風欬。隱几讀新作，技癢似搔疥。明知襪線短，更虞倦翮鎩。譬逢萬人敵，據險硬列寨。原來牙頰閒，别具一鑪鞴。君文燦織錦，我詩笑浣繲。歲闌厭索逋，閉門償吟債。

武功震吾鄉，僉謂匹耿祭。蒙也數偏奇，幡然羞伍噲。誰解捫蝨談，聊爾犢鼻曬。嘯歌松風閣，濤聲儼滂湃。思苦鬼神泣，氣騁襟臆快。自有鷦鷯棲，不羨麒麟畫。養生悟名理，無爲世網絓。舉國競營營，獨行殊央央。榮華倏彫謝，肥甘易臭餲。貪泉詎肯飲？盜食焉能嘬？慣作不平鳴，舌敝期振聵。千載有心人，吾竊希荷蕢。

達士早息機，觀空不懸犗。利名兩相忘，胸次滌塵芥。好詩如好色，得句勝得解。山水冥搜索，經史潤疲瘵。隸事貴精當，數典休誤註。導江源濫觴，爲山基一簣。獺祭與飣餖，昔賢所深誡。奈何播糠粃，翻使重菅蒯？雅道漸凌替，騷壇近胡虆。詩以淑性情，底須弄狡獪？海内鮮知音，餘子論緯繣。起予賴有君，箴言鼇圭玠。

客歲歲將除，夜抵安宜界。上日登君堂，展卷論詩派。梅香爐火温，豪談興不殺。呼童洗杯杓，佳肴薦良粺。酒酣疊唱酬，摛藻先薙稗。借以慰客懷，亦足申情話。手倦墨旋螺，穎脱筆如蠆。著作富等身，數典勝三拜。維時患秦痔，弱女恐余憊。（長女寄居寶應。）欲別屢改期，離筵傾玉薤。回首射陽湖，片帆日西挂。

君昔官粵東，蚩氓無札瘥。官書信可徵，（君刊有嶺西公牘。）泛覽增感喟。采詩驗民風，争望輶軒屆。素願苦難伸，世議無乃隘？一朝乞養歸，避地何高邁。常懍曠位譏，尤存知足戒。恰當服政年，筋力尚未懈。圖史樂優游，精進日强勵。追溯訂交初，爾我方冠笄。別墅君舊游，謂小罔川。魚蝦今足賣。春水催歸舟，重題木蘭砦。凍雀昨噪檐，阿兄謂子箴。晨遣價。詩筒千里來，連蜷紙角壞。興雜情更長，思鬱音轉噶。舊語沁心脾，掩燈頻抑噫。衆口妄雌黄，萬事覬成敗。憂時熱煎腸，憤俗怒裂眥。富國僅算緡，防邊枉被介。我甘作幸民，君爲筮遯卦。交誼證苔岑，氣味同沆瀣。和章代述懷，割韻將無齘。吟哦老此身，久爲造物怪。

辛巳四日登松風閣懷子嚴並花潭中丞去歲是日偕子嚴晚飲花老補竹軒爲題小罔川圖

忽動探梅興，園林破曉曛。履穿殘磴雪，襟拂隔溪雲。山色青微見，湖光白不分。又逢人日至，歌詠感離羣。

客歲春風早，同過補竹軒。圍爐閒讀畫，剪燭笑開樽。聞説加餐飯，還思辟俗喧。海濱樂歸隱，世事復何論？

人日柬子箴用高常侍韻

雲霞絢日升華堂，新年韻事傳吾鄉。雕紅鏤翠試彩筆，敲金屑玉搜吟腸。往歲題襟我曾預，陶寫性靈祛俗慮。翦燭無忘聽雨時，飛觴每憶看花處。詩社重開占早春，卜居更喜接音塵。肥濱歲歲多佳日，難得閒如我兩人。

上元前二日長孫迺蔭入塾喜賦

座上春風鬢繞顱，孫隨稚子樂相俱。五齡識字吾憐汝，一味分甘汝笑吾。鑷白數莖非諱老，殺青萬卷不嫌劬。貽謀自有如椽筆，橫掃千軍勝挽弧。

遣興柬子箴

篆紋散窗櫺，墨汁蝸硯凹。習静常閉關，午倦殘書抛。兒童笑挽鬚，起把檐冰敲。興來偶索飲，家釀傾樽匏。雪霽小山巔，春洩疏林梢。妙趣祇自得，枯吟問誰教？諏吉朋盍簪，尋芳步東郊。園官薦早韭，黄嫩猶藏胞。君倘知此味，亦嗜吾鄉巢。

月夜感懷趙雲持徐穀甫疊前韻

暝煙沍林隙，凍雪堆溪凹。小閣延素月，好景休輕抛。棲鳥喧復寂，循廊自推敲。繁聲競盈耳，獨契忘弦匏。緑意寄柳絲，紅情含梅梢。吟詠老此生，或亦天所教。城東數舊侣，琢句追島郊。遺墨猶在壁，語妙如脱胞。知音今已矣，誰過狂士巢？

戒饕

達士重養生，腸胃免鴆毒。君子遠庖廚，形聲忍觳觫。大哉造物本至仁，萬族何分共亭育。士夫無故不殺牲，淡泊齏鹽差勝肉。日食萬錢難下箸，一飽胡爲恣口腹？吁嗟乎！食爲君禄不食福，食可而止毋縱欲。飲食之人徒粥粥，能咬菜根方不俗。

二月三日作

手撥爐灰畫未成，暖回寒氣散簾旌。一樽草具閒留客，半嶺梅花喜放晴。昨夜風檐驚綺夢，滿城絃管泛春聲。是日鄉人迎儺。晚來眉月還相照，尚憶紅橋載酒行。

雪夜與聖秋論詩

狂奴玩世傷巧詠，喜君情性鮮雕琢。邗江解后記開燕，才調翩翩嗜音樂。揭來論詩多妙契，香象渡河羚挂角。就中三昧未易參，正法眼藏憑誰覺？建安以降風雅淪，陶阮猶能抱其璞。鏤金錯彩極綺麗，六代繁聲聽邈邈。謫仙天縱少陵聖，斟酌古今悟盈朔。短篇質拙善諷諭，萬事鋪張務真愨。元數道園金裕之，有明七子互騰踔。飯顆山頭日苦尋，采石磯邊月難捉。貪多家尊絶學。天風海濤勢蒼莽，虎嘯龍吟恣吞剥。白韓蘇陸遞師承，共仰二愛好奚足稱？後此紛紛愈嫌駁。與君持議各縱橫，奇氣盪胸凌五嶽。春星突暗雪花落，阿香大笑車翻雹。是夕，雪中大雷電，隕雹。浩歌天地一蘧廬，坐擁寒氈細商確。忘年爾汝臭味投，對宇往還昕夕數。酒杯在手倒吸鯨，口角流涎思餉鰒。塵寰自恨識君晚，老眼回青髮頻握。備陳詩教驗民風，治道敦龐須返樸。

雪夜用少陵韻

頑陰反春陽氣塞，俗以立春後雪謂之反春。凍雪漲天夜不黑。窮檐曲突晝無煙，破絮難償薪米直。誰家歌管遏雲走，電光繞室雷聲吼。噫吁嘻！世事茫茫付碧翁，閉門齁睡佯癡聾。

聖秋以近句相質谷風之懼予有同心因衍其意

積雪不消必蔽天，積毀不悟必蔽賢。鼓舌能鑠金，躍冶毋自鳴。集泮多惡禽，食椹思懷音。翻雲覆雨誰爲友？我亦何傷願君厚。

陰雨兼旬既晴復晦得俊侯江上書用少陵韻

寒氣侵簾櫳，睡味戀几席。花朝春漸深，泥痕凍未碧。游雲尚棲樹，積雪猶被石。初曦漏窗紅，晚陰蔽天白。野老抱杞憂，發書手屢戟。地軸又翻新，時有鐵路之議。恐爲他人役。在昔慎邊防，何策以禦敵？世路日多歧，草茆敢自適？鑄錯誤平生，貢諛恥殘客。吾願絶見聞，聊且永朝夕。

以和聖秋詩書小軒登州來函後

杼柚將何極？殷憂賦大東。心期今日少，恨與古人同。橫海頻飛檄，和戎早奏功。知君思返駕，未肯息無終。

子嚴寄詩四句有感而作屬與子箴續成之 二月三日。

名駒日千里，奮鬣騁王路。執轡非其人，跳踉遂遠去。子嚴。

追雲逐電材，本不受羈羇。伯樂既未逢，王良羞詭遇。子箴。

崎嶇九折坂，多恐駿骨誤。俯視立仗羣，錦障聊備數。駑鈍恥争先，朽索終難馭。北望黄金臺，風煙莽號呼。謙齋。

同人集松風閣看梅子箴聖秋均有詩索和

孤懷養春抱冰雪，醞釀心花閒處綴。月明小閣闃無人，坐對寒梅境幽絶。暖風幾日樹作花，山巔竹徑枝横斜。回憶紅橋夜吹笛，迷離夢繞天之涯。素交忽向花邊到，主亦忘形客簡傲。恨不生逢嵇阮儔，詼談一任羣兒笑。飛來鳥語樂相關，遠峯落照開煙鬟。更思上樹學巢飲，醉映花容興未孱。

劉述孔春海通守屬題令祖寬夫侍御古硯拓本

君家韻事繼雕邱，天咫宧中手澤留。故笏遺經同護惜，硯山春靄墨雲流。天咫宧，侍御齋名。

三月二十三日子箴索和白牡丹詩感賦

種來瓊島憶仙人，羣玉峯頭偶現身。五夜月明驚素縞，九霄風信謝紅塵。冰簾掩映清如洗，璇宇高寒凈絶倫。春色今年偏寂寞，燒殘樺燭爛於銀。

夢回色相嘆無無，粉雪團成蕊似酥。天上豐神真絶代，人間富貴合爲奴。倚欄愁見銜華鹿，顧影宜乘照夜駒。不料東皇竟歸去，瑶臺舊事問花姑。

松風閣餞春

鳥聲穿樹喜新緑，雨霽斜陽低挂屋。夢回小閣起憑欄，繞徑殘紅亂心曲。三春草草幻雲煙，幾輩沈沈在壑谷。朱顔難駐酒樽空，生恐青山笑人俗。

悼王水樵

鴟視鵷雛嚇得無？抱關誰識此狂奴？自知腹肯虛壬甲，僅有文章狀鬼狐。花事吟殘三月盡，草堂夢醒一星孤。水樵遺一幼女。雲車風馬飄然去，不分人間是畏途。

沈生半峯鈞以詩相質口占勖之

奇氣填胸鬱不開，古人已往盼今來。虛名似我招時怪，後進如斯詫異才。積學顧儲江海量，干霄勉作豫章材。鄉邦文獻勤蒐輯，秀擷菁英手自栽。

與子固閒話

老至方知百不成，枉教姓氏辱公卿。泔魚聞過心殊悔，磨蝎躔宫謗易生。十葉殘編延墜緒，一門獨行負清名。養根培實循吾分，眼底枯榮孰重輕？

五月二十日以事出東門歸登教弩臺望逍遥津

澆書攤飯兩不適，出門悵悵將何之？道上挽歌忽悽愴，故交遠送東城陴。水樵櫬歸江寧。東城是我釣游處，橋通飛騎波平池。數年忍淚未到此，竭來憑眺荒臺基。菰蘆無際翠凌亂，芰荷依舊紅參差。憶昔盆舟盪新緑，柳陰弄棹生涼飔。紫簫吹月豔裙屐，碧筒吸酒清心脾。擘箋賭韻競賈勇，分曹卜夜歡忘疲。年年消夏尋素約，小劫滄桑津屢涸。麥菜蘋聞鵝鴨争，笭箵幾見魚蝦躍。南塘北垞辨依稀，漁户園官嘆寥落。比鄰錯認放鶴寮，遺址空詢聽鶯閣。徘徊四顧行復卻，古恨今愁付寥廓。炊煙隱隱起樹頭，斜日蒼蒼近山脚。遺園歸去天色暝，閉户沈吟還獨酌。挑燈臥讀輞川圖，早辨此身在邱壑。

七月朔日子箴過遺園話舊

緑楊城郭繫輕航，消夏傳荷共泛觴。一昨鷗波旋甫里，重尋蝶夢悟蒙莊。旗亭豔絶花如雨，劍器歌成鬢有霜。屈指題襟朋輩少，詼譚笑我尚飛揚。

題吴靄如春熙司馬出塞圖 靄如長子從軍烏員，病没，繪圖志慨。

白草黄沙捲日寒，髿髿紅柳拂旌竿。此行怕聽將雛曲，羌笛吹殘淚未乾。

彗　變

六月初旬，白彗見。七月杪，蒼彗復見。或曰：『彗雙見，天下大喜。』君有壽，因記之。

客彗忽生芒，横行北斗旁。四夷今向化，或者是禎祥。

閏七夕作

夜静疏簾半上鈎，小園蟲語亂更籌。游雲吹落雙梧影，片月飛來一笛愁。天上明河清似水，人間熱夢冷於秋。華年易逝三逢閏，癸卯、甲寅皆閏七月。倦倚欄干看女牛。

哭猶子德輝

府縣試均列前茅，閏月十一日臨場病没。

竹林風雨送黄昏，淚浸杯中酒不温。短命偏教逢閏厄，榮名空盼及孤魂。參苓嘗遍方書誤，心血嘔殘廢卷存。汝父九泉憑寄語，興宗他日佑諸孫。

雨夜檢長白果敏公手札

京華北望黯愁予，璇閣無由問起居。太夫人尚存。一自黄腸悲異域，公薨於烏魯木齊。更誰青眼到吾廬？雲沉雨絶駒光换，酒冷燈昏雁叫初。欲向西窗續殘夢，巾箱重檢數行書。

城南金沙井訪菊

金沙井畔結茅檐，老圃秋容雨後添。落葉紅淤溝水泮，寒瓜黄繫屋山尖。地偏漸覺囂聲息，客到渾忘禮數嫌。咫尺講堂尋舊址，盧陽書院舊在城南，今廢。朦朧新月影孅孅。

酬菊歌

夢園遺我十盆菊，葉大枝肥花如玉。横斜位置山石間，饞眼睥睨嫌未足。張園主人顛已秃，亂後經營數椽屋。編籬抱甕自忘疲，每歲花時日徵逐。一爲比鄰一素友，乞花那顧憎多口。園官跐折奚奴忙，分得秋容媚老醜。冷吟且與花爲偶，瘦竹疏籐宜左右。莫教擠倒陶淵明，敢望款門來送酒。

重九同人過遺園登松風閣

今秋擬作汗漫游，小軒招赴登州。夢園聞之屢見阻。爲言道路紆且長，水有蛟螭山有虎。籬菊已燦黄金臺，菊名。園中欲别還徘徊。良辰好景忍拋卻，行縢暫釋吟壇開。松風閣上閒散步，湖光山色留人住。冷眼看穿鬧熱場，我與時賢殊好惡。

獨酌

今時那有真好惡，毀方涅白隨緣住。酒食招邀浪結歡，我獨逢場甘卻步。古懷抑塞徒自傷，忽生芒角撐肝腸。喙長三尺惟飲酒，眼前萬事毋雌黃。秋風捲地猛如虎，落葉滿園人迹阻。菊花瘦放蟹螯肥，踞石看雲醉起舞。

松風閣晚眺懷楊吉堂慶長茂才

秋老湖天净，峯巒入望奇。平生抱吟癖，之子可言詩。造語休諧俗，冥心自得師。釣臺誦招隱，何日共傾卮？

寄懷方六嶽澍茂才

蛙聲間色日紛紛，來去君偏有見聞。笛怨琴枯頻感舊，山長水遠獨離羣。大言駭俗攄奇氣，小隊登壇策異勳。記否揚亭曾問字，良宵清夢墮寒雲。

刺貪

走獸無兩翼，飛鳥無四足。朝槿晚即萎，榮華如轉燭。盈虚消長有主宰，塵海勞勞難滿欲。彼何人斯甘徇利，糞逐蜣蜋蠅嘬肉。治生自昔有常規，爲學於今競干禄。士夫不解守廉隅，朝野焉能厚風俗？君不見，蜩螗擇樹只一枝，鼷鼠飲河僅飽腹。傾身障簏爾胡愚，蠟屐差强阿堵物。願把横財三十鑪，偏濟貧寒與孤獨。世途禁綱一齊開，國少貪人民食福。

接外甥孫傳奭書

去年過淝上，别我意酸辛。大雪園林晚，殘杯燈火親。頭顱知漸老，門祚振需人。宅相偏憐爾，愁眉喜一伸。

雨過張園

林濕窗先暗，風寒氣有稜。尋君試佳茗，久坐戀清燈。影愛秋容瘦，人嫌老態增。頻年涉江海，談笑興飛騰。主人自天津歸。

自哂

春見林花開，秋見木葉蘀。四時遞乘除，萬彙歸橐籥。天意何所私，人心苦無泊。東家綺筵張，西鄰挽歌作。往事一回想，即境已非昨。賡颺負臯夔，學殖慚濂洛。得酒且酣飲，有肉便大嚼。笑問影與形，今生難鑄錯。

接孫理堂書卻答

北望淮山溯昔游，卌年聚散水中漚。幾多同輩歸黃壤，最少惟君漸白頭。婚嫁未完身尚累，歡娛易逝夢還愁。勞勞塵事將奚補？料理煙霞守故邱。

冬夜朱搢臣 組紳 明經攜詩過訪

屋角燈光映薜蘿，喜君得句忽相過。良宵更覺清談好，敗意翻嫌俗物多。月榭菊殘猶弄影，風亭雀噪屢移柯。眼前妙趣須同領，茶熟香溫遣睡魔。

自題獨立圖

山庭日角隱奇紋，皮相誰知異此君。濁酒半酣消磊塊，俗情萬變笑浮雲。冷吟最好聯形影，匿迹還思杜見聞。不幸筮蓍偏得遯，冥鴻難與鳳鸞羣。

得聖秋書 冬至先一日。

狂飆振寒威，窮檐易暝色。遐哉素心侶，分襟隔南北。忽來一紙書，拉雜訴胸臆。世路日多歧，斯人具特識。遠自京華歸，買山苦無力。權門重噂沓，市交輕貨殖。君本名家孫，廉峯先生孫。我亦食舊德。苟容而媚時，不爲俗所惑。壯志困益堅，老景恨轉逼。矢志在千秋，擇善貴一得。隱怪吾弗知，步趨君毋踣。神龜自曳尾，彩鳳甘塌翼。淵默以養和，天地正閉塞。作歌聊寫憂，相思情彌惻。

小軒屬曼君作書促余赴登州代答

君家海陵旁，我家肥水曲。相去千餘里，相思如轉轂。追憶浦子城，雪漲江身縮。刁斗寒無聲，抵掌話殘燭。客秋犯重洋，飈輪蕩空緑。海市縱大觀，郵書屢敦促。地主吾至友，牙璋靖荒服。撫髀肉漸生，操心髮早禿。萬國争梯航，談笑戎機伏。門户鍵成勞，兵威震嵎谷。誓射九日烏，願斷六鼇足。不識相臣謀，枉負將軍腹。君爲入幕賓，敷陳須忠告。琴思鬱蒼茫，乘桴我亦欲。

寄懷孫燮臣侍郎 毓慶宫行走。

兩姓親情記往來，偕君嬉笑我猶孩。輪蹄烽火同消劫，廊廟江湖詎異才？世外飄然惟一笠，星躔燦處近三臺。懸知啓沃多無暇，可有音書到草萊？

余鐵香歸自山海關示以新詩即返九江

斗室閒斟竹葉春，把君詩卷足娱神。關山旁礴增奇氣，風雪荒寒訪舊人。文字未除名士習，兒童猶識宰官身。君舊權縣令。香爐峯下堪招隱，蓮社他時願結鄰。

月當頭夕步至逍遥津東夢園用陶韻

歲除胡不樂？撫景自休休。當頭見冰輪，忽動逍遥游。攜榼穿衢巷，沿堤鑑清流。林語聚凍雀，水夢驚眠鷗。雖無舊臺榭，長嘯登荒邱。所過皆陳迹，藐焉懷前儔。天空萬籟息，形影互倡酬。閒中有妙趣，此境君記不？似聞筝笛音，入耳消我憂。興盡便歸臥，身外毋營求。

東室改作歲暮落成用陶韻

負暄就東榮，遠與市囂絶。廊轉風力回，室小暖氣閉。紙窗浄無塵，粉壁疑繪雪。阻山勢奥衍，得月鏡皎潔。器具厭奇巧，容膝木牀設。對酒解百憂，繙書聊一悦。竹瘦韻自清，梅香冷愈烈。仰睇冰翠堂，益厲歲寒節。萬事都命定，任人笑我拙。否泰各乘時，天心有區別。

孫稼生廉訪乙卯别於壽州觀察荆南寓書忘答郭甥瀛槎需次浙江垂問尤殷賦此奉懷兼訂後約

戎馬分張三十年，音書曾寄楚江邊。傳來宦況爲君喜，話到親情笑我顛。海國奇文思借讀，君有乘槎日録。泉臺難弟夢猶牽。謂小楚太常。慈雲藹藹春光早，擬向西湖一放船。

寒夜口號

夜静燈光蓄，窗虚冷氣侵。雪明疏竹影，月轉小亭陰。宿火香留室，鳴琴風過林。陶然不成醉，兀坐愛孤吟。

子固書來有浮海之行寄慰

無端蹤迹滯天涯，凍墨飛來燦蠟花。病起逍遥仍健飯，老經憂患遂忘家。隻身浮海心何壯，一硯傳孫願豈奢？翻怪迷途呼不醒，獨將塵劫問毗耶。

四憶

漢庭方搆患，禍水早流殃。椎髻甘操作，安貧憶孟光。

市徒多二價，賣藥復奚求？軒冕非初志，逃名憶伯休。

三分争逐鹿，龍鳳亦牢籠。棲息安危異，貽謀憶德公。

擲金心已易，濁世擇交難。氣節高龍腹，孤行憶幼安。

壬午花朝日招子聽小飲並以近詩質之

開盡夭桃晝掩門，小園晦迹似荒村。何期舊雨來千里，且向春風倒一樽。逸態橫生忘老至，疑交未定共誰論？孤懷落落心知少，獨有君家好弟昆。謂子箴、子嚴。

王質溪必鏞大令因事過訪兼訊履平

枝上提壺喚買春，小園花事幾番新。苦吟成癖誰憐島，雅謔逢場偶過秦。喜見使君真倜儻，浪傳時政轉逡巡。皖江舊雨如相問，理亂無聞一散人。

送少荃爵相赴天津

歸傍平泉枕塊眠，匆匆鞭弭又周旋。島夷互市波翻海，朝鮮內亂，日本伺釁。妖彗當秋焰燭天。彗見鶉火之次，狀如匹布。四鎮特開都護府，三韓重譯會盟編。麻衣抗疏空垂淚，未許松楸守墓田。

九日懷子箴揚州用少陵韻

市交日趨新，鍵户獨思舊。雨濕苔痕肥，煙寒木葉瘦。佳節罕過從，攤書忘昏晝。去歲作重九，東籬君來就。擘箋偶角逐，拈韻爲補救。邗上富菊田，早見秋光漏。舉杯吸長鯨，添香吐異獸。履舄定酬錯，搦陣互馳驟。可憶草堂人，兀聽茅檐溜。寂寞菊花觴，惆悵珠簾秀。夢短夜漸長，澆愁沃清酎。天晴盼君歸，索詩探懷袖。

學校嘆

君不見，酒囊飯袋深可鄙，又不見，羊質虎皮反自喜。誦堯之言行桀行，名教中添一蠹耳。憶昔庠序萃羣材，砥厲廉隅尤遠恥。老成雖逝典型在，目見耳聞今若此。平居所記惟帖括，捷徑争誇弋青紫。虚名閭巷好爲師，厚禄朝廷空勸士。吁嗟乎！交風寖薄民氣偷，錢虜愈横經神死。異端邪説更蜂騰，時設洋學館。真讀書人能有幾！

秋夜用少陵韻

濕雲夜洗天宇高，盲風撼樹聲翻濤，衝霄赤彗芒生毛。朝廷得人庶事理，占測底用憂吾曹？

老屋敗牆苔色古，斷續寒蟲咽榛莽，愁緒棼棼共誰數？半規殘月樹陰移，露濕花枝墜疑雨。

自笑吾廬別有天，以篁爲壁菊爲田，閒吟風月真無邊。怪哉此物難世用，著書擊壤歌堯年。

苦雨許子咸宜世大令過談用少陵韻

十日無一晴，漏痕隱牆壁。扣户來舊雨，清言慰枯寂。愁城詎易破，酒兵差可敵。當餐發長嘆，瓦溝溜衝擊。淫霖夏爲災，澤國多變易。性命没蛟蜃，流亡甚鋒鏑。金氣不從革，深秋駭霹靂。朝廷拯濟恩，義士肝腸激。詔發帑金分賑各省，富民助賑者多。我輩幸安飽，心地勤攘剔。把菊送君歸，孤鴻唳寥闃。

答張季房祖良太守

入世人云百不宜，呼童種菜婦窺籬。習勤轉覺精神健，補過翻嫌歲月滋。老醜寡營書度日，親朋遠別信愆期。茗談僅有南鄰叟，三十年來性未移。

先世行卷裝成題後

家傳儒素重清門，猶有當年手澤存。風氣日新文體變，獨留衣鉢付兒孫。

吾衰自愧百無成，蒐輯殘編擬鑿楹。吏治文章根孝友，漫從人世炫科名。

過芷春宅

斜陽下屋角，泥滑叩柴扉。不信君真死，翻疑客未歸。

雪後飲梅樹下接半峯句寄答兼訊六嶽

風檐掩瘦日，薄暮忽陰曀。徘徊梅樹下，欲折將誰寄？雲隙星乍吐，庭前雪初霽。把盞誦新作，笑談已隔歲。冥心務自獲，爲學戒多蔽。後進罕此才，少小即刻厲。羞博世俗名，亟圖不朽計。稽散嘆久絶〔三〕，牙琴獨相契。爲語無爲子，莫灑窮途淚。

黄冰臣雲郡守屢索拙稿擬付手民謝之

福薄都緣被墨磨，吾生天遣作吟魔。微詞廋語删難盡，竊恐今時忌諱多。

袖裏攜來卷軸新，每因一字爲詩貧。虚名底事偏驚座？依舊尋行數墨人。

癸未上日題遺園壁

野性生來懶，幽居更好奇。策勳開鏡社，醵飲卜花期。與世嘶無濟，逢人願學癡。興酣忘老至，樂處有天知。

春暮許慧軒惠學博來自無爲攜詩就質書贈

昔年屢放樅陽櫂，夜雨黄華君居黄華里。獨繫思。今日忽來濡水曲，春風紅藥細論詩。苜盤餘技誇三絶，齏臼新辭妙一時。夢醒竹林謂叔平。呼酒伴，勞勞君亦鬢成絲。

徐壁如 定修 司馬自江寧攜書畫過訪並贈舊玉

舊雨不來今雨來，荒園屐齒破蒼苔。片帆貫月乘江水，萬事浮雲付酒杯。爪迹偶留廬子國，夢痕猶憶女郎臺。君舊司鐸潁州。瓊瑶贈我翻惆悵，抱璞誰人識此才？

題六嶽詩卷

奇氣不可遏，清光忽大來。歐殘昌谷血，滌盡杜陵灰。入世羞鷄口，斯人吐鳳才。小園風雨夕，把卷獨揮杯。

病中喜方小泉自西域歸信宿遺園

逃瘧臥荒園，跫然足音喜。八載音問絶，一笑秋光綺。君自絶域還，東泛大海水。入坐黯無言，示我書盈几。展卷不忍讀，老淚紛如洗。柯爛局未終，悲風北庭起。果敏薨於烏垣，君時在側。甲馬痛歸天，肝膽失知己。徐公 毅甫。墓草枯，潛夫 子固。病幾死。饑驅飽憂患，君鬢亦蒼矣。新涼夜忘眠，軟語情難已。檐竹映疏星，燈花孕輕蕊。解裝暫淹留，里門近尺咫。追溯舊游蹤，蕭寺聯吟始。曩結東禪吟社。風輪劫火消，親朋今餘幾？送君返故鄉，田廬須料理。淮山木葉脱，遲我西園裏。

書小泉詩後

挾山超海勢莫當，詞壇雄視稱詩王。力追大雅刊僞體，何劉沈謝羞翱翔。悲歌慷慨有吾子，醉卧沙場甲生蟣。隻身新自烏員還，過門迅把緇塵洗。荒園疾雨晚放晴，怪石疏花香破蕊。八年契闊各無恙，十笏聯吟更兹始。平湖渺渺遠岫蒼，霞光斷處歸鳥頏。小閣登臨一攜手，酒酣意氣猶飛揚。吾皖流風溯嘉道，姚梅以來才調少。北徐毅甫。南戴存莊。記周旋，後起輸君詩筆老。君家宗衮子箴。喜和歌，近作謂我清且和。勸君亦變伊涼調，聞説天南已息戈。安南與法國議和。

忍齋招同種之小泉飲二知軒用前韻

秦碑周鼎漢瓦當，書城坐擁南面王。人生富貴不稱意，掉頭且學神龍翔。風月婆娑讓老子，病起爬梳髮有蟣。二知軒裏快招邀，食單精選樽罍洗。湘簾乍捲風過席，好花半開香孕蕾。三伏炎蒸宿雨收，一年秋信今宵始。坐中賓客皆老蒼，冥鴻鐖鳳同頡頏。升沈聚散泡幻耳，題襟韻事追維揚。酒酣拍手爲君道，景迫桑榆樂趣少。要憑絲竹暗陶情，更借琴書聊送老。得閒與君共嘯歌，蠲除妄念養天和。逍遥津上身將隱，自掘園蔬拾斷戈。

病起遣興

病起居然悟八還，一尊小閣且開顔。閒看樹裏斜陽影，紅到巢湖山外山。

閲諸皋記書感　時朝鮮内鬨，安南乞援。

崛强長鬚主，偷生島汉中。司風頻灑淚，減膳乞龍宫。

爲問乾陁國〔四〕，佳兵恐不祥。伽當腰一劍，誓欲斬金王。

中秋後三日接曼君朝鮮書

一笛風吹揚子津，蓬萊東望渺音塵。病懷懶散疑中酒，秋氣清和似養春。金粟禪參香國夢，碧梧吟老草堂身。憐君才調追枚馬，好答蕃書服遠人。

寄懷方子聽日本

百川難挽水東流，海外君偏賦壯游。奇字填胸空寫憤，夷歌入耳且消憂。蜃居翻訝樓臺幻，鼇戴還疑星漢浮。安得長房潛縮地，芝山許我共探幽。君在日本結芝山吟社。

殘臘吴驊仙毓麒自濡須攜詩過訪

荒園兀坐撚吟髭，歲暮君來把酒卮。得句推敲窮到骨，冷中未許熱人知。

除夕爲程子英慶雲少尉題鍾葵燕蝠圖

努其目，鞹其足。頭飛蓬，腰插笏。戟手捉玄鳥，哆口呼紅蝠，彼雖貌寢羣魔伏。邇來進士嫺且都，不能役鬼爲鬼奴。或膺民社或郎署，十年坐致上大夫。吁嗟乎！鳳皇渴睡逢訓狐，晨昏出入難驅除，老馗此日甘糊塗。

甲申元旦

曉日曈曈萬象春，椒盤獻歲話天倫。放平眼界聊從俗，署到頭銜可笑人。浩蕩龍蛇消劫運，紛綸虎豹靖邊塵。三多願上華封祝，幸作康衢一壽民。

口號示兒輩

花甲初周歲月新，步趨猶及見先民。偷閒筋力難爲禮，隨例杯盤强就人。風俗近來徵世變，笑談到處辟吾真。東鄰豪貴西鄰富，家有青氈自賀貧。

立春日對雪

雪塹冰花點翠斿，土牛前導後鳴騶。迎春共願民多壽，望歲先占麥有秋。天耳壅聞蟣蝨語，地毛凍縮雁鴻愁。白裘杜廈平生志，借箸羞爲肉食籌。

感事呈湘陰相國

一紙官書半失真，蚩氓翹首叩天閽。久知鹽筴干私禁，竊恐萑苻暗迫人。屬國烽煙通粤嶠，頻年饑饉薦淮濱。牢盆輕重非無法，補救還思社稷臣。

留邊卓存保樫太守晚飲並乞袖石方伯空青館詞

纔來廬子國，又返皖公城。愁滯黃梅雨，留餐白椹羹。淡交憐宦況，古道締詩盟。腹笥今無匹，承家有令名。

笑檢元和簿，知君强算緡。巢縣鼇局。但須遴善士，自可潤疲津。山愛南巢秀，詞翻北宋新。空青傳妙諦，雒誦酒沾脣。

謁遠祖旺生公墓墓在巢湖南萬年埠。

環翠墩邊謂葛徵君。近結鄰，萬年埠下草如茵。男耕女織都循分，水厓山盩好寄身。椒酒迎神思漢臘，桃源擇地辟秦人。埋名甘作魚蝦侶，短碣誰題宋故民？

飲酒作

舉世無溷我，我亦恥徇人。勢交競苟合，反自汩其真。逐臭嗤樊蠅，禦福悟窔鶉。放浪谿山間，草木欣回春。昨見枝上花，旋作路旁塵。有酒飲不歡，羲馭難停輪。人海多風波，醉鄉聊藏身。

暮春

九十韶光刺眼新，榆錢難買少年春。夢團柳絮偏無影，笑放桃花似有人。舊燕重來情尚怯，雛鶯乍熟語還瞋。東風長遍紅心草，誰共香車碾麯塵？

遺園賞花歌 時繡毬、紫藤盛開。

濕雲滃樹翠欲流，風搓冷豔團成毬。萬朵玲瓏琢冰雪，明珠抛盡難消愁。晴光璀璨疑瓊島，繡地錦天春未老。笛聲飛處羽觴乾，花靨圓如人面好。華鬘幾度驚塵劫，情絲幻出雙蝴蝶。脱帽羞看鬢影新，藏鈎戲把欄杆拍。笑擁花身稱意眠，紅綃紫玉憶當年。朱籐作幛丁香結，夢境迷離月墮煙。

習靜

客去紅飛徑，庭空緑掩門。煙痕縫樹密，香氣抱簾温。閒隱烏皮几，狂輸犢鼻褌。小園堪習静，燕蝠伴晨昏。

挽郭松喬中翰

薇省辭榮戀薜蘿，肥西遁迹有行窠。折巾記訪松風閣，判袂驚聞薤露歌。轉恨老來歡會少，相思天上故交多。廿年夢冷經師席，惆悵空城化鶴過。

投譚仲修廷獻大令並以詞稿相質

竹樹陰森午夢清，高軒幾度款柴荆。自來政事關風雅，久向騷壇識姓名。妙論獨精蘭畹集，選有篋中詞。長鬚更遣玉川生。鳴琴置水非無意，敢學寒蟬噤發聲。

仲修大令詩來索竹

千竿蔽日閒消暑，一葉迎風似引商。何幸籦龍新得雨，分來嶰谷嘯鸞鳳。

立秋三日仲修招飲歸已二更北風轉涼口占

霏來玉屑清忘暑，歸去風廊倦欲眠。一徑涼雲一庭月，竹梧影裏得秋先。

書趙丈野航小羅浮館詞後丐仲修選入笥中集〔五〕

老戀寒氈夜不温，南船北馬繫吟魂。一門雅令聯閨閣，君與從子響泉教諭、從孫雲持徵士暨女兄筠湄均有集。兩世清交共酒樽。君有贈先君及辰之作。塵劫暗消耆舊盡，騷壇僅有姓名存。探驪窺豹猶餘事，大節無慚烈愍孫。君祖烈愍公明亡殉廬城難。君官廣德學正，咸豐十年，賊陷廣德，全家死之。

友云西洋塞門達土營葬得氣最速貧不能致謝之

鐵輪煽處海揚塵，一捧爭誇得氣真。誓墓獨尋乾凈土，自知福薄負先民。

題雛青小象

揚子江頭記送行，桃花春暖暮潮生。掩來翠袖愁無語，彈斷朱弦恨未平。草長玉鈎雙蝶舞，桐彫金井一蛩鳴。巾箱羞對崔徽影，笑撚吟髭白幾莖。

張静齋茂才輔仁自蒙城來以指頭畫竹見貽招飲即送之皖江

揮鞭記走渦陽道，作客新聯翰墨緣。夢破笛聲懷舊雨，謂少山。醉彈燭淚話離筵。盪胸芒角千竿竹，畫壁煙雲一指禪。老更加餐腰脚健，浪游翻羡地行仙。

有人談閩疆戰事

九邊節度自連營，掣電傳烽築銃城。詭報厭聞荒怪語，通商久擅富强名。天高獅虎紛成陣，海闊艅艎暗渡兵。何日甘泉真獻捷，慎毋兒戲負蒼生。

餉復堂大令桂花

畫屏深處隱燈檠，秋老寒蟲强作聲。久雨乍晴晴未穩，香傳簾隙月偷明。粟起纍纍散滿林，一枝聊復贈同心。揭來妙語君無隱，世上誰知是碎金！枝葉鳴時政自平，託根靈鷲悟前生。歌成招隱慚仙客，偃蹇山阿别有情。

雨中喜盧秋浦自濱、江潤生雲龍、吴肄仙方六嶽、沈半峯諸生過訪

夢醒籐牀酒力柔，簾紋如水屋如舟。兼旬苦雨來佳士，繞座寒花耐晚秋。舊好稀疏同葉落，老懷澹盪與天游。閒中自有安身法，底事禪參一指頭？

聞周海舲軍門有援臺之議喜疊前韻

廟堂何策善懷柔，已僨前車戒覆舟。蛟霧毒蒸嵐嶂合，蟲沙雨泣海天秋。誰從馬尾收餘燼，張幼樵副憲遁。獨倚鷄籠據上游。劉省三中丞軍臺北。畢竟同仇思敵愾，異軍聞説起蒼頭。

答復堂大令再疊前韻

百鍊鋼爲繞指柔，飄飄身世犯虚舟。浮沈吏隱師方朔，輕重民知守泰秋。自笑吾生當樂死，最難此日與君游。有勸勿交余者。雌雄黑白休饒舌，路滑從他誤石頭。

勖兒輩三疊前韻

傲世狂歌老益柔，宋王益柔傲歌。空思塵海運慈舟。看來紅紫渾如夢，悟到清空別有秋。樂志慣尋鷗鷺侶，盛時慨想鳳麟游。傳家舊物氈猶在，努力青燈趁黑頭。

諸子試罷將歸四疊前韻送之

曉起冰花著水柔，霜風颯颯促歸舟。毛錐穎禿空憎命，石硯田荒尚有秋。抱病那禁垂老別，臨歧預訂隔年游。天錢吐曜文昌隱，學使某物議沸騰。誰放斯人出一頭？

冬至復堂大令邀同澠池張景樓泳比部登教弩臺

良辰衙吏散琴堂，偶集朋儕到上方。隱隱寒山飛鳥去，蒼蒼野日凍雲荒。年豐市井蘇民氣，劫換干戈起道場。花雨松陰塵夢醒，老懷得酒益飛揚。

月夜登松風閣懷復堂

雪霽意更適，園荒氣彌迥。孤鴻唳長征，羣鴉棲未醒。宿霧漲南湖，凍雲結西嶺。月出萬緣寂，室小一燈炯。幽篁自搖風，殘菊猶弄影。閒中耽冷趣，此境共誰領？偶憶素心侶，宴坐虛堂靜。寒疾不可風，未敢遽造請。勢交多險巇，勞生等贅癭。繞徑行復卻，據石吟還哽。昨枉魯遽篇，余六十壽，君贈魯遽一篇。語妙味更永。浩歌獨忘眠，清光圓到頂。

懷馮笠尉鳳陽

皖國聯裙屐，惟君早接歡。索居十餘載，娛老一閒官。濠水知魚樂，淮山拄笏看。蒼茫風雪裏，珍重抱吟鞍。

厭聽鵂鶹語，輞饑有鳳凰。竹林空寄恨，觴詠已全荒。魯川光禄。百里分民社，三時驗雨暘。郵書問賢宰，尚憶輞川莊。笠尉貽書仲修，問余近狀。

寄胡稚楓安慶

贈我長歌氣似虹，效顰學步愧難工。江天十載疏音問，重檢奚囊付驛筒。癸酉，客皖江，君贈長歌，今補寄。

倒吸瓊漿擲叵羅，皖江勝會囊無多。劇憐鬚白王曇首，聞到清歌喚奈何。君工度曲。

狂奴久作芙蓉主，襄男。才子新歸白玉樓。才叔。宦海孤蹤逢鄭老，贊侯。牙琴椎碎淚交流。

嘉平朔日赴廬江送吴小軒葬

垂老何期晤景升，謂仲修大令。酒酣談藝興飛騰。爲言近況憐同調，除卻毛錐百不能。

風雪蒼茫裹，星馳白馬來。撫棺呼不應，無路到泉臺。

記訪南塘路，迎門笑語譁。窮冬忘作客，十日醉君家。

敢負平生約？愁聞武衛歌。知君難瞑目，大海正揚波。君薨未數月，高麗復亂。

治父消殘照，黄陂沍凍雲。湖山回首望，中有故人墳。

江潤生自蒙城歸出詩相質以酒一鴟爲贄

之子負吟癖，新從遠道來。壯游洩奇氣，垂老得英才。棖觸渦淮夢，翻增髀肉哀。丁巳冬，帶練蒙、亳。荒園臥殘雪，展卷快銜杯。

乙酉花朝子聽招同叔孔通守仲修大令小集古香凹和仲修韻

花氣薰衣暖不禁，一庭香雪落梅深。夜闌更憶揚州月，歌嘯誰知白首心？夢園客邗上未歸。

開元法曲雜任禁，槎客雄談寄慨深。世上箏琶紛悦耳，天風海水獨知心。子聽隨黎蒓齋星使之日本，獲睹開元所頒樂器。

柳條欲折轉難禁，波漲淝津草色深。垂老相逢逢又别，春風省識少年心。子聽將之都門。

復堂訊海棠開未詩以媵之

雪霰連朝春色荒，揾來紅淚恨無香。老顛尚欲營巢住，肯放東風嫁海棠？
韻事猶傳錦洞天，一枝移贈畫屏前。風情未減秦淮海，何處看花不可憐？

小飲桃樹下即事

紛紛紫陌逐紅塵，夢醒東風又一春。昨夜似聞桃梗語，驚濤何處可藏身？
近説門闌去不祥，詼嘲我欲學東方。倘教釀出春江酒，便是人間續命湯。

三月十日仲修大令邀同人修禊香花墩

春風吹緑上坡陀，簪盍欣然載酒過。秀麥連雲疑浪湧，黄花鋪地笑金多。千秋諫草懷嘉祐，一曲流觴步永和。預卜年豐知政美，醉敲銅斗爲君歌。
路轉城闉草色齊，柳絲掩映畫橋西。半篙春水閒鷗影，夾岸飛花趁馬蹄。塑像獨招流俗怪，拂塵重認故交題。馮魯川有題句。清談坐久偏忘倦，隱隱遥山日漸低。

十二日李輔庭文斌屯尉招同黄冰臣太守王曙帆司馬譚仲修大令看牡丹次日復偕諸友往鄭園賞花意有所觸感賦三絶

老傖閒作看花人，過眼風光日日新。盤敦今年誇北勝，東鄰宴罷又西鄰。席間閱邸抄，喜日本、法夷均就和。

五色都緣醖釀成，惱他蜂蝶任横行。一花耗盡中人産，香國空傳富貴名。

小園亦有數叢花，開向東風豔紫霞。瓊島飛來忘歲月，不曾供進相公家。

送春日陸蘭孫本滋過飲

雨臥意不適，夢覺天放晴。延緣山石間，佳士歡相迎。新試雪竇茶，更愛泉水清。亭空散幽香，風細霏殘英。嫩緑暗濕衣，時鳥先變聲。把酒問落暉，無計留春行。一别一回老，縱醉難爲情。

二十六日積雨乍晴招蘭孫華仙潤生爲餞春會

園禽破曉幽夢覺，晴曦透窗兒上學。曳履我亦强登山，頮面未乾髮猶握。笋香浥露錦脱綳，花氣薰衣霧爲幄。入門碎語殊滑稽，食字誰信能充饑。鹽醯屢斷甕乏米，濕薪不耐炊戾㝉。雛孫挽鬚競號叫，老奴俯首真聾癡。忽然仰天開笑口，五銖仙童別來久。貂裘質金可市酒，拔劍割肉魚貫柳，昨夜臟神已抖擻。人間萬事皆偶然，路至窮時且倒走。傳家舊物惟一氈，累世仕宦囊無錢。落落清名數百載，締交宇内多英賢。俯視董龍鷄狗耳，渴羌詎肯嘗貪泉？况復平生飽憂患，不材之木天矜全。君不見，蚌有珠兮象有齒，至竟焚身甘啄死。銀髓吸盡願難償，滄海横流禍方始。莊周妙喻悟養生，李耳微言貴知止。芳春行樂勿羞貧，僂指晨星今賸幾？痛飲狂呼二三子。

雨中柬復堂大令

棋局鈎鋮暇，園居也似賢。除將無益事，不耐困人天。世態從渠變，生涯竊自憐。琴弦都剪絶，劍鋏尚空懸。

厭聞泥滑滑，愁望雨漫漫。黴濕衣香吐，林深夏氣寒。澆書償好夢，溲麵節常餐。咫尺衙齋阻，方知行路難。

觀水用少陵韻

圓靈閟白日，頑雲乘時游。波濤汩城闉，愁上迴風樓。東城樓舊名。誓當斬蛟螭，仗劍入水求。鳳皇舊橋磯，潮痕尚記不？帆遠疑接天，屋闤妨漂流。火繖濕難張，薰風涼變秋。禾頭已黴爛，雨脚猶麻稠。小民休怨咨，祈禱能通幽。時祈晴。爲政去煩苛，決獄毋稽留。官尚念民瘼，神胡不相謀？

感事呈少荃爵相兼申謝

烽連海嶠結愁雲，一紙簽名喜罷軍。誰識投艱遵養晦，枉持清議誤傳聞。甘陳在昔輕招釁，絳灌於今競好文。野老憂天歌赤舄，猪肝曾愧致殷勤。前辱書有『姑籌百金，聊助猪肝』語。

接引生刑部書

北望燕臺迹久疏，宦情顔狀近何如？歡娱怕數當年事，覼縷愁緘一紙書。白首壯心閒論將，黄金冷眼慎揮鋤。巢湖煙水耆闍月，盍不抽簪返故廬？
埋照吾甘没草萊，仰天何暇爲君哀？久知科第無風漢，不信乾坤有棄才。萬事忘機鷗作伴，一生背俗鴆爲媒。彈冠跛履多乘勢，獨駕牛車未肯回。
肝膽論交一劍孤，誰分厚禄餉潛夫？氣高湖海卑田舍，夢狎漁樵臢酒壚。垂老難移薑桂性，學飛喜見鳳鸞雛。百年親故兼同調，狂態君猶記得無？

新晴招梅華清啓勳州同暨諸同人作消夏會

漏塞天河喜住流，呼童掃徑盼羊求。竹梧净洗重簾影，枕簟涼生六月秋。尋樂恒虞兒輩覺，放神且向醉鄉游。眼前多少蜉蝣感，不待言愁我始愁。

病中疊前韻

瘴暑連朝汗不流，頽然一榻復奚求？熱場近悟冰山勢，渴疾思分玉井秋。君餉荷露。老溷世間成瓠落，欲之海上與蜻游。支頤戲述兒時事，雪藕嘗瓜自解愁。

六月二十日陸蘭孫吴驊仙暨里中諸子招陪仲修大令集香花墩是晚周涑人星譽刺史來自無爲隔日復飲仲修署中蒯禮卿光典庶常後至仲修涑人均有詩勉答二君並示諸子

陰雲歛朝陽，水氣散淺渚。蒲葉浄摇風，荷香淡疑雨。琴堂暫休沐，愛尋漚鷺侣。散髻兩忘形，解衣憩亭午。兹游萃羣彦，即事閒論古。一疏培國本，片言折强虜。赫赫龍圖公，到今稱良輔。海疆幸息烽，冠蓋盛吾土。年豐清獄訟，民生事農圃。選勝且行樂，張飲可逭暑。遠峯殷殘雷，斜日下平楚。踏歌醉歸來，城頭月初吐。

隔日逢故人，鬢髮驚老蒼。酒邊一握手，話别三十霜。今春始到官，水溢民罹殃。鼠雀訟不休，奉檄趨黄堂。聞言忽大噱，世事都反常。蒼狗幻白衣，天公亦譸張。且問米顛石，墨池可全荒？君今官此地，懷袖生古香。昨讌香花墩，水檻招新涼。遲君未入座，和韻含宫商。末契强輸心，旨酒拼澆腸。珍重見在身，豪興猶飛揚。江山待文藻，一潤金石光。

和仲修大令包公祠韻

雨意雲陰淡日光，晚來水面自生涼。斷橋鷗夢圓荷影，幾樹蟬鳴早稻香。濁世君猶争氣節，清游我欲補文章。重尋碑碣埋墟莽，不見當年直道坊。舊有直道坊。

答周涑人

家世嵩山源浙水，荀龍謝鳳一時豪。君由浙還豫，兄弟均甲科。偏將禮法寬嵇阮，自哂詩篇遜檜曹。馬廐論交今賸幾，龍圖詠古調尤高。稻孫樓畔循聲起，小邑何妨試奏刀？

巢湖詠古和仲修韻

湖光山色有無間，巢父高蹤去不還。幸際清時歌帝德，漫教熱夢落塵寰。釣臺草長沙鷗辟，丹竈泉枯石蘚斑。試問滔滔東逝水，愁來洗耳聽潺湲。

秋後苦熱

暑挾秋陽虎氣騰，俗云秋老虎。閉關掃地障青藤。陰陽交錯天如燬，金火相乘土弗勝。我亦有亭思蔭樾，富鄭公亭名。夢回倚枕笑懷冰。塗錫揮扇殊多事，冷眼閒看觸熱蠅。

秋海棠作花感賦 七月二十一日爲孫恭人忌日。

湘簾拂地日西斜，一枕新涼透碧紗。記取輕羅閒撲蝶，冷紅愁上斷腸花。

中秋節復堂大令分俸助觴酬以桂花

珠露羅雲澹月華，一編風燭淚橫斜。扣門忽訝來歡伯，且向山房落畫叉。
朝來微雨洗薌林，棗栗堆盤自淺斟。世俗詐貧儂詐富，戲裁花勝鏤黄金。
木犀禪悅幾知心，鼻觀香參功德林。願種此花千萬樹，縱無錐地也鋪金。
笑拈金粟證前身，摩頂於今有石麟。他日相逢蟾窟裏，白頭可憶送花人？謂子鎦昆仲。

重九仲修大令招集教弩臺

勝會頻年恨不多，招提有約亟相過。門迴落日雙峯影，纓濯寒泉一匊波。臺上有井。荷鍤世難容我醉，嗚琴誰解聽君歌？　浮生已醒春婆夢，願乞團蒲面達摩。

登臺四望鬱青蒼，雉堞高騫雁陣翔。　佳日歡聯今舊雨，清談宜著晉唐裝。　龍蛇百戰銷塵劫，獅象千年選佛場。　手摘黄花歸去晚，仰天一笑月如霜。

月當頭夕坐松風閣懷農山

北望荆塗溯舊游，清宵夢醒獨登樓。　林摇倦羽棲難穩，風約寒雲凍不流。　萬瓦生棱霜有迹，孤樽倒影月當頭。　長淮水落蛟龍蟄，垂老猶思一放舟。

飲中八仙歌

乙酉歲暮，同人結消寒會，會必紀以詩，間有因事不至者。　盍簪之雅，則以七集爲尤盛。　同座諸君，若黄冰臣郡守、譚仲修令君，則今之良二千石賢宰官也；若羅刺史甫生錫疇、毛别駕右江鴻、梅州同華卿、李屯尉輔庭、陳大令種之義，則又仕宦之有幹局者；若方忍齋方伯，雖寓公，然與余則皆部民也。　時暖日烘檐，寒香襲袂，自初筵至於無算爵，樂事備舉，而言不及私，觥勿罰，醉不及亂，史勿糾，誾誾如，油油如，可謂達以情、節以禮矣。郡守徵故事，以飲中八仙歌命題，記人數也。余謂工部此詩以馬、班合傳之體，寫開、寶曠世之才，退汝陽帝子、宗室賢相於鑑湖一老之下，而不以爲屈；進宗之少年、焦遂遺逸於臺省諸公之間，而不以爲僭，略勢分，倡玄風，此老陽秋非復世見。案諸唐史，諸賢立身各有本末，蓋上追竹林之曠達，而去其蔑棄禮教之失，敻乎邈哉，弗可及已！是會也，何敢妄希古人，而一觴一詠，亦足見年豐人和，與民偕樂，豈沈湎者流所可比數耶？然八仙之歌，工部不與，今廁名其末，又補前賢所未及云。

忍叟新歸邗江船，古香凹裏攤書眠。氈爐會啓欲雪天，渴羌伴食饞流涎。太守未肯酌貪泉，朝天有日囊無錢。太守將入覲。譚侯高論障百川，此邦韻士猶稱賢，揮杯爲述乾嘉年。謂陳白雲、左杏莊、劉海曙三先生。從事一劍曾摩天，琵琶笑擁馬不前。羅君從戎西域。五羊宦迹卅年前，丹青醉筆通畫禪。種之曾令粤東，工畫。屯田近悟止酒篇，仰占象緯宵忘眠。十月二十一日二更後，流星如織，李君占爲咎徵。梅尉豪飲開觥船，興酣落落談神仙，名山古洞因人傳。華清爲子真苗裔。毛公奉檄趨親前，瞢騰愁見官廚煙。鹽勇擾民，毛君緝𩨁，民困少蘇。遺園寒菜獨蕭然，春風桃李重鋪筵。

丙戌元日作 是日立春，午後雪。

六旬三見歲朝春，門巷依然世變新。鑄錯人閒空聚鐵，阜財天上笑鋪銀。壻鄉書寄平安語，客路兒依腑肺親。郭甥留大兒度歲。酒緑燈紅聊自遣，百城坐擁一閒身。

人日復堂大令招同人晚飲

佳日逢勝會，瑞雪凝清光。四座笑語温，春風褰幃裳。履端樂事新，簪盍幽興長。歲豐訟獄稀，閭閻多蓋藏。賤子醉起舞，祝君壽而臧。公讌勉倡酬，論古參微茫。瓶花氣鬱烈，漏箭聲丁當。同歷干戈劫，再覩時俗康。遐哉鳴琴室，悠然讀書堂。撫序且順適，稱心賞年芳。

和子箴留别韻

海内論交獨老蒼，昔年游釣憶濠梁。衣冠共迓神仙侶，談笑頻隨翰墨場。肥上卜居情更愜，春初遠别意難忘。輞川魚鳥都相識，風景應思華子岡。

元宵後一日雪霽餞子箴赴袁浦兼憶子嚴寶應

瓊霙浄洗月華明，春到芳園君又行。一曲梅花繙古調，幾絲柳色泛新晴。老懷兼遂還鄉樂，客路翻添感舊情。渺渺射陽湖上水，飛鴻過處早傳聲。

倒步仲修試院懷遺園海棠韻

寂寂園亭自買春，清詞一紙慰孤顰。絳紗夢醒寥天鶴，河間裘華南先生令淝，曾以春陰課士，余有『簾深夢斷海棠紅』句，頗爲激賞。紅燭魂消絶代人。未許胭脂誇北地，枉教齵齒效東鄰。連朝細雨如膏沐，桃李無言拜後塵。

送春日餞仲修之宿松仍步前韻

無計留君又餞春，揮杯難遣别時顰。半幢過雨銜花燕，一笛臨風折柳人。小邑行歌民有袴，荒園屏迹石爲鄰。他年竹馬歡相迓，我亦呼兒謁舊塵。

和仲修留別韻

春光何駘蕩，余懷殊鬱悠。華堂萃嘉賓，旨酒羅芳羞。爲言課士畢，聊將禊事修。奉檄去松滋，程限難淹留。三載文字交，欲別意綢繆。好風散鳥聲，新水觀魚游。俄著紫蓬屐，忽送施口舟。夾岸飛楊花，飲餞城東樓。祝君慎眠食，知君善爲謀。召杜非異人，榮名垂千秋。江山莽遼闊，聲氣同應求。

過龔少亭表侄晚飲 端毅尚書裔孫。

銜杯一笑鬢毛蒼，四座無言醉夕陽。世變日新親舊少，春風重過定山堂。

長至日徐恒甫 源伯 太學過遺園攜敦艮吉齋集見贈適某軍門饋酒食遂招蘭孫六嶽驊仙共嘗之

廓落吾生等繫匏，辟門聊借一枝巢。陰晴無定炎涼幻，存没難忘文字交。當户紅榴争吐焰，干霄翠竹漸抽苞。愁來且把書遮眼，好事何人載酒肴？

秋夜接仲修宿松書

碧梧吹墮舊時陰，夢醒空堂蟋蟀吟。尺幅拳拳如共語，孤蹤落落罕輸心。乍抛紈扇秋還熱，半偃羅衣露暗侵。遥想清風亭上月，有人深坐夜眠琴。

雨中無爲朱升如日華茂才攜詩過訪

曾過芝山訪笑泉，卅年清夢隔湖天。此邦後起多佳士，有客狂吟肖謫仙。老去情懷誰共語？秋來風月浩無邊。檐花細雨紛紛落，妙境當前可悟禪。

重九教弩臺登高憶通元和尚

往歲曾陪讌，清言亦自佳。高臺仍落木，短髮又簪花。履舄浮雲散，城闉舊日斜。紫蓬好山色，咫尺隔煙霞。

風景猶如昔，銜杯醉不辭。丹青覘變相，鐘鼓具威儀。獨愛談禪地，誰刊薦福碑？稚松新補種，解帶俟他時。

自城東晚歸遺園聽陸顛彈琴

歸途閒訪菊，邀客過荒園。林影迴風亂，茶香蓄火温。鴻飛霜有信，蛩語月無痕。亦解知音少，眠琴坐石根。

重九後三日松風閣晚酌

莓苔尋舊迹，登頓竟忘疲。鬢影頹陽減，秋聲小閣宜。海天颿去遠，大兒客滬。關塞雁來遲。弟客永平。縱飲茱萸酒，能無動遠思？

晚泊當塗懷唐子瑜 瑩 廣文 曩在通志局。

目光炯炯鬢毛斑，讎校官書記往還。歲暮荒江磨鏡具，凍雲淒斷謝家山。君有謝家山人集。

晚晴訪趙秀臣 棟材 明經即攜尊高祖硯雨先生兄弟倡和詩卷奉貽

搴帷忽見月，乘興且敲門。木脱寒聲聚，爐藏宿火温。晚菘清有味，殘菊淡無痕。展卷談先澤，書香佑子孫。

小除夕醉歌贈子聽兼懷仲修

前歲君歸扶桑島，瓊霙鋪徑呼童掃。荒園煮茗話游蹤，我與譚侯都絶倒。今冬我返秣陵舟，君亦回櫂武昌樓。把臂相看忽大笑，此身飄泊如閒鷗。我齒長君僅一紀，鮮民久抱瓶罍恥。羡君色養善承歡，有子名成欣繼起。長孺主政。吉金樂石勤編摩，炎寒饑渴儲行窩。儀徵款識猶未備，北平考證將毋謁？短幹雄談何嶽嶽，尚書未能折其角。心營目想獨千秋，齋署綴遺成絶學。潘伯寅尚書爲書『綴遺齋』。風塵奔走全吾真，紛紛耳食羞隨人。酒杯在手無俗物，燭花吐焰迴芳春。停辛佇苦慰離索，歲除尚有今宵樂。作歌招隱告譚侯，我輩天留壯邱壑。

蜻游草 自丁亥至乙未

丁亥元日大雪

三冬無雪土膏竭，百蟲未蟄陽氣洩。玄冥睡醒駕將歸，呼起羽龍噴玉屑。烏飛兔走形罕見，鶴訝龜言凍虞裂。羲和首馭早回春，不獨吾廬愁杌隉。

送春日桐城楊雪爐洛鑑廣文過飲

花氣熏人夢乍醒，一鳩呼雨晝冥冥。劇憐濁世同蒿里，偶約清樽過草亭。蔽竹孤吟誰共語，據梧長嘯獨忘形。黄壚回首河山渺，老眼逢君分外青。

長夏將赴申江

火纖高張汗似珠，問余底事犯江湖？唤回舊夢堂前燕，笑止誰家屋上烏。送老好將游記補，逃名合作散人呼。勝情勝具今猶昔，一劍隨身膽氣粗。

申江晚眺

黴風吹雨過江城，閣道玲瓏畫不成。蠻觸紛紛争利市，敦盤草草慎佳兵。路窮牛斗槎難上，氣幻金銀夜更明。垂老雄心猶未已，海天極目暮雲平。

答龔仰蘧照瑗觀察

忘憂笑我並忘年，乘興飄然到海壖。忝作諸侯老賓客，浪稱人世小游仙。澆書攤飯天懷暢，送抱推襟地主賢。蜃市如雲紛過眼，一泓愛訪聽經泉。

仰蘧屬題黄忠端公書少陵草堂詩卷

縑素披吟劫火遺，偶然墨妙亦駢枝。公文集名。剪裁西蜀憂時句，便當南都絶命詞。

同時别有擬山園，墨汁磨殘淚暗吞。此是文房特健藥，獨留正氣貫乾坤。

滬瀆口號

人間萬事笑浮雲，海上新奇厭見聞。誰識逸民真孝友？藥苗香處訪遺墳。

槐陰匝地露流甘，異事欣欣共客談。神雀靈芝同獻瑞，祝君膏澤遍江南。閏四月朔，甘露降於廳事槐樹上，仰蘧屬余記之。

百琲珠光暗復明，翻疑海月吐殘更。洋涇橋畔清於水，幻境如游不夜城。

珍禽異獸燦成行，竿木騰空善拍張。島婦番兒齊喝彩，合圍舞馬競登場。

紛紛絲管遏雲低，南部新聲數詠霓。不奈何戡今尚在，半垂舞袖背人啼。

摩利天中十種仙，衆生到此結歡緣。絪緼耗盡金銀氣，滄海横流造劫年。

旗亭無復舊朋儕，羌笛寒鴉韻事乖。老去風情猶未減，紅消蠟淚話秦淮。梅慶生大令談秦淮逸事。

石潭藻荇碧泠泠，傳説蝦禪解誦經。水族於今多不測，木魚敲碎佛無靈。聽經泉。

一雨新將溽暑收，蔚藍浄洗海天秋。九峯三泖多高士，欲訪烏涇載酒游。席帽山人隱處。

笑齧寒冰噤齒牙，飽餐鮮荔唾紅霞。此邦信美非吾土，昨夜秋聲夢憶家。

自申園歸飲留桂軒

雨散雲收夜漏遲，阿誰吹破玉參差？花陰紅暈玲瓏月，半臂香温桂一枝。

團雲隊散月沈西，子夜歌殘醉似泥。戲撚流蘇猶未寢，曉風吹送五更鷄。

花月詞

儂願見花開，不願見花落。花落儂奈何？笑把殘紅嚼。

歡喜見月圓，不喜見月闕。月闕歡莫憂，還有圓時節。

留桂軒小憩

一枕籐牀自在眠，蘭湯浴罷晚涼天。眉痕秀孕初三月，心緒柔攙第四弦。老去酒懷猶跌宕，倦扶花影獨纏緜。神仙搔背原游戲，桑宿誰知是净緣。

題桂軒采蓮圖

雲香雪色兩三枝，洗净淤泥出水時。更祝花身同玉井，蓮儂難斷是情絲。

漢龍氏竟歌

丁亥秋，客滬瀆，獲漢鏡，古色闇然，命工刮摩之，挂諸帳中，如朗月之入懷也。背分四格，四花相向。上作龍虎相對狀。下曲輰車，有蓋，駕一馬，一女坐車中，左右面各一女憑茵坐。有侍女四，一交拱相讓，亦茵；一手中各執拂，無茵。外闌銘詞三十九字：『龍氏作竟佳且好，明而日月世少有，刻治分守悉皆在，長保二親宜孫子。東王公，西王母，大吉羊矣兮。』『好』『治』皆俱反寫。篆文茂麗，決非僞造。翁氏兩漢金石記銘詞小異，定爲昏禮圖。予舊藏尚方十二鏡，得此可開鏡社矣。

癡雲夢掩嫦娥魄，人間幾見真顔色？花容羞浣鷓鴣斑，苔痕沁透燕脂血。此竟昔傳龍氏作，鈿車侍女分行列。宜子宜孫大吉羊，王公王母都歡悦。篆文刻畫細於纈，北平考證精區別。象物疑爲昏禮圖，摛辭可補風詩缺。拾翠題紅浮海客，憂來攬鏡鬢添白。會當伴汝策勳亭，魑魅争光知不屑。

重九龔玫卿照瓌茂才來自京都招同人飲留桂軒

帆穩波平海不揚，君來大好作重陽。花枝弄影秋如畫，露氣侵衣夜漸涼。自笑風情非慘緑，那禁月色照流黄？今年今夕知何夕？紫蟹初肥酒正香。

隔日與葉懷生維幹主政夜話

楚水吴山道阻長，朋襟接處展重陽。風姿更比秋花瘦，潮信初生夜氣涼。孤館燈殘江月白，中原地盡海天黄。茫茫身世殊多感，獨醒還思覓睡方。

茶社題壁明潘允端方伯豫園遺址，畫像猶存。

水曲今成市，塵封舊日容。夕陽人影散，老樹趁孤峯。

偕譚仲修司馬邊竺潭保樞 鹺尹孫六皆叔謙 大令觴於徐園

天風挾海水，木葉下紛紛。客路帆無恙，歡場袂又分。揮杯留好月，橫笛遏行雲。鳳靡鸞吪日，何論鶯燕羣？

送仲修歸仁和

夢稽淝水櫂，袖拂浙江雲。忍淚難爲別，知音尚有君。海風吹浩浩，鬢雪落紛紛。預訂西湖約，芳春再樂羣。

同趙伯遠曾重 編修楊蓮甫士驤 庶常檀震生球 太守晚飲味蒓園兼録別

楓葉霞烘錦繡文，當筵誰譜醉紅裙？簾痕瘦隱初生月，山色微拖欲化雲。喚起流鶯争識我，催歸客燕怕離羣。笛聲尖咽江潮長，徙倚旗亭對夕曛。

方照軒曜軍門招同劉淵亭永福曹肯堂德慶總戎胡雲臺家楨于少香寶之觀察王子欽庭訓太守觀劇小眉樓

歲暮同浮海上槎，朋簪小聚似摶沙。詼談笑撼將軍樹，老眼愁看姊妹花。樓角風尖寒起粟，窗櫺月缺凍生芽。英雄兒女都無奈，劍器縱横舞袖斜。

同蔣郗林一桂直刺晚飲海天春過詠霓園觀劇夜歸留桂軒

霜濃鴛瓦峭寒加，醉擁鷫裘過酒家。撥斷冰絃翻水調，壓殘金線撚薑芽。擘箋爲起相思草，捧硯何來解語花？背剔銀釭還一笑，窗櫺放白樹啼鴉。

夢長白薩爾圖果敏公

死别已十載，誰知夢裏逢。笑談今日事，颯爽舊時容。璇閣猶强飯，太夫人年已八旬。珠盤暫息烽。騎鯨何處去？滄海浪千重。

答劉省三撫軍

書來閫嶠慰相思，倚劍論兵憶昔時。放浪酒悲真可笑，苦吟飯顆莫相疑。殘年花月收場劇，濁世功名打劫棋。滄海難填天易老，此生孤憤有誰知！

書家書後

歲寒留滯水雲鄉，卻寄平安字數行。月謔風吟聊繾綣，慎毋謂我戀前廊。癡男弱女繫吾思，海上無聊借一枝。遥祝門闌安且吉，老奴百事賴支持。

登第一樓 立春前三日。

浪迹渾如不繫舟，歲闌有客尚依劉。皇圖春色先三日，海市風光第一樓。裙屐流連增馬齒，珠盤錯雜擁貂裘。故鄉梅柳應争發，料想兒孫話遠游。

除夕大雪用東坡饋歲韻索仰蘧和

滬瀆甘滯留，華堂忝賓佐。風會夷夏交，財富山海貨。春色到眼新，雪片似花大。多慚仲禮榻，聊學長卿臥。垂老尚依人，虛名枉驚座。爪迹鴻印泥，光陰蟻旋磨。及時好尋樂，省身勤補過。偶發歲寒吟，端望陽春和。

戊子上日雪後第一樓晚眺

蜃市無端幻大千，南通閩粵北幽燕。玉龍作勢波翻海，朱鳥司權焰蔽天。滚滚狂瀾誰倒挽，嘻嘻臥榻自酣眠。兒時戲讀西洋畫，垂老焉知到眼前？

次日韓敬之晉昌總戎招同聶仲芳緝槼觀察晚飲海天春酒樓

客路風光歲又新，瓊瑶璀燦净無塵。普天競賀朝正節，此地猶爲率土濱。燈火樓臺迴晝景，花枝絃管鬧陽春。故人預訂蘇臺約，明日晴江泛緑蘋。

上元泛月香溪歸飲吴樓

袖拂寒雲下虎邱，雪晴與客泛觴游。半篙煙水行須慮，船名。小隊笙歌喚莫愁。花氣回春香漸暖，月華送喜豔於秋。燈光紅處林鴉噪，又擁貂裘上翠樓。

胥門泛舟至虎邱夜歸

碧水粼粼瀉劍池，鷓鴣聲裏雨如絲。野花紅上真娘墓，淺草青迷短簿祠。夢醒梧桐留勝迹，手披荆棘訪殘碑。晚晴更泛山塘月，白舫清歌侑酒巵。

滄浪亭步太高祖商河公呈宋牧仲冢宰韻

北宋嗟遷客，南園拓廢汀。城隅春漲緑，樓角遠山青。老樹撑危石，長廊綴短亭。名賢遺畫像，五百名賢象。石室薦椒馨。

風月原無價，何須買一錢？結鄰初地僻，僑寓百憂煎。野水環孤嶼，荒畦起夕煙。當年宋開府，觴詠集羣仙。

同人有訊及時相者答之

放論中朝第一流，暗將西法利全收。儒生泥古疑三代，海客居奇炫五洲。世變別開天地運，吾衰隱爲子孫憂。自從洗耳池邊過，久已閒情付野鷗。

獅子林

錦帆涇接水雲區，老屋荒涼古巷隅。石瘦松枯亭一角，天然圖畫愛倪迂。

登靈巖望太湖

廊空響屧叩禪關，殘雪猶留香徑間。萬頃湖光圓似鏡，螺鬟秀孕洞庭山。

自鄧尉歸憩無隱庵

寒梅香破早春前，路轉峯回别有天。流水一溪花四壁，雲房閒試鉢盂泉。

天平山謁范墳

飛到泉聲樹杪懸，巉巉萬笏翠參天。祖山磅礴鍾靈氣，子姓於今守義田。

山塘夜泛用唐人韻

蕭寺鐘殘月在天，清游有客獨忘眠。香溪一櫂春如海，燈影楓橋夜放船。

專諸巷用先商河公韻

城陰小巷夕陽明，闤闠紛紛起惡聲。我欲改題三讓里，羞教刺客亦留名。

皋　橋

辟世高歌出帝京，彼傭賃廡自逃名。誰云吴下多皮相？大族當年有奉卿。

顧　園

甫里難尋舊日莊，石湖别墅迹全荒。園林風月閒爲主，訪勝何須問辟疆？

花朝日同何詩孫維樸舍人朱益齋延熙庶常王仲皋穆之署正王麓槃詵解元粟賡池奉之孝廉飲於素蕤閣

誰識天南聚客星，歡場解后兩忘形。鈿車珠勒聯吟屐，畫壁詩碑鬥豔伶。柳影依然前度緑，鬢絲非復少年青。登樓共有離鄉感，聊向花間倒玉瓶。

南滙改再香蕡山人爲作柳影尋夢圖

團扇風飄陌上塵，香車緩緩草如茵。華鬘小劫三春夢，柳影重尋絶代人。曾倚玉樓舒望眼，記參金粟證前身。情絲恨縷牽難住，一笛吹來預愴神。

儀徵張厚安堉藻大令爲作拈花小像

神妙居然肖老顛，此生何幸得天憐。煨殘芋火仙無分，拈到花枝佛有緣。萬事觀空消妄念，一編遺興樂餘年。飽經患難平爲福，眼見滄桑幾變遷。

留桂軒話別

春到江南似畫圖，春人不樂轉躊躕。佯瞋慣把霜髭捋，取笑偏將風漢呼。楊柳樓臺朝戲馬，琵琶門巷夜啼烏。酒酣詎忍輕言別，後會何時訊老奴？

舟過金鷄墩

錦衣戰罷十條龍，一炬齊雲霸業空。落盡西風黄菜葉，金姬墩畔野花紅。

三月望日抵蕪湖龔佐臣良舉孝廉招飲印香室

雙輪鼓浪疾於飛，雲樹空濛塔影微。萬點落花春欲去，數聲離笛客思歸。沙鷗結伴乘新漲，檣燕留人語夕暉。玉板金尊且行樂，良辰好景莫相違。

蝯磯晚眺送春前三日。

老蝯吹浪旋盤渦，獨立磯頭醉放歌。行盡江南春又去，青山紅處夕陽多。

詠希夷觀奕圖

長嘯推枰起，騎驢何處尋？自知無敵手，未肯用機心。世事棼難定，旁觀笑不禁。金天方造劫，歸臥華山陰。

挽方存之京卿

挂印歸來卻閉關，音書訊我鬢毛斑。學分鹿洞鵝湖界，人在光風霽月間。噩耗忽傳廬子國，老懷空憶皖公山。修文作記皆儔侶，兜率相逢定解顏。

淝西嘆 有敘。

淝西農民劉文弼從銘軍，累官至都戎，與族人搆難有年矣。去春自臺灣歸，譌言四起。孫大令葆田親往察看，譬給洋蚨二千四百番以釋憾。今年夏五，天不雨，人心洶洶，各聚衆，而鄰里多陰附弼。族人恐，飛章渡臺，因以謀反鳴諸官。六月辛巳朔，郡守黄雲偕、都閫李泰脅之以兵，使拔貢生童錫康、從九任文照復勸和。弼疑而且憤，弗從。臺灣巡撫，劉之族望也，電咨江督。丙戌，郭總戎寶昌自江寧至，過余，商爲解散之計，有尼之者，遂止。越五日庚寅，徐副戎士衡自安慶至，任總戎祖文自壽春至，大會於淝西。懸賞格：獲文弼者洋蚨千番，弟某五百番，周某三百番，遞減至首級一顆十番。辛卯昧爽，礮發火起，夜半將逸，被獲。猶云：『我家事爾，官兵何爲？』生擒九十四人。戮於市，刃死者男婦五人。事平，以會匪上聞。或云弼懷木印，上刻『天成右軍』，八卦符一紙，類端午道士所用。噫！愚哉！

鵂鶹夜呼刀鎗鳴，大灊山下喧礮聲。鷄犬桑麻悉無犯，纖兒家事毋相驚。髯令調停各安堵，孱守倉皇前負弩。枉思食椹化飛鴞，幾見渡河驅猛虎？閩嶠星馳片紙來，長江六月樓船開。士卒歡呼争懋賞，將軍嘲笑擒渠魁。揭竿刓印紛傳説，火未燎原旋撲滅。緑樹雲歸蔭伏屍，紅蕖水涸香流血。游魂聚哭聲啾啾，竊鈎者死翻蒙羞。爲食羊羹先搆釁，忽生門蒡將誰尤？袒臂彎弓同一鬨，曲突徙薪謀不用。三十年前舊戰場，谿山回首心猶慟。己未秋，淝西諸團互相仇殺，李采臣觀察駐馬埠寺，大令英翰駐解家灣，撫軍翁公檄余和解之。吁嗟乎！睦姻任恤古所云，纓冠被髮均鄉鄰。皇天有眼應垂鑑，此日肥西少叛民。

喜江潤生秋捷

老見奇文眼倍明，知君夢裏筆花生。毛錐脱穎新增價，麈柄談鋒舊有名。十戰孤吟磨鐵硯，一軍特起擬干城。興廉舉孝關風化，科目因人判重輕。

冬日即事

凍雲作雪暗荒城，日瘦風淒過雁聲。共説河渠堪代賑，時議濬河。誰知鹽筴要寬征。蚩氓逐末甘游惰，沃壤蠲租頌聖明。圩田熟亦免徵。十萬黄金拚一擲，救災無策濟民生。

秋杪孫星五自京都歸道及燮臣近狀代柬

賓雁逢秋過草廬，一尊情話味園蔬。搴簾又見新生月，翦燭頻揮慰老書。雲鶴投閒身現在，金鼇退食狀何如？甘盤舊學巫咸乂，啓沃還思慎厥初。

題板橋墨迹

鄭公墨妙少人知，春蚓秋蛇競好奇。自笑撇波參畫法，石紋蘭葉任離披。

送方子箴按察歸葬西郊

晚日荒郊外，西風素旐前。送君從此去，今夜宿黄泉。

車笠論交久，生平韻事多。知心今已矣，夢斷蜀山阿。

西望先人壟，曾求表墓文。來年寒食節，絮酒拜君墳。

除夕示兒輩

去年大雪游黄浦，海上風光競好奇。今歲故園成赤地，壺中日月且棲遲。道途忍覩流民狀，飽暖常懷造物慈。記著綵衣頻拜舞，辛盤隱淚薦春巵。

己丑新春閱邸抄感賦

寶曆新頒玉斧陳，五雲深處燦龍鱗。青琳宴奏鈞天樂，黄髮謳歌大地春。同軌似聞翻鐵軸，立朝豈盡鑄金人？堯階舜陛多祥瑞，屈軼先教指佞臣。河督吴大澂議典禮。

有天真室題壁

草草光陰去似梭，世緣淡處養天和。每逢寒暑兼風雨，也學堯夫不出窩。

暮春懷滬上諸友

屈指風光三月三，一天煙雨憶江南。情仙才鬼歸何處？消盡人間七不堪。李芋仙大令。

春在堂中歲月深，窮年矻矻號書淫。永嘉學術多更變，汲古翻新獨苦心。俞蔭甫太史主講龍門書院。

旅懷鄉思付吟情，衡嶽峯高晉水清。挾策遥憐蘇季子，摩烏集闕戀王程。蘇康侯孝廉，曲沃人，寓湖南。

强學吴音問德初，一編詞韻細爬梳。惠山春色濃於酒，尚欲談禪訪竹爐。施子述貳尹著有詞辨。

牽船岸上水雲鄉，所謂伊人渺一方。爲仿玉壺新畫稿，紅樓深處隱垂楊。改再薌山人，七薌之孫。

吉金樂石苦雕鎪，十指如錐轉化柔。鐵笛一聲聲欲裂，海天無際碧雲流。吴倉石貳尹，工篆刻。

記分書畫助游裝，鼠齧蟲殘喜鑑藏。誰識尚書老孫子，一尊人海話歸航。黄子慎司馬，勤敏公孫。

杏枝紅破柳回青，打野邀歡倒酒瓶。猶憶花茶坊裏坐，風情説與魏三聽。陳玉卿總戎。

儒術衰時辨士尊，一樓歸臥小乾坤。博聞强記猶餘慧，争説倉山好事孫。袁翔甫大令，隨園之孫。

閒思書味有餘甘，一枕良宵蝶夢酣。難得青青兩衿佩，問奇不厭老夫譚。龔心銘、心釗兩茂才。

城西閒步逢園叟路話

餳簫吹暖嫩晴天，風景城西話昔年。肉脯味鮮籠餅脆，王家脯廟街燒餅。民間只解用銅錢。

老顛已歷四朝春，喜見乾嘉一輩人。爲述兒時逢儉歲，乾隆乙巳、嘉慶甲戌均大旱。市無棄物少游民。

牡丹花下作

曉起呼花語，何心獨買春？　荒畦多野菜，猶可救饑民。

春日懷仲修

昔爲海上蜻游客，解后偏逢我輩人。　連苑小樓歡卜夜，疏簾淡月净鋪茵。　老懷易倦如歸鳥，世變難回作放民。　趙柳殘花空入夢，吟慳一字笑吾貧。

書潁上蘭亭後

殺虎林中劫火寒，昭陵繭紙購來難。　記過潁上尋殘石，盾鼻濡豪辨杵蘭。

病　起

病與春光去，歡隨夏日長。　年華消鶴髮，世路笑羊腸。　解語花忘睡，提壺鳥勸嘗。　小園堪寄興，一枕夢羲皇。

端午招翰卿飲酴醾花下

午窗夢覺山肩聳，緑煙低颺香雲滃。簾幕風涼燕子輕，池塘草長蛙聲動。老夫病起百無營，鏡裏新添髮種種。種樹成陰願已賒，插秧乏水心猶恐。閲世方知變態多，閉門自把殘書擁。裁箋速客助蒲觴，飯作盤游羹骨董。

伏日六岳半峯過飲

緑蔭遮檐水繞廊，湘簾茗碗静爐香。舊書過眼愁多誤，世事無心詫健忘。天上炎官方逐熱，學使按臨。人間清士且追涼。癡蠅鬥蟻紛如戲，等是南柯夢一場。

晚　涼

雨收殘日上簾鈎，短竹高梧翠欲流。暑氣積陰涼到枕，北窗夢醒似深秋。

滬瀆旋次接孫燮臣書並和詩代柬

故交掃榻款精廬，每食傳餐有異蔬。仰蘧喜食番菜。海澨又逢重九日，京華遠遞數行書。爲言老境都無恙，卻笑名場百不如。酒國醉鄉聊自遣，懶將近事志虞初。

雨中方蘭槎德驥　太守章菡汀鴻森　大令饒子静應褘　通守林右丞介弼　解元過談

樹暗廊深晝不明，小窗易黑上燈檠。客愁似水真難斷，世態如雲懶放晴。話到圜邱成赤土，八月下旬天壇災。愁看澤國亦蒼生。廟堂自有匡時策，鐵軸經營尚未成。蘭槎示鐵路議。

同文雲閣廷式　中翰晚飲

抗手同登百尺樓，歧途木落又悲秋。桑田已見成滄海，萍水相逢易白頭。没案縱談天下事，廢餐隱抱杞人憂。知君胸有匡時策，劍氣盤紆鬱斗牛。

夜過圌山

牙琴拍碎鬌毛斑，番舶無端去復還。海水天風殘夢醒，凍雲銜月過圌山。

晚過焦山赴揚州

雙峯何寂寂，落木已紛紛。嵐氣濃成雨，鐘聲冷入雲。殘年經舊地，孤櫂泛斜曛。又近揚州地，澆愁酒獨醺。

弔孫星五歸渡瓦埠

窮冬爲弔客，垂老恨無涯。帆影收殘照，冰痕齧淺沙。重過君子里，遍訪故人家。孫榮先、王同文孝廉。去去頻回首，淮山霧暗遮。

庚寅上元日夢中作 是日立春。

大冶洪爐鑄橫財，循環過眼幾興衰。青氈坐爛休嫌冷，夢覺花香春又來。

望龍泉山懷毅甫

黄壚舊侶散如雲，東望龍泉澹夕曛。白首漁樵空有約，草痕青上故人墳。

清明日丹徒李亞白 恩綬 茂才過遺園留贈依和兼憶仲修杭州

又值嬉春日，園林樂事添。年衰甘自放，骨傲那能砭？似子才無敵，知予論著潛。倚欄尋舊句，花氣透重簾。

話到西湖侶，超然遠垢氛。賞音能有幾，折柬亦思君。濁世天方醉，浮生酒共醺。逍遥新漲暖，相約好湔裙。

修禊日作

埋名久已署潛夫，底事高軒過敝廬？近市誰知離垢隱，老懷怕讀絶交書。自憐倦鶴鷄爲伍，爲護幽蘭草不除。儍指輞川朋輩少，風光孤負暮春初。

送春日過廬陽書院與王秀峯山長茶話

昨夜喧聞兩部蛙，侵晨噪起一羣鴉。空堂夢醒清於水，雜樹春來競著花。奼紫嫣紅粉蝶使，凌朱妒白鬧蜂衙。東君欲夫留難駐〔六〕，惆悵黄壚日已斜。

聞某觀察卒於鳩江

去冬鼓櫂大江濱，風雪鳩兹訪故人。裘敝黑貂憐作客，帳燒絳蠟款留賓。夢回華屋深於海，瞥見銅山散若塵。多少孤寒頻蹙額，尺書曾許振鄉鄰。

劉省三宫保得晉殿中司馬銅印徵詩用石鼓歌韻

劉侯新拓晉銅印，飛符渡海歡徵歌。老懷抑塞筆已退，金石刻畫將如何？慨想典午盜魏祚，削平吴蜀消干戈。千門萬户餙土木，旅楹密石加礱磨。羊車游幸選聲色，如花宫女衣紈羅。材官列騎夾陛楯，珥貂佩劍冠巍峨。將軍秉鉞領環衛，直廬鱗次宫垣阿。司馬都尉及校尉，執殳聚柝嚴譏呵。裹蹄蝸鑄合符節，點畫毫髮精毋譌。八分漢法世未遠，體勢非籀非蟲蝌。龜紐鼻紐辨同異〔七〕，靈蠵氣欲淩黿鼉。平生嗜古助談薈，試尋根本沿枝柯。周官冢宰制宫禁，鄭氏訓詁勤爬梳。夏官輿行不備列，豈致舛謬同它蛇？漢宫南北判軍制，東朝長樂遵姁娥。公車即古虎賁士，同流異派江流沱。禁軍袒臂定大難，從知將相須調和。奈何西晉兆判亂，事與往代爲殊科？當其盛時擁華蓋，勇夫侍從何其多。一朝星散洛陽陌，坐使荆棘埋銅駝。八王兵甲始孽后，亂門杌隉誰經過？問蛙天子坐可惜，老成灌灌空磨磋。長沙面縛三部變，成都東海歷濤波。蕩陰一戰帝衣血，兩京大業終傾頗。倉皇六璽草間失，區區此印奚無他？印纍綬若豢爾輩，外示勇決中媕婀。銅質瑩腴鐵筆古，戲以兩手相挼挲。我聞衛青遺玉印，草廬慷慨詩長哦。亭侯忠武世所重，懸諸玉帳喧鸛鵝。金仙銅狄吹一吷，觀空閲世等刹那。玉斗久傳碎亞父，匕首寧復隨荆軻？我昔坐卧盤亭下，君得季子盤，築亭藏之。祝君帶礪侔山河。快取金印如斗大，勒銘鍾鼎休蹉跎。

友人送芍藥

粉壁雲霞燦，壺天錦繡新。嘯歌成獨樂，茵溷悟前因。老閱繁華境，閒留富貴身。且開婪尾宴，一室有餘春。

重九日周六皆家謙舍人偕西廬山僧過訪

身如病鶴强蹁躚，閒步荒園踏晚煙。舊雨歡偕蓮社侶，新霜清釀菊花天。餈餻伴食聊從俗，書畫陶情可悟禪。日暮林鴉催客起，一鈎月挂屋山肩。

冬夜志痛次兒德名出繼七弟，九月初二日客死杭州，柩始歸里。

燈殘擁被到深更，雪灑寒窗竹有聲。遠道孤魂應入夢，未曾合眼又天明。

小除夕檢書畫用陳亞之韻

心游太古契皇墳，坐擁殘書咬菜根。自哂先生稱骨董，别無長物付兒孫。

除夜閲故人手札

老去心交入夢頻，檢來遺迹墨猶新。呼兒翦燭傾杯酒，守歲居然共故人。

辛卯元日題壁

桃符瑞映日華新，花甲從頭有七旬。獻歲滿斟藍尾酒，論文長憶素心人。三身無恙須尋樂，百事隨緣自率真。冰雪漸消陽氣轉，梅梢紅孕隔年春。

巢湖覆舟口占

正月二十七日，同表弟李琴軒鴻賓茂才，大兒德澍，孫、張二僕，買舟赴杭。晦日，自施口開帆。日晡，過黑石嘴，遭風船覆。適有丁朝名漁舠來救，均獲再生。丁與表弟趙子權建衡騎尉有連。書示子孫無忘高義，口號四絶，自警兼解嘲耳。

黑霧埋山浪拍天，拖泥帶水信前緣。飄然四大無何有，且踏神鼇背上眠。『鼇』『戴』二字，明黄荆卿舍人書。

昔年此日遇兵戎，辛酉正月晦日，寓壽州南鄉，遭苗逆之難。過涉今遭滅頂凶。天遣頑軀幸無恙，人間萬事學癡聾。

舊傳石帚調尤工，换得湖神一帆風。我亦憂時老詞客，探驪真欲叩龍宫。

去住渾如不繫舟，西泠花月誤清游。暗中魑魅休歡喜，莫把巢湖認濁流。時有傳余已死者。

春暮江潤生庶常歸里出曼君皮島寄懷句喜和

爲説浮家鬢減青，别來歲序似流星。買山有約難偕隱，瘞草他年待勒銘。溟島孤蹤馴虎豹，騷壇健筆走雷霆。何當二妙供談笑，拼醉花間白玉瓶。

端午坐冰翠堂望雨看文蘇二竹要六皆潤生張子開文運孝廉周蘭初毓萱茂才小飲

渴日燒空熱風吼，早涼到辰晚到酉。諺云：『早涼晚涼，乾斷種糧。』巢湖水涸蜀峯焦，歡娱致旱由來久。照眼俄驚安石榴，澆胸那有中山酒？卧看挂壁隱蒼龍，颯颯雲陰生坐右。静疑雨氣潤草木，夢覺歡聲協鷄狗。采勝新懸續命絲，余遭巢湖水厄，家人製此佩之。清言快接忘形友。老妻烹瓠子執壺，排悶仰天開笑口。

東六皆倒疊前韻

我無大魚肥肉調衆口，招來風月閒中友。黃粱一枕幻蕉鹿，白衣萬狀成蒼狗。入世今知悟昨非，補過誰爲銘座右？東野窮愁詎爲詩，次公醒狂何必酒。生平結習未能除，交到忘形方耐久。笑余腹背負三壬，似子聰明探二酉。盤龍家世産英才，氣懾熊羆不敢吼。

小雨復晴再疊前韻

溝車踏水作鼉吼，眼見田枯上下酉。土龍致雨僅沾泥，我亦隨人步禱久。怪底周妻不食肉，聊學陶公暫止酒。命中磨蝎巧相逢，天上歲星偏出右。閉門寂寂自呼猫，舉市紛紛傳磔狗。借箸前籌笑老顛，分金在昔思良友。茫茫世事復何言，憤到書空莫張口。

即事

桐陰一枕雨餘天，夢想金仙换劫年。笑看纖兒争鬥富，分來花勝數苔錢。

自江寧乘輪船至鎮江 英人美生軍火事發，沿江戒嚴。

江干草木變秋聲，海上樓船擁戰旌。兩岸荒山虞伏莽，六朝殘日隱空城。放懷自壯風雲氣，垂老猶聞鼓角鳴。大纛高牙憑坐鎮，雅歌到處頌承平。

黄子鴻徐聖秋觴余小金山感懷劉樹君 淮年 觀察萬仲桓 同倫 分轉

梵宫敲罷午時鐘，訪勝雷塘繫短篷。岸柳自摇千縷碧，水花猶放一枝紅。新交小别歸天上，舊地重游似夢中。載酒怕過仙掌路，曉風殘月話悤悤。

重陽登吴山晚飲後樂園同仰蘧方伯作

風雨連朝興未闌，吴峯絶頂一憑欄。會逢佳節身猶健，更喜名山畫裏看。客邸牽衣難判袂，壻鄉捧檄慶彈冠。郭甥瀛槎權永康，長女攜彌甥輩是日赴任。華堂共醉茱萸酒，把菊持螯且盡歡。

雨泛西湖同汪符生煦 大令芾庭之子。

買得瓜皮艇，攜尊共訪秋。新霜初過雁，小雨不驚鷗。水色青如染，山光翠欲流。客中頻話舊，欲去尚勾留。

余勉齋庭訓 觀察索題淑園圖園爲閱古泉，放翁有記。

少時曾讀山陰記，垂老來尋閱古堂。選勝逢君披畫本，放懷論世感滄桑。饑鷹呼雨蹲危石，野菊凌霜燦夕陽。一曲林泉供吏隱，天都咫尺是家鄉。

晚眺雷峯塔

紅樹連山夕照多，周遭石磴挂藤蘿。鬖鬖好似頭陀影，灰刼猶留窣堵波。昔人云：『保所塔似美人，雷峯塔似老僧。』

題翁鐵梅長森 大令詒硯圖

老作西泠客，解后遇佳士。示我詒硯圖，墨花暈青紫。風輪刼火中，此硯共生死。此硯失而復得，有記。摩挲一片石，珍重十行字。草檄兼著書，垂訓詔後嗣。等是鬱林裝，傳之清白吏。我家洗硯池，高風流奕世。勝境距咫尺，巖壑互争異。因君懷舊德，使我動遐思。

游玉泉山清漣寺觀魚 魚有五色，翠魚尤勝。

行到青芝隖，蒼蒼暮色侵。泉飛香雨細，細雨，泉名。徑冷碧雲深。觀水知魚樂，穿林識鳥音。荒涼布金地，倚檻獨沈吟。

晚游龍泓洞坐冷泉亭夜宿靈隱

萬木凌空起，天香何處尋？危亭閒貯月，流水暗鳴琴。雲冷禽聲寂，風回龍壑陰。山僧舊相識，一笑熟鄉音。

夜上韜光庵觀日出遂登北高峯

流泉暗谷響淙淙，石磴逶迤偃路松。下界尚酣千户夢，上方已警六時鐘。氣蒸旭日騰滄海，袖拂祥雲湧碧峯。放眼古今佳麗地，侈談舞鳳與翔龍。

游屏風山祖塔院試虎跑泉

踰嶺穿危澗，屏風斷復連。龍蟠碑臥地，鶴唳樹參天。野竈燒紅葉，平湖起白煙。老僧知肅客，新汲虎跑泉。

同楊古醞 葆光 大令游南屏净慈寺索僧雪舟畫

一杵鐘聲塔影移，白雲紅樹意遲遲。散來花雨彌天日，想到松風掃地時。客路清游同調少，禪心畫趣有誰知？琴臺石刻家人卦，乞取山僧訂後期。米南宫磨厓温公家人卦石刻。

九月既望同人夜集江干船詰朝泝錢塘江登六和塔步入五雲山訪蓮池大師道場觀董文敏書

空江月色夜溶溶，醉倚篷窗唱懊儂。客路愁多歡會少，狂奴老去豔情慵。煙消塔迴迎朝旭，林密峯回報午鐘。净士香光留妙墨，一庵供奉瑞雲封。

湖心亭題壁

樓閣玲瓏點綴新，舫船歌舞往來頻。插天青嶂真如畫，布地黄金易化塵。異代垂名雙少保，孤蹤辟世一完人。行藏自壯湖山色，手掬寒泉薦藻蘋。

茭白船聞歌

武林有九姓漁船，曰茭白，曰頭亭。相傳漢王敗鄱陽，部曲九姓奔至嚴州之建德，以漁爲生，改而業船，計千六百號，建德收其賦。其家屬皆習弦歌以侑觴，有同年嫂妹之稱，或云桐嚴，謂覓桐廬、嚴州人充之。杭州爲八省通衢，豪宦腹賈非此不乘，沈溺傾覆指不勝數。嫂妹百餘人，未見有珠翠錦繡之飾，則知纏頭所費悉充吏役私橐耳。賦此以待有心世道者救之。

翠袖禁寒淡掃蛾，越娃生小奈貧何？錢唐江上瀟瀟雨，子夜愁聞水調歌。

鏡裏新霜鬢漸皤，老懷無那被愁磨。青衫搵盡英雄淚，贏得秋風兩袖多。

同年嫂妹競傳譌，九姓生涯誤綺羅。願洗鉛華空色相，緑蓑青篛聽漁歌。

書華山碑後

十月既望，將去杭州，宗湘文源灝觀察餞別臯園，出示長垣本華山碑，宋商邱舊藏本也。憶辛未春客皖垣，識常州徐子新二尹，獲觀華陰本。徐云先人宦閩時，得自梁茝鄰中丞家。是碑海内流傳僅三本，四明本歸阮文達公，恨未寓目。因用何丈子貞韻題後。

嶽翠如雲紙上來，名碑過眼獨低迴。察書香察君休辨，寶氣中宵燭斗魁。

留別古醞

卅載聞聲覿面遲，那堪兩鬢各如絲。一生湖海風流客，萬事江河日下時。溷迹聊隨鴝鵒舞，盟心惟許鷺鷗知。青山紅樹西泠路，渺渺歸帆獨繫思。

和仲修送行韻

倒屣歡迎舊部民，摶沙易散轉酸辛。一天木葉紛如雨，兩鬢霜華燦似銀。風月自憐無盡藏，湖山常供不訾身。歸家好爲兒曹語，文字交情久愈親。

鴛鴦湖雨讌

杉青閘畔落帆遲，倚檻微吟絶妙詞。客散亭空漁唱晚，一湖煙雨望迷離。

晚泊鶯脰湖

野水蒼茫日漸低，荻蘆風起雁來遲。荒荒野市争收網，正是吴江楓落時。

滬瀆逢潤生招同魯幼峯鵬編修陳鈺卿永春總戎夜飲留桂軒即送入都

絃索嘈嘈月漸低，客星偶聚海天西。植躬品望師龍尾，閱世文章悟馬蹄。書訊時傳雲際雁，分張怕聽夢中鷄。勞勞霜鬢誰青眼，曾共童烏解問奇。

冬夜歸家用劉文房韻

鴉噪霜風緊，園荒草樹貧。還來舊時月，無復倚閭人。

壬辰元日

春薦辛盤泛紫霞，驚心爆竹起林鴉。九天雨潤豐年穀，三輔烽消帝子家。時聞熱河捷音。吉語傳來徵漢鏡，人情熱處羨唐花。此生幸作康衢叟，更念饑鴻未有涯。時議賑撫事。

上元日屈蔭堂承福大令招飲讀畫

爐香茗碗静無譁，風暖琴堂放早衙。戎馬昔年同入幕，文章經世獨傳家。君高祖肖巖刺史著習是編。細評絹素精毫髮，笑嚼膏環潤齒牙。爲語州民身尚健，春游擬看錦官花。仰蘧招往四川。

蒯禮卿檢討過遺園觀文蘇畫竹留飲

梅柳争春到草堂，逍遥三徑未全荒。詞人老去抛紅豆，里巷歸來問白楊。豔説前身蘇玉局，禮卿自云迦陵再世。羞談舊族魯靈光。千年墨妙憑誰賞？解后歡呼醉一觴。

園中晚眺

小園睡起敞簾櫳，料峭餘寒不耐風。柳影凍蘇新水緑，梅梢煙冱夕陽紅。燕歸省識三春夢，蝨隱惟棲半畝宫。乘興登臺發長嘯，雲霞萬變盪心胸。

花朝日漫與

春光九十將過半，積晦從無三日晴。人壽百年能有幾？得閒便覺一身輕。鷄猪魚蒜逢來吃，水火刀兵絶處生。多少浮雲紛過眼，問渠何事苦營營？

寄長女永康

回溯分離日，難爲遠别情。老身如傀儡，客路有逢迎。雨雪春申浦，波濤亞父城。燈花應送喜，一一計歸程。

客秋游杭州彭岱霖祖潤觀察贈漢甘露磚硯今春受臣禄觀察以賑務來廬雨中過訪賦此寄懷

連宵喜聽雨浪浪，捲樹風聲哮虎狂。滿徑落花閒遲客，一甌讀畫謾焚香。摩挲斷硯交情古，仰企高門翰墨光。水遠山長勞夢想，因君寄語到錢塘。

遺園公讌贈彭受臣觀察

數弓離垢自名園，獨醒拼澆酒百樽。不謂式閭先下士，更欣移粟廣推恩。風清蜀岫回春色，澤滿巢湖湧漲痕。萬點落花飛滿座，千旌紅映舊衡門。

題文蘇二公風竹 有敘。

文石室、蘇玉局畫竹各一幅，蜀金箋本，度今工部營造尺，高長有半寸〔八〕，寬五尺二十，兩幅尺寸胥同。文竹署『蜀郡文同寫』，蘇竹自跋於畫尾。幅内皆宋、元、明諸公題識，本朝名人題於四邊，洋洋乎大觀也。元時入内府，上鈐『奎章閣寶』，勝朝爲檇李項氏雲鐫閣物。國初歸宋牧仲太宰。嘉慶間，舅祖壽州孫不庵先生購以千金。兒時嘗聞先大夫道及，恨未得見。道、咸之際，歸於潁上趙香舲同知。香舲與辰有連，没後歸於余。溯牧仲判黄州日，與先節推同官，爲至交，逸事載筠廊偶筆。二百餘年結此墨緣，詩以記之。

虎臥龍驤筆一枝，用米南宮贊語。雪堂石室各争奇。雲煙過眼徵遺録，慨想筠廊讀畫時。

千年真贋辨來難，耳食偏多誤達官。不解梅溪老居士，枉抛目力爲雕刓。道光壬辰，延州張芥航河督倩錢梅溪居士將此畫贋本刻石嵌於焦山。

小園愛種碧琅玕，掩映空亭入畫難。何幸風流追墨妙，嘯歌日日報平安。

端陽節遲丹叔午飲不至

庭榴吐焰紅於火，曉起看花石上坐。辟惡新懸澗底蒲，分甘又摘園中果。老來舊雨已無多，劫外幸民猶賸我。啖蔗方知味漸佳，奪標競道富而哿。時府試未竣。隔年爪迹印泥痕，幾卷心肝嘔飯顆。胭脂嶺畔一閒人，家世龍眠能負荷。廬陽作客未還鄉，交傾四海名流夥。自笑吾生等繫瓜，久處善言如炙輠。詞源詩律細討論，良辰有約偏相左。讀騷把酒休問天，天亦夢夢無不可。

悼吴驊仙

舊結芝山社，其人温且敦。窮途艱負米，琢句憶敲門。又值掄才日，誰來共酒樽？譚侯甘説士，没世慰吟魂。復堂日記選驊仙詩。

少荃爵相遣人下問奉呈兼祝古稀

玉節權頒四大洲，公爲全權大臣。牙璋寵列五諸侯。九重象緯闚天市，萬國車書測地毬。借箸别籌王霸略，弢弓暫釋廟堂憂。安危身繫蒼生望，聞説皤皤已白頭。

捫蝨歸來溯舊游，音書斷絶幾春秋。名山笑我甘充隱，滄海微公尚横流。吐握愛延天下士，滑稽漫狎雨中優。衮衣繡黼覘風度，片語殷殷祝麥邱。

贈周蘭初

紫蓬山色撲檐前，記得菑園訪酒顛。道光戊申秋，訪趙雲持徵士於君家。彈指紀羣皆隔世，傾心孔禰獨忘年。閒情漫綴連珠體，奇氣常吟寶劍篇。十載功深期面壁，聲聞猶近小乘禪。

夢偕楊古醞辟暑龍泓洞與雪舟和尚話

丹崖碧嶂隱青藤，到此心如一片冰。老厭世情圖作佛，偶逢孱衲話傳燈。炎天轉念號寒鳥，福地何來觸熱蠅？頓覺清風生兩腋，北窗倚枕睡初興。

次兒德棻入泮勖之

仰承堂構守遺經，屏迹牆東養性靈。萬事輸人雙鬢白，十傳繼志一衿青。罔談燕許新標格，吾鄉後進多以軍功策名。自有河汾舊典型。玉柄香囊俱結習，趨庭爲汝述先銘。

述先德詩

家庭孝友是徵祥，淮水長流卜世昌。舊物惟存氈一片，相傳遺冢在青崗。吾家系出晉光禄大夫玄通公，四傳至中書令子敬公，墓傳在郡東青崗集。

名標黨禁慶元年，燕翼貽謀後起賢。一自相山留氣節，千尋喬木蔚參天。太師魏國公之道與兄之義、弟之深同登宣和甲辰榜進士，建炎寇亂，率衆保無爲軍狐避山。紹興初，通判滁州，上疏有『九不可和』之說。忤秦檜，謫監南雄鹽税。晚歷麾節，詳尤袤神道碑。仲子樞密使獻肅公藺，宋史有傳，祀廬州鄉賢。

遺直名高吏部郎，於今墓道迹全荒。掘來異石羣兒戲，紗縠猶傳舊日行。鍇公南宋官吏部郎，有直聲。墓在演武廳西，志失載，相傳即果行一分。

虜馬踰淮亂似麻，湖干遁迹侶魚蝦。艱貞歷盡紅羊劫，漢室衣冠賸幾家？弢公淳祐丁未進士，宋亡隱湖濱。旺生公洪武初始入版籍，墓在巢湖南萬年埠，公三子釗、鎔、錞祔葬。鎔公爲城中一支。嫡祖再傳憲公，永樂辛丑進士，仕至左僉都御史，傳載府志。

蜀山西峰帶淝流，丙舍經營地最幽。寸草春暉悲罔極，蓮花庵畔事先疇。城中始遷祖履常公嗜書，善養正，從游者衆，闢蓮花社講學。隆慶六年旱，公與侄小渠公賑粟八百石。縣令萬君鍾禄上其事，額以『尚義之家』，舉鄉飲賓。

茄花委鬼紊朝常，辟世棲真愛道裝。識字耕田吾願足，羞隨蝌蚪夜偷光。二世紹庵公弱冠入縣學。從兄恩民隆慶戊辰進士，官御史，告歸營宅西闉。公居蓮花庵，樂善不倦，創惜字社。時有戚某爲魏閹建祠，致書規之，從此不入城市。

褒衣博帶老膠庠，鄉里人尊王彥方。一例汝南操月旦，窮通壽夭驗文章。三世慕緱公萬曆己亥入縣學食餼，每評人文，定其終身。己亥，流賊圍城，偕侄幼章公捐貲守城。幼章崇禎丁丑進士，官御史，名噪復社，公之教也。

一領羊裘卅五年，回思宦味獨蕭然。焚香閉閣求民隱，遺愛常留楚水邊。四世俟齋公與弟思齡同魁順治戊子榜，司李黄州，三權府篆，祀名宦，傳詳通志及黄州志。思齡順治壬辰會魁，官通政司參議，祀鄉賢。

傳來治譜墨猶新，廉吏兒孫樂守貧。馬巷諸王多長者，名稱獨行傳中人。五世鹿柴公，縣學生，封文林郎。志詳篤行。

堂開冰翠絶塵埃，金斗靈鍾曠代才。三載一官清似水，萱闈養志賦歸來。太高祖雨溟公宰商河，民間有『二年清似水，六月冷於冰』之謡。歸，築『冰翠堂』養母。公髫年入泮，田山姜學使評其文曰『金斗秀氣鍾於一人』。康熙庚午經元，辛未進士。傳載通志文苑。

賦成芍藥誦清芬，一過千言早冠軍。三少同時誇宅相，聯牀風雨校遺文。高祖九餘公十三入邑庠，與弟篤周、嘯問蜚聲庠序，刻先世遺文，舅氏全椒吴永年榜眼誇爲宅相。載通志文苑傳。

一門雙節勵冰霜，五世同居守義方。泮水藻芹頻送喜，秋風桂蕚又聯芳。曾祖珠庭公兄弟四人，同案入學，與弟詒庭中乾隆乙酉鄉榜，王輯青觀察榜其門曰『華蕚聯芳』。詳府志文苑傳。

掃榻殷勤特表閭，生平義行重枌榆。春花秋月香山社，九老圖中齒德俱。祖受虚公貢生，少從伯祖慕劬公學。伯祖乾隆壬子舉於鄉，主講無爲，旋卒。叔祖暘谷公，乙卯武舉，相繼去世。公撫侄如子，教之成立。周文忠尚書守廬時，表其門曰『式是家邦』。晚年偕同里黄中丞季侯、褚國學西堂結真率會。載通志孝友傳。

江淮蒿目閔殘黎，十載從戎厭鼓鼙。先大夫由貢生考授刑部司獄，議敘州判，咸豐元年舉孝廉方正。八年，長白勝保公、袁端敏公奏辦淮北團練，晉知州，賞孔雀翎。己未秋，撫軍翁文勤公檄辦淝西各團。老練鄉團心力瘁，異軍一旅起肥西。時果敏公英翰令合淝，六紳李采臣方伯帶鄉軍，兩不相下，先大夫周旋其間，淮軍諸將帥均服事之。卒於差次，贈知府銜，蔭一子入監，以州判用。通志義行、府志儒林均有傳。

徐亞陶 寶謙 郡守以潘星齋侍郎松菊圖見惠感賦

風流學士玉堂英，環翠軒中舊締盟。潘文恭相國與慕劬伯祖同壬子鄉榜，紱庭京卿與族叔祝君同乙未榜。爲述升平多樂事，分來遺墨見交情。

九辨焉能薄楚騷？宋牧仲太宰有落英辨，見筠廊偶筆。同時才調問誰高？揚州芍藥黄州菊，壓倒詩壇有二豪。牧仲判黄州日，語太守何道岑曰：『吾近日所心折者惟二王。』揚州司李貽上、黄州司李言如二君同出琅玡，亦兄弟行也。

畫扇猶留翰墨香，余藏侍郎山水便面。與君展讀引杯長。故家喬木偏多感，誰識琅玡大道王？

中秋遣興

棗栗堆盤酒滿甌，桂香小院月當頭。任渠惡及池中蟹，笑我閒於水上鷗。算橘收菱關日用，醫花養樹亦風流。顛毛半白身還健，浩蕩思偕汗漫游。

重九偕六皆登教弩臺晚飲

一行賓雁送秋來，乘興同登百尺臺。地控江淮平野闊，天底吴楚暮雲開。憂時詞客頻搔首，閱世雄心奮舉杯。老去莫教佳節負，禪房話舊獨遲徊。

風催木葉暗荒城，殿角猶餘落照明。月色轉空塵籟息，菊香入定夜禪清。長齋笑設伊蒲饌，短夢驚回梵唄聲。徙倚井欄尋片碣，欲除煩惱學無生。

贈六皆疊前韻

詞壇飛將壓長城，老眼逢君喜乍明。潑墨已看池水黑，論文更比玉壺清。羽毛雛鳳新騰采，家世盤龍舊有聲。後起知音殊落落，醇醪醉我慰平生。

與秋水僧論畫再疊前韻

登高又到梵王城，記話松陰叩月明。斷鏃久隨秋草没，濯纓偏愛井泉清。木魚面壁燈無影，鐵鳳吟風夜有聲。歲歲偷閒作重九，獨參畫趣證三生。

和徐亞陶實謙郡守留别韻

客歲秋江放櫂過，匆匆又見水生波。摶沙小聚歡情減，落月相思夢境多。自古循良膺壽考，此邦風俗待漸摩。載書買硯留難住，嬴得棠陰有頌歌。

久參禪味厭人情，坐擁圖書儗百城。已分孤蹤甘寂寞，獨於賢吏愛逢迎。隨車好雨千家喜，歧路秋風兩袖清。何幸駑駘邀一顧，願依琴鶴伴君行。次子德棻試列前茅。

亞陶以詩志謝疊前韻報之

榮枯瞥眼幾番過，笑我心如井底波。徇俗久知公道少，牖民終覺善人多。客來風月談何易，老去文章興不磨。衮衮朋儕皆濟世，佯狂誰解接輿歌？

垂老難爲離別情，那堪風雨暗荒城。香花遺像工題詠，君與任花農太史刻包公石像。煙柳依人解送迎。蜀岫雙鬟縈夢想，乳泉一勺證心清。攀轅翻恨來何暮，夾道旌旗緩緩行。

索亞陶畫扇再疊前韻

記得南湖載酒過，天光雲影漾清波。菰蒲菱芡家家足，鷗鷺鴛鳧處處多。游迹已同泡景散，吟懷都被墨緣磨。金風亭畔頻回首，團扇從君畫櫂歌。

儒雅風流異俗情，一麾出守領專城。鴻飛曠野哀鳴少，吾郡春賑，議設粥廠。鳩化陽春善氣迎。霍麓西來消瘴癘，巢湖東去喜澄清。側聞宦海波濤惡，穩向中流自在行。

十月二十三日都人士公餞亞陶郡守三疊前韻

高軒乘興屢相過，笑酌銀釭漩酒波。濁世清操能有幾？名流韻事已無多。遴才愛把金鍼度，起草曾將鐵硯磨。拜舞公堂齊獻壽，臺萊好爲使君歌。

天生我輩最鍾情，三疊殷殷唱渭城。焦姥夢懸孤塔迥，皖公笑揖片帆迎。橙黄橘緑風光好，畫舫書囊宦況清。應念道傍垂白叟，踏歌無那重行行。

亞陶貽花韻軒菊譜

花韻軒中賸冷香，良辰選客慎開觴。蘭因絮果都參透，省識金剛不壞王。菊名。

黃季繩先綸孝廉歸自京都過飲

塞鴻南嚮帶秋來，快拂行塵遲酒杯。九日風光清興迥，百年故舊笑顏開。自憐烏帽頻吹髮，爲說黃金尚有臺。籬菊耐霜猶吐豔，小園執手共低徊。

十月望日訪李繩留飲疊前韻

訪君遠道乍歸來，爲具盤餐罄一杯。話到秋風蓮社侶，喜逢晴日草堂開。睡鄉慣入游仙枕，茶味還思舊釣臺。休負良宵好明月，衝寒有約且徘徊。

月當頭夕作

笑問當頭月，風光憶少年。嫦娥偏不老，歲歲向人圓。

十二月二十七日四孫生彌月日者云人中三奇格五行缺火命名迺丙志喜

湯餅筵開洽比鄰，掀髯一笑歲華新。桐花結乳孫枝秀，槐蔭蟠根奕葉春。瑜珥瑤環羞過譽，箕裘弓冶喜相親。懸弧門左徵祥瑞，燕翼詒謀裕後人。

除夕

爆竹聲猶接四鄰，門闌剪綵例更新。梓鄉歲歉民如焜，花信風催氣轉春。書味養心娱老境，杯棬含淚薦雙親。爲談往事兒童笑，也算嶔崎磊落人。

癸巳元日書懷步除夕韻

坐擁圖書結古鄰，任他世事日繙新。金銀氣耗彝倫斁，冰雪寒凝天地春。詒訓傳家惟孝友，浮生如夢負君親。雕龍射虎當年事，儘作壺中一隱人。

冬心書屋圖爲丹徒李亞白作

李侯恭敏之賢裔，勝朝尚主高門第。君四世祖恭敏公，明駙馬都尉，系出伯時。練裙麈尾儘標格，圖仿西園追韻事。十畝今無負郭田，百身難了浮生累。撑腸萬卷不療飢，識字甘招造物忌。家住江南第一州，巋然老屋東西頭。澆愁慣煮中泠水，攬勝頻登多景樓〔九〕。三十六湖閒泛宅，牽船又作淝濱游。遥望龍眠發長喟，山莊隱隱懷松楸。花飛絮暖雛鶯哢，臨歧記把征鞍送。野店清風舞緑么，觚稜瑞日瞻丹鳳。皇親巷子覓來難，途窮誰識家聲重？隔年草色没金臺，五夜鄉心環鐵甕。軟紅游倦鬢毛斑，醇交款客霏清談。利藪名場增閲歷，學津理窟窮搜探。袖出新詞編冀北，别來舊雨思江南。仲修司馬。漏痕細認鴻泥迹，夢境重尋蝨隱庵。命宫我亦遭磨蝎，六張五角偏相厄。牆東避世且棲遲，讀畫喜君營舊宅。冬青夭矯勢參天，枝幹中藏太古色。故家喬木早逢春，獨抱貞心鍊冰雪。

天中節招丹叔蘭蓀晚飲出觀漢鏡

謾言客邸負天中，爲啓園扉治酒筒。雨潤旱禾新水緑，花明小樹夕陽紅。忽聞穿徑啼幽鳥，相待披襟坐晚風。話到江心工鑄鏡，辟邪尚有漢年銅。

午日感事疊前韻 府試賄聲昭著，太守范公出院，羣童争辱之。

清濁難分時一中，興酣攲枕理吟筒。乍驚鹿夢蕉迷緑，欲化鴞音葚未紅。翦舌任教鸜鵒語，追蹤不辨馬牛風。佩觿佩韘争騰謗，惱然渠伊枉佩銅。

接朱曼君旅順書再疊前韻

偃伯靈臺日再中，文壇意氣走郵筒。連營鐃吹投醪樂，謂吴武壯。繞座花枝插鬢紅。謂方子箴。倒屣争迎天下士，分金尚有古人風。淮南詞客今餘幾？老去消聲作啞銅。

感逝三疊前韻

回思往事笑談中，滴粉團花截竹筒。末座問誰衣慘緑，隔窗笑汝唾殘紅。燕歸門掩重簾雨，鶴去樓空一笛風。枉説采絲能續命，羞將黄髮對青銅。

書名人尺牘後

蟫蠹叢殘劫火餘，青箱賸有故人書。論心今昔偏多感，風雨孤吟一草廬。

赫蹄黯黲墨猶新，文字情長臭味親。月夕花晨頻展讀，喜交海内有名人。

夏日送姨甥方長孺孝傑刑部入都兼懷表兄方季唐汝紹鴻臚表弟孫燮臣司空並示及門江潤生編修外甥孫少鼎主事

半刺眼忽明，迎門忙倒屣。怡然訊起居，笑曰吾老矣。昨來自武昌，客中省杖履。摩頂話生初，冶溪新戾止。烽火屢播遷，光陰倏彈指。阿翁我深交，卜居愛吾里。四姓連姻婭，一家嗜圖史。酬倡偕潁坡，謂子箴、子嚴。氣誼重羣紀。我昔登壇坫，爾亦隨鞭弭。項領異凡兒，心知今賸幾。小園可消夏，緑陰潤窗几。乘興辨硯銘，得意參畫理。其才了十人，其年届强仕。丈夫貴樹立，不徒耀青紫。臺省正需賢，雲司發軔始。火轍張天衢，飆輪盪海水。此别殊鬱陶，遠送河之涘。世路日多歧，杞憂情難已。京華諸親故，善爲我傳語。他日阿翁歸，聯吟報吾子。

亞白以舊作寄予删訂

判袂才十旬，方寸鬱如結。躑躅空城中，好懷共誰説？老醜争厭棄，形骸刓脱略。深感諸少年，善戲不爲虐。排悶讀君詩，唾壺頻擊缺。君友半我友，生離兼死别。我年近古稀，君齒過半百。入世等繫匏，謀生未暖席。誰潤西江魚，難跨揚州鶴。白日任放歌，紅塵懶插脚。君家龍眠莊，高風或可作。我家輞川圖，閒情庶有託。各保冷淡名，毋取時世悦。鑽殘故紙堆，精光永不滅。

曉過昭關遣擔夫還寄闞漢卿駉大令

東戒烏江水，西連小峴山。荒臺叢灌莽，斷碣暈苔斑。霧隱林曦澹，泉流石徑潺。擔夫還寄語，破曉過昭關。

八月四日小雨放晴攜從子德輿季子德棻登臺城覽古晚歸喜姨甥方小泉自襄陽來大兒德澍由滬瀆至率成長歌不自知其拉雜也

曉起鵲噪晴，秋光净如沐。客邸百無營，飯罷問所欲。出門意寡諧，過市徑愈曲。蹇驢自識路，逍遥探林麓。金陵古名都，形勢奠南服。山氣龍虎騰，江漲黿鼉蹴。俯仰開胸襟，視聽娱耳目。慶榜詔掄才，羣髦競追逐。不解兔園陋，遑恤狗監辱。窮達多俗心，那識清閒福。我年届古稀，交游半鬼籙。猶記琴隱園，芰荷香繞屋。到今埋骨地，時有鵂鶹哭。紗帽巷湯貞愍公殉難處。東上誌公臺，長風動灌木。南尋胭脂井，苔繡字漫讀。西指落星崗，蜃樓聚非族。鼓樓西多夷館。北眺玄武湖，鷗蕩波空緑。魚鳥尚親人，會心想濠濮。在昔隨杖履，參禪契坡谷。己酉冬，侍先大夫暨吴丈菊坡游雞鳴寺。小劫换滄桑，未了棋枰局。晚過大功坊，昏鴉就樹宿。故舊忽造訪，兒曹嗟行役。張鐙傾濁醪，言笑情彌篤。良宵共忘眠，鄰雞聲喔喔。

秦淮豔感

煙柳依然碧，風光奈老何。畫樓曾共倚，水調又聞歌。捲幔寒潮急，回鐙暮雨多。盍簪思往事，莫放醉顔酡。

星月能無戀，江山忽有情。水明珠閣影，風咽玉簫聲。掩扇工愁極，低弦訴恨輕。白頭仍作客，伴汝淚雙傾。

答張洪甫 鈞元 大令

長公久化寥天鶴，君從兄瑾山殉難盱眙。人海何期遇卯君。詢到箕裘能負荷，劫餘蹤迹誤傳聞。廿年磨盾依鑾府，十笏環滁隱暮雲。莫話秦淮舊風月，名流一揭齒猶芬。

小重陽日偕郭甥瀛槎季子德棻由玉泉至靈隱寺山僧具蔬筍餉客聊裁短什用記前塵

爲揭磨厓句，重探靈鷲峯。泉聲噴曲澗，雲影暗長松。恍悟三生石，驚聞九乳鐘。山僧開口笑，佳節又相逢。

重九日登吴山午潮忽至復堂曰異哉歌示德棻

寒飆捲地萬竅號，濕雲凈洗秋天高。異鄉無事且尋樂，插萸對菊閒題餻。客來邀我作重九，吴山選勝偕兒曹。岡回澗複徑陡折，十步九坐偏忘勞。振衣賈勇凌絶頂，離方鎮石堅而牢。山頂列石作坎卦，鎮火。俯視西湖一勺耳，忽驚羅刹噴銀濤。玉龍蜿蜒互起伏，睢盱百怪紛潛逃。昂頭掉尾欲西上，戰酣鱗甲風生毛。前胥後種俱幻想，當年怨氣今應消。水犀五百射强弩，誓幢想見婆留豪。人生快意能有幾，石囷海市回奇遭。呼兒對此悟文境，詞源倒峽傾滔滔。停杯擲筆仰天笑，賦成七發誇枚皋。

湖上晚飲

月色化爲水，水光上接天。四圍青欲合，一望白無邊。岸缺藏餘照，船歸破暝煙。魚羹味尤美，沽酒有銅錢。

重到西湖柬仲修

柳浪堤邊放櫂游，斷橋西去愛探幽。柏堂竹閣俱塵迹，楓葉蘆花引客愁。難得一觴兼一詠，别來三日似三秋。溪魚沙鳥應相笑，人海勞勞兩白頭。

舟過嘉興懷徐亞陶都轉

杉青閘畔記停舟，訪勝鴛湖載酒游。聞道故人新解組，懸知佳日定吟秋。三春柳色曾青眼，兩岸蘆花已白頭。煙雨空濛縈夢想，望城一刺未遑投。

舟泊巢縣楊吉堂學博王壽民錫祺少尉招余攜季子德棻游金庭諸洞晚飲吉堂家趙子容金凱軍門錢乙樓國選大令均入座

四山拱居巢，秀挹金庭洞。石穴地肺通，焦湖天宇空。翠巘凸千盤，蒼巖嵌一縫。子喬化劍飛，洪厓招鶴控。羽客愛棲真，醮壇引鸞鳳。紫雲覆其上，福地百靈珁。在昔兩俞公，艨艟擁萬衆。功成歸故里，賜第人争頌。至今杏花泉，汩汩分田種。我生被塵謗，奇計老無用。國害尚未除，抱書同一慟。羞訪洗耳池，愁過回車巷。仙窟且消摇，時聽幽禽哢。城闉暮煙起，樹杪夕陽送。小憩故人家，更喜杯盤共。得失淡胸懷，南榜發，座中均被放。笑談雜吟諷。扶醉夜歸舟，應作少霞夢。

晚過陳叟家看菊

地紐鐘形覆，城如覆鐘，南寬北狹。城荒人迹稀。斷壺懸牖甕，編草作牆衣。笑指秋花淡，閒看倦鳥歸。行行天欲暮，駐足款荆扉。

無爲汪道三 履中 過訪 君高祖訂頑先生著史外。

芝山有逸士，作史擅三長。食德君無忝，窮途志更强。榮華紛過眼，文字獨撑腸。翻恨相逢晚，巡梅話夕陽。

天市歌

宋稗類鈔：『下元甲子，正直天市垣，所以人多好利，爲市井之行。』

君不見，饑鳳巢閣鳴朝陽。又不見，駑馬立仗甘芻糧。小東大東空杼軸，斗難挹酒箕揚糠。天市垣開晛運會，白環銀甕都呈祥。兔園鴻寶盛賓客，蜃樓鮫室騰輝光。鄙儒玩世七十載，浮雲過眼空奔忙。一朝詭遇衆人合，三黜直道吾心傷。久知麟楦等傀儡，轟聞狗竇尤譸張。鄉里兒童好身手，綸扉元老誰平章？煌煌苑籞聚奸宄，閹内監自海子還，遇盜被傷。沈沈壑谷工迷藏。羣陰剥極獨陽伏，天心來復時當昌。嗚乎！天心來復時當昌。

臘八日明教寺傳戒僧餉七寶粥余報以歡團取十地菩薩光明圓滿之意

七寶寅朝粥，家風臘八天。緇流修白業，净土種青蓮。獨證團圓果，同參歡喜緣。維摩應笑我，一味口頌禪。

十七日晚步城西與園叟話三年事歸讀敎甫廬州戰守記書後

城闉回抱日西斜，淺水寒林噪暮鴉。黑劫久消廬子國，紅塵不到野人家。四朝聞見留書種，五色文章粲筆花。猿鶴蟲沙紛過眼，摩挲銅狄感無涯。

戊寅四月仲弟桂山去世越二年閏月猶子德輝亦亡孤孫逌原方七歲今嘉平月十七日生子三朝設宴命名昌熾作歌志喜

朔風送雁行，鴒原呼不起。甘忍鳳凰饑，羞共鵾鷄語。期功多早逝，頻年慘料理。心曲誰可言，背人淚如洗。庭前紫荆樹，無端生螻蟻。内疚轉自慚，憂來欲祈死。吾弟倘有知，冥漠悲難已。荏苒十五年，孤孫換駒齒。遺硯可傳孫，孫今又抱子。湯餅啓三朝，魂兮應戾止。上告兩老人，裕後延福祉。四代萃一堂，譬身聯臂指。形分氣則同，物猶庇葛藟。家風守忠厚，世業寶圖史。命名述祖德，清芬定濟美。先黄州公立十六字以命名：「元會運世，尚德逌昌。仰瞻思奮，遺澤孔長。」

祀竈日王秀峯山長過談

瘦聳吟肩鬢未華，吾生歲月樂無涯。夕陽返照都成景，老樹先春又作花。惜少甜羹來舊雨，願儲義穀贍貧家。黄羊祀竈争求富，賺得兒童笑語譁。

甲午元日

壯志雄談老不磨，行年七十且婆娑。暖催梅信春光早，瑞溢槐堂喜氣多。過眼浮雲覘世變，游心化日養天和。里門冠蓋紛如蟻，肥遁誰知有邵窩？

秀峯餉米餻謝之

記從笠澤繫吟舠，古寺門前市閔餻。蘇州平望閔姓米餻尤佳。潔白鬆甘宜老物，韋龍謝鳳銜兒曹。

寒具堆盤齒告勞，口涎細嚼看人饕。饞來笑指便便腹，壓倒劉郎一字豪。

春韭秋菘味並高，香粳製就點薑芼。老身闗鬲偏嫌冷，一飽歡娛未敢饕。

人日招吕幹亭賢楨教授陳幹夫賓參軍讌集遺園

年年此日泛春觴，難得親朋聚一堂。手種疏梅含蓓蕾，夢回老鶴共飛翔。牽茆補屋貲誰送？掃徑開門客到忙。醉倚紅欄望新月，照人未改舊時光。

過方子箴故居用前韻

古香凹裏罷吟觴，無復題詩到草堂。塵海勞生甘寂寞，道山仙侣溯回翔。詞壇唱和憐同癖，食品精良厭獨嘗。袖拂蛛絲尋舊墨，畫屏紅燭暗流光。

姥山謡

姥山峙巢湖中，明崇禎間知府嚴爾珪建塔。諺云：『姥山尖，出狀元。』甫四級而公去，有老儒過其下，曰：『此劫殺方，建塔如植劍槊，兵將起。』未幾寇至，城陷。光緒初，伯相李公醵金成之。余屢登其上，賦此以詔來者。

一塔關文運，悠悠目論僉。定符龍首夢，喜見姥山尖？吾郡楊寘，宋慶曆二年四爲貢首。

巨浸瀦彭蠡，書傳以巢湖爲彭蠡。羣峯障六灊。此方臨劫殺，敢議姥山尖。

南竇傳西學，同文教化漸。同文館聘西人主教，更設武備學堂。任他渴睡漢，閒眺姥山尖。

對策無風漢，登科恥夢炎。願求忠孝士，不負姥山尖。

接佑賢侄旅順函曼君大暮季直大魁志感

新綠遮檐雨乍晴，鵓鳩聲裏叩柴荆。壺中睡覺寒暄異，海上書來悲喜并。不幸斯人真短命，争誇大對冠羣英。昔年共醉江樓月，青眼高歌憶兩生。庚辰初夏，二君别於浦口。

午日懷丹叔

榴紅蒲綠轉風光，令節君猶客異鄉。隔歲小園欣入座，擘箋拈韻競飛觴。浮生笑覺蚍蜉夢，大廈閒看燕雀忙。卻喜南薰能解愠，停雲爲祝壽而臧。君書來索壽言。

太湖徐芷帆德沅編修雨飲小園以難弟仲到德溉工部死孝狀屬題

司空留滯表貞珉，南望鴒原宿草春。異夢舊聞金鷲鷟，前身本是石麒麟。班聯臺省稱才子，養恥餅罍慟鮮民。燭燼酒闌頻掩卷，話殘夜雨意酸辛。

久旱忽雨病起聞烏音適周生出獄過訪口占

盾日炎炎勢莫當，鳥聲呼雨送新涼。問渠縲絏緣何事？笑看南山食爛羊。

病暑夜臥

病軀憚暑況衰齡，偃仰籐牀汗雨零。人到反常天亦變，物能爲祟地無靈。蟾光浸水穿溪樹，螢火摇風隱畫屏。睒睒貪狼直弧矢，憤來强起獨占星。日本搆難，高麗乞援。

中秋遣興

小雨迎涼宿疾瘳，良辰早起快梳頭。花光紅映玲瓏石，竹影青浮曲折邸。悦口香粳宜半夏，友人貽冬舂米。關心射策正中秋。兒輩赴試江南。飣盤晚供團圞月，含笑頻傾碧玉甌。

病起晤丁珍甫鈺廣文留飲年已八十有六

病起聞君至，歡然倒屣迎。居鄉能化俗，養性得長生。山水尋真趣，君精青烏術。兒孫問小名。荒園秋色富，把盞話交情。

雪霽松風閣晚眺

小閣凌空暮色侵，衝寒攜酒獨登臨。雪明遠岫微茫影，風咽征鴻斷續音。不分杖藜誇健步，有時舞劍奮雄心。驚聞三輔烽煙急，猿鶴蟲沙寄慨深。倭夷犯順，旅順不守，瀋陽告急。

乙未元旦設歷代詩人位於遺園仿古祭詩之例

夜漏聲催曙色蒼，滿天星斗焕文章。揭來兜率思吟侶，肸蠁潛通一瓣香。

題丹叔松芝象

手把青芝秀，容敷翠柏春。酸辛諳世味，笑語有天真。老至甘爲善，囂然樂守貧。聞風起頑懦，吾欲繡斯人。

爲郭敘五振倫廣文題含飴圖

卅年辟地大灊山，豺虎叢中共往還。回憶竹林同課讀，松風四壁掩柴關。

花萼坊西舊結鄰，眼看堂構喜重新。傳家呫畢安吾素，一脉書香啓後人。

月夜檢朱曼君手書並懷范肯堂明經張季直修撰

渤澥鯨濤險，臨風擬大招。感君瀕死日，爲我賦生朝。同輩才無匹，重泉恨未消。藐孤方襁褓，誰與理歸橈？

文瑞推張籌，高懷重范丹。詞壇争樹幟，仕路屢彈冠。生死交情見，饑寒歲計艱。風塵多阻滯，往事鼻辛酸。

飛來舊時月，記上海西頭。酒醒猶聞笛，宵深共倚樓。浮蹤萍梗散，覓食雁鴻愁。廿載依戎幕，遺書待校讎。著兩晉南北朝會要。憶把延陵劍，頻參律髓詩。植根憐命薄，滅刺畏人知。

文厄天將喪，名高世共嗤。玉樓渺何處，老淚濺清卮。

友人索題鴻案聯吟圖

玉樹芝蘭競繞階，瓊閨韻事笑顔開。封胡遏末俱名士，少小偏憐詠絮才。

昔年賃廡苦奔波，今日齊眉樂趣多。窮達在天休附熱，曠懷愛詠五噫歌。

吠雪篇爲頭等全權大臣李公使日本作 二月十九日。

寰宇浄洗塵，園林浩如潔。芳序早及春，暖激寒猶閉。雷公忽砰訇，電母更閃掣。玉龍戰方酣，震旦晦無色。聞道鳳凰山，夕烽遞明滅。根本固邠岐，羽檄馳河朔。成勞壯天險，門户塵虛設。債帥枉偷生，提督黄仕林、衛汝成、趙懷業、姜桂題、徐邦道、程永和、張光前旅順七統領聞警遁。蚩氓慘流血。大料天下兵，專閫皆髦傑。棋局日紛紜，詢謀卜瀍洛。時有西遷之議。司農杼軸憂，亟進弘羊説。榷算税間架，勾稽履阡陌。各省籌捐田房税。竭澤究奚補？翻虞傷國脉。九重忽罪己，詔下恤民瘼。萬姓解倒懸，三軍倍踴躍。回溯東征初，車攻賦六月。牙山侈奏公，平壤事瓦裂。裹革殉城南，降旛豎城北。牙山之役，提督葉志超飾功冒賞，退平壤；總兵左寶貴戰死；總兵衛汝貴豎白旗遁。廟謨倚魏絳，師言漏闕白。軍械所書吏劉某通倭，高升船被劫，副將鄧世昌戰死。佳兵惡不祥，邊釁戒先發。卅載講富强，聲名施蠻貊。旁觀漫猜疑，功高敢矜伐？內省恐蔽賢，兵權自請撤。盈庭衆論淆，謗書投滿篋。徒開告訐風，惜少救時策。誰識老臣心，一德天難格。曷不呼餘皇，鷁鶂陣前列？破賊有兒輩，喜見屐齒折。雪漲島嶼平，蜻蜓徑搗穴。海溢戮鯨鯢，京觀萃鱗甲。紓難必毁家，致身能活國。玉燭賴調和，金甌免杌隉。走也蟣蝨臣，髮短肝腸熱。杞憂亦何愚，清淚飄似綆。運去桑梓衰，情長故舊切。縱教音信疏，遑問雲泥隔？願師富鄭公，隻字争和約。近法包孝肅，片語虜氣奪。望公崇令名，祝公保晚節。吾甘老飯顆，書空愁吠雪。

遺園遣興

守拙吾甘遠市氛，招來獨鶴與同羣。檐冰化水池通溜，爐篆迴風岫吐雲。净養竹光延素月，暖蘇梅蕾戀斜曛。一邱一壑堪娱老，領取三春錦繡文。

花朝日會飲學稼堂贈張子開

老醜逢場百不宜，里門徵逐且隨時。懶窮鄒子談天術，静悟陶公止酒詩。賣卜賃春甘市隱，倚楹恤緯問誰知？翩翩濁世諸年少，博物輸君獨賞奇。

讀十國春秋雜感

帝王受命著神奇，草竊羣雄事可疑。凍死紇干山上雀，中心竟屬五經兒。

五季紛争似奕楸，屠沽厮養化王侯。籲天厭作中原主，刺史由他斥洛州。

嶟宫下詔慰生靈，望杏瞻蒲夜戴星。更著官箴頒郡縣，千秋戒石尚留銘。

石室當年俎豆馨，刼餘圖籍嘆飄零。玉霄君相興文教，從此黌宫列九經。

幽燕烽火接三韓，白骨高於木葉山。無德無才難救世，可憐老子本癡頑。

墨敕斜封紊紀綱，腰金蟒玉巧趨蹌。無端猫犬通人語，顛發軍容忽改常。

大物龐然負重名，笑渠伎倆盡平生。一囊道遠難勝任，驢弟終愁累馬兄。

采詩自古驗民情，正變無乖雅頌聲。狗子猫兒翻得力，而今歇後作公卿。

物望難逃月旦評，兩家明德樹先聲。鳳毛牛屎分優劣，爲語纖兒莫敗名。

佯狂侮世任沈淪，籀篆丹青妙入神。底事呼猫無貴賤，一生怕遇脱空人。

得得西行笑貫休，此身應夢復奚求？招來雲鶴皆吾友，萬水千山自在游。

睡老金天夢一場，人間瞥眼幾興亡？閒觀肥上英雄録，富貴羞誇將相鄉。

春寒行用少陵韻

驟雨通宵勢不絶，雹激雷砰忽飛雪。入春日月減輝光，木稼還虞棟梁折。争説牂羊首似墳，忍見魴魚尾如血，斗室撑天天恐裂。

今歲猛風動拔木，遑恤農家破茅屋？兵氛北望亘長空，百萬軍儲憂杼軸，聞道打糧賊尤酷。龍蛇運厄血流漸，鍊石媧皇知未知？同治十年，湖北掘出碑記：『平坡立地生花，謹防二八交加。直待龍蛇走馬，五羊大鬧中華。』

春日懷譚仲修用少陵韻

三載相思隔遠道，夢繞西泠春色早。錢花趙柳繫吟懷，暖風吹緑蘇堤草。南高峯對北高峯，碧障丹崖插蒼昊。尺幅煙霞儼畫圖，平生笠屐舒襟抱。緣谿水響筧潛通，過塢茶香臼新擣。招隱閒登放鶴亭，清時甘向山林槁。君能宦海急歸飄，誰識菰蘆有一老？大別平分江漢流，訪碑獨愛琴臺好。賦成鸚鵡悼狂生，黄鶴樓空欲推倒。君主湖北講席。萬丈光芒劫不磨，幾人冷淡名長保？ 猶記高軒過我來，感今論古頻揮杯。香墩夏日信幽絶，弩臺秋氣胡悲哉！ 歷數心交半泉壤，惟君臭味同岑苔，良辰撫景聊娛哀。

松風閣攄懷

放眼全消芥蒂胸，四圍城郭鬱葱蘢。霞光紅浸平湖水，爽氣青涵一朵峯。怪石猙獰蹲虎豹，古藤夭矯蟄虬龍。登臨任我舒長嘯，莫訝神鸞下九重。

清明後由蓮花庵至進德村掃墓

薑被抛殘久不温，梁春賃處了無痕。白頭更抱孤兒恨，寸草離離繞墓門。

晚宿金家橋

昔年辟寇此浮家，舊地重來鬢已華。落日醉醺田舍酒，晚風吹冷野棠花。呢喃似識營巢燕，辛苦回思繞樹鴉。客邸挑燈眠不著，閒呼鄰叟話桑麻。

獨山曉行

瀠霍千峯秀，雲霞萬壑深。宿煙肥積水，初日瘦穿林。入市殊鄉語，傷春瘁鳥音。此邦稱富庶，末俗戒奢淫。

穀雨前三日抵麻步山劉省三宫保邀同汪小潭鑑觀察品茶

瀠山翠聳宿雲遮，淠水清流帶岸斜。舊雨歸田猶健飯，春風款客試煎茶。蟲沙劫冷驚塵夢，車笠情長感歲華。話到時艱亟搔首，忍教驢背老煙霞。

六安東郊謁臯陶墓

不辨白沙城，公琴訪舊垌。蛙鳴秧水白，牛放燒痕青。赤縣稱名古，黎民報賽靈。士師有遺愛，誰解監祥刑？

虎頭巖早發望南嶽

客行貪路獨忘勞，客去扃門鷄尚號。人影參差煙月墮，馬蹄蹴踏嶺雲高。千林宿鳥鳴初日，二水奔牛聚衆艘。茶税局設兩河口。轉過虎頭望南嶽，羣峯環繞肖兒曹。

郭甥瀛槎自長興饋顧渚茶適巢縣王廣文畏甫 嚴恭 來訪留飲

笑揖金庭客，新烹顧渚茶。竹陰清几席，花影豔窗紗。考古勤規過，論文善戲瑕。誰知冠蓋里，偏訪野人家。

松風閣與周蘭初孝廉夜話

前歲思君過秣陵，荒臺射虎共誰登？别來世事難開口，嘔出文章憤滿膺。立志更期三不朽，問奇自審百無能。清言坐久忘更漏，萬个琅玕隱一鐙。

書憤七首

車書一統萬年春，海上無端擾戰塵。手奉珠盤多囈語，㤿㤿宰相作調人。

長白山高遼水清，天生左臂控神京。艱難百戰龍興地，五夜驚聞石馬鳴。

横海樓船一炬空，之罘島上起悲風。三韓已絶朝正使，猶見扶桑曉日紅。

鶉首胡爲醉賜秦，驀然義憤一朝伸。鯤身鹿耳皆王土，忍作堯封化外民。

異情詭物費周旋，裴令天教享大年。不幸秦頭誣衆口，翻疑刺客是施全。

補牢無計嘆亡羊，棋局紛紛孰主張？但使閭閻安衽席，樂天字小示包荒。

氛祲全消日再中，中興諸將告成功。聲靈赫濯天顔喜，前席無人論徙戎。

題粤西陳桂舫鍠司馬花卉令孫錦堂屬題。

迢迢珠海渺音塵，同是蘇門問字人。張南山先生。萬事雲煙紛過眼，摩挲畫稿迹猶新。

棲霞山色最怡情，技擅裝堂妙寫生。宦海歸來頭已白，至今藝苑尚留名。司馬寓江寧。

活色生香三兩枝，個中妙趣有誰知？巾箱莫飽蟲魚腹，寄語文孫好護持。

喜雨

濕雲半捲午風涼，竹樹陰陰漏日光。一雨民心易憂樂，連朝穀價判低昂。石屏蒼翠新回潤，書帙丹鉛静吐香。節近黄梅人意懶，衰年差喜骨猶强。

閏端午日蘭初過飲

宿雨含朝日，輕雲養太空。一陰生夏至，七度閏天中。桑落杯傾緑，榴然焰吐紅。南熏真解愠，談往驗年豐。

復堂書來訊遺園社事

遺園綦履迹全荒，久别裁箋憶草堂。琢句争奇瘦腰沈，半峯。攻瑕獨異缺唇方。六嶽。草玄未就雙蓬鬢，冰翠猶承一瓣香。多恐歸楊與歸墨，眼前萋菲不成章。時西學盛行。

聞臺灣消息寄劉省三宫保並乞日本叢書

頃聞和議行成，全權大臣李經方親往交割，臺民憤稱自主之國，建號『永清』，推總兵劉永福爲伯，理壐天德，屢挫凶鋒，沈其船，馘其酋，倭人喪膽，衆庶快心。雖曰風聞，聊當露布。

盤敦悤悤强歃盟，異軍突起請長纓。胡爲閒殺騎驢客，對飲無聊捉老兵？

蜻蜓蠹簡競翻新，篋衍珍藏上國賓。黎蒓齋刻日本叢書。當日島夷猶向化，衣冠文物效唐人。

吉堂六嶽蘭初過談至夜始散

梧竹陰濃蔽一丘，坐深紅日下簾鈎。同文恐賈清流禍，舉人廣東康祖頤等一千三百餘人上書。我輩空爲濁世憂。茶熟香温猶待月，園荒氣冷已成秋。蟲聲四壁紛如訴，風景依稀憶舊游。

詠禽三絶

長空飛鳥盡，搏擊獨稱能。饑附飽颺去，咄哉韝上鷹。

乾鵲檐端噪，慈烏聲暗吞。揚揚工媚態，送喜報朱門。

獨鶴誰爲伍？空亭唳晚風。家鷄争啄食，樹底覓青蟲。

答周六皆

蓉裳蘿帶芰荷衣，有客埋名賦七依。明月清風無價買，陽春白雪賞音稀。老懷似飲醇醪醉，雅量偏驚玉屑飛。澗愧林慚君莫笑，宦情少已澹王微。

新雁傳聲秋色賒，淝西山翠暮雲遮。壺觴顧曲真名士，棨戟連枝上將家。省識眉間多紫氣，揭來天半燦朱霞。故人别後身猶健，努力還教飯量加。

中秋日江潤生歸自都門晚邀六嶽蘭初夜酌

流光七十逢佳節，慘緑而今鬢已白。刀兵水火惜餘年，此身自信宜邱壑。忘形裙屐共詼諧，隨意杯盤任羅列。風吹鄰笛調彌高，氣冷候蟲絮如聒。碧梧翠竹隱紅欄，萬影千聲幻想滅。老懷中酒溯生初，猶是兒時一片月。

新謡四首

貨殖通財重富民，居奇悖入更憂貧。倚門彈斷馮諼鋏，市義高風企古人。市賈折閲，士夫效尤。

數仞宫牆玉帶形，當年改作費經營。泮池水涸官蛙鬧，惡木邪蒿遍地生。宫牆隙地，殃及賤工。

焦頭爛額苦呻吟，巢破無依繞樹禽。稍喜書生初捧檄，推恩猶有愛民心。義成集火，陳太令瑜振之。

野無青草突無煙，城市紛傳胠篋篇。吏治自來工緣飾，管弦聲裏樂豐年。范太守葆廉偕母同日補壽，五邑僚弁稱觴，歌舞兼旬，舉國嘻嘻，頓忘凶歲。

聞　雁

竹枝瘦隱朦朧月，桐葉輕飄淅瀝風。殘夜殘燈殘夢醒，一聲新雁過長空。

九日懷陸蘭蓀

君客吾廬逾十載，窮途骯髒不憂貧。歡尋舊雨團蒲地，苦憶秋風病葉身。萬疊鄉心縈夢想，一囊畫稿助精神。插萸把菊年年會，吟社於今有幾人？

和方六嶽教弩臺登高韻

一團蒲地又重來，閒話松陰撥冷灰。山色是身溪是舌，菩提非樹鏡非臺。九秋佳日欣簪菊，咫尺仙蹤笑擲杯。擲杯閣在灊山，廟今圮。老去梓桑歡聚少，龍華高會待君開。

外甥孫少鼎自都歸用黄忠端灑心詩韻攄懷喜答

茫茫劫運悟恒沙，歸趁秋風過外家。黄菊醉醺人意懶，白雲夢繞雁行斜。二千遠道三年別，七十餘生兩鬢花。更向姚江證心學，出示羅近溪語要。消除妄念養靈芽。

少鼎潤生互疊前韻就質於余以證心學勉和一章

滔滔濁世溷泥沙，久已迷方尚問家。亂石行來防路滑，微風動去認幡斜。一星莫縱燎原火，片核能開滿樹花。收拾此心歸大化，養生奚事覓黄芽？

連日與諸生歡讌三疊前韻送少鼎歸壽州

浮生小聚似摶沙，誤叩維門認作家。娱老性耽書畫癖，吟秋客到雨風斜。斧柯已爛猶觀奕，茵席都忘莫問花。歸去淮南誦招隱，山中薇蕨漸生芽。

秋雪嘆用少陵韻　九月十六日。

今秋陰氣胡盛哉，黑風嘬雪霾黄埃。上天下地寒光皚，直木勁草都傾摧。踆烏三足縮不開，牛馬失羣迷去來，蓐收欲退空低徊。小儒稽古訝罕見，似聞鶴語堯年哀。北望龍沙臥鐵甲，夕烽猶照單于臺。咎徵未敢信呂覽，佛出也難救劫灰。

長沙王益吾存謙祭酒九朝東華録書丁巳淮北軍事賤名與焉短述寄懷

滄海滔滔任横流，拂衣歸隱故山丘。目精心力空千古，時論新聞大九州。青史有人存姓氏，白頭無恙纂春秋。貞元朝士今餘幾？南望瀟湘願溯游。

附　九朝東華録

咸豐七年十月己未，勝保、袁甲三奏：

鳳臺縣文生苗沛霖，經臣等派把總邵徵祥、廩生王尚辰前往申諭，嗣接該生稟覆，情願來營謁見。察其情詞，頗知感化。適據蒙城縣知縣俞澍稟稱，淝北餘捻竄豐家集一帶，勢甚披猖，請飭苗沛霖帶練會勦等情，當即諭令率練前往，會合截擊。並由釐捐項下撥給銀四百兩作爲犒賞，沿途不準稍有滋擾。該生遵於九月二十六日率衆進勦，似尚能就我範圍。如果殺賊立功，臣等擬酌量奏獎以安其心，使其終爲我用。彼時再當酌度情形，辦理報聞。

詩集編成書示兒輩

衰宗文獻强仔肩，素望於今尚巋然。鐘鼎勒銘無我分，林泉晦迹有誰憐？原知世味同鷄肋，自審前身是蠹仙。謬算狂謀竟何益？閒吟差適性中天。墨渝紙敝稿連蜷，撚斷吟髭手一編。範水模山兼紀事，鎔經鑄史自排年。存詩自壬寅始。磨穿石硯留餘地，誤讀金根笑昔賢。爲語兒曹須努力，傳家舊物守青氈。

校記

〔一〕罔川　當作『輞川』，下同。

〔二〕泠　當作『冷』。

〔三〕稽　當作『嵇』。

〔四〕陁　當作『陀』。

〔五〕笥　當作『篋』。

〔六〕夫　當作『去』。

〔七〕辦　當作『辨』。

〔八〕長　當作『尺』。

〔九〕攪　當作『攬』。

王尚辰集之四

謙齋續集

序

溯自丙申，余客肥上十有一載，是歲回里。訖今已亥，瑟居無憀，瓶隱不得，彌懷遺園逸老。重莅肥水支津，其間國事蜩螗，朝端水火；東膠蠶食，萊人孔譁；西樵狐嗥，華士争吠；彝典幾亡，天心恐醉；飢祲交偪，民氣罕馴。弘羊上書，誃臺之債山積；哀鴻塞野，渦河之血冰澌。吁嗟可危，抑鬱誰語！

先生觸陳陶之悲，續春陵之詠；詩貽佛子之書，甘罹道君之罰。北宋之季，凡習詩賦者杖一百。松風閣上，冰翠堂中，每一撫劍，則山魈頓驚；間或發聲，則病鶴悄答。先生藏晉永昌劍，興酣倚劍，招鶴而舞。梁父抱膝而長吟，東山擁鼻而作狀，興復不淺，積有多篇。

余以春末，載遊壺中，籐雪織紫，茗煙裊青。出示斯編，其聲情激越，韻旨悠長，較之前集，又爲一變。而況長恩之室，頗有藏書；下瀼之田，大可釀酒。聊以打乖，且姑作達。言言温厚，正七十從欲之年；日日摩挲，抵三歲相思之字。

丹徒後進李恩綬謹序。

壺中吟 自丙申至辛丑

丙申元旦同老妻作

歲又從今始，天仍放舊明。倚門穿老眼，相對兩無聲。

爆竹聲如沸，屠蘇酒尚温。那知春色至，强起對盤飱。

書恨

好懷無路叩蒼穹，往事浮雲過眼空。已分哀鳴將死鳥，猶爲覓食可憐蟲。雌雄莫辨人情異，休咎難徵天道窮。撚斷吟髭雙淚竭，餘生不幸似逋翁。顧況有七十哭子詩。

哭季子德棻

夢裏頻呼爾，鐙昏似返魂。我生惟自責，天道更難論。辨藥須良友，無裘念長昆。謂兄在外無裘。可憐雙白髮，强飯撫孤孫。

不辨泉臺路，魂兮何處投？皇天空有眼，圓月又當頭。膽怯村尨吠，風淒野粦游。今宵寒徹骨，誰爲著新裘？

明知哭不活，淚睫夜交流。大木期良棟，孤芳異衆蕕。時非鳴鸑鷟，運去喪驊騮。垂老思先澤，深爲門祚憂。

憶兒

二十四年渾似夢，夢中形影未曾離。泉臺無路兒焉往，夜夜呼名知未知？

檢亡兒遺草

淚濕殘詩卷，酸吟獨撚髭。何堪六年内，兩度哭兒詩？

排悶

識字百慮煎，殘年憂患迫。忘情信未能，割哀强作達。回溯七十載，睡熟槐安國。紛争笑觸蠻，得失悟蟬雀。龍性本難馴，肯爲俗情縛？有花可解語，對酒且斟酌。夢夢人盡非，慘慘天方虐。世變日翻新，聲教奉蠻貊。治術講富强，王道誚迂闊。深虞覆餗羞，常恐鼎足折。不料短尾狐，含沙射長脚。廷論重柔遠，私憤投有北。俄羅斯國主兼教皇加冕，派文華殿大學士李公充慶賀大臣。君命焉敢違，國體毋乃弱？我欲跨鳳麟，上叩媧皇説。誓將家國恨，補蓋古今缺。抑或學癡聾，轉使聞見絶。聖哲罕言命，正變惟修德。衆庶多罔生，窮達甘造劫。吁嗟萬事皆反常，婆心自苦童心樂。逢人無那口呼猫，他日誰知身化鶴？

新歲寡歡獨坐墨春軒書亡兒德名德棻遺草

年逾七十意常孩，淚滴殘編手倦開。吟債未償緣未了，消磨塵迹可重來？

茫茫天道遠難猜，修短何關才不才。緑遍墨軒書帶草，長留老眼看春回。墨春軒，先黄州公齋名。

春日夏遠之永清明經攜曾園詩集過訪

苔階風定落花肥，一枕蘧蘧晝掩扉。白日不隨人事改，青山應笑酒徒非。慈鴉縠縠營巢晚，舊燕依依繞户飛。賸有曾園老孫子，獨攜殘卷話忘歸。

劉秀才釗屢過余願執贄焉勉之

粥粥呼牛馬，棲棲嘆鳳麟。一身成骨董，九等斁彝倫。之子神鋒峻，相期臭味親。公非與公是，慎勿負先人。

上巳同人集香花墩修禊

垂老無好懷，矧復多憂傷？良朋約修禊，强笑追歡場。同出城南隅，稚柳含嬌黄。昔賢釣游處，一曲歌滄浪。飛來雙白鷗，與我兩相忘。林陰倦鳥棲，野曠浮雲忙。四境澤已竭，急盼流天漿。暝色上譙樓，歸騎踰層岡。薄俗競采蘭，孤墩花自芳。微吟聊寫心，爲君祓不祥。

和徐芷帆太史修禊韻

我生入世偏不辰，祓除歲歲嬉水濱。三月三日逢令節，一觴一詠流天真。夭桃帶雨紅濯錦，淺草匝地青鋪茵。風光到眼仍依舊，世態從他日變新。

香花墩接唐兀祠，施水環抱清漣漪。一角山光濃入畫，四圍柳色陰成帷。新鱗出網來燕子，魚名。美酒召客傾鵝兒。縱談忠孝人思奮，直道誰云不入時？

賤子竊笑牛馬走，孤蹤願爲麋鹿羣。憤世塵存三寸舌，傳家空有一囊文。光陰草草驚逝水，富貴忽忽如浮雲。千秋愧我生同里，敬爇心香挹古芬。

招楊瑞甫鑾坡孝廉晚飲用修禊韻君精岐黃、堪輿。

和到陽春曲，重開祓禊場。談經新馬帳，明德舊鱣堂。更擅軒岐術，難醫嵇阮狂。衰年甘屏迹，君獨問青楊。

紅亞雕闌曲，迎門笑語殷。偶稽淝水櫂，曾踏蜀山雲。讜論殊驚俗，高懷迥出羣。圍棋兼讀畫，剪燭細論文。

訂夏遠之殘月篇

大地山河影不全，一弦猶自控遥天。微吟杜甫雲端句，愛竄盧仝月蝕篇。憶昔下階頻再拜，浮生對飲幾回圓。瓊樓玉宇高難問，獨倚柴門眺晚煙。

詠松化石

辛卯秋，郭甥瀛槎權永康事，遺松化石。今春，長女歸寧，爲言此石乃士夫公贈瀛槎以壓歸裝，喜而記之。

是松是石費疑猜，形狀支離亦異哉！神物千年忘歲月，空山一夕變風雷。世無鍾子誰琴薦？道遇盧生作枕材。詳魯望二遺詩。竊喜宦囊無長物，歸裝攜得小蓬萊。

送春日示諸子

記得迎春又送春，飛花落絮草鋪茵。閉門自蠟游山屐，載酒猶來問字人。久欲裂冠兼毀冕，祇知謀道不憂貧。清風明月原無價，獨向荒園結古鄰。

周蘭初函來以霜紅龕哭子詩慰余感賦

評書讀畫繼家風，誰信斯人命獨窮。身似枯桐心半死，滴殘淚血漬霜紅。

昔年衿佩共周旋，尺素傳來獨惘然。不幸家兒同此厄，歡場短夢散如煙。蘭初與棻兒同列前茅，後先入泮。

舊藏戴九煙畫扇爲夏丈奇峯故物檢歸遠之

獨有曾園叟，名高嘉道年。交游多韻士，山水結閒緣。萬事滄桑感，一心文字禪。流風懷祖德，端賴後人賢。

向友人乞檸檬水

火繖高張汗似珠，此身何處濯冰壺？願分一勺清冷水，解得相如渴疾無？

有鬻書者詢爲故家子也憫之

風流文采溯當初，巷口淒涼賸敝廬。閒坐冷攤人過少，夕葵籬落檢殘書。

題友人垂釣圖

釣絲冷拂凋貂毛，穩坐浮邱片石高。滄海横流今若此，問君辟地又焉逃？

釣鼇東海彼何人？貪得忘荃立水濱。省識烹鮮如治國，願將道德作絲綸。夢境空尋七里灘，臺荒夜静客星寒。眼前故舊誇軒冕，老去誰知手一竿？

觀奕

側聞干羽頌虞廷，北頓南佗亦厭兵。象譯梯航争互市，鷹揚檠敦獨行成。民生萬事日憔悴，身隱一庵心太平。坐爛斧柯忘歲月，笑看殘劫覆枯枰。

論詩示諸生

我生抗志邁今古，碌碌恐隨草木腐。濟時戡亂豈異人？手縛蛟螭氣吞虎。捫蝨皤然負米歸，抱膝長吟心獨苦。枉將敝帚享千金，争道詅癡翻自侮。訂文後世有誰知？頭白如霜淚如雨。吁嗟乎！温柔敦厚詩之教，立言勸懲歸忠孝。雕蟲小技無足觀，壯士不爲樵夫笑。

招六皆作中秋

茫茫塵海泛虚舟，爲問勞生幾白頭？睡覺黄粱驚夢枕，宦游華屋已山邱。某觀察卒川東。焚香隱几閒觀奕，冷雨涼雲漸變秋。桂樹作花佳節近，園林如畫試新篘。

中秋傷逝用舊韻

金風碎戛琅玕節，鴛瓦鱗鱗露光白。悲來長嘯鳳鸞鳴，音徹寥空振林壑。手招石丈作人語，香花瓜果紛陳列。天公捧出白玉盤，雛孫跳舞聲如聒。去年今夕記追歡，塵迹已隨幻影滅。魂兮夜半倘歸來，定倚庭闈同玩月。

送李仲仙廉訪哲嗣松壽筠壽兩茂才往長沙並訊逸梧祭酒

鼻觀香聞桂始花，晨興喜鵲噪檐牙。誰期濁世佳公子，來訪清門舊德家。映日丹山輝鷟鷟，臨風玉樹倚蒹葭。湘中一老憑傳語，問道無由鬢已華。

青萍結緑自光華，餘論何須借齒牙？秀毓淮淝雙國士，天生喬木世臣家。余懷渺渺隨湘水，客路蒼蒼憶暮葭。歸侍庭幃頻送喜，來秋笑看吉祥花。

德政碑

德政碑，碑何處？安徽提督學臣署。德政碑，碑何人？職司喉舌爲王臣。王臣著籍安邱李，青紫僉稱冠蓋里。新臺牆茨或遭誣，杜若方州真可鄙。呈身識面善逢迎，暮夜甘同妾婦行。早倚濟寧騰口譽，朅來皖水持文衡。煌煌條教頒郡縣，擬竊虛名留一片。直哉大令本鄉親，黃大令鵬文。市石察書羞障面。登龍小費奚足論，碑成遍樹行轅門。數行糞掩塗人目，百謫猶孤聖主恩。往歲軺車莅江浙，赫蹄矮紙通關節。謡諑喧傳貝錦譏，文章瞑眩黃金色。中興財富誇吾廬，垣開天市工吹嘘。四姓小侯羣執贄，五方游士争操竽。三十年來事變古，軋茁洪麻文字蠹。博士憂貧損道心，生徒計利侔商賈。今年妙算尤居奇，文題未試已前知。童昏勢衆競蜂擁，宗師氣餒偏狐疑。攘臂奪門誰首禍？瓦缶飛鳴呼縱火。門牆書策暫枝梧，儀仗紛陳聊禦侮。巧言文過託扶乩，街談巷論聲嘻嘻。兩題並售胥增價，一字不能也得師。黌宫高揭題名録，似此求榮勝遭辱。寒畯吞聲才鬼冤，錢神大笑宣尼哭。君不見，國家造士隆威儀，量才玉尺公忘私。五經掃地斯文喪，清議難容德政碑。

芝屏

高宗樂善堂天花詩注：『天花生於古樹，嫩則色青，爲菌可食；老則色絳，爲芝可作屏。』辰得天花一枝，遂名芝屏。

天花一朵秀亭亭，老絳居然勝嫩青。常伴文房作清供，玉函棐几映芝屏。

所思

園林雖不廣，日涉笑余癡。檻缺疏籬補，橋傾瘦石支。孤花聊自悅，獨鶴似含悲。此意少人會，銜杯有所思。

和季繩東六皆韻

謀道焉能爲食謀？分金自古賴朋儔。飲河禮鼠心知足，涸轍枯魚願易酬。垂老閒棲桑十畝，資生惜少橘千頭。荒園賸有經霜菊，共醉東籬耐晚秋。

月當頭夕同人作暖寒會蘭初預座沈半峯廣文亦來自無爲以詩慰余追念亡兒兀坐待旦

入座各無話，倏然自得君。昔年同詠雪，好夢散如雲。展卷增余慟，挑燈述舊聞。柝聲忽催去，涼月白紛紛。

酒後攄悶

朔風撼樹天雨沙，畏寒瑟縮如昏鴉。雛孫踞地作獅舞，天吳紫鳳衣横斜。酒闌追憶小時事，蠟珠曾共羣兒戲。挽鬚此日有同情，捧硯他年承祖志。

雪夜半峯蘭初見過

昏昏缺月凍雲鋪，寂寂荒園宿鳥呼。四壁寒光回白晝，一壺軟飽暖紅爐。家藏敝帚文章富，老戀殘氈氣味孤。難得起予逢二妙，峥嶸壇坫古爲徒。

小除日法國教士戴意雲 爾第 過談

臘鼓聲歡歲已闌，詰朝七十有加三。叩門驚醒壺公夢，鑿空新聞海客談。律琯灰飛春暗動，先立春三日。辛盤氣斂味回甘。天時人事何須問，景教東行暨朔南。

除夕

帖剪宜春换舊紅，驚心爆竹歲將終。暗將一掬淒涼淚，灑向寒天落日中。

丁酉元旦用前韻

屠蘇飲罷夜將闌，老至羞稱不朽三。塵世人多憎白眼，家風我已誤清談。照來日月今猶古，歷盡冰霜苦亦甘。春到園林花事早，一枝供佛且和南。

人日東蘭初 去臘廿三，由淝歸皖。

一紙音書思陟屺，萬山風雪過居巢。長江歲暮孤帆遠，小閣爐温舊夢抛。人日匆匆逢驛使，春光苒苒上梅梢。問奇客去門常閉，檢點殘編亦自嘲。

上元紀事

入春逾十日，日日半陰霾。檐影縮而短，壺冰熨不開。巡梅驚凍雀，煨芋撥殘灰。急望回陽馭，歡呼有脚來。去歲三易守令。

寄懷方宗屏昌翰大令

此老相知四十年，文章門望冠時賢。論交舊有通家誼，盋山先生與先節推通政同社。並世偏無覿面緣。夢入皖山頻放鶴，吟成秋水獨憐蚿。乙酉爲余敘詩。春風宿草連天緑，謂馬、文、江、戴諸君。爾我猶參自在禪。

二月十日作是日送九，北風，大吉。

陽氣不勝朔風吼，老農過門説送九。連宵凍雨忽傾盆，四境陂塘均漫口。時方望杏共瞻蒲，我亦獻羔兼祭韭。求田問舍了餘生，惟願歲豐民氣厚。鼠牙雀角兩無争，鳥語牛鳴復何有。時有傳教者。欣逢化日更舒長，擊壤歌豳酌春酒。

贈孫保年國學用舊柬尊公韻 三月八日，同送王貞女至方村拜墓。

昔從嵇阮輩，痛飲樂忘歸。人事隨時變，君年亦古稀。春回青鬢短，夢繞白雲飛。欲把頹風挽，方知道勝肥。

雨中賞海棠憶仲修

細雨浣輕塵，提壺自賞春。含颦向誰語，長憶詠花人。

楊石甫少尉過肥索題尊公伯雲大令風鶴吟

記來匹帛叢花地，同是飄萍斷梗人。莽莽蟲沙消劫火，勞勞書劍逐風塵。黄粱已熟三生夢，白社猶留一幸民。解后西華今亦老，愁吟强醉玉壺春。

題吳平甫茂才詩草

老傖偏畏俗，掃徑喜君過。痛飲青春酒，高吟白雪歌。處堂歡燕雀，勵志斫蛟鼉。干莫多奇氣，韜藏喚奈何？

招江寧林環浦之珍二尹看牡丹繡毬兼試新茶

富貴團欒好，園亭樂趣多。林花隨地運，春氣得天和。舊夢迷金粉，清泉試碧蘿。芳時須共賞，開徑盼君過。

裕朗西太僕奉使日本史繩之念祖張翰仙汝梅開府滇黔三公皆端敏果敏幕中舊同事升沈聚散能無慨然

昔年幕府盛人才，借箸論兵共酒杯。身隱獨深將母念，時艱均作濟川材。憂天不分愁無語，斫地空教歌莫哀。朔雪炎風思萬里，浮沈尺素轉疑猜。

晚過廬陽書院

鱣堂寂寂少人行，出入閒看燕蝠争。蛛網何心當户織，蛙鳴得意在官聲。池通金井源都涸，金沙井在南。地接奎樓曜不明。奎星樓在西。講席於今成利藪，問誰教育萃羣英？

友人畜一黑衛甚健不數日忽斃

忍受鞭笞苦，非關技力窮。市兒甘負債，含笑叩玄通。

聞譚仲修自武昌歸里

飛到梅花玉笛聲，故交聞已去江城。長松白眼憐朋輩，高枕青山狎世情。憂樂久忘天下事，蓬蒿難掩古人名。西湖一曲清如許，好詠滄浪自濯纓。

午日招方子久 濬恒 茂才晚飲

君家兄弟共周旋，謂子箴、子嚴。琴劍蕭然牘老顛。憤世怕聞今日事，好懷追憶中興年。榴花帶雨紅無賴，蒲葉搖風緑可憐。佳節荒園謀一醉，廚開櫻筍擷芳鮮。

閱時務報書慨

滄海横流日，天驕阨運新。幾人持孔戒，當道頌夷臣。蠢爾嗤蠻觸，傷哉憶鳳麟。滔滔誰與易，吾自保吾真。

秋中攜諸孫游香花墩包家留飲

幾朶殘荷出水濱，半灣晚稻繞城闉。多愁自覺河山異，垂老尤知骨肉親。歲歲釣游逢地主，呶呶笑語有天真。清風亮節昭千古，一瓣心香謁後塵。

詩草印成方子久爲余校勘賦謝

眼花目眩苦頭旋，校勘逢君喜欲顛。去日漸長來日短，自五月至九月。今人取笑古人憐。手民剞劂三千首，意匠經營五十年。浪説憂時老詞客，筆端渲染露華鮮。

流民嘆寄孫燮臣冢宰

同雲幕地天四周，衝寒獨上迴風樓。忽見哀鴻徧原野，沿村索米難棲留。今年吾淝幸有秋，西成暗減三分收。穀價驟長食貨缺，錢法日敝工商偷。自古振災無善策，僉思遏糴非良謀。番舶弛禁任來往，蠹局比較嚴誅求。豪强兼併澤已竭，官吏貪横民奚瘳。揭來盜賊起闤闠，更聞膠島蟠夷酋。德人佔踞膠州灣。我生蹙蹙靡所騁，廟堂何策紓君憂。毆魚毆爵尤堪慮，補救毋貽史册羞。

丁酉除日病起

壺中睡醒沸飢腸，且索瓶梅鼻嗅香。病起頭顱增老態，衰來手澤發幽光。時家集印成。瞋心息處常安樂，善念存時大吉祥。爆竹聲聲頻送喜，辛盤隨例進春觴。

戊戌元日日食陰雨不見晚晴

花枝繞座景添長，差喜顔衰骨尚强。玉爵頻斟延壽酒，金猊新吐舊年香。林容濯雨含春色，雪意催晴傲冷光。傍晚紅雲忽開霽，負暄野老頌禎祥。

花朝日招徐漸盤張文運程文延龔慶霖龔元凱諸孝廉小飲遺園即送入都並詢江雲龍編脩附寄家集一部

晴光四照燦雲霞，柳眼回青草努牙。開徑歡聯春社酒，連鑣笑看帝城花。東堂射策增聲價，北郭逃名負歲華。小技雕蟲聊覆瓿，爲余傳語到侯芭。

接李健人松壽　斐君筠壽　昆仲手書代柬　健人時應禮部試，斐君客江甯。

隔歲音書寄草萊，羞將瓦礫抵瓊瑰。千年家世神仙骨，一代文章著作才。遠到暫淹騏驥足，高吟獨上鳳凰臺。郊祁聞譽超流輩，紅杏先爲大宋開。

讀老莊書後

抱一虛無自養丹，寓言態肆若翻瀾。後儒誰肯平心論，摘句攻瑕闢異端。

仙佛尊宗各有私，誰知動静本天倪。青牛白馬皆游戲，儒道平庸不貴奇。

老莊周末隱君子，孔孟同時道並尊。用世未能空憤世，非關好辯等無言。

懷譚仲脩武昌　張孝達制軍聘主經心書院已七年矣，聞將告歸。

七載春風兩鬢絲，聞君形狀益支離。蟳蝣得意新翔羽，萇楚無憂自發枝。諾諾千人皆目論，茫茫四海幾心知。西山更起談經舍，江漢才多好問奇。

教弩臺僧索補井亭舊偈

太倉王輯青觀察守廬時，題二十字：『蜀山泉在巖，兹臺水穿穴。何必遠市廛，託體本高潔。』相傳此井泉眼通蜀山。

改邑不改井，源通最上層。三分磨鐵弩，百丈謂通元和尚。引金繩。泉眼忘清濁，松身閲廢興。僧雛漫饒舌，一指悟傳鐙。

上巳日作

入春以來，雨雪連緜，食價驟長，居奇壟斷，盜賊四起，民心惶惑，歌以記之。

九九消寒雪尚飛，今年節氣忽乖違。我生已悟積陰魄，天意難參杜德機。四境游民多剽掠，三春瘦日減光輝。元冥底事猶司令，試問東皇胡不歸？

清明放晴柬子久遠之

雪壓春如夢，雷砰風埽晴。偶邀垂白叟，豫作踏青行。世事多遷變，天心望治平。四郊秧水足，負杖問田耕。

牡丹用香山韻

報到花信風，一年吹一度。又見鼠姑開，忍負春光去。種記瓊島移，瑞應金帶數。世競務繁華，吾自行吾素。香國蝶蜂忙，錦棚風日護。老眼喜常看，兒孫願如故。歡娱夢易酣，富貴人多誤。彈指幾廢興，空憶舊遊處。誰識黑牡丹，憂時善諷諭。米囊不療飢，遍地徵税賦。內地廣種鶯粟，設土藥局抽税。

閏上巳日飲紫藤繡毬花下

玲瓏冰雪繡成毬，燦爛雲霞錦作兜。垂老四逢三月閏，惜春重爲一樽留。蜂屯蝶擾花無語，日冷風淒氣變秋。漫道年荒天下瘦，京都有『宰相合肥天下瘦，司農常熟世間荒』之謠。漢廷已拜富民侯。

送春日口占

富有花千朵，清分酒一壺。雨昏鳩逐婦，春老燕將雛。舊夢迷蝴蝶，新聲喚鷓鴣。古懷今不識，吾且學糊塗。

即事 時頒行昭信股票。

衆喙盈廷利竇開，詔書未忍竭民財。山川盡洩金銀氣，宵旰難忘水旱災。薄海蚩氓愁失業，九重負債避無臺。紛紛棋局何時定，不信中原少霸才。

袁爽秋 昶 方伯貽書以亞父四皓相況並贈漸西村舍叢刻代答

聞説郭南俗漸移，公觀察皖南，頗著政績。仁心義質重袁絲。蒐羅圖史通民隱，采問風謡集衆思。道在當援天下溺，吾衰强作楚邱噫。枕蛟抱虎當年事，誰信平生獨好奇。

拉雜音書詢老顛，埋憂無地枉呼天。羞誇兔窟藏身巧，富家多寄貲滬上洋人保險。愁聽鵑聲得氣先。穢史竟汙麟父筆，支那兼譯狗兒年。商顔芝草飢難療，溷俗空歌四皓篇。

病暑喜懷遠田歷山茂才過談

雨洗園林浄，風涼暑氣收。清談消渴疾，舊感集新秋。鶴夢隨雲散，蟲聲趁月遊。碔砆争炫世，抱璞淚空流。抱璞巖在西山，相傳爲卞和隱處。

西鄰郭秀才索題

枌榆舊事話偏長，秋月春花共舉觴。燕子歸來門巷改，百年柱史姓名香。柱史第，君家故宅。

四圍松影侵書幌，半幅湘簾挂壁琴。悟到文章空色相，水流花放總無心。

題夏遠之課孫圖

劍冷琴枯數獨奇，硯田惡歲樂忘飢。井梧巷口西風起，宴坐論詩妙解頤。

七葉清門世共知，亭亭茁秀有孫枝。遺編在手殷勤讀，含笑花間捧硯時。

中元家祭示弟煊

庭闈舊時月，照景獨相親。無限傷心事，惟餘老病身。利名輕敝屣，塵世嘆勞薪。未死猶偕汝，瓶罍痛鮮民。

中秋節攜猶子德煦長孫迺蔭玩月 時院試被擯。

汝曹休鬱鬱，得失本尋常。且飲杯中月，同參鼻觀香。士當先器識，時已變文章。改試策論。老我終無補，深慚學殖荒。

姪壻范士枀茂才病没姪女憤不欲生余以撫孤勸之

事有難言隱，椎心喚奈何。那堪遭急難，頓令抱沈疴。忍死燃萁豆，孤生嘆女蘿。傳家遺硯在，墨漬淚痕磨。

重九同人約登教弩臺不果

老怕風吹帽，塵沙捲地黄。密雲偏不雨，寒露又爲霜。是日霜降。誰送白衣酒，惟攜皂筴囊。龍華招勝侶，吾欲展重陽。

仿玉溪重有感二首

華士懵然擾帝閽，空懸白日照乾坤。放言妄擬春秋筆，變法妨開禍福門。中土衣冠承正朔，普天聲教訖倫敦。自來忠信能行遠，否極方知聖道尊。紂絶陰天日易昏，巫咸未降枉銜冤。移宫電掣蒼龍節，避殿飆馳白虎幡。德遠虚名終誤國，深源去位實辜恩。沈沈壑谷人皆醉，卻指銅駝不敢言。

晚坐

世事惟充耳，吾生尚有身。窗鷄思共語，檐雀意相親。月轉陰移樹，風尖冷刺人。晚來羣動息，默坐自頤神。

奉懷袁慰庭世凱侍郎

君家淮西忠孝門，咸同之際國運屯。厥祖立朝謂端敏公。厲風骨，懔懔大疏排天閽。淮徐坐鎮控南北，土團千里無堅城。賤子畫策來幕府，阿叔謂文誠公。遇我如弟昆。我初識君方髫齡，秣陵隨宦時趨庭。若翁謂篤臣都轉。忘形相爾汝，酒酣摩頂誇麒麟。河山舉目生百感，喜君壯志浮滄溟。横海將軍吾執友，謂吴武壯公。論功異域升王廷。惟皇宵旰廿四載，舜腒堯腊憂民生。華士變法任草薙，天驕伺隙思瓜分。手捧龍牀墨無語，詔裁鳳誥朱猶零。鷄鳴問寢通禁禦，馬蹄蹀血騰郊坰。忍見金仙揮別淚，驚彈白鵲多哀聲。微君借箸一反掌，累朝鐘虡幾無存。捫蝨歸來笑充隱，忽聞此舉心怦怦。我家小阮稽病骨，浮沈宦海深銜恩。族子佑賢以諸生從軍朝鮮，累保知府，病亟，君經紀歸里。君今黑頭正强仕，與我三世聯交情。拓清寰宇推巨手，雲臺屬望將圖形，濡染老筆待勒景鐘銘。

月當頭日詣高述堂海龍茂才處移梅樹用少陵覓榿木韻

分得園梅補舊林，微君孰解歲寒心？攜鋤願覓孤山侶，皓月當頭鶴在陰。

臘月六日夜電報渦陽民變寄郭善臣軍門

歲歉民饑吏獨肥，揭竿突起羽書飛。卅年記走渦陽路，大澤麾兵夜合圍。丁巳冬，余帶練勦匪蒙、亳。是日，由高爐克雉河，即渦陽城。

朔風動地作牛鳴，萬竅呼號盡發聲。垂老病中猶起舞，劍光五夜掩欃槍。時彗星出西南，約三尺長。

坐鎮長淮壁壘雄，精詳濟變有家風。燎原急盼乘時滅，軫念瘡痍莫計功。

宋硯銘 此硯爲南宋黄師憲舊物，嗣歸山陽張力臣。亭林音學五種，力臣所書。

伴知稼翁著，史爲蔣山傭。作書摩挲片，石與古爲徒。

除夕述懷

少年慣作不平鳴，浪得虚名四座驚。老至養心温舊學，人猶循分憶初生。消寒商陸頻添火，餞歲春盤笑擘橙。夜氣漸清羣籟寂，蘧然倚枕聽鷄聲。

己亥元旦

夜雨如絲曉放晴，庭花應候笑相迎。延祥共飲屠蘇酒，嗜古新嘗骨董羹。喜見渦淮消戰氣，愧無金粟振災氓。時渦陽亂定，籌辦賑捐。五龍六甲迴環數，志學吾猶一後生。余年七十有五。

上元日陳仲英文騄觀察以元日詩見示步韻奉贈

衢歌巷舞笑顔開，争道陽春有脚來。旌旆過江雲物换，渦淮接壤郡符催。客臘，渦、淮亂作。大府以公有幹才，由太平調廬州，立春先三日接篆。胸中舊著平戎策，公曾觀察臺灣。眼底羣推濟世才。豫卜年豐多善政，日邊欣見璽書回。

鑾書織就引龍梭，曾記金鑾殿上過。咫尺聲聞天語近，十聯詩寫御屏多。公翺翔館閣十餘年。

即今典郡瞻丰采，自古爲邦貴協和。春酒年年民共樂，元宵新和使君歌。

余藏漢尚方鏡晉永昌劍宋刻易海撮要有賈胡以利餂之余笑而不答書示子孫

持籌障簏苦沈吟，骨董先生笑不禁。百劫幸留前代物，一編獨印古人心。文房得意稱三友，儒素傳家抵萬金。記取摩挲閒手澤，莫教問價到鷄林。

花朝日登教弩臺與雪頭陀談玄

此身倦似投林鳥，入世甘爲作繭蠶。說法維摩頻豎拂，息機彌勒許同龕。上方花木清如洗，下界塵囂夢正酣。穩坐蒲團心即佛，何須虎守與龍參。

擬李太白梁父吟

我愛梁父吟，朗誦開心胸。聞者掩耳走，舉世如癡聾。君不見漢代公孫弘，説經鏗鏗動九重。長安大開平津閣，英才奇士羅其中。東漢桓榮亦三老，白虎設帳爲師宗。二人自云稽古力，各致富貴聲隆隆。又不見季漢嚴君平，垂簾觀易明元經。市廛溷迹甘沈冥，恥向濁世偷虛聲。下士隅挾一卷書，靦然意氣横相傾。不謂姓氏轉焜耀，隱居儼有天漢名。我觀人生窮達皆尋常，願乘飛龍遊八荒。東采榑桑枝，西飲瑶池漿。玉女羣姝繫我珮，安期羨門同舉觴。酒酣快聞鈞天樂，瑶階稽首陳新章。兹事忽忽數千載，頓驚天老頭如霜。袖中失我元王簡，腰間卸我白蜺裳。憶昔游戲到京洛，巨眼獨識汾陽王。匡山讀書席未煖，夜郎飄泊身罹殃。枕邊突遇邯鄲翁，怪我行色何蒼黄。我已設誓返初服，翁可爲我傳神方。霓旌羽葆竟寂寞，東望大海空茫茫。梁父吟，聲獨苦。平地起風波，人心藏機弩。斬蛟射虎少年場，徒抱杞憂究何補？臨風長嘯便歸來，富貴浮雲奚足數！

盧秋浦方六嶽二孝廉函言江甯設高等學堂嚮往者衆王生汝通盧生蕙芳願爲先導就質於余

世路崎嶇未易行，浮雲變幻太無情。交游老去歡娛少，閲歷深時利害明。壇坫昔年推二妙，風檐短札誘羣英。歸楊歸墨非吾願，何日論心酒共傾？

詠古鏡 鏡背刻婚禮圖。

寶馬香車奏管弦，菱花雙照玉臺邊。願將天上團團影，長祝人間歲歲圓。

熟食日招表姪郭恒甫 文鋭 大令晚酌

歷偏蠶叢險，歸來少宦情。君曾任遂甯。生涯皆老大，世態忽陰晴。柳絮寒猶溼，梨雲晚更明。佳辰逢熟食，話舊酒同傾。

悼周蘭初孝廉

年來心迹有誰親，久别思君笑語頻。月夜吟魂猶入夢，花時濺淚獨傷春。竟同長吉稱才鬼，蘭初與泰興朱曼君爲吾門之秀，惜皆短折。倘遇非熊問老身。菜兒亡已五年。白首草玄甘寂寞，揚亭載酒不多人。

宣薇之紫詔廣文過飲

姹紫嫣紅發舊林，提壺喚客酒頻斟。韶光漸逐飛花去，醉眼頻看宿草深。范蓮洲、闞漢卿兩大令皆化去。百事蹉跎爲老計，一生飢溺負初心。薆茅休向靈氛卜，直自連山錯到今。

春晚過明教寺遇蔡霞上慶元廣文話舊

偶談無著與天親，都是華嚴過去人。墨骨肉鐙經浩劫，身雲心月悟前因。數聲啼鳥初驚夢，萬點飛花又化塵。手把松枝同一笑，棲棲城市作勞薪。

感事寄孫燮臣協揆吾鄉籌辨渦陽振捐，同人勸節春酒費以助之。

世皆爲富罕爲仁，北望渦淮暗愴神。日食不知三月味，朋尊隱釀萬家春。似聞竭澤多新法，稍喜調羹有故人。君爲渦陽請恤，賜帑金五萬。每飯未忘聊借箸，點金無術笑吾貧。

與某大令論事

不從佛説即波旬，遑問前因與後身。我笑朱門等蓬户，世多肉食奉錢神。黑頭攘攘羣分黨，青眼茫茫錯認人。但願訟庭清似水，懸魚高閣自爲鄰。

和孫康士七十自壽原韻

村居相隔半由旬，百事無營自養神。偶和停雲空寄慨，獨甘屈蠖枉求伸。黄粱已熟浮生夢，白社猶留不老身。秋月春花還過我，眼中幾見舊時人。

吾生好友數求羊，三徑開時酒共嘗。腹捧瓠壺愁觸熱，手揮麈柄諱言狂。毛錐脱穎增身價，金線頻年作嫁裳。每約倚樓同覓句，至今追憶尚酸腸。道光乙丙之交，余與尊公及趙雲持徵君結詩社，尊公體胖畏熱，余有詩誚之。嗣幕遊淮上，遂赴玉樓。

光陰易逝惜蹉跎，先代宏才慕僅何。但願康衢常擊壤，更期滄海静無波。術能壽世千金祕，君精岐黄。學可傳家一硯磨。手種杏林春色滿，婆娑市上活人多。

卟傳神語使人驚，渭水秦關紀姓名。想到原鴒悲急難，歸來遼鶴喜消兵。卟仙言君弟流落陝西，娶妻生三子。卌年恨事憑誰説，一紙佳音定慰情。白首逍遥惟俟命，此中遇合待天成。

書吴彦復保初刑部未焚草後

胸墳五嶽恨難平，前席無人淚暗傾。大筆匡時干忌諱，小臣去國獨分明。時乙歸。讓梨懷橘尋初志，呪竹彈蕉送此生。白首郎潛猶遇主，君胡壯歲即逃名？

黌宫嘆玄爲衛守備習忠邦答府學生劉樹勛作。

秀才刺，守備嚇。贖田畝，吝出納。祖差役，私囊槖。藐王章，任笞責。一解

秀才恥，空拊髀。父曰嗟予子，匍匐公庭淚如洗。守備洋洋還自喜，廣文先生悶無語，通國聞之均切齒。大會江公祠，義憤攄滿紙。讀聖賢書名爲士，博得青衿不能庇一己。誰云挽兩石弓，不如識一丁字？二解

秀才軍，争簽名。書可焚，儒可坑。泮宫之草長青青，泮池之水猶泠泠。毛錐子，嘆無靈。國人皆曰斯文埽地，吾獨曰君子懷刑。三解

秀才康，吠聲吠影多譸張。詰朝太守升黄堂，僚吏鵠立分班行，諭爾諸生毋蒼黄。彼亦地方官，簽丁管漕糧，焉能違例汙膠庠？片言折獄公且明，既不沮士氣，又不護同鄉，高懸條教尤煌煌。四解

太守誰？陳祁陽。文肅當年撫皖江，至今謳思民未忘。公來繼之澤彌長，扶持善類鋤强梁。埽除宿弊懲官方，政平訟理天降祥。時祈求雨澤。區區下士休徬徨，我歌直拙聲慨慷。不知我者謂我狂，知我者謂我心傷。噫吁嘻！琅玡王。五解

觀明教寺僧放戒

緇經説法笑空王，賺得金身丈六長。任爾低眉兼努力，西來只受一鑪香。

午日招李丹叔飲

別來幾度端陽節，老去重爲過客身。訪舊榴花紅照眼，嘗新蒲酒緑生鱗。黑雲倒捲層霄雨，赤日空燒大地塵。一曲薰風歌帝德，還思解愠阜吾民。

檢周蘭初手書

魂兮招不返，往事散如塵。好學真吾友，同聲惜此人。撫棺惟稚子，歸骨有衰親。短命偏憐汝，遺箋墨尚新。

懷吴子恒保德騎尉時令子應試來郡

世事都難説，佳兒爲寄聲。樹萱思養志，種菜喜埋名。意氣殊今昔，交情見死生。楹書須飽讀，養晦待時清。

方貽卿臻穀少尹自龍遊歸出近作索和

往事浮言散太空，此身遊徧浙西東。賞音多在風塵外，别夢難忘夜雨中。宦況半生消短鬢，天涯千里逐征蓬。吾儕老至須尋樂，閲盡炎涼感慨同。

答貽卿

閉户蕭然寡俗緣，送窮枉自富詩篇。與君細數當年事，無限悲歡在眼前。

聽訟篇呈湯小秋 壽銘 方伯

近來州縣聽訟，不論事之大小，動經數月，或沈閣一年、數年者。鈔詞有費，出票有費，拘犯有費，挂牌傳訊有費，上堂有費，和息亦有費，六房三班以及行杖之徒莫不有費。尤可訝者，有買票之例。一案出，差房權其事之輕重，争相營求。勾串門丁，暗通幕友，署内一切人等均按股分潤。苟違之，則鋃鐺載道，婦孺逃竄，布帛菽粟、鷄犬瓜壺一空。以致一案未結，蕩産破家者纍纍。兼之訪聞無據，佐雜擅收，虎倀雉媒，蜮沙魚餌，百弊叢生，不可思議，小民遭害，甚於盜賊。爰作聽訟篇，以待留心民瘼者察焉。

逭暑冰翠堂，客來談渦淮。雖曰神降殃，厥惟人召災。官貪訟日滋，内外均分財。公門鬧如市，忍辱莫進來。諺云：『衙門朝南開，有禮無錢莫進來。』案牘委幕僚，心腹寄書差。黠奴暗居寄，兩造争安排。肥瘦預定價，傳訊空懸牌。鄉里急追呼，鷄犬都驚豗。昔疑猫伴鼠，今率狼與豺。我體無鱗甲，焉能藏水隈？我身無羽翼，焉能翔天街？沐猴而冠者，爾亦有嬰孩。倏德貽書種，積金隱禍胎。寸心苟利人，口碑常銘懷。屢欲進忠告，迂拙恐見猜。違之之一邦，猶吾大夫崔。客言頗覼縷，新蟬鳴庭槐。揮麈引清颸，吾且酌酒杯。側聞使相節，將莅皖伯臺。小試霹靂手，先埽斗筲儕。眼見銅山傾，毋使賄路開。耳聽銆筒稀，毋令民冤埋。更喜賢使君，家傳經世才。虛衷抱明鏡，慎勿蒙塵埃。少讀浮邱子，下筆驅風雷。老望天柱峯，火盡薪未灰。飯顆獨苦吟，客去還徘徊。竊效春陵行，敢爲民告哀。

向貽卿索珍珠羅

北窗無夢到南柯，赤日燒空唤奈何。欲引清飈涼到枕，爲君乞取越溪羅。

慰陳仲英觀察 時有仲子之戚。

老病歡趣少，新秋愁思多。園林辟塵囂，圖史閒摩挲。晨起客過門，所言恐舛訛。太守有賢子，滬上締絲蘿。昨宵傳噩耗，玉樹摧庭柯。我本傷心人，余六年内連喪二子。聞之涕滂沱。天道竟無知，人生唤奈何。古來聖賢輩，衰年遭折磨。彭殤皆夢幻，聚散一刹那。花落難上枝，鳥去長辭窠。割哀且忘情，作達貴養和。凡百子民心，爲誦臺萊歌。

七夕詞

昨夜雲端青鳥回，九微鐙火喜筵開。屯膏試向天孫説，爲乞銀河倒下來。時憂旱。

別來營室動經年，只爲區區二萬錢。怪底世情偏重利，人間幾見好姻緣？

七寶攢成羅睺裝，風姨月姊賦催妝。笑他烏鵲偏多事，觸熱填橋故故忙。

耿耿雙星願未酬，西成端望歲功收。今年耕織如相問，莫向天公報有秋。

爲丹叔題龍眠山莊圖用荆公懷李叔時韻

千年清夢落家山，萬疊煙雲挂壁間。某水某邱徵佚事，故鄉文獻盼君還。

峯回樹密鳥鈎輈，覓路尋源客願留。安得結廬最深處，爲君招隱意綢繆。

丹徒鮑仲銘 上宗 明經重遊泮水徵詩 時年八十有一。

風謡年少有行卿，話到才名四座驚。花甲重聯髦士秀，一星獨喜少微明。瓊筵雅集金山寺，吉語欣傳鐵甕城。我友龍眠 謂丹叔。 君至好，瑶箋雒誦更心傾。

南徐名勝記曾過，第一江山愛放歌。小劫滄桑殘夢短，先人交誼此邦多。笪在辛侍御、張文貞相國。 如君望重耆英會，尚德僉題安樂窩。歷數平生今舊雨，還思載酒訪巖阿。

重九攜從子德輿猶子德煦諸孫迺原迺蔭迺全迺同迺丙登教弩臺晚歸遇雨

滿城落葉起寒光，有約重登選佛場。霸業已消千百載，臺創於後漢建安二十年。稀齡又歷五重陽。序聯少長情彌洽，話到交遊味更長。壁間有譚仲脩、方子箴乙酉登高舊句。爲訪秋容偏冒雨，手中新摘緑橙香。

送江甯寫真陸小卿璋歸里

長康絶技空千古，後起龍眠妙寫真。世競虚名工畫肉，君偏解悟善傳神。風塵奔走思佳士，筆墨生涯養老親。二水三山賦歸去，門雖近市獨安貧。

題戴子良小照

鄉里親情數十年，春儺秋社共周旋。枯榮瞥眼都如夢，守分知君不受憐。

聽鸝吟館記開觴，話到難兄子瑞學正。謂我狂。喜見階庭森玉樹，説經一脉衍書香。喆嗣元龍以府試第一入泮。

無爲丁菊癡景堯茂才攜酒過訪

濡須自昔多佳士，半屬遺園座上賓。垂老索居卧冰雪，逢君展卷壯精神。事關忠孝言無苟，味别酸鹹意更真。儻使采風達天聽，民間薄俗可還淳。

送陳子言詩歸廬江兼懷吴彦復刑部

治父山空木葉脱，黄陂水涸暮雲蒸。知君野酌愁無語，入世論詩罕服膺。雪霽訪梅尋舊屧，鑪香鍊藥掩寒鐙。起予别有吴公子，觀樂聞言亦可興。

龍山易由甫順豫孝廉過訪並惠尊公笏山佩紳方伯大集遂留飲

半刺飛來入眼新，呼童扶病强迎賓。心傾濁世佳公子，話到清詞憶故人。譚仲脩選篋中詞，尊公及難兄實甫廉訪獨多。家釀消寒宜送臘，園花得氣早逢春。楚南一叟憐同志，益信文章獨有神。

小除夕柬陳仲英觀察

傳聞時政敢輕談，臥雪荒園晝閉關。使相籌邊先去國，講筵舊學乞還山。李相赴廣督任，孫相乞歸。民多失業流離苦，貨倍征鳌物力艱。自分儒生安澹泊，糍糕饋歲且開顔。

除夕感事

椒酒迎神一瓣香，事關家國願難償。隔年爨起蕭牆内，異族羣居臥榻旁。上日擬行文祖禫，候星早示輔臣强。星經：『候星明則輔臣强。』夢夢風雪天如醉，燕坐壺中祝歲穰。

庚子元旦

自哂鷄窩歲月長，老身拜跪尚康强。庚庚乙乙無私壟，子子孫孫率舊章。比户桃符增喜氣，巡檐梅蕊漏春光。後四日立春。糝盆樺燭猶呈瑞，好共家人進一觴。

人日見月

新月露雲端，開簾獨倚欄。今年初識面，顧影令人歡。

猶子德輝長孫昌熾入塾喜月大父韻示從孫迺原

爾祖趨庭日，嘔心話短檠。佩觿初上學，捧硯盼成名。養正涵書味，安貧□菜羹。槐堂彝訓在，往事記分明。

壬辰秋晚自壽州歸聞孫輩書聲同親家李璽亭明經作 璽亭偕哲嗣及余次子秋闈被放，故慰之。次子即璽亭壻。

我有天倫樂，寒宵共翦檠。焚香長案浄，薄紙小窗明。客到家常飯，禪參骨董羹。羅漢寺銘文：『方丈饋八寶菜。』前人讀書意，不盡爲科名。

三月望日招陳仲英觀察看牡丹感賦

迴廊紅映碧琅玕，風信連番到牡丹。老眼飽看春富貴，好懷喜共月團欒。時和徇俗同民樂，時行鄉儺。禊飲忘形卜夜闌。閬苑賞花承舊德，一枝曾插侍臣冠。公由詞林典郡。自從瑶島迓瓊鑾，曲奏新聲結古歡。香國平章金世界，花神拜舞玉欄干。醉誇北勝天來大，笑倚東風夜忘寒。珍惜韶光憑管領，還期留與子孫看。

和顧祖彭庶常看牡丹韻

水漬苔痕緑浸門，抛書睡起偶窺園。不來舊雨來今雨，或飲中尊飲下尊。得氣鼠姑誇富貴，鳴陰鶴子伴晨昏。園畜一鶴二十餘年。及時歌詠須尋樂，眼底榮華且莫論。

良宵高會盡佳賓，景色今年分外新。爛漫幾叢紅似錦，婆娑兩鬢自如銀。樓臺煙雨迷塵迹，花月春江舊酒人。脱帽爲君談往事，流殘蠟淚暗傷神。

吾鄉淫祀盛行士大夫尤惑口占志慨

世態炎凉到鬼神，紛紛徼福昧前因。一朝運去香煙冷，竈我翻爲奥我人。

舉國風狂競賽神，金錢浪擲笑無因。誰知飲啄皆前定，願把婆心覺世人。

題鍾馗役鬼圖

老馗腰笏髮鬖鬖，無力驅邪且學憨。未解事人偏事鬼，仕途捷徑勝終南。

午日招翰卿小飲觀松雪畫中峯相用東坡端午徧遊諸寺韻

老懷寡所適，觸境多流連。矧逢天中節，讀畫思開筵。小園地幽僻，花竹秀而妍。挂壁面中峯，含毫思邈然。是我還非我，一身化萬千。吾生懶學佛，枉叩有情天。常守素位戒，無入不安便。與子交廿載，往事散如煙。回憶青雲侶，半向泉臺眠。善寶金石軀，同參文字禪。

次日夏遠之過飲子元繼至

槐蔭當門日正中，蒲葵動處引熏風。嬰衣色慘鸜哥緑，雛孫喜著新衣。老齒酸流杏子紅。園杏結子甚多。佳士忘形同臭味，危言駭俗振癡聾。鄉邦耆舊曾親炙，後起誰爲文字雄？

江甯楊少農炎昌解元以詩就質

卓犖忘形迹，知君亦異人。丹成戀鷄犬，皮相楦麒麟。蟲臂身如戲，龍頭筆有神。石城多勝侶，願結草堂鄰。

城南晚步

九曲灣環傍水行，數椽茆舍有書聲。兔葵燕麥增惆悵，陋巷猶傳七桂名。

董參軍索題蘭花小照

圖成面目異酸寒，滿腹精神體更胖。省識拈花還一笑，國香入夢記徵蘭。

鷹揚曾看帝城花，猶記承平閥閲家。君堂伯祖向桐公戊戌探花，官福甯總戎。我亦儒門富文采，階庭又喜長蘭芽。

拳民謡

噫吁嚱！環毬震動海水沸，神州伏莽紛如蝟。譎觚非常盡反古，干戈釁兆蕭牆内。憶昔通商競錐刀，卅年變法毋乃勞。富强未暇培國本，奇淫無益朘民膏。詩書道喪天地閉，金銀氣竭山川焦。濟濟衣冠坐塗炭，巍巍禁籞汙腥臊。三輔少年勃然起，拍張矯捷誇猿猱。笑談六甲揮鶴羽，憤捐五體輕鴻毛。一鼓作氣撼山嶽，千羣助叫翻波濤。緑雨潤兵刀飲血，五月中，京畿天降緑雨。紅雲壓陣巾纏腰。毆魚毆爵必有以，爲鬼爲蜮終難逃。摩挲老眼閱世變，鼠憂蝨語心猶豪。斗筲謀國等兒戲，鹽梅失箸憑誰調？蛇門門中争内外，燕巢幕上空啾嘈。生恐銅駝臥荆棘，似聞石馬嘶蓬蒿。君不見，都城白晝烽火紅，津沽殺氣凌蒼穹。官家尚在瀛臺中，勤王羽檄飛悤悤，盈廷議論將無同？君子曰中朝元老來和戎，小人曰天下健者惟董公，我則曰龜從筮從庶民從。百神助順摧凶鋒，金根幸勿塵再蒙。撤簾歸政先移宫，永固苞桑繫聖躬。噫吁嚱！永固苞桑繫聖躬。

哭袁光禄爽秋

青蒲甘伏鑕，碧血化爲虹。謀國天方醉，盈廷道不同。風操懷俊侶，兵解證禪通。君精内典。嗚咽漸江水，猶環半畝宫。

自題畫象

胡爲形狀益支離，已矣天高莫我知。入世如官窑閣帖，稱名類顧怪歸奇。憤來縛虎心原壯，老去呼貓意轉癡。滄海横流難託足，露車何處可棲遲。

秋日病起喜接黄冰臣廉訪書 時由蘭州道四權臬篆。

判袂已十年，離蹤數千里。況值時世艱，飛來書一紙。情長話更煩，婦孺聞之喜。讀罷轉惆悵，宦途罕知己。憶昔典郡日，謳思猶在耳。采詩驗民風，愛才自隗始。良會結消寒，忘分先序齒。清談惟風月，真意聯酒醴。入座首寓公，謂定遠方子箴方伯。升堂多佳士。謂沈半峯明經、江潤生太史。試誦八仙歌，余仿少陵八仙歌以紀會中之人。存者今餘幾？獨君負幹略，治績被隴水。羌月照沙黄，塞雲壓山紫。君本甘廉退，余復生吝鄙。臥暑冰翠堂，槐陰涼到几。求友鳥聲歡，推枕霍然起。平生盜虚名，得毋君子恥。聞君將述職，天顔近尺咫。倘念邊臣勞，星軺定南指。重莅皖伯臺，羣黎頌樂只。西望有征鴻，折梅附驛使。

中秋嘆月 時夷人聯軍犯闕，大駕西幸。

玉缸拼醉畫欄前，秋思茫茫憶昔年。大地河山空有影，普天兒女願長圓。軟紅列市成灰爐，五月中，拳民火教堂、夷館，前門被燬。凝碧何人擫管絃？斫卻妖蟆脩月户，清光依舊浩無邊。

閏中秋待月

誰信訛言二八秋，問天無語不勝愁。明河影暗涼蟾隱，仙樂音沈顧兔羞。玉露金風蛩寂寂，瓊宮貝闕鳥啾啾。舊時月户潛逃散，守藥姮娥已白頭。

聞駕幸西安

天壽山高木葉秋，五雲還繞舊龍樓。六飛西幸頻傳蹕，單騎南來或解讎。李伯相入京議和。惟仗民心思魏闕，共紓國難奠神州。長安自古中興地，百二秦關據上遊。

西洋大礮歌

西洋大礮迅且烈，天崩地塌傾城國。短長尺寸費經營，遠近低昂工測度。水陸盤旋重若輕，轆轤上下機尤活。紅羊造劫鬼神愁，一礮鑄成萬人血。或云西洋精算學，制器可補冬官缺。惜哉奇淫不中道，著書惑衆騰邪説。中朝巨公喜效尤，變夏用夷誇要著。鐵廠宏開南北洋，費盡金錢復何惜。君不聞，白翎雀，殺伐音聲來漠北；又不聞，鐵門關，角貀人語師旋班。皇天好生最惡殺，我勸爾夷毋貪殘。近傳下詔都長安，埽除酋虜民心歡。人人紓義憤，處處有好官。禮議爲甲胄，忠信爲櫓干。金甌一統還舊觀，從今四海均安瀾，眼看此礟永棄秦皇島畔之沙灘。

二十四日觀操城廂團丁

秋陽尤酷烈，金鐵忽飛鳴。江海頻傳檄，施滬大料兵。阜財籌聚米，時提振款買米。衆志喜成城。百里騷戎馬，聞風息戰聲。壽界不靖，三縣會勦，已解散矣。

重九前一日懷江潤生太守 時権税通州。

西風吹夢冷，木葉下吴天。明日又重九，離羣況暮年。浮沈今世拙，淡泊古人憐。竭澤雖多術，知君自有權。

懷張季直修撰

京國愁烽火，欣聞近故園。指困敦友誼，謂恤朱曼君孤。割肉戀君恩。夢醒銅駝陌，灰飛金馬門。袖中東觀記，慷慨共誰論？

重九排悶

閉户偏無送酒人，黄花寂寞負良辰。此身願化青城鶴，用唐明皇九日沙苑射鶴事。鶴爲青城山徐佐卿化身，見集異記。白首翻愁作異民。太行忠義託聲名，醜虜初聞膽亦驚。若使天威震南服，不教黄屋賦西征。手捧珠盤議不同，卅年柄國主和戎。中興名將消磨盡，大局安危有相公。必里遲離遼語九月九日。射虎場，燕臺回首戰塵黄。登高應上慈恩塔，輦道風寒雁陣翔。

松風閣觀弈

埽石閒觀弈，紛紛打劫時。黄花人意冷，紅葉雁聲遲。留客嘗新釀，斜陽下短籬。南來風不競，此局費猜疑。

書憤

病起心如擣，愁深夢未安。歌謡徒慷慨，身世歷艱難。驕子憂天醉，冤禽祝海乾。百年聞報捷，來享亦加餐。

雨飲即事

旱氣鬱結天地閉，草木休囚牲畜斃。陰抗陽争强發聲，立冬前八日雷鳴。雨蘇枯槁秋還媚。欣逢佳節届重陽，白酒開罎香撲鼻。老夫習静少逢迎，閉户怕聽當世事。有客闖入東籬邊，袖出新聞笑相示。有示新聞紙者。憤和落葉化飛灰，一鴟温酒供吾醉。醉裏瞢騰有真意，古人所寶今人棄。蒼天已死復何言，酒國春長任酣睡。入夢如逢太瘦生，問渠奚事淚縱横。挽河洗甲多豪俊，猶喜收京見太平。

遣興四首

何地爲安土，辛勤一把茆。誰知龍戰野，猶作鳥營巢。

嗜好偏多累，逃民免百憂。平生無耳語，没世少心讎。

逝者如斯水，悠然且看山。雁來紅葉好，人罕白頭閒。

久忘蓮心苦，應回蔗味甘。眼前十笏地，即是太平庵。

詠物四首

老牛筋力衰，强把枯草嚼。東鄰正賽神，觳觫淚潸落。

病馬戀沙場，伏櫪喂不飽。忽聞戰鼓鳴，仰天尚咆哮。

獨鶴性難馴，飢鳳同叫苦。恨無衝天翼，聊與鷄鶩伍。

寒鴉向日飛，呼雛聲穀穀。自揀一枝棲，去傍誰家屋？

催租謡

二十青銅水一擔，竭來無雨井泉乾。圩田南望秋猶熟，好勸蚩氓稅早完。

施口今年未上潮，東郊水涸晚禾焦。肥源西去多溝洫，差幸山田穫稻苗。北鄙梁園穀未登，催科一例擾鷄豚。縣家豈不憂民瘼，大府催糧檄到門。禎魚賦罷詠牂羊，王室如焚更可傷。安得横財三十萬，替他鄰里急輸將。

麻鞋嘆

朝喜暮怒紛衆狙，龐然大物號黔驢。坐使紇干飛凍雀，王室如燬歌魴魚。延秋門上噪畢逋，可憐帝子翻爲奴。事類連鷄勢騎虎，龍困於井鳳棲笯。淩煙當日功臣圖，煌煌武烈兼文謨。不信聞言分四走，空傳留守猶三呼。六甲神兵近兒戲，兩河忠義誰前驅。劇賊何曾驚破膽，太師竊恐終懸顱。我朝賢聖六七作，匡時豪傑今豈無？惟願帝羓歸北頓，盡教虜馬回東吴。西望長安老淚枯，麻鞋無由達帝都。

十月朔家祭感賦

致齋夜未眠，冥坐膚起皺。檐端朝旭薄，瓦縫繁霜厚。時方届小雪，閏餘遲節候。朔吹忽淒緊，萬象都非舊。塞雁陣長空，園鶴唳清晝。鑪香人意温，窗櫺寒氣透。料合渤澥冰，更念秦山瘦。頒朔正視朝，翠華已西狩。陵寢恐震驚，干戈尚格鬥。憶昔紛駿奔，入廟陳俎豆。謀國等置棋，勤王誰免胄。天地慎閉藏，吾生幸老壽。追遠敬祀先，楚黄薦芳酎。永懷身世憂，肸蠁神默佑。

癸巳秋別方小泉觀察於江甯頃自奉天南歸過淝一宿而去留書言志代答

棋局紛紜揮熱淚，彈雨鎗林何處避。隻身江海撼波濤，虎口生還疑隔世。酒杯未乾君忽去，後會茫茫艱把袂。殷勤短札寓深心，患難平生敦古誼。亭林二曲仰彌高，山史野人默相契。八公山冷草木荒，長淮水涸蛟龍閟。白頭涸迹挈妻孥，叢桂毋忘招隱意。來書云：亭林、二曲亦各從其志焉耳。

盱眙王蘭生錫元觀察重遊泮水郵詩屬和

烽火南園倒酒卮，己未夏，從戎盱山，住汪稚松南園。聞名未見獨欽遲。愧堂富擁書連屋，君藏書十萬卷。棣萼香分桂一枝。君與家鏡堂同譜。天與逍遥閒歲月，人尊耆舊仰威儀。都梁山色浮槎水，話到烏衣本共支。

重著襴衫解笑顔，大羅天上舊仙班。君甲子、乙丑聯捷。名高江北無雙士，家住淮南第一山。瓠子宣防心力顇，君由吏部改官裏河同知。蘭臺纂述鬢毛斑。君注國朝駢體文。憂時詞客憐同志，斫地酣歌舞劍鐶。原唱有『祇餘漆室憂時念，一息猶存未敢蠲』。

楄柎製成喜題

百里湖山秀，千秋草木香。幸留一片土，此願或能償。

詩成小泉復誄之和答

抛卻皮囊臭，君言亦自佳。戴天愁欲墜，入地樂無涯。族類難爲伍，衣冠更近俳。願攜伯倫鍤，醉倒問誰埋。

乞小泉作生傳

生離作死別，何暇計千秋。或借文章重，將無姓氏留。夢夢天亦醉，冉冉歲云遒。爾我俱衰白，行吟抱杞憂。

眼前誰毁譽，皮裏有陽秋。燕石争求售，狂瀾去不留。韓文衰可起，椽筆速還遒。多少興亡感，憑君代寫憂。

道光己酉冬赴試江甯介壽春周遠齋謁包慎伯先生於龍蟠里時年七十有五爲言系出龍圖余證以小詩先生書俯視小時輩抗志追古人一聯以報詩稿散失頃於遠齋集中檢出因補存之

涇川曲折接施洍，墩繞香花柳四圍。往事愛談天水碧，故家文獻盼公歸。

書室題壁

坐擁書城性所妣，悦心悦口勝肥甘。神仙遊戲師蒙叟，道德虚無悟老聃。説士文章多雋永，才人議論閒清談。典謨誓誥兼風雅，食字吾思化蠹蟫。

咸同間言古文者尊桐城言字學者推安吴余聞其言心易之間質諸何丈子貞徐君毅甫亦云人貴自立不可苟同也二君皆海内名家今已下世而文字之弊日甚因衍其意以詔來者

作文慣説桐城派，作字愛稱安吴體。前賢持論各有得，墮落臼科昧厥旨。胸無萬卷筆無神，結習愈趨愈下矣。世風文字覘廢興，變化從心不踰軌。起衰八代推大家，探本六書非小技。跳龍卧虎壯精魄，高山鄧林植根柢。我用我法休隨時，人百其身面難似。性情團結真氣存，故紙鑽殘惜餘子，後起有誰嘆觀止？

十一月望日接子英奉天函

兵塵澒洞古幽州，塞雁聲傳木葉秋。亂世皇天猶有眼，眷屬無恙。故園皓月正當頭。舉杯渾忘今宵冷，數米深知異地愁。寸土寸金搜括盡，載書未定尚稽留。和議未成，李相仍留京都。

雪中李健人部郎過訪用東坡喜雪均並質斐君

嗜古愛畫忘飢渴，五官並用才不竭。興來納履過荒園，手折梅花傲風雪。癡奴擁帚急開門，傖婢傳茶凍加鬅。寒宵考古且尋歡，末世保身須種德。悠然心迹遠囂塵，悟後眼光鑑明月。少年華胄盡翩翩，君家弟昆獨超絶。自憐老鐵冷於冰，笑語回春舉體熱。

嘉平既望方子久饋佳果炙魚賦謝 是日戌刻立春。

陰疑方搆難，陽復又逢春。碩果思君子，泔魚愧故人。一門聯縞紵，謂子箴、子嚴、子聽。四世締婚姻。回憶昇平日，同爲擊壤民。

辛丑元旦 帝在西安。

五雲捧日拱三秦，瑞接函關紫氣新。花信消寒交雨水，是日雨水。葭灰送煖轉陽春。普天不乏朝正使，率土猶多戀闕人。自古殷憂頻啓聖，車攻同馬頌西巡。

送九日見杏花

小山文杏忽交花，一樹紅雲豔晚霞。老眼慣看春色富，和風吹煖萬人家。

敲殘臘鼓漸消寒，御柳絲絲拂上蘭。報到今年花事早，五雲樓閣有誰看？

病中夢長女 己亥八月没於郭甥任所。

幾日東風煖，春回病骨蘇。音書誰同訊，夢境憶模糊。漏盡殘鐙暗，魂歸片語無。老懷不成寐，倚枕淚將枯。

古　鏡

古鏡碧於玉，塵埃拭更新。清光鑑肝膽，羞照近時人。

清明日約丹徒祝鏡波明揚少尉往南郊上陸蘭蓀墳

梨雲吹冷柳絲紛，宿草春深尚憶君。爲補平梁僑寓傳，隻鷄絮酒訪遺墳。

澧蘭沅芷挹清芬，似此才華近罕聞。萬水千山歸未得，年年麥飯餉孤墳。

花朝招同人小飲即贈健人斐君

黄霧忽四塞，春光黯梅柳。曉起散愁疾，埽徑縛箕帚。敢云安樂窩，誰識支離叟？暫紓身世憂，折柬招素偶。花朝試命觴，飣盤早薦韭。輞川溯昔遊，孟杜骨已朽。謂趙雲持、徐毅甫諸君。昨誦雋永篇，勝飲琉璃酒。更思白水盟，味淡方耐久。亭亭東山秀，後起惟小友。泊然寡所營，抱一堅能守。厄運鬥龍蛇，戾氣中鷄狗。銅山難療飢，金印枉繫肘。事變盡反常，途窮翻倒走。四大本皆空，隻身復何有！君具善知識，散財活萬口。云歲陜災，君捐萬金。擁書且杜門，朝夕互研剖。銘勒摩兜鍵，迹遁山林藪。養成著作材，不負明哲後。忘年交彌親，知我言無苟。相契惜惺惺，入座訊某某。慧業幾生修，清福得天厚。百歲一剎那，陰德無量壽。

賀陳仲英觀察卓異

斗城形勝控江淮，佳氣葱蘢萬井開。春到郊原新錦繡，民忘烽燧頌臺萊。曠觀灊嶽雲千幛，英、霍舊隸廬州。笑指巢湖水一杯。天許雍容憑坐鎮，自來臥治亦須才。

自　反

老去憎多口，猜疑恐失真。熱腸空憤世，冷骨敢驕人。中厚規諸少，虛名累此身。相逢惟一笑，毁譽兩無因。

方小泉作生傳成寄謝

趙家片土豫經營，周鼎誰人問重輕？共幸格天尊一德，獨憐斫地老諸生。陳東枉洩匡時憤，杜甫空留異代名。餔啜糟醨非我志，方山小傳抵銘旌。

遺園牡丹歌用少陵觀曹將軍畫馬圖韻

羣玉山頭託根早，總領富貴花中王。千葩萬蕊盡低首，豔稱魏紫尊姚黄。自從臘後見三白，煖氣驟升催霹靂。紅杏煙籠蹴踘場，緑楊風輭鞦韆索。報道東皇緩緩歸，陽春無樹不花飛。瑞繞郊原新擢秀，祥古跗蕚都連輝。金臺市骨選驕騧，英髦聯轡争簪花。慈恩寺前忽冷落，兔葵燕麥空咨嗟。忍見銅駝臥荆棘，春容慘澹蒙塵沙。瓊島别來芳訊絶，御溝柳老晴飄雪。月明弦管寂無聲，鸞兒羯鼓誰陳列。藍關秦嶺勢雄駿，香國惟祈仙夢穩。杜陵韋曲好風光，蝶奴斂迹蜂王遁。野鹿舊入蓬萊宫，花神扈駕欣徂東。沈香亭畔重開宴，笑誇北勝將無同。一枝百植數吾宗，族姪懋軒太守同治丁卯館余家，值小園經始，移贈此花。名花移種家園中。看到子孫身健在，年年把酒祝東風。

三月六日招陳仲英觀察看牡丹

繞座花枝酒數巡，與民同樂物皆春。此邦何幸無烽火，猶是昇平會上人。

春日欣聞一品筵，京華韻事話前賢。徐家燕笋王家腐，慨想熙朝全盛年。康熙初，京師行一品會。王子雍相國當會，呈大冰盤，中有腐，似圓月，精美異常，莫辨何物。徐尚書健庵取江南燕笋，隔年負土載至京邸，春深之而迸出。直會，煨笋餉客。去其殼則如玉管，貫以珍饈，四座稱飽。一腐一笋，可補食經。

讀江潤生人日懷友諸作卻寄

感舊傷春鬢髮鬖，鵝湖義利共誰談。閉門自署四無妄，入世深知七不堪。綠字食殘甘化蠹，冰絲吐盡苦眠蠶。天風海水移情地，久別思君道味酣。

穀雨日遣興

呼童早起了塵事，兀坐澆書養性真。三月茶香新改火，一林鳥語共鳴春。老來眠食宜加慎，病起吟哦覺有神。失笑雛孫忙啓户，東鄰又見送花人。

送春日邀同人晚酌

箕踞科頭雪滿簪，一春臥病懶於蠶。親朋久别疏音訊，杯酒開懷共笑談。看到花枝猶起舞，啖來蔗味漸回甘。揮戈難返東皇駕，浪蝶游蜂興尚酣。

志稿編就書示諸同學

多謝諸髦士，焉知一老儒。才難勝筆削，志不在錙銖。世界由他壞，文章敢自誣。十年勤補綴，心血耗將枯。

懷何詩孫觀察 時掣簽下關鹽務。

思君十載隔音塵，聞説牢盆恐耗神。六代煙花空寂寞，江山勝處轉愁人。

昔年同客題襟館，祖德謂令祖蝯叟先生。曾誇步後塵。蘇返道山白兜率，淋漓大筆近無人。

山亭晚坐

夢回茶味清於水，門掩藤陰淨絶塵。飛絮落花春又過，野香幽草最宜人。

接張季直復書並和詩

書中備述創立紗廠，兼闢海上荒田，爲中國收回利權，以匹夫有責之言，雪儒者寡效之恥。丈聞之，必以爲莽男子不安分也。

廿年不見莽男子，短札雄談意氣真。刦換乾坤多變局，利關君國急需人。似聞羶行如歸市，豈爲肥身在足民。首戴鼇山問安措，棲棲海上獨垂綸。

附　張季直詩

淝上巍然老輩存，書來舊夢一重温。儘收海氣歸詩卷，遥想霜髯照酒尊。原信何人猶好客，應劉無地爲招魂。謂吴武壯、朱曼君。蒼茫久已拋簪紱，落日風煙況爾昏。

爲友人醉題觀空圖

枝上提壺喚買春，醉鄉作達任天真。平生能著幾兩屐，萬古同歸一聚塵。恩怨已忘人我相，枯榮頓悟去來因。問君解識觀空否，大患誰知尚有身？

方小泉應程從周文炳軍門聘余阻其行程爲長白果敏公部將卅年前舊交也時統五省勤王兵住防河北並質之

欲界飛空鬼氣騰，三洞經欲界飛空之音曰：『北都泉曲府，中有萬鬼聲。』幽都北望淚沾膺。中興諸將趨靈武，閒道孤吟憶少陵。怪鳥趁人呼瘦日，蹇驢䭾夢蹋殘冰。翹翹弓乘招難卻，豈不相從畏友朋。

從子德輿自通州歸

昨日林花開獨早，晚風吹落誰人埽。繁華過眼迹已陳，千金買藥難醫老。姪知醫。飢軀喜爾隔年歸，爲言客狀多乖違。得閒阮巷時來往，隨分安貧莫皺眉。

贈黃巖吴心香光宸孝廉時主講廬陽。

水陸逾千里，巾箱伴一身。此邦初税駕，多士賴傳薪。祠禄猶循分，文章可逐貧。憂時老詞客，握手意酸辛。

重四節口號

艾緑蒲青歲已期，處堂燕雀尚嘻嘻。行宮誰進端陽帖，乾淳歲時記：端午前一日，學士院撰閤門帖子，如春日例以進。野老猶懸續命絲。麥早登場歡得食，秧遲待雨恐愆期。鳳皇橋上人如堵，回憶龍舟競渡時。每逢午節，威武門外龍舟極盛，自去歲河乾遂罷。

午日醉夢長白果敏宫保出鍾馗啖鬼圖屬題忽迅雷驚醒疾雨如注

緑槐蔭户榴吐紅，風光今又交天中。披圖示我發長喟，忽驚雷雨聲摩空。終南進士負神異，技能役鬼供游戲。佩符仗劍下天閶，走魅閃尸心膽悸。一鬼張蓋向日傾，四鬼赤脚扛輿行。髯而坐者腹彭亨，頤指氣使目上瞠。前有一鬼抱瓶罌，舉步似聞呵殿聲。一鬼胡牀肩始到，二鬼沿途作鄉導。新鬼故鬼判後先，縛爾鬼雄如縛盜。手足拘攣色蒼黄，擲諸擔頭猶犬羊，蟾蜍製酒味洌香。更斬修蛇丈二長，館穀聊充三日糧。噫吁嘻！蛇爲陰類鬼晝伏，五月陰生陽不足。一陰象姤羣陰蒙，杜漸防微要驅逐。老馗大嚼笑不止，願張我弓挾我矢。靴尖踢倒度索山，神荼鬱壘隨鞭弭。掃除虚耗鬼部空，默助君相成膚功。物無疵癘年和豐，阜財解愠歌薰風，想公陟降左右開心胸。

心香過小園縱談時事爲述天台之勝要余同遊

家有遺書獨賀貧，園雖近市不趨塵。老來已醒浮生夢，佛出難回造劫人。十笏自消閒歲月，九重猶拱舊星辰。迷陽卻曲吾安往，與爾天台約辟秦。天台即留侯辟秦處。

己卯冬偕朱曼君雪後登金山留雲亭口占一聯彈指廿餘年矣頃得江潤生通州函獨深感舊之思因用陽明韻續成七律郵寄潤生更欲重尋爪迹俾知此怪尚在人間也

歌傳水調有誰聽，攜手東南第一亭。雪月交輝天不夜，江山競秀地尤靈。長風浩浩春波緑，野燒茫茫宿草青。老去清游思再續，人間漫道少微星。

書竊墳録後

誰使神州竟陸沈，新亭灑淚更何人。出師盡瘁無諸葛，和議論功豈一秦？兵氣近猶纏北闕，責言未可塞西鄰。男兒許國平生志，短髮於今作放民。

由竇圖 廬江礬山、合肥吴宧閬牆，當道均蒙不潔之名，並牽率。蒯紳光藻屬題此圖，以辨其誣。

君不見，大吏小吏府中趨，詰朝冠蓋填門閭，爾胡爲乎獨次且？獨次且，客盡去，騶從紛紛散滿路。聞説中書堂上瞋，倒持手版心驚怖。閉門欲入日已晡，不由捷徑將何如。腰金蟒玉彼丈夫，吠聲吠影多模糊。懸魚清節今豈無，府署有懸魚堂舊址。惜君恐被他人狙。

午日喜雨偕程甥 文豪 孫甥 傳璟 暨兒孫輩家讌

崛强人稱不倒翁，家園情話過天中。謀身舊蓄三年艾，得氣新開一丈紅。喚到林鳩心竊喜，裝成藺虎勢尤雄。興酣笑拂盤龍鏡，埽盡幺麽眼界空。

宫農山都轉甲午歸自關中究養生術已亥隱於定遠之禪窟服黄精辟穀已廿三旬矣頃書來招余並録倚醉吟及王子裳 詠霓 太守和章以速余行

不愛金銀滿車，獨采數把五加。獅峯象嶺境幽邃，轟天烽燧尋桃花。禪窟寺在漢魏名桃花，六朝改虎窟，唐避諱爲蟬窟，蘇東坡易蟬爲禪，題石。惟元和、會昌間尚完好。咸豐戊午夏，余從軍鳳陽，往遊三次。嗣遭兵甃，君重新之。朅來示我禪窟記，久宦歸鄉忘世味。重新巖壑養心神，更借文章潤腸胃。五龍曾訪希夷峽，洗髓伐毛偏輟睡。閒處方知日月長，時衰空説王侯貴。謂勝朝。萬松補種貯風亭〔一〕，君覓人種松。福地爲余留一位。

答農山招飲

三峯雲樹秀參天，禪窟修成陸地仙。術演五禽堪卻病，心無六鑿可延年。療饑自有青精飯，解渴時烹玉蟹泉。水洞産白蟹，東坡題玉蟹泉，旁建貯嵐亭。片紙殷勤賦招隱，忘機我已悟莊筌。

即事戲傚俳體

張狗劉驢久見嗤，形同鬼蜮醉貓知。市門忽灑前魚淚，里巷争歌相鼠皮。齒冷浮名鷩蛺蝶，目空當道藐狐狸。萬牛難挽蚍蜉撼，百尺孤桐老鳳棲。

夏五過教弩臺

竹影長廊静，松風五月涼。心清古井水，性定一鑪香。雪化僧眉白，金消佛面黄。拂塵尋畫壁，舊夢憶禪房。

書許久香鼎霖太守浪淘沙詞後

驕子怙虐碧翁醉，萬事不理惟富貴。游魂釜底日悠悠，別有人間非天地。

書詹小坡坦教授宣講公牘後

鴟鴞集泮鳳凰睡，冷宦憂時忘忌諱。尼山木鐸恐消聲，別有人間非天地。

聞僧邸馮官屯大捷

此乙卯春作於壽州，孫燮臣爲東禪方丈西華書，塵埃漫漶四十六年矣。今夏，大兒德澍至壽，寺僧録稿見貽，因補存之。

王師如虎馬如龍，霹靂弓鳴腦後風。白羽頻揮呼猛士，黄巾百戰殪天公。生擒逆首李開方。三年燕趙塵氛浄，一體河山帶礪同。晉封親王。聞道捷音馳露布，還期南下奏膚功。

雨中閲邸鈔寄慨

雨溼桐花落硯池，風移簾影緑參差。白頭坐隱書千卷，棐几香温筆一枝。救世特留長樂老，論功轉異中興時。斧柯爛盡推枰起，袖手愁觀打劫棋。

左紹臣楨通守勘災到廬即贈

叩門客到睡初興，握手忘形喜不勝。涼氣頓消三伏暑，清心如對一條冰。小民踰分干天怒，大府行文按咎徵。聊爲使君歌豈弟，唐衢淚盡問誰應。

方小泉赴程軍門幕攜眷過廬晚飲小園並留消夏

鳥亂長空水亂魚，顧瞻周道益欷歔。勞勞琴劍身將隱，草草杯盤樂有餘。涉世已忘齊物論，得閒且讀養生書。赤欄橋畔多楊柳，逭暑攜孥可暫居。

小泉出近詩屬訂遂書啖芋篇後 中元日作。

讀君啖芋篇，使我心懆懆。同爲鮮民生，淚滴墳頭草。銜哀廢蓼莪，覩物思羊棗。右軍誓墓文，令伯陳情表。文章根至性，不在語言巧。世風日偷薄，此義知者少。酌酒詔兒童，一誦一傾倒。他日付手民，當區内外藁。

新秋諸田畯過話

雨收殘暑又秋初，病志閒將短髮梳。吉語誤傳今日事，咎徵獨驗古人書。龍蛇氾濫驕新窟，皛雁漂零戀舊廬。笑勸老農莫饒舌，一家果腹尚安居。

中秋日作 自夏徂秋，胃氣上逆，外甥孫傳奭函來勸節飲食，寄答。

老態龍鍾氣尚遒，平生任運與天游。善言悦耳都忘食，道味寬胸勝養羞。萬病須防從口入，三秋莫解是心憂。先考妣暨七弟、前妻、次男、長女均于三秋棄世。回思剥棗同歡笑，弟妹無多總白頭。庭中有棗一株，先母移自外家。每中秋前數日，攜弟妹撲棗以爲樂。

得譚仲修訃

病臥夢難成，空梁賸月明。深情緘短札，老淚滴殘檠。兩浙人文喪，一官風雅名。碎琴誰與語，已矣嘆今生。

鄭甥崇禮爲述去秋夷人至保定官寮出迎方伯廷雍被害余幹臣子材副戎權保定參將獨坐公堂仰藥死

萬國軍書會保陽，大官傳令莫張皇。道傍稽首如崩角，驕虜牽來當效羊。戎裝結束坐堂皇，視死如歸抵戰場。不愧忠宣老孫子，一燈夜雨話青陽。君爲豳國公裔。堂堂大節重平梁，堪並英山王伯唐。京師陷，漢人殉難，惟王鐵珊主政。縱使官書無姓氏，草茆清議闡幽光。

病中盧秋浦偕邢子遒鐸茂才過訪留飲並懷道三六獄

屢賦停雲句，攜朋忽到門。病魔偏作祟，詩癖共誰論？才思江河闊，情懷杯酒温。芝山多韻士，重認舊吟痕。甲申，遺園結吟秋社，無爲豫會最多。

閉關

世變日無已，埋名自閉關。草嫌非種亂，花愛老夫閒。逝者惟觀水，翛然擬住山。此身何處著，萬事笑人間。

贈居巢黄野樵 玉驄 茂才 工詩善畫。

湖光山色輸襟抱，帆影鞭絲記往還。晚歲風塵得佳士，清秋茗話破愁顔。貧能樂志方無累，畫可通神更耐閒。家住金庭真福地，仙心遥寄白雲間。

重九將近感懷仲修

宦游君亦愛吾廬，别後憑傳尺素書。夢冷黄花人病起，園荒紅葉雁來初。題餻佳日情懷惡，落帽西風鬢影疏。猶記放舟尋勝侣，一天煙雨過前湖。辛卯九日，客杭州，君約楊古醖同訪高白叔中翰于高莊。

九日攜孫曾輩教弩臺登高晚過黄季繩

又到團蒲地，登高半里人。每年寺僧設無遮會，爲同人禳福。苔痕侵履迹，松影浄衣塵。香積重羅麨，金剛百鍊身。徐行尋舊侣，談笑有天真。

招王孝安汝達贊府史友白德本茂才作展重陽

一年最好是秋光，安樂窩中歲月長。紅葉争春回冷豔，黄花寄興養孤芳。書筌畫筏聯同志，茗碗鑪香話夕陽。聞到幽都烽漸遠，嵩呼輦道且巡方。聞聯軍退至津沽，大駕駐蹕汴梁。

爲孝安題八大山人畫石

淘盡恒沙劫，硜硜此一拳。盪胸澆磊塊，噓氣化雲煙。鍊就天難補，銜來海要填。洗乘留扁石，老淚獨潸然。

讀温氏母訓術爲長句以示子孫九月二十夜，是夜大雪，約三寸計。

堂上有白頭，即是子孫福。旨哉温母訓，爾曹須三復。規矩緬高曾，箕裘延似續。親故喜往還，童僕勤約束。惡言不入耳，瑣事必過目。少長泯猜嫌，閨門尤肅睦。歡意洽鷄犬，誠心化鬼蜮。人偏賤老醜，迂闊翻招辱。世情笑沸羹，禮法苦桎梏。後凋挺孤松，晚晴勝朝旭。家國恨茫茫，背人時痛哭。强支好門户，恪守舊風俗。一卷冀傳家，百年譬樹木。垂蔭庇木根，常聚烏衣族。

黄季繩示七十自壽詩和祝

久從衆望拜人師，千頃汪汪測豈知。老至重聯真率會，情深愛讀性靈詩。兩家文采懷先澤，君先世蕭山令君與先節推府君昆季爲文字交，兼兒女親，同中順治丁酉鄉榜。一脉書香續舊枝。哲嗣均食餼。笑問蓬萊幾清淺，籌添海屋進瓊危。

題嘯庵印存

印之有譜，自宋皇祐始。宣和間，復集印史。嗣是稽古之士踵事日多，如晁克一、王俅、王厚之、顔叔夏、姜白石、趙子昂，各有著録。而吾邱衍博古編尤稱博綜〔二〕，然皆非自作也。至國朝，周櫟園有印人傳，桂未谷續三十五舉，取其未備者而增述之，追漢法，訂俗體，鐵書一道，美矣盡矣。夫官印始於周，私印盛於漢。漢印古樸飛動，奇正相生。六朝而降，屈曲盤回。迨至今日，古法亡矣。近人力駁文、何，專宗鄧派，要亦未爲定論。余雖皖人，不敢阿好也。嘯庵有志於古，勉乎哉！並系二絶。

文何鐵筆妙通神，僞體流傳恐失真。後起誰知有頑伯，力追秦漢薄今人。劫火燒殘辨弗明，櫟園遺印重交情。周櫟園司農爲先鄉賢公刻印尚存。帽箱賸有宣和帖，愛仿王家内史名。

汪道三示高叔衡慕堯大令詩扇喜贈

繡水芝山隔莫雲，故家幾輩繼清芬。寒宵旅館挑燈話，文采翩翩獨愛君。叔衡爲希之刺史孫紹良部郎子。

達夫五十始工詩，持節東川晚遇遲。喜見一斑徵抱負，英雄事業豹留皮。君原句。

病中聞李侯相薨

六龍巡狩慶嵩呼，帝在河南。抗疏回天已戒途。此日方知宗祏繫，惟公能使遠人孚。鑑新據舊羣分黨，遺大投艱獨受誣。手捧珠盤三十載，嘔殘心血强枝梧。公頻危，嘔血數口，連呼某某可殺。

仕隱生來異性情，當年言志有狂名。願偕徐孺爲高士，醉以桓公作老兵。公長余二歲，同受業于黄小侯師。壬午夏，公歸里營葬，追陪月餘。一日謂余曰：『君單騎説苗，復糾肥西諸團援壽，振奇人也。然少無宦情，殆與徐三毅甫作高士乎？此大錯也，深爲君惜。』余笑而未答。因論淮軍諸將，余曰：『若某某者，老兵耳。』公語勤恪宫保：『王五狂態猶昔。』滄海横流關氣運，天心戀舊極哀榮。涼宵卧病頻驚起，愁聽空中甲馬聲。

晚過黄錫侯昌璘署正留飲同敦五子開

不扶榔榧步從容，僻巷閒尋半畝宫。渤澥遠歸塵鬢白，斗城近抱夕陽紅。雲罍壓架堆殘槀，霜菊移樽味晚菘。賓主陶然意真率，此筵尚有古人風。

感事柬陳仲英觀察

寒宵抱病獨呻吟，往事思量悔更深。萋菲無端騰衆口，文章有價值千金。修志之舉，始于陳豹初大令，聘請徐、江二山長及辰等分纂。准提賑餘利息銀壹千兩，以作束修、聘金、雜費之用。二十一年四月起，約期一年，共消銀六百餘兩。賸款留作刻貲，由縣交存正昌醬坊。二十二年六月二日，鄭希崖經手，按月四釐生息，立有摺據。今年夏五，趙大令疊奉府札，提建義倉，計本利銀四百三十餘兩。志稿八本、銀摺壹扣，並繳縣署。徐孺昔下陳蕃榻，杜老今知嚴武心。自信結交重肝膽，谷風陰雨亦知音。

哤言

爲郡有四盡，其人本碌碌。哀哉錢神論，可以覘風俗。

日耀官倉粟，窮黎究何補？郡主故忘懷，笑言壯雀鼠。

汩汩彝倫斁，冥冥日月昏。湯湯江漢水，滚滚沸游魂。

喜怒徇衆狙，朝三而暮四。峨峨座上冠，謀國等兒戲。

再起蒼龍闕，重興丹鳳門。衣冠羣舞蹈，誰爲定乾坤？

身世逐浮萍，榮華玩朝槿。莫漫觸網羅，早悟蜘蛛隱。

漫興

老狐嘯寒月，枯髏愁共語。古事近無稽，堯囚舜野死。

雪壓衆枝折，雀巢忽傾墮。置身大槐國，夢好難穩卧。

靈龜夜入夢，智慧翻遭戮。不如且縮頭，爲我支牀足。
伐木燒作炭，炭燼灰爲土。土中一粒仁，仁成百年樹。
食字可忘飢，赤子心常保。我無阿堵物，人錯呼王老。
五味偶失調，腸胃易生變。日嚥三池水，冰心養一片。

十二月初二日大駕回京都

鼙鼓静山河，兵氛消日月。我皇自懷柔，安居天下悦。
上有求賢招，朝無聚斂臣。殷憂方啓聖，四海頌皇仁。
虜馬去江東，帝羓歸漠北。一統盛車書，再造中興業。
三輔舊黄圖，龍旗夾道呼。春光到梅柳，喜氣滿皇都。是月二十七日立春。

明教寺僧送臘八粥

棗栗葵粳共一甌，年年梵行證清修。腐儒鮮飽空饒舌，老佛忘飢但點頭。咬得菜根真有味，鄙哉肉食盡無謀。粥香送煖舒腸胃，敧枕抛書鼻息齁。

爲老農黃大愚書壁

樹完鷄栅祝牛宫，瓮牖繩樞緊避風。且喜兒童新上學，鄉村三冬均上學。封缸酒熟約鄰翁。乳腐鹽齏好禦冬，摘來豇豆米新舂。含飴更有攜孫樂，曝背南檐睡味濃。

孤鳳引寄懷江潤生通州

翩翩希有鳥，乃在琪樹枝。刷羽鳴朝陽，百鳥難追隨。自我偕君游，臭味無差池。伯氏萬人杰，九皋副戎。崛起東山陲。通道濟行旅，築團散家貲。郡國竄豺狼，梟飛至於斯。同仇羅雀鼠，奮力驅熊羆。江家好兄弟，九皋偕弟炳堃游戎。義聲遠近馳。南連解家灣，謂解先亮、寅生副戎。猶見漢官儀。百戰佐皖軍，睥睨大將旗。中道惜摧折，未與劉張齊。謂壯肅、靖達。

君昔侍兄側，早蒙國士知。君初入塾，果敏許爲國器。景運際中興，貢之白玉墀。回憶蝨隱庵，昕夕傾芳巵。問難窮經史，晰疑辨文詞。持躬務平實，講學戒新奇。貴賤氣悉泯，不爲俗所移。用之則儒臣，舍之則經師。一麾徑出守，榷税東海西。獨失清白箴，庶振頑儒資。我老倦投林，忘飢樂棲遲。鴟鴞且莫嚇，燕雀毋相欺。似聞兔禽聲，海水掀天飛。大鵬已休息，世盡饗爰居。咸豐八九年間，長白果敏公令肥。城爲賊踞，四境風靡，公力行團練。東北則主君家，西南則主解家。肥西諸團有異志，日與官角，余奉翁撫軍檄招之。追叙四十年前事，可補官書、鄉評之未備，亦猶夥頤爲楚漢之先聲耳。

立春前七日口號

剥極機將復，微陽一線伸。人身小天地，夜氣覺回春。

又堂自祁門學假歸饋以徽棗百合粉隔日招飲

别來山色隔江青，歲暮歸家過草亭。老至養心惟百合，君知補胃有三星。棗名。兩家兒女聯親舊，四姓門楣溯典型。余高祖母，君之太祖姑。余次女歸君之仲弟文豪。大好圍鑪共情話，梅香酒熟樂忘形。

答健人饋歲以鷄鹽酥魚報之 小除日。

高門送喜到林間，碩果天留不老軀。薄始鷄蘇羞鳳髓，遠封魚鮓倩牛酥。淡交自信心如水，儉歲深虞米似珠。盼得春風來更早，先一日立春。梓桑多少待噓枯。今年無爲災，尊公中丞躅賑萬金，君復捐四千金。

壬寅元日

梅柳先迎隔歲春，槐堂拜起愈精神。似聞薄海車書盛，重見中天日月新。酒可延年宜戊戌，酒名見本草。詩多記事始壬寅。余存詩自道光壬寅年起。青箱上溯家風遠，繞膝歡承四代人。是日寅時得一曾孫。

上元日陳仲英觀察招飲謝之兼録别 時辨省垣大學堂。

大學遵王制，儒臣重翰林。春融上元月，公初至廬，亦以上元日招飲。冰鑑故人心。欲與簪裾會，其如老病侵。行行歌古調，塵世幾知音。

聞省垣設籌議局奉呈聶仲芳撫軍

野人遁迹老山林，時議難籌感不禁。七國雌雄争地利，九朝恩澤洽民心。鷄豚勿擾鄉村静，狐鼠潛搜窟穴深。聞説使君能濟變，肖形吾欲鑄黄金。

正月二十四日臥雪壺中晚晴表姪方星如應庚茂才自定遠往浙江信宿小園索書致郭甥瀛槎

壺中小天地，屏迹擬山深。蔽竹防人見，巡梅好自吟。跫聲驚户犬，霽色噪檐禽。遠憶東牀客，憑君一寄音。

二月社日招里人作娱老會年逾七十，有近九十者，共十人，不折柬，亦不速客也。

寒消晴色徧芳郊，約伴嬉春豫治庖。得氣蟄蟲新出户，識時靈鵲喜營巢。醉拼白酒澆花蕊，笑擲黄金繫柳梢。莫訝龍鍾增老態，蒲輪或許到衡茅。

花朝日

辟地何須詠五噫，笑談與世久忘機。舉家向善貧猶樂，即事推恩怨亦希。有月有花頻對酒，乍寒乍煖數更衣。園亭寂寞門常閉，眼底春光今又歸。

漢未央宮東閣瓦明甯獻王琢爲硯並係之銘款曰臞仙印曰甯國歌以記之

明甯王權，太祖弟十七子。本封太甯，爲燕王所劫，置軍中使草檄。永樂元年，改封南昌。會有謗之者，乃託志翀舉，自號臞仙，著神隱書以明志。嘗奉太祖敕，輯通鑑博論二卷，又作甯國儀範七十四章，其他註纂數十種。事載明史。

重瞳一炬阿房空，斬蛇逐鹿歌大風。手提三尺并天下，力排衆議都關中。皇圖創建未央宮，達樊飲渭包九嵕。東闕蒼龍北玄武，壯麗獨數酇侯功。大漢十年，酇侯蕭何監造。彈指金仙辭漢去，翬飛鳥革埋蒿蓬。有明賢王託仙蹤，文房玩物勤磨礱。象形審勢琢成硯，策勳即墨宜加封。爲漢爲明兩安在，或得或失縈心胸。我生嗜古有奇癖，瓦當刻畫今難工。甘泉長生堪步武，羽陽千歲將毋同。道在瓦甓下愈況，緣深文字思無窮。君不見，墨池橫埽氣如虹，狂吟風雨騰蛟龍。楊雄十八侯銘：『文昌四友，漢有蕭何，序功第一，受封於酇。』酇在沛郡。

喜　雨 春分日。

雷砰電掣夜風號，早起移牀勿憚勞。滿地飛花鋪繡毯，連天陰雨潤春膏。農氓急盼三篙水，商賈欣通萬斛艘。時施口水涸，以牛曳船。不僅園蔬生意足，老夫乘興醉香醪。

方坤五 連軫 觀察重莅吾廬招同人議設學堂即席作

世變於今不可論，儒林公議幾人存？秤心默與璣衡運，斗膽思將溟渤吞。退敵人懷死諸葛，定盟吾欲繡平原。眼前利害憑誰辨，充耳無聞蝨恥捫。

西鄙許叟持戒數十年一鄉稱善士有獲雁者屢買放之嗣病劇夢羽衣人過訪忽瘳因號贗生乞詩記異〔三〕

人生五濁場，口腹滋爲累。刀俎霍霍鳴，毛血紛紛墜。日食費萬錢，笑談供一醉。外强中則乾，尸居嘆餘氣。我聞大聖人，釣弋偶然事。又聞古君子，庖廚必遠置。不殺乃仁人，好生本上帝。機忘鷗亦馴，心動蜻不至。叟也曠達流，贖雁見高致。愛此霜雪姿，縱之雲霄際。忽示維摩疾，形容日憔悴。展轉榻上吟，髣髴空中議。似云羽族微，代叟默診治。勿藥幸尚喜，傳聞豈怪異。蚌蛤具佛性，禽魚關樂意。物理相感通，生趣滿天地。放鴿祝東坡，賦鵩問賈誼。老友徐毅甫居東山，一日有鵩鳴於屋，君鸞而爨之。越晨，羣鵩畢集，噪聒竟日。後一月，遂厭世。庸衆信因果，儒生契文字。即此市雁心，推恩及同類。善慶結福緣，慈祥定壽世。

寄江潤生通州時局事淩雜有退志慰之

一瓢無挂處，何術可全生？嘘味眩飛水，浮雲滓太清。寸心常懍懍，萬族各營營。欣慨關時運，陶公亦寄情。

讀張季直詩跋寄慨

老守青氈了一生，那堪木鐸久銷聲。愬賢毀聖徒驚俗，立懦廉頑豈釣名？横海難爲鴻鵠舉，遠山似有蟪蛄鳴。滔滔天下誰能挽，項領兒童習已成。

越日坤五觀察集衆復議感賦

翹首中興往事論，武功煊赫震乾坤。九重大賚瓊林庫，五緯交纏天市垣。漢詔賜租培國本，周官變法理財源。迄今杼柚空如洗，借箸前籌笑醉髡。

夢與仲修游湖

春到西湖湖上行，湖邊景物憶分明。斷橋落日停雙槳，孤嶼尋春負一甏。淺白桃花臨水笑，纔黄柳色著煙輕。明朝又是湔裙節，幾度思君夢未成。

讀新序

元成朝政日因循，中壘文章獨雅馴。陳古刺今思悟主，南豐好辨不知人。

讀太玄

太玄草就見機明，投閣原期斷此生。情事不知爰寂寞，美新千載受汙名。

晚飲牡丹下

醉燒銀燭寫蠻箋，娱老偏宜錦洞天。看到春光開笑口，年年花月向人圓。

校記

〔一〕風　當作『嵐』。

〔二〕博　當作『學』。

〔三〕贋　疑當作『鴈』。

王尚辰集之五

遺園詩餘

序

朱顔緑髪，花前月下，偕勝侶作俊游，酒酣耳熱，倚聲度曲，文人韻事，誰曰不宜？而予與謙齋則均非其時矣。雖然，此詩餘也，予初學詩之時，先大夫戒之曰：『詞足害詩，汝甫解吟哦，毋見異思遷。』予憬然識之不敢忘。嗣楊小坡表弟好爲長短句，予睎之，亦覺別有風趣，然守庭訓，弗與争衡。入京師，趙岵存前輩偶爲人題圖製小令，見而好之，漫成數闋質之，許爲入律。以方應南宫試，旋復棄去。度嶺以後，治公家事畢，即專心於詩。既至揚州，又學爲散體文。西蜀歸來，因課家塾，重理制藝試帖，有以詞見投者，輒謝不敏。

若我謙齋，則肥上詩豪，馳聲壇坫，與予更唱迭和三十年之久，固以詩名，不以詞名。壬午，予游揚州，開聽琴社。而社中諸友屢以新詞啗之，遂爾忍俊不禁。竊念唐、宋詩家工詞者居多，元、明迨我朝尤爲極盛。詞本詩餘，兒時不工詩，故先大夫戒勿填詞。兹者因詩而肄及詩餘，烏得謂非其時邪！歸告謙齋，首肯余言，於是詩朋更爲詞友已。顧予性貪多，謙齋愛好，幾與朱、王同誚；而謙齋復虚懷善下，不以爲門外漢，殷殷就正，予感其意，知無不言，以故寒夜擁衾，推敲達旦，成一解必數易其稿。此數十闋琅琅可誦，謙齋之詞無異乎謙齋之詩，正不必以蘇、辛、秦、柳分門别户。今而後恍然於詩詞之道殊流同源，齒豁頭童者不亞朱顔緑髪也，烏得謂非其時邪！所可惜者，謙齋與小坡交亦最深，小坡已死，誰爲予兩人審音正拍也？

定遠方濬頤序於夢園燭醉閣。

蝨隱亦今之野狐禪也。蓋其系衍碧山，居鄰白石，以高適學詩之年，按元獻吹簫之譜。自交半厓，所作日進。琴堂下簾，春晝如水，相與敲金擊玉，嚼雪盥花，槃譚之次，亦得聆於雅鄭之辨叶，應於笙磬之表焉。昔僑宣南，君忽見憶，錦字遠貽，迴腸蕩魄，銅琵高唱，瀨闊天空，恨不攜此老一蠟屐於松寥浮玉間也。頃復相見，乃手是編，卒讀之，則冰瑟抱月，銖衣睇煙，金粉暈其春紅，土花蝕其古翠。在鄉哲時賢，其惟三十二芙蓉齋乎！然間於緣情之作，突發變徵之聲，厝薪懷憂，倚門長嘯，信乎周介存氏云：『粗服亂頭，不掩國色。』又曰：『詩有史，詞亦有史。』以此勁裝，奚讓前傑！綬湖海胥疏，近署蓬山詞隱，減字偷聲，借以送日；淫雨溜檐，青苔及榻。惟敬捧大集，以啞箄策一一吹之。君謬以田正德爲國工否耶？三復心折，識其區區。

光緒庚寅禊節後四日，丹徒後學李恩綬拜敍。

自序

余平生不解音律，晚歲效顰，遽忘其醜。光緒壬午秋，方夢園來自邗江，出詞强和，招入聽琴社，由是郵筒酬倡無虛日。劉樹君、黄子鴻、張午橋、汪硯山、姚仲海、徐聖秋僉許爲知音。癸未春，方子聽隨黎蒓齋星使往日本，結社芝山，寓書徵詞，謂東人亦聞余名。余寄金縷曲規之。夫桂子、荷花，隱兆百年兵釁，雕蟲小技，詎易輕言？甲申夏，交譚仲修，暢聆緒論，得所皈依。遂搜討各家，幾廢寢食，沈思渺慮，頓悟詞旨。始知貞淫美刺與六義合，批風弄月、妃青儷白之儔不足以言詞也。猶憶少壯交游中，趙雲持、張瑾山、孫小楚、楊小坡皆喜倚聲，而小坡尤擅場。道光己酉九月，赴試江寧，徐竹香、馮伯虛、蔣劍人爲題畫圖，莫辨句讀。持詢戴存莊，譬余不必填詞，令人骨靡。今諸君化去，遺墨尚存，誦之惘然。癸巳重陽節，放櫂西泠，適仲修新返武昌，楊古醖、邊竺潭皆嗜痂者，湖山如畫，杯酒追歡，屢擬題襟，竟爾閣筆。竊嘆年届古稀，慧隨日減，不獨紅腔紫韻輸此閒情，即鐵板銅琶亦遜此氣力。誓戒綺語，敢告朋儕。爰取十年來所作百有餘闋，丏仲修定存一卷，名曰詩餘。已而已而，令、慢云乎哉！

甲午殘冬，木鷄老人王尚辰。

嶔崎歷落之人，沈鬱頓挫之筆。酒邊鐙底，粉盉脂箱，樂府遺風幾於掃地而盡，竊願與海内志士文人一雪此謗。謙老之詞如黄山之松，輪囷離奇，即數寸盆盎中，仍作三十六峯頂上觀也。先生方欲然以晚學爲不盡曲折，然如鹿太傅、寇萊公，洎子瞻、幼安、裕之、臥子六七巨公，皆倚聲大手，豈三五少年所可望哉！既壯謙老，亦自壯也。甲申閏月，始至合肥，以此卷當傾蓋之契。

仁和學小弟譚廷獻識。

作者於古今體詩三折肱矣，自謂填詞是門外漢，偶出近闋，命恵點訂。冷署無事，戢影挑燈，細心按拍，無一字不斟酌，無一音不諧和，可見才大學粹者無難事也。屬六嶽代鈔一卷，存諸篋衍，俾花天月夕，長吟高唱，不啻置身遺園竹石間，與先生笑語也。

癸未七月既望，桐城世侄許恵跋於無爲學廨。

大筆蒼莽沈鬱，氣格殊勝，其緜邈處亦雅近南宋諸賢。

丁亥十月，任邱邊保樞竺潭跋於滬瀆旋次。

以奇宕之筆，攄緜邈之思，言近指遠，意隱詞新，當於幼安、叔夏兩家外別踞高座。

丁亥孟陬，定遠方濬益子聽識。

安公子 壬午九月，夢園自揚州歸，出示新闋，要余和之，用放翁韻。

恨結鴛鴦社，春風一笑夭桃謝。鏤翠雕紅，空詠到、酴醾滿架。畫舫瓊簫，又泊虹橋下。尋勝侶、風月都增價。想碧紗籠處，重訪當年臺榭。　歸櫂何遲也，袖中別有新詩帕。老眼看花，難遣受、更殘歌罷。小院秋聲，香夢驚檐馬。猶記他、乍見生人怕。賸滿腔離緒，除卻知音誰話？

酷相思 夜憶。

小酌孤吟斜月墜。怪殘蠟、紅生穗。猛回憶、歡場心已醉。畫不盡、春山翠。溜不盡、秋波媚。　幾日金風啼絡緯。顧影自憐憔悴。更無賴、新涼添半臂。漏欲盡、人難寐。愁欲盡、書難寄。

雨淋鈴 題舊藏秦淮女子畫蘭帕。

青溪嗚咽，聽簫聲、想起舊時月。輕煙澹粉如畫，瓜皮艇子，留儂觴別。袖拂冰綃忍淚，仿湘蘭生活。待喚作、桃葉桃根，脉脉含情倩花説。　珍珠小字黄庭訣，併才人、綺語稱三絶。琴書久矣灰燼，偏此帕、獨存巾篋。老尚多情，僂指歡蹤，未免腸結。恨不得、重現花身，入夢香魂接。

滿江紅　題夢園百枝一植行看子。

翠柏拏空，疑挂處、風生四壁。看我友、科頭箕踞，嘯歌自適。斑駁甘容蟲蟻蠹，陰森獨許鵷鸞集。莫怪他、瀟灑不猶人，喬松匹。　柯如鐵，根如石。雨露養，煙霞癖。羨髯翁無恙，是神明力。古色斑斕偏耐老，曾枝蕃衍生來直。問彼蒼、留此棟梁材，噫誰識？

貂裘換酒　雪後飲蠟梅花下。

雪又飛花也。不數他、綃金帳裏，按歌傳斝。曾記尋梅閒覓句，翠袖衝寒强把。倚瘦竹、豐神尤雅。凍羽嘈嘈驚夢醒，喜窺人、眉月疏枝挂。添一幅，有情畫。　謾題三十年前話。每遇著、零香冷豔，淚珠偷灑。彈指華鬘塵劫換，萬紫千紅長價。想風韻、猶推林下。醉起巡檐頻索笑，素兒呵、小摘兜紅帕。含磬口，意難寫。

玉漏遲 遣懷。

任爾雲翻雨覆，更笑爾、糠粃揚簸。忙甚麽。鼎鐘勳業，此生偏左。非惠非夷，萬事聽天而過。瑣瑣馬勃牛溲，被藥籠收來，反稱奇貨。滑稽脂韋，人世有何不可？竊恐林慚澗愧，賸一個閒人難做。名利火。西風慎毋汙我。俗情如棄唾，壺中日月，蕭然高卧。

金浮圖 五星寺僧索題松鶴圖。

野水孤舟，記訪淝津殘剎。寺中舊有明竇燕雲方伯楹帖：『空無空，一片慈悲心，野水孤舟天地老；朽不朽，千年冷浸骨，名山古寺雨花香。』問金身、幾歷莊嚴劫？莫饒舌，空門寂滅。忍著袈裟，獨攜瓶鉢。臨濟喝，石頭路滑。白鶴蒼松，皎然詩訣，菩提悟出空明月。蒲團坐穩，好把心香爇。斷爛葛藤難割。我亦喜參净業，拈花一笑，自有如如佛。歡愛貪瞋，到此緣都絶。

薄倖 歌伶才寳色藝冠一時，客歲秦淮侑酒，寵之以詩。瀕行，袖羅帕見貽。後聞歸某帥，譜此寫愁。

深惜那、沙叱利，環舊院、重新燈闌茶話。剪不斷、情絲暗惹。計青鳥、西飛未久，此信還疑是假。憶昔時、滴粉搓酥，纖纖袖底儂頻把。看桃葉迎歡，楊枝贈別，妒煞釵頭倒挂。

水榭。料玉笛音沈，畫屏秋泠，一彎眉月窺壚罅。離痕難寫。問何來僽雨僝風，轉替花魂怕。啼紅夢醒，猶有香餘繡帕。

揚州慢 答黄子鴻司馬寄懷韻，兼柬汪研山茂才。

三月煙花，中年絲竹，與君酒盞争飛。更推襟送抱，使久客忘歸。最難遣、娉娉嫋嫋，眼波流媚，眉月揚輝。奈歡場、雲散當時，鶯燕都非。揚州夢好，嘆於今、朋輩音稀。想綺語柔情，風流黄九，霜鬢低垂。爲問桃花潭上，青蓮後、可有人知？諒邀來三影，清談閒話爐灰。

擊梧桐 張午橋觀察約諸韻友於榕園結消寒詞社，以新得梅藴生孝廉舊藏嵇琴分詠索和，用韻寄懷。

君本知音者。風雪裏、傳到榕園佳話。慨俚哇盈耳，廣陵散、久矣聲稀和寡。梅仙入夢，嵇琴得所，冥報非關例謝。溯響泉遺事，且命酒速客，消寒聯社。麈尾同懸，畫叉併挂，更喜花枝低亞。料笛慵簫倦，撫玉軫、别有深情難寫。彈指清交雲散，緑陰眠處，記柳梢月下。劇憐他、風流三影，神韻如畫。

探芳信 寄劉樹君觀察揚州。

約園客。自嶺嶠抽身，邗溝買宅。數四朝名輩，多半舊相識。寓書三拜曾傾倒，爲仿簪花格。恨頻年、載酒江湖，未親顔色。　頭白版羞拍。僅贏得狂名，浪傳香國。僂指題襟，嘯歌處、都陳迹。銷寒聽説聯吟侣，雅集蘭亭室。憶揚州，夢覺風前一笛。

滿江紅 題潁州趙椒谷廣文梅花怨傳奇。

十六年前，曾過訪、聚星堂下。穿曲巷、瓜廬幽僻，竹籬疏野。詠雪空尋清潁夢，聽琴每憶秋窗話。對曉風、殘月更消魂，知音寡。　英雄淚，頻偷灑。忠孝事，争傳寫。想舞衫歌扇，神情如畫。樂府新繙聲調譜，才人頓長旗亭價。問何時、顧曲按紅牙，杯同把？

金縷曲 小除日柬子箴。

歲事都齊否？想華堂、春生綵燕，香噴金獸。曝竹聲聲頻送喜，惹得兒童拍手。爲老子、稱觴座右。繞室唐花紅似錦，二知軒、六九寒消候。祝五福，壽爲首。　卅年文字論交久。怪世間、雲翻雨覆，難開笑口。雪霽疏梅新放蕊，卻少銅錢買酒。且憑眺、南湖峯岫。

斗大荒園閒著我，塵招來、老鶴形同瘦。松竹石，歲寒友。

千秋歲 除夕。

一年將盡，喜早傳春信。冰欲解，寒偏靳。柳梢青意懶，梅蕊紅情暈。聊遣悶，此生願學蜘蛛隱。　霜色將侵鬢，花甲驚俄瞬。翻日曆，推時運。自知身世拙，枉把皇天問。須俟命，龍蛇蟄處同蚯蚓。

感皇恩 癸未元日遺園題壁。

麟閣聳雲霄，夢耶難到。一枕偏憐蝶庵好。紛紛棋局，笑問何人能了。肯容吾輩閒，天分曉。　乘勢得時，致身須早。鑄錯今生向誰道？自書春帖，過客休題凡鳥。醉傾藍尾酒，堪娱老。

醉太平 題傅青主先生墨迹。

雄渾入神，支離率真。是羞學趙王孫，吁嗟乎孟津。　墨痕淚痕，唐人晉人。霜紅龕裏遺民，所南翁後身。

一枝花 題黄忠端公爲方孩未中丞書灑心詩墨迹。

露泣金仙走。棘臥銅駝僕。判孤身迸出、虎狼口。計飛檄勤王，徒負擎天手。此局輸難救。嘆水剩山殘，空詠漸漸麥秀。憶石室、凝神伸肘。浩氣頻馳驟。羌奴書，姿媚羞研究。看三折藏稜，留數行奇構。墨舞蛟龍鬥。筆力千鈞，論大節、河山同壽。

賀新郎 方子聽大令日本來函，盛稱歌樓之樂，調之。

穩放蜻蜓柁。更閲遍、奇葩異草，鍾情櫻顆。絶妙鳥音争勸酒，繞席鞮鞻軒簸。碧滃滃、香雲飛過。跨鳳驂鸞三島客，擁仙姝、合向瓊樓臥。愁欲語，問誰可？　才名中外偏驚坐。待歸來、西施共載，鴟夷一舸。塞上焉支猶奪取，海國笙歌婀娜。恨多少、泥沾風墮。省識南强成笑柄，且萍天蒂地將花唾。君莫管，夜郎大。

瑣窗寒 子箴過訪，並示新詞，和答。

古鼎留香，唐花吐豔，是怡情處。壺中夢醒，兀自耐寒扃户。醉醺醺、塗鴉興濃，猛然檻外聞君語。怪昨朝過菜，嬉春泥滑，獨來今雨。　陰沍。天疑暮。且煮茗清談，隔年又晤。

詞筒數紙，爲寄邗江吟侣。念題襟、風雅漸稀，輞川倡和吾與汝。待山亭、玉蝶飛英，洗盞歡聯句。

清平樂 盆中紅梅作花。

綺窗春透，風暖梅香逗。索笑頻年人似舊，點額偏憐紅瘦。一枝聊慰相思，傳來芳信誰知？眉月窺簾如畫，消魂又近花時。

瑣窗寒 夢園食品甲肥上，同人愧無以報，争願醵資就飲，仍用前調質之。

屑蕊炊香，齏金膾玉，口涎漫吐。生甘素食，聊詠長公饕賦。羡郇廚、烹炙更精，咄嗟竊笑吾鄉土。俗語不佳者爲土。願餉錢卜飲，羹材援例，請君分付。賓顧。難爲主。恐起溲牢九，未堪下箸。蕭齋趣冷，折簡休書空肚。訝盤餐、兼味尚無，忍饑鍊鶴何自苦？問翰林、可嚼菜根，勝鳳胎鸞脯？

人月圓 元宵節後見月。

春光醞釀瓊霙好，人日到元宵。乍傳風信，暗催月馭，早上雲霄。笑占燈影，紅熏花氣，緑泛香醪。不知老至，探官卜繭，且學兒曹。

紅窗睡 十八夜對月，水仙、盆梅競放，小飲達旦。

夜静虚窗寒料峭。鐙欲爐、月兒飛到。碧翁休把嫦娥惱，比圓時還好。雨雪今年花信杳。難逢著、梅兄作伴，香和夢老。倚紅偎翠，冷吟生怕曉。

早春怨 夢園過訪未遇，投以新詞，倒用少游韻答之。

日暮歸，家門迎凍犬，樹穩棲鴉。偶過南鄰，敲棋啜茗，咫尺天涯。呼童快翦燈花，訝滿紙煙雲勢斜。春暖風和，同攜柑酒，拾翠金沙。

壺中天 夢飲子嚴梅樹下，賦此代柬。

故人何處，海西頭湧出，團團明月。東去長江千里共，遮斷暮雲萬疊。記過珠湖，戲占燈影，客路逢佳節。離亭風笛，柳緜吹起如雪。別來兩鬢星星，暄涼異態，近狀無從説。料得梅謗春信早，含笑一枝羞折。蝶夢圓紅，蟻醅暈緑，軟語欣相接。玉山頹倒，吟肩多恐香壓。

金縷曲 青懷。

十笏差客膝，是遺園、尋詩讀畫，悟禪之室。焦尾音稀鱗鋏冷，贏得幾雙蠟屐。問何術、能瘳狂疾？麟閣勳名輸等輩，恐才矜、蛺蝶慚狐筆。青史穢，鬼神泣。當年曾作諸侯客，渾不記、爲誰倚馬，爲誰捫蝨。一笑羊頭休挂齒，任我揮杯拓戟。怪蠻語、竟無人識。多少蟲沙猿鶴淚，且平章、風月娛朝夕。天下事，尚如奕。

醉春風 閒情。

不奈寒宵永，鐙殘猶弄影。偷尋香夢擁鴛衾。醒，醒，醒。楊柳風前，海棠花下，泥人觴詠。雨迹雲蹤冷，水驛山程迥。別來魚雁屢愆期。悻，悻，悻。閒解連環，戲裁方勝，識伊心性。

柳梢青 詠新柳。

青歸何處？者番乍見，纖腰蠻舞。眠起無人，眉言眼語，爲儂偷露。紅欄恰好遮護，怎禁那、寒颸暗怖。葉可藏鶯，絮能乳燕，莫將春悞。

水龍吟 聽雨。

宵來中酒微酲，一鐙如豆光逾炯。煙昏月暈，房空膽怯，剪刀風冷。斜倚熏籠，重温香夢，閒扶花影。忽草堂星暗，瓦溝雨響，雄虹見、雌雷殷。　兀自强澆苦茗。笑世事、陰晴無定。料得明朝，提壺枝上，催開銀杏。珍重韶光，少年慘緑，易成衰病。記醉攜紅袖，刻殘翠燭，小樓同聽。

憶舊游 春晚過箏笛浦。

奈飄來絮影，瘦損梅鬚，孤負春光。萬緑亭如畫，記傳柑遞酒，豔説埋香。阿儂昔年狂態，瀟灑似垂楊。恁玉笛攙雲，銀箏沸月，判老歡場。　茫茫，嘯歌地，又斷鏃沙沈，野水蒲荒。鷗鷺閒來往，問笑桃人去，誰識崔郎？但見夕陽殘堞，風旋菜花黄。怪燕子真癡，銜泥猶自尋畫梁。

賣花聲 清明。

小鳥自呼晴，午夢零星。淝西舊路怕經行。熱淚漸枯青冢瘦，淚亦成冰。　强起上空亭，煙雨冥冥。誰家風咽玉簫聲？看到梨花香雪冷，又是清明。

桃源憶故人

孫瑶軒外舅有麈尾一柄，内子取以相贈，曰此吾家物也。今三十餘年矣，遺挂在壁，情何以堪！

瓶荷紅顫香風送，窣地無人簾動。此景此情如夢，蛩語心尤痛。　碧梧礙日陰連縫，障隱青紗誰共？賴爾談鋒歡縱，記觸釵頭鳳。

好事近

中秋桂樹下作。

木犀香散夜禪初，燈隱畫簾押。睡起一身花影，抱滿懷明月。　庭院悄無人，强把金尊消渴。底事砌蟲如訴，問儂愁誰説？

沁園春

書江待園詩後。

癸亥初春，來訪西枝，錯認别村。記谿坳風緊，炊煙出樹，履穿泥滑，冒雪敲門。芋火團紅，蔬盤翦翠，掃榻開樽共論文。分襟後，悵屋梁落月，蹤迹浮雲。　壬申將赴天津，我繞道樅陽爲送君。説滄桑小劫，舊游如夢，顛毛漸禿，遠别銷魂。嶽色江濤，驪歌帆影，獨立蒼茫夕照昏。尋遺墨，對寒燈默誦，趣冷愁新。

鵲橋仙 甲申送春日，友人歸自越南軍。晚飲牡丹花下，醉後按拍，恨無鐵笛吟風，爲花神躅忿也。

斜陽乍斂，東風更緊，萬蕊千葩看盡。曹騰又到餞春時，笑北勝、屢乖芳信。　　凌朱妒白。飄茵墜溷，不分老紅成陣。綠章無路敂通明，怪化碧、空添新恨。

畫堂春 瓶荷孕香，午夢初覺，偶牽舊事，聊寫新聲。

碧雲滃樹補窗虛，紅塵不到瓜廬。清風一枕夢蘧蘧。自擁青奴。　　水閣新涼浴罷，隔簾記串真珠。荷衣香顫月明初。吾愛吾蕖。

淡黄柳 秋晚尋赤闌橋遺址，次白石韻。

城陰巷角，疏柳青連陌。惹起西風心轉惻。我亦江南久別，秋燕歸來可曾識？　　暮喧寂，行吟自忘食。二分水、半弓宅，看頹陽淡閃寒鴉色。夢斷簫聲，小紅何處？無那情絲蘸碧。

憶蘿月 乙酉春分日，晚登松風閣看梅。

香風輕撲簾旌，明朝天氣宜晴。數點洗春雨過，者番紅透酸情。巡檐一笑，倚竹寒猶峭。袖底偷窺眉月小，花也如人瘦了。

陂塘柳 復堂徵題斜陽煙柳圖，取辛詞以寄慨。余倒用原韻質之，度亦云『非我佳人，莫之能解』也。

問絲絲、繪殘煙影，留春春在何處？隔簾遮莫斜陽捲，吟到落花心苦。香化土。忍見那、纖腰拗作楊枝舞。清樽謾訴。怪燕燕鶯鶯，風風雨雨，故故把人妒。重來也，不僅夭桃笑誤。行蹤飄泊如絮。封侯夢醒紅顏老，玉笛一聲無語。湖上路。可記得、黃金萬縷牽難住？韶光有數。儘水水山山，朝朝暮暮，草草遣春去。

齊天樂 柬夢園揚州。

十年未踏揚州路，因君轉牽孤抱。冷墅探梅，荒祠折柳，吟遍隋堤芳草。春光過了。問粉褪香消，斷紅誰掃？杜宇聲聲，等閒啼起恨多少？ 竹西亭畔夢好。墜歡圖再補，騎鶴重到。瘦沈愁潘，鬢參短簿，料得樽前絶倒。青娥易老。傍水軟山温，贖來魂小。半不分明，儂今猶懊惱。

長亭怨慢 仲修大令月下過訪，余病酒未出，歸賦壺中天慢調之。隔日，譜此奉懺，兼訂後約。

儘消受、一庭清景。翠玉摇空，綠陰分暝。逭暑孤吟，此中真意問誰領？使君韻勝，偏忘卻、柴門迴。小徑舊曾諳，有澹月、獨窺人影。乘興。擬胡牀坐嘯，仰視碧天雲凈。狂奴酒病，早飛上、松巔巢飲。且看竹、自繞迴廊，笑閃閃、流螢無定。記踐嫩苔痕，預約秋聲同聽。

長壽樂 重九後四日，夢園歸自揚州，投以新詞和答。

荒園勝事。掃蘿逕、聞道良朋歸矣。紺葉烘霞，黃花挹露，粧點秋容尤麗。計重陽、前後多恐，風雨稽邗水。悵經年、小别孤吟隱几。忽檐端，鵲噪翩然莅止。管城子。興遄飛、老去詞華雲綺。更得金丹妙訣，鍊就文心詩髓。笑浮生萬事如劇，誰解觀空耳？趁芳時、且向東籬共醉。謂頑仙漫叟，旁人錯比。

滿江紅

吾邑西郊八里岡，農人鋤地日中，白氣自草根出。掘尺許地陷，中空若墓道，不知何人墓也，懼而封之，獲殉器數種。余以萬錢購一鏡，中央圓紐，方圖，十二乳，篆十二辰名。内層八乳，每格飾神禽異獸之形，外層銘詞五句，字極秀逸，上、孫字均反。古鐘鼎多此體，邊作截業文，間以水波，活碧鑑人，不露銅質。持示復堂，曰：『此漢尚方十二辰竟。博古圖入天文門，爲第一器。精緻完好，洵希世之珍。』喜賦此闋，希海内好古者和焉。

匣冷蛟龍，忽吐出、一丸凍月。碧滃滃、水雲輕沍，土膏微齧。繡浪瀠洄菱葉細，清光浄砑瓜皮滑。二千年、埋照少人知，西京物。　金碗見，玉泉竭。魑魅走，魚燈滅。問名姝豪士，幾曾留迹？影事翻愁花孕涕，策勳轉訝頭如雪。笑而今、作鏡欲持荷，憑誰説？

附　復堂作

天上人間，難得此、長圓明月。羌付與、舞鸞羞影，涼蟾慵齧。耐冷不隨孤劍化，拂塵渾似輕綃滑。更叩來、碧玉一聲聲，真尤物。　興亡過，情先竭。文字古，磨還滅。喜沈黿無恙，尚方珍迹。十二辰中鉛有淚，千年劫後鴻留雪。奈鏡邊、心事笑啼難，何堪説。

無悶 雪霽松風閣晚眺，仲修有感，余亦繼聲。

目眩冰山，呼酒暖寒，高閣真宜我輩。看倦鶴難翔，昏鴉思睡。猶賸危欄瘦日，映稚柳、嬌黄尤憔悴。停琴不語，飛鴻送響，暮天無際。　曾記。昔年事，怪戰罷玉龍，碧翁游戲。聽一笛吟風，暗彈鉛淚。莫話瓊樓玉宇，恐凍合、瑶池忘歸矣。倘海上、推出金輪，大地劫塵如洗。

附 復堂作

雲幂銀屏，風滿畫檐，陽雁宵飛向盡。卻夢枕猶皷，酒懷初醒。早是鏤冰試手，送大地、無塵山河冷。苑荒竹瘦，聲聲碎玉，鶴眠同警。　淒緊。在人境，比臥老空山，一般孤迴。已誤了華年，不堪重省。吹上蕭蕭短髮，怕鏡裏、難消相思影。倘故里、留語春風，待我落梅芳信。

附　次子德名作

雲壓天低，煙沍詐暝，簾角斜陽未盡。訝目眩清光，宿鴉驚醒。卻向閒階散步，想釣雪、何人空江冷。一塵不染，飛來凍月，柝聲宵警。　風緊。繪佳境，正獨酌無聊，小窗幽迥。頓悟出禪機，色空誰省？笑我生涯濬泊，且閉户、挑鐙尋孤影。待策蹇、同踏瓊瑶，早探嶺梅春信。

減字木蘭花　丙戌花朝，丹徒李亞白將赴京都過别。

玉梅繞户。把盞留君君忽去。後會何時？垂老依依恨見遲。　金焦夢杳。話到游蹤增懊惱。如此江山。詞客饑驅且未還。

滿江紅　臘八日泊舟勞勞亭。

聽水聽風，又繫纜、勞勞亭下。曾幾輩、酒龍詩虎，高談王霸。書劍隨身鬚鬢改，旌旄過眼沙蟲化。問天公、留得一閒人，何爲者？　西州淚，無須灑。南渡恨，無從話。且逍遥塵海，任呼牛馬。夢破荒鷄聲起舞，愁招黯月眉同畫。儘負他、梅柳渡江春，儂歸也。

一萼紅 丁亥中秋留桂軒觴月。

醉留髡。正新涼天氣，無處不銷魂。蓮漏沈沈，蕉陰寂寂，爐煙猶抱簾温。訝户外、三星宛在，倚錦瑟、回想舊風神。慘緑都非，題紅誰屬，只合修真。

別有夷歌蠻舞，怪蟬紗籠霧，螺髻堆雲。恨海難填，情天易老，月兒可證前身。聽隔院、蛩音如訴，笑流螢飛入悞窺人。爲問木樨香否，夢覺無痕。

十六字令 小眉樓觀劇。

歡，聽到梅枝字字酸。回眸顧，紅淚落無端。

嗔，薄醉佯羞莫認真。雕梁燕，絮語詈何人？

前調 書家書後。

寒，桐葉吟風下井闌。秋聲起，應念客衣單。

眠，歸夢難成夜似年。憑欄望，鄉月又將圓。

賀新涼

戊子秋九，仲修書來，自言科名、仕宦、學術、文章皆廢半途，因號『半厓』，譜此慰之。

萬事如轉燭。嘆茫茫、塵海勞形，幾人知足？不慣折腰拋手板，自笑未能免俗。把一卷、殘書遮目。閱世半生都坐懶，看鷄蟲得失何榮辱。閒啖蔗，勝增禄。　相思夢繞西湖曲。莫漫説、牽船岸上，陸居無屋。三竺六橋圖畫裏，斗酒常招近局。我願作、雲龍追逐。偕隱有妻兒，識字共狂奴，兩地消清福。耆舊傳，待君續。

眉峯碧

遺園大理石屏高壹尺九寸，寬貳尺六寸，一題蒼山秋霽，一題鷄足夏雲，款署石畫軒珍藏，真絶妙山水也。

雲氣生虚壁，嵐翠濃如滴。可是前身鷄足僧，早結下、煙霞癖？　月石留吟席，雪浪尋殘迹。何似蒼山一片峯，陰晴變態分朝夕？

浪淘沙

新得銅劍二枚，度以周尺，長二尺强，廣寸餘。鐔上夾内凸起，形如腰米，似字莫辨。一柄首折寸許，臘上有『永昌元年』四篆書。古色斑駁，東晉時物也。題此寫懷。

掛壁斂寒風，冷翠消紅。一杯借汝論英雄。書卷爐香閒伴我，恩怨都空。　斫地溯從戎，千馬争鋒。樓蘭未斬恨無窮。不分光芒猶射斗，恐化雙龍。

唐多令　己丑初秋，將赴滬瀆，先寄所懷。

珠露暈還流，羅雲淡不收。爲貪凉、忘下簾鈎。似有木樨香過處，尋斷夢、擁輕裯。　久別意綢繆，書來擬放舟。訴歡悰，合在中秋。依舊笑桃人面好，花弄影、月當樓。

浪淘沙慢　晚泊濡須塢感賦。

看夾岸、層巒入畫，暖翠如滴。道是孫曹戰壘，登臨不異赤壁。笑虎鬥龍争，空費力。只賸那、鴉背斜陽？伴老漁閒訪釣臺石，長嘯暮天碧。　寂寂。一生著幾吟屐？枉踏遍江北江南路，誰記鴻泥迹？溯壯年烽火，高談捫蝨，故交分隔。拼此身、點綴山林邱壑。彈劍鋏、難除豪氣。憑花月、放浪自得。奈人隱蘆中鬢漸白。過廢塢、又值新秋，意惻惻，西風厭聽譙樓笛。

南樓令 中秋京江泛月。

身世似沙鷗，飄飄慣浪游。趁歸潮、又過瓜州。寂寞魚龍呼不醒，怎淘盡，此生愁？　月影漾中流，孤帆夜未收。料有人遥憶江樓。天上涼雲天下水，又變作，一年秋。

十六字令 同劉靜皆探花、文雲閣中翰、曹賡笙兵部、張靄卿觀察、王子詮布衣飲函碧樓，戲拈詞調，聊供一噱。

驕，紅暈梨渦印未消。秋波媚，真個殢人嬌。

娃，雙髻盤雲鬟覆鴉。探芳信，誰解惜瓊花？

愁，容易金風又送秋。紅窗迥，飛夢過秦樓。

豪，贏得狂名署老饕。傾杯樂，笑破點櫻桃。

沙塞子 庚寅春暮，亞白重來肥上喜贈。

柳陰一曲蘸清波，城南角草緑坡陀。問誰識，赤欄橋畔，白石行窩？　廿年足迹走關河，負奚囊，訪舊重過。只贏得，别離滋味，酣少酸多。

前　調 題亞白縫月軒詞，仍依原韻。

一庭花影浸簾波，倩錦瑟低按清歌。最難遣，曉風殘月，不樂云何？　平生心血儘消磨，譜宫商，獨自吟哦。願沾丐，賸膏殘馥，卻患才多。

荷葉杯 雪夜題盱眙汪湘筠女士殘草。

袖出零星遺墨，凄絶，僂指溯當時。萬松深處緑雲迷，此境若翁知。　自古恨天難補，憐汝，垂老過南園。一燈風雪酒頻温，詠絮共誰論？

曲入冥 辛卯重九，買舟由柳浪橋循白堤至孤山，登放鶴亭，折入三潭，晚飲漪園。青山紅樹，如在畫圖中也。

樓閣拗玲瓏，畫也難工。新紅添染幾株楓。佳日招來鷗鷺侶，閒泛青篷。　天水盪清空，雨態雲容。剥菱煮芡話西風。大好四山蒼翠影，流入杯中。

金縷曲

古重陽日，同人觀潮吴山，遂放舟六和塔，入五雲山訪蓮池大師遺迹。夜觴於茭白船，歌伶曇香索書，譜此應之。鐵板銅琶，羞對紅牙按拍也。

第一峯頭客，渾不辨、錢花趙柳，踏殘吟屐。三竺六橋工點綴，掩映湖光山色。更多少、王侯第宅。鳳翥龍翔圖瑞應，任銅駝北望埋荆棘。歌舞地，且行樂。　興酣放眼乾坤窄，訝海門、千尋對峙，怒濤滚雪。白馬素車空想像，那有英魂毅魄？奈水族、乘虚驅嚇。越國山川銷霸氣，僅花開陌上歌聲切。呼柳翠，問明月。

滿江紅

小除夕，接郭甥長女永康來書，喜答。

我戀埇鄉，轉料到、埇鄉戀我。最難忘、旅館孤燈，寒宵兀坐。眠食晨昏違定省，江湖風浪愁顛簸。祝衰齡、歲暮早還家，眉常鎖。　一紙書，勤封裹。千里路，遥申賀。想左圖右史，壺中高卧。棋局鈎鍼添韻事，酪奴燭婢徵閒課。笑人生、七十古來稀，花三朵。

減字木蘭花 壬辰天中節，李丹叔過飲，分詠榴花。

嫣然欲語，料得紅裙羞見汝。率意壺飧，忙喚鳩盤洗瓦樽。　文場戰處，快奪錦標雄似虎。菉兒泮捷。　燕喜簪花，緑映庭槐發舊椏。

唐多令 癸巳首夏，吴彦復主事自廬江過小園，留飲。

十笏舊山房，鴻泥印幾行。卅年前、請衽褰裳。癸丑，令祖太僕公住此。　彈指紀羣皆宿草，書咄咄、恨茫茫。　老竹競抽篁，孤花晚送香。石牀鶴夢冷斜陽。讀畫弦詩欣有子，羹骨董、醉謨觴。

王尚辰集之六

蝨隱庵雜作

苗沛霖始末

淮、徐地曠民悍，夙稱難治，天下有事，恒爲被兵之區。咸豐三年春正月壬戌，粵賊東竄，安慶不守，江北州縣日夕數驚，盜蜂起。朝廷起前湖廣總督周公天爵於田間，督辦團練，攝撫事。公奏改廬州爲行省，諭行堅壁清野法，政尚猛厲，奸宄慴伏。九月丁巳，公薨於潁州行營，兵科給事中袁公甲三代之，營軍臨淮。五年三月，袁公被劾去，捻匪龔得等擁張樂行爲盟主，踞雉河，四出蹂躪，境蕩爲墟，猿鶴沙蟲坐使同燼，而苗沛霖遂萌孽其間。

沛霖，字雨三，鳳臺武家集人也。世爲農，門單，鄉里弗之重。年三十，補弟子員。性猜忌，習貧攻苦，沈鷙有謀。六年春正月，樂行掠下蔡，沛霖辟之壽州，鬱鬱寡合。四月歸武集，偕同里徐立壯、懷遠鄒兆元收輯散亡，築三寨，分五旗，積芻糧，明號令，裂衿樹幟，自號『義兵』。是冬，以五百人敗張、龔數萬賊於蒙城，名由是顯，四方響應，譌言環生，淮甸震駭。七年秋，都統勝保公攻拔正陽關，袁公以太僕卿起用復來，自亳合軍潁口。深虞沛霖，欲用以禦捻，招余往説之，沛霖以衆來歸。初，先大夫辦團淮北，沛霖造謁，異其人，規以正言，頗心服，余故監其軍勦捻蒙、亳。八年春正月，酈圩捷聞，沛霖授知縣，加五品銜，予孔雀翎，意不屑也。自是累擊賊，積功至四川川北兵備道，賞巴圖魯名號，兼銜布政使。昔日夥頤均膺懋賞，而國家章服之榮懵然不知。其所居曰『苗家老寨』，其練衆僉呼爲『老先生』云。

十年秋八月，暎夷内犯，顯皇帝北狩熱河，欽差大臣勝保公留守京都，統天下勤王兵。撫軍翁公同書請以沛霖赴通州備調遣，已不果行。當是時，粤匪據廬州，捻匪據定遠，經撫師潰，粤、捻合，長淮騷動，沛霖隱有專制之心矣。先一年秋，勝保公由五河復懷遠，調沛霖規取臨淮、鳳陽，比合圍，以憂去，袁公以漕督領其軍，沛霖輕之。臨、鳳繼克，靳其功，愈怏怏不爲用。徐、鄒始爲所歡，勢相埒。翁公自定遠退壽州，以立壯爲腹心，表授永固副將。嗣沛霖計殺兆元，立壯不自安，益不相下。是年閏三月，帶練五千與參將馬昇平、副將于昌麟合營，北聯臨淮諸軍，進壁定遠。袁公資以礮火，設圍五閱月，廬州援賊麇至，二將敗亡，練潰，臨淮軍遁。賊圍鳳陽，犯壽州。沛霖歸咎立壯，燬其家，掘其墓，謗書以嚇二帥，二帥恐，尋劾立壯。繼以練衆噪餉，截糧艘，奪關税，袁公奏請下蔡鰲金贍其軍，事甫定，而壽州之釁起。

壽州爲淮南重鎮，鳳臺析焉，城小而地險，漢、回雜處。内區十八坊，坊設團長二人，非吏胥即無賴，陽尊孫家泰爲首。家泰者，巨族也，前除刑部河南司員外郎。三年春，工部侍郎吕公賢基督辦團練，奏帶回籍，頗任以事，顧氣盛不能下人。四年秋，忤當道，奪官，頃復職。嘗集團長於州城，短後衣，曼胡纓，競效軍中裝，丁壯持矛戟左右侍。沛霖策青騾，衣大布，冠小冠，往會。從者雖桀驁，皆霑途村野，無威儀，坐中蔑與語者。往年夏，泰從弟家鼒以第一人及第，沛霖備儀來賀，閉城不納，如禦寇然。沛霖望城長揖，一笑而去。翁公外借苗練之援，内畏城團之逼，户居三載，闇而寡斷，所部諸軍兒戲耳。知州任春和、知縣熊英本負販紈袴之子，趑趄傴僂，充位而已。十月望日，余歸自臨淮軍，忽見莠生於家泰之門，雉集於壽州之廨，憂心如焚，作歌告哀，爰挈族以行，辟地芍陂。十一月朔，沛霖遣部下都司李學曾等七人往瓦埠，日晡過城，城練邀殺之，滃滃訿訿，舉國沸騰，泰與團長蒙時中等急召立壯以禦沛霖。

十一年春正月，沛霖誓衆下蔡，設七人位，哭三日，渡淮。總兵黄鳴鐸迎擊兩河口，失利，遂擾壽南，偪城而壘。翁公解任未去，布政使賈公臻署巡撫，幫辦軍務，駐潁州。泰等因立壯搆葛牛、王鼈、黄廷遠、戈名楝諸捻匪入城，沛霖亦由姚有志、孔提剛通於髪賊，兵、練、粤、捻内訌外鬨，則有張學醇者，以調停之説進。學醇，浙人，久從袁公軍，由小吏薦至按察使，權藩篆。袁公患風痺不事事，倚學醇爲左右手。學醇獨左袒沛霖，博崇、武慶瑞、尹善廷三鎮陰相附和。翁公日懷去志，模稜唯諾。城中回民多漏帥，於是賂捻首葛牛等縱之去，褫家泰職，下於獄。四月壬申，下令逮立壯。巷戰三日，並其黨三百人，戮之。六月甲子，家泰飲藥死。

學醇拘時中送於下蔡，冀平苗忿，糧罄民斃，而城圍未解。皂口里保王舟有材勇，曩隨廬鳳潁道金公光筯擊賊正陽，授外委，屢拒苗，壽南諸圩悉應。翁公遣游擊朱淮森、守備朱淮朋促舟赴援。八月庚申，舟進屯柏寨，使兄汝成、弟汝鴻夜襲周寨，徑抵南關。使淮森、淮朋築路營，輸糧於城。苗營東西，舟營南北，擊柝之聲相聞。苗率衆力爭，淮朋兄弟棄營走。周寨路隔，舟更營鼉湖上，通東路水運。苗伐大木，立柵淠河要津，東道塞。舟又於苗營之西自芍陂連營熨湖，瀠通西路水運。苗亦從熨湖掘長濠達東津渡，營壘銜接。舟勢絀，謀於余，間道南來，乞援肥練。

合肥久稽賊，鄉民爭築圩自衛。賊最憚者曰解先亮圩，據青陽之西，南接舒城，後爲楚軍嚮道。其與之相角者，大瀠山之劉圩、周公山之張圩、紫蓬山之周圩，推六紳李元華都轉總練務，軍馬埠寺。以禦賊爲名，限堡劃段，糾衆歛穀。既英翰權縣篆，主解圩。李與諸練首勢不能容，尺地寸天，日事鈔掠，撫軍檄余解之。李旋退歸，英亦調任。值苗勢日張，壽民姚有志家於六，勾苗南來，守備趙春和爲之助，蟻聚蜂狂，紛紛趨附。肥西諸練首爲營窟計，覬覦英、霍山寨，鼓行而西，破岡乂樓，諷人説知州鄒筍入屯六安。當是時，鄂撫胡公林翼駐黄州，江督曾公國藩住宿松，遣將東征，收潛、太，圍懷、桐，捷音踵至。諸練首皤然思奮，遂從余援壽。

九月庚子，會於三角寺。丙午，戰於柏寨，不利，淮朋陣亡。汝成等乘霧自周寨衝出，城圍益急。袁公知苗事不可復遏，恐獲戾，始劾沛霖。令幫辦軍務江南提督降將李世忠，偕其子翰林侍讀保恒耀兵懷遠。余飛書侍讀，剋期並進。辛亥，世忠等水師抵石頭埠，陸路距壽州三十里。是夜，回民趙森保、都司柏雲錦、游擊朱珮芬、千總吉玉成、外委朱淮潮密約知州任春和，盟於城南隅，導苗衆梯而登。壬子昧爽，南門開，沛霖入，戕泰及諸團長家。肥練回六，王舟嘔血死。

沛霖泥首翁公，痛哭請罪，散粟譎衆，設公局，留紅旗總李萬春主之。自回老寨，分練衆爲十營，洄溜集吳正誼主之，曹家集朱品三主之，延陵集董志誠主之，太和諸砦杜維忠主之，淝河南寨鄧香山主之，潁上諸圩林朗主之，懷遠諸圩張式端主之，霍邱諸圩湯貫金主之，三河尖則有潘四、劉蘭馨，迎河集則有趙春和。淮、泗、渦、潁帆檣鱗集，而車塵馬足嘯唱歡呼，片言速於郵傳，寸紙嚴於條教，長吏無權，官兵奪氣。於是袁、翁二公據壽州，生員傳汝霖等聯名環保，復爲沛霖辨明心迹，騰奏申解，恩予自新。十月十日，翁公出壽州，袁公撤懷遠之隊，而楚軍至六安，驅肥練堵河口，訟言剿苗矣。

同治元年春正月，粵、捻交煽，陷潁上，圍潁州。賈公督民固守，羽書告急。復以兵部侍郎勝保爲欽差大臣，督辦皖、豫軍務，援潁州，並辦苗練事。師次太和，兵單食乏，勢不振，檄責沛霖。沛霖慚且畏，復以衆歸，退壽州，克潁上，潁州之圍頓解。時淮軍新立，福建延建邵道李公鴻章乘番舶赴上海，劉銘傳，張樹聲、樹珊，周盛波、盛傳等分隸其衆，椎埋狙擊之徒紛紛應募，皖北殘黎引領望治。李公續宜巡撫安徽，統湘軍駐六。將軍多隆阿公攻克廬州，僞英王陳玉成北竄瓦埠，勝保公令沛霖截擊，使萬春賺入壽城，檻送潁州，盡降其衆，江寧賊援絶。録功，請復沛霖官，朝議不行。

二年春，科爾沁博多拉噶台親王僧格林沁勦捻至亳，樂行東竄，苗練遮於蒙城，樂行失勢，走李圩，潁州知府英翰擒之。龔德前爲楚軍殲於松滋關。張、龔既滅，諭苗散衆歸農，沛霖佯諾之，而狐疑愈甚。方勝公遷帥陜西也，調苗帶練萬人助勦回匪，得旨嚴飭，並諭各路堵截。未幾，勝保被議繫獄，教匪事起，王師北去。

三月壬戌，沛霖反，遣逆黨鄒長青取懷遠，方長華襲潁上，王永年據下蔡，朱萬隆入正陽，潘立勳蹂光、固，王金魁薄太和，苗天慶犯五河，張逢科擾靈璧，李萬春圍壽州，知縣蔡鍔、濮煒、吴景春、蘇履中，典史魏文潮先後被害。唐撫軍訓方軍臨淮，安肅道蔣凝學軍芍陂，兵屢挫，賊焰彌熾。六月己卯，壽州陷。後一月，勝保賜死。沛霖念蒙城近於老圩，且多舊怨也，身率悍黨以困之。繞城爲牆，繞牆爲塹，塹深而牆峻，連營伺守，晝匿其中，夜則聯袂呼警，梭巡壁上，官兵更番輪攻不能破。按察使馬公新貽駐城中，七月乘間歸臨淮。八月丙戌，渦河兩岸官兵退，練長李南華得勝居守。署鳳潁道英翰屯小澗，勢益單，戰無虚日，猶時以騎兵齎糧濟城守者。

戊戌，王命總兵陳國瑞督師援蒙至小澗，英翰建議環賊營築重垣，垣外掘地道，士卒蛇行而進，以賊之攻城者攻賊。一壘破，餘壘皆震，遂毁賊圩，斬慕玉宗，填王家窑河，阻賊水運。九月己巳，荆州將軍富明阿公遣總兵宋慶、詹啓綸繼進。冬十月，王師南下，丁亥至亳，克蔣集，斬匪黨陳萬福。庚寅，派翼長舒通額率馬隊覘賊。辛卯，復高爐集。癸巳，破楊家集。甲午，攻西陽集，未下，移軍北岸之葛家樓。乙未，杭州將軍國瑞公亦至，外垣既合，賊糧中斷。丁酉，王親督諸軍戰於城下，擣蔡圩。戊戌，克之，賊爲重塹所限，猝不得出，計阻西南，營潰，蒙城圍解。沛霖猶陣渦水上，己亥夜，將越濠南逸，王師合擊，礮火漲天，賊内亂，自相踐踏，死者萬計。沛霖爲亂兵所殺，餘黨納地請降。妻徐氏、子連生皆伏誅。不二旬，而淮北底定。

噫！沛霖一諸生爾，數年驟至監司，受恩重已，乃不思戮力戎行，竭忠盡命，反覆亂常，卒膺天討，宜哉！顧軍興以來，團練起家，擁節鉞、躋封疆者多矣。情事相符而遭逢頓異，迄今生備禄位，死邀俎豆，抑何幸歟！使當日駕馭有人，消其狂狡陰悍之氣，豈不與諸公炫耀一時乎？夏屋遽傾，跳梁肆志，功名不終，爲天下笑，悲夫！余故究其成敗順逆之由，用垂鑑焉。

李世忠始末

李世忠，原名兆壽，字良臣，河南固始人。族大，家貧，幼從村塾讀，輒亡去，父母索之，得之檐壁上。由是里人多失金，而其家鷄豚日益，宗族咸賤之，呼曰『賊秃』。事覺，繫商城獄，繫固始獄，卒繫霍邱獄。獄吏索金不得，孿之溲器上，役溺濺及齒。繫久，窮益甚，惟老吏某憐其餒，數飯焉，嗣免。

咸豐四年春，粤逆竄擾江北，羣盜四起。兆壽糾合數千人，大掠六、霍、英、固之間，圍商城十日，官練擊之，屢敗。官軍索兆壽急，李氏恐，無敢言爲兆壽族者。四年冬十月，徽寧池太兵備道何公桂珍治練英山，招之降。兆壽與其黨馬超江、薛之元等就撫。超江旋爲土人所殺，兆壽籲公拘其仇，弗許，恚甚。捻黨麇集，數犯法，何函商撫軍福濟，將誅之。事泄，十一月三日戕公，焚其尸，從死者四十七人，以英山叛，降粤賊，授七十二檢點，部其衆爲二十四軍。七年春二月，從李秀成覆我桐城軍，陷舒、六，屠霍邱，拔張樂行於正陽關，粤、捻始合，呼曰『壽王』。

冬十二月，兆壽建僞王幟，鼓吹入葉鎮，違其家五里，大宴宗族。將取固始，先以數千人往，聞賊帥韋志俊軍已覆，謀遁。而陳玉成自楚來，兆壽往謁，玉成責其逗留。兆壽出，勒衆欲攻，慮弗敵而止。玉成聞而惡之，乃由舒城中梅河返桐城，會秀成，陷滁州、全椒、來安，檄兆壽守滁。兆壽之降賊也，秀成實主之，故事之謹。及秀成引衆趨三河，舉全椒、來安悉隸之。兆壽據有三城，浚城濠，繕甲兵，爲自守計，玉成惡之益甚。兆壽初爲亂，懼不免，使妻周氏、子顯才奉其母易姓名，潛往尉氏縣。人疑其多金，縶而獻於營。勝帥喜曰：『滁、全在吾掌中矣！』奏請設法羈縻，命江蘇知縣姜錫恩因陳學書招兆壽降。學書者，霍邱老吏，而兆壽之掌書也，實主僞軍政。兆壽既失玉成歡，常自危，又入錫恩言，遂反正。八年九月，下令薙髮，謁大帥於清流關。余時橐筆戎行，目覩兆壽膝行而前，泥首請罪。大帥推心置腹，歸其妻子。聞於朝，賜花翎三品頂戴，賜名世忠，名其軍爲豫勝營。明年，其黨陳自明以天長降，薛之元亦以江浦、浦口歸。旋敗粵賊於橋林、烏江、六合，累官至松江提督，賞庫楚特依巴圖魯名號。

五子、諸弟及舊時凶黨倪文華、朱得勝、董作屏、蔣升等皆洊職提鎮，家族姻婭轂擊星馳，自固至滁五百里相屬於道。凡殺人亡命、斬竿胠篋之徒，皆以滁爲藪。女子以踵繫入作將軍妾者，父兄千里叩門，附爲蔦蘿。世忠五年作鹵，富已不訾，復給長淮鹽引，置卡於江之石板橋，淮之雙溝、五河、懷遠，於是利擅江淮，縱情聲色。購梨園三部，玉貌珠喉，錦衣繡襦，極一時之盛。寵姬三十，美婢百餘，劍戟交横，蘭麝四溢，跨通衢爲第，作飛閣以通往來。日午張筵，雲璈三按，諸姬憑欄坐觀，芍藥櫻桃，珠輝玉映，望之如萬花叢中。其燕息之地，鏤金爲屏，氍毹貼地，圍以檀旃，嵌以白玉，唾壺、械窬均飾七寶。既昏，絳蠟千枝，諸姬環榻而坐，拭鮫綃之巾，進晶盤之果，銀鎗玉斗，九金唾珠。夜深，羣婢各進名牌，留則理妝襆被赴寢。

有偷兒乘間穴室，爲人所覺，世忠呼與飲食，曰：『笨賊！何不師我？』賜金縱之去。世忠身長八尺，髮可數十莖，輕捷如猱。累夜不眠，眠輒累日不起，食常蹲坐上，怒猶可解，笑則必殺人。嘗以熊掌不熟，屠宰夫。召餅師鬻餅，先計值，弗符，斬二人。徵執紉治戎衣，皆懼匿。一老縫人執具往，笑曰：『吾軍裝百萬，豈一人辦耶？人避汝獨來，來偵我虛實耳。』亦斬之。叔母某自固始來，世忠待之厚，喜謂諸姬曰：『幼時此兒頭皚皚如鴿糞，積日啖鷄狗，謂不成子耳。今乃貴至此。』他日，世忠與諸美燕，一姬恃寵，乘醉侮之，曰：『又向我等作大官態耶？知汝少時事矣：頭皚皚如鴿糞，積日盜人鷄狗。』問安得此語，曰：『汝家人言之。』笑曰：『此嫗不願食矣。』即拔劍付小奴斬其首以獻。

滁城殘破，人多流亡，乃圈田市牛，以待耕者。市肆皆估榷，田取十五，牛租歲取十二，諸部曲以次分田，民少少歸，濱江百餘里，悉爲豫勝營佃。滁俗，婦人入市，將校各五六妻，其故夫僞爲父兄來省，多乘閒逸去。世忠患之，乃令婦人入城者印其頰，否則勿出。守人乃擇少艾蘸以水，俄而痕滅，各擁去。其尤美者，或以事中其夫，殺而納之。世忠之圍商城也，得楊皮匠女美，强之不從，截弓弦縶其足指懸諸梁，曰：『從矣。』然有約：『汝既悦我，當死生相從：汝敗先殺我；得寵負我，礮當碎汝顱。』折箸爲誓，寵之專房。及據滁，主内政，周，雖糟糠不逮也。楊性機警，能揣世忠意。人觸世忠怒，得楊一語即解。楊所欲爲，未嘗禁也。嘗肩輿過市，一甲士平視之，楊怒，梟首纛下。後病祟，求死不得，呼其同室蔡夫人曰：『我思罌粟膏，妹可炙啖我。』蔡丸以進，吞之死。世忠方軍臨淮，家人往報，語蔡故，取劍授老兵馳往。蔡方匀鉛黄，謂且召己，揭簾出，曰：『軍門以楊故，賜夫人死。』馳騎圍蔡第，翁八十，兒週歲，無免者。皮匠感其意，更以小女媵之，稱小楊夫人。

世忠既貴，涓埃之恩、睚眥之怨，靡不報。老吏入滁，善視之，曰：『吾不忘縶獄時也。』生辰大讌，戚黨滿前，瓊盞雕盤，朱翎盈座。小優抱銅琵琶，唱朱買臣曲侑酒，酒酣嘆曰：『天地祖宗之靈，世忠幸有今日，且不自料，諸君豈料耶！曩時縶獄，面黑如鬼，爺呼人，日不得一餐，撮蚤成芒，溺淋成漿，得八金可出，作血書告伯叔甥舅，老母沿門稽顙。』語至此，淚輒墮杯中，一座傾耳。復哽噎曰：『不能名一錢，微朱、倪諸兄，骨且朽，寧有今日耶？

今日何多族姻耶！』言已，輒瞋目攘袖呼斫斫，一座失色。楊夫人急出，呼曰：『又大醉耶？生辰吉慶，我手製鹿脯熟，可共啖之。』座中色定。

十年冬，苗逆搆釁，袁帥甲三請於朝，命世忠幫辦全省軍務，益貴顯，呼曰『副帥』。世忠少不知書，乃習之，漸通尺牘。日作擘窠虎字，或乞書，輒喜，頃刻盡數十紙。

同治二年春三月，沛霖反，世忠次於鳳陽，次於懷遠，久之次於壽州。僧王既殲沛霖，檄世忠去滁之官。將校聚謀不決，世忠曰：『吾豈可爲沛霖續？』三年四月，呈請給貲散衆，開缺回籍，乃營三窟於決水之西。攜雛姬，挾豔伶，錦纜牙檣，香車寶馬，縱橫江淮間。偕諸健兒㩠蒲蹴鞠，揮霍恣肆，少拂意則鞭撻立下。足迹所至，游民細人趨之如鶩。十年夏五，與總兵陳國瑞鬩於揚州，江督曾公仰朝廷寬大之意，曲爲保全，奏參褫職，交地方官嚴加管束。而桀鶩性成，動復滋事，皖撫英翰公尤包容之。世忠居皖久，僕隸多溷迹市肆，偶因小忿，毆和州吴牧廷選之母，並辱其弟於市。吴，楚産也，撫軍裕禄公短於才，兼畏楚勢，密商按察使胡玉坦、署安廬道劉傳楨。胡素嗛世忠，劉故世忠所昵而卵翼之者。二人將世忠積年不法事抑揚其辭，臚陳聳奏，奉旨正法，時光緒八年冬十一月二十三日夜也。翼日，裕禄公往弔唁，其妻子衆論嘵嘵，僉謂死有餘辜，殺非其罪云。諺有之曰：『一猫當穴，羣鼠皆伏。』羊與豕非不龐然大也，蒙之以虎皮，戴之以麟角，稚子得狎而侮之。斯言雖俚，可以取譬矣。

霍邱張介夫大令著有苗、李暨各捻記，語多失實，世忠降後事迹未敘。癸酉春，過廬就質於余。余身廁戎行，目覩情狀，據實直書，不爲曲筆。張作有可取者，則采之。後之覽者庶幾有徵。

壬午殘冬，蝨隱庵主記。

上左侯相論合肥鹽務書

元侯中堂閣下：

憶自耕田鑿井，帝廷傳擊壤之謠；訓俗采風，王制著陳詩之典。唐、宋而還，清議未泯，流民之狀呈自下僚，蔫于之歌達乎帝座。伏維執事，功調鼎鼐，味澹鹽齏，饑溺如傷，痌瘝在抱，凡有疾痛，曷敢壅聞？鹽筴上關正供，下裕羣生，隨地變通，因時條例。列皇垂訓，深恐病民；百辟奉行，兼思富國。合肥毗連壽界，舊食淮鹺，籤運票商，後改江引。無奈壤地相接，津溢尤多，蚩氓無知，微利是逐。前鹽政諸公準今酌古，劃岸分防，專務梳巡，各清地段，法非不善，久則易偷。豈有挨户硬攤，計口强售，價值浮於定數，觔兩短於平時？加之劣幕昏奴，暗相需索；都魁游勇，借此驛騷。以透私而羅織鄉愚，以滯消而熒惑上聽，以蜚語而恐嚇善類，以糾衆而挾制宰官。舒獄未結，肥案遞興，其名爲越境趨公，其實則因利肥己。千夫隱指，萬喙争鳴。攫金搜粟，既謁以傳謁；捉雪捕風，更幻而又幻。敝箄滲一絲之鹵，奇貨可居；窮檐餘半勺之鹺，比鄰受累。民命直輕於草芥，國計何益乎毫毛？處處危機，人人重足。生聖世者，共臻夫樂土，嘆苛政胡獨猛於敝鄉！

杜少陵頌元使君云『安得結輩十數公，落落然參錯天下』，萬物吐氣，天子分憂。每味斯言，神爲之王。執事天南一柱，位冠百僚，必能起斯民於瘡痏，固國本於苞桑。辰少慚賤士，老作幸民，悟得失於鷄蟲，伴晨昏於燕蝠，偶成俚句，聊當罪言。知執事吐握爲懷，下視鼠憂蝨語之儔，當掀髯一笑。

肅具丹箋，敬塵左右，仰瞻赤舄，無任主臣。

上海甘露記

今上御極十有三年，閏四月朔戊子，甘露降於上海榷署之庭槐。時兵備龔公莅任將一載矣。是夕也，銀漢耿天，星光燭地，自子迄寅，三時之久。湑湑瀼瀼，湛湛泥泥，其凝如脂，其味如飴，其香清而沁脾，其色則鮮明滉瀁而迷離。墜瓦有聲，潤物皆膩，槐蔭所及，靡不霑被。左右走相告曰：『天無雲而雨，異哉！』有曰：『此甘露也。』觀察則曰：『否否。

嘗聞諸西人云，天氣與濁氣相奪，樹木乘之，絪緼團結，不爲雨則爲露，抑或昔人所謂樹汁耳，曷足異？』

後一月，余來滬瀆，主於廳事之西楹，暇則據盤陀之石，追涼槐下。老榦勁直，層枝蕃衍，風雨間作則鸞鳳交吟，日月流輝則虬龍變態，蓋數百年物矣。長夏事簡，沈李浮瓜，僚友津津道其異。余雖不信祥瑞，而心竊韙之。夫上海，東南一隅之地爾，天下安危，中興大業基焉。當同治初元，洪逆負嵎江寧，羣凶鴟突，四海鼎沸。今傅相李公統淮軍，乘輪東下，城惟彈丸，事同孤注，高掌遠蹠，治兵馭夸。觀察身廁戎行，練習機器，百戰艱難，削平禍亂。逮越南構釁，鯨波未靖，此邦襟江帶海，南連閩廣，北達津沽，羽檄星馳，狼煙電掣，内訌外鬩，岌岌難安。賢君、賢相暨師武臣力折衝樽俎，不動聲色，卒使槃敦交歡，共球向化。觀察則隻手支撑，目不交睫者數十晝夜，盾鼻濡毫，矛頭淅米，十步百計，咫尺萬里，力拯時艱，厥膺重寄。今者坐鎮兹土，治繁以簡，濟威以寬，士興於學，農耕於野，商賈藏於市，遠來近悦，政通人和，瑞應之興，豈無故與！

稽之上古，高辛時丹邱國獻瑪瑙甕以盛甘露，至堯時盈而不竭，頒賜羣臣。斯瑞也，僉謂觀察政化所致，實由聖天子德至於天，和氣感召，覆幬之内，普沾恩澤。竊願彼都人士載之志乘，上之史館，以頌我國家萬世無疆之鴻庥。謹泚筆以記。

滬上留桂軒中秋觴月敘

留桂軒者，漢上游女之書巢也。女名桂軒，性慧而俠，年十六，雙髻彈雲，一鈎隱月，態濃意遠，姿韻身輕，跌宕之中，不踰禮法。丁亥夏五，解后於申園，歸而觴諸寓。脂盝鏡奩，衣篝棋局，簟滑花熏，香温茶熟，剪淞濱於尺幅，話團扇於三生，雖廿四橋邊、十三樓畔，尚遜其精麗也。

滬上繁華甲天下，蜃室嵌空，蜂房連綴，傀奇雲集，怪異日新，千類萬聲，五光十色，技窮山海，氣幻金銀，小鄒衍之談天，陋長房之縮地。靈頑變性，老少忘年，過此者莫不目眩神馳，流連取樂。蓋中外通好以來，此地久淪爲異域，言語之譸張，情狀之譎詭，臥榻鼾眠，奸宄叢集，食毛戴髮者流，幾不知有正朔。向非枋國諸公曲濟時艱，懷荒振遠，鰓鰓然購武庫之材、講富强之術，其不顛且危也，幸哉！

嗟乎，當四維不張之日，覩萬古未有之奇，以六旬落拓之身，無一片乾净之土，既不能執戟荷戈，殲兹醜類，又不能投河蹈海，了卻浮生，自審殘年卒當樂死。每裙屐歡呼，殺核交錯，道及王會邦交、人心世運，不禁食嘆酒悲，眉軒眥溢。彼美則翠袖藏鈎，冰綃揾淚，玉缸賸酒，銀甲搊箏，桴金山之鼓，參漁陽之撾，一洗粉黛渙涊之羞，以宣磊塊不平之氣。斯時羅雲盡捲，珠露初零，清漢低垂，碧天無際，繁音頓止，四座忘言，依稀月照流黄，無那年非慘緑矣。

夫愛好惡醜，喜豐厭嗇，物情皆然，巾幗尤甚，而何論乎勾闌？乃不計腰纏，時通款曲。諷以小詩，略能上口；語以韻事，頗有會心。於時，黄浦觀潮，中蘆戲馬，離亭賭壁，番館傳餐，自夏徂秋，靡昏達旦。參横斗轉，雨晦風淒，爲訴生初，獨傷命薄，鬻身代養，歛涕爲歡，問墮溷兮何因，等窮民兮無告，伶俜弱質，惻愴予懷。笑一石之留髡，異三年之窺宋。願此身常作菩提，浄參茉莉，聊學豐干饒舌，差同天女散花，汝之幸也，儂之懺也。昔嗣宗哭兵家女，俗人詫爲異事；今夕之游，哀樂與樂哀，其誰知之？則是軒也，謂之金屋也可，謂之醉鄉也亦可，謂之少陵廣廈、維摩十笏也，均無不可。夫余也，淮南之隱人也。

歷代詩人祠堂圖記

夫梵宇琳宫、丹臺仙觀，天下名勝多爲所占，不獨蚩氓奔走不遑，即賢士大夫亦布施恐後。惟歷代詩人，或附載史編，或見諸説部，未有闡明統緒，萃祀一堂，是吾儒反不如二氏之有皈依也。余髫年學詩，既志於此。家有别墅，據逍遥津上，擬就名區，創爲韻事，旋丁烽火，流轉兵間。獲交竇甯方友石玉潤司馬，屬以丹青。今老矣，圖既不存，願莫能遂。爰記其式，付諸子孫，並待後之同志而大有力者。

祠基一區，抱山帶水，背坎面離，擇高爽之居，取文明之象。大門三楹，重檐巍焕，榜曰『歷代詩人祠堂』，壯觀瞻也。門内建坊曰『乾坤清氣』，溯其始也。坊後鑿池，是爲藝海。池上架橋，屈曲如十字，曰『四始橋』，詩人門徑自此而入，亦由此而分也。向北直達，闢三門，中曰『無邪』，左曰『揚風』，右曰『扢雅』，端其本也。再進，歷階陟坫，是爲騷壇，升忠孝堂。蓋詩本忠孝，非僅風雲月露已也。堂壁分書『温柔敦厚』『興觀羣怨』，揭其教也。東西二序，祀宋、元以迄國朝諸人，姓氏爵里，後先輩行，不容紊也。堂背構龕，太白、少陵並肩高坐，二家無所軒輊，百世奉爲正宗也。左詩仙樓，右詩王宫，俯視一切，暉麗萬有。綴以亭榭，環以花木，是爲儒林游人憩息宴會之所也。最後起閣三層，上泝周、秦，中逮漢、魏、六朝，下至初唐，額曰『探源』。自藝海至此，亦由黄河發源於星宿海也。

閣外兩廊，一爲枕經，一爲胙史。詩學胎乎經史，醖釀未深，才華易竭，慎其防也。二公先人分祀於此，尊其親也。正宗而外，有如陶公及王、孟諸家，自成一派，特位於橋之左。折而北，入『妙悟門』，庭院幽閒，别有天地。前爲『尋樂齋』，後爲『超然臺』，中則『三昧室』，兩翼署以『澹泊』『寧静』，高人志士，非此不足棲神也。他若方外勝流，位於橋之右門内。一泓如鏡，曰『沁脾塘』；疊石凌空，曰『洗塵島』。夫不祛俗慮不可爲詩，不沁心脾不稱佳作，故造『寂照軒』祀緇衣也，『御風寮』祀羽客也，『真逸亭』以祀巖穴高蹈之士，庶幾臭味相投而無差池也。

至於閨秀，亦有傳人。橋右更拓數弓，地毯蘅蕪，牆衣薜荔，門顔『香草』，示有别也。堂曰『百福』，詩者，百福之宗也。内額『睢麟遺化』，祀賢媛也。東廂曰『冰心』，重節烈也。西廂曰『蘭質』，惜才華也。詩觀民風，鄭衛兼收，要不失貞淫美刺之意。

昔人有言：『靈祇待之以致饗，幽微藉之以昭告，動天地，感鬼神，莫近於詩也。』於是考制度，定儀節，不戾乎古，不駭乎俗。萃營道合志之朋，寓輔仁會文之義。祭以二禊，諏吉日也；禮以六拜，崇羣祀也；獻以酒脯，循舊例也；奉以瓣香，繇心傳也。祠左造房十餘間，藏弆各家專集，備考覈也。餘爲庖湢及司事所居，善其後也。作記者誰？合肥詩民王尚辰也。

祠規十則

兵興以來，肥上諸祠宇相望，報其功也。自有三百篇，詩教久立，後之風人懔無邪之旨，翼忠孝之經，足以挽回世運。其功不在横戈躍馬下，祀之誰曰非宜？

祠中藏弆毛、鄭諸箋疏，及齊、魯、韓三家，漢、晉、六朝、唐、宋、金、元、明以至昭代諸人專集，概憑耆古者研究。其中亦或懷餅索鈔皆可，然不許攜歸，汙損者議罰。

詩家奧窔，非註不明，如六臣註選，李、杜、韓、蘇各家均有註釋，殫厥心力，闡明義理，以及古今詩話，皆能輔翼詩教。謹擇定若干人，逢二褉日祭於偏廂，瓣香尸祝，亦不可没也。

祠成之後，詩家正閏酌訂數人，敘其位置，復輯祀典徵實，付廟祝職掌。如有詩人後裔及該處薦紳先生以某賢請入祠者，考其事迹，無悖四始之義，準其附祀，以闡幽光。近曾文正聖哲畫像記有李、杜、蘇、黄四公遇樵印詩賢影像並生平行看子者，亦敬謹收藏。

歷代詩賢生日，班班可考。昔翁覃溪學士每歲輒集四方名士於蘇齋，爲坡公作生朝，後得王文簡像，亦如祭老坡例。近都門、金陵等處文人好事，類有壽白、壽歐諸讌集，並有爲亭林先生作生日者。本祠凡李、杜、韓、白諸公有不昧宗旨者，聽其祠祀一家，其燕賓之費，彼自爲之，與祠無涉。

凡二褉祀日，有仿米顛拜石之袍笏狀者，聽之；有肖太原公子裼裘而來者，亦聽之。惟最忌頭巾氣。唐裝、晉裝，禮不必苛，事宜邁俗。勝侶孔偕，除論風雅佚事外，間於水木明瑟處，挈鷺提鷗，亦無不可。若述宦場，談訟事，並道人之短者，照金谷酒數加倍罰之。

大家閨範有林下風者，或際此芳辰，或本身誕期，亦可入百福堂中奠酹薦馨，與諸才媛嘯詠竟日。如有新刻詩詞等集，準其送祠，代爲收弆，以睎後起之秀。

小輞川，琅玡先世之別墅也，抱山帶水，極明瑟之致。鄙意另築一龕，以祀世丈育泉徵君，略遵國子監祀昌黎伯爲土神之制，何如？

文之大局仿黄九煙將就園記，而筆氣遒鍊過之。黄僅空中樓閣，君鬱此孤衷三十餘載，一旦創而新之，以彌數千百年詩家之憾。竊恐一木難撑，則重賴有風雅好事，如阮文達、盧雅雨其人者。

先生詩名被海内，陶鑄六義，至老不少衰，敬讀此記，於詩之門徑一一指示，我輩得導師矣。鴻文不朽，當與鍾氏詩品、潘氏詩話同觀。

癸巳清和月上浣，詩祠老廟祝丹徒李恩綬書後。

先黄州府君家傳

今天下望族衆矣，或祖孫大魁，或父子宰輔，或同時侍從，一姓十餘人，吾家皆未之有也。然繼繼承承，時亦發見文采，雖不得與世禄之選，亦未至於一蹶不振。自國朝以來二百餘年，鄉望歸然，則四世祖黄州府君開其先，故檢府君舊狀而詳述之，以爲後世子孫法。

府君諱絲，字言如，號俟齋，盧州合肥人，系出晉琅玡覽公。宋宣和六年，魏國公之道與兄之義、弟之深同登進士。金人渡淮，率衆保無爲軍狐避山。晚歷麾節，阻和議，罷歸。

子樞密使獻肅公藺，傳載宋史，祀廬州鄉賢，遂爲廬州著姓。弢公登淳祐丁未進士，元季晦迹巢湖南萬年埠。明洪武初，旺生公始入版籍。生三子釗、鎔、錞。鎔公爲我大河沿一派，均葬於下派河魏家疃。數傳，族中有憲公登永樂辛丑進士，仕至貴州廉使左僉都御史。恩民公登隆慶戊辰進士，歷官監察御史。始遷居城中者，爲履常府君，諱鑣，嗜書，善養正，常曰：『書是天下康莊，讀書是生人步武。』

闢蓮花社講學，從之者衆。隆慶六年大旱，公偕任定海巡檢筵公賑粟八百石，縣令萬君鍾禄上其事，褒以『尚義之家』，舉鄉飲賓。二世祖紹菴府君，諱廷璽，繼其志，創惜字社，路逢隻字必袖歸。晚歲值閹黨亂政，戚某依附，公致書規勸，遂棄衣巾，棲真世外，年七十三卒。三世祖中台府君，諱拱北，萬曆己亥入邑庠食餼。清遠有鑑識，每評人文貴賤壽夭不爽。乙亥流寇圍城，公率任寖大竭貲守禦。寖大旋登丁丑進士，由知縣行取河南道御史，忤權貴，左遷南吏部勳司。明亡隱於鵲渚，謚孝穆，遂爲三里岡一派。

中台公晚年改名錫命，號慕緱，年六十四卒。誕四子，府君居次，生於萬曆庚戌三月朔。幼沈慧不嬉戲，總角通五經子史。雪堂熊公，文苑宗匠，尹肥日目爲異才，言於學使者曰：『似文舉在海内博得一虚名，不及此童子也。』戊子，與弟綱同魁於鄉。越十三年庚子，授黄州司理。府君受任，惟欽惟恤，悉聽致愛，自矢臨案寧疑毋執，寧怯毋遽，寧病己毋病人。雖往牒考立，反覆意論，求其可以生之；必不獲已，執丹筆閒至流涕。訊囚不輕榜笞，以爲貧民一受杖爲終身辱，故罪無掠立，獄無久繫，一一脉摘，皆委曲得其情。暑月視事，終日流汗沾背，夜則焚膏以繼。或勸少輟，曰：『倉中人滿，我何遑安！』故楚之求判於府君者，皆祠神以禱之。嘗捕得劫盜七人，疑其誣，參驗，果仇家所中。又兩案謀殺事，慮經數官，繫六七年，府君察囚詞色有冤抑，方爲伸理，而他案獲盜實殺人者，事遂白。又李師貞串盜劫賣其戚屬幼女，移禍於某，某經道臺審，已誣服，府君訊實，拘師貞至，一郡稱快。府君之燭照覆盆若此。

房縣竹溪之賊誣攀漢口商子青衿某，以府君廉問得豁，商人齎千金謝，不受。雪副將高誠旦之獄，高密遣家人以罌貯金，託言鹽齏，弗納。三良民坐染於盜，因親客行八百金以直其枉，叱之去。復恐書役從中掏取，竟閣不問。他日省審，乃泛與諸公釋此三人。三署郡篆各屬以府君貧，趣歛某項銀，計每月四百七十金外，歲納聽差銀數百兩，府君並他陋規一切裁革。府君之臨財不苟得如此。

撫臺密檄按蘄州守王宗堯，府君謂宗堯素清正，保其無罪。數會宗堯不言，後宗堯知之，驚愕泣謝。是時逃人例嚴，連坐鄰里，府君不忍株究窮黎，出金予逃犯，令供結屋江濱，無鄰，免數十家得不坐。府君之隱爲善率如此。

歲作尸盒瘞胔骼。在武昌施獄囚縣襖，撫臺劉公因是歲施縣襖以爲常。府君之仁愛蓋出於天性也。各府節推例輪鞫省垣三月，上司謂府君能，輒留至八九月，皆願折節下交。值代巡初裁，未有薦舉之例。竟以疑獄會讞，部議失出降調，絶無愠色，曰：『是固吾素志也。』在黄八年，日有平反，所全活數百人。其羈候藉藁，特由府君反除再生者三十七人。藥傷補敗，疏穢鎮浮，民知有恥，肺石漸空。

公暇，偕皖桐何公道岑、商邱宋公牧仲吟眺於赤壁、竹樓諸勝。好誘進單寒，供其焚膏，歲時周其家。癸卯分校得八卷，皆知名士。在署茹淡如寒素，去之日，惟敝衣一篋、圖書千卷，黄之老稚遮道涕泣，焚香脱靴者百餘筵。府君亦愴然，作詩留别：『酒歇初生日氣長，碧山紅樹滿西陽。催歸偏覺騎能疾，宦久何妨鶴少糧？楚地自憐心盡到，輿人争看骨猶强。傳知父老毋相念，多有神君任九黄。』

戊申，游關中。己酉，游豫章。自豫章抵楚感舊詩云：『記得鐵鈴呼夢斷，八年强半武昌城。』辛亥，寓都門。壬子，補裕州州判。裕荒敝，且當衝，三逆之亂，民不勝供億。府君出資佃荒田，歲收麥代民償費。上司委銀收糧，每次輒添補分耗銀兩，期無虧民。州有入官例銀，則概以賑貧窮。署泌陽縣，縣糧舊不勞催比易納。府君二月受事，至九月，徵糧止於三分，留待後官。而公務原派出里下者悉罷，所代賠百餘金。上司知府君清廉，終不累以他差。

居裕八年，年七十，己未歸里。掃軌息陰，謝絶人事，爲諸孫講論經史。遠近慶弔，以得府君文爲重。守令下車，必先造門，詳詢利弊。居常空乏，然有錢輒與人，與人輒忘。家居十八年，年八十有七，目不鏡，不曳杖，平旦即興，手一編。好觀易數，鈎河摘洛，得其秘奥。暇吟小詩自娱，惜分寸陰。易簀之日，猶執筆丹黄，展省如平時。臨臥無疾而終，丙子年三月朔也。

府君性孝友。爲諸生時，歲得館穀廩餼，悉以供大父母。仲弟早逝，撫侄成立。侄又卒，撫侄孫，自訓之，入泮補廪，爲之置産。弟令東光，告歸，白首怡怡，先府君八年卒，悲惋尤甚。嘗購得楊氏宅，有王瑞宇者先從楊氏借居，夢青龍入室，屏己於後屋。未幾，爲府君所有，世稱花萼坊即此。庚午南闈將放榜，房考洪山黄君閲卷箱中聲大作響者三，啓視，則一卷獨横其中，滴水磨藍，滿堂稱賞。以禮孤經拔置第五，嘆曰：『其家必有陰騭。』即太高祖商河公卷也。府君樂易恢怡，不炎炎盛氣，有犯不校，人多亟謝，雖狙詐不忍欺。終身不言人過，與人交不作姁姁小忠，始終如一。受人推贈，報之必過其所投。謀人之事如己事，多其功不言。居家未嘗不衣冠，遇童稚殷勤款洽，而家人皆畏若神明，不敢小有過失。平生有人倫鑑，爲文奇峭遒逸，根道核義，必造歷異境，不隻字蹈襲前人。門牆中如平原探花董訥、黄安傳臚張希良，均經指授，有名於時。宦游數十年，不置姬妾，食不重味，衣頻浣，不更製。一羊裘三十五年，記之以詩：『羊裘伴我氣温和，笑比齊卿歲月多。更念無衣無褐苦，黄緜襖子樂婆娑。』此爲府君絶筆，而一生清白亦於斯可見矣。祀黄州名宦，傳詳安徽通志。著有年草、古文瞥、西陽心譜、尚書選稿，無貲未梓。

夫數典忘祖，籍談貽譏；稱述祖德，靈運獨著。世人於祖宗田廬猶争之爲世業，獨於祖宗言行茫然無知，豈非惑歟！詩曰：『子子孫孫，勿替引之。』誠慮先澤有時而竭，苟不務明德，則隕家聲也甚易。嗚呼！祖宗之欲有子孫，更百世而無極；爲子孫者，可不上念祖宗而自奮乎哉！

遺園壁帖

余自癸丑遭亂，縱横戎馬者十餘年。乙丑歸來，經營堂構者又十餘年。今薄田足以供衣食，敝廬足以庇風雨。課子攜孫，閉門守拙，摩挲花石，檢點圖書。每春秋佳日，邀故舊，酌杯酒，烽火餘生，洵樂事也。謹與諸君約：凡來顧者，一不議時政，二不談訟事，三不道人之短。則古稱先，勸善規過，吾師也，吾敬之。評詩衡文，吟風弄月，吾友也，吾親之。下及問舍求田，收菱筭橘，吾亦引而近之。此皆有益於身心，有裨於生計。子孫耳濡目染，不至爲非。

太高祖商河公曰：『入世俗深一層，便與道理遠一層。』正宜近裏，著己脚，踹實地，痛下克治工夫。即惜字、惜穀，亦是培植子孫要務，恝而置之烏乎可！先大夫嘗訓不肖曰：『與其使人畏，不若使人愧也。』又曰：『理從是處讓三分。』此語極有味。余年届花甲，言行多愆，懼先澤之將湮，慚修名之不立，書此自警，兼示子孫，並以告親朋之辱臨於斯者。

佚文輯存

巢湖志敘

吾鄉巢湖，據史記河渠書，於吴通三江五湖。正義引郭景純江賦，以具區、彭蠡、青草、洮滆、滎湖當之。滎，即巢也。惟嘉、道間，程中丞恩澤盧江吟序有云：盧州，淮以南第二重鎮也。其地博大爽塏，有山，不當孔道；有湖，越在偏偶：是人事必争之地，而非天險不可度之地。余甚韙其言，然湖實爲巨浸，其中風帆沙島，四山點綴，宛若浮眉，畫意詩情，吾深契之。

尚辰暮年得二吟友，一爲仁和復堂譚大令，一爲潤州李亞白明經也，皆性耽風雅。亞白客吾盧最久，曾撰盧陽名勝輯要及香花墩、紫蓬山兩小志。頃重來肥上，出巢湖志上下卷示余。志分八門，又補入姥山塔及昭忠祠等迹，卓然完書。昔之名賢僑寓斯邦，宋則姜夔、林逋二人，雖有一二詩詞，然未能以著述藻繪湖山。如亞白者，其意可嘉矣，余慫其付契以傳。復老有半厂叢書之刻，惜未睹斯書，不及刊入。余近有盧陽佚事之輯，將録巢志中事之新穎者，以助余所不逮。亞白將南旋，余率題數行，以爲喤引。老夫腰脚尚健，或往浙中訪復老，當道經京口，爲三山之游。聞君又有邑乘摭餘，可借予納入行縢，爲入山之導引也。

己亥仲秋，蝨隱庵主王尚辰謹敘。

（陸龍騰、于覺世、李恩綬纂輯，巢湖市居巢區地方志辦公室整理巢湖志，黄山書社二零零七年版）

枚蓀遺草序

此棻兒遺草也。兒少喜吟詠，余勉以敦行力學，毋蹈虚浮之誚。弱冠入邑庠，日課試帖一首，積成一卷，間作近體，秘不敢示。壬辰，赴試江甯，從游浙西，山顛水涯，車唇馬足，感今弔古，予亦弗之禁也。今冬，臥病枕上，猶吟聲不輟。一日，忽誦少陵示兩兒、憶幼子諸作，潸然泣下，予深訝之。仲冬七日，遂棄予長逝矣。殘臘兀坐荒園，命孫輩檢閲殘草，與次兒德名所作合成一帙，附予集後，殆如秋蟲春鳥，應候自鳴，一彈指間，形聲俱滅已而。

乙未小除夕，木鷄老人王尚辰淚墨。

（王德棻枚蓀遺草卷首，光緒二十三年合肥王氏家集本）

附録

一、傳記

王五峯先生生傳

方希孟

光緒二十六年秋九月，余自遼西浮海歸，迂道過廬，存五峯於遺園，慟哭别去。越月，五峯走書乞生傳，且曰：『僕今馬齒七十有六矣，行將就木，嘗懼没世爲先人羞。平生遭際、性情、嗜好，兼家世、交遊，一一莫諗於足下，願丐一言，俾及生覩，子子孫孫毋敢忘。』噫！君言如此，余奚以辭？

君姓王氏，名尚辰，字謙齋，别號五峯。係出晉琅玡覽公。宋有魏國公之道，始顯於廬，紹興間通判滁州，疏『九不可和』，忤秦檜，坐是淪廢。子樞密獻肅公藺，慶元黨禁目爲僞學，宰執四人，公其一焉。再傳弢公，登淳祐丁未榜，元季易姓名，隱於巢湖。明初，旺生公入版籍。生子釗、鎔、錞，爲三派。永樂中，脩大典，亨公舉楷書，擢刑部員外郎。弟憲，辛丑中第，仕左僉都御史，傳載名臣。隆慶壬申旱，鎔公裔孫鑣公與從子定海巡檢筵賑粟八百石，褒以『上義之家』。二世廷璽公，始居城中，創惜字會。晚辟瑠禍，棄衣巾，棲真世外。三世拱北公，萬曆己亥入邑庠，善人倫鑑，有汝南月旦之風。崇禎乙亥春，流賊圍城，公率族子寖大助干掫，辭榮不居。寖大由知縣行取河南道監察御史，劾權貴，左遷南吏部勛司。甲申遁迹鵲渚，復社僉曰孝穆先生者。國朝順治五年，四世黄州公及弟通政公同登科，後先繫籍於朝，文采風流，輝映江左。自是代著名節，具見方濬頤所爲育泉徵君家傳，即君考也。

徵君席累葉清芬，築別墅逍遥津上，鼎彝圖史甲於一州。君弱冠成諸生，賦擢歌四十首，名噪甚，益陽湯鵬、桐城姚瑩、上元梅曾亮、武進湯貞愍貽汾皆美其才。江淮亂作，徵君佐東阿周文忠公天爵幕，君侍左右，上書萬言論時事，文忠奇之，爲序其詩。咸豐三年冬，赭賊自安慶出，君募鄉勇五百人，屯北峽關。總兵恒興潰而過，士卒洶洶，君撫以大義，馳謁吕文節公於舒城。公曰：『寇深矣，無兵無餉，吾志早決，好男子自爲之。』君固請退扼桃城，調援壽、六，公不應，擲箭一枝命速去，君哭而行。

復佐江忠烈公守廬州。廬陷，奉徵君走壽州，詔淮團謀後舉。會苗沛霖起淮上，都統勝保、袁端敏公甲三合奏以君監其軍。君覘沛霖有異志，密書陳狀，爲沛霖偵獲，詭辭得免。十一年春，沛霖圍壽州，辟至堰口，猝爲其下所掠，裸而捧詩一册，呵之曰：『語汝魁，我合肥王五也。』且吟且駡，沛霖聞之，走慰君，且索贈詩，君應成二律，諷以勤王。文宗時在熱河已五閱月，沛霖雖不悦，亦義之而不敢害也。合肥與壽州壤接，劉壯肅公銘傳、張靖達公樹聲、周剛敏公盛波兄弟方治團，進屯六安，擬西發。君閒道南歸，説以大義，遂助義民王舟援壽。致沛霖書曰：『楚軍克皖桐矣，宜速去連戰。』圍將解，九月杪，奸弁內應，城陷，而南團退。君以是益名重大淮南北。

先是，廬州已再失，捻匪復犯定遠，徵君自陰陵率團往援，旋奉檄規廬，卒於旅次。君聞凶耗，慟幾死，恐傷太夫人心，偕諸弟僦宅大灊山，力耕侍養。諸大帥往來謀廬者争聘君，君謝不出，然亦屢以規廬圖苗策進諸楚帥。今相國李公既治軍滬上，張、劉、二周皆從而往，不數年致身節鉞，列茅土，出入將相，功名閥閲焜耀一時。君偕徐君子苓、朱君景昭故與相國等夷，卒不肯一造其門，世所傳『合肥三怪』者也。果敏公英翰撫皖，尤重君，嘗大會賓客數百人，非君入座不樂。君於稠人廣坐中論事可否、官吏賢不肖，言侃侃無所撓，聞者或掩耳走，君益大聲擲杯而呼。妒者輒欲殺君，果敏恒左右之，論者謂張建封之於崔膺，不是過也。

君前以軍勞，授翰林院典簿，晋四品京銜，賞換花翎。兵興膺是職者，惟君而已。君既不求仕進，乃益肆力於詩。時何太史紹基、孫太常衣言、馮廉訪志沂、方方伯濬頤交相引重。詩壇文社，畫筏書筌，抗志古賢，力追大雅，其於人世聲利之途蔑如也。暨海上事起，英、法、俄、日疊與中國搆難，君憤世不能自强，隱居肆志園中，壘石爲山，搆一亭曰宛亭，取唐風『他人入室』之意以託諷。相國方以主款不諒於天下，君往往寓詩規諫，相國不以爲忤，猶時相存問，然君亦自是老矣。今年秋，聞兩宫西狩，欷歔累日。製一棺，漆而鐫一偈於旁，余亦誄以句曰：『宇宙今何似，臭囊殘亦佳。他年一盂飯，當弔蜀山涯。世羨王孫達，人疑曼倩俳。不知乾净土，可爲趙家埋。』君得詩大喜，已復大哭，更促余爲傳。嗚呼！是可以見君志矣，悲夫！

君有子三人：長德澍，分發補用巡檢；次德名，國學生，出嗣其弟，早逝；季德棻，邑庠生，亦早逝：

均能詩，與君集並梓行。孫四，皆讀書，繼其志。

方希孟曰：當苗沛霖叛形初露，翁文勤公同書駐軍壽州，君屬余爲書，上撫軍請誘其入城，縛而誅之，一校卒之力耳，撫軍葸不敢動。君從都統勝保公久，故紀沛霖暨李世忠始末特詳。胡文忠公譏勝以熊楊爲祖師，君常私語余曰：『勝公必以撫敗。』卒如其言。人第見君嬉笑謾駡，有類滑稽，不知君固深識沈慮，洞達事變，而竟不得一行其志，徒鬱鬱窮老，以詩自鳴於海内。世又訛『五峯』爲『五風』，咸以風漢目君，是真以徐文長輩視君矣，其失君遠哉！

淮南方希孟譔。

（謙齋續集，光緒二十八年刻本）

王尚辰傳

王尚辰，字北垣，號謙齋，合肥人也。道光諸生，官翰林院典簿。咸豐己未，以招降苗沛霖有聲於時。父世溥，字濟周，號育泉。先以書生辦沿淮團練，威信著淮南北。

維王氏代有聞人。尚辰九世祖清，字一甯，明世襲濟甯衛指揮，升廣東都指揮，死寇難，著建櫜集。子茂粹，字羽雛，明諸生，著脱腕集。子絲，字如言，順天戊子舉人，官黄州司李，以文章、吏治顯，祀鄉賢名宦，著年草。弟綱，字思齡，順治壬申進士，官通政司參議，著睨鶴亭集。弟綍，字又如，順治丁酉舉人，宰直隸東光縣，著夢游録。弟舟，字泳思，順治辛丑進士，宰四川太平縣，升清軍督糧道，著宦巴吟。

絲子閲，字祉仲，諸生，有篤行，祀孝弟祠，著鹿柴詩鈔。子褭，字石倉，康熙辛未進士，宰商河縣，著冰翠堂集。子元齡，字九餘，績學早世，著守澤居遺墨。妻陳氏，奉孀姑吴氏以居，兩世苦節，奉旨建雙節坊。弟元登，字嘯門，貢生，著編籍圃漫吟。元齡子會芸，諸生，著馥馥軒小草。弟會龍，乾隆乙酉舉人，揀選知縣，著藝圃偶存。會龍子運咸，字受虚，貢生。割産讓弟，舉鄉飲大賓，著愛吾廬賸草，是爲世溥之父。

世溥性至孝。幼時母目眚，醫弗瘳，旦夕禱於神，豁然而愈。母喪，茹素三年。生平口不言人過，能忍人所不能忍，至於臨事決疑，抵掌剖得侃侃焉。用是上見信於列帥，下爲長淮諸捻練衆所推服。

咸豐初元，舉孝廉方正。是時，天下方亂，太平軍既占武昌，棄不守，水陸軍卒號十萬人東下，兩江總督陸建瀛敗武穴，安慶兩陷，省治移廬州。世溥先後上書團練大臣吕賢基、巡撫江忠源，論攻守機宜。江、吕二公死舒、廬，世溥轉輾移家壽州。

時袁甲三、勝保先後治淮上軍者，起世溥總練。皖北民俗風氣素勁悍，而滁、和與金陵隔江對峙，鳳陽、廬、泗、潁、亳、壽接境徐、豫，尤好鬥，習攻剽，往往結寨自守觀成敗，亦與賊爲市。世溥挾其子尚辰，輕騎歷諸堡寨，頒約束，皆刑牲瀝血誓，承條教、奉鞭弭惟謹。於是戰鳳臺、懷遠、蒙城、渦陽，迭挫捻鋒。論功，以知州用，賞花翎。

已而，勝保撫捻酋李兆受於清流關，而苗沛霖踞下蔡，先以練衆助官軍，至是叛，勝保遺尚辰説降之。世溥復歷賊巢，出靈璧、五河，道泗州，渡淮而南，達盱眙、來安，規畫形勢。太平軍取盱眙，勝保急檄世溥規廬陽以牽敵。世溥病强起，至大灊山。廬、六諸團練聞其至，皆歡噪景附。卒以勞悴歿於軍，時則咸豐九年八月也，年六十有四。贈知府銜。著小輞川詩集、周易論語同異辨、青箱餘論。

尚辰倜儻負奇氣，詼嘲辯論，不爲世俗俯仰。學通世務，文章不守矩律，兼習太乙壬遁，名與子苓、景昭齊。子苓孤僻，景昭傲慢，而尚辰則跅弛，當時蓋稱『合肥三怪』云。然桐城方昌翰序尚辰詩，以爲廬陽據江淮形勢，哲人代興，咸、同以來，豪傑乘運而蔚起，崇勳鴻烈，銘勒旗常；然獨至稽古績學之儒，瑰異畸行之士，以文章氣節自樹立者，乃千百中未易一二覯焉。僅存一奇特擅才望如謙齋者，不謂舉俗猶詫爲狂怪，而『風漢』目之也。今長安貴人抑多矣，令名晚節持清議者不敢預爲臧否，而惟謙齋之豐於才，阨於遇，固可即其詩論次其人，雖未知與東方曼倩、揚子雲有合與否，要其文藻品誼，固得江山之助而擅風雅之歸者也。彼詫而目之者奚爲哉！

尚辰晚自號遺園老人，亦曰五峯居士，著謙齋初、二、三、續集，遺園詩餘，蝨隱庵雜作。又輯其先代遺著爲王氏詩徵，未刊。

子德名，字修甫，著澹雅居小草。德棻，字薌甫，一字枚蓀，著枚蓀遺草。而尚辰妻壽州孫氏，亦工詩。

（安徽通志稿列傳稿八，一九三四年鉛印本）

王育泉先生家傳

方濬頤

一鄉一邑之間，異口同聲，羣相推重曰：某先生爲有道之士，盛德君子。及之鄰郡，稱之者如是；

再之一郡，稱之者又如是。重以遭逢喪亂，櫜筆從軍，捍衛桑梓，名聞閭闔，飾終典渥，後起有人如育泉先生者，大江南北無不知先生，僅以肥上善人目之，豈足以盡先生之内美懿行也哉！

先大夫與先生爲姻婭，交最篤。濬頤少壯時，屢過肥上謁先生，辱先生以國士相待，期許倍至，款之冰翠堂。先生念先大夫棄養，家中落，孤兒銜恤，遠游嶺嶠，爲之淒然淚下，感動座客。嗣濬頤自嶺南歸，又與先生數相見，先生爲之屏當稱貸，視如子侄。其時令子謙齋方攻制舉業，先生目濬頤，謂之曰：『此汝益友，汝當與之相親。』嗚呼！忽忽三十年，言猶在耳，先生墓木已拱，濬頤一官匏繫，欲歸不得，猶幸吾謙齋時來邗上，藉慰離索。

光緒初元仲冬，謙齋復至，見濬頤方治古文，乞爲先生作家傳。予曰：『未讀先生之狀，不敢率爾操觚也。』今年春，謙齋寓書於予，以狀來，謹爲之傳。曰：

先生姓王氏，諱世溥，字濟周，號育泉，安徽合肥人。世有隱德，至四世祖綵與兩弟綍、綱，以文章、吏治顯於時，並崇祀名宦、鄉賢。綵生永閲，有篤行，祀孝弟祠。永閲生裒，進士，宰商河，有政聲，冰翠堂即公所築也。裒生元齡，是爲先生高祖，庠生，績學早逝。高祖母陳氏奉孀姑吴氏以居，兩世苦節，奉旨建雙節坊。曾祖會蘢，舉人，揀選知縣，入通志文苑傳。父運咸，貢生，以先生貴，贈奉直大夫，母氏李、繼母氏孫，皆贈宜人。奉直公好施予，樂善不倦，割産讓弟。所居有隙地，鄰某强售之，償直而還其居。周文忠公榜於門曰『式是家邦』，舉鄉飲賓，入通志孝友傳。生子二：長世穀，次即先生。

先生生於嘉慶元年二月初八日。性至孝。幼時母病目，醫弗效，先生禱於神祇，目頓瘥。遭母喪，盡哀盡禮，茹素三年。伯兄中年下世，先生獨持門户，先意承志，博堂上歡。尋遭奉直公之喪，先生哀毁如喪母時。

耆學，工詩、古文辭，九赴省試，四薦不售。磊落好義，所交多知名士。道光己酉，築别墅於逍遥津上，顏之曰『小輞川』，繪圖徵詩，賓朋觴詠無虚日。嘗傾財以濟人急，而自奉儉約，曰：『吾非自苦，乃惜福耳。』生平不喜言人過，推誠接物，一無所苟，尤能忍人所不能忍。至於臨事决疑，則侃侃而談，剖陳得失。凡當道過肥上者，必諏謀詢度，傾蓋恐後。

邑中舊有廣益局、育嬰局，官吏視爲故事，先生力矯其弊，務使實惠及人，同事皆敬而憚之。甲午，先生同張浣花應試白門。闈期已近，張病革，無子，先生罷試，爲之治喪，送櫬歸里。湖南張大令彝尊，罷官僦居於巢之東黄山。大令殤，寡媳趙氏嗣一子，方襁褓。張戚袁某故健訟，利其産，控於有司。先生閔故人之後，默陳其冤，保全弱息。千總李某，家素封，直有大盗之獄，蠹役素仇李，誣與盗通，先生陰爲昭雪之。後李知先生之力，具千金爲壽，弗納。

壬寅，海上有事，瀕江州縣風鶴時驚，廬州城垣崩圮。邑令沈公祥煦商之先生，因與闔郡紳民約釀資庀材，先生董其役，不費國帑，不傷民力，閲歲工竣，以城工議敘州判，加一級。廬陽書院亦頽廢。丙午，栗公烜莅太守任，先生力勸修葺，躬任厥事，更爲籌給膏火，奬掖寒畯，擔簦負笈者始獲廣廈之安。修復包孝肅祠，以爲里閭矜式，非侈游觀也。先生念宗祠未建，丁未卜地於祖宅之北，市屋一區，留建支祠。凡族黨之貧乏者，所求無不立應。己酉冬，邑西鄙民王福祟於狐，刻木爲象，施符水療疾。父老以其惑衆，鳴諸官，有司欲請於上官，捕之以兵。先生曰：『無庸。』單騎而往，毀木象，械福至，治如律，株連者免。先生之待人處事，委曲求全類如此。

文宗顯皇帝御極初元，詔舉孝廉方正。闔邑紳士公薦先生，辭不就，有司敦趣至再，乃勉應徵。壬子夏五，大府集八皖徵士而遴選之，登上考，名聞於朝。

癸丑春，吾皖軍興，江淮驛騷，文忠起，視師皖北，峻厲嚴重，人皆震慴。先生久游文忠之門，委蛇進言，全活者甚衆。上策保衛鄉里，又與同徵之桐城馬三俊、廬江吴廷香先後上書，痛言吾皖利弊於團練使者。侍郎吕文節公極重之，惜格於衆議，弗能盡行。冬十月，舒、桐不守，巡撫江忠烈公甫抵廬，而賊薄城下，城中惶惶。先生條列守禦狀，洞中機要，忠烈大悦，爰密使先生搆間諜，號召鄉兵，嬰城固守者月餘。艱難備至，援絶城陷，忠烈死之。先生間道抵岵步，甲寅正月，謁統兵諸大帥，涕泣請圖規復，無應者。先生感孤忠淪喪，知己無人，避地居龍泉山，自甘肥遯，不復問人間事。然憂國閔時，未嘗不中夜欷歔，撫膺太息也。

乙卯，遷居壽州。會袁端敏公以蜚語罷斥，亳匪張落刑、龔得勢正横。防剿豫皖駐師正陽關之侍衛多慧公聞先生名，造廬延訪，委以團練之事，義不可卻，先生披榛履棘，齊衆志，定規條。馬足所之，聞先生言，罔不踴躍從事。

丙辰春，捻匪踞蒙，擾下蔡，壽州戒嚴，烽煙咫尺，無匹馬敢逾淮者。先生毅然以討賊爲任，出奇設計。五月十五日，親率櫌鋤白棓之徒進剿於懷遠耿家湖。十九日，再蹙之於鳳臺顧家橋，擒斬僞帥葛滄瀧。端敏尋起用。先五日，下雉河，張、龔二酋謀竄壽，先生又連敗之。賊餒西遁，復蒙城，脅從者紛紛反正。當建議時，士大夫皆笑先生之迂，而先生堅忍不拔，卒成其事。雖功爲人冒，先生處之夷然，弗與較也。

丁巳秋，端敏與某帥會軍潁上，並拒粤寇、捻匪。時淮北初起，鄉團訛言未息，二帥知爲先生舊練，能折服之，遣使寓書，虚左以待，先生攜謙齋同入幕。於是渦河三捷，平賊圩者七。

戊午夏，捻匪擾六安，泝流東下，鳳、淮不守，淮南北盡成盜藪。某帥以先生老成望重，奏辦沿淮團練。先生招集流亡，安撫反側，曉以大義，感以至誠，昔之揭竿挾刃者皆知親上死長，築堡寨，助官軍，三圍鳳陽，賊鋒大挫。迨招撫議行，而團練氣沮。秋七月，粤寇又陷廬，勢甚張。某帥督師收撫李世忠，駐滁州。前兩廣總督徐公廣縉以四品卿起用，幫辦懷遠剿匪事宜，營馬頭城。八月二十七日，捻匪自懷遠傾巢出，我軍潰。賊乘間越山徑，暗襲定遠。先生起團兵邀擊於劉府，追至上洪，大破之。九月十九日，馬頭大營退下蔡，賊復熾，南趨廬，勾結粤寇。先生諭各團擣巢，截其歸路，大小十餘戰，賊不敢逞，旁掠壽、鳳，竄歸懷遠。事聞，以知州用，賞戴花翎。吁！先生之志願至此稍酬，先生之心力至此益瘁矣。

己未春，京堂王公廷蘭接辦懷遠軍事，營殷澗，直鳳臨，撫局中變，師老餉匱，人心滋懼。先生力爲維持擘畫，軍民稍安。三月，檄赴宿州，與傅軍門振邦密商軍務。一僕一馬，身經賊巢，復由靈璧、五河，趨泗州渡淮，而南達盱眙、來安，周歷數百里，察看情形。四月下旬，返殷澗。五月二十八日，捻匪犯定遠，天雨如注，黄觀察元吉營黄泥埠，潰，先生偕副都統薩薩布帶練往援。翌日解嚴，詣池河，請巡撫翁文勤公回軍定遠。繼聞盱眙失守，某帥屯蔣壩，飛檄先生，使規取廬陽以牽賊。先生軫念鄉園，不惜勞頓，病瘧初愈，觸暑南征。七月二十日，至大灊山，廬、六諸團練聞先生來，僉歡騰景附。先生力疾從公，將以收拾人心，遠聯舒、六，近助湘軍，庶可紓國家之難。中途疾發，僅仲子尚馨侍側。易簀之夕，告尚馨曰：『吾年逾六旬，死無遺憾，惟逆賊未滅，郡城未復，吾目難瞑。爾輩立身行事，須心地光明，毋貽前人羞。』言訖而逝，是爲咸豐九年八月二十三日，享年六十有四。大府疏請議恤，奉旨贈知府銜，廕一子入監讀書。

先生子五人，尚辰、尚馨、宗培、尚煊、尚銓。尚辰即謙齋先生，抱幹濟才，研究經史，兼通太乙壬遁諸書。自師文忠，講良知之學，一以嚴取與、辨是非爲先務。雖伏處里閈，恒思化人勵俗，平時訓諸子云：『與其使人畏，不如使人愧。』嗚呼！可以識先生之用心已。

方濬頤曰：予見先生時，第知其果行育德，隱惡揚善，以爲仁者；而不意躬罹兵革，慷慨請纓，顛沛流離，老而益壯，則又有仁者之勇也。謙齋語予曰：『猶記先君子剿賊鳳陽，行莫耶山中，危橋丈餘，據鞍幾墜。遂患脅痛，胸膈作阻，卒至精神耗竭，一病不起。』言之痛心。今先生下世已十八年矣。謙齋秉先生之教，率兩季奉母承歡，課子若侄，讀書恂恂然，非復曩時躍馬横戈景象，蓋由勇以返乎仁。先生之遺澤孔長，而門祚振興正未有艾，予老矣，猶及見之也。

（二知軒文鈔卷二十八，清鈔本）

二、佚事

海天琴思續録　侯官林昌彝著。

合肥王謙齋茂才尚辰，性疏放，目空一世，年三十餘爲詩近千首，湯雨生都督、潘少白先生、方蓮舫太守均以奇才賞之。著有卷石山房集，惜遭亂燬於兵。記其游龍興寺一律云：『第一山頭選佛場，當年託迹禮空王。即今殿角生秋草，依舊鐘聲冷夕陽。天起真人成大業，地無王氣繞淮鄉。袈裟度牒殊多事，傳世何堪有讓皇？』灝氣流行，逼真老杜。孫小楚太守題其集云：『有縱横氣即豪俠，以痛哭聲當嘯歌。』洵不誣也。

夢園叢説　定遠方濬師著。

廬州三怪，敎甫與予爲同年生，久不相見；默存前歲始見於白門；謙齋則爲兩世交，相見最久，知之亦最深。人之以『怪』目三子者，怪其矯矯自異於庸衆也，怪其介介不合乎時宜也，抑怪其落落寞寞、傍若無人而目空千古也。向使投筆從戎，則富貴功名皆可立致，而三子者夷然不屑，獨於廬子國中各樹一幟，雄長騷壇，言人之所不敢言，爲人之所不肯爲，薄仕宦，傲王侯。人咸以爲三子之才富，三子之品超，三子之自處甚正，而非有驚世駭俗之行也，安得稱之曰『怪』哉！

夢園子居蜀三年，日日聞鴉，感而詩之。迨歸平梁，伏處古香之凹，日日聞鵲，寂無一鴉，怪而詰諸遺園主人。主人曰：『是誠小人也。防水乃低巢，防旱乃高巢，抑亦許已。自謂知風，能向太乙，祇圖南喜，不顧北悲。陶山人號爲飛駁，蓋深惡之。孰若附於慈烏之族，能應蠶桑之占？巴陵婦女除夕有餉彼芻尼者，烏敢與之頡頏邪？』

蕉軒隨録

定遠方濬師著。

楊小坡茂才工填詞，爲王謙齋茂才題秦淮女史吴瑞雲畫蘭卷子北曲一套，詞曰：

【正宫調端正好】莽天涯，人何處？望江南、榛棘荒蕪。華心更比人心苦。是一篇、着色的離騷賦。

【滚繡球】想當初十二欄干簾影疏，三五中秋月影孤。看樓外垂楊一樹，把長橋遮得模糊。甚文章大小蘇，甚神人大小姑。喬珠娘煙花寨主，俊王郎曠代才無。那管他，桃花竟日隨流水，端的是，寒雨連江夜入吴，對畫蘭媚影親摹。

【脱布衫】你是個阮籍窮途，他是個卓氏當壚。鍾情的，夢兒中陽臺遇雨，傳神的，畫兒中空山泣露。

【小梁州】那時節院落沈沈日影晡，他爲你滴翠調朱。還有個可人捧硯，是掌中珠，迴眸顧，花也病難扶。

【么篇】怎地中隱隱鳴金鼓，眼睁睁斷梗江湖。血染了石頭城，屍填了桃葉渡。你尚有生綃一幅華，不共人枯。

【上小樓】一霎時，香簾繡幕，都變了　幾堆黄土。再休提，風雨秋燈，煙波畫船，詩酒狂徒。看棲烏　聽啼蛄，野花無主。享一點　畫蘭名，天還嫉妒。

【么篇】則爲你　名魁花譜，花爲香祖。俺也曾　裘典鷫鸘，裙潑胭脂，帳掩珍珠。倡家雛，酒家胡，緩歌慢舞。只落得　鬱蒼蒼斜陽滿樹。

【耍孩兒】王郎呵，你　當年箏笛鳴秋浦，剩一片蘆花舞絮。抽刀殺賊竟何如？破青衫依舊寒儒。留得個一叢香草三生石，最傷心　滿地飛灰萬卷書，喫緊的相思譜。雖則是　無人可賞，卻怎生　有口難餬。

【五煞】深惜你　倦吟花詩句香，醉談兵膽氣粗。大人藐視終難遇，禰衡不肯游江夏，西子何曾去五湖？目斷臺城路。似你這　深山小草，怎難忘　野水殘蒲？

【四煞】最愛你，亂排場不讓人，風頭銜衆口誣，薰蕕雜處心良苦。這壁廂，八公草木新烽火，那壁廂，六代江山舊畫圖，一卷朝和暮。猛想起，悲歡離合，塗抹些　也者之乎。

【三煞】堪笑你，謁塗山眼界空，弔荆人獨自哭，蘭魂吹入琴堂幕。説甚麽，黄衫傾倒真名士，他也曾，紅拂私奔莽丈夫，一瓣心香炷。怎當日　飄零蕩子，又做了　勇敢狂奴。

【二煞】可恨你，破蒲團坐得拘，舊青氈守得愚，怎　十家姊妹將人悮。江淮才子名雖重，脂粉嬌娃骨已枯，大劫皆天數。可記得，紅巾揾淚，緑酒提壺？

【一煞】俺勸你，謝風情多讀書，覓生涯且濫竽，黄金杜牧人争鑄。只爲你，深深香霧迷蝴蝶，因此上，苦苦春風叫鷓鴣。一唱君當悟。似這般　情苗恨蕊，到不如　永斷根株。

【尾聲】知君牽夢魂，代君訴肺腑，可憐曲悞無人顧。我待要，請正蘭花，花不語。

此曲聲調蒼涼，借題感興，置之曲譜中，何減玉茗？而謙齋之文章氣節、倜儻風流，亦不亞於壯悔矣。

粟香二筆 江陰金武祥著。

廬州自三國時人才最盛，近世將相、督撫接踵而起，多以勳業著稱。而嶔奇磊落之士負才不遇者，有『合肥三怪』之目。三怪者，徐易甫孝廉、朱默存州同、王午峯翰簿也。同縣李氏貴顯，三君不肯爲之下，人遂以『怪』目之。

復堂日記 仁和譚廷獻撰。

王氏詩徵者，合肥王尚辰謙齋耆録先世之詩，凡若干卷。王清一寧，世襲指揮，死難，建櫜集詩一首，見明詩綜。王茂粹羽雛，明諸生，湯若士稱爲異才，脱腕集福昌寺詩一首，見廬江縣志。王絲言如，順治戊子舉人，官黄州司李，祀名宦，年草三卷，詩筆奇偉，近明末文翔鳳、王季木一流。弟綱思齡，順治壬辰進士，官通政司參議，祀鄉賢，睨鶴亭集，音節高亮，寄托遥深，與國初諸老唱酬，如驂之靳。弟舟泳思，順治辛丑進士，官四川太平縣令，保至清軍督糧道，祀名宦，巴吟一卷，朗鬯近樂天。弟綍又如，順治丁酉舉人，官東光縣令，夢游録一卷，情文相生。絲子永閲祉仲，諸生，鹿柴詩鈔不主故常，長於風諭。

永閲子裒石倉，康熙辛未進士，漁洋門下士，官商河知縣，冰翠堂一卷，語多名雋，戛戛生新。從弟召，康熙壬午優貢生，歙縣訓導，豔雪樓集小橋墓一首，殊工妙。裒子元齡九餘，謙齋高祖，諸生，守澤居遺墨一卷，詩篇雅令，江左風流。季子元登嘯門，貢生，編籍圃漫吟一卷，穎悟絶俗。元齡子會芸，諸生，馥馥軒小草一卷，峭倩中致，有爽氣。弟會蘢珠庭，乾隆乙酉舉人，謙齋曾祖，藝圃偶存一卷，岸異俊拔，唾棄凡近。會蘢子運咸受虚，貢生，謙齋大父，愛吾廬賸草一卷，氣韻沈雄，在乾嘉老輩中殊足名家。子世溥育泉，貢生，咸豐初元孝廉方正，議敘知州，贈知府銜，賜祭葬，蔭子州判，謙齋父。小輞川詩鈔一卷，氣盛言宜，具體浣花，身丁兵革，慷慨戎馬閒，詠歌奇桀，成一家言。名父之子，如頭有瓌，宜有謙齋大振其庭聞也。

謙齋老去填詞，吟安一字，往往倚枕按拍，竟至徹曉。固知惟狂若嗣宗，乃爲至慎。余自來合州，與謙齋交，改罷長吟，奚童相望，兩人有同好也。

合肥西郭有人掘地得古鏡，謙齋得之以示予。色如緑玉，紐旁十二辰，外闌銘曰：『尚方作鏡真大巧，上有仙人不知老。渴飲玉泉饑食棗，浮游天下敖四海。受敝金石，長保二親子孫。』篆文麗茂，惟省筆太甚，然決非後世仿造也。

三、評語

清詞月朗，逸興雲飛，七古、七律尤多佳構。平梁故多詩人，得君足爲後勁。從兹力求古人精處、實處，所造更未可量。昔六祖於碓屋中，其道已成，猶必腰石三年，即此意也。

己酉孟冬，桐城姚瑩識。

讀大集，天資英邁，又能澤之以書卷，知其泝沿於前人詩集者久矣。第作詩大旨，不外温柔敦厚，若鋒穎太露，不失之易，即失之粗，一蹈時人窠臼，便去古日遠。蓋非一字不苟，則不知作詩之難；有一字影響，則不知詩律之細。鍊而不滯，豪而不滑，思過半矣。至製題之難，更勝於詩，巧則近於詞題，拙必類於尺牘。此中消息，當古人與稽也。

壬子仲春，錢塘李本仁。

清氣健筆，倜儻不羣。五律、七絶諸佳什，音韻悠揚，令人尋味不盡。蓋詩之境界，不越華妙精深。大作華妙處多，精深處少，宜更寢饋古大家，於奥折遒鍊之中用意，便爲一代作者矣。

壬子秋，柏梘山人梅曾亮識於治城寄圃。

余曩愛家元真漁歌子，惜後來無能繼之者。合肥王謙齋茂才小輞川櫂歌，有元真之趣，而幽秀過之。善畫者不能得其似，善歌者無以繼其聲。快書數語，以志嚮往，浮槎秀色常繫余心目中矣。

珠海老漁張維屏。

嘉慶初，余一再櫂廬州都尉，同官中左杏莊中丞方宰合肥，周石苔大令權别駕，黄小迂、汪東庭、楊挹峯皆司鐸，孫淵如觀察適應張鞠園太守之聘修郡志，因得時相唱酬。每相與物色郡中詩人，而始終竟未一遇，使彼時得好學耽吟如我謙齋者，把臂入林久矣。謙齋富於春秋，一心風雅，他時一品集成，必爲鷄林爭購。余老矣，拭目俟之。

咸豐壬子中秋，武進湯貽汾。

謙齋詩俊邁天出，余嘗比之劉公幹，惜未遒耳。是册如贈臧君牧庵登射蛟臺、人日題壁諸詩，高文勝寄，豈殊作者？余與君居相邇，今投老湖干，日短衣窄袖，從諸健兒追逐於平岡淺草中，笑呼爲樂，不復提掉毛錐矣。偶校是册，憮然喟然。

癸丑十三日，同里徐子苓醉跋於拳石山房。

金陵余舊游處，度是時腰金蟒玉者，盡化爲飛燐凍雨，何論燕燕鶯鶯輩耶？此劫正未易了。讀畫蘭行、金陵雜憶諸作，輒喚奈何也！

癸丑重九日，子苓又跋。

癸丑仲冬十二日，廬城戒嚴，余守西門。越五日，地雷發，城崩。余囊土先登，見偉少年昂然直立女牆上，指揮團丁，大呼：『退者斬！』倉卒未暇通一言。浹晨，遇於中丞座上，所陳兵事中機要，始驚而識之。及讀其詩，率多孤憤語，有心人也。廬陽重地，狂寇蝟集，事方殷，君奇才將大展，其所藏於詩可概見云。

楚南鄒漢勳。

清氣一往，爽爽有神，於古人意境興象深造有得，不獨章法格律中節協弦，舉塵世一切庸滯齷齪之氣未由犯其筆端。得天既優，人力亦不淺，可稱作者矣。再能出之以艱難，深之以奥折，蓄之以沈厚，則更當於古大家求之。余別謙齋四年矣，時事滄桑，同遭大難，人亡家破，萍梗播遷。無意中相值於懷遠，出新詩二册，傳作甚多，而廬陷以後，詩乃更進。余近作亦似稍優。世亂未平，吾輩徒以詩寄其憂憫，不亦重可悲乎！杜公曰：『安危大臣在，何必淚交流。』則謙齋與余亦惟作草野秋蟲，以待大難之夷而已。

咸豐乙卯九月，桐城戴鈞衡。

詩以言志，不必貌襲前賢，自有我之真性情、真面目在。謙齋尚氣節，好論當時事，目空流輩。客冬，渡渦、淮，趨蒙、亳，倚劍揮杯，潛弭兵禍。昌黎之折庭湊，扶風之策隗囂，方之古人，又何多讓！途中所歷，盡發之於詩，謙齋不朽矣。至其造詣之淺深，格律之高下，恒學質譾陋，不敢妄讚一辭。

戊午仲春，項城袁保恒謹跋於固始行營。

合觀諸體清折，是作者本色。其感時憤事處，悲壯淒涼，直欲擊碎唾壺矣。

戊午春初，嘯庵董瀓鏡識。

余居京師，與同年生凌少南舍人善。比之定遠，舍人尚未歸，方漠然無所向，既而識王子謙齋，相得歡甚。不數日，而少南亦自京師歸。少南古雅，謙齋俊厲，其詩皆如其人。戎馬擾攘中，得以相從談藝，余之幸也。謙齋詩甚富，欲余論其可否，此謙齋不自慨之盛意。然其集中經徐毅甫、戴存莊、董嘯庵論定，三子皆余友，且深於詩，謙齋自以意折衷之可矣，無待於余言。且詩之得失惟作者自知之，而非他人所能參者。至其偶有過於快易之病，則澤古既久，自能去之，亦無待於余言也。

咸豐己未春，瑞安孫衣言識。

當天寶流離之世，爲拾遺徒步之悲，慷慨激昂，令人不忍卒讀。

己未仲春，常熟翁同書跋於定遠行館。

昔人有詩云：『我讓出頭非讕語，世無敵手始奇才。』集中題詠，如張南山、湯雨生、侯青甫、梅伯言輩，皆一時詩伯，而雨生更許把臂入林，是不僅讓出一頭地矣。諸君子皆余故人，憶當年追逐詞壇，抵掌談讌，恍如昨日。今雨生已殉難，青甫、伯言並歸道山。南山在粵，雖享高年，聞其暮景流離，亦復自傷潦倒。不意別後廿餘年，都成春夢。因讀君詩，感舊懷人，爲悵惘者久之。

己未秋，古蓼春綬王庭蘭拜識。

寄興遥深，鍊局雄放，在杜、蘇間。絶句澹蕩夷猶，不著一毫力量，而神韻自得。予老矣，那得不低頭下拜！

戊辰歲暮，篆卿老人蔡邦甸跋。

謙齋與余皆酉年生，余長二紀，謙齋贈句有：『鷄雖覓食未傷廉』，因鐫小印曰『鷄廉君』。家荆公誕於辛酉，號『白鷄生』。君降於乙酉，亦號『木鷄』，殆兼取紀渻木鷄之義耳。余謂詩有五音，君命宫乙酉，故君之詩近於宫；亂後諸作，時發變徵之音，而商音獨多。余舊著韻學一書，推論子母相生法，一歸於自然之元音。先師包慎伯、周保緒二公閲之，嘆爲人不能到，人亦不肯學。近代諸家知審音者罕矣，安得起包、周二公而請益之！

己巳秋月，壽春周元輔志。

昔讀謙齋詩，如入五都之市，百貨具陳，珠貝、珊瑚，龍宫璨爛，播於世者久矣。今觀此卷，則又變化從心，寓清新於警鍊，含蒼勁於婀娜，繪影有聲，詠事入古，凡口有不能言者，皆發於毫端，千載而後，不可作信史觀耶？吾黨少時，以斯文相砥礪，而情又最密者，如蓉洲、斗垣、命之諸輩，皆歸地下；所可見者，惟謙齋一人，尚得從事於斯，且可長相把晤，非幸事歟！然亦孤矣，因不禁感而書之。

同治辛未二月，桐城待園弟江有蘭拜識。

謙齋詩豪宕有奇氣，根乎性情，緯以時事，殆深有得於詩之旨者。前集有固始王春綬師評語，長白西林宫保攜去，全豹未窺，老懷殊悵悵耳。

辛未七月既望，道州何紹基識於揚州題襟館。

大筆雄深雅健，變化神奇。上者摩浣花之壘，次亦具體劍南，惟走筆酬應之作宜删汰耳。

癸酉閏月，江夏鄭襄。

前編奇宕幽秀，出入昌黎、昌谷之間，此編卻與蘇、陸爲近，古、近異製，筆亦因之，極詩家之能事矣。

武進管樂拜識。

格調高渾，寄託遥深，直追少陵一派，非文房以下諸子所能望其肩背。深服吾謙齋之詩與年俱進，惜西喻山人不作，未得共覩爲快耳。

同治癸酉閏月，遼陽裕庚。

大箸才氣噴溢，自是本色。較之辛酉以前，雖漸造平淡，而賈其餘勇，尚足凌厲諸子。七律轉折渾成，意象深遠，尤爲近時所罕見。敬書數語，以奉瓣香。

鳳臺晚學方士貞跋。

昔人論詩，才、學、識三者不可缺一。謙齋之學富，故才豪；才豪，故識高。統觀諸作，筆鋒俊邁，思意沈鬱，信乎直入唐、宋之室而得其髓者矣。蓋謙齋遭遇時艱，悲歌當哭，亦若得助於名山大川，其詩乃能特立不羣。天殆借此亂運以成謙齋之才耶？謙齋其幸耶？其不幸耶？

全椒薛時雨拜識。

癸丑以後各詩直逼杜陵，聲調悲涼，風格遒上。身所歷，目所接，胸中憤懣不平，悉寓於章句中。空同、于鱗，無病呻吟，那復有斯沈痛？捧誦數過，佩服無地。『非詩能窮人，窮者自工。』古人閱歷之言，允堪移贈。

庚辰正月，方濬師拜跋。

大作出入唐、宋，不名一體。壬戌以前以雄麗勝，癸酉以後以平澹勝，爲境屢變，而亦各有所失；最盛者，其癸亥至壬申之間乎！舊編爲琴西、魯川、毅甫三先生點定，去取精當，後爲果敏公攜去，往在西疆，猶及見之。兹復編録，將付手民，適孟自京師歸，出以相質，因讀竟三日夜之力，擇别頗慎，而不能無疑。惜琴老遠隔四明，不能起馮、徐九原而共證之也，噫！

癸未八月，晚學方希孟謹識。

大作天才宏放，生氣遠出，而能緯以學問，養以性情，故感激豪宕而不失之囂張，華妙生動而非專事刻畫。壬戌以後之作，則寄託高遠，簡净精微，如名花古鏡，閑雲太空，有攬挹不盡之趣，天機既合，妙不自覺也。道、咸以來，作者寥寥，扢雅揚風，當爲先生位置一席。藝林品藻，自有公論，非桱一人私言。敢以持贈，用當息壤。

任邱卓存邊保桱識。

光緒戊子正月至二月敬讀一過，集端有吾祖題記，想見當日題襟館唱和之盛。至先生之詩，籠罩萬有，非虚薄所能妄評，惟有斂手拜倒而已。

道州世姪何維樸謹跋。

仗氣愛奇，動多振絶，真骨凌霜，高風邁俗，此謙齋昔日之作也。今以七年之別，重聚揚州，讀別後詩，典裁俊拔，與古爲新，性情所至，風格立焉，嘆作者能得古人之深也。雨雪遄歸，悤遽遂別，書在簡端，以識游好。

己丑冬，聖秋徐衡。

大集由漢、魏以逮金、元，皆有出入。以明人例之，其青邱乎？

廬江舊能詩，孔雀東南飛在樂府中獨爲古豔，嗣唐兀孤鳴於元季，定山崛起於國初，軍興以來，此事幾於廣陵散矣。先生負奇兀岸，生值亂離，舉一切可驚可喜、迂怪愁苦之事盡發之於詩。至其字法樸老，句法蒼勁，章法渾成，連篇累牘，卻有首尾銜接之妙；轉捩突起，更有超忽不羈之狀。所謂『老去漸於詩律細』，匪惟接風詩之傳，抑亦爲風會之幸與？

桐城後學楊洛鑑拜識。

筆兼三唐，人備四氣，語語從性情中流出，所以高揖羣言，不落他人谿徑。後之讀五峯詩者，如與促膝一室也。

新城黄長森襄男拜跋。

合肥王謙齋詩集屬余審定訖。謙齋早歆香名，淮南文學有志節之士也，與徐子苓毅甫齊名。家世儒術，鋭意爲世用。兵間，與父育泉徵君號召鄉兵，扶義禦寇。廬州陷時，尚從江忠烈助干掫之役也。已而游諸帥戎幕。勝保侍郎統師日，遣説苗練降，勝去復畔。廬州豪傑突起，兜鍪貂蟬，百十而嬴，謙齋以儒冠老，故跌宕奇氣一寓於詩。五十而後，脱略公卿，自附於曼倩之流，知者猶以爲魯連先生也。詩與毅甫皆學杜。徐詩鷙悍，不參異己，謙齋則王、孟、蘇、陸時掇其勝。近歲且慕高澹，漸近自然。毅甫没，無抗顔行者矣。詩數千首，落其實，可誦者尚千餘篇。

仁和譚廷獻記。

（謙齋詩集，光緒二十三年刻本）

予與謙齋仁兄别十餘年矣，比來音問罕通。讀此文，知小輞川業已易主，甚矣謙齋之窮也，而謙齋近詩之益工蓋可知矣。何時尊酒論文，快讀新篇，浮一大白耶？

光緒戊戌正月，儀徵張丙炎謹誌。

承示近體三章，老而愈脆，哀而不傷，旨趣以引而彌長，而寄託全在西幸。如讀少陵秋興諸篇，又似長公水調一闋，知詩人寄興，心不忘君，擊節長吟，感慨係之矣。

祁陽陳文騄拜跋。

違侍函丈將十載矣。今夏重過遺園，盥讀大箸，律益細，德益進。放翁平易，誠齋質樸，其源皆出於少陵。誠當代之詞壇作他年之詩史，且詞意腴潤，尤徵老福，巋然靈光，更爲先生喜也。黌宫謡録稿至滬上，當與海内有心人共讀之。

己亥首夏，受業龔心釗謹跋。

（謙齋續集，光緒二十八年刻本）

四、題詞

昔歲老友譚君復堂嘗以謙齋先生詩屬序今承贈詩將寄示續集命爲點訂依韻奉答

桐城方昌翰

淮肥物望道咸年，並駕徐陵説兩賢。謂徐君毅甫。魯殿孤存真有幸，荆州一識竟無緣。神交句早吟雌霓，身退才慚賦醜蚿。乞取金鎞揩眼膜，郵詩待證辟支禪。

無　題

江甯楊炎昌

中興將相外，白髪一詩人。時局悲秦鹿，微詞託魯麟。昌黎猶送鬼，梓慶果通神。才壯忘身老，孤標不可鄰。

謙齋五丈先生自合肥寄詩見懷依韻奉答

通州張謇

淝上巍然老輩存，書來舊夢一重温。儘收海氣歸詩卷，遥想霜髯照酒尊。原信何人猶好客，應劉無地爲招魂。謂吴武壯、朱曼君。蒼茫久已抛簪紱，落日風煙況爾昏。

辛丑初春聞謙齋五丈病瘧狂語詩以禳之

淮南方希孟

阿翁八十扶榻强，大篇細字雙管將。驚人尚有杜陵句，驅鬼甯無思邈方。青溪後湖花旖旎，六橋西竺山蒼茫。天留與我其遊屐，瘧母胡然來守牀？

無　題

祁陽陳文騄

澹語涵深遠，雄才老更工。官勳抛棄後，世事笑談中。杜集能兼史，韓文莫送窮。郊扉終不啓，天意注詩翁。

無　題

潛川吴保初

欲使茫茫恨易平，春江變酒伴公傾。佯狂玩世已頭白，卓犖觀書猶眼明。每向山中尋父執，曾從牀下拜先生。上書自笑終狂瞽，詩史還勞記姓名。

（謙齋續集，光緒二十八年刻本）

附　安徽古籍叢書已版書目

舊聞隨筆
定本莊子故
張籍集注
文學研究法
桐城文學淵源考・撰述考
包拯集編年校補
康輶紀行・東槎紀略
北山樓集
桐城耆舊傳
疑庵詩
三餘札記
方望溪遺集
爾雅翼
識小録・寸陰叢録

東萊詩詞集
明太祖集
王侍郎奏議
程氏家塾讀書分年日程
朱楓林集
敬孚類稿
施愚山集（四册）
吴敬梓吴烺詩文合集
張孝祥詞箋校
竇山公家議校注
翠微南征録・北征録合集
阮大鋮戲曲四種
老子注三種
杜詩説

朱書集
論語解注合編
郭祥正集
皖人詩話八種
唐詩評三種
左傳微
績學堂詩文鈔
鈍齋詩選
老子注譯
莊子詮詁
説文假借義證
劉銘傳文集
包世臣全集（三册）
戴震全書（七册）

蕭雲從詩文輯注
程文炳文集
程恩培集
方盦山詩集（二册）
趙紹祖金石學三種
小爾雅義證
勉行堂詩文集
貴池唐人集
龍眠風雅全編（十册）
無爲集校箋
杜詩提要
分篇水經注（二册）
松泉集（二册）
梅鼎祚戲曲集
通鑒注商・新舊唐書互證

杜徵三友朋手札
吳應箕文集
舒鴻貽著述二種
皖雅初集（三册）
桓譚新論校注
宛雅全編（二册）
李宗棠文集・東游紀念
李宗棠文集・考察日本學校記（二册）
李宗棠文集・光緒徵要録
李宗棠文集・奏議輯覽初編
李宗棠文集・學詩堂經解
李宗棠文集・千倉詩史初編
吳芝瑛集
施愚山集（增訂版　四册）
桐城方氏七代遺書

方以智全書（十册）
徽州杜詩學二種
白鹿山房詩集
金粟齋遺集
文字蒙求廣義
施愚山集外編二種
安徽文獻總目（六册，列入特輯）
國朝詩品（二册）
呂美蓀詩文集
姚鼐詩文集（三册）
張潮全集（五册）
朱書全集（二册）
喻林（六册）
張樹聲文集
廬江詩雋・廬州詩苑

馬其昶文集
徐子苓集
説文段注撰要
詩學女爲
古桐鄉詩選
朱景昭集
趙吉士集（三册）
金聲集
王尚辰集（二册）